Celati Laurent

MÉMOIRE

Collection dirigée par Michel Zink et Michel Jarrety

CHATEAUBRIAND

Mémoires d'outre-tombe
Anthologie

ÉTABLIE, PRÉSENTÉE ET ANNOTÉE PAR JEAN-CLAUDE BERCHET

LE LIVRE DE POCHE
classique

Ancien élève de l'École Normale Supérieure et agrégé de Lettres classiques, auteur de nombreuses publications sur les voyageurs et les mémorialistes du XIXᵉ siècle, Jean-Claude Berchet a procuré, de 1989 à 1998, une importante édition critique des *Mémoires d'outre-tombe* dans la collection des Classiques Garnier. Entre autres travaux sur Chateaubriand, on lui doit aussi une édition des *Natchez* (comprenant *Atala* et *René*) dans le Livre de Poche classique.

INTRODUCTION

Il aura fallu attendre presque un siècle pour que les *Mémoires d'outre-tombe* (3 500 pages manuscrites, douze volumes dans leur édition originale de 1849-1850) puissent enfin occuper dans notre histoire littéraire une place à leur mesure. Attendus trop longtemps, mal édités, mal jugés par une critique en majorité hostile au *personnage* de leur auteur, ils ne rencontrèrent au moment de leur publication qu'une incompréhension massive. Il est vrai que Chateaubriand, écarté de la vie politique depuis le début de la monarchie de Juillet, avait eu du mal à conserver son emprise sur le public. Avec cette œuvre testamentaire, le vieil écrivain, qui jadis avait signé *René* et qu'Isidore Ducasse qualifiera bientôt de « Mohican mélancolique », avait voulu jouer sa dernière carte : lancer une « bouteille à la mer » en direction de la postérité. Malgré les courants contraires, le livre fit son chemin. Sainte-Beuve ne cacha pas ses réserves, mais fut alors le seul à pressentir que le dit du Vieux Marin aurait des chances de parvenir à destination précisément par son côté inactuel : « Les *Mémoires d'outre-tombe* ont rendu aux générations nouvelles un Chateaubriand vigoureux, heurté, osant tout, ayant beaucoup de leurs défauts, mais par cela même plus sensible à leurs yeux et très présent ». Longue néanmoins sera la route jusqu'à Proust se découvrant un prédécesseur dans le poète du « temps retrouvé » ; jusqu'à de Gaulle confessant en 1947 : « Tout m'est égal ; je suis plongé dans les *Mémoires d'outre-tombe* (...). C'est une œuvre prodi-

gieuse » ; jusqu'à Gracq enfin, ravi de proclamer en
1960 : « Nous lui devons presque tout ».

À peine moins longue fut la difficile gestation de
ces *Mémoires*, dont la rédaction a été poursuivie près
de quarante-cinq ans, non sans intermittences, ni changements de cap. Il est du reste singulier que, dès son
premier ouvrage, Chateaubriand se soit posé le problème de son identité. Renouvelant le geste inaugural
de Rousseau, il déclare en effet au début de son *Essai
sur les révolutions* (1797), avec une emphase prophétique : « Qui suis-je ? et que viens-je annoncer aux
hommes ? » Mais c'est pour aussitôt déplacer la
réponse sur un autre terrain que celui des *Confessions* :
« Vous êtes acteur, et acteur souffrant, Français malheureux qui avez vu disparaître votre fortune et vos
amis dans le gouffre de la révolution ; enfin vous êtes
un émigré ». Ainsi le premier acte de Chateaubriand
écrivain consiste à décliner son identité sociale, à préciser sa position historique : c'est déjà un exil objectif,
comme si une certaine absence au monde devait constituer le préalable à une authentique écriture de soi. Par
ailleurs, le livre se réclame aussi du patronage implicite
de Montaigne : « On y voit presque partout un malheureux qui cause avec lui-même ; dont l'esprit erre de
sujets en sujets, de souvenirs en souvenirs ; qui n'a
point l'intention de faire un livre, mais tient une espèce
de journal régulier de ses excursions mentales, un
registre de ses sentiments et de ses idées ». Et de
conclure : « Il m'a semblé que le désordre apparent qui
y règne, en montrant tout l'intérieur d'un homme
(chose qu'on voit si rarement), n'était peut-être pas
sans une espèce de charme ». Ainsi, le souci de montrer son « intérieur » est inséparable, pour le Chateaubriand de vingt-huit ans, du besoin de vérifier le lieu
de sa propre énonciation. Il semble déjà pressentir le
problème qu'il devra résoudre plus tard : comment arti-
culer, à la première personne, une perspective historique et une perspective intimiste. Avec pour corollaire
une *apparence* de désordre, qui est la vérité du
malheur.

C'est néanmoins un peu plus tard, au cours de son premier séjour diplomatique à Rome, que Chateaubriand éprouva le besoin de rassembler pour la première fois ses « pensées errantes » et de procéder à un bilan provisoire. Il avait trente-cinq ans et venait de perdre sa maîtresse, Pauline de Beaumont, que la tuberculose lui avait arrachée. Ce deuil le toucha au plus intime de lui-même : « Je suis comme un enfant qui a peur dans la solitude », écrit-il, désemparé, à Mme de Staël. Il esquisse alors un projet de *Mémoires* dans lequel il ne songeait pas à remonter très loin dans le passé. À son retour à Paris en 1800, il avait été accueilli par une petite société choisie où Fontanes côtoyait Joubert, et dont Mme de Beaumont avait été la fiévreuse égérie. Pour la première fois le « sauvage » avait pu épancher son cœur dans un « groupe littéraire » (pour parler comme Sainte-Beuve) qui avait applaudi à ses premiers succès. De ces trois ans qui lui avaient donné amour et gloire, le solitaire de Rome conservait un souvenir ébloui et une poignante nostalgie. C'est à cette période, encore toute proche, de bonheur perdu qu'il envisagea, au mois de décembre 1803, de consacrer une sorte de « tombeau » élégiaque, auquel la campagne romaine aurait ajouté sa perspective mélancolique. Dans ce qu'il nous révèle de ce projet au livre XV des *Mémoires d'outre-tombe*, Chateaubriand écrit : « Dans ce plan que je me traçais, j'oubliais ma famille, mon enfance, ma jeunesse, mes voyages, mon exil : ce sont pourtant les récits où je me suis plu davantage. »

Voici un oubli qui ressemble fort à une « censure », elle-même liée au refus délibéré du modèle rousseauiste que, pour des raisons de convenance, le futur mémorialiste exprime alors. Mais en même temps, pour conjurer la crise qu'il traverse, le retour sur soi demeure le seul recours. C'est ce que Chateaubriand découvre à Tivoli, le 10 décembre 1803 : « Le lieu est propre à la réflexion et à la rêverie : je remonte dans ma vie passée... » Cette méditation continue le lendemain sur la terrasse de son auberge qui domine la célèbre cascade : « Je me croyais transporté au bord de grèves ou dans les bruyères de mon Armorique (...) ; les souvenirs du toit paternel effaçaient pour moi ceux des foyers de César : chaque homme porte en lui un monde composé de tout ce qu'il a vu et aimé, et où il rentre sans cesse, alors même qu'il parcourt et semble habiter un monde étranger ». Les réminiscences se font cette fois plus précises. Ce sont bien des échos assourdis de sa plus lointaine enfance qui émergent des profondeurs de sa conscience à la faveur de la situation présente. Dans cette dérive associative de la mémoire, se découvre une vérité nouvelle : le moi intime constitue à lui seul un univers, irréductible à aucun autre, qui se compose de souvenirs et qui a sa cohérence propre, à la fois paysage (tableau) et histoire (récit). Derrière cette prise de conscience, se trouve une tradition philosophique qui imprègne la génération de Chateaubriand. En effet, de Locke à Condillac, le sensualisme a repensé la notion même de sujet : non seulement celui-ci a une histoire mais il *est* cette histoire. Au lieu de prétendre incarner une essence métaphysique, le moi accepte désormais de se concevoir comme le produit de son histoire, par sédimentation successive en quelque sorte : on est *devenu* ce qu'on est. C'est ce que le poète anglais Wordsworth a su exprimer avec force dans une formule frappante : *The Child is father of the Man*. La petite enfance ne pouvait dès lors que prendre une importance décisive dans toute réflexion anthropologique. Rousseau avait montré le chemin, lui qui, dans *Émile* puis dans les *Confessions*, avait su la consacrer à la fois comme objet de savoir et comme objet de désir. À partir de ce magistral initiateur, elle va représenter la scène fondatrice de toute connaissance de soi.

Si donc, en 1803, Chateaubriand écarte encore de sa perspective toute référence à son enfance, il semble déjà soupçonner qu'elle renferme le secret de son identité, qu'elle représente une sorte de noyau existentiel ou de paysage natal sur lequel son imagination va désormais se *fixer*. Elle est en effet au cœur de la tentation autobiographique qui va se faire jour de manière de plus en plus pressante dans les années suivantes, sans jamais cesser de se trouver des alibis. Chaque période de crise relance ainsi le processus de mise en œuvre des *Mémoires*, pour aussitôt en détourner. À peine ont-ils été ébauchés que Chateaubriand, au printemps 1804, les abandonne pour commencer la rédaction des *Martyrs de Dioclétien*, première version des *Martyrs*, puis pour entreprendre un long voyage en Orient. Il persiste ainsi dans la stratégie du discours détourné, qui lui avait réussi dans *René*. Le « roman-épopée » présente des « éléments autobiographiques » qu'on retrouve aussi bien dans le personnage du héros, Eudore, que dans certains épisodes bretons ou belges. De même, lorsqu'il publie en 1811 son *Itinéraire de Paris à Jérusalem*, Chateaubriand raconte, sous ce titre-écran, « une année de (sa) vie ». Il est probable que cette « résistance » à une démarche autobiographique directe a son origine dans la relation ambivalente qu'il a entretenue avec Rousseau : « Je ne suis point comme M. Rousseau un enthousiaste des Sauvages », écrivait-il dès 1801 (*Atala*, préface de la première édition). Ces réserves vont se multiplier chez le chantre de la restauration catholique, qui se démarque du modèle des *Confessions* dans le projet de 1803 qu'il confie à Joubert : « Soyez tranquille ; ce ne seront point des confessions pénibles pour mes amis : si je suis quelque chose dans l'avenir, mes amis y auront un nom aussi beau que respectable. Je n'entretiendrai pas non plus la postérité du détail de mes faiblesses ; je ne dirai de moi que ce qui est convenable à ma dignité d'homme et, j'ose le dire, à l'élévation de mon cœur. Il ne faut présenter au monde que ce qui est beau ; ce n'est pas mentir à Dieu que de ne découvrir de sa vie que ce qui peut porter nos pareils à des sentiments nobles et généreux. Ce n'est pas, qu'au fond, j'aie rien à cacher ; je n'ai ni fait chasser une servante pour un ruban volé, ni abandonné mon ami mourant dans une rue, ni déshonoré la femme qui m'a recueilli, ni mis mes bâtards aux Enfants-Trouvés, mais j'ai eu mes fai-

blesses, mes abattements de cœur ; un gémissement sur
moi suffira pour faire comprendre au monde ces
misères communes, faites pour être laissées derrière le
voile. »

Au cours de la période qui a suivi, un mauvais sort
semble poursuivre Chateaubriand. Après ses déboires
romains et la retentissante démission de mars 1804[1],
ce seront les réactions violentes de Napoléon à son
article du *Mercure* en juillet 1807, avec pour conséquence un exil loin de Paris ; la brutale exécution de
son cousin Armand, pour espionnage, le 31 mars
1809 ; enfin le peu de succès des *Martyrs*, que leur
auteur attribue à une cabale suscitée par le pouvoir. Il
semble alors découragé au point de vouloir renoncer à
la littérature, ou du moins à la fiction : « Il faut quitter
la lyre avec la jeunesse », écrit-il au livre XXIV des
Martyrs ; il renouvelle à la fin de son *Itinéraire* cet
adieu à la Muse de ses premières années. Que faire
désormais ? La quarantaine venue invite à un bilan. La
durable installation à la Vallée-aux-Loups, à partir de
novembre 1807, favorise le face-à-face avec soi-même
et le retour sur le passé. C'est précisément de 1809 que
Chateaubriand a daté le texte liminaire qui ouvre les
Mémoires de ma vie, et dans lequel il déclare :

« J'écris principalement pour rendre compte de moi
à moi-même. Je n'ai jamais été heureux. Je n'ai jamais
atteint le bonheur que j'ai poursuivi avec la persévérance qui tient à l'ardeur naturelle de mon âme. Personne ne sait quel était le bonheur que je cherchais ;
personne n'a connu entièrement le fond de mon cœur.
La plupart des sentiments y sont restés ensevelis ou ne
se sont montrés dans mes ouvrages que comme
appliqués à des êtres imaginaires. Aujourd'hui que je
regrette encore mes chimères sans les poursuivre, que
parvenu au sommet de la vie je descends vers la tombe,
je veux avant de mourir, remonter vers mes belles
années, expliquer mon inexplicable cœur... »

Ce texte capital nous révèle un changement total de

---

1. Voir la Chronologie, p. 495.

perspective par rapport à celle de 1803. Chateaubriand accepte cette fois le modèle rousseauiste, dans la mesure où il juge prioritaire la connaissance de son intériorité. Il est ainsi amené à valoriser une démarche introspective, désormais envisageable pour un homme qui, « parfaitement étranger » au monde dans lequel il est forcé de vivre, pourra laisser aller sa plume « sans contrainte ». Cette conversion décisive suppose une exigence de sincérité qui remplace la référence ancienne à la « belle nature », à cette esthétique du beau de composition qui, dans la doctrine classique, se voulait un art de choisir — ou de cacher. Elle implique aussi une autre philosophie du sujet : si la vérité du moi se propose comme une énigme à résoudre, c'est que chacun possède un secret qu'il est nécessaire de déchiffrer. Or, vers la même époque, Chateaubriand ouvre un autre chantier, destiné lui aussi à occuper sa retraite : il songe à utiliser la documentation qu'il a réunie à propos des *Martyrs* pour entreprendre une nouvelle *Histoire de France*. Dans ce double travail, histoire et autobiographie ont vocation à cheminer côte-à-côte sans se mêler ; elles ont même tendance à définir leur domaine propre par exclusion mutuelle. C'est en somme aussi parce que le terrain historique est par avance réservé que Chateaubriand oriente alors son autobiographie dans un sens opposé, vers un espace privé où le moi, aliéné sur la scène sociale, pourra se ressourcer dans sa nature profonde. Désormais la personne est irréductible au personnage.

C'est dans ce cadre renouvelé que son enfance va retrouver une place éminente. Du reste, la « maison de jardinier » qu'il habite alors au milieu des bois est propre à réveiller des souvenirs. Au mois de décembre 1811, il confie à une amie : « À dix heures, tous les loups de la vallée sont couchés, comme de pauvres chiens : je radote seul devant une cheminée qui fume ; minuit sonne tristement à Châtenay. J'entends la cloche à travers les bois, et je me retire après avoir regardé s'il n'y a pas quelque voleur derrière la porte ». Néanmoins, si les fantômes de Combourg

rôdent déjà autour de lui, les *Mémoires de ma vie* ne
sont pas encore commencés. Le 21 août précédent, le
solitaire de la Vallée-aux-Loups avait annoncé à la
duchesse de Duras : « Certainement cet hiver j'en écri-
rai quelques livres ». En réalité c'est seulement le
dimanche 11 octobre 1812 qu'il envoie à celle-ci, après
une mauvaise grippe, ce billet triomphal : « Ma tête est
tout à fait guérie et si bien guérie que j'ai barbouillé le
premier livre tout entier des mémoires de ma vie ».
C'est le récit de sa petite enfance, de Plancoët à Saint-
Malo, jusqu'au départ pour Combourg. En 1813, Chateaubriand lui ajoute un deuxième livre, dans lequel il
raconte ses années de collège, puis son séjour à Brest.
Mais les événements de 1814 vont le jeter dans la
mêlée politique, laquelle accapare désormais une
grande partie de son énergie. Il lui faudra donc attendre
trois ans et demi avant de pouvoir reprendre, en
août 1817, la rédaction du livre III. « Hâtons-nous de
peindre ma jeunesse, tandis que j'y touche encore »,
écrit-il alors : il a quarante-neuf ans. Aussitôt avertie,
Mme de Duras informe son amie Mme Swetchine, le
8 septembre, en ces termes : « Il a continué les
mémoires de sa vie. Il a raconté les sept ou huit années
de sa jeunesse (...) jusqu'à son entrée au service : les
premiers essais de son talent, ses rêveries dans les bois
de Combourg ». Après une nouvelle interruption de
quatre ans, Chateaubriand, devenu ambassadeur à Berlin (1821), puis à Londres (1822), en profite pour
continuer son récit et le mener jusqu'à la fin de son
émigration. Cette première version des *Mémoires*, nous
ne la connaissons que par une copie des trois premiers
livres faite en 1826 pour Mme Récamier : elle se présente comme un récit continu, divisé en livres ; elle ne
comporte encore ni chapitres, ni titres intercalaires.
Elle retrace, de la naissance à la trentaine, la « vie
cachée » du grand homme. Au mois de juin 1826,
celui-ci révèle pour la première fois son existence au
public dans la préface générale de ses *Œuvres
complètes* en cours de publication.

Ainsi se trouve réalisé le programme de 1809, mais

non sans paradoxe. Chateaubriand est amené en effet
à se pencher sur les « années obscures » de sa vie au
moment même où les circonstances font de lui un
homme public, un acteur de premier plan sur la scène
nationale ou internationale. Ce retour en force du
« personnage » va de pair avec une promotion de sa
« carrière littéraire ». En effet, de 1826 à 1831, la
constitution progressive du corpus de ses *Œuvres
complètes* va permettre à Chateaubriand de les envisa-
ger sous un éclairage nouveau. Ce monument éditorial
ne regroupe pas seulement des ouvrages déjà connus
du public, mais aussi des œuvres inédites. Il donne lieu
à un « encadrement » général de préfaces ou de notes
interprétatives qui les actualise et les situe dans ce
qu'on pourrait appeler « un destin dans le siècle ».
Réunissant pour la première fois ses œuvres de fiction,
ses récits de voyage, ses brochures politiques ou ses
ouvrages historiques, Chateaubriand propose de les
considérer « comme les preuves et les pièces justificatives de (ses) Mémoires » ; car ils sont, dit-il, « une
histoire fidèle des trente prodigieuses années » que la
France a vécues depuis la Révolution. Étape capitale
qui ouvre la voie à une refonte des *Mémoires de ma
vie*.

En 1828, le noble pair regagne Rome, cette fois
comme ambassadeur auprès du Saint-Siège. Il reprend
vite goût à la ville des souvenirs et des ruines, où il
aimerait pouvoir continuer ses Mémoires. Mais en
août 1829, Charles X décide de former un nouveau
ministère sous la direction du prince de Polignac. Chateaubriand refuse de cautionner ce « virage à droite »,
qui sera fatal à la dynastie, et préfère demeurer fidèle
à son image de défenseur des libertés publiques : il
donne sa démission le 30 août. Onze mois plus tard,
c'est la révolution de Juillet, son refus de prêter serment à Louis-Philippe. Ne pouvant plus siéger à la
Chambre des pairs, sa dernière ressource, il se retrouve
à la lettre sur le pavé. Pour tenir ses engagements, il
lui reste à terminer cette Histoire de France à laquelle
il songe depuis presque vingt ans sans avoir pu la

mener à bien. Mais il est assez lucide pour comprendre que son temps est passé. Avec Barante, Augustin Thierry, Guizot, la jeune école historique des années 1820 est venue occuper le terrain disponible. C'est donc sans conviction que, pour remplir son contrat, il « bâcle » les quatre volumes des *Études historiques* qui voient le jour en mars 1831. Dans un amer « avant-propos », Chateaubriand écrit alors : « *Désormais isolé sur la terre* (c'est moi qui souligne), n'attendant rien de mes travaux, je me trouve dans la position la plus favorable à l'indépendance de l'écrivain, puisque j'habite déjà avec les générations dont j'ai évoqué les ombres ». Ces lignes ne sont pas seulement une reprise littérale du début des *Rêveries* de Rousseau (« Me voici donc seul sur la terre ») ; elles laissent entrevoir une relance du chantier des *Mémoires* dont il importe de bien comprendre le réel enjeu.

Jusqu'alors, Chateaubriand avait régné seul sur la scène littéraire. Mais la publication de ses *Œuvres complètes*, loin de consacrer sa gloire, a été une sorte de *fiasco*. Ce fut pour beaucoup une occasion de faire la fine bouche, de souligner son côté Empire, bien dépassé au moment des grandes batailles romantiques. Il en résulta une sorte de réévaluation « à la baisse ». Le perspicace interprète de la nouvelle génération, Sainte-Beuve, alla jusqu'à se demander, en 1831, ce qui devait surnager de ce naufrage : peut-être *René*... C'était une cruelle remise en question pour un écrivain qui avait visé au plus haut de la hiérarchie des genres. Après avoir voulu donner à la France, avec *Les Martyrs*, une grande épopée moderne, son ambition avait été de devenir son premier historien : il avait échoué dans cette double entreprise. Confronté à cette situation difficile, Chateaubriand décida de relever le défi. À soixante ans passés, il jugea que ses *Mémoires* pouvaient lui offrir une dernière chance de gagner son procès *en appel* devant le tribunal de la postérité. Mais à ce nouvel enjeu devait correspondre un changement de perspective. Il ne devait plus se borner à raconter, sur le mode de la confidence intime, la simple histoire de sa vie, comme il avait envisagé de le faire vingt ans plus tôt. Il fallait au contraire élargir le cadre pour réinvestir dans son autobiographie cette « histoire » et cette « épopée » qu'il avait en vain poursuivies ailleurs et qui lui avaient dans une large mesure échappé. C'est alors que les *Mémoires de ma vie* deviennent les *Mémoires d'outre-tombe* (mars 1831).

Chateaubriand commence par expliquer longuement ses intentions dans une « Préface testamentaire » qu'il esquisse dès le 1er août 1832. Dans ce texte programmatique, revu en décembre 1833, et publié dans la *Revue des Deux Mondes* du 15 mars 1834, le mémorialiste ne se contente pas de rappeler le rôle qu'il a joué dans les affaires publiques sous la Restauration ; il insiste sur le caractère exemplaire qu'a revêtu sa position entre le monde ancien et le monde nouveau : « Je me suis rencontré entre les deux siècles comme au confluent de deux fleuves ; j'ai plongé dans leurs eaux troublées, m'éloignant à regret du vieux rivage où j'étais né et nageant avec espérance vers la rive inconnue où vont aborder les générations nouvelles ». Il a été témoin de presque tous les événements contemporains. Il a eu le privilège de rencontrer « une foule de personnages célèbres », mais ni Goethe, ni Byron, ni même beaucoup Napoléon. Homme des réalités, certes, comme voyageur, parlementaire, publiciste, diplomate, ministre. Mais à travers les aléas de la vie dans le siècle, il a su préserver intactes ses facultés natives de songe : « Et ma vie solitaire, rêveuse, poétique, marchait au travers de ce monde de réalités, de catastrophes, de tumulte, de bruit (...). *En dedans et à côté de mon siècle* (c'est moi qui souligne), j'exerçais peut-être sur lui, sans le vouloir et sans le chercher, une triple influence religieuse, politique et littéraire ». Dans ces conditions, le sujet autobiographique a vocation à exprimer autre chose que son « intérieur ». Il est appelé à élargir sa perspective pour se faire le porte-parole de sa génération tout entière ; à inventer une écriture nouvelle susceptible de représenter la totalité du champ historique dans son infinie variété ; à devenir une sorte

de *medium*. Intuition féconde qui se formule ainsi dans
la « Préface testamentaire » : « Si j'étais destiné à vivre
je représenterais dans ma personne, représentée dans
mes mémoires, les principes, les idées, les événements,
les catastrophes, l'épopée de mon temps ».

Le mémorialiste se propose alors de réorganiser son
plan : au récit continu, divisé en livres (sur le modèle
des *Confessions*), il préfère une suite de trois parties
qui reproduiraient les trois principales étapes de son
existence : « Depuis ma première jeunesse jusqu'en
1800, j'ai été soldat et voyageur ; depuis 1800 jusqu'en
1814 (...), ma vie a été littéraire ; depuis la restauration
jusqu'aujourd'hui, ma vie a été politique ». Mais il se
trouve que ces « trois carrières successives » correspondent au drame historique en « trois actes » qu'a
vécu sa génération : ancien régime et révolution ;
Empire ; Restauration. Au lendemain de 1830, la division tripartite a donc un avantage : introduire une certaine homologie entre la vie personnelle (jeunesse,
maturité, vieillesse) et la toute récente histoire de la
France. Un moyen plus subtil de rompre la linéarité du
récit consiste à mettre le narrateur en scène comme un
véritable personnage qui a lui-même une histoire ; à
inscrire dans les *Mémoires* le « roman » de leur rédaction. Il en résulte une triple chronologie : celle des
événements, celle du récit, celle de la narration. Le
mémorialiste arrive ainsi à épouser le fleuve du temps,
lui-même mobile, sans cesse changeant. Cela autorise
de multiples échos ou « réflexions » (au sens optique
du terme) qui donnent à son travail une « unité indéfinissable » sur laquelle il attire lui-même notre attention : « Les *Mémoires*, divisés en livres et en parties,
sont écrits à différentes dates et en différents lieux :
ces sections amènent naturellement des espèces de prologues qui rappellent les accidents survenus depuis les
dernières dates, et peignent les lieux où je reprends le
fil de ma narration. Les événements variés et les
formes changeantes de ma vie entrent ainsi les unes
dans les autres : il arrive que, dans les instants de ma
prospérité, j'ai à parler du temps de mes misères, et

que, dans mes jours de tribulations, je retrace mes jours de bonheur ».

Interrompu à plusieurs reprises, quoique jamais perdu de vue, ce travail ne sera pas achevé avant 1841. Les conséquences de la révolution de Juillet avaient été dures pour le ministre déchu. Désormais dépourvu de toute ressource régulière, Chateaubriand ne pouvait escompter une retraite confortable. Il lui fallait recommencer à gagner sa vie. Néanmoins, lorsqu'il quitte de nouveau la France pour la Suisse, en août 1832, il est bien décidé à reprendre ses *Mémoires*. Il emporte avec lui une malle entière de « pièces justificatives », ses archives personnelles. Installé à Genève du 11 septembre au 12 novembre 1832, au bord de ce lac encore hanté par le souvenir de Rousseau, de Voltaire, de Mme de Staël, de Byron, il va procéder à une révision complète des *Mémoires de ma vie* afin de les adapter à leur nouveau cadre. C'est alors que des prologues furent ajoutés à certains livres, que fut établie la division des livres en chapitres : en un mot, les anciens *Mémoires de ma vie* devinrent la première partie des *Mémoires d'outre-tombe*. Chateaubriand se préparait à entamer la seconde partie de son récit lorsque les mésaventures de la duchesse de Berry le rappelèrent inopinément à Paris. Suivirent des mois agités qui se terminèrent, en 1833, par un double voyage à Prague qui le ramena aussi à Venise. Revigoré par le caractère rocambolesque de la situation, le vieil écrivain se lança sur les routes avec entrain pour cette mission clandestine au service de sa romanesque princesse. Il en profita pour noter des « impressions » aussi drôles que poétiques. Ainsi, les circonstances favorisaient une intrusion imprévue du quotidien « contemporain » dans la rédaction des *Mémoires*. Il faudrait désormais lui faire place : se programme déjà une quatrième partie qui, au fil des ans, prendra une importance croissante.

Le retour à Paris, au lendemain de son soixante-cinquième anniversaire, fut pour Chateaubriand un peu mélancolique. Il y avait bien des chances pour que ce fût là sa dernière ambassade. Il ne devait plus songer qu'à achever ses *Mémoires*. Mais avant de pousser plus avant, il éprouva le besoin de soumettre au jugement de ses proches les pages écrites depuis quinze mois. Il avait commencé par souhaiter une publication posthume à très long terme : *cinquante ans* après sa mort. Telle est la signification principale du nouveau titre. Mais quel éditeur accepterait jamais de pareilles conditions ? On envisagea donc assez vite un délai plus rapproché qui correspondrait à la disparition du mémorialiste. Mais, pour pouvoir continuer à écrire, Chateaubriand avait besoin de sécurité matérielle ; pour terminer son œuvre, il devait commencer par la vendre, pour ainsi dire « en viager ». Encore fallait-il susciter dans le public un intérêt assez général pour que ce marché puisse être conclu. Comment faire connaître, sans les divulguer, des *Mémoires* autour desquels régnait encore un certain mystère ? Ce fut Mme Récamier qui trouva la solution. Du 23 février à la mi-mars 1834, elle organisa chez elle, devant un auditoire choisi, des séances de lecture confidentielles du texte disponible (la première partie dans sa totalité, suivie des livres sur Prague et Venise). Outre les habitués de son salon, elle avait convié de jeunes critiques confirmés, qui avaient déjà une tribune dans la *Revue des Deux Mondes* ou la *Revue de Paris*, comme Sainte-Beuve ou Edgar Quinet. Ce fut un événement mondain, mais aussi littéraire, qui trouva un large écho dans la presse, où furent publiés, au cours du printemps, à la fois des « bonnes feuilles » des *Mémoires* et des articles de comptes rendus. Articles et extraits furent réunis quelques mois plus tard dans un volume hors-commerce intitulé : *Lectures des Mémoires de M. de Chateaubriand* (Lefèvre 1834).

Malgré cette « orchestration médiatique », aucune proposition sérieuse ne se manifesta et, pour parer au plus pressé, Chateaubriand fut obligé de se tourner vers un travail alimentaire qui devait le mobiliser près de dix-huit mois : une traduction originale du *Paradis perdu* de Milton, à laquelle il ajoutera, en guise de préface, un *Essai sur la littérature anglaise* sous-titré, de manière significative : « Considérations sur le génie des temps, des hommes et des révolutions ». Dans ce livre quelque peu bâclé, il a inséré des passages des *Mémoires d'outre-tombe*, qui voient ainsi le jour pour la première fois. C'est au cours du printemps 1836 que les négociations entreprises au sujet des *Mémoires* aboutirent enfin. Une société en commandite se constitua pour en acquérir par avance les droits de publication. On proposa au mémorialiste des conditions avantageuses (un versement de 156 000 francs à la signature du contrat, puis une rente annuelle de 12 000 francs) que celui-ci accepta. Il avait désormais la possibilité de se remettre à son œuvre de prédilection qu'il ne se pressa pas, du reste, de terminer. Il lui reste encore à élaborer le corps central (deuxième et troisième parties), à compléter la dernière partie. Ce sera chose faite au mois de décembre 1839. Les *Mémoires* sont alors considérés comme finis. Il leur manque encore, néanmoins, une conclusion générale, qui porte la date du 25 septembre 1841.

Il reste à Chateaubriand sept ans à vivre avec des infirmités croissantes, mais une lucidité à toute épreuve. De 1843 à 1844, la *Vie de Rancé* lui offrit une dernière occasion de méditer sur la vanité du monde ; mais il avait encore foi en la littérature. Or, en août 1844, à son insu, la Société propriétaire de ses *Mémoires* céda, pour 80 000 francs, au directeur de *La Presse* Émile de Girardin le droit de les reproduire en feuilleton dans son journal, avant leur publication en volumes. Lorsqu'il avait dû, en 1836, « hypothéquer sa tombe », le mémorialiste pouvait se consoler à la pensée que son monument posthume conserverait son architecture imposante, qu'il demeurerait « lisible » dans la simultanéité et la diversité de toutes ses parties. Il lui fallait désormais consentir à un beaucoup plus grave sacrifice ; accepter de voir débiter en tranches le « pauvre orphelin » qu'il laisserait après lui. Sa personne, représentée dans ses *Mémoires*, deviendrait un « corps morcelé », dispersé sur la place publique, privé de sépulture symbolique, ombre à jamais errante. Cette perspective, Chateaubriand et son entourage la jugèrent insupportable ; mais il fallut bien se résigner. Du reste le vieil écrivain éprouvait peut-être une sorte de fascination inavouable envers une forme de disparition aussi *publicitaire* ! Toujours est-il que la hantise de cette « ignoble filière du feuilleton » imposa, de 1845 à 1846, une révision générale des *Mémoires d'outre-tombe*. Chateaubriand commença par les relire dans leur ensemble, inscrivant alors en tête et à la fin de chaque livre sa signature, précédée par une date. Ainsi, pour la quatrième partie (la seule dont le manuscrit nous soit parvenu) : « Revu le 22 février 1845 ». Ces livres, de longueur variable, sont alors divisés en chapitres (avec des sommaires), et regroupés en quatre parties de onze ou douze livres. Comme le prouve ce qui subsiste aujourd'hui de ce « manuscrit de 1845 », le mémorialiste apporta de nombreuses retouches à son texte initial. Outre les corrections de style, il modifia parfois le nombre ou la répartition des séquences, retrancha certains passages, compléta certains autres. Une fois ce travail accompli, il décida de soumettre cette nouvelle version (pour laquelle il fit établir une numérotation continue : 4 074 grandes pages in-4°) à une nouvelle lecture confidentielle, qui se déroula en octobre et novembre 1845 dans le salon de Mme Récamier. Les journalistes exceptés, c'était à peu près le même auditoire qu'en 1834, mais devenu plus timoré parce qu'il imaginait par avance le texte des *Mémoires* imprimé à la une de *La Presse*, pour ainsi dire *livré* à une populace imprévisible.

Aussi de nombreuses réserves se firent-elles jour dans ce cercle un peu confiné. Elles furent de trois ordres. Les premières concernaient la langue des *Mémoires* que Sainte-Beuve ne tardera pas à qualifier de style de décadence. Chateaubriand ne tiendra presque aucun compte de ces critiques. Les secondes venaient de personnes, telles Mme Récamier ou le duc de Noailles, peu satisfaites, pour des raisons diverses, des livres qui leur avaient été consacrés. Chateaubriand fit droit à leur requête et décida de supprimer le livre

« septième » de la troisième partie, ainsi que le livre « dixième » de la quatrième. Mais les plus graves de ces critiques de dernière minute étaient de nature politique. Les propos que tenaient le mémorialiste sur le milieu légitimiste ou sur le personnel de la monarchie de Juillet étaient parfois de la plus extrême violence. La plupart de ses cibles vivaient encore. On supplia donc Chateaubriand de bien vouloir adoucir certains termes, de ne pas donner libre cours à son agressivité naturelle, de prendre de la hauteur afin de rester fidèle à son image de grand écrivain royaliste et catholique. La plupart de ces critiques ne manquaient pas de bon sens. Il est clair que le polémiste avait eu tendance à laisser aller sa plume. Lorsqu'il est question de politique, le premier jet, voire le second, cède à la tentation de régler des comptes ou de remporter une facile victoire posthume. Or cette écriture *ab irato* prolifère à plaisir au risque de devenir verbeuse. Chateaubriand avait un instinct littéraire trop sûr pour ne pas être sensible à ce genre de reproches qui dépassaient le simple problème des convenances sociales. C'est en réalité un écrivain qui a besoin de se relire, et ne cesse de le faire, pour obtenir toujours une formulation plus nette, un rythme plus marqué ; prêt à consentir tous les sacrifices dès lors qu'ils aboutissent à une *frappe* plus efficace. À travers ces ultimes corrections, on se rapproche de cette *imperatoria brevitas* qui est la marque propre du Chateaubriand historien. Ainsi, de lectures en relectures, le mémorialiste devait arriver à mettre son œuvre en conformité avec son titre : éliminer les redondances, c'est aussi vouloir oublier les polémiques subalternes du présent pour ne plus adresser son message qu'à la postérité.

C'est à cette ultime révision que correspondent, dans la version définitive, les mentions : « Revu en juin (ou juillet, ou décembre) 1846 ». Des 4 074 pages du manuscrit de 1845, on est passé à 3 514 pages dans la copie notariale de 1847. Ce dernier état du texte est précédé par un « Avant-propos » daté du 14 avril 1846. Dans cette version allégée, la division en quatre parties a disparu pour faire place à une suite continue de 42 livres, numérotés de I à XLII. Certes, la réalisation finale est loin de refléter dans le détail, le projet initial. Mais elle ne lui en est pas moins fidèle dans ses grandes lignes. Chateaubriand, qui en a jusqu'au bout conservé la maîtrise, avait pris toutes ses précautions pour que son texte fût édité conformément à ses dernières volontés. Or, après sa mort le 4 juillet 1848, ce ne fut pas le cas. Il aura même fallu attendre 150 ans avant que ce vœu puisse être exaucé à la lettre. Avec la nouvelle édition critique en quatre volumes que j'ai procurée, de 1989 à 1998, dans la collection des « Classiques Garnier », on dispose désormais du texte « autorisé » des *Mémoires d'outre-tombe*, accompagné de tous les avant-textes connus à ce jour. C'est à cette édition de référence qu'on pourra se reporter pour une étude plus approfondie.

Une gestation aussi longue aurait pu engendrer une œuvre composite, faite de pièces et de morceaux abusivement réunis. De Ballanche à Sainte-Beuve, on avait déjà reproché à Chateaubriand sa tendance à juxtaposer de « belles pages » sans parvenir à les harmoniser entre elles. Mais avec les *Mémoires d'outre-tombe*, c'est un risque calculé qui se rattache à la logique même de leur perspective synthétique. En effet, une fois récusé le modèle de la confession rousseauiste, Chateaubriand ne pouvait que renoncer aussi à son *univocité* narrative pour lui substituer ce que j'ai appelé un « récit polyphonique ». À la « régie unique » du discours, le mémorialiste préfère la multiplicité des voix et la mobilité des instances narratives. Il en joue même avec brio. Le récit lui-même est susceptible de se « couler » dans le moule de formes très diverses : reportage, lettre, journal, anecdote, voyage, portrait, etc. Des considérations historiques ou politiques, on passe presque sans transition à un registre familier, ou au lyrisme le plus inattendu. Ce mélange des « genres » et des tons se trouve renforcé par un recours systématique à la citation. Le texte se constitue aussi, comme une bibliothèque idéale, par greffes successives de textes venus du dehors : reprise de passages empruntés à des œuvres antérieures, exemples documentaires, maximes, anecdotes, vers de provenances diverses viennent entrelacer autour du discours principal leur « ornementation » permanente. Il semble que les *Mémoires d'outre-tombe* se proposent ainsi de mettre en œuvre, pour la première fois sur grande échelle, une esthétique de la *variation* qui renvoie à la tradition rhétorique. Cela implique une méthode de composition libre qui ne soit pas astreinte à des contraintes narratives trop strictes. En réalité, une fois établis son plan et les grandes lignes de son œuvre, le peintre a la possibilité de ne plus travailler de manière continue, mais de progresser en ordre dispersé, de revenir en arrière, de retoucher les personnages de sa fresque, de les déplacer ou de les regrouper, de modifier la tonalité des épisodes, leur ordre, leur rythme. Pour que cette mosaïque de chapitres conserve la scansion de son architecture, il est nécessaire de prendre du recul sans jamais perdre de vue la saveur du détail. Le mémorialiste est donc voué à une savante dialectique entre les unités de base (images, paragraphes, séquences) de sa construction et son idéal monumental. Car si le fragment est incapable de se suffire à lui-même, une œuvre « achevée », de son côté, ne saurait se réduire à une unité factice : sa cohérence interne ne pourra surgir que de la multiplicité concrète de ses éléments.

La solution qu'apporte Chateaubriand à ce problème est exemplaire. Il a réussi à combiner dans les *Mémoires d'outre-tombe* un axe « syntagmatique », « mélodique », qui déroule une histoire selon une chronologie linéaire, avec un axe « paradigmatique », plus « harmonique », qui se fonde sur la simultanéité des impressions dans une conscience rétrospective, et que tisse un fin réseau de correspondances thématiques. Sans doute est-ce pour exprimer cette vivante tension, présente à toutes les étapes de la genèse de son œuvre, que Chateaubriand a choisi de la caractériser comme une « épopée de (son) temps » : à la fois récit et poème, aussi appropriés à dire la pensée ou les rêves des hommes qu'à raconter leur histoire. C'est, dit-il à propos de Shakespeare, « une épopée libre qui renferme l'histoire des idées, des connaissances, des croyances, des hommes et des événements de toute une époque ; monument semblable à ces cathédrales empreintes du génie des vieux âges, où l'élégance et la variété des détails égalent la grandeur et la majesté de l'ensemble ». Il y a certes une volonté encyclopédique dans ce « miroir du monde », à cette réserve près que, loin de reproduire un modèle analytique, il incarne au contraire une ambition de synthèse organique, qui trouve une expression adéquate dans la métaphore romantique de la cathédrale. Celle-ci ne renvoie pas simplement à la forêt mystérieuse du *Génie du christianisme* ; elle désigne un organisme vivant, à la fois un et multiple, touffu et hiérarchisé, à même de représenter toute la richesse du réel (du microcosme — « mon inexplicable cœur », au macrocosme — le monde et son histoire), selon les lois complexes de la création poétique.

Malgré les subtilités du « montage temporel » de certaines séquences, les *Mémoires d'outre-tombe* ne sont pas autre chose qu'un récit de vie, orienté de la petite enfance à la vieillesse ; avec comme fil conducteur un tracé autobiographique qui mène du berceau à la tombe. Mais ce destin personnel est inséparable de celui de la France et du monde, engagés depuis 1789 dans une périlleuse *traversée*. On a quitté le rivage des « anciens jours », où régnait la douceur patriarcale du temps immobile, pour se diriger, à travers les orages révolutionnaires, vers la rive inconnue de la nouvelle ère démocratique. Comment représenter par des moyens littéraires cette grande fracture historique ? Il fallait à Chateaubriand la réincarner dans sa propre vie, ce qui revenait à faire du sujet autobiographique un personnage symbolique. Dans cette perspective, le génie du mémorialiste a été de découvrir au cœur de son expérience propre une structure de base valable pour tous, que j'appellerai le « voyage » ou le « rite de passage » ; puis de la décliner sous des formes très diverses, à travers une série de « figures » pour ainsi dire allégoriques. Comme Noé, le narrateur des *Mémoires d'outre-tombe* « recommence la création » après la catastrophe du Déluge ; il achemine vers un avenir de réconciliation ce qui a pu être sauvé du monde ancien. Comme Moïse (auquel il a consacré son unique tragédie) il est en marche vers une Terre promise qu'il ne verra pas, mais qu'il salue de loin, à la dernière page de son livre. Il est aussi un nouveau Christophe Colomb car, s'il a échoué à découvrir le passage du Nord-ouest, il a rencontré en Amérique une « Muse inconnue » qui va devenir celle de la littérature moderne. Mais c'est peut-être à Énée, héros épique par excellence pour Chateaubriand, que celui-ci identifie le plus volontiers la « courbe » de son destin, comme j'ai essayé de le montrer. Lui aussi a quitté pour toujours son antique « patrie » pour aller fonder sur les rives de la Seine, après la Révolution, une nouvelle « cité ». Comme le héros troyen, il a failli être détourné de sa mission par des aventures amoureuses. Il lui aura même fallu affronter la scène infernale de la Terreur avant de pouvoir accéder au monde nouveau. Dans cette restructuration épique de son histoire individuelle, il arrive que Chateaubriand rencontre les méditations « palingénésiques » de son ami Ballanche. Mais il ancre davantage sa démarche dans la réalité historique ; il est moins intéressé par le mythe.

Les historiens de la littérature ont longtemps considéré les *Mémoires d'outre-tombe* comme une œuvre excentrique, inclassable selon la théorie des genres, hybride. Rédigés dans la solitude par un retraité de la gloire, discrédités par des conditions déplorables de publication, rétablis sous leur véritable jour au cours du XXe siècle seulement, ils nous apparaissent davantage aujourd'hui pour ce qu'ils sont : une œuvre majeure du romantisme français. C'est qu'ils sont parvenus à réaliser, sur une échelle monumentale, un idéal esthétique qui fut la suprême ambition des romantiques : représenter le monde comme une synthèse organique des contraires : individu et société, nature et histoire, action et rêve, esprit et matière, grotesque et sublime, etc. Comme Michelet ou Balzac, comme le Hugo de la préface de *Cromwell*, Chateaubriand a inventé une « forme » assez productive pour rendre dans toute sa richesse la variété infinie du réel, sans qu'elle soit réduite à *un* sens appauvri, ni dissoute dans une insignifiance de surface. Cette relation dialectique du fragment avec la totalité, qui consiste à reconstituer des ensembles avec des parties, caractérise la démarche intellectuelle de ce qu'on pourrait appeler la crise des Lumières. Elle est fondamentale dans la pensée scientifique de ce temps-là : zoologie, archéologie, etc. Elle conduira parfois à une théorie du symbole. Elle motive en profondeur le désir qu'on éprouve alors de rassembler un univers désormais fragmenté dans une œuvre totale où pourraient converger tous les arts. C'est encore elle qui instaure au cœur des *Mémoires d'outre-tombe* un triple isomorphisme : un sujet éclaté à la recherche de son unité (le cœur a ses intermittences, mais il continue de battre) ; une histoire problématique à la recherche de son sens ; une écriture fragmentaire à la recherche de son accomplissement dans une poétique nouvelle. De celle-ci, la présente anthologie ne donne qu'une idée imparfaite non seulement parce que son objectif est de ne retenir qu'une faible proportion du texte (de 12 à 15 %), mais parce qu'elle est ainsi amenée à en privilégier le caractère « décoratif ». Son principe même consiste à déconstruire le système de composition des *Mémoires d'outre-tombe* ; à effacer ou amoindrir les effets de parallélisme, de contraste, de symétrie, de hiérarchisation des masses intermédiaires ; à faire disparaître les articulations principales, mais aussi le « volume » de leur architecture, comme de leur musique.

La démarche est en harmonie avec la prédilection que nous avons aujourd'hui pour le *best of*. Ce procédé de « dégraissage » a néanmoins sa contre-partie positive. Il isole, pour les rapprocher des passages plus ou moins célèbres, en prenant soin de les sélectionner pour leur valeur représentative. Ce recueil offre ainsi un panorama étendu des ressources du mémorialiste et de la variété de ses registres. On accentue de la sorte une des « composantes » de son œuvre, un élément fondamental de son esthétique, une des orientations les plus constantes de son écriture : faire voler le texte en éclats pour qu'il puisse briller davantage. Cette réunion des « plus belles pages » des *Mémoires d'outre-tombe*, outre leur intérêt de contenu (historique, politique, personnel) aura donc aussi le mérite de rendre justice à un écrivain trop souvent cantonné par la tradition scolaire dans les « orages désirés » ou dans la « cime indéterminée des forêts ». En réalité, Chateaubriand domine le XIXe siècle par un style souverain, approprié à tous les tons et qui « tombe » juste, comme une robe de haute couture au drapé toujours imprévu. Sous sa plume, la langue française est un instrument de virtuose, c'est-à-dire de précision. Comme tous les autodidactes, celui que Baudelaire a reconnu pour « un des maîtres les plus sûrs en matière de langue et de style », a éprouvé pour elle une passion de néophyte qui ne sera jamais démentie. Du reste, il a toujours voulu être considéré comme un professionnel de la littérature, un homme du métier qui avouait à la duchesse de Duras : « Je sens bien que je ne suis qu'une machine à livres ».

Le miracle Chateaubriand repose sur un travail acharné, allié à un véritable « instinct » littéraire. C'est un maniaque de la retouche, comme nous le révèle le peu de manuscrits qu'il nous a laissés. En matière lexicale, sa curiosité et sa boulimie sont sans limites. Il a le goût des mots rares. Lorsqu'il décide de récrire les *Mémoires de ma vie*, c'est pour introduire dans son nouveau texte les registres les plus divers, du plus noble au plus trivial, du plus poétique au plus technique. Il aime associer des archaïsmes, des latinismes, des hellénismes, des termes argotiques ou empruntés au patois local, des néologismes même, comme ce superbe « fastique » inventé pour qualifier Napoléon (voir p. 333). Il en résulte un extraordinaire chatoiement verbal, qui emprunte sa couleur à la langue des anciens poètes (de Marot à La Fontaine), mais aussi à celle des *Essais* de Montaigne ou des mémorialistes du grand siècle. On a parfois incriminé le caractère artificiel de ces citations lexicales, y voyant un symptôme de décadence. Mais, dans un fragment destiné à un projet de préface, le mémorialiste a récusé par avance cette accusation : « Par un bizarre assemblage, deux hommes sont en moi, l'homme de jadis et l'homme de maintenant : il est arrivé que la langue française ancienne et la langue française moderne m'étaient naturelles ; une des deux venant à me manquer, une partie du signe de mes idées me manquait ; j'ai donc créé quelques mots, j'en ai rajeuni quelques autres ; mais je n'ai rien affecté ; et j'ai eu soin de n'employer que l'expression spontanément survenue ». Ainsi, ce qu'il y a de composite dans le vocabulaire des *Mémoires d'outre-tombe* renvoie à la situation historique de leur auteur. Nature, certes, mais nature hybride, de celui qui se pose en médiateur des incompatibilités ou des contradictions. Chateaubriand ne cherche pas, comme Victor Hugo, à mettre le bonnet rouge au dictionnaire, mais à réunir dans un même espace littéraire *tous* les dictionnaires. Son utilisation du lexique est semblable à sa pratique de la citation. Elles visent à transposer dans la réalité textuelle des antinomies symboliques, par exemple à faire coexister des « époques » différentes. Véritable fête des mots, les *Mémoires d'outre-tombe* ne témoignent pas seulement de capacités ludiques ; ils affirment la volonté de créer, au-delà du temps de la performance actuelle, une sorte de « musée imaginaire » du langage où se feraient écho le plus de textes possibles.

Le mémorialiste ne porte pas une attention moindre au « nombre » de ses phrases. Flaubert avait recours à son « gueuloir ». Chateaubriand avait lui aussi coutume de se réciter son texte avant de le fixer sur le papier, pour tester la justesse du *tempo*. Il en résulte une prose poétique dans laquelle les sonorités et le rythme de la phrase sont liés. Elle avait déjà développé ses cadences « enchanteresses » dans *Atala*, *René*, le *Génie du christianisme*. Mais le style des *Mémoires*, autrefois étudié en détail par Jean Mourot dans une thèse qui demeure un ouvrage de référence, a plus de variété, de nervosité, de contrastes. Il privilégie la scansion ternaire. La phrase est affaire de « volume sonore », en fonction de la distribution des accents. En général, Chateaubriand cherche à lui donner une ampleur rhétorique. La phrase commence alors par un élan rapide (protase brève), puis retombe par nappes successives jusqu'à une terminaison féminine (e muet) qui la prolonge encore en échos assourdis. Mais le schéma inverse (protase plus longue, apodose plus brève) se rencontre aussi, en particulier dans un contexte satirique ou humoristique. En réalité bien des combinaisons sont possibles pour qui dispose ainsi du clavecin des mots : Chateaubriand les entrelace avec une maîtrise éblouissante du contrepoint. Ne croyons pas, néanmoins, que cette « expression heureuse » soit un don du ciel. Elle a presque toujours nécessité un travail obstiné de reprise, de polissage, de correction, comme on le constate lorsqu'on a la chance de pouvoir le vérifier sur les manuscrits. C'est en particulier très sensible lorsque Chateaubriand termine un paragraphe ou un chapitre ou un livre (toutes formes de clausule). Il procède toujours par élimination pour obtenir, grâce au raccourci, une meilleure frappe. En voici un exemple révélateur, emprunté au chapitre 11 du livre XXXV (*infra*, p. 363) :

— premier brouillon : « Les chevaux sont arrivés : il faut partir. C'est tomber de haut. Il reste du moins la pluie, le vent et moi que tant d'années d'orages n'ont pu... »

— deuxième brouillon : « ... il faut partir. De ce songe il ne reste que la pluie, le vent et moi, éternel jouet des orages, frappé de la foudre, comme les rocs dépouillés qui m'environnent »

— version définitive : « ... De ce songe il ne reste que la pluie, le vent et moi, songe sans fin, éternel orage. »

Chez celui que, disait-il, « notre siècle jeune encore salua comme son Homère », Sainte-Beuve avait décelé une énergie native, une espèce de force irrépressible, ayant survécu à tous les aléas de la vie, qui caractérise le véritable artiste : « Son imagination étrange, mélancolique et radieuse monte puissamment dans les solitudes du ciel comme le condor ». La source de cette énergie réside dans la volonté de se situer toujours dans un espace imaginaire et de lui conférer une amplitude maximale pour régner davantage sur son étendue. Chateaubriand ouvre ainsi à son lecteur ce qu'il appelle lui-même des « harmonies d'immensité », à travers lesquelles se révèle toute la beauté — mais aussi toute la vanité du monde.

Jean-Claude BERCHET

Avertissement

Pour un examen détaillé des problèmes posés par le texte des *Mémoires d'outre-tombe*, on voudra bien se reporter à notre édition critique des Classiques Garnier (t. 1, 1989, p. XXXII-XXXIII). Sauf indication contraire (voir par exemple p. 429, note 3), le texte que nous présentons ici est conforme à la copie notariale de 1847 et à ce qui nous reste du manuscrit de 1848.

Pour les livres dont nous ne retenons aucun extrait, nous avons proposé en italiques un bref sommaire.

Afin de faciliter la lecture, nous avons ménagé des intertitres : lorsqu'ils ne sont pas empruntés à Chateaubriand, ils sont placés entre crochets.

J.-C. B.

AVANT-PROPOS [1]

Paris, 14 avril 1846.

Revu le 28 juillet 1846.

Sicut nubes... quasi naves... velut umbra.
JOB [2]

Comme il m'est impossible de prévoir le moment de ma fin, comme à mon âge les jours accordés à l'homme ne sont que des jours de grâce ou plutôt de rigueur, je vais m'expliquer.

Le 4 septembre prochain, j'aurai atteint ma soixante-dix-huitième année : il est bien temps que je quitte un monde qui me quitte et que je ne regrette pas.

Les *Mémoires* à la tête desquels on lira cet avant-propos, suivent, dans leurs divisions, les divisions naturelles de mes carrières.

La triste nécessité qui m'a toujours tenu le pied sur la gorge, m'a forcé de vendre mes *Mémoires* [3]. Personne ne peut savoir ce que j'ai souffert d'avoir été obligé d'hypothéquer ma tombe ; mais je devais ce der-

---

1. Ce texte liminaire a été substitué en 1846 à la « Préface testamentaire », dont certains éléments ont été réutilisés dans la Conclusion (voir p. 486).   **2.** « Comme un nuage... à la manière des navires... ainsi qu'une ombre... » Ces comparaisons proviennent du livre de Job : XXX, 15 (« Il passe comme un nuage, mon espoir de salut ») ; IX, 26 (« Mes jours glissent comme des nacelles de jonc ») ; XIV, 2 (« Il fuit comme une ombre insaisissable »). Elles soulignent toutes trois le caractère éphémère et transitoire de la vie.   **3.** Sur cette négociation et la constitution de la société éditrice, voir Introduction p. 19.

nier sacrifice à mes serments et à l'unité de ma conduite. Par un attachement peut-être pusillanime, je regardais ces *Mémoires* comme des confidents dont je ne m'aurais pas voulu séparer ; mon dessein était de les laisser à madame de Chateaubriand : elle les eût fait connaître à sa volonté, ou les aurait supprimés, ce que je désirerais plus que jamais aujourd'hui.

Ah ! si, avant de quitter la terre, j'avais pu trouver quelqu'un d'assez riche, d'assez confiant pour racheter les actions de la *Société*, et n'étant pas, comme cette Société, dans la nécessité de mettre l'ouvrage sous presse sitôt que tintera mon glas ! Quelques-uns des actionnaires sont mes amis ; plusieurs sont des personnes obligeantes qui ont cherché à m'être utiles ; mais enfin les actions se seront peut-être vendues ; elles auront été transmises à des tiers que je ne connais pas et dont les affaires de famille doivent passer en première ligne ; à ceux-ci, il est naturel que mes jours, en se prolongeant, deviennent sinon une importunité, du moins un dommage. Enfin, si j'étais encore maître de ces *Mémoires*, ou je les garderais en manuscrit ou j'en retarderais l'apparition de cinquante années.

Ces *Mémoires* ont été composés à différentes dates et en différents pays. De là, des prologues obligés qui peignent les lieux que j'avais sous les yeux, les sentiments qui m'occupaient au moment où se renoue le fil de ma narration. Les formes changeantes de ma vie sont ainsi entrées les unes dans les autres : il m'est arrivé que, dans mes instants de prospérité, j'ai eu à parler de mes temps de misère ; dans mes jours de tribulation, à retracer mes jours de bonheur. Ma jeunesse pénétrant dans ma vieillesse, la gravité de mes années d'expérience attristant mes années légères, les rayons de mon soleil, depuis son aurore jusqu'à son couchant, se croisant et se confondant, ont produit dans mes récits une sorte de confusion, ou, si l'on veut, une sorte d'unité indéfinissable ; mon berceau a de ma tombe, ma tombe a de mon berceau : mes souffrances deviennent des plaisirs, mes plaisirs des douleurs, et je ne sais plus, en achevant de lire ces *Mémoires*, s'ils sont d'une tête brune ou chenue.

J'ignore si ce mélange, auquel je ne puis apporter remède, plaira ou déplaira ; il est le fruit des inconstances de mon sort : les tempêtes ne m'ont laissé souvent de table pour écrire que l'écueil de mon naufrage.

On m'a pressé de faire paraître de mon vivant quelques morceaux de ces *Mémoires* ; je préfère parler du fond de mon cercueil ; ma narration sera alors accompagnée de ces voix qui ont quelque chose de sacré, parce qu'elles sortent du sépulcre [1]. Si j'ai assez souffert en ce monde pour être dans l'autre une ombre heureuse, un rayon échappé des Champs-Élysées répandra sur mes derniers tableaux une lumière protectrice : la vie me sied mal ; la mort m'ira peut-être mieux.

Ces *Mémoires* ont été l'objet de ma prédilection : saint Bonaventure obtint du ciel la permission de continuer les siens après sa mort : je n'espère pas une telle faveur, mais je désirerais ressusciter à l'heure des fantômes, pour corriger au moins les épreuves. Au surplus, quand l'Éternité m'aura de ses deux mains bouché les oreilles, dans la poudreuse famille des sourds, je n'entendrai plus personne.

Si telle partie de ce travail m'a plus attaché que telle autre, c'est ce qui regarde ma jeunesse, le coin le plus ignoré de ma vie. Là, j'ai eu à réveiller un monde qui n'était connu que de moi ; je n'ai rencontré, en errant dans cette société évanouie, que des souvenirs et le silence ; de toutes les personnes que j'ai connues, combien en existe-t-il aujourd'hui ?

Les habitants de Saint-Malo s'adressèrent à moi le 25 août 1828, par l'entremise de leur maire, au sujet d'un bassin à flot qu'ils désiraient établir. Je m'empressai de répondre, sollicitant, en échange de bienveil-

---

1. Diderot avait déjà senti la nécessité de cette posture, pour qui voulait atteindre à la postérité : « On ne pense, on ne parle avec force que de son tombeau ; c'est là qu'il faut se placer, c'est de là qu'il faut s'adresser aux hommes » *(Essai sur les règnes de Claude et de Néron).*

lance, une concession de quelques pieds de terre, pour mon tombeau, sur *le Grand-Bé*[*]. Cela souffrit des difficultés, à cause de l'opposition du génie militaire[1]. Je reçus enfin, le 27 octobre 1831, une lettre du maire, M. Hovius. Il me disait : « Le lieu de repos que vous désirez au bord de la mer, à quelques pas de votre berceau, sera préparé par la piété filiale des Malouins. Une pensée triste se mêle pourtant à ce soin. Ah ! puisse le monument rester longtemps vide ! mais l'honneur et la gloire survivent à tout ce qui passe sur la terre. » Je cite avec reconnaissance ces belles paroles de M. Hovius : il n'y a de trop que le mot *gloire*.

Je reposerai donc au bord de la mer que j'ai tant aimée[2]. Si je décède hors de France, je souhaite que mon corps ne soit rapporté dans ma patrie qu'après cinquante ans révolus d'une première inhumation. Qu'on sauve mes restes d'une sacrilège autopsie ; qu'on s'épargne le soin de chercher dans mon cerveau glacé et dans mon cœur éteint le mystère de mon être. La mort ne révèle point les secrets de la vie. Un cadavre courant la poste me fait horreur ; des os blanchis et légers se transportent facilement : ils seront moins fatigués dans ce dernier voyage que quand je les traînais çà et là chargés de mes ennuis.

---

* Îlot situé dans la rade de Saint-Malo.

1. Le Grand-Bé appartenait en effet au domaine militaire. Amorcée en 1823, lorsque Chateaubriand était ministre des Affaires étrangères, la négociation traîna en longueur jusqu'à sa conclusion définitive en 1836.
2. La formule a peut-être été suggérée par celle du testament de Napoléon (codicille du 16 avril 1821) : « Je désire que mes cendres reposent sur les bords de la Seine au milieu de ce peuple français que j'ai tant aimé ».

LIVRE PREMIER

(1)

Sicut nubes... quasi naves... velut umbra.
Job

La Vallée-aux-Loups, près d'Aulnay, ce 4 octobre 1811.

Il y a quatre ans qu'à mon retour de la Terre-Sainte, j'achetai près du hameau d'Aulnay, dans le voisinage de Sceaux et de Châtenay, une maison de jardinier, cachée parmi des collines couvertes de bois[1]. Le terrain inégal et sablonneux dépendant de cette maison, n'était qu'un verger sauvage au bout duquel se trouvait une ravine et un taillis de châtaigniers. Cet étroit espace me paru propre à renfermer mes longues espérances ; *spatio brevi spem longam reseces*[2]. Les arbres que j'y ai plantés prospèrent, ils sont encore si petits que je leur donne de l'ombre quand je me place entre eux et le soleil. Un jour, en me rendant cette ombre, ils protégeront mes vieux ans comme j'ai protégé leur jeunesse. Je les ai choisis autant que je l'ai pu des

---

1. Sur les conditions de cette acquisition, voir p. 221. Le domaine de la Vallée-aux-Loups, où Chateaubriand a vécu et travaillé de 1807 à 1817, existe toujours : il a été restauré avec soin et abrite un intéressant musée.
2. Chateaubriand aime à citer ce vers du poète latin Horace (*Odes*, I, 11, vers 6-7), mais en commettant chaque fois le même contre-sens : *spatio brevi* est un ablatif absolu, et *spatium* signifie ici « espace de temps » ; par ailleurs le sens du verbe *resecare* est « retrancher », non pas « renfermer ». Il faut donc comprendre : Étant donné le peu de temps que nous avons à vivre, il est illusoire de former des projets à long terme.

divers climats où j'ai erré ; ils rappellent mes voyages et nourrissent au fond de mon cœur d'autres illusions.

Si jamais les Bourbons remontent sur le trône[1], je ne leur demanderai, en récompense de ma fidélité, que de me rendre assez riche pour joindre à mon héritage la lisière des bois qui l'environnent : l'ambition m'est venue ; je voudrais accroître ma promenade de quelques arpents : tout chevalier errant que je suis, j'ai les goûts sédentaires d'un moine : depuis que j'habite cette retraite, je ne crois pas avoir mis trois fois les pieds hors de mon enclos. Mes pins, mes sapins, mes mélèzes, mes cèdres tenant jamais ce qu'ils promettent, la Vallée-aux-Loups deviendra une véritable chartreuse. Lorsque Voltaire naquit à Châtenay, le 20 février 1694[2], quel était l'aspect du coteau où se devait retirer, en 1807, l'auteur du *Génie du Christianisme* ?

Ce lieu me plaît ; il a remplacé pour moi les champs paternels ; je l'ai payé du produit de mes rêves et de mes veilles ; c'est au grand désert d'Atala que je dois le petit désert d'Aulnay ; et pour me créer ce refuge, je n'ai pas, comme le colon américain, dépouillé l'Indien des Florides. Je suis attaché à mes arbres ; je leur ai adressé des élégies, des sonnets, des odes. Il n'y a pas un seul d'entre eux que je n'aie soigné de mes propres mains, que je n'aie délivré du ver attaché à sa racine, de la chenille collée à sa feuille ; je les connais tous par leurs noms comme mes enfants : c'est ma famille, je n'en ai pas d'autre, j'espère mourir auprès d'elle.

Ici, j'ai écrit les *Martyrs*, les *Abencerages*, l'*Itinéraire* et *Moïse* : que ferai-je maintenant dans les soirées

---

1. Bien que daté de 1811, ce prologue a été en réalité rédigé à Genève, au mois de septembre 1832, après la chute définitive des Bourbons. Cette supposition feinte vise donc à incriminer *a posteriori* la branche aînée pour son ingratitude.   2. C'est du moins ce que croyaient les biographes contemporains. On a par la suite voulu faire naître Voltaire à Paris le 21 novembre 1694. Mais René Pomeau juge aujourd'hui plausibles la date et le lieu retenus par Chateaubriand, qui en profite pour tirer un effet « littéraire » de cette conjonction à un siècle de distance, entre le pourfendeur et le défenseur du christianisme.

de cet automne ? Ce 4 octobre 1811, anniversaire de ma fête et de mon entrée à Jérusalem[1], me tente à commencer l'histoire de ma vie. L'homme qui ne donne aujourd'hui l'empire du monde à la France que pour la fouler à ses pieds, cet homme, dont j'admire le génie et dont j'abhorre le despotisme, cet homme[2] m'enveloppe de sa tyrannie comme d'une autre solitude ; mais s'il écrase le présent, le passé le brave, et je reste libre dans tout ce qui a précédé sa gloire.

La plupart de mes sentiments sont demeurés au fond de mon âme, ou ne se sont montrés dans mes ouvrages que comme appliqués à des êtres imaginaires. Aujourd'hui que je regrette encore mes chimères sans les poursuivre, je veux remonter le penchant de mes belles années : ces *Mémoires* seront un temple de la mort élevé à la clarté de mes souvenirs.

De la naissance de mon père et des épreuves de sa première position, se forma en lui un des caractères les plus sombres qui aient été. Or, ce caractère a influé sur mes idées en effrayant mon enfance, contristant ma jeunesse et décidant du genre de mon éducation.

Je suis né gentilhomme. Selon moi, j'ai profité du hasard de mon berceau, j'ai gardé cet amour plus ferme de la liberté qui appartient principalement à l'aristocratie dont la dernière heure est sonnée. L'aristocratie a trois âges successifs ; l'âge des supériorités, l'âge des privilèges, l'âge des vanités : sortie du premier, elle dégénère dans le second et s'éteint dans le dernier.

[...] Quant à moi, je ne me glorifie ni ne me plains de l'ancienne ou de la nouvelle société. Si, dans la première, j'étais le chevalier ou le vicomte[3] de Cha-

---

1. Dans le calendrier liturgique, le 4 octobre est le jour de la Saint-François, et Chateaubriand a toujours attaché une importance particulière à sa fête, qu'il a crue longtemps être aussi le jour de son anniversaire. Dans ces conditions, son arrivée le 4 octobre 1806 à Jérusalem, au couvent franciscain de Saint-Sauveur ne pouvait que prendre une valeur symbolique. **2.** Napoléon. **3.** Présenté à Louis XVI comme « le chevalier de Chateaubriand », il conservera ce titre jusqu'à la suppression des distinctions nobiliaires. Il ne prendra celui de « vicomte » qu'après son élévation à la Pairie, en 1815.

teaubriand, dans la seconde je suis François de Chateaubriand ; je préfère mon nom à mon titre.

Monsieur mon père aurait volontiers, comme un
grand terrier[1] du moyen âge, appelé Dieu *le Gentil-*
homme de là-haut[2], et surnommé Nicodème[3] (le
Nicodème de l'Évangile) un *saint gentilhomme.*
Maintenant, en passant par mon géniteur, arrivons de
Christophe, seigneur suzerain de la Guérande[4], et descendant en ligne directe des barons de Chateaubriand,
jusqu'à moi, François, seigneur sans vassaux et sans
argent de la Vallée-aux-Loups.

En remontant la lignée des Chateaubriand, composée de trois branches, les deux premières étant fail-
lies, la troisième, celle des sires de Beaufort,
prolongée par un rameau (les Chateaubriand de la
Guérande), s'appauvrit, effet inévitable de la loi du
pays : les aînés nobles emportaient les deux tiers des
biens, en vertu de la coutume de Bretagne ; les
cadets divisaient entre eux tous un seul tiers de l'héritage paternel. La décomposition du chétif estoc[5] de
ceux-ci s'opérait avec d'autant plus de rapidité, qu'ils
se mariaient ; et comme la même distribution des
deux tiers au tiers existait aussi pour leurs enfants,
ces cadets des cadets arrivaient promptement au partage d'un pigeon, d'un lapin, d'une canardière[6] et
d'un chien de chasse, bien qu'ils fussent toujours
chevaliers hauts et puissants seigneurs d'un colombier, d'une crapaudière[7] et d'une garenne[8]. On voit
dans les anciennes familles nobles une quantité de

---

1. Au sens ancien de « possesseur de vastes terres », avec une nuance ironique. Le mot ne conservera par la suite que le sens juridique de titre de propriété foncière.   2. Cette expression pourrait être considérée comme un
simple anglicisme si on ne la trouvait déjà chez Chamfort : « M. de Brissac,
ivre de gentilhommerie, désignait souvent Dieu par cette phrase : le Gentilhomme d'en haut » (fragment 796).   3. Notable de Jérusalem au temps du
Christ.   4. Ce Christophe de Chateaubriand, sieur de la *Guerrande*, est le
trisaïeul du narrateur : il avait été confirmé dans les privilèges de son nom et
de ses armes par un édit du 7 septembre 1667.   5. Biens revenant en héritage à leur lignée (archaïsme).   6. Étang à canards.   7. « Lieu bas,
humide et malpropre » (*Dictionnaire de Trévoux*, 1771).   8. Bois ou lande
réservés à la chasse.

cadets ; on les suit pendant deux ou trois générations, puis ils disparaissent, redescendus peu à peu à la charrue ou absorbés par les classes ouvrières, sans qu'on sache ce qu'ils sont devenus.

Le chef de nom et d'armes de ma famille, était, vers le commencement du dix-huitième siècle, Alexis de Chateaubriand, seigneur de la Guérande, fils de Michel, lequel Michel avait un frère, Amaury. Michel était le fils de ce Christophe, maintenu dans son extraction des sires de Beaufort et des barons de Chateaubriand, par l'arrêt ci-dessus rapporté. Alexis de la Guérande était veuf ; ivrogne décidé, il passait ses jours à boire, vivait dans le désordre avec ses servantes, et mettait les plus beaux titres de sa maison à couvrir des pots de beurre.

En même temps que ce chef de nom et d'armes, existait son cousin François, fils d'Amaury, puîné de Michel. François, né le 19 février 1683, possédait les petites seigneuries des Touches et de la Villeneuve. Il avait épousé, le 27 août 1713, Pétronille-Claude Lamour, dame de Lanjegu, dont il eut quatre fils : François-Henri, René (mon père), Pierre, seigneur du Plessis, et Joseph, seigneur du Parc [1]. Mon grand-père, François, mourut le 28 mars 1729 ; ma grand-mère, je l'ai connue dans mon enfance, avait encore un beau regard qui souriait dans l'ombre de ses années. Elle habitait, au décès de son mari, le manoir de la Villeneuve, dans les environs de Dinan. Toute la fortune de mon aïeule ne dépassait pas 5 000 livres de rente, dont l'aîné de ses fils emportait les deux tiers, 3 332 livres ; restaient 1 668 livres de rente pour les trois cadets, sur laquelle somme l'aîné prélevait encore le préciput [2].

---

1. Ils naquirent successivement le 31 octobre 1717, le 23 septembre 1718, le 23 janvier 1727 et le 22 mars 1728. Leur mère, née en 1691, devait mourir le 22 octobre 1781, à quatre-vingt-dix ans. Elle passa la fin de sa vie auprès de son fils Pierre. 　2. Ce terme désigne la demeure familiale : « Le principal fief ou manoir avec un arpent de terre qu'on appelle le vol du chapon » (*Dictionnaire de Trévoux*, 1771). Mais contrairement à ce que semble croire Chateaubriand, c'est une fois le préciput réservé (au fils aîné) qu'avait lieu le partage. En ce qui concerne les quatre enfants de madame de Chateaubriand, il fut ajourné jusqu'en 1761, et ce fut elle qui exploita

Pour comble de malheur, ma grand'mère fut contra-
riée dans ses desseins par le caractère de ses fils :
l'aîné, François-Henri, à qui le magnifique héritage de
la seigneurie de la Villeneuve était dévolu, refusa de
se marier et se fit prêtre[1] ; mais au lieu de quêter les
bénéfices que son nom lui aurait pu procurer et avec
lesquels il aurait soutenu ses frères, il ne sollicita rien
par fierté et par insouciance. Il s'ensevelit dans une
cure de campagne et fut successivement recteur de
Saint-Launeuc et de Merdrignac, dans le diocèse de
Saint-Malo. Il avait la passion de la poésie ; j'ai vu bon
nombre de ses vers. Le caractère joyeux de cette
espèce de noble Rabelais, le culte que ce prêtre chrétien avait voué aux Muses dans un presbytère excitaient la curiosité. Il donnait tout ce qu'il avait et
mourut insolvable.

Le quatrième frère de mon père[2], Joseph, se rendit
à Paris et s'enferma dans une bibliothèque : on lui
envoyait tous les ans les 416 livres, son lopin de cadet.
Il passa inconnu au milieu des livres ; il s'occupait de
recherches historiques. Pendant sa vie qui fut courte, il
écrivait chaque premier de janvier à sa mère, seul signe
d'existence qu'il ait jamais donné. Singulière destinée !
Voilà mes deux oncles, l'un érudit et l'autre poète ;
mon frère aîné faisait agréablement des vers ; une de
mes sœurs, madame de Farcy, avait un vrai talent pour
la poésie ; une autre de mes sœurs, la comtesse Lucile,
chanoinesse, pourrait être connue par quelques pages
admirables ; moi, j'ai barbouillé force papier. Mon
frère a péri sur l'échafaud, mes deux sœurs ont quitté
une vie de douleur après avoir langui dans les prisons ;

le domaine familial de Villeneuve-en-Médréac (à 25 km de Dinan), tandis
que trois de ses fils avaient pris la mer.
   1. Contrairement à la tradition qui réservait la carrière ecclésiastique au
cadet. François-Henri de Chateaubriand fut ordonné prêtre le 10 mars 1742.
Il mourut le 26 février 1776 dans sa cure de Merdrignac.   2. En réalité
le quatrième fils de son grand-père, donc le *troisième* frère de son père.
Chateaubriand semble mal renseigné sur le plus jeune de ses oncles, mort
peu après sa naissance, le 13 août 1772. Celui-ci commença par naviguer
sous les ordres de ses frères René et Pierre. C'est seulement en 1761, après
le règlement de la succession paternelle qu'il alla vivre à Paris.

mes deux oncles ne laissèrent pas de quoi payer les quatre planches de leur cercueil ; les lettres ont causé mes joies et mes peines, et je ne désespère pas, Dieu aidant, de mourir à l'hôpital.

Ma grand'mère s'étant épuisée pour faire quelque chose de son fils aîné et de son fils cadet, ne pouvait plus rien pour les deux autres, René, mon père, et Pierre, mon oncle. Cette famille, qui avait *semé l'or*, selon sa devise, voyait de sa gentilhommière les riches abbayes qu'elle avait fondées et qui entombaient[1] ses aïeux. Elle avait présidé les états de Bretagne, comme possédant une des neuf baronnies ; elle avait signé au traité des souverains, servi de caution à Clisson, et elle n'aurait pas eu le crédit d'obtenir une sous-lieutenance pour l'héritier de son nom.

Il restait à la pauvre noblesse bretonne une ressource, la marine royale : on essaya d'en profiter pour mon père ; mais il fallait d'abord se rendre à Brest, y vivre, payer les maîtres, acheter l'uniforme, les armes, les livres, les instruments de mathématiques : comment subvenir à tous ces frais ? Le brevet demandé au ministre de la marine n'arriva point, faute de protecteur pour en solliciter l'expédition : la châtelaine de Villeneuve tomba malade de chagrin.

Alors mon père donna la première marque du caractère décidé que je lui ai connu. Il avait environ quinze ans : s'étant aperçu des inquiétudes de sa mère, il s'approcha du lit où elle était couchée et lui dit : « Je ne veux plus être un fardeau pour vous. » Sur ce, ma grand'mère se prit à pleurer (j'ai vingt fois entendu mon père raconter cette scène). « René, répondit-elle, que veux-tu faire ? Laboure ton champ. — Il ne peut pas nous nourrir ; laissez-moi partir. — Eh bien, dit la mère, va donc où Dieu veut que tu ailles. » Elle embrassa l'enfant en sanglotant. Le soir même, mon

---

1. Dans la langue du XVIᵉ siècle, ce verbe transitif qu'on rencontre aussi bien chez Ronsard que chez Shakespeare ou Milton *(to entomb)* signifie : ensevelir, mettre dans la tombe. Avec un sujet inanimé, il est employé par Chateaubriand dans une acception un peu différente : recevoir la dépouille, abriter la sépulture de...

père quitta la ferme maternelle, arriva à Dinan, où une de nos parentes lui donna une lettre de recommandation pour un habitant de Saint-Malo. L'aventurier orphelin fut embarqué, comme volontaire, sur une goëlette armée, qui mit à la voile quelques jours après.

La petite république malouine soutenait seule alors sur la mer l'honneur du pavillon français. La goëlette rejoignit la flotte que le cardinal de Fleury envoyait au secours de Stanislas, assiégé dans Dantzick par les Russes. Mon père mit pied à terre et se trouva au mémorable combat que quinze cents Français, commandés par le brave Breton de Bréhan, comte de Plélo, livrèrent, le 29 mai 1734, à quarante mille Moscovites, commandés par Munich. De Bréhan, diplomate, guerrier et poëte, fut tué, et mon père blessé deux fois. Il revint en France et se rembarqua. Naufragé sur les côtes de l'Espagne, des voleurs l'attaquèrent et le dépouillèrent dans la Galice ; il prit passage à Bayonne sur un vaisseau et surgit encore au toit paternel. Son courage et son esprit d'ordre l'avaient fait connaître. Il passa aux Îles ; il s'enrichit dans les colonies et jeta les fondements de la nouvelle fortune de sa famille[1].

Ma grand'mère confia à son fils René, son fils Pierre, M. de Chateaubriand du Plessis, dont le fils, Armand de Chateaubriand, fut fusillé, par ordre de

---

1. Ce paragraphe présente une version romanesque, et de toute façon invérifiable, de la jeunesse du père de Chateaubriand, sans doute accréditée depuis longtemps par le principal intéressé. Nous sommes aujourd'hui assez bien renseignés sur la carrière de celui-ci. René de Chateaubriand avait commencé par des campagnes de pêche à Terre-Neuve, puis servi comme officier dans la guerre de course. Ayant reçu à vingt-neuf ans ses lettres de Maîtrise de « capitaine et pilote de navire », il se tourna vers le commerce triangulaire entre la Guinée et les Antilles, avant de se mettre à armer pour son propre compte, la quarantaine venue, tandis que ses frères Pierre et Joseph prenaient la relève sur mer. Terre-neuvas, corsaire, négrier, armateur : tel fut le parcours de ce *self-made man* qui allait devenir le comte de Combourg. Il comporte des ombres. Sans doute est-ce la raison pour laquelle, au début de ses *Mémoires*, le seigneur de la Vallée-aux-Loups se croit obligé de préciser qu'il a payé son domaine du produit « de ses rêves et de ses veilles », sans avoir eu besoin, « comme le colon américain », de dépouiller pour cela des Indiens.

Bonaparte, le Vendredi-Saint de l'année 1810[1]. Ce fut un des derniers gentilshommes français morts pour la cause de la monarchie[*]. Mon père se chargea du sort de son frère, quoiqu'il eût contracté, par l'habitude de souffrir, une rigueur de caractère qu'il conserva toute sa vie ; le *Non ignara mali*[2] n'est pas toujours vrai : le malheur a ses duretés comme ses tendresses.

M. de Chateaubriand était grand et sec ; il avait le nez aquilin, les lèvres minces et pâles, les yeux enfoncés, petits et pers[3] ou glauques, comme ceux des lions ou des anciens barbares. Je n'ai jamais vu un pareil regard : quand la colère y montait, la prunelle étincelante semblait se détacher et venir vous frapper comme une balle.

Une seule passion dominait mon père, celle de son nom. Son état habituel était une tristesse profonde que l'âge augmenta et un silence dont il ne sortait que par des emportements. Avare dans l'espoir de rendre à sa famille son premier éclat, hautain aux états de Bretagne avec les gentilshommes, dur avec ses vassaux à Combourg, taciturne, despotique et menaçant dans son intérieur, ce qu'on sentait en le voyant, c'était la crainte. S'il eût vécu jusqu'à la Révolution et s'il eût été plus jeune, il aurait joué un rôle important, ou se serait fait massacrer dans son château. Il avait certainement du génie : je ne doute pas qu'à la tête des administrations ou des armées, il n'eût été un homme extraordinaire.

Ce fut en revenant d'Amérique qu'il songea à se marier. Né le 23 septembre 1718, il épousa à trente-cinq ans, le 3 juillet 1753, Apolline-Jeanne-Suzanne de Bedée, née le 7 avril 1726, et fille de messire Ange-Annibal, comte de Bedée, seigneur de la Bouëtardais. Il s'établit avec elle à Saint-Malo, dont ils étaient nés l'un et l'autre à sept ou huit lieues, de sorte qu'ils apercevaient de leur demeure l'horizon sous lequel ils

---

[*] Ceci était écrit en 1811. (Note de 1831, Genève.)

---

1. En réalité le 31 mars 1809. Sur Armand, voir n. 2, p. 63.   **2.** Citation de Virgile (*Énéide*, I, 630) : « J'ai connu le malheur, et c'est pourquoi j'ai appris à secourir les infortunés », dit la reine de Carthage, Didon, à Énée naufragé.   **3.** C'est-à-dire « bleu verdâtre », couleur de mer.

étaient venus au monde. Mon aïeule maternelle, Marie-
Anne de Ravenel de Boisteilleul, dame de Bedée, née
à Rennes, le 16 octobre 1698, avait été élevée à Saint-
Cyr dans les dernières années de madame de Maintenon[1] : son éducation s'était répandue sur ses filles.

Ma mère, douée de beaucoup d'esprit et d'une imagination prodigieuse, avait été formée à la lecture de
Fénelon, de Racine, de madame de Sévigné, et nourrie
des anecdotes de la cour de Louis XIV : elle savait
tout Cyrus[2] par cœur. Apolline de Bedée, avec de
grands traits, était noire, petite et laide ; l'élégance de
ses manières, l'allure vive de son humeur contrastaient
avec la rigidité et le calme de mon père. Aimant la
société autant qu'il aimait la solitude, aussi pétulante
et animée qu'il était immobile et froid, elle n'avait pas
un goût qui ne fût opposé à ceux de son mari. La
contrariété qu'elle éprouva la rendit mélancolique, de
légère et gaie qu'elle était. Obligée de se taire quand
elle eût voulu parler, elle s'en dédommageait par une
espèce de tristesse bruyante entrecoupée de soupirs,
qui interrompaient seuls la tristesse muette de mon
père. Pour la piété, ma mère était un ange.

(2)

La Vallée-aux-Loups, le 31 décembre 1811.

NAISSANCE DE MES FRÈRES ET SŒURS. — JE VIENS AU MONDE.

Ma mère accoucha à Saint-Malo d'un premier garçon qui mourut au berceau, et qui fut nommé Geoffroy,
comme presque tous les aînés de ma famille. Ce fils

---

1. Madame de Maintenon avait fondé en 1686, à Saint-Cyr, une maison
où de jeunes filles pauvres de la noblesse pourraient recevoir une excellente
éducation. C'est là qu'après la mort de Louis XIV elle se retira, pour y mourir
à son tour en 1719.   2. *Artamène ou le Grand Cyrus*, de Madeleine de Scu-
déry, publié de 1649 à 1653, fut un des romans les plus lus du XVIIe siècle.

fut suivi d'un autre et de deux filles qui ne vécurent que quelques mois.

Ces quatre enfants périrent d'un épanchement de sang au cerveau. Enfin, ma mère mit au monde un troisième garçon qu'on appela Jean-Baptiste : c'est lui qui, dans la suite, devint le petit-gendre de M. de Malesherbes. Après Jean-Baptiste, naquirent quatre filles : Marie-Anne, Bénigne, Julie et Lucile, toutes quatre d'une rare beauté et dont les deux aînées ont seules survécu aux orages de la Révolution. La beauté, frivolité sérieuse, reste quand toutes les autres sont passées. Je fus le dernier de ces dix enfants [1]. Il est probable que mes quatre sœurs durent leur existence au désir de mon père d'avoir son nom assuré par l'arrivée d'un second garçon ; je résistais, j'avais aversion pour la vie.

Voici mon extrait de baptême :

« Extrait des registres de l'état civil de la commune de Saint-Malo pour l'année 1768.

« François-René de Chateaubriand, fils de René de Chateaubriand et de Pauline-Jeanne-Suzanne de Bedée, son épouse, né le 4 septembre 1768, baptisé le jour suivant par nous, Pierre-Henry Nouail, grand-vicaire de l'évêque de Saint-Malo. A été parrain Jean-Baptiste de Chateaubriand, son frère, et marraine Françoise-Gertrude de Contades, qui signent et le père. Ainsi signé au registre : Contades de Plouër, Jean-Baptiste de Chateaubriand, Brignon de Chateaubriand, de Chateaubriand et Nouail, vicaire-général. »

On voit que je m'étais trompé dans mes ouvrages : je me fais naître le 4 octobre et non le 4 septembre ;

---

1. La réalité est un peu différente. Le premier enfant de Mme de Chateaubriand fut une fille, Bénigne, née le 2 décembre 1754 ; ni elle, ni Geoffroy-Marie, né le 4 mai 1758, ne survécurent. Après Jean-Baptiste, né le 23 juin 1759, vinrent Marie-Anne (4 juillet 1760), Bénigne (31 août 1761), Julie (2 septembre 1763) et Lucile (7 août 1764). C'est à la suite de ces quatre filles que naquirent Auguste-Louis (28 mai 1766-30 décembre 1767) et Calixte-Anne (3 juin 1767, mort en bas âge). Il fallut attendre François-René pour que survive un second descendant mâle de la famille.

mes prénoms sont : François-René, et non pas Fran-
çois-*Auguste*[*].

  La maison qu'habitaient alors mes parents est située
dans une rue sombre et étroite de Saint-Malo, appelée
la rue des Juifs[1] : cette maison est aujourd'hui transformée en auberge. La chambre où ma mère accoucha
domine une partie déserte des murs de la ville, et à
travers les fenêtres de cette chambre on aperçoit une
mer qui s'étend à perte de vue, en se brisant sur des
écueils. J'eus pour parrain, comme on le voit dans mon
extrait de baptême, mon frère, et pour marraine la
comtesse de Plouër, fille du maréchal de Contades.
J'étais presque mort quand je vins au jour. Le mugissement des vagues, soulevées par une bourrasque annonçant l'équinoxe d'automne, empêchait d'entendre mes
cris : on m'a souvent conté ces détails[2] ; leur tristesse
ne s'est jamais effacée de ma mémoire. Il n'y a pas de
jour où, rêvant à ce que j'ai été, je ne revoie en pensée
le rocher sur lequel je suis né, la chambre où ma mère
m'infligea la vie, la tempête dont le bruit berça mon
premier sommeil, le frère infortuné qui me donna un
nom[3] que j'ai presque toujours traîné dans le malheur.
Le Ciel sembla réunir ces diverses circonstances pour
placer dans mon berceau une image de mes destinées.

---

  [*] Vingt jours avant moi, le 15 août 1768, naissait dans une autre île, à
l'autre extrémité de la France, l'homme qui a mis fin à l'ancienne société,
Bonaparte[4].

---

  1. La maison natale de Chateaubriand existe toujours, au n° 3 de la rue
qui porte aujourd'hui son nom, à Saint-Malo. Elle a conservé la structure
traditionnelle des habitations malouines, avec ses galeries vitrées caractéris-
tiques autour de la cour intérieure. La pièce où Mme de Chateaubriand
accoucha, ouvrant au nord, sur la mer, servait alors de cuisine ; elle a
conservé sa cheminée et son lavabo de pierre, bien pratiques en de pareilles
circonstances.   2. Ils sont confirmés par tous les témoignages météorologiques du temps.   3. François a eu en effet pour parrain son frère aîné,
qui devait être guillotiné le 22 avril 1794, avec sa jeune femme et la famille
de celle-ci.   4. Napoléon est né le 15 août 1769, mais sa date de naissance fut longtemps entourée de mystère (voir la discussion de ce problème
au chapitre 4 du livre XIX). Chateaubriand profite de cette incertitude pour
amorcer un parallèle qu'il développera dans la suite de ses *Mémoires*.

(3)

Vallée-aux-Loups, janvier 1812.

PLANCOUËT. — VŒU. — COMBOURG. — PLAN DE MON PÈRE
POUR MON ÉDUCATION. — LA VILLENEUVE. — LUCILE. — MES-
DEMOISELLES COUPPART. — MAUVAIS ÉCOLIER QUE JE SUIS.

En sortant du sein de ma mère, je subis mon premier
exil ; on me relégua à Plancouët, joli village situé entre
Dinan, Saint-Malo et Lamballe. L'unique frère de ma
mère, le comte de Bedée, avait bâti près de ce village
le château de *Monchoix*[1]. Les biens de mon aïeule
maternelle s'étendaient dans les environs jusqu'au
bourg de Corseul, les *Curiosolites*[2] des Commentaires
de César. Ma grand'mère, veuve depuis longtemps,
habitait avec sa sœur, mademoiselle de Boisteilleul, un
hameau séparé de Plancouët par un pont, et qu'on
appelait l'Abbaye, à cause d'une abbaye de Bénédictins[3], consacrée à Notre-Dame de Nazareth.

Ma nourrice se trouva stérile ; une autre pauvre chrétienne me prit à son sein. Elle me voua à la patronne
du hameau, Notre-Dame de Nazareth, et lui promit que
je porterais en son honneur, le bleu et le blanc jusqu'à
l'âge de sept ans. Je n'avais vécu que quelques heures,
et la pesanteur du temps était déjà marquée sur mon
front. Que ne me laissait-on mourir ? Il entrait dans les
conseils de Dieu d'accorder au vœu de l'obscurité et
de l'innocence la conservation des jours qu'une vaine
renommée menaçait d'atteindre.

Ce vœu de la paysanne bretonne n'est plus de ce
siècle : c'était toutefois une chose touchante que l'in-

---

1. C'est après le décès de son père en 1761 que Marie-*Antoine* de Bedée
(1727-1807) acheva la construction du château (qui existe toujours), pour
y installer sa famille.   **2.** Ils sont mentionnés au livre III de la *Guerre
des Gaules*.   **3.** Chateaubriand a confondu les Dominicains qui desser-
vaient cette église de pèlerinage, où est toujours vénérée une statue miracu-
leuse de la Vierge, avec les bénédictins du Prieuré de Saint-Maur, alors
installés dans la même rue.

tervention d'une Mère divine placée entre l'enfant et le
ciel, et partageant les sollicitudes de la mère terrestre.

Au bout de trois ans on me ramena à Saint-Malo ; il
y en avait déjà sept que mon père avait recouvré la
terre de Combourg. Il désirait rentrer dans les biens où
ses ancêtres avaient passé [1] ; ne pouvant traiter ni pour
la seigneurie de Beaufort, échue à la famille de Goyon,
ni pour la baronnie de Chateaubriand, tombée dans la
maison de Condé, il tourna les yeux sur Combourg
que Froissart écrit *Combour* : plusieurs branches de
ma famille l'avaient possédé par des mariages avec les
Coëtquen. Combourg défendait la Bretagne dans les
marches normande et anglaise : Junken, évêque de Dol,
le bâtit en 1016 ; la grande tour date de 1100. Le maréchal de Duras, qui tenait Combourg de sa femme,
Maclovie de Coëtquen, née d'une Chateaubriand, s'ar-
rangea avec mon père. Le marquis du Hallay, officier
aux grenadiers à cheval de la garde royale, peut-être
trop connu par sa bravoure [2], est le dernier des Coët-
quen-Chateaubriand : M. du Hallay a un frère. Le
même maréchal de Duras, en qualité de notre allié,
nous présenta dans la suite à Louis XVI, mon frère et
moi.

Je fus destiné à la marine royale : l'éloignement pour
la cour était naturel à tout Breton, et particulièrement
à mon père. L'aristocratie de nos États fortifiait en lui
ce sentiment.

Quand je fus rapporté à Saint-Malo, mon père était

---

1. C'est en 1761, donc sept ans avant la naissance de son dernier fils,
que M. de Chateaubriand acheta au duc de Duras le château et la terre de
Combourg, érigée en comté sous Henri III, mais qui ne semble jamais avoir
appartenu à ses ancêtres, malgré les liens séculaires des Chateaubriand de
Beaufort avec le diocèse de Dol. En réalité, pour le gentilhomme pauvre
devenu (sans déroger) un riche armateur, cette acquisition avait une valeur
de recouvrement symbolique.   2. Jean du Hallay-Coëtquen (1799-1867)
passa, sous la Restauration, pour un *expert* en matière de duel. Il avait un
frère qui servait dans les gardes du corps.

à Combourg[1], mon frère au collège de Saint-Brieuc ;
mes quatre sœurs vivaient auprès de ma mère.

Toutes les affections de celle-ci s'étaient concentrées dans son fils aîné ; non qu'elle ne chérît ses autres
enfants, mais elle témoignait une préférence aveugle
au jeune comte de Combourg. J'avais bien, il est vrai,
comme garçon, comme le dernier venu, comme *le chevalier* (ainsi m'appelait-on), quelques privilèges sur
mes sœurs ; mais en définitive, j'étais abandonné aux
mains des gens[2]. Ma mère d'ailleurs, pleine d'esprit et
de vertu, était préoccupée par les soins de la société et
les devoirs de la religion. La comtesse de Plouër, ma
marraine, était son intime amie ; elle voyait aussi les
parents de Maupertuis et de l'abbé Trublet[3]. Elle
aimait la politique, le bruit, le monde : car on faisait
de la politique à Saint-Malo, comme les moines de
Saba dans le ravin du Cédron[4] ; elle se jeta avec ardeur
dans l'affaire La Chalotais[5]. Elle rapportait chez elle
une humeur grondeuse, une imagination distraite, un
esprit de parcimonie, qui nous empêchèrent d'abord de
reconnaître ses admirables qualités. Avec de l'ordre,
ses enfants étaient tenus sans ordre ; avec de la générosité, elle avait l'apparence de l'avarice ; avec de la douceur d'âme, elle grondait toujours : mon père était la
terreur des domestiques, ma mère le fléau.

De ce caractère de mes parents sont nés les premiers
sentiments de ma vie. Je m'attachai à la femme qui prit
soin de moi, excellente créature appelée *la Villeneuve*,
dont j'écris le nom avec un mouvement de reconnaissance et les larmes aux yeux. La Villeneuve était une

---

1. Le nouveau propriétaire de Combourg passa de nombreuses années à
restaurer et aménager le château où il séjourna souvent seul avant que le
reste de la famille ne vienne le rejoindre en 1777.   2. Des domestiques.
3. Malouins célèbres au XVIIIe siècle : le mathématicien-géomètre Maupertuis (1698-1759), protégé de Frédéric II, dirigea une expédition dans le
Grand Nord pour mesurer la rotondité de la terre ; Nicolas Trublet (1697-
1770) est connu comme critique, mais aussi pour ses démêlés avec Voltaire.
4. Chateaubriand raconte dans son *Itinéraire* qu'en octobre 1806, il rencontra dans ce monastère caché dans un ravin du Cédron, un moine qui le
questionna sur la politique.   5. Épisode de la fronde parlementaire contre
le « despotisme ministériel » qui agita la Bretagne des années 1760.

espèce de surintendante de la maison, me portant dans
ses bras, me donnant, à la dérobée, tout ce qu'elle pouvait trouver, essuyant mes pleurs, m'embrassant, me
jetant dans un coin, me reprenant et marmottant toujours : « C'est celui-là, qui ne sera pas fier ! qui a bon
cœur ! qui ne rebute point les pauvres gens ! Tiens,
petit garçon », et elle me bourrait de vin et de sucre.

Mes sympathies d'enfant pour la Villeneuve furent
bientôt dominées par une amitié plus digne.

Lucile, la quatrième de mes sœurs, avait deux ans[1]
de plus que moi. Cadette délaissée, sa parure ne se
composait que de la dépouille de ses sœurs. Qu'on se
figure une petite fille maigre, trop grande pour son âge,
bras dégingandés, air timide, parlant avec difficulté et
ne pouvant rien apprendre ; qu'on lui mette une robe
empruntée à une autre taille que la sienne ; renfermez
sa poitrine dans un corps[2] piqué dont les pointes lui
faisaient des plaies aux côtés ; soutenez son cou par
un collier de fer garni de velours brun ; retroussez ses
cheveux sur le haut de sa tête, rattachez-les avec une
toque d'étoffe noire ; et vous verrez la misérable créature qui me frappa en rentrant sous le toit paternel.
Personne n'aurait soupçonné dans la chétive Lucile, les
talents et la beauté qui devaient un jour briller en elle.

Elle me fut livrée comme un jouet ; je n'abusai point
de mon pouvoir ; au lieu de la soumettre à mes
volontés, je devins son défenseur. On me conduisait
tous les matins avec elle chez les sœurs Couppart, deux
vieilles bossues habillées de noir, qui montraient à lire
aux enfants. Lucile lisait fort mal ; je lisais encore plus
mal. On la grondait ; je griffais les sœurs : grandes
plaintes portées à ma mère. Je commençais à passer
pour un vaurien, un révolté, un paresseux, un âne enfin.
Ces idées entraient dans la tête de mes parents : mon
père disait que tous les chevaliers de Chateaubriand
avaient été des fouetteurs de lièvres, des ivrognes et
des querelleurs. Ma mère soupirait et grognait en
voyant le désordre de ma jaquette. Tout enfant que

---

1. En réalité quatre (voir note 1, p. 47).   2. Un corset.

j'étais, le propos de mon père me révoltait ; quand ma mère couronnait ses remontrances par l'éloge de mon frère qu'elle appelait un Caton, un héros, je me sentais disposé à faire tout le mal qu'on semblait attendre de moi.

Mon maître d'écriture, M. Després, à perruque de matelot, n'était pas plus content de moi que mes parents ; il me faisait copier éternellement, d'après un exemple de sa façon, ces deux vers que j'ai pris en horreur, non à cause de la faute de langue qui s'y trouve[1] :

C'est à vous mon esprit à qui je veux parler :
Vous avez des défauts que je ne puis celer.

Il accompagnait ses réprimandes de coups de poing qu'il me donnait dans le cou, en m'appelant tête d'achôcre ; voulait-il dire *achore*** ? Je ne sais pas ce que c'est qu'une tête d'*achôcre*[2], mais je la tiens pour effroyable.

Saint-Malo n'est qu'un rocher. S'élevant autrefois au milieu d'un marais salant, il devint une île par l'irruption de la mer qui, en 709, creusa le golfe et mit le mont Saint-Michel au milieu des flots. Aujourd'hui, le rocher de Saint-Malo ne tient à la terre ferme que par une chaussée appelée poétiquement le Sillon. Le Sillon est assailli d'un côté par la pleine mer, de l'autre est lavé par le flux qui tourne pour entrer dans le port. Une tempête le détruisit presque entièrement en 1730. Pendant les heures de reflux, le port reste à sec, et à la bordure est et nord de la mer, se découvre une grève du plus beau sable. On peut faire alors le tour de mon nid paternel. Auprès et au loin, sont semés des rochers, des forts, des îlots inhabités : le Fort-Royal, la

---

* Ἄχωρ, *gourme*.

---

1. En réalité ce tour (*à vous... à qui*) est conforme au bon usage du XVIIᵉ siècle : les vers sont de Boileau.   2. Cette expression locale, qu'on relève encore au XIXᵉ siècle aussi bien dans le Cotentin que dans la région de Cancale, semble signifier : tête dure, abruti, bon à rien.

Conchée, Cézembre et le Grand-Bé, où sera mon tombeau ; j'avais bien choisi sans le savoir : *be*, en breton, signifie *tombe*.

Au bout du Sillon, planté d'un calvaire, on trouve une butte de sable au bord de la grande mer. Cette butte s'appelle la Hoguette ; elle est surmontée d'un vieux gibet : les piliers nous servaient à jouer aux quatre coins ; nous les disputions aux oiseaux de rivage. Ce n'était cependant pas sans une sorte de terreur que nous nous arrêtions dans ce lieu.

Là, se rencontrent aussi les *Miels*, dunes où pâturaient les moutons ; à droite sont des prairies au bas de Paramé, le chemin de poste de Saint-Servan, le cimetière neuf, un calvaire et des moulins sur des buttes, comme ceux qui s'élèvent sur le tombeau d'Achille [1] à l'entrée de l'Hellespont.

(4)

VIE DE MA GRAND'MÈRE MATERNELLE ET DE SA SŒUR, À PLANCOUËT. — MON ONCLE LE COMTE DE BEDÉE, À MONCHOIX.

[...]

Je touchais à ma septième année ; ma mère me conduisit à Plancouët, afin d'être relevé du vœu de ma nourrice ; nous descendîmes chez ma grand'mère. Si j'ai vu le bonheur, c'était certainement dans cette maison.

Ma grand'mère occupait, dans la rue du Hameau de l'Abbaye, une maison dont les jardins descendaient en terrasse sur un vallon, au fond duquel on trouvait une fontaine entourée de saules. Madame de Bedée ne mar-

---

1. Ces moulins, que Chateaubriand avait cru voir de son bateau en 1806, sont signalés aussi par certains voyageurs contemporains. On verra que le mémorialiste ne manque aucune occasion de comparer Saint-Malo à Troie, et de se représenter comme un autre Énée, obligé comme lui de quitter pour toujours sa ville natale.

chait plus, mais à cela près, elle n'avait aucun des inconvénients de son âge : c'était une agréable vieille, grasse, blanche, propre, l'air grand, les manières belles et nobles, portant des robes à plis à l'antique et une coiffe noire de dentelle, nouée sous le menton. Elle avait l'esprit orné, la conversation grave, l'humeur sérieuse. Elle était soignée par sa sœur, mademoiselle de Boisteilleul, qui ne lui ressemblait que par la bonté. Celle-ci était une petite personne maigre, enjouée, causeuse, railleuse. Elle avait aimé un comte de Trémigon, lequel comte ayant dû l'épouser, avait ensuite violé sa promesse. Ma tante s'était consolée en célébrant ses amours, car elle était poète. Je me souviens de l'avoir souvent entendue chantonner en nasillant, lunettes sur le nez, tandis qu'elle brodait pour sa sœur des manchettes à deux rangs, un apologue qui commençait ainsi :

> *Un épervier aimait une fauvette*
> *Et, ce dit-on, il en était aimé,*

ce qui m'a paru toujours singulier pour un épervier. La chanson finissait par ce refrain :

> *Ah ! Trémigon, la fable est-elle obscure ?*
> *Ture lure.*

Que de choses dans le monde finissent comme les amours de ma tante, ture lure !

Ma grand'mère se reposait sur sa sœur des soins de la maison. Elle dînait à onze heures du matin, faisait la sieste ; à une heure elle se réveillait ; on la portait au bas des terrasses du jardin, sous les saules de la fontaine, où elle tricotait, entourée de sa sœur, de ses enfants et petits-enfants. En ce temps-là, la vieillesse était une dignité ; aujourd'hui elle est une charge. À quatre heures, on reportait ma grand'mère dans son salon ; Pierre, le domestique, mettait une table de jeu ; mademoiselle de Boisteilleul frappait avec les pincettes contre la plaque de la cheminée, et quelques instants après, on voyait entrer trois autres vieilles filles qui sortaient de la maison voisine à l'appel de ma tante. Ces trois sœurs se nommaient les demoiselles Vildéneux ; filles d'un pauvre gentilhomme, au lieu de partager son mince héritage, elles en avaient joui en commun, ne s'étaient jamais quittées, n'étaient jamais sorties de leur village paternel. Liées depuis leur enfance avec ma grand'mère, elles logeaient à sa porte et venaient tous les jours, au signal convenu dans la cheminée, faire la partie de quadrille de leur amie. Le jeu commençait ; les bonnes dames se querellaient : c'était le seul événement de leur vie, le seul moment où l'égalité de leur humeur fût altérée. À huit heures, le souper ramenait la sérénité. Souvent mon oncle de Bedée, avec son fils et ses trois filles, assistait au souper de l'aïeule. Celle-ci faisait mille récits du vieux temps ; mon oncle, à son tour, racontait la bataille de Fontenoy, où il s'était trouvé, et couronnait ses vanteries par des histoires un peu franches qui faisaient pâmer de rire les honnêtes demoiselles. À neuf heures, le souper fini, les domestiques entraient ; on se mettait à genoux, et mademoiselle de Boisteilleul disait à haute voix la prière. À dix heures, tout dormait dans la maison, excepté ma grand'mère, qui se faisait faire la lecture par sa femme de chambre jusqu'à une heure du matin.

Cette société, que j'ai remarquée la première dans ma vie, est aussi la première qui ait disparu à mes yeux. J'ai vu la mort entrer sous ce toit de paix et de bénédiction, le rendre peu à peu solitaire, fermer une chambre et puis une autre qui ne se rouvrait plus. J'ai vu ma grand'mère forcée de renoncer à son quadrille, faute des partners accoutumés ; j'ai vu diminuer le nombre de ces constantes amies, jusqu'au jour où mon aïeule tomba la dernière. Elle et sa sœur s'étaient promis de s'entre-appeler aussitôt que l'une aurait devancé l'autre ; elles se tinrent parole, et madame de Bedée ne survécut que peu de mois à mademoiselle de Boisteilleul [1]. Je suis peut-être le seul homme au monde qui sache que ces personnes ont existé. Vingt fois, depuis cette époque, j'ai fait la même observation ; vingt fois des sociétés se sont formées et dissoutes autour de moi. Cette impossibilité de durée et de longueur dans les liaisons humaines, cet oubli profond qui nous suit, cet invincible silence qui s'empare de notre tombe et s'étend de là sur notre maison, me ramènent sans cesse à la nécessité de l'isolement. Toute main est bonne pour nous donner le verre d'eau dont nous pouvons avoir besoin dans la fièvre de la mort. Ah ! qu'elle ne nous soit pas trop chère ! car comment abandonner sans désespoir la main que l'on a couverte de baisers et que l'on voudrait tenir éternellement sur son cœur ?

Le château du comte de Bedée était situé à une lieue de Plancouët, dans une position élevée et riante. Tout y respirait la joie ; l'hilarité de mon oncle était inépuisable. Il avait trois filles, Caroline, Marie et Flore [2], et un fils, le comte de la Bouëtardais, conseiller au Parlement, qui partageaient son épanouissement de cœur. Monchoix était rempli des cousins du voisinage ; on faisait de la musique, on dansait, on chassait, on était en liesse du matin au soir. Ma tante, madame de Bedée [3], qui voyait mon oncle manger gaiement son fonds et son revenu, se fâchait assez justement ; mais on ne l'écoutait pas, et sa mauvaise humeur augmentait la bonne humeur de sa famille ; d'autant que ma tante était elle-même sujette à bien des manies : elle avait toujours un grand chien de chasse hargneux couché dans son giron, et à sa suite un sanglier privé qui remplissait le château de ses grognements. Quand j'arrivais de la maison paternelle, si sombre et si silencieuse, à cette maison de fêtes et de bruit, je me trouvais dans

---

1. Née en 1698, la grand-mère maternelle de Chateaubriand est morte en 1795, à 97 ans. Sa sœur Suzanne-Émilie de Ravenel de Boisteilleul (1704-1794) avait disparu un an plus tôt, à 90 ans.   2. Nées successivement en 1762, 1765, et 1766. Leur frère aîné, Marie-*Annibal*-Joseph de Bedée, comte de la Bouëtardais (1758-1809) émigra et retrouvera son cousin Chateaubriand à Londres en 1793.   3. Marie-Angélique de Ginguené (1729-1823) avait épousé le futur comte de Bedée le 17 novembre 1756.

un véritable paradis. Ce contraste devint plus frappant, lorsque ma famille fut fixée à la campagne : passer de Combourg à Monchoix, c'était passer du désert dans le monde, du donjon d'un baron du moyen âge à la villa d'un prince romain. [...]

[SAINT-MALO]

C'est sur la grève de la pleine mer, entre le château et le Fort Royal, que se rassemblent les enfants ; c'est là que j'ai été élevé, compagnon des flots et des vents. Un des premiers plaisirs que j'aie goûtés était de lutter contre les orages, de me jouer avec les vagues qui se retiraient devant moi, ou couraient après moi sur la rive. Un autre divertissement était de construire avec l'arène[1] de la plage, des monuments que mes camarades appelaient des *fours*. Depuis cette époque, j'ai souvent vu bâtir pour l'éternité des châteaux plus vite écroulés que mes palais de sable.

Mon sort étant irrévocablement fixé, on me livra à une enfance oisive. Quelques notions de dessin, de langue anglaise, d'hydrographie et de mathématiques, parurent plus que suffisantes à l'éducation d'un garçonnet destiné d'avance à la rude vie d'un marin.

Je croissais sans étude dans ma famille ; nous n'habitions plus la maison où j'étais né : ma mère occupait un hôtel, place Saint-Vincent, presqu'en face de la porte qui communique au Sillon[2]. Les polissons de la ville étaient devenus mes plus chers amis : j'en remplissais la cour et les escaliers de la maison. Je leur ressemblais en tout ; je parlais leur langage ; j'avais leur façon et leur allure ; j'étais vêtu comme eux, déboutonné et débraillé comme eux ; mes chemises tombaient en loques ; je n'avais jamais une paire de bas qui ne fût largement trouée ; je traînais de

---

1. Sable : latinisme passé dans la langue poétique. **2.** Au n° 2 de la place Chateaubriand actuelle. Les Chateaubriand avaient emménagé au 1er étage de cette maison cossue le 1er septembre 1771, lors du retour de François-René à Saint-Malo.

méchants souliers éculés, qui sortaient à chaque pas de mes pieds ; je perdais souvent mon chapeau et quelquefois mon habit. J'avais le visage barbouillé, égratigné, meurtri, les mains noires. Ma figure était si étrange, que ma mère, au milieu de sa colère, ne se pouvait empêcher de rire et de s'écrier : « Qu'il est laid ! »

J'aimais pourtant et j'ai toujours aimé la propreté, même l'élégance. La nuit, j'essayais de raccommoder mes lambeaux ; la bonne Villeneuve et ma Lucile m'aidaient à réparer ma toilette, afin de m'épargner des pénitences et des gronderies ; mais leur rapiécetage ne servait qu'à rendre mon accoutrement plus bizarre. J'étais surtout désolé, quand je paraissais déguenillé au milieu des enfants, fiers de leurs habits neufs et de leur braverie[1].

Mes compatriotes avaient quelque chose d'étranger, qui rappelait l'Espagne. Des familles malouines étaient établies à Cadix ; des familles de Cadix résidaient à Saint-Malo. La position insulaire, la chaussée, l'architecture, les maisons, les citernes, les murailles de granit de Saint-Malo, lui donnent un air de ressemblance avec Cadix : quand j'ai vu la dernière ville, je me suis souvenu de la première.

Enfermés le soir sous la même clef dans leur cité, les Malouins ne composaient qu'une famille. Les mœurs étaient si candides que de jeunes femmes qui faisaient venir des rubans et des gazes de Paris, passaient pour des mondaines dont leurs compagnes effarouchées se séparaient. Une faiblesse était une chose inouïe : une comtesse d'Abbeville ayant été soupçonnée, il en résulta une complainte que l'on chantait en se signant. Cependant le poète, fidèle, malgré lui, aux traditions des troubadours, prenait parti contre le mari qu'il appelait un *monstre barbare.*

Certains jours de l'année, les habitants de la ville et de la campagne se rencontraient à des foires appelées *assemblées*, qui se tenaient dans les îles et sur des forts

---

1. Élégance, recherche vestimentaire. Usuel dans la langue du XVIIe siècle, le mot est devenu, au XVIIIe, familier ou provincial.

autour de Saint-Malo ; ils s'y rendaient à pied quand
la mer était basse, en bateau lorsqu'elle était haute.
La multitude de matelots et de paysans ; les charrettes
entoilées ; les caravanes de chevaux, d'ânes et de
mulets ; le concours des marchands ; les tentes plantées
sur le rivage ; les processions de moines et de confré-
ries qui serpentaient avec leurs bannières et leurs croix
au milieu de la foule ; les chaloupes allant et venant à
la rame ou à la voile ; les vaisseaux entrant au port, ou
mouillant en rade ; les salves d'artillerie, le branle des
cloches, tout contribuait à répandre dans ces réunions
le bruit, le mouvement et la variété.

J'étais le seul témoin de ces fêtes qui n'en partageât
pas la joie. J'y paraissais sans argent pour acheter des
jouets et des gâteaux. Évitant le mépris qui s'attache à
la mauvaise fortune, je m'asseyais loin de la foule,
auprès de ces flaques d'eau que la mer entretient et
renouvelle dans les concavités des rochers. Là, je
m'amusais à voir voler les pingouins [1] et les mouettes,
à béer aux lointains bleuâtres, à ramasser des coquillages, à écouter le refrain des vagues parmi les écueils.
Le soir au logis, je n'étais guère plus heureux ; j'avais
une répugnance pour certains mets : on me forçait d'en
manger. J'implorais des yeux La France [2] qui m'enlevait adroitement mon assiette, quand mon père tournait
la tête. Pour le feu, même rigueur : il ne m'était pas
permis d'approcher de la cheminée. Il y a loin de ces
parents sévères aux gâte-enfants d'aujourd'hui.

Mais si j'avais des peines qui sont inconnues de
l'enfance nouvelle, j'avais aussi quelques plaisirs
qu'elle ignore.

On ne sait plus ce que c'est que ces solennités de
religion et de famille où la patrie entière et le Dieu de
cette patrie avaient l'air de se réjouir ; Noël, le premier
de l'an, les Rois, Pâques, la Pentecôte, la Saint-Jean

---

1. Nom donné, dans la région de Saint-Malo, à divers oiseaux de mer.
2. Le valet qui servait à table. On avait coutume alors de désigner les
domestiques par le nom de la province ou du pays dont ils étaient origi-
naires.

étaient pour moi des jours de prospérité. Peut-être l'influence de mon rocher natal a-t-elle agi sur mes sentiments et sur mes études. Dès l'année 1015, les Malouins firent vœu d'aller aider à bâtir de leurs *mains et de leurs moyens* les clochers de la cathédrale de Chartres : n'ai-je pas aussi travaillé de mes mains à relever la flèche abattue de la vieille basilique chrétienne ? [...]

Durant les jours de fête que je viens de rappeler, j'étais conduit en station avec mes sœurs aux divers sanctuaires de la ville, à la chapelle de Saint-Aaron, au couvent de la Victoire ; mon oreille était frappée de la douce voix de quelques femmes invisibles : l'harmonie de leurs cantiques se mêlait aux mugissements des flots. Lorsque, dans l'hiver, à l'heure du salut, la cathédrale se remplissait de la foule ; que de vieux matelots à genoux, de jeunes femmes et des enfants lisaient, avec de petites bougies, dans leurs heures ; que la multitude, au moment de la bénédiction, répétait en chœur le *Tantum ergo* [1] ; que dans l'intervalle de ces chants, les rafales de Noël frôlaient les vitraux de la basilique, ébranlaient les voûtes de cette nef que fit résonner la mâle poitrine de Jacques Cartier et de Duguay-Trouin, j'éprouvais un sentiment extraordinaire de religion. Je n'avais pas besoin que la Villeneuve me dît de joindre les mains pour invoquer Dieu par tous les noms que ma mère m'avait appris ; je voyais les cieux ouverts, les anges offrant notre encens et nos vœux ; je courbais mon front : il n'était point encore chargé de ces ennuis qui pèsent si horriblement sur nous, qu'on est tenté de ne plus relever la tête lorsqu'on l'a inclinée au pied des autels.

Tel marin, au sortir de ces pompes, s'embarquait tout fortifié contre la nuit, tandis que tel autre rentrait au port en se dirigeant sur le dôme éclairé de l'église : ainsi la religion et les périls étaient continuellement en présence, et leurs images se présentaient inséparables

---

1. Hymne liturgique qui précède la bénédiction du Saint-Sacrement, à la fin des Vêpres.

à ma pensée. À peine étais-je né, que j'ouïs parler de
mourir : le soir, un homme allait avec une sonnette de
rue en rue, avertissant les chrétiens de prier pour un de
leurs frères décédé. Presque tous les ans, des vaisseaux
se perdaient sous mes yeux et, lorsque je m'ébattais le
long des grèves, la mer roulait à mes pieds les cadavres
d'hommes étrangers, expirés loin de leur patrie.
Madame de Chateaubriand me disait comme sainte
Monique disait à son fils[1] : *Nihil longe est a Deo* :
« Rien n'est loin de Dieu. » On avait confié mon éducation à la Providence : elle ne m'épargnait pas les
leçons.

Voué à la Vierge, je connaissais et j'aimais ma protectrice que je confondais avec mon ange gardien : son
image, qui avait coûté un demi-sou à la bonne Villeneuve, était attachée, avec quatre épingles, à la tête de
mon lit. J'aurais dû vivre dans ces temps où l'on disait
à Marie : « Doulce Dame du ciel et de la terre, mère
de pitié, fontaine de tous biens, qui portastes Jésus-
Christ en vos prétieulx flancz, belle très-doulce Dame,
je vous mercye et vous prye. »

La première chose que j'ai sue par cœur, est un cantique de matelot commençant ainsi :

> *Je mets ma confiance,*
> *Vierge, en votre secours ;*
> *Servez-moi de défense,*
> *Prenez soin de mes jours ;*
> *Et quand ma dernière heure*
> *Viendra finir mon sort,*
> *Obtenez que je meure*
> *De la plus sainte mort.*

J'ai entendu depuis chanter ce cantique dans un naufrage. Je répète encore aujourd'hui ces méchantes

---

1. Voir saint Augustin, *Confessions*, IX, 11, 28. Mais Chateaubriand cite
inexactement le texte original : *nihil longe est Deo* ; c'est-à-dire : rien n'est
loin *pour* Dieu ; ou comme traduit Arnaud d'Andilly : « On n'est jamais
loin de Dieu. »

rimes avec autant de plaisir que des vers d'Homère ;
une madone coiffée d'une couronne gothique, vêtue
d'une robe de soie bleue, garnie d'une frange d'argent,
m'inspire plus de dévotion qu'une vierge de Raphaël.

Du moins, si cette pacifique *Étoile des mers*[1] avait
pu calmer les troubles de ma vie ! mais je devais être
agité, même dans mon enfance ; comme le dattier de
l'Arabe, à peine ma tige était sortie du rocher qu'elle
fut battue du vent.

(5)

La Vallée-aux-Loups, juin 1812.

GESRIL. — HERVINE MAGON. — COMBAT CONTRE LES DEUX
MOUSSES.

J'ai dit que ma révolte prématurée contre les maîtresses de Lucile commença ma mauvaise renommée ;
un camarade l'acheva.

Mon oncle, M. de Chateaubriand du Plessis, établi à
Saint-Malo comme son frère, avait, comme lui, quatre
filles et deux garçons. De mes deux cousins (Pierre
et Armand[2]), qui formaient d'abord ma société, Pierre
devint page de la Reine. Armand fut envoyé au collège
comme destiné à l'état ecclésiastique. Pierre au sortir
des pages, entra dans la marine et se noya à la côte
d'Afrique. Armand, longtemps enfermé au collège,
quitta la France en 1790, servit pendant toute l'émigra-

---

1. Dénomination empruntée à un hymne des Vêpres de la Vierge : *Ave,
maris stella...*   **2.** Né le 23 février 1767, Stanislas-*Pierre* de Chateaubriand échoua en 1783 au concours de Garde marine, embarqua quelques
mois plus tard pour une campagne de traite et trouva la mort au large de
Madagascar le 15 mars 1785, à dix-huit ans. Son frère Armand, né le
15 mars 1768, émigra en 1792 avec le reste de sa famille à Jersey, où il se
maria. Il sera fusillé en 1809. Son fils Frédéric naquit le 11 novembre 1799 :
son oncle à la mode de Bretagne lui vouera par la suite une affection toute
paternelle.

tion, fit intrépidemment dans une chaloupe vingt voyages à la côte de Bretagne, et vint enfin mourir pour le Roi à la plaine de Grenelle, le Vendredi-Saint de l'année 1810, ainsi que je l'ai déjà dit, et que je le répéterai encore en racontant sa catastrophe *.

Privé de la société de mes deux cousins, je la remplaçai par une liaison nouvelle.

Au second étage de l'hôtel que nous habitions, demeurait un gentilhomme nommé Gesril : il avait un fils et deux filles. Ce fils[1] était élevé autrement que moi ; enfant gâté, ce qu'il faisait était trouvé charmant : il ne se plaisait qu'à se battre, et surtout qu'à exciter des querelles dont il s'établissait le juge. Jouant des tours perfides aux bonnes qui menaient promener les enfants, il n'était bruit que de ses espiègleries que l'on transformait en crimes noirs. Le père riait de tout, et *Joson* n'en était que plus chéri. Gesril devint mon intime ami et prit sur moi un ascendant incroyable : je profitai sous un tel maître, quoique mon caractère fût entièrement l'opposé du sien. J'aimais les jeux solitaires, je ne cherchais querelle à personne : Gesril était fou des plaisirs de cohue, et jubilait au milieu des bagarres d'enfants. Quand quelque polisson me parlait, Gesril me disait : « Tu le souffres ? » À ce mot je croyais mon honneur compromis et je sautais aux yeux du téméraire ; la taille et l'âge n'y faisaient rien. Spectateur du combat, mon ami applaudissait à mon courage, mais ne faisait rien pour me servir. Quelquefois

---

* Il a laissé un fils, Frédéric, que je plaçai d'abord dans les gardes de *Monsieur*, et qui entra depuis dans un régiment de cuirassiers. Il a épousé, à Nancy, mademoiselle de Gastaldi, dont il a deux fils, et s'est retiré du service. La sœur aînée d'Armand, ma cousine, est, depuis de longues années, supérieure des religieuses Trappistes. (Note de 1831, Genève.)

---

1. Joseph (*Joson*) Gesril du Papeu, né le 23 février 1767, avait dix-huit mois de plus que Chateaubriand. Celui-ci le retrouvera au collège de Rennes, puis à Brest. Devenu lieutenant de vaisseau en 1789, il émigra en Angleterre (voir la n. 3, p. 65).

il levait une armée de tous les sautereaux[1] qu'il rencontrait, divisait ses conscrits en deux bandes, et nous escarmouchions sur la plage à coups de pierres.

Un autre jeu, inventé par Gesril, paraissait encore plus dangereux : lorsque la mer était haute et qu'il y avait tempête, la vague, fouettée au pied du château, du côté de la grande grève, jaillissait jusqu'aux grandes tours. À vingt pieds d'élévation au-dessus de la base d'une de ces tours, régnait un parapet en granit, étroit, glissant, incliné, par lequel on communiquait au ravelin qui défendait le fossé : il s'agissait de saisir l'instant entre deux vagues, de franchir l'endroit périlleux avant que le flot se brisât et couvrît la tour. Voici venir une montagne d'eau qui s'avançait en mugissant, laquelle, si vous tardiez d'une minute, pouvait, ou vous entraîner, ou vous écraser contre le mur. Pas un de nous ne se refusait à l'aventure, mais j'ai vu des enfants pâlir avant de la tenter.

Ce penchant à pousser les autres à des rencontres, dont il restait spectateur, induirait à penser que Gesril ne montra pas dans la suite un caractère fort généreux : c'est lui néanmoins qui, sur un plus petit théâtre, a peut-être effacé l'héroïsme de Régulus[2] ; il n'a manqué à sa gloire que Rome et Tite-Live. Devenu officier de marine, il fut pris à l'affaire de Quiberon[3] ; l'action finie et les Anglais continuant de canonner l'armée républicaine, Gesril se jette à la nage, s'approche des vaisseaux, dit aux Anglais de cesser le feu, leur annonce le malheur et la capitulation des émigrés. On

---

1. On appelle ainsi « les petits garçons qui roulent sur une pente en faisant des culbutes » (*Dictionnaire de Trévoux*, 1771). En général : saute-ruisseau, garnement.   **2.** Consul romain qui participa à la première guerre punique. Prisonnier des Carthaginois, il fut envoyé à Rome pour obtenir un arrêt des combats, avec promesse de revenir s'il échouait dans sa négociation. Il conseilla au contraire à ses compatriotes la poursuite de la guerre, puis retourna se livrer à ses ennemis (Tite-Live, *Histoire romaine*, XVIII).   **3.** Tentative de débarquement royaliste dans le Morbihan, avec le soutien de la flotte anglaise en juillet 1795. Pris comme la plupart de ses camarades par les républicains (alors sous les ordres de Hoche), Gesril sera fusillé à Vannes le 27 août 1795.

le voulut sauver, en lui filant une corde et le conjurant
de monter à bord : « Je suis prisonnier sur parole »,
s'écrie-t-il au milieu des flots et il retourne à terre à la
nage : il fut fusillé avec Sombreuil et ses compagnons.

Gesril a été mon premier ami ; tous deux mal jugés
dans notre enfance, nous nous liâmes par l'instinct de
ce que nous pouvions valoir un jour.

Deux aventures mirent fin à cette première partie de
mon histoire, et produisirent un changement notable
dans le système de mon éducation.

Nous étions un dimanche sur la grève, à l'*éventail*[1]
de la porte Saint-Thomas et le long du *Sillon* ; de gros
pieux enfoncés dans le sable protègent les murs contre
la houle. Nous grimpions ordinairement au haut de ces
pieux pour voir passer au-dessous de nous les premières ondulations du flux. Les places étaient prises
comme de coutume ; plusieurs petites filles se mêlaient
aux petits garçons. J'étais le plus en pointe vers la mer,
n'ayant devant moi qu'une jolie mignonne, Hervine
Magon, qui riait de plaisir et pleurait de peur. Gesril
se trouvait à l'autre bout du côté de la terre. Le flot
arrivait, il faisait du vent ; déjà les bonnes et les
domestiques criaient : « Descendez, Mademoiselle !
descendez, Monsieur ! » Gesril attend une grosse
lame : lorsqu'elle s'engouffre entre les pilotis, il pousse
l'enfant assis auprès de lui ; celui-là se renverse sur un
autre ; celui-ci sur un autre : toute la file s'abat comme
des moines de cartes, mais chacun est retenu par son
voisin ; il n'y eut que la petite fille de l'extrémité de
la ligne sur laquelle je chavirai qui, n'étant appuyée
par personne, tomba. Le jusant[2] l'entraîne ; aussitôt
mille cris, toutes les bonnes retroussant leurs robes et
tripotant[3] dans la mer, chacune saisissant son magot[4]
et lui donnant une tape. Hervine fut repêchée ; mais

---

1. Terme de fortification : mur en demi-lune ou à angle obtus, destiné à
protéger un bastion.   **2.** Le courant de la marée descendante.
3. Verbe intransitif, de style familier, employé en général à propos des
enfants qui se salissent à plaisir en pataugeant dans la boue ou les flaques.
4. Petit singe, au propre comme au figuré : son ouistiti, son petit babouin,
etc. Les éditeurs de 1848 ont corrigé en : *marmot*.

elle déclara que François l'avait jetée bas. Les bonnes fondent sur moi ; je leur échappe ; je cours me barricader dans la cave de la maison : l'armée femelle me pourchasse. Ma mère et mon père étaient heureusement sortis. La Villeneuve défend vaillamment la porte et soufflette l'avant-garde ennemie. Le véritable auteur du mal, Gesril, me prête secours : il monte chez lui, et avec ses deux sœurs jette par les fenêtres des potées d'eau et des pommes cuites aux assaillantes. Elles levèrent le siège à l'entrée de la nuit ; mais cette nouvelle se répandit dans la ville, et le chevalier de Chateaubriand, âgé de neuf ans, passa pour un homme atroce, un reste de ces pirates dont saint Aaron avait purgé son rocher.

Voici l'autre aventure :

J'allais avec Gesril à Saint-Servan, faubourg séparé de Saint-Malo par le port marchand. Pour y arriver à basse mer, on franchit des courants d'eau sur des ponts étroits de pierres plates, que recouvre la marée montante. Les domestiques qui nous accompagnaient, étaient restés assez loin derrière nous. Nous apercevons à l'extrémité d'un de ces ponts deux mousses qui venaient à notre rencontre ; Gesril me dit : « Laisserons-nous passer ces gueux-là ? » et aussitôt il leur crie : « À l'eau, canards ! » Ceux-ci, en qualité de mousses, n'entendant pas raillerie, avancent ; Gesril recule ; nous nous plaçons au bout du pont, et saisissant des galets, nous les jetons à la tête des mousses. Ils fondent sur nous, nous obligent à lâcher pied, s'arment eux-mêmes de cailloux, et nous mènent battant jusqu'à notre corps de réserve, c'est-à-dire jusqu'à nos domestiques. Je ne fus pas comme Horatius[1] frappé à l'œil : une pierre m'atteignit si rudement que mon oreille gauche, à moitié détachée, tombait sur mon épaule.

Je ne pensai point à mon mal, mais à mon retour.

---

1. Horatius, surnommé Coclès, c'est-à-dire « le borgne », se signala par sa courageuse défense du pont Sublicius contre Porsenna (voir Tite-Live, *Histoire romaine*, II, 10 ; et Plutarque, *Valerius Publicola*, XXXII).

Quand mon ami rapportait de ses courses un œil poché,
un habit déchiré, il était plaint, caressé, choyé, rha-
billé : en pareil cas, j'étais mis en pénitence. Le coup
que j'avais reçu était dangereux, mais jamais La France
ne me put persuader de rentrer, tant j'étais effrayé. Je
m'allai cacher au second étage de la maison, chez Gesril, qui m'entortilla la tête d'une serviette. Cette serviette le mit en train : elle lui représenta une mitre ; il
me transforma en évêque, et me fit chanter la
grand'messe avec lui et ses sœurs jusqu'à l'heure du
souper. Le pontife fut alors obligé de descendre : le
cœur me battait. Surpris de ma figure débiffée [1] et bar-
bouillée de sang, mon père ne dit pas un mot ; ma mère
poussa un cri ; La France conta mon cas piteux, en
m'excusant ; je n'en fus pas moins rabroué. On pansa
mon oreille, et monsieur et madame de Chateaubriand
résolurent de me séparer de Gesril le plus tôt possible.

[...] Voilà le tableau de ma première enfance.
J'ignore si la dure éducation que je reçus est bonne en
principe, mais elle fut adoptée de mes proches sans
dessein et par une suite naturelle de leur humeur. Ce
qu'il y a de sûr, c'est qu'elle a rendu mes idées moins
semblables à celles des autres hommes ; ce qu'il y a
de plus sûr encore, c'est qu'elle a imprimé à mes
sentiments un caractère de mélancolie née chez moi de
l'habitude de souffrir à l'âge de la faiblesse, de l'im-
prévoyance et de la joie.

Dira-t-on que cette manière de m'élever m'aurait pu
conduire à détester les auteurs de mes jours ? Nullement ; le souvenir de leur rigueur m'est presque agréable ; j'estime et j'honore leurs grandes qualités. Quand
mon père mourut, mes camarades au régiment de
Navarre furent témoins de mes regrets. C'est de ma
mère que je tiens la consolation de ma vie, puisque
c'est d'elle que je tiens ma religion ; je recueillais les
vérités chrétiennes qui sortaient de sa bouche, comme
Pierre de Langres étudiait la nuit dans une église, à la
lueur de la lampe qui brûlait devant le Saint Sacrement.

---

1. Défaite, mise à mal (familier).

Aurait-on mieux développé mon intelligence en me jetant plus tôt dans l'étude ? J'en doute : ces flots, ces vents, cette solitude qui furent mes premiers maîtres, convenaient peut-être mieux à mes dispositions natives ; peut-être dois-je à ces instituteurs sauvages quelques vertus que j'aurais ignorées. La vérité est qu'aucun système d'éducation n'est en soi préférable à un autre système : les enfants aiment-ils mieux leurs parents aujourd'hui qu'ils les tutoyent et ne les craignent plus ? Gesril était gâté dans la maison où j'étais gourmandé : nous avons été tous deux d'honnêtes gens et des fils tendres et respectueux. Telle chose que vous croyez mauvaise, met en valeur les talents de votre enfant ; telle chose qui vous semble bonne, étoufferait ces mêmes talents. Dieu fait bien ce qu'il fait : c'est la Providence qui nous dirige, lorsqu'elle nous destine à jouer un rôle sur la scène du monde.

(6)

Dieppe, septembre 1812.

[...] CHANGEMENT DE MON ÉDUCATION. — PRINTEMPS EN BRE-
TAGNE. — FORÊT HISTORIQUE. — CAMPAGNES PÉLAGIENNES.
— COUCHER DE LA LUNE SUR LA MER.

[...] Ma mère n'avait cessé de désirer qu'on me donnât une éducation classique. L'état de marin auquel on me destinait « ne serait peut-être pas de mon goût », disait-elle ; il lui semblait bon à tout événement de me rendre capable de suivre une autre carrière. Sa piété la portait à souhaiter que je me décidasse pour l'Église. Elle proposa donc de me mettre dans un collège où j'apprendrais les mathématiques, le dessin, les armes et la langue anglaise ; elle ne parla point du grec et du latin, de peur d'effaroucher mon père ; mais elle me les comptait faire enseigner, d'abord en secret, ensuite à découvert lorsque j'aurais fait des progrès. Mon père agréa la proposition : il fut convenu que j'entrerais au collège de Dol. Cette ville eut la préférence, parce qu'elle se trouvait sur la route de Saint-Malo à Combourg.

Pendant l'hiver très-froid qui précéda ma réclusion scolaire, le feu prit à l'hôtel où nous demeurions [1] : je fus sauvé par ma sœur aînée, qui m'emporta à travers les flammes. M. de Chateaubriand, retiré dans son château, appela sa femme auprès de lui : il le fallut rejoindre au printemps.

Le printemps, en Bretagne, est plus doux qu'aux environs de Paris, et fleurit trois semaines plus tôt. Les cinq oiseaux qui l'annoncent, l'hirondelle, le loriot, le coucou, la caille et le rossignol, arrivent avec des brises qui hébergent [2] dans les golfes de la péninsule armoricaine. La terre se couvre de marguerites, de pensées, de jonquilles, de narcisses, d'hyacinthes, de renoncules, d'anémones, comme les espaces abandonnés qui environnent Saint-Jean-de-Latran et Sainte-Croix-de-Jérusalem, à Rome. Des clairières se panachent d'élégantes et hautes fougères ; des champs de genêts et d'ajoncs resplendissent de leurs fleurs qu'on prendrait pour des papillons d'or. Les haies, au long desquelles abondent la fraise, la framboise et la violette, sont décorées d'aubépines, de chèvrefeuille, de ronces dont les rejets bruns et courbés portent des feuilles et des fruits magnifiques. Tout fourmille d'abeilles et d'oiseaux ; les essaims et les nids arrêtent les enfants à chaque pas. Dans certains abris, le myrte et le laurier-rose croissent en pleine terre, comme en Grèce ; la figue mûrit comme en Provence ; chaque pommier, avec ses fleurs carminées, ressemble à un gros bouquet de fiancée de village.

Au douzième siècle, les cantons de Fougères,

---

1. Dans la nuit du 16 au 17 février 1776. Les Chateaubriand retournèrent alors habiter leur ancienne maison de la rue des Juifs, jusqu'à leur départ pour Combourg au mois de mai 1777.   **2.** Cet emploi intransitif du verbe est usuel au XVIe siècle, dans le sens de : séjourner, être à demeure.

Rennes, Bécherel, Dinan, Saint-Malo et Dol, étaient occupés par la forêt de Brécheliant[1] ; elle avait servi de champ de bataille aux Francs et aux peuples de la Dommonée[2]. Wace[3] raconte qu'on y voyait l'homme sauvage, la fontaine de Berenton et un bassin d'or. Un document historique du quinzième siècle, *les Usements et coutumes de la forêt de Brécilien*, confirme le roman de *Rou* : elle est, disent les *Usements*, de grande et spacieuse étendue ; « il y a quatre châteaux, fort grand nombre de beaux étangs, belles chasses où n'habitent aucunes bêtes vénéneuses, ni nulles mouches, deux cents futaies, autant de fontaines nommément la fontaine de *Belenton*, auprès de laquelle le chevalier Pontus[4] fit ses armes. »

Aujourd'hui, le pays conserve des traits de son origine : entrecoupé de fossés boisés, il a de loin l'air d'une forêt et rappelle l'Angleterre : c'était le séjour des fées, et vous allez voir qu'en effet j'y ai rencontré une sylphide. Des vallons étroits sont arrosés par de petites rivières non navigables. Ces vallons sont séparés par des landes et par des futaies à cepées[5] de houx. Sur les côtes, se succèdent phares, vigies, dolmens, constructions romaines, ruines de châteaux du moyen âge, clochers de la renaissance : la mer borde le tout. Pline dit de la Bretagne : *Péninsule spectatrice de l'Océan*[6].

Entre la mer et la terre s'étendent des campagnes

---

1. La légendaire forêt de Brocéliande, dont la forêt de Paimpont serait un des vestiges. **2.** C'est le nom qu'on donne à la côte de Bretagne qui va de la rivière de Morlaix à la Rance. Chassés par les Angles et les Saxons, les Bretons insulaires y abordèrent au VIᵉ siècle. **3.** Robert Wace est un poète anglo-normand du XIIᵉ siècle qui vivait à la cour des Plantagenêts. Son *Roman de Rou* avait été réédité en 1827, et Chateaubriand lui consacra une brève notice dans son *Essai sur la littérature anglaise* (1836). **4.** Héros du *Roman de Pontus et de Sydoine*, réfugié dans la forêt de Brocéliande. **5.** Souches à partir desquelles peuvent repousser des touffes de rameaux. **6.** La formule exacte de Pline (*Histoire naturelle*, IV, 32) est : *peninsulam spectatiorem excurrentem in Oceanum* ; « une péninsule assez remarquable qui avance dans l'Océan ». De sa lecture hâtive (*spectatorem* pour *spectatiorem*), le mémorialiste a tiré une autre image.

pélagiennes [1], frontières indécises des deux éléments :
l'alouette de champ y vole avec l'alouette marine ; la
charrue et la barque, à un jet de pierre l'une de l'autre,
sillonnent la terre et l'eau. Le navigateur et le berger
s'empruntent mutuellement leur langue : le matelot dit
les vagues moutonnent, le pâtre dit *des flottes de moutons*. Des sables de diverses couleurs, des bancs variés
de coquillages, des varecs, des franges d'une écume
argentée, dessinent la lisière blonde ou verte des blés.
Je ne sais plus dans quelle île de la Méditerranée, j'ai
vu un bas-relief représentant les Néréides attachant des
festons au bas de la robe de Cérès [2].

Mais ce qu'il faut admirer en Bretagne, c'est la lune
se levant sur la terre et se couchant sur la mer.

Établie par Dieu gouvernante de l'abîme [3], la lune
a ses nuages, ses vapeurs, ses rayons, ses ombres
portées comme le soleil ; mais comme lui, elle ne
se retire pas solitaire ; un cortège d'étoiles l'accompagne. A mesure que sur mon rivage natal elle descend au bout du ciel, elle accroît son silence qu'elle
communique à la mer ; bientôt elle tombe à l'horizon, l'intersecte, ne montre plus que la moitié de
son front qui s'assoupit, s'incline et disparaît dans
la molle intumescence [4] des vagues. Les astres voisins
de leur reine, avant de plonger à sa suite, semblent
s'arrêter, suspendus à la cime des flots. La lune n'est
pas plus tôt couchée, qu'un souffle venant du large
brise l'image des constellations, comme on éteint les
flambeaux après une solennité.

---

1. Marines. Ce terme, forgé à partir du grec, est emprunté au vocabulaire
des naturalistes. Il semble désigner ici la partie du rivage recouverte chaque
année lors des grandes marées, en particulier dans la baie du mont Saint-
Michel.   **2.** Les filles de Nérée sont des « nymphes » de la mer. Cérès
est au contraire la déesse des moissons.   **3.** Voir Psaumes, CXXXV, 9 :
« (il a fait) la lune et les étoiles pour gouverner sur la nuit ».   **4.** Gonfle-
ment, augmentation de volume. Ce latinisme est alors utilisé pour désigner
le mouvement des mers lié au cycle lunaire.

(7)

DÉPART POUR COMBOURG. — DESCRIPTION DU CHÂTEAU.

Je devais suivre mes sœurs jusqu'à Combourg : nous nous mîmes en route dans la première quinzaine de mai. Nous sortîmes de Saint-Malo au lever du soleil, ma mère, mes quatre sœurs et moi, dans une énorme berline à l'antique, panneaux surdorés, marchepieds en dehors, glands de pourpre aux quatre coins de l'impériale. Huit chevaux parés comme les mulets en Espagne, sonnettes au cou, grelots aux brides, housses et franges de laine de diverses couleurs, nous traînaient. Tandis que ma mère soupirait, mes sœurs parlaient à perdre haleine, je regardais de mes deux yeux, j'écoutais de mes deux oreilles, je m'émerveillais à chaque tour de roue : premier pas d'un Juif errant[1] qui ne se devait plus arrêter. Encore si l'homme ne faisait que changer de lieux ! mais ses jours et son cœur changent.

Nos chevaux reposèrent à un village de pêcheurs sur la grève de Cancale. Nous traversâmes ensuite les marais et la fiévreuse ville de Dol : passant devant la porte du collège où j'allais bientôt revenir, nous nous enfonçâmes dans l'intérieur du pays.

Durant quatre mortelles lieues, nous n'aperçûmes que des bruyères guirlandées de bois, des friches à peine écrêtées, des semailles de blé noir, court et pauvre, et d'indigentes avénières[2]. Des charbonniers conduisaient des files de petits chevaux à crinière pendante et mêlée ; des paysans à sayons[3] de peau de bique, à cheveux longs, pressaient des bœufs maigres avec des cris aigus et marchaient à la queue d'une

---

1. Le Juif errant est un personnage légendaire apparu dans la littérature populaire des XVIIᵉ et XVIIIᵉ siècles. Ayant refusé de venir en aide au Christ lors de la montée au Calvaire, il aurait été condamné à « marcher » jusqu'à la fin des temps sans pouvoir se reposer ni mourir.   2. Champ planté en avoine.   3. Sorte de casaque grossière (du latin *sagum*) en peau de chèvre ou de mouton.

lourde charrue, comme des faunes labourant. Enfin nous découvrîmes une vallée au fond de laquelle s'élevait, non loin d'un étang, la flèche de l'église d'une bourgade ; les tours d'un château féodal montaient dans les arbres d'une futaie éclairée par le soleil couchant.

J'ai été obligé de m'arrêter : mon cœur battait au point de repousser la table sur laquelle j'écris. Les souvenirs qui se réveillent dans ma mémoire m'accablent de leur force et de leur multitude : et pourtant, que sont-ils pour le reste du monde ?

Descendus de la colline, nous guéâmes un ruisseau ; après avoir cheminé une demi-heure, nous quittâmes la grande route, et la voiture roula au bord d'un quinconce, dans une allée de charmilles dont les cimes s'entrelaçaient au-dessus de nos têtes : je me souviens encore du moment où j'entrai sous cet ombrage et de la joie effrayée que j'éprouvai.

En sortant de l'obscurité du bois, nous franchîmes une avant-cour plantée de noyers, attenante au jardin et à la maison du régisseur ; de là nous débouchâmes par une porte bâtie dans une cour de gazon, appelée la *Cour Verte*. À droite étaient de longues écuries et un bouquet de marronniers ; à gauche, un autre bouquet de marronniers. Au fond de la cour, dont le terrain s'élevait insensiblement, le château se montrait entre deux groupes d'arbres.

[...]

LIVRE DEUXIÈME

(1)

Dieppe, septembre 1812.

Revu en juin 1846.

COLLÈGE DE DOL. [...]

Je n'étais pas tout à fait étranger à Dol ; mon père en était *chanoine*, comme descendant et représentant de la maison de Guillaume de Chateaubriand, sire de Beaufort, fondateur en 1529 d'une première stalle, dans le chœur de la cathédrale. L'évêque de Dol était M. de Hercé, ami de ma famille, prélat d'une grande modération politique, qui, à genoux, le crucifix à la main, fut fusillé avec son frère l'abbé de Hercé, à Quiberon, dans le Champ du martyre[1]. En arrivant au collège[2], je fus confié aux soins particuliers de M. l'abbé Leprince, qui professait la rhétorique et possédait à fond la géométrie : c'était un homme d'esprit, d'une belle figure, aimant les arts, peignant assez bien le portrait. Il se chargea de m'apprendre mon *Bezout*[3] ; l'abbé Égault, régent de troisième, devint mon maître de latin ; j'étudiais les

---

1. En réalité à Vannes, au mois de juillet 1795 : il avait 69 ans.   2. En pleine année scolaire. Il lui fallait donc suivre des cours de rattrapage pour se mettre au niveau de la sixième.   3. Étienne Bezout (1730-1783), auteur du *Cours de mathématiques* alors en usage dans les collèges.

mathématiques dans ma chambre, le latin dans la salle commune.

Il fallut quelque temps à un hibou de mon espèce pour s'accoutumer à la cage d'un collège et régler sa volée au son d'une cloche. Je ne pouvais avoir ces prompts amis que donne la fortune, car il n'y avait rien à gagner avec un pauvre polisson qui n'avait pas même d'argent de semaine ; je ne m'enrôlai point non plus dans une clientèle, car je hais les protecteurs. Dans les jeux, je ne prétendais mener personne, mais je ne voulais pas être mené : je n'étais bon ni pour tyran ni pour esclave, et tel je suis demeuré.

Il arriva pourtant que je devins assez vite un centre de réunion ; j'exerçai dans la suite, à mon régiment, la même puissance : simple sous-lieutenant que j'étais, les vieux officiers passaient leurs soirées chez moi et préféraient mon appartement au café. Je ne sais d'où cela venait, n'était peut-être ma facilité à entrer dans l'esprit et à prendre les mœurs des autres. J'aimais autant chasser et courir que lire et écrire. Il m'est indifférent de deviser des choses les plus communes, ou de causer des sujets les plus relevés. Très peu sensible à l'esprit, il m'est presque antipathique, bien que je ne sois pas une bête. Aucun défaut ne me choque, excepté la moquerie et la suffisance que j'ai grand'peine à ne pas morguer[1] ; je trouve que les autres ont toujours sur moi une supériorité quelconque, et si je me sens par hasard un avantage, j'en suis tout embarrassé. [...]

---

1. Provoquer, défier.

(4)

Dieppe, fin d'octobre 1812.

AVENTURE DE LA PIE. [...]

Ce qu'on dit d'un malheur, qu'il n'arrive jamais seul, on le peut dire des passions : elles viennent ensemble, comme les muses ou comme les furies[1]. Avec le penchant qui commençait à me tourmenter[2], naquit en moi l'honneur ; exaltation de l'âme, qui maintient le cœur incorruptible au milieu de la corruption ; sorte de principe réparateur placé auprès d'un principe dévorant, comme la source inépuisable des prodiges que l'amour demande à la jeunesse et des sacrifices qu'il impose.

Lorsque le temps était beau, les pensionnaires du collège sortaient le jeudi et le dimanche. On nous menait souvent au Mont-Dol, au sommet duquel se trouvaient quelques ruines gallo-romaines : du haut de ce tertre isolé, l'œil plane sur la mer et sur des marais où voltigent pendant la nuit des feux follets, lumière des sorciers qui brûle aujourd'hui dans nos lampes. Un autre but de nos promenades était les prés qui environnaient un séminaire d'*Eudistes*, d'Eudes, frère de l'historien Mézerai, fondateur de leur congrégation[3].

Un jour du mois de mai, l'abbé Égault, préfet de semaine, nous avait conduits à ce séminaire : on nous laissait une grande liberté de jeux, mais il était expressément défendu de monter sur les arbres. Le régent, après nous avoir établis dans un chemin herbu, s'éloigna pour dire son bréviaire.

Des ormes bordaient le chemin ; tout à la cime du plus grand, brillait un nid de pie : nous voilà en admira-

---

1. Les Muses sont au nombre de neuf. Les Furies, incarnation de la vengeance divine, ne sont que trois.   2. Les premières émotions de la puberté.   3. La congrégation fondée en 1643 par Jean Eudes de Mézeray (1601-1680) se spécialisa dans la formation des prêtres (séminaires) et dans la pastorale (missions itinérantes).

tion, nous montrant mutuellement la mère assise sur ses œufs, et pressés du plus vif désir de saisir cette superbe proie. Mais qui oserait tenter l'aventure ? L'ordre était si sévère, le régent si près, l'arbre si haut ! Toutes les espérances se tournent vers moi ; je grimpais comme un chat. J'hésite, puis la gloire l'emporte : je me dépouille de mon habit, j'embrasse l'orme et je commence à monter. Le tronc était sans branches, excepté aux deux tiers de sa crue[1], où se formait une fourche dont une des pointes portait le nid.

Mes camarades, assemblés sous l'arbre, applaudissaient à mes efforts, me regardant, regardant l'endroit d'où pouvait venir le préfet, trépignant de joie dans l'espoir des œufs, mourant de peur dans l'attente du châtiment. J'aborde au nid ; la pie s'envole ; je ravis les œufs, je les mets dans ma chemise et redescends. Malheureusement, je me laisse glisser entre les tiges jumelles et j'y reste à califourchon. L'arbre étant élagué, je ne pouvais appuyer mes pieds ni à droite ni à gauche pour me soulever et reprendre le limbe[2] extérieur : je demeure suspendu en l'air à cinquante pieds[3].

Tout à coup un cri : « Voici le préfet ! » et je me vois incontinent abandonné de mes amis, comme c'est l'usage. Un seul, appelé Le Gobbien, essaya de me porter secours, et fut tôt obligé de renoncer à sa généreuse entreprise. Il n'y avait qu'un moyen de sortir de ma fâcheuse position, c'était de me suspendre en dehors par les mains à l'une des deux dents de la fourche, et de tâcher de saisir avec mes pieds le tronc de l'arbre au-dessous de sa bifurcation. J'exécutai cette manœuvre au péril de ma vie. Au milieu de mes tribulations, je n'avais pas lâché mon trésor ; j'aurais pourtant mieux fait de le jeter, comme depuis j'en ai jeté tant d'autres. En dévalant le tronc, je m'écorchai les mains, je m'éraillai les jambes et la poitrine, et j'écra-

---

1. De sa croissance, de son développement.   2. Le bord, le côté.   3. Un peu plus de seize mètres : Chateaubriand arrondit toujours les chiffres à la limite supérieure !

sai les œufs : ce fut ce qui me perdit. Le préfet ne
m'avait point vu sur l'orme ; je lui cachai assez bien
mon sang, mais il n'y eut pas moyen de lui dérober
l'éclatante couleur d'or dont j'étais barbouillé. « Allons, me dit-il, monsieur, vous aurez le fouet. »

Si cet homme m'eût annoncé qu'il commuait cette
peine [1] en celle de mort, j'aurais éprouvé un mouvement de joie. L'idée de la honte n'avait point approché
de mon éducation sauvage : à tous les âges de ma vie,
il n'y a point de supplice que je n'eusse préféré à l'horreur d'avoir à rougir devant une créature vivante. L'indignation s'éleva dans mon cœur ; je répondis à l'abbé
Égault, avec l'accent non d'un enfant, mais d'un
homme, que jamais ni lui ni personne ne lèverait la
main sur moi. Cette réponse l'anima ; il m'appela
rebelle et promit de faire un exemple. « Nous verrons », répliquai-je, et je me mis à jouer à la balle avec
un sang-froid qui le confondit.

Nous retournâmes au collége ; le régent me fit entrer
chez lui et m'ordonna de me soumettre. Mes sentiments exaltés firent place à des torrents de larmes. Je
représentai à l'abbé Égault qu'il m'avait appris le
latin ; que j'étais son écolier, son disciple, son enfant ;
qu'il ne voudrait pas déshonorer son élève, et me rendre la vue de mes compagnons insupportable ; qu'il
pouvait me mettre en prison, au pain et à l'eau, me
priver de mes récréations, me charger de *pensums* ; que
je lui saurais gré de cette clémence et l'en aimerais
davantage. Je tombai à ses genoux, je joignis les mains,
je le suppliai par Jésus-Christ de m'épargner : il
demeura sourd à mes prières. Je me levai plein de rage,
et lui lançai dans les jambes un coup de pied si rude,
qu'il en poussa un cri. Il court en clochant à la porte
de sa chambre, la ferme à double tour et revient sur
moi. Je me retranche derrière son lit ; il m'allonge à

---

1. C'est la punition alors en usage dans les collèges. On pourra comparer
ce passage à la célèbre scène de la fessée, au 1er livre des *Confessions* de
Rousseau.

travers le lit des coups de férule. Je m'entortille dans la couverture, et, m'animant au combat, je m'écrie :

Macte animo, generose puer[1] !

Cette érudition de grimaud[2] fit rire malgré lui mon ennemi ; il parla d'armistice : nous conclûmes un traité ; je convins de m'en rapporter à l'arbitrage du principal. Sans me donner gain de cause, le principal me voulut bien soustraire à la punition que j'avais repoussée. Quand l'excellent prêtre prononça mon acquittement, je baisai la manche de sa robe avec une telle effusion de cœur et de reconnaissance, qu'il ne se put empêcher de me donner sa bénédiction. Ainsi se termina le premier combat que me fit rendre cet honneur devenu l'idole de ma vie, et auquel j'ai tant de fois sacrifié repos, plaisir et fortune. [...]

(7)

Vallée-aux-Loups, fin de décembre 1813.

MISSION À COMBOURG. — COLLÈGE DE RENNES. — JE RETROUVE GESRIL. — MOREAU. — LIMOËLAN. [...]

Je trouvai à Combourg de quoi nourrir ma piété, une mission[3] ; j'en suivis les exercices. Je reçus la confirmation sur le perron du manoir, avec les paysans et les paysannes, de la main de l'évêque de Saint-Malo. Après cela, on érigea une croix ; j'aidai à la soutenir,

---

1. Vers de mirliton formé sur un exemple de Stace, peut-être trouvé dans un manuel : « Du courage, noble enfant ! »   **2.** Élève des petites classes, collégien.   **3.** Institution caractéristique des pratiques de la Contre-Réforme catholique en milieu rural, les missions étaient prises en charge par des équipes itinérantes de prêtres étrangers au clergé paroissial. Elles associaient, pour une semaine environ, des séances de prédication et des exercices de piété, pour raviver la pratique des sacrements et renforcer la foi des fidèles.

tandis qu'on la fixait sur sa base. Elle existe encore : elle s'élève devant la tour où est mort mon père[1]. Depuis trente années elle n'a vu paraître personne aux fenêtres de cette tour ; elle n'est plus saluée des enfants du château ; chaque printemps elle les attend en vain ; elle ne voit revenir que les hirondelles, compagnes de mon enfance, plus fidèles à leur nid que l'homme à sa maison. Heureux si ma vie s'était écoulée au pied de la croix de la mission, si mes cheveux n'eussent été blanchis que par le temps qui a couvert de mousse les branches de cette croix !

Je ne tardai pas à partir pour Rennes[2] : j'y devais continuer mes études et clore mon cours de mathématiques, afin de subir ensuite à Brest l'examen de garde-marine.

[...] Je rencontrai à ce collège deux hommes devenus depuis différemment célèbres : Moreau le général, et Limoëlan, auteur de la machine infernale, aujourd'hui prêtre en Amérique[3]. Il n'existe qu'un portrait de Lucile, et cette méchante miniature a été faite par Limoëlan, devenu peintre pendant les détresses révolutionnaires. Moreau était externe, Limoëlan pensionnaire. On a rarement trouvé à la même époque, dans une même province, dans une même petite ville, dans une même maison d'éducation, des destinées aussi singulières. Je ne puis m'empêcher de raconter un tour d'écolier que joua au préfet de semaine mon camarade Limoëlan.

---

1. Cette croix de bois est encore visible sur certaines lithographies romantiques du château de Combourg.   2. En octobre 1781, pour commencer ses Humanités (classe de seconde). François-René avait alors treize ans.   3. Jean-Victor Moreau (1763-1813), né à Morlaix, fut un des plus remarquables officiers de la République. Devenu le rival potentiel de Napoléon après sa victoire de Hohenlinden (3 décembre 1800), il ne tarda pas à quitter la France, puis à rejoindre le camp des alliés avant de se faire tuer à la bataille de Dresde. Il se préparait à quitter le collège pour commencer des études de Droit. Joseph-Pierre Picot de Clorivière (1768-1826), dit Limoëlan, avait au contraire le même âge que Chateaubriand. Il participera, avec Cadoudal, au complot royaliste qui, le 24 décembre 1800, fit exploser une « machine infernale » sur le passage du Premier Consul rue Saint-Nicaise. Il réussit à échapper à la police, et finira par entrer dans les ordres en 1812.

Le préfet avait coutume de faire sa ronde dans les corridors, après la retraite, pour voir si tout était bien : il regardait à cet effet par un trou pratiqué dans chaque porte. Limoëlan, Gesril, Saint-Riveul[1] et moi nous couchions dans la même chambre :

> *D'animaux malfaisants c'était un fort bon plat*[2].

Vainement avions-nous plusieurs fois bouché le trou avec du papier ; le préfet poussait le papier et nous surprenait sautant sur nos lits et cassant nos chaises.

Un soir Limoëlan, sans nous communiquer son projet, nous engage à nous coucher et à éteindre la lumière. Bientôt nous l'entendons se lever, aller à la porte, et puis se remettre au lit. Un quart-d'heure après, voici venir le préfet sur la pointe du pied. Comme avec raison nous lui étions suspects, il s'arrête à la porte, écoute, regarde, n'aperçoit point de lumière..............[3]

« Qui est-ce qui a fait cela ? » s'écrie-t-il en se précipitant dans la chambre. Limoëlan d'étouffer de rire et Gesril de dire en nasillant, avec son air moitié niais, moitié goguenard : « Qu'est-ce donc, monsieur le préfet ? » Voilà Saint-Riveul et moi à rire comme Limoëlan et à nous cacher sous nos couvertures.

On ne put rien tirer de nous : nous fûmes héroïques. Nous fûmes mis tous quatre en prison au *caveau* : Saint-Riveul fouilla la terre sous une porte qui communiquait à la basse-cour ; il engagea sa tête dans cette taupinière, un porc accourut et lui pensa manger la cervelle ; Gesril se glissa dans les caves du collège et mit couler un tonneau de vin ; Limoëlan démolit un mur, et moi, nouveau Perrin Dandin[4], grimpant dans un sou-

1. Né en 1771, Saint-Riveul était le plus jeune des quatre. Il sera la première victime de la Révolution en Bretagne (le 27 janvier 1789, à Rennes), comme Chateaubriand le précise au livre V.　　**2.** Citation ironique de La Fontaine (« Le Singe et le chat », *Fables*, IX, 16).　　**3.** La première version des *Mémoires de ma vie* est plus explicite : Limoëlan avait bouché le trou de la serrure avec le contenu de leur pot de chambre. **4.** Ce personnage des *Plaideurs* de Racine apparaît à la lucarne de son grenier pour juger les... chats de gouttière (acte I, scène 8).

pirail, j'ameutai la canaille de la rue par mes harangues. Le terrible auteur de la machine infernale, jouant cette niche de polisson à un préfet de collège, rappelle en petit Cromwell, barbouillant d'encre la figure d'un autre régicide, qui signait après lui l'arrêt de mort de Charles Ier[1].

Quoique l'éducation fût très religieuse au collège de Rennes, ma ferveur se ralentit : le grand nombre de mes maîtres et de mes camarades multipliait les occasions de distraction. J'avançai dans l'étude des langues ; je devins fort en mathématiques, pour lesquelles j'ai toujours eu un penchant décidé : j'aurais fait un bon officier de marine ou de génie. En tout, j'étais né avec des dispositions faciles : sensible aux choses sérieuses comme aux choses agréables, j'ai commencé par la poésie, avant d'en venir à la prose ; les arts me transportaient ; j'ai passionnément aimé la musique et l'architecture. Quoique prompt à m'ennuyer de tout, j'étais capable des plus petits détails ; étant doué d'une patience à toute épreuve, quoique fatigué de l'objet qui m'occupait, mon obstination était plus forte que mon dégoût. Je n'ai jamais abandonné une affaire quand elle a valu la peine d'être achevée ; il y a telle chose que j'ai poursuivie quinze et vingt ans de ma vie, aussi plein d'ardeur le dernier jour que le premier.

Cette souplesse de mon intelligence se retrouvait dans les choses secondaires. J'étais habile aux échecs, adroit au billard, à la chasse, au maniement des armes ; je dessinais passablement ; j'aurais bien chanté, si l'on eût pris soin de ma voix. Tout cela, joint au genre de mon éducation, à une vie de soldat et de voyageur, fait que je n'ai point senti mon pédant, que je n'ai jamais eu l'air hébété ou suffisant, la gaucherie, les habitudes crasseuses des hommes de lettres d'autrefois, encore moins la morgue et l'assurance, l'envie et la vanité fanfaronne des nouveaux auteurs. [...]

---

1. Tous les historiens de la Révolution anglaise, sous la Restauration, ont rapporté cette anecdote : Villemain (1819), Victor Hugo dans la préface de *Cromwell* (1827) et Chateaubriand lui-même dans *les Quatre Stuarts* (1828).

LIVRE TROISIÈME

(1)

Montboissier, juillet 1817.

Revu en décembre 1846.

VIE À COMBOURG. — JOURNÉES ET SOIRÉES.

[...] Le calme morne du château de Combourg était augmenté par l'humeur taciturne et insociable de mon père. Au lieu de resserrer sa famille et ses gens autour de lui, il les avait dispersés à toutes les aires de vent de l'édifice. Sa chambre à coucher était placée dans la petite tour de l'est, et son cabinet dans la petite tour de l'ouest. Les meubles de ce cabinet consistaient en trois chaises de cuir noir et une table couverte de titres et de parchemins. Un arbre généalogique de la famille des Chateaubriand tapissait le manteau de la cheminée, et dans l'embrasure d'une fenêtre on voyait toutes sortes d'armes depuis le pistolet jusqu'à l'espingole[1]. L'appartement de ma mère régnait au-dessus de la grand'salle, entre les deux petites tours : il était parqueté et orné de glaces de Venise à facettes. Ma sœur habitait un cabinet dépendant de l'appartement de ma mère. La femme de chambre couchait loin de là, dans le corps de logis des grandes tours. Moi, j'étais niché dans une espèce de cellule isolée, au haut de la tourelle

---

1. Arme à feu portative, au canon évasé (sorte de tromblon).

de l'escalier qui communiquait de la cour intérieure aux diverses parties du château. Au bas de cet escalier, le valet de chambre de mon père et le domestique gisaient dans des caveaux voûtés, et la cuisinière tenait garnison dans la grosse tour de l'ouest.

Mon père se levait à quatre heures du matin, hiver comme été : il venait dans la cour intérieure appeler et éveiller son valet de chambre, à l'entrée de l'escalier de la tourelle. On lui apportait un peu de café à cinq heures ; il travaillait ensuite dans son cabinet jusqu'à midi. Ma mère et ma sœur déjeunaient chacune dans leur chambre, à huit heures du matin. Je n'avais aucune heure fixe, ni pour me lever, ni pour déjeuner ; j'étais censé étudier jusqu'à midi : la plupart du temps je ne faisais rien.

À onze heures et demie, on sonnait le dîner que l'on servait à midi. La grand'salle était à la fois salle à manger et salon : on dînait et l'on soupait à l'une de ses extrémités du côté de l'est ; après les repas, on se venait placer à l'autre extrémité du côté de l'ouest, devant une énorme cheminée. La grand'salle était boisée[1], peinte en gris blanc et ornée de vieux portraits depuis le règne de François Ier jusqu'à celui de Louis XIV ; parmi ces portraits, on distinguait ceux de Condé et de Turenne ; un tableau, représentant Hector tué par Achille sous les murs de Troie, était suspendu au-dessus de la cheminée.

Le dîner fait, on restait ensemble jusqu'à deux heures. Alors, si l'été, mon père prenait le divertissement de la pêche, visitait ses potagers, se promenait dans l'étendue du vol du chapon[2] ; si l'automne et l'hiver, il partait pour la chasse, ma mère se retirait dans la chapelle, où elle passait quelques heures en prières. Cette chapelle était un oratoire sombre, embelli de bons tableaux des plus grands maîtres, qu'on ne s'attendait guère à trouver dans un château féodal, au fond de la Bretagne. J'ai aujourd'hui, en ma possession, une

---

1. Ses murs étaient garnis de boiseries.   **2.** Sur ce terme de droit coutumier, voir la n. 2, p. 41.

sainte famille de l'Albane [1], peinte sur cuivre, tirée de cette chapelle : c'est tout ce qui me reste de Combourg.

Mon père parti et ma mère en prières, Lucile s'enfermait dans sa chambre ; je regagnais ma cellule, ou j'allais courir les champs.

À huit heures, la cloche annonçait le souper. Après le souper, dans les beaux jours, on s'asseyait sur le perron. Mon père, armé de son fusil, tirait les chouettes qui sortaient des créneaux à l'entrée de la nuit. Ma mère, Lucile et moi, nous regardions le ciel, les bois, les derniers rayons du soleil, les premières étoiles. À dix heures, on rentrait et l'on se couchait.

Les soirées d'automne et d'hiver étaient d'une autre nature. Le souper fini et les quatre convives revenus de la table à la cheminée, ma mère se jetait, en soupirant, sur un vieux lit de jour de siamoise flambée [2] ; on mettait devant elle un guéridon avec une bougie. Je m'asseyais auprès du feu avec Lucile ; les domestiques enlevaient le couvert et se retiraient. Mon père commençait alors une promenade, qui ne cessait qu'à l'heure de son coucher. Il était vêtu d'une robe de ratine [3] blanche, ou plutôt d'une espèce de manteau que je n'ai vu qu'à lui. Sa tête, demi-chauve, était couverte d'un grand bonnet blanc qui se tenait tout droit. Lorsqu'en se promenant, il s'éloignait du foyer, la vaste salle était si peu éclairée par une seule bougie qu'on ne le voyait plus ; on l'entendait seulement encore marcher dans les ténèbres ; puis il revenait lentement vers la lumière et émergeait peu à peu de l'obscurité, comme un spectre, avec sa robe blanche, son bonnet blanc, sa figure longue et pâle. Lucile et moi, nous échangions quelques mots à voix basse, quand il était à l'autre bout de la salle ; nous nous taisions quand il

---

1. Francesco Albani (1578-1660), célèbre peintre bolonais. 2. Introduite en France par une ambassade du Siam à la cour de Louis XIV, cette étoffe a commencé par être une mousseline de soie et de coton. Puis on a désigné, sous ce nom de « siamoise », des tissus de nature et de provenance diverses. La « siamoise flambée » est un satin orné de fleurs dont les couleurs sont fondues. 3. Robe de chambre en étoffe de laine dont le poil est tiré en dehors et frisé.

se rapprochait de nous. Il nous disait, en passant : « De quoi parliez-vous ? » Saisis de terreur, nous ne répondions rien ; il continuait sa marche. Le reste de la soirée, l'oreille n'était plus frappée que du bruit mesuré de ses pas, des soupirs de ma mère et du murmure du vent.

Dix heures sonnaient à l'horloge du château : mon père s'arrêtait ; le même ressort, qui avait soulevé le marteau de l'horloge, semblait avoir suspendu ses pas. Il tirait sa montre, la montait, prenait un grand flambeau d'argent surmonté d'une grande bougie, entrait un moment dans la petite tour de l'ouest, puis revenait, son flambeau à la main, et s'avançait vers sa chambre à coucher, dépendante de la petite tour de l'est. Lucile et moi, nous nous tenions sur son passage ; nous l'embrassions, en lui souhaitant une bonne nuit. Il penchait vers nous sa joue sèche et creuse sans nous répondre, continuait sa route et se retirait au fond de la tour, dont nous entendions les portes se refermer sur lui.

Le talisman était brisé ; ma mère, ma sœur et moi, transformés en statues par la présence de mon père, nous recouvrions les fonctions de la vie. Le premier effet de notre désenchantement[1] se manifestait par un débordement de paroles : si le silence nous avait opprimés, il nous le payait cher.

Ce torrent de paroles écoulé, j'appelais la femme de chambre, et je reconduisais ma mère et ma sœur à leur appartement. Avant de me retirer, elles me faisaient regarder sous les lits, dans les cheminées, derrières les portes, visiter les escaliers, les passages et les corridors voisins. Toutes les traditions du château, voleurs et spectres, leur revenaient en mémoire. Les gens étaient persuadés qu'un certain comte de Combourg, à jambe de bois, mort depuis trois siècles, apparaissait à certaines époques, et qu'on l'avait rencontré dans le grand escalier de la tourelle ; sa jambe de bois se promenait aussi quelquefois seule avec un chat noir.

---

1. Au sens propre : fin de notre enchantement.

(2)

Montboissier, août 1817.

MON DONJON.

Ces récits occupaient tout le temps du coucher de ma mère et de ma sœur : elles se mettaient au lit mourantes de peur ; je me retirais au haut de ma tourelle ; la cuisinière rentrait dans la grosse tour, et les domestiques descendaient dans leur souterrain.

La fenêtre de mon donjon s'ouvrait sur la cour intérieure ; le jour, j'avais en perspective les créneaux de la courtine opposée, où végétaient des scolopendres et croissait un prunier sauvage. Quelques martinets qui, durant l'été, s'enfonçaient en criant dans les trous des murs, étaient mes seuls compagnons. La nuit, je n'apercevais qu'un petit morceau du ciel et quelques étoiles. Lorsque la lune brillait et qu'elle s'abaissait à l'occident, j'en étais averti par ses rayons, qui venaient à mon lit au travers des carreaux losangés de la fenêtre. Des chouettes, voletant d'une tour à l'autre, passant et repassant entre la lune et moi, dessinaient sur mes rideaux l'ombre mobile de leurs ailes. Relégué dans l'endroit le plus désert, à l'ouverture des galeries, je ne perdais pas un murmure des ténèbres. Quelquefois, le vent semblait courir à pas légers ; quelquefois il laissait échapper des plaintes ; tout à coup, ma porte était ébranlée avec violence, les souterrains poussaient des mugissements, puis ces bruits expiraient pour recommencer encore. À quatre heures du matin, la voix du maître du château, appelant le valet de chambre à l'entrée des voûtes séculaires, se faisait entendre comme la voix du dernier fantôme de la nuit. Cette voix remplaçait pour moi la douce harmonie au son de laquelle le père de Montaigne éveillait son fils [1].

L'entêtement du comte de Chateaubriand à faire cou-

---

1. Voir *Essais*, I, 26.

cher un enfant seul au haut d'une tour, pouvait avoir quelque inconvénient ; mais il tourna à mon avantage. Cette manière violente de me traiter me laissa le courage d'un homme, sans m'ôter cette sensibilité d'imagination dont on voudrait aujourd'hui priver la jeunesse. Au lieu de chercher à me convaincre qu'il n'y avait point de revenants, on me força de les braver. Lorsque mon père me disait avec un sourire ironique : « Monsieur le chevalier aurait-il peur ? », il m'eût fait coucher avec un mort. Lorsque mon excellente mère me disait : « Mon enfant, tout n'arrive que par la permission de Dieu : vous n'avez rien à craindre des mauvais esprits, tant que vous serez bon chrétien », j'étais mieux rassuré que par tous les arguments de la philosophie. Mon succès fut si complet que les vents de la nuit, dans ma tour déshabitée, ne servaient que de jouets à mes caprices et d'ailes à mes songes. Mon imagination allumée, se propageant sur tous les objets, ne trouvait nulle part assez de nourriture et aurait dévoré la terre et le ciel. C'est cet état moral qu'il faut maintenant décrire. Replongé dans ma jeunesse, je vais essayer de me saisir dans le passé, de me montrer tel que j'étais, tel peut-être que je regrette de n'être plus, malgré les tourments que j'ai endurés.

(3)

PASSAGE DE L'ENFANT À L'HOMME.

À peine étais-je revenu de Brest à Combourg, qu'il se fit dans mon existence une révolution : l'enfant disparut et l'homme se montra avec ses joies qui passent et ses chagrins qui restent.

D'abord tout devint passion chez moi, en attendant les passions mêmes. Lorsque après un dîner silencieux où je n'avais osé ni parler, ni manger, je parvenais à m'échapper, mes transports étaient incroyables ; je ne pouvais descendre le perron d'une seule traite : je me serais précipité. J'étais obligé de m'asseoir sur une marche pour laisser se calmer mon agitation ; mais aussitôt que j'avais atteint la Cour Verte et les bois, je me mettais à courir, à sauter, à bondir, à tringuer [1], à m'éjouir jusqu'à ce que je tombasse épuisé de forces, palpitant, enivré de folâtreries et de liberté.

Mon père me menait quant à lui [2] à la chasse. Le goût de la chasse me saisit et je le portai jusqu'à la fureur ; je vois encore le champ où j'ai tué mon premier lièvre. Il m'est souvent arrivé en automne de demeurer quatre ou cinq heures dans l'eau jusqu'à la ceinture, pour attendre au bord d'un étang des canards sauvages ; même aujourd'hui, je ne suis pas de sang froid lorsqu'un chien tombe en arrêt. Toutefois, dans ma première ardeur pour la chasse, il entrait un fonds d'indépendance : franchir les fossés, arpenter les champs, les marais, les bruyères, me trouver avec un fusil dans un lieu désert, ayant puissance et solitude, c'était ma façon d'être naturelle. Dans mes courses, je pointais si loin que, ne pouvant plus marcher, les gardes étaient obligés de me rapporter sur des branches entrelacées.

Cependant le plaisir de la chasse ne me suffisait plus ; j'étais agité d'un désir de bonheur que je ne pouvais ni régler, ni comprendre ; mon esprit et mon cœur s'achevaient de former comme deux temples vides, sans autels et sans sacrifices ; on ne savait encore quel Dieu y serait adoré. Je croissais auprès de ma sœur Lucile ; notre amitié était toute notre vie.

(4)

LUCILE.

Lucile était grande et d'une beauté remarquable, mais sérieuse. Son visage pâle était accompagné de

---

1. Gambader, faire le fou.   2. Avec lui (archaïsme).

longs cheveux noirs ; elle attachait souvent au ciel ou
promenait autour d'elle des regards pleins de tristesse
ou de feu. Sa démarche, sa voix, son sourire, sa physionomie avaient quelque chose de rêveur et de souffrant.

Lucile et moi nous nous étions inutiles. Quand nous
parlions du monde, c'était de celui que nous portions
au-dedans de nous et qui ressemblait bien peu au
monde véritable. Elle voyait en moi son protecteur, je
voyais en elle mon amie. Il lui prenait des accès de
pensées noires que j'avais peine à dissiper : à dix-sept
ans, elle déplorait la perte de ses jeunes années ; elle
se voulait ensevelir dans un cloître. Tout lui était souci,
chagrin, blessure : une expression qu'elle cherchait,
une chimère qu'elle s'était faite, la tourmentaient des
mois entiers. Je l'ai souvent vue un bras jeté sur sa tête,
rêver immobile et inanimée ; retirée vers son cœur, sa
vie cessait de paraître au-dehors ; son sein même ne
se soulevait plus. Par son attitude, sa mélancolie, sa
vénusté [1], elle ressemblait à un Génie funèbre. J'essayais alors de la consoler et l'instant d'après je m'abî-
mais dans des désespoirs inexplicables.

Lucile aimait à faire seule, vers le soir, quelque lecture pieuse : son oratoire de prédilection était l'em-
branchement de deux routes champêtres, marqué par
une croix de pierre et par un peuplier dont le long
style [2] s'élevait dans le ciel comme un pinceau. Ma
dévote mère toute charmée, disait que sa fille lui représentait une chrétienne de la primitive Église, priant à
ces stations appelées *Laures*.

De la concentration de l'âme naissaient chez ma
sœur des effets d'esprit extraordinaires : endormie, elle
avait des songes prophétiques ; éveillée, elle semblait
lire dans l'avenir. Sur un palier de l'escalier de la
grande tour, battait une pendule qui sonnait le temps

---

1. Beauté, grâce. Ce latinisme que Richelet appelait un « charmant mot »
ne parviendra pas à se maintenir dans la langue. Delécluze écrit encore en
1855 à propos de la « Sainte Anne » de Léonard de Vinci : « Le peintre a
répandu sur tout cet ouvrage un charme, une *vénusté*, pour rappeler un mot
latin qui nous manque... » 2. Aiguille, colonne : emploi étymologique
du mot, emprunté au grec.

au silence ; Lucile, dans ses insomnies, s'allait asseoir
sur une marche, en face de cette pendule : elle regardait
le cadran à la lueur de sa lampe posée à terre. Lorsque
les deux aiguilles unies à minuit, enfantaient dans leur
conjonction formidable l'heure des désordres et des
crimes, Lucile entendait des bruits qui lui révélaient
des trépas lointains. Se trouvant à Paris quelques jours
avant le 10 août, et demeurant avec mes autres sœurs
dans le voisinage du couvent des Carmes, elle jette les
yeux sur une glace, pousse un cri et dit : « Je viens de
voir entrer la mort. » Dans les bruyères de la Calédonie, Lucile eût été une femme céleste de Walter Scott,
douée de la seconde vue ; dans les bruyères armori-
caines, elle n'était qu'une solitaire avantagée de
beauté, de génie et de malheur.

(5)

PREMIER SOUFFLE DE LA MUSE.

La vie que nous menions à Combourg, ma sœur et
moi, augmentait l'exaltation de notre âge et de notre
caractère. Notre principal désennui consistait à nous
promener côte à côte dans le grand Mail, au printemps
sur un tapis de primevères, en automne sur un lit de
feuilles séchées, en hiver sur une nappe de neige que
brodait la trace des oiseaux, des écureuils et des her-
mines. Jeunes comme les primevères, tristes comme la
feuille séchée, purs comme la neige nouvelle, il y avait
harmonie entre nos récréations et nous. [...]

(7)

Vallée-aux-Loups, novembre 1817.

DERNIÈRES LIGNES ÉCRITES À LA VALLÉE-AUX-LOUPS.
— RÉVÉLATION SUR LE MYSTÈRE DE MA VIE.

[...] Rentré dans ma première oisiveté, je sentis davantage ce qui manquait à ma jeunesse : je m'étais un mystère. Je ne pouvais voir une femme sans être troublé : je rougissais si elle m'adressait la parole. Ma timidité déjà excessive avec tout le monde, était si grande avec une femme que j'aurais préféré je ne sais quel tourment à celui de demeurer seul avec cette femme : elle n'était pas plus tôt partie, que je la rappelais de tous mes vœux. Les peintures de Virgile, de Tibulle et de Massillon[1], se présentaient bien à ma mémoire ; mais l'image de ma mère et de ma sœur couvrant tout de sa pureté, épaississait les voiles que la nature cherchait à soulever ; la tendresse filiale et fraternelle me trompait sur une tendresse moins désintéressée. Quand on m'aurait livré les plus belles esclaves du sérail, je n'aurais su que leur demander : le hasard m'éclaira.

Un voisin de la terre de Combourg était venu passer quelques jours au château avec sa femme, fort jolie. Je ne sais ce qui advint dans le village ; on courut à l'une des fenêtres de la grand'salle pour regarder. J'y arrivai le premier, l'étrangère se précipitait sur mes pas, je voulus lui céder la place et je me tournai vers elle ; elle me barra involontairement le chemin, et je me sentis pressé entre elle et la fenêtre. Je ne sus plus ce qui se passa autour de moi.

Dès ce moment, j'entrevis que d'aimer et d'être aimé d'une manière qui m'était inconnue, devait être la félicité suprême. Si j'avais fait ce que font les autres hommes, j'aurais bientôt appris les peines et les plaisirs

---

1. Tous ces textes, lus au collège, avaient déjà éveillé sa sensualité.

de la passion dont je portais le germe ; mais tout prenait en moi un caractère extraordinaire. L'ardeur de
mon imagination, ma timidité, la solitude firent qu'au
lieu de me jeter au-dehors, je me repliai sur moi-
même ; faute d'objet réel, j'évoquai par la puissance
de mes vagues désirs un fantôme qui ne me quitta plus.
Je ne sais si l'histoire du cœur humain offre un autre
exemple de cette nature.

(8)

FANTÔME D'AMOUR.

Je me composai donc une femme de toutes les
femmes que j'avais vues : elle avait la taille, les cheveux et le sourire de l'étrangère qui m'avait pressé
contre son sein ; je lui donnai les yeux de telle jeune
fille du village, la fraîcheur de telle autre. Les portraits
des grandes dames du temps de François Ier, de
Henri IV et de Louis XIV, dont le salon était orné,
m'avaient fourni d'autres traits, et j'avais dérobé des
grâces jusqu'aux tableaux des Vierges suspendues dans
les églises.

Cette charmeresse me suivait partout invisible ; je
m'entretenais avec elle, comme avec un être réel ; elle
variait au gré de ma folie : Aphrodite sans voile, Diane
vêtue d'azur et de rosée, Thalie au masque riant, Hébé
à la coupe de la jeunesse, souvent elle devenait une fée
qui me soumettait la nature. Sans cesse, je retouchais
ma toile ; j'enlevais un appas à ma beauté pour le remplacer par un autre. Je changeais aussi ses parures ;
j'en empruntais à tous les pays, à tous les siècles, à
tous les arts, à toutes les religions. Puis, quand j'avais
fait un chef-d'œuvre, j'éparpillais de nouveau mes dessins et mes couleurs ; ma femme unique se transformait
en une multitude de femmes, dans lesquelles j'idolâ-
trais séparément les charmes que j'avais adorés réunis.

Pygmalion fut moins amoureux de sa statue : mon embarras était de plaire à la mienne. Ne me reconnaissant rien de ce qu'il fallait pour être aimé, je me prodiguais ce qui me manquait. Je montais à cheval comme Castor et Pollux ; je jouais de la lyre comme Apollon : Mars maniait ses armes avec moins de force et d'adresse : héros de roman ou d'histoire, que d'aventures fictives j'entassais sur des fictions ! les ombres des filles de Morven[1], les sultanes de Bagdad et de Grenade, les châtelaines des vieux manoirs ; bains, parfums, danses, délices de l'Asie, tout m'était approprié par une baguette magique.

Voici venir une jeune reine, ornée de diamants et de fleurs (c'était toujours ma sylphide) ; elle me cherche à minuit, au travers des jardins d'orangers, dans les galeries d'un palais baigné des flots de la mer, au rivage embaumé de Naples ou de Messine, sous un ciel d'amour que l'astre d'Endymion[2] pénètre de sa lumière ; elle s'avance, statue animée de Praxitèle, au milieu des statues immobiles, des pâles tableaux et des fresques silencieusement blanchies par les rayons de la lune : le bruit léger de sa course sur les mosaïques des marbres se mêle au murmure insensible de la vague. La jalousie royale nous environne. Je tombe aux genoux de la souveraine des campagnes d'Enna[3] ; les ondes de soie de son diadème dénoué viennent caresser mon front, lorsqu'elle penche sur mon visage sa tête de seize années, et que ses mains s'appuyent sur mon sein palpitant de respect et de volupté.

Au sortir de ces rêves, quand je me retrouvais un pauvre petit Breton obscur, sans gloire, sans beauté, sans talents, qui n'attirerait les regards de personne, qui passerait ignoré, qu'aucune femme n'aimerait jamais, le désespoir s'emparait de moi : je n'osais plus

---

1. Montagne qui symbolise la Calédonie (Écosse), où Ossian a situé ses poétiques fictions.   2. Endymion, jeune berger épris de la lune (Artémis ou Diane).   3. C'est dans ce centre de la Sicile que la tradition antique avait localisé la résidence de Cérès, déesse des moissons, et le brutal enlèvement de sa fille Proserpine par Pluton. Ovide évoque les ébats de celle-ci dans le bois sacré de la ville (*Métamorphoses*, V, vers 385 sq.).

lever les yeux sur l'image brillante que j'avais attachée
à mes pas.

(9)

DEUX ANNÉES DE DÉLIRE. — OCCUPATIONS ET CHIMÈRES.

Ce délire dura deux années entières, pendant lesquelles les facultés de mon âme arrivèrent au plus haut
point d'exaltation. Je parlais peu, je ne parlai plus ;
j'étudiais encore, je jetai là les livres ; mon goût pour
la solitude redoubla. J'avais tous les symptômes d'une
passion violente ; mes yeux se creusaient ; je maigris-
sais ; je ne dormais plus ; j'étais distrait, triste, ardent,
farouche. Mes jours s'écoulaient d'une manière sauvage, bizarre, insensée, et pourtant pleine de délices.

Au nord du château s'étendait une lande semée de
pierres druidiques ; j'allais m'asseoir sur une de ces
pierres au soleil couchant. La cime dorée des bois, la
splendeur de la terre, l'étoile du soir scintillant à travers les nuages de rose, me ramenaient à mes songes :
j'aurais voulu jouir de ce spectacle avec l'idéal objet
de mes désirs. Je suivais en pensée l'astre du jour ; je
lui donnais ma beauté à conduire afin qu'il la présentât
radieuse avec lui aux hommages de l'univers. Le vent
du soir qui brisait les réseaux tendus par l'insecte sur
la pointe des herbes, l'alouette de bruyère qui se posait
sur un caillou, me rappelaient à la réalité : je reprenais
le chemin du manoir, le cœur serré, le visage abattu.

Les jours d'orage en été, je montais au haut de la
grosse tour de l'ouest. Le roulement du tonnerre sous
les combles du château, les torrents de pluie qui tombaient en grondant sur le toit pyramidal des tours,
l'éclair qui sillonnait la nue et marquait d'une flamme
électrique les girouettes d'airain, excitaient mon
enthousiasme : comme Ismen sur les remparts de Jéru-

salem, j'appelais la foudre ; j'espérais qu'elle m'apporterait Armide [1].

Le ciel était-il serein ? je traversais le grand Mail, autour duquel étaient des prairies divisées par des haies plantées de saules. J'avais établi un siège, comme un nid, dans un de ces saules : là, isolé entre le ciel et la terre, je passais des heures avec les fauvettes ; ma nymphe était à mes côtés. J'associais également son image à la beauté de ces nuits de printemps toutes remplies de la fraîcheur de la rosée, des soupirs du rossignol et du murmure des brises.

D'autres fois, je suivais un chemin abandonné, une onde ornée de ses plantes rivulaires [2] ; j'écoutais les bruits qui sortent des lieux infréquentés ; je prêtais l'oreille à chaque arbre ; je croyais entendre la clarté de la lune chanter dans les bois : je voulais redire ces plaisirs et les paroles expiraient sur mes lèvres. Je ne sais comment je retrouvais encore ma déesse dans les accents d'une voix, dans les frémissements d'une harpe, dans les sons veloutés ou liquides d'un cor ou d'un harmonica. Il serait trop long de raconter les beaux voyages que je faisais avec ma fleur d'amour ; comment main en main nous visitions les ruines célèbres, Venise, Rome, Athènes, Jérusalem, Memphis, Carthage ; comment nous franchissions les mers ; comment nous demandions le bonheur aux palmiers d'Otahiti, aux bosquets embaumés d'Amboine et de Tidor [3] ; comment au sommet de l'Himalaya nous allions réveiller l'aurore ; comment nous descendions les *fleuves saints* dont les vagues épandues entourent les pagodes aux boules d'or ; comment nous dormions aux rives du Gange, tandis que le bengali, perché sur

---

1. Dans la *Jérusalem délivrée* du Tasse, Ismen est le magicien que les puissances infernales ont chargé de défendre la ville contre les croisés. Armide, en revanche, est une enchanteresse qui a pour mission de séduire Renaud, et de le retenir éloigné du combat. **2.** Plantes qui croissent sur le bord ou dans le lit des ruisseaux. **3.** Les paysages et les mœurs paradisiaques de Tahiti avaient été révélés par le *Voyage autour du monde* de Bougainville (1771). Amboine et Tidor (ou Timor), dans les Moluques, produisaient à profusion des épices au parfum pénétrant (girofle, muscade).

le mât d'une nacelle de bambou, chantait sa barcarole indienne.

La terre et le ciel ne m'étaient plus rien ; j'oubliais surtout le dernier : mais si je ne lui adressais plus mes vœux, il écoutait la voix de ma secrète misère : car je souffrais, et les souffrances prient.

(10)

MES JOIES DE L'AUTOMNE.

Plus la saison était triste, plus elle était en rapport avec moi : le temps des frimas [1], en rendant les communications moins faciles, isole les habitants des campagnes : on se sent mieux à l'abri des hommes.

Un caractère moral s'attache aux scènes de l'automne : ces feuilles qui tombent comme nos ans, ces fleurs qui se fanent comme nos heures, ces nuages qui fuient comme nos illusions, cette lumière qui s'affaiblit comme notre intelligence, ce soleil qui se refroidit comme nos amours, ces fleuves qui se glacent comme notre vie, ont des rapports secrets avec nos destinées.

Je voyais avec un plaisir indicible le retour de la saison des tempêtes, le passage des cygnes et des ramiers, le rassemblement des corneilles dans la prairie de l'étang, et leur perchée [2] à l'entrée de la nuit sur les plus hauts chênes du grand Mail. Lorsque le soir élevait une vapeur bleuâtre au carrefour des forêts, que les complaintes ou les lais du vent gémissaient dans les mousses flétries, j'entrais en pleine possession des sympathies de ma nature. Rencontrais-je quelque laboureur au bout d'un guéret [3] ? je m'arrêtais pour regarder cet homme germé à l'ombre des épis parmi

---

1. Brouillard givrant, froid et épais.   2. Action de se percher, puis résultat de cette action : ici la réunion des corneilles au sommet des arbres.   3. Champ labouré.

lesquels il devait être moissonné, et qui retournant la
terre de sa tombe avec le soc de la charrue, mêlait ses
sueurs brûlantes aux pluies glacées de l'automne : le
sillon qu'il creusait était le monument destiné à lui survivre. Que faisait à cela mon élégante démone ? Par sa
magie, elle me transportait au bord du Nil, me montrait
la pyramide égyptienne noyée dans le sable, comme
un jour le sillon armoricain caché sous la bruyère : je
m'applaudissais d'avoir placé les fables de ma félicité
hors du cercle des réalités humaines.

Le soir je m'embarquais sur l'étang, conduisant seul
mon bateau, au milieu des joncs et des larges feuilles
flottantes du nénuphar. Là, se réunissaient les hirondelles prêtes à quitter nos climats. Je ne perdais pas un
seul de leurs gazouillis : Tavernier[1] enfant était moins
attentif au récit d'un voyageur. Elles se jouaient sur
l'eau au tomber du soleil, poursuivaient les insectes,
s'élançaient ensemble dans les airs, comme pour
éprouver leurs ailes, se rabattaient à la surface du lac,
puis se venaient suspendre aux roseaux que leur poids
courbait à peine, et qu'elles remplissaient de leur
ramage confus.

(11)

INCANTATION.

La nuit descendait ; les roseaux agitaient leurs
champs de quenouilles et de glaives[2], parmi lesquels la
caravane emplumée, poules d'eau, sarcelles, martins-
pêcheurs, bécassines, se taisait ; le lac battait ses
bords ; les grandes voix de l'automne sortaient des
marais et des bois : j'échouais mon bateau au rivage et

---

1. Jean-Baptiste Tavernier (1605-1689), que ses *Voyages en Turquie, en
Perse et aux Indes* ont rendu célèbre.   2. Chatons et feuilles de ces
plantes aquatiques.

retournais au château. Dix heures sonnaient. À peine
retiré dans ma chambre, ouvrant mes fenêtres, fixant
mes regards au ciel, je commençais une incantation. Je
montais avec ma magicienne sur les nuages : roulé
dans ses cheveux et dans ses voiles, j'allais, au gré des
tempêtes, agiter la cime des forêts, ébranler le sommet
des montagnes, ou tourbillonner sur les mers. Plon-
geant dans l'espace, descendant du trône de Dieu aux
portes de l'abîme, les mondes étaient livrés à la puissance de mes amours. Au milieu du désordre des éléments, je mariais avec ivresse la pensée du danger à
celle du plaisir. Les souffles de l'aquilon ne m'appor-
taient que les soupirs de la volupté ; le murmure de la
pluie m'invitait au sommeil sur le sein d'une femme.
Les paroles que j'adressais à cette femme auraient
rendu des sens à la vieillesse, et réchauffé le marbre
des tombeaux. Ignorant tout, sachant tout, à la fois
vierge et amante, Ève innocente, Ève tombée, l'enchanteresse par qui me venait ma folie était un mélange
de mystères et de passions : je la plaçais sur un autel
et je l'adorais. L'orgueil d'être aimé d'elle augmentait
encore mon amour. Marchait-elle ? je me prosternais
pour être foulé sous ses pieds, ou pour en baiser la
trace. Je me troublais à son sourire ; je tremblais au
son de sa voix ; je frémissais de désir, si je touchais ce
qu'elle avait touché. L'air exhalé de sa bouche humide
pénétrait dans la moelle de mes os, coulait dans mes
veines au lieu de sang. Un seul de ses regards m'eût
fait voler au bout de la terre ; quel désert ne m'eût suffi
avec elle ! À ses côtés, l'antre des lions se fût changé
en palais, et des millions de siècles eussent été trop
courts pour épuiser les feux dont je me sentais
embrasé.

À cette fureur se joignait une idolâtrie morale : par
un autre jeu de mon imagination, cette Phryné[1] qui
m'enlaçait dans ses bras, était aussi pour moi la gloire
et surtout l'honneur ; la vertu lorsqu'elle accomplit ses
plus nobles sacrifices, le génie lorsqu'il enfante la pen-

---

1. Courtisane athénienne qui aurait servi de modèle à Praxitèle.

sée la plus rare, donneraient à peine une idée de cette autre sorte de bonheur. Je trouvais à la fois dans ma création merveilleuse toutes les blandices[1] des sens et toutes les jouissances de l'âme. Accablé et comme submergé de ces doubles délices, je ne savais plus quelle était ma véritable existence ; j'étais homme et n'étais pas homme ; je devenais le nuage, le vent, le bruit ; j'étais un pur esprit, un être aérien, chantant la souveraine félicité. Je me dépouillais de ma nature pour me fondre avec la fille de mes désirs, pour me transformer en elle, pour toucher plus intimement la beauté, pour être à la fois la passion reçue et donnée, l'amour et l'objet de l'amour.

Tout à coup, frappé de ma folie, je me précipitais sur ma couche ; je me roulais dans ma douleur ; j'arrosais mon lit de larmes cuisantes que personne ne voyait et qui coulaient misérables, pour un néant.

(12)

TENTATION.

Bientôt, ne pouvant plus rester dans ma tour, je descendais à travers les ténèbres, j'ouvrais furtivement la porte du perron comme un meurtrier, et j'allais errer dans le grand bois.

Après avoir marché à l'aventure, agitant mes mains, embrassant les vents qui m'échappaient ainsi que l'ombre, objet de mes poursuites, je m'appuyais contre le tronc d'un hêtre ; je regardais les corbeaux que je faisais envoler d'un arbre pour se poser sur un autre, ou la lune se traînant sur la cime dépouillée de la futaie : j'aurais voulu habiter ce monde mort, qui réfléchissait la pâleur du sépulcre. Je ne sentais ni le froid,

---

1. Archaïsme (Montaigne) pour désigner le plaisir. Du latin *blanditiae* : séductions, caresses.

ni l'humidité de la nuit : l'haleine glaciale de l'aube ne m'aurait pas même tiré du fond de mes pensées, si à cette heure la cloche du village ne s'était fait entendre.

Dans la plupart des villages de la Bretagne, c'est ordinairement à la pointe du jour que l'on sonne pour les trépassés. Cette sonnerie compose, de trois notes répétées, un petit air monotone, mélancolique et champêtre. Rien ne convenait mieux à mon âme malade et blessée, que d'être rendue aux tribulations de l'existence par la cloche qui en annonçait la fin. Je me représentais le pâtre expiré dans sa cabane inconnue, ensuite déposé dans un cimetière non moins ignoré. Qu'était-il venu faire sur la terre ? moi-même, que faisais-je dans ce monde ? Puisqu'enfin je devais passer, ne valait-il pas mieux partir à la fraîcheur du matin, arriver de bonne heure, que d'achever le voyage sous le poids et pendant la chaleur du jour ? Le rouge du désir me montait au visage ; l'idée de n'être plus me saisissait le cœur à la façon d'une joie subite. Au temps des erreurs de ma jeunesse, j'ai souvent souhaité ne pas survivre au bonheur : il y avait dans le premier succès un degré de félicité qui me faisait aspirer à la destruction.

De plus en plus garrotté à mon fantôme, ne pouvant jouir de ce qui n'existait pas, j'étais comme ces hommes mutilés qui rêvent des béatitudes pour eux insaisissables, et qui se créent un songe dont les plaisirs égalent les tortures de l'enfer. J'avais en outre le pressentiment des misères de mes futures destinées : ingénieux à me forger des souffrances, je m'étais placé entre deux désespoirs ; quelquefois je ne me croyais qu'un être nul, incapable de s'élever au-dessus du vulgaire ; quelquefois il me semblait sentir en moi des qualités qui ne seraient jamais appréciées. Un secret instinct m'avertissait qu'en avançant dans le monde, je ne trouverais rien de ce que je cherchais.

Tout nourrissait l'amertume de mes dégoûts : Lucile était malheureuse ; ma mère ne me consolait pas ; mon père me faisait éprouver les affres de la vie. Sa morosité augmentait avec l'âge ; la vieillesse raidissait son âme comme son corps ; il m'épiait sans cesse pour me gourmander [1]. Lorsque je revenais de mes courses sauvages et que je l'apercevais assis sur le perron, on m'aurait plutôt tué que de me faire rentrer au château. Ce n'était néanmoins que différer mon supplice : obligé de paraître au souper, je m'asseyais tout interdit sur le coin de ma chaise, mes joues battues de la pluie, ma chevelure en désordre. Sous les regards de mon père, je demeurais immobile et la sueur couvrait mon front : la dernière lueur de la raison m'échappa.

Me voici arrivé à un moment où j'ai besoin de quelque force pour confesser ma faiblesse [2]. L'homme qui attente à ses jours montre moins la vigueur de son âme que la défaillance de sa nature.

Je possédais un fusil de chasse dont la détente usée partait souvent au repos. Je chargeai ce fusil de trois balles, et je me rendis dans un endroit écarté du grand Mail. J'armai le fusil, j'introduisis le bout du canon dans ma bouche, je frappai la crosse contre terre ; je réitérai plusieurs fois l'épreuve : le coup ne partit pas ; l'apparition d'un garde suspendit ma résolution. Fataliste sans le vouloir et sans le savoir, je supposai que mon heure n'était pas arrivée, et je remis à un autre jour l'exécution de mon projet. Si je m'étais tué, tout ce que j'ai été s'ensevelissait avec moi ; on ne saurait rien de l'histoire qui m'aurait conduit à ma catastrophe [3] ; j'aurais grossi la foule des infortunés sans nom, je ne me serais pas fait suivre à la trace de mes chagrins comme un blessé à la trace de son sang.

Ceux qui seraient troublés par ces peintures et tentés d'imiter ces folies, ceux qui s'attacheraient à ma mémoire par mes chimères, se doivent souvenir qu'ils n'entendent que la voix d'un mort. Lecteur, que je ne connaîtrai jamais, rien n'est demeuré : il ne reste de

---

1. Me réprimander, me gronder.   **2.** Au moment de confesser ce qu'il considère comme un péché grave, Chateaubriand retrouve la problématique de saint Augustin.   **3.** Au sens technique : événement soudain qui amène le dénouement de la tragédie.

moi que ce que je suis entre les mains du Dieu vivant
qui m'a jugé. [...]

(14)

UN MOMENT DANS MA VILLE NATALE. — SOUVENIR DE LA
VILLENEUVE ET DES TRIBULATIONS DE MON ENFANCE. — JE
SUIS RAPPELÉ À COMBOURG. — DERNIÈRE ENTREVUE AVEC
MON PÈRE. — J'ENTRE AU SERVICE. — ADIEUX À COMBOURG.

Deux mois s'écoulèrent : je me retrouvai seul dans
mon île maternelle ; la Villeneuve y venait de mourir.
En allant la pleurer au bord du lit vide et pauvre où
elle expira, j'aperçus le petit chariot d'osier dans lequel
j'avais appris à me tenir debout sur ce triste globe. Je
me représentais ma vieille bonne, attachant du fond
de sa couche ses regards affaiblis sur cette corbeille
roulante ; ce premier monument de ma vie en face du
dernier monument de la vie de ma seconde mère, l'idée
des souhaits de bonheur que la bonne Villeneuve
adressait au ciel pour son nourrisson en quittant le
monde, cette preuve d'un attachement si constant, si
désintéressé, si pur, me brisaient le cœur de tendresse,
de regrets et de reconnaissance.

Du reste, rien de mon passé à Saint-Malo : dans le
port je cherchais en vain les navires aux cordes desquels je me jouais ; ils étaient partis ou dépecés ; dans
la ville, l'hôtel où j'étais né avait été transformé en
auberge [1]. Je touchais presque à mon berceau et déjà
tout un monde s'était écroulé. Étranger aux lieux de
mon enfance, en me rencontrant on demandait qui
j'étais, par l'unique raison que ma tête s'élevait de
quelques lignes [2] de plus au-dessus du sol vers lequel

---

1. La maison de la rue des Juifs avait été vendue en 1780.　　2. Dans
le système de mesure antérieur à la Révolution, la ligne est la douzième
partie du pouce, soit 0,225 cm. Nous dirions aujourd'hui : de quelques
millimètres.

elle s'inclinera de nouveau dans peu d'années. Combien rapidement et que de fois nous changeons d'existence et de chimère ! Des amis nous quittent, d'autres leur succèdent ; nos liaisons varient : il y a toujours un temps où nous ne possédions rien de ce que nous possédons, un temps où nous n'avons rien de ce que nous eûmes. L'homme n'a pas une seule et même vie ; il en a plusieurs mises bout à bout, et c'est sa misère.

Désormais sans compagnon, j'explorais l'arène qui vit mes châteaux de sable : *campos ubi Troja fuit*[1]. Je marchais sur la plage désertée de la mer. Les grèves abandonnées du flux m'offraient l'image de ces espaces désolés que les illusions laissent autour de nous lorsqu'elles se retirent. Mon compatriote Abailard regardait comme moi ces flots, il y a huit cents ans, avec le souvenir de son Héloïse[2] ; comme moi il voyait fuir quelque vaisseau (*ad horizontis undas*), et son oreille était bercée ainsi que la mienne de l'unisonance[3] des vagues. Je m'exposais au brisement de la lame en me livrant aux imaginations funestes que j'avais apportées des bois de Combourg. Un cap, nommé Lavarde, servait de terme à mes courses : assis sur la pointe de ce cap, dans les pensées les plus amères, je me souvenais que ces mêmes rochers servaient à me cacher dans mon enfance, à l'époque des fêtes ; j'y dévorais mes larmes, et mes camarades s'enivraient de joie. Je ne me sentais ni plus aimé, ni plus heureux. Bientôt j'allais quitter ma patrie pour émietter mes jours en divers climats. Ces réflexions me

---

1. Allusion à un passage de Virgile (*Énéide*, III, 10-11) : *Litora cum patriae lacrimans portusque relinquo / Et campos ubi Troia fuit.* (« Je quitte alors avec des larmes les rivages de ma patrie, le port et la plaine où Troie n'existait plus. ») Pour le thème, voir la n. 1, p. 54.   2. Né à Nantes, Pierre Abélard (1079-1142) se retira au monastère de Saint-Gildas-de-Rhuys dans le Morbihan, après sa liaison « scandaleuse » avec son élève Héloïse (il avait 39 ans, elle 17). Ce couple célèbre inspira Pope et Chateaubriand lui a consacré un chapitre du *Génie du christianisme* (II, 3, 5). Entre parenthèses, une citation de sa correspondance : « vers un horizon de vagues ».   3. Uniformité de son (terme technique de versification).

navraient à mort, et j'étais tenté de me laisser tomber dans les flots.

Une lettre me rappelle à Combourg : j'arrive, je soupe avec ma famille ; monsieur mon père ne me dit pas un mot, ma mère soupire, Lucile paraît consternée ; à dix heures on se retire. J'interroge ma sœur ; elle ne savait rien. Le lendemain à huit heures du matin on m'envoie chercher. Je descends : mon père m'attendait dans son cabinet.

« Monsieur le chevalier, me dit-il, il faut renoncer à vos folies. Votre frère a obtenu pour vous un brevet de sous-lieutenant au régiment de Navarre. Vous allez partir pour Rennes, et de là pour Cambrai. Voilà cent louis[1] ; ménagez-les. Je suis vieux et malade ; je n'ai pas longtemps à vivre. Conduisez-vous en homme de bien et ne déshonorez jamais votre nom. »

Il m'embrassa. Je sentis ce visage ridé et sévère se presser avec émotion contre le mien : c'était pour moi le dernier embrassement paternel.

Le comte de Chateaubriand, homme si redoutable à mes yeux, ne me parut dans ce moment que le père le plus digne de ma tendresse. Je me jetai sur sa main décharnée et pleurai. Il commençait d'être attaqué d'une paralysie ; elle le conduisit au tombeau ; son bras gauche avait un mouvement convulsif qu'il était obligé de contenir avec sa main droite. Ce fut en retenant ainsi son bras et après m'avoir remis sa vieille épée, que sans me donner le temps de me reconnaître, il me conduisit au cabriolet qui m'attendait dans la Cour Verte. Il m'y fit monter devant lui. Le postillon partit, tandis que je saluais des yeux ma mère et ma sœur qui fondaient en larmes sur le perron.

Je remontai la chaussée de l'étang ; je vis les roseaux de mes hirondelles, le ruisseau du moulin et la prairie ; je jetai un regard sur le château. Alors, comme Adam après son péché, je m'avançai sur la terre incon-

---

1. Soit 2 000 livres. Cela représente une somme assez considérable : presque un dizième de son futur héritage.

nue : le monde était tout devant moi : *and the world was all before him*[1].

Depuis cette époque, je n'ai revu Combourg que trois fois : après la mort de mon père, nous nous y trouvâmes en deuil, pour partager notre héritage et nous dire adieu[2]. Une autre fois j'accompagnai ma mère à Combourg : elle s'occupait de l'ameublement du château ; elle attendait mon frère, qui devait amener ma belle-sœur en Bretagne[3]. Mon frère ne vint point ; il eut bientôt avec sa jeune épouse, de la main du bourreau, un autre chevet que l'oreiller préparé des mains de ma mère. Enfin, je traversai une troisième fois Combourg, en allant m'embarquer à Saint-Malo pour l'Amérique. Le château était abandonné, je fus obligé de descendre chez le régisseur. Lorsque, en errant dans le Grand-Mail, j'aperçus du fond d'une allée obscure le perron désert, la porte et les fenêtres fermées, je me trouvai mal. Je regagnai avec peine le village ; j'envoyai chercher mes chevaux et je partis au milieu de la nuit[4].

Après quinze années d'absence, avant de quitter de nouveau la France et de passer en Terre-Sainte, je courus embrasser à Fougères ce qui me restait de ma famille[5]. Je n'eus pas le courage d'entreprendre le pèlerinage des champs où la plus vive partie de mon existence fut attachée. C'est dans les bois de

---

1. Citation libre (*him* au lieu de *them*) de la fin du *Paradis perdu* de Milton.   **2.** Chateaubriand avait quitté Combourg le 9 août 1786 pour rejoindre son régiment. Il se trouvait à Cambrai lors de la mort de son père, le 6 septembre 1786. Il reviendra une première fois au mois de mars 1787, pour le règlement de la succession.   **3.** Après la mort de son mari, Mme de Chateaubriand avait quitté Combourg (échu à son fils aîné) pour se réinstaller à Saint-Malo, où elle passa les dernières années de sa vie. Le nouveau comte de Chateaubriand ayant épousé, au mois de novembre 1787, Aline de Rosanbo, la petite-fille de Malesherbes, il est probable que le jeune couple envisagea, dans les mois qui suivirent, de se rendre à Combourg. C'est en prévision de cette visite que Chateaubriand accompagna sa mère à Combourg, à une date qu'il est difficile de préciser (automne 1788-printemps 1789).   **4.** Ce dernier passage, au mois de mars 1791, a été transposé dans *René*.   **5.** Au mois de juin 1806. Quatre ans plus tôt, il avait déjà rendu visite à sa famille fougéroise, sans aller plus loin.

Combourg que je suis devenu ce que je suis, que j'ai commencé à sentir la première atteinte de cet ennui que j'ai traîné toute ma vie, de cette tristesse qui a fait mon tourment et ma félicité. Là, j'ai cherché un cœur qui pût entendre le mien ; là, j'ai vu se réunir, puis se disperser ma famille. Mon père y rêva son nom rétabli, la fortune de sa maison renouvelée : autre chimère que le temps et les révolutions ont dissipée. De six enfants que nous étions, nous ne restons plus que trois [1] : mon frère, Julie et Lucile ne sont plus, ma mère est morte de douleur, les cendres de mon père ont été arrachées de son tombeau [2].

Si mes ouvrages me survivent, si je dois laisser un nom, peut-être un jour, guidé par ces *Mémoires*, quelque voyageur viendra visiter les lieux que j'ai peints. Il pourra reconnaître le château ; mais il cherchera vainement le grand bois : le berceau de mes songes a disparu comme ces songes. Demeuré seul debout sur son rocher, l'antique donjon pleure les chênes, vieux compagnons qui l'environnaient et le protégeaient contre la tempête. Isolé comme lui, j'ai vu comme lui tomber autour de moi la famille qui embellissait mes jours et me prêtait son abri : heureusement ma vie n'est pas bâtie sur la terre aussi solidement que les tours où j'ai passé ma jeunesse, et l'homme résiste moins aux orages que les monuments élevés par ses mains.

---

1. Ses sœurs Marie-Anne et Bénigne lui ont survécu. Madame de Marigny est morte centenaire le 17 juillet 1850 ; madame de Chateaubourg est morte en 1848, âgée de 87 ans.   **2.** Sous la Terreur. Le 24 juin 1802, de retour de Fougères, Chateaubriand écrit à madame de Staël : « La Révolution a passé là ; c'est tout vous dire. Les cendres même de mon père ont été jetées au vent ».

LIVRE QUATRIÈME

Datés de Berlin (mars-avril 1821) et de Paris (juin 1821), les treize chapitres du livre IV couvrent la période qui va de 1786 à 1789. Chateaubriand y relate son arrivée à Paris, la mort de son père, sa présentation à la Cour, sa vie de garnison et son initiation progressive à la vie littéraire de la capitale.

Le mémorialiste consacre ensuite les chapitres 1 à 7 du livre V (datés « Paris, septembre-octobre 1821 ») à son « éducation politique » au début de la Révolution. En Bretagne depuis le mois de décembre 1788, il ne regagna Paris qu'au mois de juin 1789.

LIVRE CINQUIÈME

(8)

[...] Le 14 juillet, prise de la Bastille. J'assistai, comme spectateur, à cet assaut contre quelques invalides et un timide gouverneur : si l'on eût tenu les portes fermées, jamais le peuple ne fût entré dans la forteresse. Je vis tirer deux ou trois coups de canon, non par les invalides, mais par des gardes-françaises, déjà montés sur les tours. De Launay, arraché de sa cachette, après avoir subi mille outrages, est assommé sur les marches de l'Hôtel-de-Ville ; le prévôt des marchands, Flesselles, a la tête cassée d'un coup de pistolet : c'est ce spectacle que des béats sans cœur trouvaient si beau. Au milieu de ces meurtres, on se livrait à des orgies, comme dans les troubles de Rome, sous Othon et Vitellius [1]. On promenait dans des fiacres *les vainqueurs de la Bastille*, ivrognes heureux, déclarés conquérants au cabaret ; des prostituées et des *sans-culottes* commençaient à régner, et leur faisaient escorte. Les passants se découvraient, avec le respect de la peur, devant ces héros, dont quelques-uns moururent de fatigue au milieu de leur triomphe. Les clefs de la Bastille se multiplièrent ; on en envoya à tous les niais d'importance dans les quatre parties du monde [2].

---

1. Dans les mois qui suivirent la mort de Néron.　　**2.** Chateaubriand verra lui-même en 1791 chez le général Washington celle que le président des États-Unis avait reçue.

Que de fois j'ai manqué ma fortune ! Si, moi, spectateur, je me fusse inscrit sur le registre des vainqueurs,
j'aurais une pension aujourd'hui [1].

Les experts accoururent à l'autopsie de la Bastille.
Des cafés provisoires s'établirent sous des tentes ; on
s'y pressait, comme à la foire Saint-Germain ou à
Longchamp ; de nombreuses voitures défilaient ou
s'arrêtaient au pied des tours, dont on précipitait les
pierres parmi des tourbillons de poussière. Des femmes
élégamment parées, des jeunes gens à la mode, placés
sur différents degrés des décombres gothiques, se
mêlaient aux ouvriers demi-nus qui démolissaient les
murs, aux acclamations de la foule. À ce rendez-vous
se rencontraient les orateurs les plus fameux, les gens
de lettres les plus connus, les peintres les plus célèbres,
les acteurs et les actrices les plus renommés, les danseuses les plus en vogue, les étrangers les plus illustres,
les seigneurs de la cour et les ambassadeurs de l'Europe : la vieille France était venue là pour finir, la nouvelle pour commencer.

Tout événement, si misérable ou si odieux qu'il soit
en lui-même, lorsque les circonstances en sont
sérieuses et qu'il fait époque, ne doit pas être traité
avec légèreté : ce qu'il fallait voir dans la prise de la
Bastille (et ce que l'on ne vit pas alors), c'était, non
l'acte violent de l'émancipation d'un peuple, mais
l'émancipation même, résultat de cet acte.

On admira ce qu'il fallait condamner, l'accident, et
l'on n'alla pas chercher dans l'avenir les destinées
accomplies d'un peuple, le changement des mœurs, des
idées, des pouvoirs politiques, une rénovation de l'espèce humaine, dont la prise de la Bastille ouvrait l'ère,
comme un sanglant jubilé. La colère brutale faisait des
ruines, et sous cette colère était cachée l'intelligence
qui jetait parmi ces ruines les fondements du nouvel
édifice.

Mais la nation qui se trompa sur la grandeur du

---

1. Comme celle que le décret du 29 juin 1790 avait instituée pour les
« vainqueurs de la Bastille ».

fait matériel, ne se trompa pas sur la grandeur du
fait moral : la Bastille était à ses yeux le trophée de
sa servitude ; elle lui semblait élevée à l'entrée de
Paris, en face des seize piliers de Montfaucon[1],
comme le gibet de ses libertés[*]. En rasant une forteresse d'État, le peuple crut briser le joug militaire,
et prit l'engagement tacite de remplacer l'armée qu'il
licenciait : on sait quels prodiges enfanta le peuple
devenu soldat.

(9)

Paris, novembre 1821.

EFFET DE LA PRISE DE LA BASTILLE SUR LA COUR. — TÊTES DE
FOULON ET DE BERTHIER.

Réveillé au bruit de la chute de la Bastille comme
au bruit avant-coureur de la chute du trône, Versailles avait passé de la jactance à l'abattement. Le
Roi accourt à l'Assemblée nationale[2], prononce un
discours dans le fauteuil même du président ; il
annonce l'ordre donné aux troupes de s'éloigner, et
retourne à son palais au milieu des bénédictions ;
parades inutiles ! les partis ne croient point à la

---

[*] Après cinquante-deux ans, on élève quinze bastilles[3] pour opprimer
cette liberté au nom de laquelle on a rasé la première Bastille. (Paris, note
de 1841.)

---

1. Gibet de la Prévôté de Paris, jadis composé de seize piliers de pierre
reliés par des poutres pour supporter les corps des suppliciés (voir la description de Victor Hugo dans *Notre-Dame de Paris*). Situé dans le faubourg
du Temple depuis le XIIIᵉ siècle, il avait été transféré en 1761 sur les hauteurs de la Villette, au nord de la place du Combat (aujourd'hui place du
Colonel-Fabien).   2. Le 15 juillet 1789.   3. Allusion à la proposition
faite par Thiers en 1840 de construire autour de la capitale une ceinture de
fortifications. Une vive polémique se développa, au début de 1841, contre
ce nouvel « embastillement » de Paris.

conversion des partis contraires : la liberté qui capi-
tule, ou le pouvoir qui se dégrade, n'obtient point
merci de ses ennemis.

[...] Louis XVI vint à l'Hôtel de ville le 17 : cent
mille hommes, armés comme les moines de la Ligue,
le reçurent. Il est harangué par MM. Bailly[1], Moreau
de Saint-Méry[2] et Lally-Tolendal[3], qui pleurèrent : le
dernier est resté sujet aux larmes. Le Roi s'attendrit à
son tour ; il mit à son chapeau une énorme cocarde
tricolore ; on le déclara, sur place, *honnête homme,
père des Français, roi d'un peuple libre*, lequel peuple
se préparait, en vertu de sa liberté, à abattre la tête de
cet honnête homme, son père et son roi.

Peu de jours après ce raccommodement, j'étais aux
fenêtres de mon hôtel garni avec mes sœurs et quelques
Bretons ; nous entendons crier : « Fermez les portes !
fermez les portes ! » Un groupe de déguenillés arrive
par un des bouts de la rue ; du milieu de ce groupe
s'élevaient deux étendards que nous ne voyions pas
bien de loin. Lorsqu'ils s'avancèrent, nous distin-
guâmes deux têtes échevelées et défigurées, que les
devanciers de Marat portaient chacune au bout d'une
pique : c'étaient les têtes de MM. Foulon et Berthier[4].
Tout le monde se retira des fenêtres ; j'y restai. Les
assassins s'arrêtèrent devant moi, me tendirent les

---

1. Jean-Sylvain Bailly (1736-1793), astronome réputé, avait été élu
maire de Paris le 15 juillet. Rendu responsable de la fusillade du Champ
de Mars (17 juillet 1791), il devra bientôt se retirer, et sera guillotiné un
peu plus tard.   **2.** Moreau de Saint-Méry (1750-1819), député de la Mar-
tinique, présidait alors le corps électoral de Paris.   **3.** Le marquis de
Lally-*Tollendal* (1751-1830) était le fils du dernier gouverneur des Indes
françaises, condamné à mort pour haute trahison, en 1766, après la chute
de Pondichéry. Ses démarches pour obtenir, avec le soutien de Voltaire, la
révision du procès de son père avait réussi à faire de lui une espèce de
personnage. Député aux États-Généraux, et membre du comité de Constitution, c'était un orateur écouté ; mais son pathos irrépressible excédait Chateaubriand qui le retrouvera souvent sur son chemin.   **4.** François-Joseph
Foullon, né en 1715, avait remplacé Necker dans le ministère du 12 juillet.
Son gendre *Bertier* de Sauvigny, né en 1737, était intendant de Paris, et à
ce titre responsable du ravitaillement de la capitale. Ils furent pris pour cible
de la vindicte populaire et massacrés les 22 et 23 juillet. Ces atrocités
frappèrent tous les esprits.

piques en chantant, en faisant des gambades, en sautant pour approcher de mon visage les pâles effigies. L'œil d'une de ces têtes, sorti de son orbite, descendait sur le visage obscur du mort ; la pique traversait la bouche ouverte dont les dents mordaient le fer : « Brigands ! » m'écriai-je, plein d'une indignation que je ne pus contenir, « est-ce comme cela que vous entendez la liberté ? » Si j'avais eu un fusil, j'aurais tiré sur ces misérables comme sur des loups. Ils poussèrent des hurlements, frappèrent à coups redoublés à la porte cochère pour l'enfoncer, et joindre ma tête à celles de leurs victimes. Mes sœurs se trouvèrent mal ; les poltrons de l'hôtel m'accablèrent de reproches. Les massacreurs, qu'on poursuivait, n'eurent pas le temps d'envahir la maison et s'éloignèrent. Ces têtes, et d'autres que je rencontrai bientôt après, changèrent mes dispositions politiques ; j'eus horreur des festins de cannibales, et l'idée de quitter la France pour quelque pays lointain germa dans mon esprit.

(10)

Paris, novembre 1821.

[...] JOURNÉE DU 5 OCTOBRE. — LE ROI EST AMENÉ À PARIS.

[...] Le 5 octobre arrive [1]. Je ne fus point témoin des événements de cette journée. Le récit en parvint de bonne heure, le 6, dans la capitale. On nous annonce, en même temps, une visite du Roi. Timide dans les salons, j'étais hardi sur les places publiques : je me sentais fait pour la solitude ou pour le forum. Je courus aux Champs-Élysées : d'abord parurent des canons, sur lesquels des harpies, des larronnesses, des filles de joie

---

1. C'est le 5 octobre 1789 qu'une « délégation populaire » avait gagné Versailles et envahi le château.

montées à califourchon, tenaient les propos les plus
obscènes et faisaient les gestes les plus immondes. Puis
au milieu d'une horde de tout âge et de tout sexe, marchaient à pied les gardes-du-corps, ayant changé de
chapeaux, d'épées et de baudriers avec les gardes
nationaux : chacun de leurs chevaux portait deux ou
trois poissardes, sales bacchantes ivres et débraillées.
Ensuite venait la députation de l'Assemblée nationale ;
les voitures du Roi suivaient : elles roulaient dans l'obscurité poudreuse d'une forêt de piques et de baïon-
nettes. Des chiffonniers en lambeaux, des bouchers,
tablier sanglant aux cuisses, couteaux nus à la ceinture,
manches de chemises retroussées, cheminaient aux
portières ; d'autres égipans [1] noirs étaient grimpés sur
l'impériale ; d'autres, accrochés au marche-pied des
laquais, au siège des cochers. On tirait des coups de
fusil et de pistolet ; on criait : *Voici le boulanger, la
boulangère et le petit mitron !* Pour oriflamme, devant
le fils de saint Louis, des hallebardes suisses élevaient
en l'air deux têtes de gardes-du-corps, frisées et pou-
drées par un perruquier de Sèvres.

L'astronome Bailly déclara à Louis XVI, dans l'Hôtel de ville, que le peuple *humain, respectueux et fidèle*
venait de *conquérir* son roi, et le Roi de son côté, *fort
touché et fort content*, déclara qu'il était venu à Paris
de son plein gré : indignes faussetés de la violence et
de la peur qui déshonoraient alors tous les partis et tous
les hommes. Louis XVI n'était pas faux ; il était
faible : la faiblesse n'est pas la fausseté, mais elle en
tient lieu et elle en remplit les fonctions : le respect
que doivent inspirer la vertu et le malheur du Roi saint
et martyr, rend tout jugement humain presque
sacrilège.

---

1. Satyres représentés, dans la mythologie grecque, avec des cornes et
des pieds de chèvre.

(11)

ASSEMBLÉE CONSTITUANTE.

[...] L'Assemblée constituante, malgré ce qui peut lui être reproché, n'en reste pas moins la plus illustre congrégation[1] populaire qui jamais ait paru chez les nations, tant par la grandeur de ses transactions[2], que par l'immensité de leurs résultats. Il n'y a si haute question politique qu'elle n'ait touchée et convenablement résolue. Que serait-ce, si elle s'en fût tenue aux cahiers des États-Généraux et n'eût pas essayé d'aller au-delà ! Tout ce que l'expérience et l'intelligence humaines avaient conçu, découvert et élaboré pendant trois siècles, se trouve dans ces cahiers[3]. Les abus divers de l'ancienne monarchie y sont indiqués et les remèdes proposés ; tous les genres de liberté sont réclamés, même la liberté de la presse ; toutes les améliorations demandées, pour l'industrie, les manufactures, le commerce, les chemins, l'armée, l'impôt, les finances, les écoles, l'éducation publique, etc. Nous avons traversé sans profit des abîmes de crimes et des tas de gloire ; la République et l'Empire n'ont servi à rien : l'Empire a seulement réglé la force brutale des bras que la République avait mis en mouvement ; il nous a laissé la centralisation, administration vigoureuse que je crois un mal, mais qui peut-être pouvait seule remplacer les administrations locales alors qu'elles étaient détruites et que l'anarchie avec l'ignorance étaient dans toutes les têtes. À cela près, nous n'avons pas fait un pas depuis l'Assemblée constituante : ses travaux sont comme ceux du grand méde-

---

1. Assemblée (archaïsme). **2.** Anglicisme alors en train de se répandre : « les traducteurs de livres anglais donnent à ce mot, employé au pluriel, le sens de faits, événements, opérations, démarches » (*Dictionnaire de Féraud*, 1787). **3.** Ces « cahiers de doléance » avaient été rédigés dans chaque circonscription au printemps 1789.

cin de l'antiquité [1], lesquels ont à la fois reculé et posé les bornes de la science. [...]

(13)

Paris, décembre 1821.

SÉANCES DE L'ASSEMBLÉE NATIONALE. — ROBESPIERRE.

Les séances de l'Assemblée nationale offraient un intérêt dont les séances de nos *chambres* sont loin d'approcher. On se levait de bonne heure pour trouver place dans les tribunes encombrées. Les députés arrivaient en mangeant, causant, gesticulant ; ils se groupaient dans les diverses parties de la salle, selon leurs opinions. Lecture du procès-verbal ; après cette lecture, développement du sujet convenu, ou motion extraordinaire. Il ne s'agissait pas de quelque article insipide de loi ; rarement une destruction manquait d'être à l'ordre du jour. On parlait pour ou contre ; tout le monde improvisait bien ou mal. Les débats devenaient orageux ; les tribunes se mêlaient à la discussion, applaudissaient et glorifiaient, sifflaient et huaient les orateurs. Le président agitait sa sonnette ; les députés s'apostrophaient d'un banc à l'autre. Mirabeau le jeune prenait au collet son compétiteur ; Mirabeau l'aîné criait : « Silence aux *trente voix* [2] ! » Un jour, j'étais placé derrière l'opposition royaliste ; j'avais devant moi un gentilhomme dauphinois, noir de visage, petit de taille, qui sautait de fureur sur son siège, et disait à ses amis : « Tombons, l'épée à la main, sur ces gueux-là. » Il montrait le côté de la majorité. Les dames de la Halle, tricotant dans les tribunes, l'entendirent, se

---

1. Hippocrate.   2. Apostrophe célèbre lancée par Mirabeau, alors président de séance, à la minorité de gauche au cours du débat sur les émigrés (février 1791).

levèrent et crièrent, toutes à la fois, leurs chausses[1] à la main, l'écume à la bouche : « À la lanterne ! » Le vicomte de Mirabeau, Lautrec et quelques jeunes nobles voulaient donner l'assaut aux tribunes.

Bientôt ce fracas était étouffé par un autre : des pétitionnaires, armés de piques, paraissaient à la barre : « Le peuple meurt de faim, disaient-ils ; il est temps de prendre des mesures contre les aristocrates et de s'élever *à la hauteur des circonstances.* » Le président assurait ces citoyens de son respect : « On a l'œil sur les traîtres, répondait-il, et l'Assemblée fera justice. » Là-dessus, nouveau vacarme : les députés de droite s'écriaient qu'on allait à l'anarchie ; les députés de gauche répliquaient que le peuple était libre d'exprimer sa volonté, qu'il avait le droit de se plaindre des fauteurs[2] du despotisme, assis jusque dans le sein de la représentation nationale : ils désignaient ainsi leurs collègues à ce peuple souverain, qui les attendait au réverbère[3].

Les séances du soir l'emportaient en scandale sur les séances du matin : on parle mieux et plus hardiment à la lumière des lustres. La salle du Manège[4] était alors une véritable salle de spectacle, où se jouait un des plus grands drames du monde. Les premiers personnages appartenaient encore à l'ancien ordre de choses ; leurs terribles remplaçants, cachés derrière eux, parlaient peu ou point. À la fin d'une discussion violente, je vis monter à la tribune un député d'un air commun, d'une figure grise et inanimée, régulièrement coiffé, proprement[5] habillé comme le régisseur d'une bonne maison, ou comme un notaire de village soigneux de sa per-

---

1. Les caleçons ou les chaussettes qu'elles tricotaient pendant les séances, ce qui leur avait valu le surnom de « tricoteuses ».   2. Au sens ancien du mot : « celui qui *favorise*, qui appuie un parti ou une opinion » (*Dictionnaire* de Féraud, 1787). Il ne se dit déjà qu'en mauvaise part, ce qui explique son évolution sémantique. Rattaché inconsciemment à « faute », il signifie aujourd'hui : responsable, et même coupable (fauteur de troubles).   3. À la « lanterne » duquel la foule pendait les individus qu'elle voulait lyncher.   4. Le manège des Tuileries où siégeait la Constituante.   5. Avec une certaine recherche.

sonne. Il fit un rapport long et ennuyeux ; on ne l'écouta pas ; je demandai son nom : c'était Robespierre. Les gens à souliers étaient prêts à sortir des salons, et déjà les sabots heurtaient à la porte. [...]

LIVRE SIXIÈME

(2)

Londres, d'avril à septembre 1822[1].

TRAVERSÉE DE L'OCÉAN.

Le livre précédent se termine par mon embarquement à Saint-Malo[2]. Bientôt nous sortîmes de la Manche, et l'immense houle de l'ouest nous annonça l'Atlantique.

Il est difficile aux personnes qui n'ont jamais navigué de se faire une idée des sentiments qu'on éprouve, lorsque du bord d'un vaisseau on n'aperçoit de toutes parts que la face sérieuse de l'abîme. Il y a dans la vie périlleuse du marin une indépendance qui tient de l'absence de la terre ; on laisse sur le rivage les passions des hommes ; entre le monde que l'on quitte et celui que l'on cherche, on n'a pour amour et pour patrie que l'élément sur lequel on est porté : plus de devoirs à remplir, plus de visites à rendre, plus de journaux, plus de politique. La langue même des mate-

---

1. C'est au cours de son ambassade de 1822 que Chateaubriand rédigea la première version des livres VI à XI de ses *Mémoires*. Il y raconte son voyage en Amérique, son retour à Paris en 1792, son émigration, puis son exil en Angleterre, de 1793 à 1800. Par ailleurs, il publia dès 1827 un *Voyage en Amérique* dans lequel il ébauche le récit de son séjour outre-atlantique.   2. Le 7 avril 1791. Ce chapitre ne figure pas dans le *Voyage* de 1827. Remplies de termes techniques qui traduisent une expérience familière au Malouin Chateaubriand, ces pages se rattachent à toute une tradition littéraire du voyage au long cours qui remonte au moins au XVIIe siècle.

lots n'est pas la langue ordinaire : c'est une langue telle que la parlent l'océan et le ciel, le calme et la tempête. Vous habitez un univers d'eau parmi des créatures dont le vêtement, les goûts, les manières, le visage, ne ressemblent point aux peuples autochtones : elles ont la rudesse du loup marin et la légèreté de l'oiseau ; on ne voit point sur leur front les soucis de la société ; les rides qui le traversent ressemblent aux plissures[1] de la voile diminuée, et sont moins creusées par l'âge que par la bise, ainsi que dans les flots. La peau de ces créatures, imprégnée de sel, est rouge et rigide, comme la surface de l'écueil battu de la lame.

Les matelots se passionnent pour leur navire ; ils pleurent de regret en le quittant, de tendresse en le retrouvant. Ils ne peuvent rester dans leur famille ; après avoir juré cent fois qu'ils ne s'exposeront plus à la mer, il leur est impossible de s'en passer, comme un jeune homme ne se peut arracher des bras d'une maîtresse orageuse et infidèle.

Dans les docks de Londres et de Plymouth, il n'est pas rare de trouver des *sailors* nés sur des vaisseaux : depuis leur enfance jusqu'à leur vieillesse, ils ne sont jamais descendus au rivage ; ils n'ont vu la terre que du bord de leur berceau flottant, spectateurs du monde où ils ne sont point entrés. Dans cette vie réduite à un si petit espace, sous les nuages et sur les abîmes, tout s'anime pour le marinier : une ancre, une voile, un mât, un canon, sont des personnages qu'on affectionne et qui ont chacun leur histoire.

La voile fut déchirée sur la côte du Labrador ; le maître voilier lui mit la pièce que vous voyez.

L'ancre sauva le vaisseau quand il eut chassé[2] sur ses autres ancres, au milieu des coraux des îles Sandwich.

Le mât fut rompu dans une bourrasque au cap de Bonne-Espérance ; il n'était que d'un seul jet ; il est

---

1. Assemblage des plis de la voile lorsque sa surface est réduite. Le mot est en général employé au singulier.   2. Dériver au mouillage parce que les ancres tiennent mal et labourent le fond.

beaucoup plus fort depuis qu'il est composé de deux pièces.

Le canon est le seul qui ne fut pas démonté[1] au combat de la Chesapeake.

Les nouvelles du bord sont des plus intéressantes : on vient de jeter le loch[2] ; le navire file dix nœuds.

Le ciel est clair à midi ; on a pris hauteur[3] : on est à telle latitude.

On a fait le point : il y a tant de lieues gagnées en bonne route.

La déclinaison de l'aiguille est de tant de degrés : on s'est élevé au nord.

Le sable des sabliers passe mal : on aura de la pluie.

On a remarqué des *procellaria*[4] dans le sillage du vaisseau : on essuiera un grain.

Des poissons volants se sont montrés au sud : le temps va se calmer.

Une éclaircie s'est formée à l'ouest dans les nuages : c'est le pied du vent[5] ; demain, le vent soufflera de ce côté.

L'eau a changé de couleur ; on a vu flotter du bois et des goëmons ; on a aperçu des mouettes et des canards ; un petit oiseau est venu se percher sur les vergues[6] : il faut mettre le cap dehors[7], car on approche de terre, et il n'est pas bon de l'accoster la nuit.

Dans l'épinette[8], il y a un coq favori et pour ainsi dire sacré, qui survit à tous les autres ; il est fameux pour avoir chanté pendant un combat, comme dans la cour d'une ferme au milieu de ses poules. Sous les

---

1. Retiré de son affut. La Chesapeake est une vaste baie de la côte orientale des États-Unis, au fond de laquelle se trouve Baltimore. Le combat naval en question se déroula en 1781.   2. Instrument destiné à mesurer la vitesse apparente du navire. C'est une sorte de flotteur lesté de plomb qu'on laisse tomber derrière le bâtiment en laissant filer sa ligne. Il se généralisa dans la marine française au milieu du XVIIIe siècle.   3. Celle du soleil au-dessus du point.   4. Des pétrels, qu'on appelle aussi « oiseaux des tempêtes ».   5. Point du ciel couvert où se produit une éclaircie et à partir duquel le vent va prendre son assise.   6. Pièces de bois transversales qui servent à soutenir les voiles.   7. Vers la pleine mer.
8. Cage en bois ou en osier servant de poulailler.

ponts habite un chat : peau verdâtre zébrée, queue pelée, moustaches de crin, ferme sur ses pattes, opposant le contrepoids au tangage et le balancier au roulis ; il a fait deux fois le tour du monde, et s'est sauvé d'un naufrage sur un tonneau. Les mousses donnent au coq du biscuit trempé dans du vin, et Matou a le privilège de dormir, quand il lui plaît, dans le witchoura [1] du second capitaine.

Le vieux matelot ressemble au vieux laboureur. Leurs moissons sont différentes, il est vrai : le matelot a mené une vie errante, le laboureur n'a jamais quitté son champ ; mais ils connaissent également les étoiles et prédisent l'avenir en creusant leurs sillons. À l'un, l'alouette, le rouge-gorge, le rossignol ; à l'autre, la procellaria, le courlis, l'alcyon, — leurs prophètes. Ils se retirent le soir, celui-ci dans sa cabine, celui-là dans sa chaumière ; frêles demeures, où l'ouragan qui les ébranle, n'agite point des consciences tranquilles.

> *If the wind tempestuous is blowing,*
> *Still no danger they descry ;*
> *The guiltless heart its boon bestowing,*
> *Soothes them with its Lullaby, etc., etc.* [2]

« Si le vent souffle orageux, ils n'aperçoivent aucun danger ; le cœur innocent, versant son baume, les berce avec ses *dodo, l'enfant do ; dodo, l'enfant do,* etc. »

Le matelot ne sait où la mort le surprendra, à quel bord il laissera sa vie : peut-être, quand il aura mêlé au vent son dernier soupir, sera-t-il lancé au sein des flots, attaché sur deux avirons, pour continuer son voyage ; peut-être sera-t-il enterré dans un îlot désert que l'on ne retrouvera jamais, ainsi qu'il a dormi isolé dans son hamac, au milieu de l'océan.

Le vaisseau seul est un spectacle : sensible au plus léger mouvement du gouvernail, hippogriffe ou coursier ailé, il obéit à la main du pilote, comme un cheval

---

1. Manteau fourré.   **2.** Berceuse extraite des *Pirates*, opéra-comique de James Cobb et Stephen Storace, créé à Londres le 21 novembre 1792.

à la main d'un cavalier. L'élégance des mâts et des cordages, la légèreté des matelots qui voltigent sur les vergues, les différents aspects dans lesquels se présente le navire, soit qu'il vogue penché par un autan[1] contraire, soit qu'il fuie droit devant[2] un aquilon[3] favorable, font de cette machine savante une des merveilles du génie de l'homme. Tantôt la lame et son écume brisent et rejaillissent contre la carène[4] ; tantôt l'onde paisible se divise, sans résistance, devant la proue. Les pavillons, les flammes, les voiles achèvent la beauté de ce palais de Neptune : les plus basses voiles, déployées dans leur largeur, s'arrondissent comme de vastes cylindres ; les plus hautes, comprimées dans leur milieu, ressemblent aux mamelles d'une sirène. Animé d'un souffle impétueux, le navire, avec sa quille, comme avec le soc d'une charrue, laboure à grand bruit le champ des mers.

Sur ce chemin de l'océan, le long duquel on n'aperçoit ni arbres, ni villages, ni villes, ni tours, ni clochers, ni tombeaux ; sur cette route sans colonnes, sans pierres milliaires[5], qui n'a pour bornes que les vagues, pour relais que les vents, pour flambeaux que les astres, la plus belle des aventures, quand on n'est pas en quête de terres et de mers inconnues, est la rencontre de deux vaisseaux. On se découvre mutuellement à l'horizon avec la longue vue ; on se dirige les uns vers les autres. Les équipages et les passagers s'empressent sur le pont. Les deux bâtiments s'approchent, hissent leur pavillon, carguent[6] à demi leurs voiles, se mettent en travers[7]. Quand tout est silence, les deux capitaines, placés sur le gaillard d'arrière, se hèlent avec le porte-voix : « Le nom du navire ? De quel port ? Le nom du capitaine ? D'où vient-il ? Combien de jours de traversée ? La latitude et la longi-

---

1. Vent du midi.   **2.** Fuir droit devant : naviguer vent arrière.
3. Vent du nord.   **4.** Partie immergée de la coque.   **5.** Les bornes de pierre qui, sur les voies romaines, marquaient la distance de mille pas (1 mille romain = 1 500 mètres).   **6.** Relever ou serrer la surface des voiles (le contraire de : larguer).   **7.** En position parallèle.

tude ? Adieu, va ! » On lâche les ris[1] ; la voile
retombe. Les matelots et les passagers des deux vaisseaux se regardent fuir, sans mot dire : les uns vont
chercher le soleil de l'Asie, les autres le soleil de l'Europe, qui les verront également mourir. Le temps
emporte et sépare les voyageurs sur la terre, plus
promptement encore que le vent ne les emporte et ne
les sépare sur l'océan ; on se fait un signe de loin :
Adieu, va ! Le port commun est l'Éternité.

Et si le vaisseau rencontré était celui de Cook ou de
La Pérouse ?

Le maître de l'équipage de mon vaisseau malouin
était un ancien subrécargue[2], appelé Pierre Villeneuve,
dont le nom seul me plaisait à cause de la bonne Villeneuve. Il avait servi dans l'Inde sous le Bailli de Suf-
fren, et en Amérique sous le comte d'Estaing ; il s'était
trouvé à une multitude d'affaires. Appuyé sur l'avant
du vaisseau, auprès du beaupré[3], de même qu'un vétéran assis sous la treille de son petit jardin dans le fossé
des Invalides, Pierre, en mâchant une chique de tabac,
qui lui enflait la joue comme une fluxion, me peignait
le moment du branle-bas, l'effet des détonations de
l'artillerie sous les ponts, le ravage des boulets dans
leurs ricochets contre les affûts, les canons, les pièces
de charpente. Je le faisais parler des Indiens, des
nègres, des colons. Je lui demandais comment étaient
habillés les peuples, comment les arbres faits, quelle
couleur avaient la terre et le ciel, quel goût les fruits ;
si les ananas étaient meilleurs que les pêches, les palmiers plus beaux que les chênes. Il m'expliquait tout
cela par des comparaisons prises des choses que je
connaissais : le palmier était un grand chou, la robe
d'un Indien celle de ma grand'mère ; les chameaux ressemblaient à un âne bossu ; tous les peuples de
l'Orient, et notamment les Chinois, étaient des poltrons

---

1. Parties supérieures des voiles carrées qu'on peut serrer sur la vergue
(ou relâcher) au moyen de garcettes fixées sur des bandes de toile horizon-
tales, dites bandes de ris.   2. Celui qui représente, sur un vaisseau de
commerce, le propriétaire de la cargaison.   3. Le mât incliné qui se
trouve à la proue du navire.

et des voleurs. Villeneuve était de Bretagne, et nous ne
manquions pas de finir par l'éloge de l'incomparable
beauté de notre patrie.

La cloche interrompait nos conversations ; elle
réglait les quarts, l'heure de l'habillement, celle de la
revue, celle des repas. Le matin, à un signal, l'équipage, rangé sur le pont, dépouillait la chemise bleue
pour en revêtir une autre qui séchait dans les haubans[1].
La chemise quittée était immédiatement lavée dans des
baquets, où cette pension de phoques savonnait aussi
des faces brunes et des pattes goudronnées.

Aux repas du midi et du soir, les matelots, assis en
rond autour des gamelles, plongeaient l'un après
l'autre, régulièrement et sans fraude, leur cuiller
d'étain dans la soupe flottante au roulis. Ceux qui
n'avaient pas faim, vendaient, pour un morceau de
tabac ou pour un verre d'eau-de-vie, leur portion de
biscuit et de viande salée à leurs camarades. Les passagers mangeaient dans la chambre du capitaine. Quand
il faisait beau, on tendait une voile sur l'arrière du vaisseau, et l'on dînait à la vue d'une mer bleue, tachetée
çà et là de marques blanches par les écorchures de la
brise.

Enveloppé de mon manteau, je me couchais la nuit
sur le tillac. Mes regards contemplaient les étoiles au-
dessus de ma tête. La voile enflée me renvoyait la fraîcheur de la brise qui me berçait sous le dôme céleste :
à demi assoupi et poussé par le vent, je changeais de
ciel en changeant de rêve.

Les passagers, à bord d'un vaisseau, offrent une
société différente de celle de l'équipage : ils appartiennent à un autre élément ; leurs destinées sont de la
terre. Les uns courent chercher la fortune, les autres
le repos ; ceux-là retournent à leur patrie, ceux-ci la
quittent ; d'autres naviguent pour s'instruire des mœurs
des peuples, pour étudier les sciences et les arts. On a
le loisir de se connaître dans cette hôtellerie errante qui
voyage avec le voyageur, d'apprendre maintes aven-

---

1. Cordages destinés à maintenir les mâts.

tures, de concevoir des antipathies, de contracter des
amitiés. Quand vont et viennent ces jeunes femmes
nées du sang anglais et du sang indien, qui joignent à
la beauté de Clarisse la délicatesse de Sacontala[1], alors
se forment des chaînes que nouent et dénouent les
vents parfumés de Ceylan, douces comme eux, comme
eux légères. [...]

(5)

Londres, d'avril à septembre 1822.

JEUX MARINS. — ÎLE SAINT-PIERRE.

Fac pelagus me scire probes, quo carbasa laxo.

« Muse, aide-moi à montrer que je connais la mer
sur laquelle je déploie mes voiles. »

C'est ce que disait, il y a six cents ans, Guillaume
le Breton, mon compatriote[2]. Rendu à la mer, je
recommençai à contempler ses solitudes ; mais à travers le monde idéal de mes rêveries, m'apparaissaient,
moniteurs sévères, la France et les événements réels.
Ma retraite pendant le jour, lorsque je voulais éviter
les passagers, était la hune[3] du grand mât ; j'y montais
lentement aux applaudissements des matelots. Je m'y
asseyais dominant les vagues.

L'espace tendu d'un double azur avait l'air d'une
toile préparée pour recevoir les futures créations d'un
grand peintre. La couleur des eaux était pareille à celle

---

1. Héroïnes respectives du roman de Richardson et du drame du poète
indien Kalidasa qu'une traduction anglaise venait de populariser en Europe.
2. Dans la *Philippide* (chant I, vers 30). Guillaume le Breton (1165-1227)
fut chapelain de Philippe Auguste et rédigea une chronique de son règne
en vers latins, à laquelle Chateaubriand aime à se référer. Guizot en avait
publié la traduction en 1825 dans sa collection des *Mémoires pour servir à
l'Histoire de France*.   **3.** Petite plate-forme demi-cylindrique fixée au
mât.

du verre liquide. De longues et hautes ondulations ouvraient dans leurs ravines, des échappées de vue sur les déserts de l'Océan : ces vacillants paysages rendaient sensible à mes yeux la comparaison que fait l'Écriture de la terre chancelante devant le Seigneur, comme un homme ivre[1]. Quelquefois, on eût dit l'espace étroit et borné, faute d'un point de saillie ; mais si une vague venait à lever la tête, un flot à se courber en imitation d'une côte lointaine, un escadron de chiens de mer[2] à passer à l'horizon, alors se présentait une échelle de mesure. L'étendue se révélait, surtout lorsqu'une brume, rampant à la surface pélagienne[3], semblait accroître l'immensité même.

Descendu de l'aire du mât comme autrefois du nid de mon saule, toujours réduit à une existence solitaire, je soupais d'un biscuit de vaisseau, d'un peu de sucre et d'un citron ; ensuite, je me couchais, ou sur le tillac dans mon manteau, ou sous le pont dans mon cadre : je n'avais qu'à déployer le bras pour atteindre de mon lit à mon cercueil.

Le vent nous força d'anordir et nous accostâmes le banc de Terre-Neuve[4]. Quelques glaces flottantes rôdaient au milieu d'une bruine froide et pâle.

Les hommes du trident ont des jeux qui leur viennent de leurs devanciers : quand on passe la Ligne, il faut se résoudre à recevoir le *baptême* : même cérémonie sous le Tropique, même cérémonie sur le banc de Terre-Neuve, et quel que soit le lieu, le chef de la mascarade est toujours le *bonhomme Tropique*. Tropique et *hydropique* sont synonymes pour les matelots : le bonhomme Tropique a donc une bedaine énorme ; il est vêtu, lors même qu'il est sous son tropique, de toutes les peaux de mouton et de toutes les jaquettes fourrées de l'équipage. Il se tient accroupi dans la grande hune, poussant de temps en temps des mugisse-

---

1. *Isaïe*, XXIV, 20 : « La terre titubera comme un ivrogne ».   2. Poissons de la famille des requins.   3. Voir la n. 1, p. 72.   4. Le Grand Banc, au large de Terre-Neuve, est un haut-fond de sable bien connu des morutiers.

ments. Chacun le regarde d'en-bas : il commence à
descendre le long des haubans pesant comme un ours,
trébuchant comme Silène[1]. En mettant le pied sur le
pont, il pousse de nouveaux rugissements, bondit, saisit
un seau, le remplit d'eau de mer et le verse sur le chef
de ceux qui n'ont pas passé la Ligne, ou qui ne sont
pas parvenus à la latitude des glaces. On fuit sous les
ponts, on remonte sur les écoutilles[2], on grimpe aux
mâts : père Tropique vous poursuit ; cela finit au
moyen d'un large pour-boire : jeux d'Amphitrite,
qu'Homère aurait célébrés comme il a chanté Protée,
si le vieil Océanus eût été connu tout entier du temps
d'Ulysse ; mais alors on ne voyait encore que sa tête
aux Colonnes d'Hercule ; son corps caché couvrait le
monde.

Nous gouvernâmes vers les îles Saint-Pierre et
Miquelon, cherchant une nouvelle relâche. Quand nous
approchâmes de la première, un matin entre dix heures
et midi, nous étions presque dessus ; ses côtes per-
çaient, en forme de bosse noire, à travers la brume. [...]

Un matin, j'étais allé seul au Cap-à-l'Aigle, pour
voir se lever le soleil du côté de la France. Là, une
eau hyémale[3] formait une cascade dont le dernier bond
atteignait la mer. Je m'assis au ressaut d'une roche, les
pieds pendants sur la vague qui déferlait au bas de la
falaise. Une jeune marinière parut dans les déclivités
supérieures du morne ; elle avait les jambes nues, quoiqu'il fît froid, et marchait parmi la rosée. Ses cheveux
noirs passaient en touffes sous le mouchoir des Indes
dont sa tête était entortillée ; par-dessus ce mouchoir,
elle portait un chapeau de roseaux du pays en façon de
nef ou de berceau. Un bouquet de bruyères lilas sortait

---

1. Génie des sources et des fleuves, intégré au cortège de Bacchus qu'il
a nourri, Silène est aussi le père des satyres. Dans la Grèce antique, la
tradition populaire faisait de lui un vieillard grotesque, presque toujours
ivre : il est ainsi représenté sur nombre de vases ou de bas-reliefs.
2. Ouvertures ménagées sur le pont du navire pour donner accès aux
niveaux inférieurs. **3.** Hivernale (latinisme) : reste glacial de la fonte
des neiges.

de son sein que modelait l'entoilage[1] blanc de sa chemise. De temps en temps, elle se baissait et cueillait
les feuilles d'une plante aromatique qu'on appelle dans
l'île *thé naturel*. D'une main elle jetait ces feuilles dans
un panier qu'elle tenait de l'autre main. Elle m'aperçut : sans être effrayée, elle se vint asseoir à mon côté,
posa son panier près d'elle, et se mit comme moi, les
jambes ballantes sur la mer, à regarder le soleil.

[...] Nous passâmes quinze jours dans l'île. De ses
côtes désolées on découvre les rivages encore plus
désolés de Terre-Neuve[2]. Les mornes à l'intérieur
étendent des chaînes divergentes dont la plus élevée se
prolonge vers l'anse Rodrigue. Dans les vallons, la
roche granitique, mêlée d'un mica rouge et verdâtre,
se rembourre d'un matelas de sphaignes, de lichen et
de dicranum.

De petits lacs s'alimentent du tribut des ruisseaux de
la *Vigie*, du *Courval*, du *Pain de Sucre*, du *Kergariou*,
de la *Tête galante*. Ces flaques sont connues sous le
nom des *Étangs du Savoyard*, du *Cap Noir*, du *Ravenel*, du *Colombier*, du *Cap à l'Aigle*. Quand les tourbillons fondent sur ces étangs, ils déchirent les eaux peu
profondes, mettant à nu çà et là quelques portions de
prairies sous-marines que recouvre subitement le voile
retissu de l'onde.

La Flore de Saint-Pierre est celle de la Laponie et
du détroit de Magellan. Le nombre des végétaux diminue en allant vers le pôle ; au Spitzberg, on ne rencontre plus que quarante espèces de phanérogames. En
changeant de localité, des races de plantes s'éteignent :
les unes au nord, habitantes des steppes glacées,
deviennent au midi des filles de la montagne ; les
autres, nourries dans l'atmosphère tranquille des plus
épaisses forêts, viennent, en décroissant de force et
de grandeur, expirer aux plages tourmenteuses de
l'océan. À Saint-Pierre, le myrtille marécageux *(vacci-
nium fuliginosum)* est réduit à l'état des traînasses ; il

---

1. Bande de toile ou guipure qui orne le col du corsage.   2. À une
quarantaine de kilomètres au nord-est.

sera bientôt enterré dans l'ouate et les bourrelets des mousses qui lui servent d'humus. Plante voyageuse, j'ai pris mes précautions pour disparaître au bord de la mer, mon site natal.

La pente des monticules de Saint-Pierre est plaquée de baumiers, d'amelanchiers, de palomiers, de mélèzes, de sapins noirs, dont les bourgeons servent à brasser une bière antiscorbutique. Ces arbres ne dépassent pas la hauteur d'un homme. Le vent océanique les étête, les secoue, les prosterne à l'instar des fougères ; puis se glissant sous ces forêts en broussailles, il les relève ; mais il n'y trouve ni troncs, ni rameaux, ni voûtes, ni échos pour y gémir, et il n'y fait pas plus de bruit que sur une bruyère.

Ces bois rachitiques contrastent avec les grands bois de Terre-Neuve dont on découvre le rivage voisin, et dont les sapins portent un lichen argenté *(alectoria trichodes)* : les ours blancs semblent avoir accroché leur poil aux branches de ces arbres, dont ils sont les étranges grimpereaux [1]. Les *swamps* de cette île de Jacques Cartier offrent des chemins battus par ces ours : on croirait voir les sentiers rustiques des environs d'une bergerie. Toute la nuit retentit des cris des animaux affamés ; le voyageur ne se rassure qu'au bruit non moins triste de la mer ; ces vagues, si insociables et si rudes, deviennent des compagnes et des amies.

La pointe septentrionale de Terre-Neuve arrive à la latitude du cap Charles Ier du Labrador ; quelques degrés plus haut, commence le paysage polaire. Si nous en croyons les voyageurs, il est un charme à ces régions : le soir, le soleil, touchant la terre, semble rester immobile, et remonte ensuite dans le ciel au lieu de descendre sous l'horizon. Les monts revêtus de neige, les vallées tapissées de la mousse blanche que broutent les rennes, les mers couvertes de baleines et semées de glaces flottantes, toute cette scène brille

---

1. Diminutif familier de grimpeur, formé sur le même modèle que sautereau (voir n. 1, p. 65).

éclairée comme à la fois par les feux du couchant et la
lumière de l'aurore : on ne sait si l'on assiste à la création ou à la fin du monde. Un petit oiseau, semblable
à celui qui chante la nuit dans nos bois, fait entendre
un ramage plaintif. L'amour amène alors l'Esquimau
sur le rocher de glace où l'attendait sa compagne : ces
noces de l'homme aux dernières bornes de la terre, ne
sont ni sans pompe ni sans félicité [1]. [...]

---

1. Reprise presque textuelle du livre VIII des *Natchez* (édition Berchet,
Le Livre de Poche, p. 192-193).

LIVRE SEPTIÈME

(7)

Londres, d'avril à septembre 1822.

FAMILLE INDIENNE. — NUIT DANS LES FORÊTS. — DÉPART DE
LA FAMILLE. — SAUVAGES DU SAUT DE NIAGARA.[...]

Nous avançâmes vers Niagara[1]. Nous n'en étions
plus qu'à huit ou neuf lieues, lorsque nous aperçûmes,
dans une chênaie, le feu de quelques sauvages, arrêtés
au bord d'un ruisseau, où nous songions nous-mêmes
à bivouaquer. Nous profitâmes de leur établissement :
chevaux pansés, toilette de nuit faite, nous accostâmes
la horde. Les jambes croisées à la manière des tailleurs,
nous nous assîmes avec les Indiens, autour du bûcher,
pour mettre rôtir nos quenouilles de maïs.

La famille était composée de deux femmes, de deux
enfants à la mamelle, et de trois guerriers. La conversation devint générale, c'est-à-dire entrecoupée par
quelques mots de ma part, et par beaucoup de gestes ;
ensuite chacun s'endormit dans la place où il était.
Resté seul éveillé, j'allai m'asseoir à l'écart, sur une
racine qui traçait au bord du ruisseau.

La lune[2] se montrait à la cime des arbres ; une brise

---

1. Débarqué à Baltimore le dimanche 10 juillet 1791, Chateaubriand
arriva dans le voisinage de la cataracte environ un mois plus tard, après
avoir traversé Philadelphie, New York et Boston.   **2.** Ce fut la pleine
lune le 11 août. La description qui suit, célèbre dès 1797 sous le titre :
« Nuit chez les sauvages de l'Amérique », a connu sept rédactions successives. Nous avons ici son dernier avatar.

embaumée, que cette reine des nuits amenait de l'Orient avec elle, semblait la précéder dans les forêts, comme sa fraîche haleine. L'astre solitaire gravit peu à peu dans le ciel : tantôt il suivait sa course, tantôt il franchissait des groupes de nues, qui ressemblaient aux sommets d'une chaîne de montagnes couronnées de neiges. Tout aurait été silence et repos, sans la chute de quelques feuilles, le passage d'un vent subit, le gémissement de la hulotte ; au loin, on entendait les sourds mugissements de la cataracte de Niagara, qui, dans le calme de la nuit, se prolongeaient de désert en désert, et expiraient à travers les forêts solitaires. C'est dans ces nuits que m'apparut une muse inconnue ; je recueillis quelques-uns de ses accents ; je les marquai sur mon livre, à la clarté des étoiles, comme un musicien vulgaire écrirait les notes que lui dicterait quelque grand maître des harmonies.

Le lendemain, les Indiens s'armèrent, les femmes rassemblèrent les bagages. Je distribuai un peu de poudre et de vermillon à mes hôtes. Nous nous séparâmes en touchant nos fronts et notre poitrine. Les guerriers poussèrent le cri de marche et partirent en avant ; les femmes cheminèrent derrière, chargées des enfants qui, suspendus dans des fourrures aux épaules de leurs mères, tournaient la tête pour nous regarder. Je suivis des yeux cette marche, jusqu'à ce que la troupe entière eût disparu entre les arbres de la forêt. [...]

(8)

Londres, d'avril à septembre 1822.

CATARACTE DE NIAGARA. — SERPENT À SONNETTES. — JE TOMBE AU BORD DE L'ABÎME.

Je restai deux jours dans le village indien, d'où j'écrivis encore une lettre à M. de Malesherbes. Les

Indiennes s'occupaient de différents ouvrages ; leurs nourrissons étaient suspendus dans des réseaux aux branches d'un gros hêtre pourpre. L'herbe était couverte de rosée, le vent sortait des forêts tout parfumé, et les plantes à coton du pays, renversant leurs capsules, ressemblaient à des rosiers blancs. La brise berçait les couches aériennes d'un mouvement presque insensible ; les mères se levaient de temps en temps pour voir si leurs enfants dormaient, et s'ils n'avaient point été réveillés par les oiseaux. Du village indien à la cataracte, on comptait trois à quatre lieues : il nous fallut autant d'heures, à mon guide et à moi, pour y arriver. À six milles de distance [1], une colonne de vapeur m'indiquait déjà le lieu du déversoir. Le cœur me battait d'une joie mêlée de terreur en entrant dans le bois qui me dérobait la vue d'un des plus grands spectacles que la nature ait offerts aux hommes.

Nous mîmes pied à terre. Tirant après nous nos chevaux par la bride, nous parvînmes, à travers des brandes [2] et des halliers [3], au bord de la rivière Niagara, sept ou huit cents pas au-dessus du Saut. Comme je m'avançais incessamment, le guide me saisit par le bras ; il m'arrêta au rez même de l'eau, qui passait avec la vélocité d'une flèche. Elle ne bouillonnait point, elle glissait en une seule masse sur la pente du roc ; son silence avant sa chute formait contraste avec le fracas de sa chute même. L'Écriture compare souvent un peuple aux grandes eaux ; c'était ici un peuple mourant, qui, privé de la voix par l'agonie, allait se précipiter dans l'abîme de l'éternité. [...]

Je ne pouvais communiquer les pensées qui m'agitaient à la vue d'un désordre si sublime. Dans le désert de ma première existence, j'ai été obligé d'inventer des personnages pour la décorer ; j'ai tiré de ma propre substance des êtres que je ne trouvais pas ailleurs, et que je portais en moi. Ainsi j'ai placé des souvenirs

---

1. À peu près 9 kilomètres (1 lieue = 3 milles).   **2.** Landes où croissent des bruyères, des genêts, des fougères.   **3.** Réunion de buissons touffus.

d'Atala et de René aux bords de la cataracte de Niagara, comme l'expression de sa tristesse. Qu'est-ce
qu'une cascade qui tombe éternellement à l'aspect
insensible de la terre et du ciel, si la nature humaine
n'est là avec ses destinées et ses malheurs ? S'enfoncer
dans cette solitude d'eau et de montagnes, et ne savoir
avec qui parler de ce grand spectacle ! Les flots, les
rochers, les bois, les torrents, pour soi seul ! Donnez à
l'âme une compagne, et la riante parure des coteaux,
et la fraîche haleine de l'onde, tout va devenir ravisse-
ment : le voyage du jour, le repos plus doux de la fin
de la journée, le passer sur les flots, le dormir sur la
mousse, tireront du cœur sa plus profonde tendresse.
J'ai assis Velléda sur les grèves de l'Armorique,
Cymodocée sous les portiques d'Athènes, Blanca[1]
dans les salles de l'Alhambra. Alexandre créait des
villes partout où il courait : j'ai laissé des songes partout où j'ai traîné ma vie. [...]

Je tenais la bride de mon cheval entortillée à mon
bras ; un serpent à sonnettes vint à bruire dans les buissons. Le cheval effrayé se cabre et recule en appro-
chant de la chute. [...]

Ce ne fut pas le seul danger que je courus à Niagara :
une échelle de lianes servait aux sauvages pour descendre dans le bassin inférieur ; elle était alors rompue.
Désirant voir la cataracte de bas en haut, je m'aventu-
rai, en dépit des représentations du guide, sur le flanc
d'un rocher presqu'à pic. Malgré les rugissements de
l'eau qui bouillonnait au-dessous de moi, je conservai
ma tête et je parvins à une quarantaine de pieds du
fond. Arrivé là, la pierre nue et verticale, n'offrait plus
rien pour m'accrocher ; je demeurai suspendu par une
main à la dernière racine, sentant mes doigts s'ouvrir
sous le poids de mon corps : il y a peu d'hommes qui
aient passé dans leur vie deux minutes comme je les
comptai. Ma main fatiguée lâcha prise ; je tombai. Par
un bonheur inouï, je me trouvai sur le redan d'un roc

---

1. Personnages féminins des *Martyrs* et des *Aventures du dernier Aben-*
cérage.

où j'aurais dû me briser mille fois, et je ne me sentis pas grand mal ; j'étais à un demi-pied de l'abîme et je n'y avais pas roulé : mais lorsque le froid et l'humidité commencèrent à me pénétrer, je m'aperçus que je n'en étais pas quitte à si bon marché : j'avais le bras gauche cassé au-dessus du coude. Le guide, qui me regardait d'en haut et auquel je fis des signes de détresse, courut chercher des sauvages. Ils me hissèrent avec des harts [1] par un sentier de loutres, et me transportèrent à leur village. Je n'avais qu'une fracture simple : deux lattes, un bandage et une écharpe suffirent à ma guérison [2]. [...]

---

1. Liens en osier tressé.   **2.** Elle nécessita néanmoins une quinzaine de jours. C'est au début du mois de septembre 1791 que Chateaubriand continua son voyage en direction du bassin du Mississipi (Ohio, Kentucky et Tennessee).

LIVRE HUITIÈME

(3)

Londres, d'avril à septembre 1822.

FONTAINE DE JOUVENCE. — MUSCOGULGES ET SIMINOLES. —
NOTRE CAMP.

Les sauvages de la Floride racontent qu'au milieu
d'un lac est une île où vivent les plus belles femmes
du monde. Les Muscogulges en ont tenté maintes fois
la conquête ; mais cet Éden fuit devant les canots,
naturelle image de ces chimères qui se retirent devant
nos désirs.

Cette contrée renfermait aussi une fontaine de Jouvence : qui voudrait revivre ?

Peu s'en fallut que ces fables ne prissent à mes yeux
une espèce de réalité. Au moment où nous nous y
attendions le moins, nous vîmes sortir d'une baie une
flottille de canots, les uns à la rame, les autres à la
voile. Ils abordèrent notre île. Ils portaient deux
familles de Creeks, l'une siminole, l'autre muscogulge,
parmi lesquelles se trouvaient des Chérokis et des
Bois-brûlés. Je fus frappé de l'élégance de ces sauvages qui ne ressemblaient en rien à ceux du Canada [1].

---

1. Cette séquence est bien difficile à localiser. Certes, on peut supposer
que Chateaubriand a inventé ce poétique épisode des Floridiennes, nourri
de réminiscences littéraires. On peut aussi, plus simplement, admettre que
trente ans après son retour, il se révèle incapable de situer sur une carte le
lieu de cette rencontre qui réveille de si profonds échos dans son imagination.

Les Siminoles et les Muscogulges sont assez grands, et, par un contraste extraordinaire, leurs mères, leurs épouses et leurs filles sont la plus petite race de femmes connue en Amérique.

Les Indiennes qui débarquèrent auprès de nous, issues d'un sang mêlé de chéroki et de castillan, avaient la taille élevée. Deux d'entre elles ressemblaient à des créoles de Saint-Domingue et de l'Île-de-France, mais jaunes et délicates comme des femmes du Gange. Ces deux Floridiennes, cousines du côté paternel, m'ont servi de modèles, l'une pour *Atala*, l'autre pour *Céluta*[1] : elles surpassaient seulement les portraits que j'en ai faits par cette vérité de nature variable et fugitive, par cette physionomie de race et de climat que je n'ai pu rendre. Il y avait quelque chose d'indéfinissable dans ce visage ovale, dans ce teint ombré que l'on croyait voir à travers une fumée orangée et légère, dans ces cheveux si noirs et si doux, dans ces yeux si longs, à demi cachés sous le voile de deux paupières satinées qui s'entr'ouvraient avec lenteur ; enfin, dans la double séduction de l'Indienne et de l'Espagnole.

La réunion à nos hôtes changea quelque peu nos allures ; nos agents de traite commencèrent à s'enquérir des chevaux : il fut résolu que nous irions nous établir dans les environs des haras.

La plaine de notre camp était couverte de taureaux, de vaches, de chevaux, de bisons, de buffles, de grues, de dindes, de pélicans : ces oiseaux marbraient de blanc, de noir et de rose le fond vert de la savane.

Beaucoup de passions agitaient nos trafiquants et nos chasseurs : non des passions de rang, d'éducation,

---

C'est qu'en un demi-siècle, la géographie comme la cartographie des vastes territoires, encore peu habités, qui vont des Appalaches au Mississipi, ont beaucoup changé. Au XVIIIe siècle, la « belle rivière » (Ohio) sépare le Canada *des* Florides, beaucoup plus étendues vers le nord que *la* Floride actuelle. Nous sommes ici dans une zone intermédiaire, entre Ohio et Tennessee, qui est une région de métissage, encore sous une vague souveraineté espagnole, et où les Indiens sont très largement majoritaires. Les Siminoles et les Muscogulges sont des Creeks de la Floride intérieure ; les Cherokees sont des Indiens du Tennessee ; les Bois-brûlés sont des métis.

1. Épouse de René dans *Les Natchez*.

de préjugés, mais des passions de la nature, pleines, entières, allant directement à leur but, ayant pour témoins un arbre tombé au fond d'une forêt inconnue, un vallon inretrouvable, un fleuve sans nom. Les rapports des Espagnols et des femmes creckes, faisaient le fond des aventures : les *Bois-brûlés* jouaient le rôle principal dans ces romans. [...]

(4)

DEUX FLORIDIENNES. — RUINES SUR L'OHIO.

C'est une mère charmante que la terre ; nous sortons de son sein : dans l'enfance, elle nous tient à ses mamelles gonflées de lait et de miel ; dans la jeunesse et l'âge mûr, elle nous prodigue ses eaux fraîches, ses moissons et ses fruits ; elle nous offre en tous lieux l'ombre, le bain, la table et le lit ; à notre mort, elle nous rouvre ses entrailles, jette sur notre dépouille une couverture d'herbe et de fleurs, tandis qu'elle nous transforme secrètement dans sa propre substance, pour nous reproduire sous quelque forme gracieuse. Voilà ce que je me disais en m'éveillant lorsque mon premier regard rencontrait le ciel, dôme de ma couche.

Les chasseurs étant partis pour les occupations de la journée, je restais avec les femmes et les enfants. Je ne quittais plus mes deux sylvaines[1] : l'une était fière, et l'autre triste. Je n'entendais pas un mot de ce qu'elles me disaient, elles ne me comprenaient pas ; mais j'allais chercher l'eau pour leur coupe, les sarments pour leur feu, les mousses pour leur lit. Elles portaient la jupe courte et les grosses manches tailladées à l'espagnole, le corset et le manteau indiens. Leurs jambes nues étaient losangées[2] de dentelles de bouleau. Elles

---

1. Chateaubriand féminise le nom de ces génies latins des bois.
2. Terme de blason : couvertes par une résille en forme de losanges.

nattaient leurs cheveux avec des bouquets ou des fila-
ments de joncs ; elles se maillaient de chaînes et de
colliers de verre[1]. À leurs oreilles pendaient des
graines empourprées ; elles avaient une jolie perruche
qui parlait : oiseau d'Armide[2] ; elles l'agrafaient à leur
épaule en guise d'émeraude, ou la portaient chaperon-
née[3] sur la main comme les grandes dames du dixième
siècle portaient l'épervier. Pour s'affermir le sein et les
bras, elles se frottaient avec l'apoya ou souchet d'Amérique[4]. Au Bengale, les bayadères mâchent le bétel, et
dans le Levant, les almées[5] sucent le mastic de Chio ;
les Floridiennes broyaient, sous leurs dents d'un blanc
azuré, des larmes de *liquidambar* et des racines de
libanis, qui mêlaient la fragrance[6] de l'angélique, du
cédrat et de la vanille. Elles vivaient dans une atmosphère de parfums émanés d'elles, comme des orangers
et des fleurs dans les pures effluences[7] de leur feuille
et de leur calice. Je m'amusais à mettre sur leur tête
quelque parure : elles se soumettaient, doucement
effrayées ; magiciennes, elles croyaient que je leur faisais un charme. L'une d'elles, la *fière*, priait souvent ;
elle me paraissait demi-chrétienne. L'autre chantait
avec une voix de velours, poussant à la fin de chaque
phrase un cri qui troublait. Quelquefois, elles se parlaient vivement : je croyais démêler des accents de
jalousie, mais la triste pleurait, et le silence revenait.
[...]

On fit une partie de pêche. Le soleil approchait de
son couchant. Sur le premier plan paraissaient des sas-
safras, des tulipiers, des catalpas et des chênes dont les
rameaux étalaient des écheveaux de mousse blanche.

---

1. Qu'elles portaient comme un réseau de mailles.   2. Allusion au
perroquet qui, au chant XVI de la *Jérusalem*, accompagne Renaud vers le
palais enchanté.   3. Avec une coiffe sur la tête.   4. Plante à propriétés aphrodisiaques.   5. Les bayadères sont des danseuses indhoues,
affectées au service des temples et des divinités. Les almées sont plutôt
égyptiennes ou turques : elles accompagnaient leurs poétiques improvisa-
tions de danses plus ou moins lascives.   6. Parfum. Ce latinisme,
acclimaté en français au XVIe siècle, est passé ensuite en anglais où Chateaubriand est allé le « reprendre » (chez Milton).   7. Terme technique rare :
émanation de fluides ou de corpuscules invisibles.

Derrière ce premier plan s'élevait le plus charmant des arbres, le papayer qu'on eût pris pour un style [1] d'argent ciselé, surmonté d'une urne corinthienne. Au troisième plan dominaient les baumiers, les magnolias et les liquidambars.

Le soleil tomba derrière ce rideau : un rayon glissant à travers le dôme d'une futaie, scintillait comme une escarboucle enchâssée dans le feuillage sombre ; la lumière divergeant entre les troncs et les branches, projetait sur les gazons des colonnes croissantes et des arabesques mobiles. En bas, c'étaient des lilas, des azaléas, des lianes annelées, aux gerbes gigantesques ; en haut, des nuages, les uns fixes, promontoires ou vieilles tours, les autres flottants, fumées de rose ou cardées [2] de soie. Par des transformations successives, on voyait dans ces nues s'ouvrir des gueules de four, s'amonceler des tas de braise, couler des rivières de lave : tout était éclatant, radieux, doré, opulent, saturé de lumière [3].

Après l'insurrection de la Morée [4], en 1770, des familles grecques se réfugièrent à la Floride : elles se purent croire encore dans ce climat de l'Ionie, qui semble s'être amolli avec les passions des hommes : à Smyrne, le soir, la nature dort comme une courtisane fatiguée d'amour.

À notre droite étaient des ruines appartenant aux grandes fortifications trouvées sur l'Ohio, à notre gauche un ancien camp de sauvages ; l'île où nous étions, arrêtée dans l'onde et reproduite par un mirage, balançait devant nous sa double perspective. À l'orient, la lune reposait sur des collines lointaines ; à l'occident, la voûte du ciel était fondue en une mer de diamants et de saphirs, dans laquelle le soleil à demi

---

1. Voir la n. 2, p. 91.   2. Comme *fumées* (masses légères de particules en suspension), *cardées* est un substantif placé ici en apposition. Au sens propre, le mot désigne la quantité de laine ou de coton qu'il est possible de prendre en une seule fois lors des opérations de cardage. Au sens figuré : écheveau.   3. Ce paragraphe est un pastiche de Bernardin de Saint-Pierre, pour lequel Chateaubriand combine un passage de *Paul et Virginie* (la première phase) et un autre des *Études de la nature* (le reste). 4. Autre nom du Péloponnèse.

plongé, paraissait se dissoudre. Les animaux de la création veillaient ; la terre, en adoration, semblait encenser le ciel, et l'ambre exhalé de son sein retombait sur elle en rosée, comme la prière redescend sur celui qui prie.

Quitté de mes compagnes, je me reposai au bord d'un massif d'arbres : son obscurité, glacée[1] de lumière, formait la pénombre où j'étais assis. Des mouches luisantes brillaient parmi les arbrisseaux encrêpés[2], et s'éclipsaient lorsqu'elles passaient dans les irradiations de la lune. On entendait le bruit du flux et reflux du lac, les sauts du poisson d'or, et le cri rare de la cane plongeuse. Mes yeux étaient fixés sur les eaux ; je déclinais peu à peu vers cette somnolence connue des hommes qui courent les chemins du monde : nul souvenir distinct ne me restait ; je me sentais vivre et végéter avec la nature dans une espèce de panthéisme. Je m'adossai contre le tronc d'un magnolia et je m'endormis ; mon repos flottait sur un fond vague d'espérance.

Quand je sortis de ce Léthé[3], je me trouvai entre deux femmes ; les odalisques étaient revenues ; elles n'avaient pas voulu me réveiller, elles s'étaient assises en silence à mes côtés ; soit qu'elles feignissent le sommeil, soit qu'elles fussent réellement assoupies, leurs têtes étaient tombées sur mes épaules.

Une brise traversa le bocage et nous inonda d'une pluie de roses de magnolia. Alors la plus jeune des Siminoles se mit à chanter : quiconque n'est pas sûr de sa vie se garde de l'exposer ainsi jamais ! on ne peut savoir ce que c'est que la passion infiltrée avec la mélodie dans le sein d'un homme. À cette voix une voix rude et jalouse répondit : un *Bois-brûlé* appelait les deux cousines ; elles tressaillirent, se levèrent : l'aube commençait à poindre.

Aspasie de moins, j'ai retrouvé cette scène aux

---

1. Terme technique : étendre une couleur transparente sur une autre pour augmenter son éclat. **2.** Au sens figuré : sombres, obscurcis. **3.** Dans la mythologie grecque, ce nom désigne un fleuve des Enfers qui avait la propriété de faire oublier le passé à qui buvait de son eau.

rivages de la Grèce : monté aux colonnes du Parthénon avec l'aurore, j'ai vu le Cythéron, le mont Hymette, l'Acropolis de Corinthe, les tombeaux, les ruines baignés dans une rosée de lumière dorée, transparente, volage, que réfléchissaient les mers, que répandaient comme un parfum les zéphirs de Salamine et de Délos.

Nous achevâmes au rivage notre navigation sans paroles. À midi, le camp fut levé pour examiner des chevaux que les Creeks voulaient vendre et les trafiquants acheter. Femmes et enfants, tous étaient convoqués comme témoins, selon la coutume, dans les marchés solennels. Les étalons de tous les âges et de tous les poils, les poulains et les juments avec des taureaux, des vaches et des génisses, commencèrent à fuir et à galoper autour de nous. Dans cette confusion, je fus séparé des Creeks. [...]

(7)

Londres, d'avril à septembre 1822.

RETOUR EN EUROPE. — NAUFRAGE.

Revenu du désert à Philadelphie, comme je l'ai déjà dit, et ayant écrit sur le chemin à la hâte *ce que je viens de raconter*, comme le vieillard de La Fontaine [1], je ne trouvai point les lettres de change que j'attendais ; ce fut le commencement des embarras pécuniaires où j'ai été plongé le reste de ma vie. La fortune et moi nous nous sommes pris en grippe aussitôt que nous nous sommes vus. [...] Le capitaine me donna mon passage à crédit. Le 10 décembre 1791, je m'embarquai avec plusieurs de mes compatriotes, qui, par divers motifs,

---

1. Allusion au « Vieillard et les trois jeunes hommes » (*Fables*, XI, 8) dont Chateaubriand cite le dernier vers.

retournaient comme moi en France. La désignation du navire était le Havre.

Un coup de vent d'ouest nous prit au débouquement[1] de la Delaware, et nous chassa en dix-sept jours[2] à l'autre bord de l'Atlantique. Souvent à mât et à corde[3], à peine pouvions-nous mettre à la cape[4]. Le soleil ne se montra pas une seule fois. Le vaisseau gouvernant à l'estime, fuyait devant la lame. Je traversai l'océan au milieu des ombres ; jamais il ne m'avait paru si triste. Moi-même, plus triste, je revenais trompé dès mon premier pas dans la vie : « On ne bâtit point de palais sur la mer », dit le poète persan Feryd-Eddin[5]. J'éprouvais je ne sais quelle pesanteur de cœur, comme à l'approche d'une grande infortune. Promenant mes regards sur les flots, je leur demandais ma destinée, ou j'écrivais, plus gêné de leur mouvement qu'occupé de leur menace.

Loin de calmer, la tempête augmentait à mesure que nous approchions de l'Europe, mais d'un souffle égal ; il résultait de l'uniformité de sa rage une sorte de bonace furieuse dans le ciel hâve et la mer plombée. Le capitaine, n'ayant pu prendre hauteur[6], était inquiet ; il montait dans les haubans, regardait les divers points de l'horizon avec une lunette. Une vigie était placée sur le beaupré, une autre dans le petit hunier du grand mât.

---

1. Au déboucher, à la sortie de la baie qui prolonge la Delaware, rivière sur laquelle est situé le port de Philadelphie.   2. Dans ses *Remarques* sur le livre XIX des *Martyrs*, où il évoque pour la première fois ce retour, Chateaubriand écrit : « En revenant de l'Amérique, je fus accueilli d'une tempête qui me conduisit en vingt et un jours de l'embouchure de la Delaware à l'île d'Aurigny dans la Manche. » Il est impossible de préciser les conditions ni le calendrier de cette seconde traversée (qui contraste avec la lenteur de la première). On sait simplement qu'une sorte de « record » fut battu, en raison de conditions météorologiques exceptionnelles.   3. Courir à mât et à corde : « Faire sa route toutes voiles serrées, par un coup de vent qui, soufflant avec force dans les agrès fait encore faire un grand sillage » (Willaumez, *Dictionnaire de marine*, 1820).   4. Cette expression technique désigne une position combinée du gouvernail et de la voilure (très réduite) qui permette au vaisseau de résister le plus possible à la haute mer sans trop perdre de sa vitesse.   5. Dans son poème mystique *Le Livre des conseils*, traduit par Silvestre de Sacy en 1819.   6. Voir la n. 3, p. 122.

La lame devenait courte et la couleur de l'eau changeait, signes des approches de la terre : de quelle terre ?
Les matelots bretons ont ce proverbe : « Celui qui voit
Belle Isle, voit son île ; celui qui voit Groie, voit sa
joie ; celui qui voit Ouëssant, voit son sang. »

J'avais passé deux nuits à me promener sur le tillac,
au glapissement des ondes dans les ténèbres, au bour-
donnement du vent dans les cordages, et sous les sauts
de la mer qui couvrait et découvrait le pont : c'était
tout autour de nous une émeute de vagues. Fatigué des
chocs et des heurts, à l'entrée de la troisième nuit, je
m'allai coucher. Le temps était horrible ; mon hamac
craquait et blutait[1] aux coups du flot qui, crevant sur
le navire, en disloquait la carcasse. Bientôt j'entends
courir d'un bout du pont à l'autre et tomber des paquets
de cordages : j'éprouve le mouvement que l'on ressent
lorsqu'un vaisseau vire de bord. Le couvercle de
l'échelle de l'entrepont s'ouvre ; une voix effrayée
appelle le capitaine : cette voix, au milieu de la nuit et
de la tempête, avait quelque chose de formidable. Je
prête l'oreille ; il me semble ouïr des marins discutant
sur le gisement[2] d'une terre. Je me jette en bas de mon
branle[3] ; une vague enfonce le château de poupe,
inonde la chambre du capitaine, renverse et roule pêle-
mêle tables, lits, coffres, meubles et armes ; je gagne
le tillac à demi noyé.

En mettant la tête hors de l'entrepont, je fus frappé
d'un spectacle sublime. Le bâtiment avait essayé de
virer de bord ; mais n'ayant pu y parvenir, il s'était
affalé sous le vent. À la lueur de la lune écornée[4], qui
émergeait des nuages pour s'y replonger aussitôt, on
découvrait sur les deux bords du navire, à travers une
brume jaune, des côtes hérissées de rochers. La mer
boursouflait ses flots comme des monts dans le canal
où nous nous trouvions engouffrés ; tantôt ils s'épa-
nouissaient en écumes et en étincelles ; tantôt ils n'of-

---

1. Était agité de secousses comme un blutoir ou un tamis. Emploi intransitif rare de ce verbe.   2. La position de la côte.   3. Ancien nom du
hamac, conservé seulement dans « Branle-bas ! »   4. À moitié visible.

fraient qu'une surface huileuse et vitreuse, marbrée de taches noires, cuivrées, verdâtres, selon la couleur des bas-fonds sur lesquels ils mugissaient. Pendant deux ou trois minutes, les vagissements de l'abîme et ceux du vent étaient confondus ; l'instant d'après, on distinguait le détaler[1] des courants, le sifflement des récifs, la voix de la lame lointaine. De la concavité du bâtiment sortaient des bruits qui faisaient battre le cœur aux plus intrépides matelots. La proue du navire tranchait la masse épaisse des vagues avec un froissement affreux, et au gouvernail des torrents d'eau s'écoulaient en tourbillonnant, comme à l'échappée d'une écluse. Au milieu de ce fracas, rien n'était aussi alarmant qu'un certain murmure sourd, pareil à celui d'un vase qui se remplit.

Éclairés d'un falot et contenus sous des plombs, des portulans[2], des cartes, des journaux de route étaient déployés sur une cage à poulets. Dans l'habitacle de la boussole, une rafale avait éteint la lampe. Chacun parlait diversement de la terre. Nous étions entrés dans la Manche, sans nous en apercevoir ; le vaisseau, bronchant[3] à chaque vague, courait en dérive entre l'île de Guernesey et celle d'Aurigny. Le naufrage parut inévitable, et les passagers serrèrent ce qu'ils avaient de plus précieux afin de le sauver.

Il y avait parmi l'équipage des matelots français ; un d'entre eux au défaut d'aumônier, entonna ce cantique à *Notre-Dame de Bon-secours*, premier enseignement de mon enfance[4] ; je le répétai à la vue des côtes de la Bretagne, presque sous les yeux de ma mère. Les matelots américains-protestants se joignaient de cœur aux chants de leurs camarades français-catholiques : le danger apprend aux hommes leur faiblesse et unit leurs vœux. Passagers et marins, tous étaient sur le pont, qui accroché aux manœuvres[5], qui au bordage, qui au

---

1. Le glissement rapide.   **2.** Recueil de cartes donnant la description des côtes et des ports avec indication des fonds.   **3.** Vacillant. **4.** Voir p. 62.   **5.** Cordages du bord.

cabestan [1], qui au bec des ancres pour n'être pas balayé de la lame ou versé à la mer par le roulis. Le capitaine criait : « Une hache ! une hache ! » pour couper les mâts ; et le gouvernail dont le timon avait été abandonné, allait, tournant sur lui-même, avec un bruit rauque.

Un essai restait à tenter : la sonde ne marquait plus que quatre brasses sur un banc de sable qui traversait le chenal ; il était possible que la lame nous fît franchir le banc et nous portât dans une eau profonde : mais qui oserait saisir le gouvernail et se charger du salut commun ? Un faux coup de barre, nous étions perdus.

Un de ces hommes qui jaillissent des événements et qui sont les enfants spontanés du péril, se trouva : un matelot de New-York s'empare de la place désertée du pilote. Il me semble encore le voir en chemise, en pantalon de toile, les pieds nus, les cheveux épars et diluviés [2], tenant le timon dans ses fortes serres, tandis que, la tête tournée, il regardait à la poupe l'ondulée [3] qui devait nous sauver ou nous perdre. Voici venir cette lame embrassant la largeur de la passe, roulant haut sans se briser, ainsi qu'une mer envahissant les flots d'une autre mer : de grands oiseaux blancs, au vol calme, la précèdent comme les oiseaux de la mort. Le navire touchait et talonnait [4] ; il se fit un silence profond ; tous les visages blêmirent. La houle arrive : au moment où elle nous attaque, le matelot donne le coup de barre ; le vaisseau, près de tomber sur le flanc, présente l'arrière et la lame qui paraît nous engloutir, nous soulève. On jette la sonde ; elle rapporte vingt-sept brasses. Un huzza monte jusqu'au ciel et nous y joignons le cri de : *Vive le Roi !* il ne fut point entendu de Dieu pour Louis XVI ; il ne profita qu'à nous.

Dégagés des deux îles, nous ne fûmes pas hors de danger ; nous ne pouvions parvenir à nous élever au-

---

1. Le cabestan est un treuil vertical servant à la traction des câbles ou cordages. 2. Inondés par un *déluge* de pluie. 3. Le mouvement ondulatoire. 4. Raclait le fond.

dessus de la côte de Granville[1]. Enfin la marée reti-
rante nous emporta et nous doublâmes le cap de La
Hougue. Je n'éprouvai aucun trouble pendant ce demi-
naufrage et ne sentis point de joie d'être sauvé. Mieux
vaut déguerpir de la vie quand on est jeune, que d'en
être chassé par le temps. Le lendemain, nous entrâmes
au Havre. Toute la population était accourue pour nous
voir. Nos mâts de hune étaient rompus, nos chaloupes
emportées, le gaillard d'arrière rasé, et nous embar-
quions l'eau à chaque tangage. Je descendis à la jetée.
Le 2 de janvier 1792, je foulai de nouveau le sol natal
qui devait encore fuir sous mes pas. J'amenais avec
moi, non des Esquimaux des régions polaires, mais
deux sauvages d'une espèce inconnue : Chactas et
Atala.

---

1. C'est-à-dire à remonter vers le nord la côte occidentale du Cotentin
pour pouvoir doubler le cap de la Hague (que Chateaubriand semble
confondre avec celui de la Hougue, à proximité de Barfleur).

LIVRE NEUVIÈME

(1)

Londres, d'avril à septembre 1822.

Revu en décembre 1846.

JE VAIS TROUVER MA MÈRE À SAINT-MALO. — PROGRÈS DE LA
RÉVOLUTION. — MON MARIAGE.

[...] Je fus reçu tendrement de ma mère et de ma
famille, qui cependant déploraient l'inopportunité de
mon retour. Mon oncle, le comte de Bedée, se disposait
à passer à Jersey avec sa femme, son fils et ses filles.
Il s'agissait de me trouver de l'argent pour rejoindre
les princes. Mon voyage d'Amérique avait fait brèche
à ma fortune ; mes propriétés étaient presque anéanties
dans mon partage de cadet par la suppression des droits
féodaux : les bénéfices simples qui me devaient échoir
en vertu de mon affiliation à l'ordre de Malte, étaient
tombés avec les autres biens du clergé aux mains de la
nation. Ce concours de circonstances décida de l'acte
le plus grave de ma vie : on me maria[1], afin de me

---

1. C'est au mois de février 1792 que Chateaubriand épousa Céleste Buisson de Lavigne. Née le 6 février 1774, orpheline de père et de mère, la
jeune fille vivait à Saint-Malo chez son grand-père, ancien capitaine de
vaisseau et « commandant pour le Roi au port de Lorient ». Le mémorialiste
ne cache pas que son mariage fut un arrangement financier conclu par sa
famille, et qu'il se révéla bien vite un marché de dupe. Séparé de sa femme
au bout de quelques mois par son émigration, Chateaubriand ne reprendra
la vie conjugale que douze ans plus tard.

procurer le moyen de m'aller faire tuer au soutien d'une cause que je n'aimais pas.

[...] C'était une nouvelle connaissance que j'avais à faire, et elle m'apporta tout ce que je pouvais désirer. Je ne sais s'il a jamais existé une intelligence plus fine que celle de ma femme : elle devine la pensée et la parole à naître sur le front ou sur les lèvres de la personne avec qui elle cause : la tromper en rien est impossible. D'un esprit original et cultivé, écrivant de la manière la plus piquante, racontant à merveille[1], madame de Chateaubriand m'admire sans avoir jamais lu deux lignes de mes ouvrages ; elle craindrait d'y rencontrer des idées qui ne sont pas les siennes, ou de découvrir qu'on n'a pas assez d'enthousiasme pour ce que je vaux. Quoique juge passionné, elle est instruite et bon juge.

Les inconvénients de madame de Chateaubriand, si elle en a, découlent de la surabondance de ses qualités ; mes inconvénients très réels résultent de la stérilité des miennes. Il est aisé d'avoir de la résignation, de la patience, de l'obligeance générale, de la sérénité d'humeur, lorsqu'on ne prend à rien[2], qu'on s'ennuie de tout, qu'on répond au malheur comme au bonheur par un désespéré et désespérant : « Qu'est-ce que cela fait ? »

Madame de Chateaubriand est meilleure que moi, bien que d'un commerce moins facile. Ai-je été irréprochable envers elle ? Ai-je reporté à ma compagne tous les sentiments qu'elle méritait et qui lui devaient appartenir ? S'en est-elle jamais plainte ? Quel bonheur a-t-elle goûté pour salaire d'une affection qui ne s'est jamais démentie ? Elle a subi mes adversités ; elle a été plongée dans les cachots de la Terreur, les persécutions de l'Empire, les disgrâces de la Restauration, et n'a point trouvé dans les joies maternelles le contrepoids de ses chagrins. Privée d'enfants, qu'elle aurait eus peut-être dans une autre union, et qu'elle eût aimés

---

1. Ces qualités font le charme de sa correspondance et des « mémoires » qu'elle nous a laissés.   2. Lorsqu'on ne tient à rien.

avec folie ; n'ayant point ces honneurs et ces tendresses de la mère de famille, qui consolent une femme de ses belles années, elle s'est avancée, stérile et solitaire, vers la vieillesse. Souvent séparée de moi, adverse aux lettres, l'orgueil de porter mon nom ne lui est point un dédommagement. Timide et tremblante pour moi seul, ses inquiétudes sans cesse renaissantes lui ôtent le sommeil et le temps de guérir ses maux : je suis sa permanente infirmité et la cause de ses rechutes. Pourrais-je comparer quelques impatiences qu'elle m'a données aux soucis que je lui ai causés ? Pourrais-je opposer mes qualités telles quelles à ses vertus qui nourrissent le pauvre, qui ont élevé l'infirmerie de Marie-Thérèse [1] en dépit de tous les obstacles ? Qu'est-ce que mes travaux auprès des œuvres de cette chrétienne ? Quand l'un et l'autre nous paraîtrons devant Dieu, c'est moi qui serai condamné.

Somme toute, lorsque je considère l'ensemble et l'imperfection de ma nature, est-il certain que le mariage ait gâté ma destinée ? J'aurais sans doute eu plus de loisir et de repos ; j'aurais été mieux accueilli de certaines sociétés et de certaines grandeurs de la terre ; mais en politique, si madame de Chateaubriand m'a contrarié, elle ne m'a jamais arrêté, parce que là, comme en fait d'honneur, je ne juge que d'après mon sentiment. Aurais-je produit un plus grand nombre d'ouvrages, si j'étais resté indépendant, et ces ouvrages, eussent-ils été meilleurs ? N'y a-t-il pas eu des circonstances, comme on le verra, où, me mariant hors de France [2], j'aurais cessé d'écrire et renoncé à ma patrie ? Si je ne me fusse pas marié, ma faiblesse ne m'aurait-elle pas livré en proie à quelque indigne créature ? N'aurais-je pas gaspillé et sali mes heures comme lord Byron ? Aujourd'hui que je m'enfonce dans les années, toutes mes folies seraient passées ; il ne m'en resterait que le vide et les regrets : vieux garçon sans estime, ou trompé ou détrompé, vieil oiseau répétant à qui ne l'écouterait pas ma chanson usée. La

1. Voir p. 379.   2. Avec Charlotte Ives : voir p. 181.

pleine licence de mes désirs n'aurait pas ajouté une corde de plus à ma lyre, un son plus ému à ma voix. La contrainte de mes sentiments, le mystère de mes pensées, ont peut-être augmenté l'énergie de mes accents, animé mes ouvrages d'une fièvre interne, d'une flamme cachée, qui se fût dissipée à l'air libre de l'amour. Retenu par un lien indissoluble, j'ai acheté d'abord au prix d'un peu d'amertume les douceurs que je goûte aujourd'hui. Je n'ai conservé des maux de mon existence que la partie inguérissable. Je dois donc une tendre et éternelle reconnaissance à ma femme, dont l'attachement a été aussi touchant que profond et sincère. Elle a rendu ma vie plus grave, plus noble, plus honorable, en m'inspirant toujours le respect, sinon toujours la force des devoirs.

(3)

Londres, d'avril à septembre 1822.

Revu en décembre 1846.

CHANGEMENT DE PHYSIONOMIE DE PARIS. — CLUB DES CORDELIERS. — MARAT.

Paris n'avait plus, en 1792, la physionomie de 1789 et de 1790 ; ce n'était plus la Révolution naissante, c'était un peuple marchant ivre à ses destins, au travers des abîmes, par des voies égarées[1]. L'apparence du peuple n'était plus tumultueuse, curieuse, empressée ; elle était menaçante. On ne rencontrait dans les rues que des figures effrayées ou farouches, des gens qui se glissaient le long des maisons, afin de n'être pas aper-

---

1. Le jeune couple arriva dans la capitale à la fin du mois de mai 1792. Ce qui frappe aussitôt Chateaubriand, c'est la montée au pouvoir de la rue face à une Assemblée de plus en plus impuissante.

çus, ou qui rôdaient cherchant leur proie : des regards peureux et baissés se détournaient de vous, ou d'âpres regards se fixaient sur les vôtres pour vous deviner et vous percer.

La variété des costumes avait cessé ; le vieux monde s'effaçait ; on avait endossé la casaque uniforme du monde nouveau, casaque qui n'était alors que le dernier vêtement des condamnés à venir. Les licences sociales manifestées au rajeunissement de la France, les libertés de 1789, ces libertés fantasques et déréglées d'un ordre de choses qui se détruit et qui n'est pas encore l'anarchie, se nivelaient déjà sous le sceptre populaire : on sentait l'approche d'une jeune tyrannie plébéienne, féconde, il est vrai, et remplie d'espérances, mais aussi bien autrement formidable que le despotisme caduc de l'ancienne royauté : car le peuple souverain étant partout, quand il devient tyran, le tyran est partout ; c'est la présence universelle d'un universel Tibère.

Dans la population parisienne se mêlait une population étrangère de coupe-jarrets du midi : l'avant-garde des Marseillais, que Danton attirait pour la journée du 10 août et les massacres de septembre, se faisait connaître à ses haillons, à son teint bruni, à son air de lâcheté et de crime, mais de crime d'un autre soleil : *in vultu vitium*, au visage le vice.

À l'Assemblée législative, je ne reconnaissais personne : Mirabeau et les premières idoles de nos troubles, ou n'étaient plus, ou avaient perdu leurs autels. [...]

LES CORDELIERS.

Auprès de la tribune nationale, s'étaient élevées deux tribunes concurrentes : celle des Jacobins et celle des Cordeliers, la plus formidable alors, parce qu'elle donna des membres à la fameuse Commune de Paris, et qu'elle lui fournissait des moyens d'action. Si la formation de la Commune n'eût pas eu lieu, Paris, faute d'un point de concentration, se serait divisé, et les différentes mairies fussent devenues des pouvoirs rivaux.

[...] Il y a des lieux qui semblent être le laboratoire des factions : « Avis fut donné », dit l'Estoile [1] (12 juillet 1593), « au duc de Mayenne, de deux cents cordeliers arrivés à Paris, se fournissant d'armes et s'entendant avec les Seize, lesquels dans les Cordeliers de Paris tenaient tous les jours conseil... Ce jour, les Seize, assemblés aux Cordeliers, se déchargèrent de leurs armes. » Les ligueurs fanatiques avaient donc cédé à nos révolutionnaires philosophes le monastère des Cordeliers, comme une morgue.

Les tableaux, les images sculptées ou peintes, les voiles, les rideaux du couvent avaient été arrachés ; la basilique, écorchée, ne présentait plus aux yeux que ses ossements et ses arêtes. Au chevet de l'église, où le vent et la pluie entraient par les rosaces sans vitraux, des établis de menuisier servaient de bureau au président, quand la séance se tenait dans l'église. Sur ces établis étaient déposés des bonnets rouges, dont chaque orateur se coiffait avant de monter à la tribune. Cette tribune consistait en quatre poutrelles arc-boutées, et traversées d'une planche dans leur X, comme un échafaud. Derrière le président, avec une statue de la Liberté, on voyait de prétendus instruments de l'ancienne justice, instruments suppléés par un seul, la machine à sang, comme les mécaniques compliquées sont remplacées par le bélier hydraulique. Le club des Jacobins *épurés* emprunta quelques-unes de ces dispositions des Cordeliers.

ORATEURS.

Les orateurs, unis pour détruire, ne s'entendaient ni sur les chefs à choisir, ni sur les moyens à employer ;

---

1. Pierre de l'Estoile (1546-1611) nous a laissé des *Mémoires-Journaux* où ce bourgeois parisien retrace, dans une langue savoureuse, la chronique des événements de la Ligue puis du règne de Henri IV. Ils ont été republiés dans la collection Petitot en 1825.

ils se traitaient de gueux, de gitons[1], de filous, de
voleurs, de massacreurs, à la cacophonie des sifflets et
des hurlements de leurs différents groupes de diables.
Les métaphores étaient prises du matériel des meurtres,
empruntées des objets les plus sales de tous les genres
de voirie et de fumier, ou tirées des lieux consacrés aux
prostitutions des hommes et des femmes. Les gestes
rendaient les images sensibles ; tout était appelé par
son nom, avec le cynisme des chiens, dans une pompe
obscène et impie de juremens et de blasphèmes.
Détruire et produire, mort et génération, on ne démêlait
que cela à travers l'argot sauvage dont les oreilles
étaient assourdies. Les harangueurs, à la voix grêle ou
tonnante, avaient d'autres interrupteurs que leurs opposants : les petites chouettes noires du cloître sans
moines et du clocher sans cloches, s'éjouissaient[2] aux
fenêtres brisées, en espoir du butin ; elles interrompaient les discours. On les rappelait d'abord à l'ordre
par le tintamarre de l'impuissante sonnette ; mais ne
cessant point leur criaillement, on leur tirait des coups
de fusil pour leur faire faire silence : elles tombaient,
palpitantes, blessées et fatidiques, au milieu du Pandé-
monium[3]. Des charpentes abattues, des bancs boiteux,
des stalles démantibulées, des tronçons de saints roulés
et poussés contre les murs, servaient de gradins aux
spectateurs crottés, poudreux, soûls, suants, en carmagnole[4] percée, la pique sur l'épaule ou les bras nus
croisés.

Les plus difformes de la bande obtenaient de préférence la parole. Les infirmités de l'âme et du corps
ont joué un rôle dans nos troubles : l'amour-propre en
souffrance a fait de grands révolutionnaires.

---

1. Giton est un personnage du *Satyricon*. Son nom désigne, par antonomase, des garçons voués au plaisir des hommes.   **2.** Prenaient leurs
ébats.   **3.** C'est ainsi que Milton, au livre I du *Paradis perdu*, appelle la
« grande capitale de Satan et de ses pairs », où siège le conseil solennel des
démons.   **4.** Veste courte à boutons de métal introduite à Paris par les
fédérés marseillais de juillet 1792. On ne tarda pas à y ajouter le pantalon
de laine noire, le gilet écarlate ou tricolore, et le bonnet rouge pour obtenir
le costume idéal du sans-culotte.

MARAT ET SES AMIS.

D'après ces préséances de hideur, passait successivement, mêlée aux fantômes des Seize, une série de têtes de gorgones. L'ancien médecin des gardes-du-corps du comte d'Artois, l'embryon suisse Marat[1], les pieds nus dans des sabots ou des souliers ferrés, pérorait le premier, en vertu de ses incontestables droits. Nanti de l'office de *fou* à la cour du peuple, il s'écriait, avec une physionomie plate et ce demi-sourire d'une banalité de politesse que l'ancienne éducation mettait sur toutes les faces : « Peuple, il te faut couper deux cent soixante-dix mille têtes ! » À ce Caligula de carrefour, succédait le cordonnier athée, Chaumette[2]. Celui-ci était suivi du *procureur-général de la lanterne*, Camille Desmoulins, Cicéron bègue, conseiller public de meurtres, épuisé de débauches, léger républicain à calembours et à bons mots, diseur de gaudrioles de cimetière, lequel déclara qu'aux massacres de septembre, *tout s'était passé avec ordre*. Il consentait à devenir Spartiate, pourvu qu'on laissât la façon du brouet noir au restaurateur Méot[3].

Fouché, accouru de Juilly et de Nantes[4], étudiait le désastre sous ces docteurs : dans le cercle des bêtes féroces attentives au bas de la chaire, il avait l'air d'une hyène habillée. Il haleinait[5] les futures effluves du sang ; il humait déjà l'encens des processions à ânes et à bourreaux, en attendant le jour, où, chassé du club des Jacobins, comme voleur, athée, assassin, il serait

---

1. Jean-Paul Marat est né en 1743 dans le canton de Neuchâtel. Bien des éléments de son portrait sont empruntés à la *Biographie* de Michaud (t. XXVI, 1820). **2.** Procureur-syndic de la Commune après le 10 août, Pierre-Gaspard Chaumette (1763-1794) fut un farouche adversaire de la religion catholique. Il fit fermer toutes les églises de Paris et organisa le culte de la Raison. **3.** Célèbre restaurateur du Palais-Royal. **4.** Ancien élève des oratoriens, Fouché avait été professeur au très réputé collège de Juilly, puis avait été désigné comme principal de celui de Nantes. **5.** À propos des chiens de chasse : flairer, prendre une odeur de gibier pour le suivre à la trace. *Effluves* est en principe masculin.

choisi pour ministre[1]. Quand Marat était descendu de sa planche, ce Triboulet[2] populaire devenait le jouet de ses maîtres : ils lui donnaient des nasardes, lui marchaient sur les pieds, le bousculaient avec des huées, ce qui ne l'empêcha pas de devenir le chef de la multitude, de monter à l'horloge de l'Hôtel-de-Ville, de sonner le tocsin d'un massacre général, et de triompher au tribunal révolutionnaire.

Marat, comme le Péché de Milton, fut violé par la Mort : Chénier[3] fit son apothéose, David le peignit dans le bain rougi, on le compara au divin auteur de l'Évangile. On lui dédia cette prière : « Cœur de Jésus, cœur de Marat ; ô sacré cœur de Jésus, ô sacré cœur de Marat ! » Ce cœur de Marat eut pour ciboire une pyxide précieuse du garde-meuble. On visitait dans un cénotaphe de gazon, élevé sur la place du Carrousel, le buste, la baignoire, la lampe et l'écritoire de la divinité. Puis le vent tourna : l'immondice, versée de l'urne d'agate dans un autre vase, fut vidée à l'égout[4]. [...]

(10)

Londres, d'avril à septembre 1822.

VIE DE SOLDAT. — DERNIÈRE REPRÉSENTATION DE L'ANCIENNE FRANCE MILITAIRE.

L'ordre arriva de marcher sur Thionville[5]. Nous faisions cinq à six lieues par jour. Le temps était affreux ;

---

1. Ministre de la Police à la fin du Directoire, Fouché le restera sous Napoléon.   2. Célèbre *fou* de Louis XII et de François Ier, évoqué dans le *Tiers-Livre* de Rabelais avant que Victor Hugo ne fasse de lui le principal personnage de sa pièce : *Le roi s'amuse* (1832).   3. Le dramaturge Marie-Joseph Chénier (1764-1811), frère du poète, et futur membre de la Convention.   4. Sur ces péripéties, voir *La Mort de Marat*, Flammarion, 1986.   5. En septembre 1792, Chateaubriand participa, dans les rangs des émigrés, à la campagne qui devait se terminer à Valmy. Les compagnies bretonnes, dans lesquelles il servait, opéraient sur le flanc gauche des coa-

nous cheminions au milieu de la pluie et de la fange, en chantant : *Ô Richard ! ô mon roi !* ou *Pauvre Jacques* [1] *!* Arrivés à l'endroit du campement, n'ayant ni fourgons, ni vivres, nous allions avec des ânes, qui suivaient la colonne comme une caravane arabe, chercher de quoi manger dans les fermes et les villages. Nous payions très scrupuleusement : je subis néanmoins une faction correctionnelle, pour avoir pris, sans y penser, deux poires dans le jardin d'un château. Un grand clocher, une grande rivière et un grand seigneur, dit le proverbe, sont de mauvais voisins.

Nous plantions au hasard nos tentes, dont nous étions sans cesse obligés de battre la toile afin d'en élargir les fils et d'empêcher l'eau de la traverser. Nous étions dix soldats par tente ; chacun à son tour était chargé du soin de la cuisine : celui-ci allait à la viande, celui-là au pain, celui-là au bois, celui-là à la paille. Je faisais la soupe à merveille ; j'en recevais de grands compliments, surtout quand je mêlais à la ratatouille du lait et des choux, à la mode de Bretagne. J'avais appris chez les Iroquois à braver la fumée, de sorte que je me comportais bien autour de mon feu de branches vertes et mouillées. Cette vie de soldat est très amusante ; je me croyais encore parmi les Indiens. En mangeant notre gamellée [2] sous la tente, mes camarades me demandaient des histoires de mes voyages ; ils me les payaient en beaux contes ; nous mentions tous comme un caporal au cabaret avec un conscrit qui paye l'écot.

Une chose me fatiguait, c'était de laver mon linge ;

---

lisés, avec les vingt mille Autrichiens placés sous les ordres du prince de Hohenlohe.

1. Airs royalistes en vogue. Le premier est tiré du *Richard Cœur de Lion* de Sedaine et Grétry (1784) : le trouvère Blondel y chante sa fidélité au pied de la tour où son roi est retenu prisonnier. Le second est une complainte sentimentale des années 1780, dans laquelle une jeune laitière suisse de Trianon exprime sa nostalgie du pays natal : « *Pauvre Jacques, quand j'étais près de toi, Je ne sentais pas ma misère* », etc.   **2.** Le contenu de notre gamelle. Néologisme formé sur le modèle de potée ou écuellée (voir p. 165).

il le fallait, et souvent : car les obligeants voleurs[1] ne
m'avaient laissé qu'une chemise empruntée à mon cousin Armand, et celle que je portais sur moi. Lorsque je
savonnais mes chausses, mes mouchoirs et ma chemise
au bord d'un ruisseau, la tête en bas et les reins en
l'air, il me prenait des étourdissements ; le mouvement
des bras me causait une douleur insupportable à la poitrine. J'étais obligé de m'asseoir parmi les prêles et les
cressons, et au milieu du mouvement de la guerre, je
m'amusais à voir couler l'eau paisible. Lope de Vega
fait laver le bandeau de l'Amour par une bergère ; cette
bergère m'eût été bien utile pour un petit turban de
toile de bouleau que j'avais reçu de mes Floridiennes.

Une armée est ordinairement composée de soldats à
peu près du même âge, de la même taille, de la même
force. Bien différente était la nôtre, assemblage confus
d'hommes faits, de vieillards, d'enfants descendus de
leurs colombiers, jargonnant normand, breton, picard,
auvergnat, gascon, provençal, languedocien. Un père
servait avec ses fils, un beau-père avec son gendre, un
oncle avec ses neveux, un frère avec un frère, un cousin
avec un cousin. Cet arrière-ban, tout ridicule qu'il
paraissait, avait quelque chose d'honorable et de touchant, parce qu'il était animé de convictions sincères ; il
offrait le spectacle de la vieille monarchie et donnait une
dernière représentation d'un monde qui passait. J'ai vu
de vieux gentilshommes, à mine sévère, à poil gris, habit
déchiré, sac sur le dos, fusil en bandoulière, se traînant
avec un bâton et soutenus sous le bras par un de leurs
fils ; j'ai vu M. de Boishue, le père de mon camarade
massacré aux États de Rennes auprès de moi, marcher
seul et triste, pieds nus dans la boue, portant ses souliers
à la pointe de sa baïonnette, de peur de les user ; j'ai vu
de jeunes blessés couchés sous un arbre, et un aumônier
en redingote et en étole, à genoux à leur chevet[2], les
envoyant à saint Louis dont ils s'étaient efforcés de

---

1. Chateaubriand raconte un peu plus haut comment on lui avait volé ses
chemises pendant son sommeil, mais heureusement laissé ses manuscrits.
2. Pour les confesser avant leur mort.

défendre les héritiers. Toute cette troupe pauvre ne recevant pas un sou des princes, faisait la guerre à ses dépens,
tandis que les décrets achevaient de la dépouiller et
jetaient nos femmes et nos mères dans les cachots.

Les vieillards d'autrefois étaient moins malheureux et
moins isolés que ceux d'aujourd'hui : si, en demeurant
sur la terre, ils avaient perdu leurs amis, peu de chose du
reste avait changé autour d'eux ; étrangers à la jeunesse,
ils ne l'étaient pas à la société. Maintenant, un traînard
dans ce monde a non seulement vu mourir les hommes,
mais il a vu mourir les idées : principes, mœurs, goûts,
plaisirs, peines, sentiments, rien ne ressemble à ce qu'il
a connu. Il est d'une race différente de l'espèce humaine
au milieu de laquelle il achève ses jours.

Et pourtant, France du dix-neuvième siècle, apprenez
à estimer cette vieille France qui vous valait. Vous
deviendrez vieille à votre tour et l'on vous accusera,
comme on nous accusait, de tenir à des idées surannées.
Ce sont vos pères que vous avez vaincus ; ne les reniez
pas, vous êtes sortie de leur sang. S'ils n'eussent été
généreusement fidèles aux antiques mœurs, vous n'auriez pas puisé dans cette fidélité native l'énergie qui a
fait votre gloire dans les mœurs nouvelles ; ce n'est,
entre les deux France, qu'une transformation de vertu.
[...]

(13)

Londres, d'avril à septembre 1822.

MARCHÉ DU CAMP.

Il s'était formé derrière notre camp une espèce de
marché. Les paysans avaient amené des quartauts[1] de

---

1. Petit fût employé dans le commerce de la bière ou du vin, de capacité
variable selon les régions (le quart du tonneau de référence).

vin blanc de Moselle, qui demeuraient sur les voitures : les chevaux dételés mangeaient attachés à un bout des charrettes, tandis qu'on buvait à l'autre bout. Des fouées [1] brillaient çà et là. On faisait frire des saucisses dans des poëlons, bouillir des gaudes [2] dans des bassines, sauter des crêpes sur des plaques de fonte, enfler des pancakes [3] sur des paniers. On vendait des galettes anisées, des pains de seigle d'un sou, des gâteaux de maïs, des pommes vertes, des œufs rouges et blancs, des pipes et du tabac, sous un arbre aux branches duquel pendaient des capotes de gros drap, marchandées par les passants. Des villageoises à califourchon sur un escabeau portatif, trayaient des vaches, chacun présentant sa tasse à la laitière et attendant son tour. On voyait rôder devant les fourneaux les vivandiers en blouse, les militaires en uniforme. Des cantinières allaient criant en allemand et en français. Des groupes se tenaient debout, d'autres assis à des tables de sapin plantées de travers sur un sol raboteux. On s'abritait à l'aventure sous une toile d'emballage ou sous des rameaux coupés dans la forêt, comme à Pâques fleuries [4]. Je crois aussi qu'il y avait des noces dans les fourgons couverts, en souvenir des rois francs. Les patriotes auraient pu facilement, à l'exemple de Majorien, enlever le chariot de la mariée : *Rapit esseda victor, Nubentemque nurum* (Sidoine Apollinaire) [5]. On chantait, on riait, on fumait. Cette scène était extrêmement gaie la nuit, entre les feux qui l'éclairaient à terre et les étoiles qui brillaient au-dessus.

Quand je n'étais ni de garde aux batteries ni de service à la tente, j'aimais à souper à la foire. Là recommençaient les histoires du camp ; mais animées de

---

1. Flambée de menu bois (dialectal).   2. Bouillie de farine de maïs. 3. Grosses crêpes (dialectal).   4. La fête des Rameaux, le dimanche qui précède celui de Pâques.   5. Allusion à un passage du *Panégyrique de Majorien* de Sidoine Apollinaire, où celui-ci raconte comment cet empereur romain attaqua par surprise des Francs en train de célébrer une noce. Chateaubriand a déjà cité ce texte dans ses *Études historiques* (1831).

rogome[1] et de chère-lie[2], elles étaient beaucoup plus belles. [...]

(14)

Londres, d'avril à septembre 1822.

Le siège continuait, ou plutôt il n'y avait pas de siège, car on n'ouvrait point la tranchée et les troupes manquaient pour investir régulièrement la place. On comptait sur des intelligences, et l'on attendait la nouvelle des succès de l'armée prussienne ou de celle de Clairfayt[3], avec laquelle se trouvait le corps français du duc de Bourbon. Nos petites ressources s'épuisaient ; Paris semblait s'éloigner. Le mauvais temps ne cessait ; nous étions inondés au milieu de nos travaux : je m'éveillais quelquefois dans un fossé avec de l'eau jusqu'au cou : le lendemain j'étais perclus.

Parmi mes compatriotes, j'avais rencontré Ferron de la Sigonière, mon ancien camarade de classe à Dinan[4]. Nous dormions mal sous notre pavillon ; nos têtes, dépassant la toile, recevaient la pluie de cette espèce de gouttière. Je me levais et j'allais avec Ferron me promener devant les faisceaux, car toutes nos nuits n'étaient pas aussi gaies que celles de Dinarzade. Nous marchions en silence, écoutant la voix des sentinelles, regardant les lumières des rues de nos tentes, de même que nous avions vu autrefois au collège les lampions de nos corridors. Nous causions du passé et de l'avenir,

---

1. Terme de corps de garde : eau de vie, gnôle, tord-boyau. **2.** Joyeuse ripaille.   **3.** Le comte de Clairfayt (1733-1798), général autrichien.   **4.** Chateaubriand mentionne ici pour la première fois François Ferron de la Sigonière (1768-1815).

des fautes que l'on avait commises, de celles que l'on commettrait ; nous déplorions l'aveuglement des Princes, qui croyaient revenir dans leur patrie avec une poignée de serviteurs, et raffermir par le bras de l'étranger la couronne sur la tête de leur frère. Je me souviens d'avoir dit à mon camarade, dans ces conversations, que la France voudrait imiter l'Angleterre, que le Roi périrait sur l'échafaud et que, vraisemblablement, notre expédition devant Thionville serait un des principaux chefs d'accusation contre Louis XVI. Ferron fut frappé de ma prédiction : c'est la première de ma vie. Depuis ce temps, j'en ai fait bien d'autres tout aussi vraies, tout aussi peu écoutées ; l'accident était-il arrivé ? on se mettait à l'abri, et l'on m'abandonnait aux prises avec le malheur que j'avais prévu [1]. Quand les Hollandais essuient un coup de vent en haute mer, ils se retirent dans l'intérieur du navire, ferment les écoutilles et boivent du punch, laissant un chien sur le pont pour aboyer à la tempête ; le danger passé, on renvoie Fidèle à sa niche au fond de la cale, et le capitaine revient jouir du beau temps sur le gaillard. J'ai été le chien hollandais du vaisseau de la légitimité.

Les souvenirs de ma vie militaire se sont gravés dans ma pensée ; ce sont eux que j'ai retracés au sixième livre des *Martyrs*. [...]

---

1. C'est le thème que Chateaubriand développera dans son dernier discours à la Chambre des pairs, le 7 août 1830 : voir p. 338.

LIVRE DIXIÈME

(1)

Londres, d'avril à septembre 1822.

Revu en février 1845.

En sortant d'Arlon[1], une charrette de paysan me prit pour la somme de quatre sous, et me déposa à cinq lieues de là sur un tas de pierres. Ayant sautillé quelques pas à l'aide de ma béquille, je lavai le linge de mon éraflure devenue plaie, dans une source qui ruisselait au bord du chemin, ce qui me fit grand bien. La petite-vérole était complètement sortie, et je me sentais soulagé. Je n'avais point abandonné mon sac dont les bretelles me coupaient les épaules.

Je passai une première nuit dans une grange, et ne mangeai point. La femme du paysan, propriétaire de la grange, refusa le loyer de ma couchée[2] ; elle m'apporta au lever du jour une grande écuellée de café au lait avec de la miche noire que je trouvai excellente. Je me remis en route tout gaillard, bien que je tombasse

---

1. Après la bataille de Valmy (20 septembre 1792), les alliés se sont retirés et les volontaires royalistes ont été démobilisés. Blessé à la cuisse au siège de Thionville, miné par la dysenterie et la fièvre, enfin saisi par une « petite vérole confluente », Chateaubriand va essayer de traverser la Belgique pour gagner Ostende et, de là, rejoindre Jersey. Il quitte Arlon, dans les Ardennes, vers le 20 octobre.   2. « Le souper et le logement dans une hôtellerie » (*Dictionnaire de Trévoux*, 1771).

souvent. Je fus rejoint par quatre ou cinq de mes camarades qui prirent mon sac ; ils étaient aussi fort
malades. Nous rencontrâmes des villageois ; de charrettes en charrettes, nous gagnâmes pendant cinq jours
assez de chemin dans les Ardennes pour atteindre
Attert, Flamizoul et Bellevue. Le sixième jour, je me
retrouvai seul. Ma petite-vérole blanchissait et s'apla-
tissait.

Après avoir marché deux lieues, qui me coûtèrent
six heures de temps, j'aperçus une famille de bohé-
miens campée avec deux chèvres et un âne, derrière un
fossé, autour d'un feu de brandes [1]. À peine arrivais-je,
je me laissai choir, et les singulières créatures s'em-
pressèrent de me secourir. Une jeune femme en haillons, vive, brune, mutine, chantait, sautait, tournait, en
tenant de biais son enfant sur son sein, comme la vielle
dont elle aurait animé sa danse, puis elle s'asseyait sur
ses talons tout contre moi, me regardait curieusement
à la lueur du feu, prenait ma main mourante pour me
dire ma bonne aventure, en me demandant un *petit
sou* ; c'était trop cher. Il était difficile d'avoir plus de
science, de gentillesse et de misère que ma sibylle des
Ardennes. Je ne sais quand les nomades dont j'aurais
été un digne fils, me quittèrent ; lorsque, à l'aube, je
sortis de mon engourdissement, je ne les trouvai plus.
Ma bonne aventurière s'en était allée avec le secret de
mon avenir. En échange de mon *petit sou*, elle avait
déposé à mon chevet une pomme qui servit à me rafraîchir la bouche. Je me secouai comme Jeannot Lapin
parmi le *thym* et la *rosée* ; mais je ne pouvais ni *brouter*, ni *trotter*, ni faire beaucoup de *tours*. Je me levai
néanmoins dans l'intention de faire *ma cour à l'aurore* [2] : elle était bien belle, et j'étais bien laid ; son
visage rose annonçait sa bonne santé ; elle se portait
mieux que le pauvre Céphale [3] de l'Armorique.
Quoique jeunes tous deux, nous étions de vieux amis,

---

1. Plantes qui croissent dans les sous-bois : ajoncs, fougères, etc.
2. Allusion à la fable de La Fontaine : « Le chat, la belette et le petit lapin »
(*Fables*, VII, 16).   3. Son amant mythologique, prince de Thessalie.

et je me figurai que ce matin-là ses pleurs étaient pour moi.

Je m'enfonçai dans la forêt, je n'étais pas trop triste ; la solitude m'avait rendu à ma nature. Je chantonnais la romance de l'infortuné Cazotte[1] :

> *Tout au beau milieu des Ardennes,*
> *Est un château sur le haut d'un rocher, etc., etc.*

N'était-ce point dans le donjon de ce château des fantômes, que le roi d'Espagne, Philippe II, fit enfermer mon compatriote, le capitaine La Noue[2], qui eut pour grand'mère une Chateaubriand ? Philippe consentait à relâcher l'illustre prisonnier, si celui-ci consentait à se laisser crever les yeux ; La Noue fut au moment d'accepter la proposition, tant il avait soif de retrouver sa chère Bretagne. Hélas ! j'étais possédé du même désir, et pour m'ôter la vue, je n'avais besoin que du mal dont il avait plu à Dieu de m'affliger. Je ne rencontrai pas *sire Enguerrand venant d'Espagne*, mais de pauvres traîne-malheurs, de petits marchands forains qui avaient, comme moi, toute leur fortune sur leur dos. Un bûcheron, avec des genouillères de feutre, entrait dans le bois : il aurait dû me prendre pour une branche morte et m'abattre. Quelques corneilles, quelques alouettes, quelques bruants, espèce de gros pinsons, trottaient sur le chemin ou posaient immobiles sur le cordon de pierres, attentifs à l'émouchet[3] qui planait circulairement dans le ciel. De fois à autre, j'entendais le son de la trompe du porcher gardant ses truies et leurs petits à la glandée[4]. Je me reposai à la hutte roulante d'un berger ;

---

1. Cette romance a pour titre : *La Veillée de la bonne femme ou le réveil d'Enguerrand.* Auteur du *Diable amoureux* (1772) et proche des Illuminés, Jacques Cazotte avait, grâce à sa fille, échappé aux massacres de septembre 1792 ; mais il fut repris et guillotiné quelques mois plus tard.   2. Le Breton François de La Noue (1531-1591), dit *Bras-de-fer* ou le « Bayard huguenot ». Il fut retenu prisonnier au château de Limbourg de 1580 à 1585 par le duc de Parme Alexandre Farnèse.   3. Rapace de petite taille.   4. « Aller à la glandée, c'est aller ramasser du gland, ou mener des porcs en panage dans le bois, pour se nourrir de ces fruits sauvages » (*Dictionnaire de Trévoux*, 1771).

je n'y trouvai pour maître qu'un chaton qui me fit mille
gracieuses caresses. Le berger se tenait au loin, debout,
au centre d'un parcours [1], ses chiens assis à différentes
distances autour des moutons ; le jour, ce pâtre cueillait
des simples, c'était un médecin et un sorcier ; la nuit, il
regardait les étoiles, c'était un berger chaldéen.

Je stationnai, une demi-lieue plus haut, dans un vian-
dis [2] de tragélaphes [3] : des chasseurs passaient à l'extrémité. Une fontaine sourdait à mes pieds ; au fond de cette
fontaine, dans cette même forêt, Roland *innamorato* [4],
non pas *furioso*, aperçut un palais de cristal rempli de
dames et de chevaliers. Si le paladin, qui rejoignit les brillantes naïades, avait du moins laissé Bride-d'Or [5] au bord
de la source ; si Shakspeare m'eût envoyé Rosalinde et le
Duc exilé [6], ils m'auraient été bien secourables.

Ayant repris haleine, je continuai ma route. Mes idées
affaiblies flottaient dans un vague non sans charme ;
mes anciens fantômes, ayant à peine la consistance
d'ombres aux trois quarts effacées, m'entouraient pour
me dire adieu. Je n'avais plus la force des souvenirs ; je
voyais dans un lointain indéterminé, et mêlées à des
images inconnues, les formes aériennes de mes parents
et de mes amis. Quand je m'asseyais contre une borne
du chemin, je croyais apercevoir des visages me souriant
au seuil des distantes cabanes, dans la fumée bleue
échappée du toit des chaumières, dans la cime des
arbres, dans le transparent [7] des nuées, dans les gerbes
lumineuses du soleil traînant ses rayons sur les bruyères
comme un râteau d'or. Ces apparitions étaient celles des

---

1. Terrain communal de libre pâture.　　　**2.** Clairière où les cerfs viennent brouter.　　　**3.** Animal fantastique (demi-bouc, demi-cerf) dans la
langue poétique du xvie siècle. Les éditeurs de 1848 ont remplacé ce mot
rare par le banal *cerfs*. Malencontreuse correction qui annule un de ses effets
recherchés par le narrateur : la perte progressive du sens de la réalité, une
entrée dans le délire.　　　**4.** C'est en effet Boiardo qui, dans son *Orlando
innamorato*, situe près de la forêt des Ardennes le fleuve Rire et ses ensor-
celeuses naïades.　　　**5.** Le cheval de Roland.　　　**6.** Personnages de
Comme il vous plaira (As you like it) que Shakespeare situe lui aussi « in
the forest of Arden ».　　　**7.** Ce terme technique se rapporte au décor de
théâtre. Il désigne une surface plus ou moins transparente (toile ou gaze)
derrière laquelle on place une source de lumière.

Muses qui venaient assister à la mort du poète : ma tombe, creusée avec les montants de leurs lyres sous un chêne des Ardennes, aurait assez bien convenu au soldat et au voyageur. Quelques gelinottes [1], fourvoyées dans le gîte des lièvres sous des troènes, faisaient seules, avec des insectes, quelques murmures autour de moi ; vies aussi légères, aussi ignorées que ma vie. Je ne pouvais plus marcher ; je me sentais extrêmement mal ; la petite-vérole rentrait et m'étouffait.

Vers la fin du jour, je m'étendis sur le dos à terre, dans un fossé, la tête soutenue par le sac d'Atala, ma béquille à mes côtés, les yeux attachés sur le soleil, dont les regards s'éteignaient avec les miens. Je saluai de toute la douceur de ma pensée l'astre qui avait éclairé ma première jeunesse dans mes landes paternelles : nous nous couchions ensemble, lui pour se lever plus glorieux, moi, selon toutes les vraisemblances, pour ne me réveiller jamais. Je m'évanouis dans un sentiment de religion : le dernier bruit que j'entendis était la chute d'une feuille et le sifflement d'un bouvreuil.

(2)

Londres, d'avril à septembre 1822.

FOURGONS DU PRINCE DE LIGNE. — FEMMES DE NAMUR. [...]

Il paraît que je demeurai à peu près deux heures en défaillance. Les fourgons du prince de Ligne [2] vinrent à passer ; un des conducteurs s'étant arrêté pour couper

---

1. Gallinacé sauvage, appelé aussi « poule des bois ». Son plumage est tacheté et il se nourrit des bourgeons de pins ou de sapins.   2. Le prince Charles-Joseph de Ligne (1735-1814) venait de regagner Vienne, où il avait appris la mort de son fils Charles, tué au combat le 14 septembre 1792. Ce sont les fourgons de son escorte, revenant à vide au château de Belœil, dans le Hainaut, qui recueillirent Chateaubriand.

un scion[1] de bouleau, trébucha sur moi sans me voir :
il me crut mort et me poussa du pied ; je donnai un
signe de vie. Le conducteur appela ses camarades, et,
par un instinct de pitié, ils me jetèrent sur un chariot.
Les cahots me ressuscitèrent ; je pus parler à mes sau-
veurs ; je leur dis que j'étais un soldat de l'armée des
Princes, que s'ils voulaient me mener jusqu'à
Bruxelles, où ils allaient, je les récompenserais de leur
peine. « Bien, camarade », me répondit l'un d'eux,
« mais il faudra que tu descendes à Namur, car il nous
est défendu de nous charger de personne. Nous te
reprendrons de l'autre côté de la ville. » Je demandai à
boire ; j'avalai quelques gouttes d'eau-de-vie qui firent
reparaître en dehors les symptômes de mon mal et
débarrassèrent un moment ma poitrine : la nature
m'avait doué d'une force extraordinaire.

Nous arrivâmes vers dix heures du matin dans les
faubourgs de Namur. Je mis pied à terre et suivis de
loin les chariots ; je les perdis bientôt de vue. À l'entrée de la ville, on m'arrêta. Tandis qu'on examinait
mes papiers, je m'assis sous la porte. Les soldats de
garde, à la vue de mon uniforme, m'offrirent un chif-
fon de pain de munition, et le caporal me présenta,
dans un godet de verre bleu, du brandevin[2] au poivre.
Je faisais quelques façons pour boire à la coupe de
l'hospitalité militaire : « Prends donc ! » s'écria-t-il en
colère, en accompagnant son injonction d'un *Sacra-
ment der Teufel* (sacrement du diable) !

Ma traversée de Namur fut pénible : j'allais, m'ap-
puyant contre les maisons. La première femme qui
m'aperçut sortit de sa boutique, me donna le bras avec
un air de compatissance[3], et m'aida à me traîner ; je la
remerciai et elle répondit : « Non, non, soldat. » Bientôt d'autres femmes accoururent, apportèrent du pain,
du vin, des fruits, du lait, du bouillon, de vieilles
nippes, des couvertures. « Il est blessé », disaient les

---

1. Jeune pousse.   **2.** Du flamand *brandewyn* : eau-de-vie (populaire).
3. Ce néologisme de la fin du XVIIIe siècle, encore utilisé par Balzac, a le
même sens que compassion.

unes dans leur patois français-brabançon ; « il a la petite-vérole », s'écriaient les autres, et elles écartaient les enfants. « Mais, jeune homme, vous ne pourrez marcher ; vous allez mourir ; restez à l'hôpital. » Elles me voulaient conduire à l'hôpital, elles se relayaient de porte en porte, et me conduisirent ainsi jusqu'à celle de la ville, en dehors de laquelle je retrouvai les fourgons. On a vu une paysanne me secourir, on verra une autre femme me recueillir à Guernesey. Femmes, qui m'avez assisté dans ma détresse, si vous vivez encore, que Dieu soit en aide à vos vieux jours et à vos douleurs ! Si vous avez quitté la vie, que vos enfants aient en partage le bonheur que le ciel m'a longtemps refusé !

Les femmes de Namur m'aidèrent à monter dans le fourgon, me recommandèrent au conducteur et me forcèrent d'accepter une couverture de laine. Je m'aperçus qu'elles me traitaient avec une sorte de respect et de déférence : il y a dans la nature du Français quelque chose de supérieur et de délicat que les autres peuples reconnaissent. Les gens du prince de Ligne me déposèrent encore sur le chemin à l'entrée de Bruxelles et refusèrent mon dernier écu.

À Bruxelles, aucun hôtelier ne me voulut recevoir. Le Juif errant, Oreste populaire que la complainte conduit dans cette ville [1] :

> *Quand il fut dans la ville*
> *De Bruxelle en Brabant,*

y fut mieux accueilli que moi, car il avait toujours cinq sous dans sa poche. Je frappais, on ouvrait ; en m'apercevant, on disait : « Passez ! passez ! » et l'on me fermait la porte au nez. On me chassa d'un café. Mes cheveux pendaient sur mon visage masqué par ma

---

1. Chateaubriand se réfère ici à la complainte brabançonne qui date la dernière apparition du Juif errant du 22 avril 1774 à Bruxelles. Sur ce mythe cher au mémorialiste, voir la n. 1, p. 73. Nous aurions là une version de celui des Atrides : après avoir tué sa mère Clytemnestre, Oreste est pourchassé par les Érynies et voué à une existence errante.

barbe et mes moustaches ; j'avais la cuisse entourée
d'un torchis de foin ; par-dessus mon uniforme en
loques, je portais la couverture de laine des Namu-
riennes, nouée à mon cou en guise de manteau. Le
mendiant de l'*Odyssée*[1] était plus insolent, mais n'était
pas si pauvre que moi. [...]

(5)

Londres, d'avril à septembre 1822.

PELLETIER. — TRAVAUX LITTÉRAIRES. — MA SOCIÉTÉ AVEC
HINGANT. — NOS PROMENADES. [...]

Pelletier[2], auteur du *Domine salvum fac Regem* et
principal rédacteur des *Actes des Apôtres*[3], continuait
à Londres son entreprise de Paris. Il n'avait pas précisément de vices ; mais il était rongé d'une vermine de
petits défauts dont on ne pouvait l'épurer : libertin,
mauvais sujet, gagnant beaucoup d'argent et le mangeant de même, à la fois serviteur de la légitimité et
ambassadeur du roi nègre Christophe[4] auprès de
George III, correspondant diplomatique de M. le comte
de *Limonade*[5], et buvant en vin de Champagne les
appointements qu'on lui payait en sucre. Cette espèce

---

1. Celui qui, au chant XVIII, cherche à chasser Ulysse, lui-même déguisé
en mendiant, de la porte de son propre palais.   2. Journaliste contre-
révolutionnaire, le Nantais Jean-Gabriel *Peltier* (1760-1825) avait émigré à
Londres au mois de septembre 1792 ; il ne regagnera la France qu'au début
de la Restauration.   3. Journal satirique royaliste fondé en octobre 1789,
et qui dura jusqu'au mois de janvier 1792. Dans un pamphlet intitulé :
Domine salvum fac regem (« Dieu sauve le roi »), Peltier avait dénoncé les
responsables des journées des 5 et 6 octobre 1789.   4. C'est beaucoup
plus tard, de 1807 à 1811, que Peltier fut chargé de négocier avec les
Anglais la reconnaissance de la république de Haïti, dont Henry Christophe
se proclama roi en 1811.   5. Ministre des Affaires étrangères du nouveau
royaume, dont les titres avaient été empruntés à des noms de plantations.

de M. Violet[1], jouant les grands airs de la Révolution
sur un violon de poche, me vint voir et m'offrit ses
services, en qualité de Breton. Je lui parlai de mon plan
de l'*Essai* ; il l'approuva fort : « Ce sera superbe ! »
s'écria-t-il, et il me proposa une chambre chez son
imprimeur Baylie, lequel imprimerait l'ouvrage au fur
et à mesure de la composition. Le libraire Deboffe
aurait la vente ; lui, Pelletier, emboucherait la trompette dans son journal l'*Ambigu*[2], tandis qu'on pourrait
s'introduire dans le *Courrier français* de Londres, dont
la rédaction passa bientôt à M. de Montlosier[3]. Pelletier ne doutait de rien : il parlait de me faire donner la
croix de Saint-Louis pour mon siège de Thionville.
Mon Gil Blas[4], grand, maigre, escalabreux[5], les cheveux poudrés, le front chauve, toujours criant et rigo-
lant, met son chapeau rond sur l'oreille, me prend par
le bras et me conduit chez l'imprimeur Baylie, où il
me loue sans façon une chambre, au prix d'une guinée
par mois.

J'étais en face de mon avenir doré ; mais le présent,
sur quelle planche le traverser ? Pelletier me procura
des traductions du latin et de l'anglais ; je travaillais le
jour à ces traductions, la nuit à l'*Essai historique*[6] dans
lequel je faisais entrer une partie de mes voyages et
de mes rêveries. Baylie me fournissait les livres, et
j'employais mal à propos quelques schellings à l'achat
des bouquins étalés sur les échoppes.

Hingant[7], que j'avais rencontré sur le paquebot de

---

1. Personnage pittoresque que, sur le chemin de Niagara, Chateaubriand
avait rencontré en train de faire danser les Indiens au son de son violon
(édition Berchet, Classiques Garnier, t. I, p. 390).   **2.** Confusion du
mémorialiste : la publication de ce journal ne commencera qu'en
1802.   **3.** C'est à partir de 1797 que le comte de Montlosier donnera
une nouvelle impulsion au *Courrier de Londres*, avec la collaboration de
« monarchiens » comme Malouet, Mallet du Pan, Lally-Tollendal.
4. Héros du roman picaresque de Lesage, qui porte son nom.   **5.** De
caractère difficile, emporté.   **6.** *Essai historique sur les révolutions
anciennes et modernes.* Publié à Londres en 1797, c'est le premier ouvrage
de Chateaubriand.   **7.** François-Marie Hingant de la Tiemblais (1761-
1827) a laissé un grand nombre de manuscrits. Il avait entrepris en 1793
un roman intitulé : *L'Égyptien ou les diseurs de bonne aventure.*

Jersey, s'était lié avec moi. Il cultivait les lettres, il était savant, écrivait en secret des romans dont il me lisait des pages. Il se logea, assez près de Baylie, au fond d'une rue qui donnait dans Holborn. Tous les matins, à dix heures, je déjeunais avec lui ; nous parlions de politique et surtout de mes travaux. Je lui disais ce que j'avais bâti de mon édifice de nuit, l'*Essai* ; puis je retournais à mon œuvre de jour, les traductions. Nous nous réunissions pour dîner, à un schelling par tête, dans un estaminet ; de là, nous allions aux champs. Souvent aussi nous nous promenions seuls, car nous aimions tous deux à rêvasser. [...]

(6)

Londres, d'avril à septembre 1822.

DÉTRESSE. — SECOURS IMPRÉVU. — LOGEMENT SUR UN CIME-
TIÈRE. — NOUVEAUX CAMARADES D'INFORTUNE. — NOS PLAI-
SIRS. — MON COUSIN DE LA BOUËTARDAIS.

Mes fonds s'épuisaient : Baylie et Deboffe s'étaient hasardés, moyennant un billet de remboursement en cas de non-vente, à commencer l'impression de l'*Essai* ; là finissait leur générosité, et rien n'était plus naturel ; je m'étonne même de leur hardiesse. Les traductions ne venaient plus ; Pelletier, homme de plaisir, s'ennuyait d'une obligeance prolongée. Il m'aurait bien donné ce qu'il avait, s'il n'eût préféré le manger ; mais quêter des travaux çà et là, faire une bonne œuvre de patience, impossible à lui. Hingant voyait aussi s'amoindrir son trésor ; entre nous deux, nous ne possédions que soixante francs. Nous diminuâmes la ration de vivres, comme sur un vaisseau lorsque la traversée se prolonge. Au lieu d'un schelling par tête, nous ne dépensions plus à dîner qu'un demi-schelling. Le matin, à notre thé, nous retranchâmes la moitié du pain, et nous supprimâmes le beurre. Ces abstinences fatiguaient les nerfs de mon ami. Son esprit battait la campagne ; il prêtait l'oreille, et avait l'air d'écouter quelqu'un ; en réponse, il éclatait de rire, ou versait des larmes. Hingant croyait au magnétisme, et s'était troublé la cervelle du galimatias de Swedenborg[1]. Il me disait le matin qu'on lui avait fait du bruit la nuit ; il se fâchait si je lui niais ses imaginations. L'inquiétude qu'il me causait m'empêchait de sentir mes souffrances.

Elles étaient grandes pourtant : cette diète rigoureuse, jointe au travail, échauffait ma poitrine malade ; je commençais à avoir de la peine à marcher, et néanmoins, je passais les jours et une partie des nuits dehors, afin qu'on ne s'aperçût pas de ma détresse. Arrivés à notre dernier schelling, je convins avec mon ami de le garder pour faire semblant de déjeuner. Nous arrangeâmes que nous achèterions un pain de deux sous ; que nous nous laisserions servir comme de coutume l'eau chaude et la théière ; que nous n'y mettrions point de thé ; que nous ne mangerions pas le pain, mais que nous boirions l'eau chaude avec quelques petites miettes de sucre restées au fond du sucrier.

Cinq jours s'écoulèrent de la sorte. La faim me dévorait ; j'étais brûlant ; le sommeil m'avait fui ; je suçais des morceaux de linge que je trempais dans de l'eau ; je mâchais de l'herbe et du papier. Quand je passais devant des boutiques de boulangers, mon tourment était horrible. Par une rude soirée d'hiver, je restai deux heures planté devant un magasin de fruits secs et de viandes fumées, avalant des yeux tout ce que je voyais : j'aurais mangé, non seulement les comestibles, mais leurs boîtes, paniers et corbeilles.

---

1. Chateaubriand a toujours manifesté envers les « illuminés » de toute sorte une ironie condescendante. Il en arrive ainsi à placer sur le même plan le médecin allemand Mesmer (1733-1815) dont les cures de « magnétisme » avaient connu un éphémère succès dans le Paris des années 1780, et le théosophe suédois Swedenborg (1688-1772) dont les visions et les élucubrations mystiques exerceront une grande influence sur la pensée romantique.

Le matin du cinquième jour, tombant d'inanition, je me traîne chez Hingant ; je heurte à la porte, elle était fermée ; j'appelle, Hingant est quelque temps sans répondre ; il se lève enfin et m'ouvre. Il riait d'un air égaré ; sa redingote était boutonnée ; il s'assit devant la table à thé : « Notre déjeuner va venir », me dit-il d'une voix extraordinaire. Je crus voir quelques taches de sang à sa chemise ; je déboutonne brusquement sa redingote : il s'était donné un coup de canif profond de deux pouces[1] dans le bout du sein gauche. Je criai au secours. La servante alla chercher un chirurgien. La blessure était dangereuse.

Ce nouveau malheur m'obligea de prendre un parti. Hingant, conseiller au parlement de Bretagne, s'était refusé à recevoir le traitement que le gouvernement anglais accordait aux magistrats français, de même que je n'avais pas voulu accepter le schelling aumôné par jour aux émigrés : j'écrivis à M. de Barentin[2] et lui révélai la situation de mon ami. Les parents de Hingant accoururent et l'emmenèrent à la campagne. Dans ce moment même, mon oncle de Bedée me fit parvenir quarante écus[3], oblation touchante de ma famille persécutée ; il me sembla voir tout l'or du Pérou : le denier des prisonniers de France nourrit le Français exilé.

Ma misère avait mis obstacle à mon travail. Comme je ne fournissais plus de manuscrit, l'impression fut suspendue. Privé de la compagnie de Hingant, je ne gardai pas chez Baylie un logement d'une guinée par mois ; je payai le terme échu et m'en allai. Au-dessous des émigrés indigents qui m'avaient d'abord servi de patrons à Londres, il y en avait d'autres, plus nécessiteux encore. Il est des degrés entre les pauvres comme entre les riches ; on peut aller depuis l'homme qui se couvre l'hiver avec son chien, jusqu'à celui qui grelotte dans ses haillons tailladés. Mes amis me trouvèrent une

---

1. À peu près 5 centimètres.   2. Charles de Barentin (1736-1819), nommé Garde des sceaux en 1788, avait émigré à la fin de 1789. On continuait de le considérer comme le « protecteur » de la magistrature en exil.   3. Cent vingt livres : somme trop modeste pour durer longtemps.

chambre mieux appropriée à ma fortune décroissante (on n'est pas toujours au comble de la prospérité) ; ils m'installèrent aux environs de Mary-Le-Bone-Street, dans un *garret*[1] dont la lucarne donnait sur un cimetière : chaque nuit la crecelle du *watchman* m'annonçait que l'on venait de voler des cadavres[2]. J'eus la consolation d'apprendre que Hingant était hors de danger.

Des camarades me visitaient dans mon atelier. À notre indépendance et à notre pauvreté, on nous eût pris pour des peintres sur les ruines de Rome ; nous étions des artistes en misère sur les ruines de la France. Ma figure servait de modèle et mon lit de siège à mes élèves. Ce lit consistait dans un matelas et une couverture. Je n'avais point de draps ; quand il faisait froid, mon habit et une chaise, ajoutés à ma couverture, me tenaient chaud. Trop faible pour remuer ma couche, elle restait comme Dieu me l'avait retournée.

Mon cousin de La Bouëtardais[3], chassé, faute de payement, d'un taudis irlandais, quoiqu'il eût mis son violon en gage, vint chercher chez moi un abri contre le constable ; un vicaire bas-breton lui prêta un lit de sangles. La Bouëtardais était, ainsi que Hingant, conseiller au parlement de Bretagne ; il ne possédait pas un mouchoir pour s'envelopper la tête ; mais il avait déserté avec armes et bagages, c'est-à-dire qu'il avait emporté son bonnet carré et sa robe rouge, et il couchait *sous* la pourpre à mes côtés. Facétieux, bon musicien, ayant la voix belle, quand nous ne dormions pas, il s'asseyait tout nu sur ses sangles, mettait son bonnet carré, et chantait des romances en s'accompagnant d'une guitare qui n'avait que trois cordes. Une nuit que le pauvre garçon fredonnait ainsi l'*Hymne à Vénus* de Métastase : *Scendi propizia*[4], il fut frappé d'un vent coulis ; la bouche lui tourna, et il en mourut, mais pas tout de suite, car je lui frottai cordialement la

---

1. Un galetas, une soupente.　**2.** Ces cadavres étaient ensuite revendus pour servir à la dissection dans les amphithéâtres de chirurgie. **3.** Voir la n. 2, p. 57.　**4.** Poème de jeunesse de Métastase.

joue. Nous tenions des conseils dans notre chambre haute, nous raisonnions sur la politique, nous nous occupions des cancans de l'émigration. Le soir, nous allions chez nos tantes et cousines danser, après les modes enrubannées et les chapeaux faits. [...]

(9)

Londres, d'avril à septembre 1822.

CHARLOTTE.

À quatre lieues de Beccles, dans une petite ville appelée Bungay[1], demeurait un ministre anglais, le révérend M. Ives, grand helléniste et grand mathématicien[2]. Il avait une femme jeune encore, charmante de figure, d'esprit et de manières, et une fille unique, âgée de quinze ans[3]. Présenté dans cette maison, j'y fus mieux reçu que partout ailleurs. On buvait à la manière des anciens Anglais, et on restait deux heures à table, après les femmes. M. Ives, qui avait vu l'Amérique, aimait à conter ses voyages, à entendre le récit des miens, à parler de Newton et d'Homère. Sa fille, devenue savante pour lui plaire, était excellente musicienne et chantait comme aujourd'hui madame Pasta[4]. Elle reparaissait au thé et charmait le sommeil communicatif du vieux ministre. Appuyé au bout du piano, j'écoutais miss Ives en silence.

La musique finie, la *young lady* me questionnait sur

---

1. Dans le Suffolk, où Chateaubriand trouva un emploi de professeur de français, et où il séjourna de 1794 à 1796.   2. John Ives (1744-1812) avait été missionnaire en Amérique, avant son mariage.   3. Charlotte Ives est née le 9 mars 1780 à Bungay. Sa mère avait dépassé la quarantaine.
4. Giuditta Negri (1797-1865), devenue en 1815 madame Pasta, a été une des plus grandes cantatrices de sa génération. Sous la Restauration, elle remporta de véritables triomphes, à Londres comme à Paris (en particulier dans Rossini). Elle se produira ensuite dans les principales œuvres de Bellini, dont elle fut la première interprète.

la France, sur la littérature ; elle me demandait des plans d'études ; elle désirait particulièrement connaître les auteurs italiens, et me pria de lui donner quelques notes sur la *Divina Commedia* et la *Gerusalemme*. Peu à peu, j'éprouvai le charme timide d'un attachement sorti de l'âme : j'avais paré les Floridiennes, je n'aurais pas osé relever le gant de miss Ives ; je m'embarrassais quand j'essayais de traduire quelque passage du Tasse. J'étais plus à l'aise avec un génie plus chaste et plus mâle, Dante.

Les années de Charlotte Ives et les miennes concordaient[1]. Dans les liaisons qui ne se forment qu'au milieu de votre carrière, il entre quelque mélancolie ; si l'on ne se rencontre pas de prime abord, les souvenirs de la personne qu'on aime, ne se trouvent point mêlés à la partie des jours où l'on respira sans la connaître : ces jours, qui appartiennent à une autre société, sont pénibles à la mémoire et comme retranchés de notre existence. Y a-t-il disproportion d'âge ? Les inconvénients augmentent : le plus vieux a commencé la vie avant que le plus jeune fût au monde ; le plus jeune est destiné à demeurer seul à son tour ; l'un a marché dans une solitude en deçà d'un berceau, l'autre traversera une solitude au-delà d'une tombe ; le passé fut un désert pour le premier, l'avenir sera un désert pour le second. Il est difficile d'aimer avec toutes les conditions de bonheur, jeunesse, beauté, temps opportun, harmonie de cœur, de goût, de caractère, de grâces et d'années.

Ayant fait une chute de cheval, je restai quelque temps chez M. Ives. C'était l'hiver ; les songes de ma vie commencèrent à fuir devant la réalité. Miss Ives devenait plus réservée ; elle cessa de m'apporter des fleurs ; elle ne voulut plus chanter.

Si l'on m'eût dit que je passerais le reste de ma vie, ignoré au sein de cette famille solitaire, je serais mort de plaisir : il ne manque à l'amour que la durée, pour

---

1. Ils avaient onze ans et demi de différence, précisément comme John Ives et sa femme.

être à la fois l'Éden avant la chute et l'Hosanna sans
fin. Faites que la beauté reste, que la jeunesse demeure,
que le cœur ne se puisse lasser, et vous reproduirez le
ciel. L'amour est si bien la félicité primeraine [1] qu'il
est poursuivi de la chimère d'être toujours ; il ne veut
prononcer que des serments irrévocables ; au défaut de
ses joies, il cherche à éterniser ses douleurs ; ange
tombé, il parle encore le langage qu'il parlait au séjour
incorruptible ; son espérance est de ne cesser jamais ;
dans sa double nature et dans sa double illusion ici-
bas, il prétend se perpétuer par d'immortelles pensées
et par des générations intarissables.

Je voyais venir avec consternation le moment où je
serais obligé de me retirer. La veille du jour annoncé
comme celui de mon départ, le dîner fut morne. À mon
grand étonnement, M. Ives se retira au dessert en
emmenant sa fille, et je restai seul avec madame Ives :
elle était dans un embarras extrême. Je crus qu'elle
m'allait faire des reproches d'une inclination qu'elle
avait pu découvrir, mais dont jamais je n'avais parlé.
Elle me regardait, baissait les yeux, rougissait ; elle-
même, séduisante dans ce trouble, il n'y a point de
sentiment qu'elle n'eût pu revendiquer pour elle. Enfin,
brisant avec effort l'obstacle qui lui ôtait la parole :
« Monsieur », me dit-elle en anglais, « vous avez vu
ma confusion : je ne sais si Charlotte vous plaît, mais
il est impossible de tromper une mère ; ma fille a certainement conçu de l'attachement pour vous. M. Ives et
moi nous nous sommes consultés ; vous nous convenez
sous tous les rapports ; nous croyons que vous rendrez
notre fille heureuse. Vous n'avez plus de patrie ; vous
venez de perdre vos parents ; vos biens sont vendus ;
qui pourrait donc vous rappeler en France ? En attendant notre héritage, vous vivrez avec nous. »

De toutes les peines que j'avais endurées, celle-là
me fut la plus sensible et la plus grande. Je me jetai

---

1. La première de toutes. Archaïsme poétique, signalé par tous les dictionnaires contemporains, mais que les éditeurs de 1848 ont remplacé par :
souveraine.

aux genoux de madame Ives ; je couvris ses mains de mes baisers et de mes larmes. Elle croyait que je pleurais de bonheur, et elle se mit à sangloter de joie. Elle étendit le bras pour tirer le cordon de la sonnette ; elle appela son mari et sa fille : « Arrêtez ! » m'écriai-je ; « je suis marié ! » Elle tomba évanouie.

Je sortis, et sans rentrer dans ma chambre, je partis à pied. J'arrivai à Beccles, et je pris la poste pour Londres, après avoir écrit à madame Ives une lettre dont je regrette de n'avoir pas gardé de copie.

Le plus doux, le plus tendre et le plus reconnaissant souvenir m'est resté de cet événement. Avant ma renommée, la famille de M. Ives est la seule qui m'ait voulu du bien et qui m'ait accueilli d'une affection véritable. Pauvre, ignoré, proscrit, sans séduction, sans beauté, je trouve un avenir assuré, une patrie, une épouse charmante pour me retirer de mon délaissement, une mère presque aussi belle pour me tenir lieu de ma vieille mère, un père instruit, aimant et cultivant les lettres pour remplacer le père dont le ciel m'avait privé ; qu'apportais-je en compensation de tout cela ? Aucune illusion ne pouvait entrer dans le choix que l'on faisait de moi ; je devais croire être aimé. Depuis cette époque, je n'ai rencontré qu'un attachement assez élevé pour m'inspirer la même confiance[1]. Quant à l'intérêt dont j'ai paru être l'objet dans la suite, je n'ai jamais pu démêler si des causes extérieures, si le fracas de la renommée, la parure des partis, l'éclat des hautes positions littéraires ou politiques n'étaient pas l'enveloppe qui m'attirait des empressements.

Au reste, en épousant Charlotte Ives, mon rôle changeait sur la terre : enseveli dans un comté de la Grande-Bretagne, je serais devenu un *gentleman* chasseur : pas une seule ligne ne serait tombée de ma plume ; j'eusse même oublié ma langue, car j'écrivais en anglais, et mes idées commençaient à se former en anglais dans ma tête. Mon pays aurait-il beaucoup perdu à ma disparition ? Si je pouvais mettre à part ce qui m'a

---

1. C'est un hommage à Mme Récamier.

consolé, je dirais que je compterais déjà bien des jours
de calme, au lieu des jours de trouble échus à mon lot.
L'Empire, la Restauration, les divisions, les querelles
de la France, que m'eût fait tout cela ? Je n'aurais pas
eu chaque matin à pallier des fautes, à combattre des
erreurs. Est-il certain que j'aie un talent véritable et
que ce talent ait valu la peine du sacrifice de ma vie ?
Dépasserai-je ma tombe ? Si je vais au-delà, y aura-
t-il dans la transformation qui s'opère, dans un monde
changé et occupé de toute autre chose, y aura-t-il un
public pour m'entendre ? Ne serai-je pas un homme
d'autrefois, inintelligible aux générations nouvelles ?
Mes idées, mes sentiments, mon style même ne seront-
ils pas à la dédaigneuse postérité choses ennuyeuses et
vieillies ? Mon ombre pourra-t-elle dire comme celle
de Virgile à Dante : *Poeta fui e cantai*[1], « Je fus poète,
et je chantai » ! [...]

---

1. Dante, *Enfer*, I, 73.

LIVRE ONZIÈME

(1)

Londres, d'avril à septembre 1822.

Revu en décembre 1846.

DÉFAUT DE MON CARACTÈRE.

Mes rapports avec Deboffe n'avaient jamais été interrompus complètement pour l'*Essai sur les Révolutions*, et il m'importait de les reprendre au plus vite à Londres pour soutenir ma vie matérielle. Mais d'où m'était venu mon dernier malheur ? de mon obstination au silence. Pour comprendre ceci, il faut entrer dans mon caractère.

En aucun temps, il ne m'a été possible de surmonter cet esprit de retenue et de solitude intérieure qui m'empêche de causer de ce qui me touche. Personne ne saurait affirmer sans mentir que j'aie raconté ce que la plupart des gens racontent dans un moment de peine, de plaisir ou de vanité. Un nom, une confession de quelque gravité, ne sort point ou ne sort que rarement de ma bouche. Je n'entretiens jamais les passants de mes intérêts, de mes desseins, de mes travaux, de mes idées, de mes attachements, de mes joies, de mes chagrins, persuadé de l'ennui profond que l'on cause aux autres en leur parlant de soi. Sincère et véridique, je manque d'ouverture de cœur : mon âme tend incessamment à se fermer ; je ne dis point une chose entière

et je n'ai laissé passer ma vie complète que dans ces
Mémoires. Si j'essaie de commencer un récit, soudain
l'idée de sa longueur m'épouvante ; au bout de quatre
paroles, le son de ma voix me devient insupportable et
je me tais. Comme je ne crois à rien, excepté en religion, je me défie de tout : la malveillance et le dénigre-
ment sont les deux caractères de l'esprit français ; la
moquerie et la calomnie, le résultat certain d'une confidence.

Mais qu'ai-je gagné à ma nature réservée ? d'être
devenu, parce que j'étais impénétrable, un je ne sais
quoi de fantaisie, qui n'a aucun rapport avec ma réalité.
Mes amis même se trompent sur moi, en croyant me
faire mieux connaître et en m'embellissant des illusions de leur attachement. Toutes les médiocrités d'antichambre, de bureaux, de gazettes, de cafés, m'ont
supposé de l'ambition et je n'en ai aucune. Froid et sec
en matière usuelle [1], je n'ai rien de l'enthousiaste et du
sentimental : ma perception distincte et rapide traverse
vite le fait et l'homme, et les dépouille de toute importance. Loin de m'entraîner, d'idéaliser les vérités appli-
cables [2], mon imagination ravale les plus hauts
événements, me déjoue moi-même [3] ; le côté petit et
ridicule des objets m'apparaît tout d'abord ; de grands
génies et de grandes choses, il n'en existe guère à mes
yeux. Poli, laudatif, admiratif pour les suffisances [4] qui
se proclament intelligences supérieures, mon mépris
caché rit et place sur tous ces visages enfumés d'encens des masques de Callot [5]. En politique, la chaleur
de mes opinions n'a jamais excédé la longueur de mon
discours ou de ma brochure. Dans l'existence intérieure et théorique [6], je suis l'homme de tous les songes ; dans l'existence extérieure et pratique, l'homme
des réalités. Aventureux et ordonné, passionné et

1. Dans la vie ordinaire (anglicisme).   **2.** Pouvant recevoir une application pratique.   **3.** Me détrompe, dissipe mes illusions.   **4.** Les
vanités, les gens qui ont une haute opinion de leur personne.   **5.** Des
masques grotesques. Callot, sous le patronage duquel Hoffmann avait placé
son premier recueil de contes, représente pour les romantiques de 1830 le
type du fantastique grimaçant.   **6.** Rêveuse, contemplative.

méthodique, il n'y a jamais eu d'être à la fois plus chimérique et plus positif que moi, de plus ardent et de plus glacé ; androgyne bizarre, pétri des sangs divers de ma mère et de mon père.

Les portraits qu'on a faits de moi, hors de toute ressemblance, sont principalement dus à la réticence de mes paroles. La foule est trop légère, trop inattentive pour se donner le temps, lorsqu'elle n'est pas avertie, de voir les individus tels qu'ils sont. Quand, par hasard, j'ai essayé de redresser quelques-uns de ces faux jugements dans mes préfaces, on ne m'a pas cru. En dernier résultat, tout m'étant égal, je n'insistais pas ; un *comme vous voudrez* m'a toujours débarrassé de l'ennui de persuader personne ou de chercher à établir une vérité. Je rentre dans mon for intérieur, comme un lièvre dans son gîte : là je me remets à contempler la feuille qui remue ou le brin d'herbe qui s'incline.

Je ne me fais pas une vertu de ma circonspection invincible autant qu'involontaire : si elle n'est pas une fausseté, elle en a l'apparence ; elle n'est pas en harmonie avec des natures plus heureuses, plus aimables, plus faciles, plus naïves, plus abondantes, plus communicatives que la mienne. Souvent, elle m'a nui dans les sentiments et dans les affaires, parce que je n'ai jamais pu souffrir les explications, les raccommodements par protestation et éclaircissement, lamentation et pleurs, verbiage et reproches, détails et apologie.

Au cas de la famille Ives, ce silence obstiné de moi sur moi-même me fut extrêmement fatal. Vingt fois la mère de Charlotte s'était enquise de mes parents et m'avait mis sur la voie des révélations. Ne prévoyant pas où mon mutisme me mènerait, je me contentai, comme d'usage, de répondre quelques mots vagues et brefs. Si je n'eusse été atteint de cet odieux travers d'esprit, toute méprise devenant impossible, je n'aurais pas eu l'air d'avoir voulu tromper la plus généreuse hospitalité ; la vérité, dite par moi au moment décisif, ne m'excusait pas : un mal réel n'en avait pas moins été fait.

Je repris mon travail au milieu de mes chagrins et

des justes reproches que je me faisais. Je m'accommodais même de ce travail, car il m'était venu en pensée qu'en acquérant du renom, je rendrais la famille Ives moins repentante de l'intérêt qu'elle m'avait témoigné. Charlotte, que je cherchais ainsi à me réconcilier par la gloire, présidait à mes études. Son image était assise devant moi tandis que j'écrivais. Quand je levais les yeux de dessus mon papier, je les portais sur l'image adorée, comme si le modèle eût été là en effet. Les habitants de l'île de Ceylan virent un matin l'astre du jour se lever dans une pompe extraordinaire, son globe s'ouvrit, et il en sortit une brillante créature qui dit aux Ceylanais : « Je viens régner sur vous. » Charlotte, éclose d'un rayon de lumière, régnait sur moi.

Abandonnons-les, ces souvenirs ; les souvenirs vieillissent et s'effacent comme les espérances. Ma vie va changer, elle va couler sous d'autres cieux, dans d'autres vallées. Premier amour de ma jeunesse, vous fuyez avec vos charmes ! Je viens de revoir Charlotte, il est vrai[1], mais après combien d'années l'ai-je revue ? Douce lueur du passé, rose pâle du crépuscule qui borde la nuit, quand le soleil depuis longtemps est couché !

(3)

[...] UN PAYSAN VENDÉEN.

M. du Theil, chargé des affaires de M. le comte d'Artois à Londres, s'était hâté de chercher Fontanes[2] :

---

1. À la fin du livre X, Chateaubriand a raconté son entrevue avec Charlotte, devenue lady Sutton, en 1822 à Londres.   2. Poète néo-classique et journaliste de tendance modérée, Fontanes (1757-1821) avait survécu à la Terreur, mais été obligé de quitter la France après le 18 Fructidor (septembre 1797). C'est à Londres, quelques mois plus tard, qu'il nouera avec Chateaubriand une solide amitié qui sera très utile à ce dernier lors de ses débuts littéraires à Paris sous le Consulat.

celui-ci me pria de le conduire chez l'agent des Princes. Nous le trouvâmes environné de tous ces défenseurs du trône et de l'autel qui battaient les pavés de Piccadily, d'une foule d'espions et de chevaliers d'industrie échappés de Paris sous divers noms et divers déguisements, et d'une nuée d'aventuriers belges, allemands, irlandais, vendeurs de contre-révolution. Dans un coin de cette foule était un homme de trente à trente-deux ans qu'on ne regardait point, et qui ne faisait lui-même attention qu'à une gravure de la mort du général Wolf[1]. Frappé de son air, je m'enquis de sa personne : un de mes voisins me répondit : « Ce n'est rien ; c'est un paysan vendéen, porteur d'une lettre de ses chefs. »

Cet homme, *qui n'était rien*, avait vu mourir Cathelineau, premier général de la Vendée et paysan comme lui ; Bonchamp, en qui revivait Bayard ; Lescure, armé d'un cilice non à l'épreuve de la balle ; d'Elbée, fusillé dans un fauteuil, ses blessures ne lui permettant pas d'embrasser la mort debout ; La Rochejaquelein[2], dont les patriotes ordonnèrent de *vérifier* le cadavre, afin de rassurer la Convention au milieu de ses victoires. Cet homme, *qui n'était rien*, avait assisté à deux cents prises et reprises de villes, villages et redoutes, à sept cents actions particulières et à dix-sept batailles rangées ; il avait combattu trois cent mille hommes de troupes réglées, six à sept cent mille réquisitionnaires et gardes nationaux ; il avait aidé à enlever cent pièces de canon et cinquante mille fusils ; il avait traversé les *colonnes infernales*, compagnies d'incendiaires commandées par des conventionnels ; il s'était trouvé au milieu de l'océan de feu, qui, à trois reprises, roula ses vagues sur les bois de la Vendée ; enfin, il avait vu périr trois cent mille Hercules de charrue, compagnons

---

1. Le tableau de Benjamin West (1771), popularisé par la gravure, avait immortalisé la mort héroïque de James *Wolfe* (1727-1759) sous les murs de Québec, le jour de sa victoire sur Montcalm. 2. Chateaubriand énumère ici les plus notables chefs de la résistance vendéenne, qui avaient tous affronté la mort avec courage.

de ses travaux, et se changer en un désert de cendres cent lieues carrées d'un pays fertile.

Les deux Frances se rencontrèrent sur ce sol nivelé par elles. Tout ce qui restait de sang et de souvenir dans la France des Croisades, lutta contre ce qu'il y avait de nouveau sang et d'espérances dans la France de la Révolution. Le vainqueur sentit la grandeur du vaincu. Thureau, général des républicains, déclarait que « les Vendéens seraient placés dans l'histoire au premier rang des peuples soldats ». Un autre général écrivait à Merlin de Thionville : « Des troupes qui ont battu de tels Français peuvent bien se flatter de battre tous les autres peuples. » Les légions de Probus [1], dans leur chanson, en disaient autant de nos pères. Bonaparte appela les combats de la Vendée « des combats de géants » [2].

Dans la cohue du parloir, j'étais le seul à considérer avec admiration et respect le représentant de ces anciens *Jacques* [3], qui, tout en brisant le joug de leurs seigneurs, repoussaient, sous Charles V, l'invasion étrangère : il me semblait voir un enfant de ces communes du temps de Charles VII, lesquelles, avec la petite noblesse de province, reconquirent pied à pied, de sillon en sillon, le sol de la France. Il avait l'air indifférent du sauvage ; son regard était grisâtre et inflexible comme une verge de fer ; sa lèvre inférieure tremblait sur ses dents serrées ; ses cheveux descendaient de sa tête en serpents engourdis, mais prêts à se redresser ; ses bras, pendant à ses côtés, donnaient une secousse nerveuse à d'énormes poignets tailladés de coups de sabre ; on l'aurait pris pour un scieur de long. Sa physionomie exprimait une nature populaire rus-

---

1. Empereur romain du IIIe siècle. Le « Chant de Probus » est placé dans la bouche des légions au livre VI des *Martyrs* : « Quand nous aurons vaincu mille guerriers Francs, combien ne vaincrons-nous pas de millions de Perses ! »   **2.** Voir le *Mémorial de Sainte-Hélène*, sous la date du 8 novembre 1816.   **3.** C'était le nom donné par dérision, au Moyen Âge, à certains paysans, et dont on a tiré « jacquerie ». Augustin Thierry a publié en 1820 une « Histoire véritable de Jacques Bonhomme », qui retrace sur le mode allégorique, la progressive émergence du peuple des campagnes comme force politique, au cours des siècles.

tique, mise, par la puissance des mœurs, au service
d'intérêts et d'idées contraires à cette nature ; la fidélité
native du vassal, la simple foi du chrétien, s'y mêlaient
à la rude indépendance plébéienne accoutumée à s'estimer et à se faire justice. Le sentiment de sa liberté
paraissait n'être en lui que la conscience de la force de
sa main et de l'intrépidité de son cœur. Il ne parlait pas
plus qu'un lion ; il se grattait comme un lion, bâillait
comme un lion, se mettait sur le flanc comme un lion
ennuyé, et rêvait apparemment de sang et de forêts.

Quels hommes dans tous les partis que les Français
d'alors, et quelle race aujourd'hui nous sommes ! Mais
les républicains avaient leur principe en eux, au milieu
d'eux, tandis que le principe des royalistes était hors
de France. Les Vendéens députaient vers les exilés ; les
géants envoyaient demander des chefs aux pygmées.
L'agreste messager que je contemplais avait saisi la
Révolution à la gorge, il avait crié : « Entrez ; passez
derrière moi ; elle ne vous fera aucun mal ; elle ne bou-
gera pas ; je la tiens. » Personne ne voulut passer :
alors Jacques Bonhomme relâcha la Révolution, et
Charette brisa son épée [1].

---

1. Il signa le 17 février 1795 une trève avec la Convention. Dans ce
célèbre « portrait », publié pour la première fois en 1836 dans son *Essai
sur la littérature anglaise*, Chateaubriand stigmatise la lâcheté des Princes
et de la haute émigration : dans cette guerre, ils se refusèrent à prendre
aucun risque, et laissèrent leurs partisans se faire tuer pour rien.

LIVRE DOUZIÈME

(1)

Le livre XI se termine par un adieu nostalgique à la douceur des liens de famille, désormais rompus, qui aurait pu servir de conclusion à cette première partie des Mémoires. *Chateaubriand la prolonge néanmoins par un douzième livre dans lequel il trace le bilan de son séjour en Angleterre, passe en revue la littérature de ce pays jusqu'à Byron et, à propos de Shakespeare, nous offre une admirable méditation sur la grandeur du génie :*

[...] Shakespeare est au nombre des cinq ou six écrivains qui ont suffi aux besoins et à l'aliment de la pensée ; ces génies-mères semblent avoir enfanté et allaité tous les autres. Homère a fécondé l'antiquité : Eschyle, Sophocle, Euripide, Aristophane, Horace, Virgile sont ses fils. Dante a engendré l'Italie moderne, depuis Pétrarque jusqu'au Tasse. Rabelais a créé les lettres françaises ; Montaigne, La Fontaine, Molière viennent de sa descendance. L'Angleterre est toute Shakespeare, et, jusque dans ces derniers temps, il a prêté sa langue à Byron, son dialogue à Walter Scott.

On renie souvent ces maîtres suprêmes ; on se révolte contre eux ; on compte leurs défauts ; on les accuse d'ennui, de longueur, de bizarrerie, de mauvais goût, en les volant et en se parant de leurs dépouilles ; mais on se débat en vain sous leur joug. Tout se teint de leurs couleurs ; partout s'impriment leurs traces ;

ils inventent des mots et des noms qui vont grossir le vocabulaire général des peuples ; leurs expressions deviennent proverbes, leurs personnages fictifs se changent en personnages réels, lesquels ont hoirs et lignée. Ils ouvrent des horizons d'où jaillissent des faisceaux de lumière ; ils sèment des idées, germes de mille autres ; ils fournissent des imaginations, des sujets, des styles à tous les arts : leurs œuvres sont les mines ou les entrailles de l'esprit humain.

De tels génies occupent le premier rang ; leur immensité, leur variété, leur fécondité, leur originalité, les font reconnaître tout d'abord pour lois, exemplaires, moules, types des diverses intelligences, comme il y a quatre ou cinq races d'hommes sorties d'une seule souche, dont les autres ne sont que des rameaux. Donnons-nous garde d'insulter aux désordres dans lesquels tombent quelquefois ces êtres puissants ; n'imitons pas Cham le maudit ; ne rions pas si nous rencontrons, nu et endormi, à l'ombre de l'arche échouée sur les montagnes d'Arménie, l'unique et solitaire nautonier de l'abîme. Respectons ce navigateur diluvien qui recommença la création après l'épuisement des cataractes du ciel : pieux enfants, bénis de notre père, couvrons-le pudiquement de notre manteau.

Après quoi le mémorialiste explique sa décision de revenir en France, au mois de mai 1800.

LIVRE TREIZIÈME

(1)

Dieppe 1836.

Revu en décembre 1846.

SÉJOUR À DIEPPE. — DEUX SOCIÉTÉS.

Vous savez que j'ai maintes fois changé de lieu en écrivant ces *Mémoires* ; que j'ai souvent peint ces lieux, parlé des sentiments qu'ils m'inspiraient et retracé mes souvenirs, mêlant ainsi l'histoire de mes pensers et de mes foyers errants à l'histoire de ma vie.

Vous voyez où j'habite maintenant[1]. En me promenant ce matin sur les falaises, derrière le château de Dieppe, j'ai aperçu la poterne qui communique à ces falaises au moyen d'un pont jeté sur un fossé : madame de Longueville[2] avait échappé par là à la reine Anne d'Autriche...

[...] Descendu de la falaise, je me suis trouvé sur le grand chemin de Paris ; il monte rapidement au sortir de Dieppe. À droite, sur la ligne ascendante d'une berge, s'élève le mur d'un cimetière ; le long de ce mur est établi un rouet de corderie. Deux cordiers, marchant parallèlement à reculons et se balançant d'une jambe sur l'autre,

---

1. Malgré la date inscrite en tête de ce livre, c'est en 1835, du 7 au 25 juillet, que Chateaubriand fit à Dieppe, en compagnie de madame Récamier, un dernier séjour qui lui laissa un souvenir enchanteur et au cours duquel il aborda le « corps central » de ses *Mémoires*. **2.** Allusion à un passage des *Mémoires* de Mme de Motteville concernant la Fronde. La duchesse de Longueville était la sœur du prince de Condé.

chantaient ensemble à demi-voix. J'ai prêté l'oreille ; ils en étaient à ce couplet du *Vieux caporal*[1] : beau mensonge poétique, qui nous a conduits où nous sommes :

> *Qui là-bas sanglote et regarde ?*
> *Eh ! c'est la veuve du tambour, etc., etc.*

Ces hommes prononçaient le refrain : *Conscrits au pas ; ne pleurez pas... Marchez au pas, au pas*, d'un ton si mâle et si pathétique que les larmes me sont venues aux yeux. En marquant eux-mêmes le pas et en dévidant leur chanvre, ils avaient l'air de filer le dernier moment du vieux caporal : je ne saurais dire ce qu'il y avait dans cette gloire particulière à Béranger, solitairement révélée par deux matelots qui chantaient à la vue de la mer la mort d'un soldat.

La falaise m'a rappelé une grandeur monarchique, le chemin une célébrité plébéienne : j'ai comparé en pensée les hommes aux deux extrémités de la société ; je me suis demandé à laquelle de ces époques j'aurais préféré appartenir. Quand le présent aura disparu comme le passé, laquelle de ces deux renommées attirera le plus les regards de la postérité ?

Et néanmoins, si les faits étaient tout, si la valeur des noms ne contrepesait dans l'histoire la valeur des événements, quelle différence entre mon temps et le temps qui s'écoula depuis la mort de Henri IV jusqu'à celle de Mazarin ! Qu'est-ce que les troubles de 1648 comparés à cette Révolution, laquelle a dévoré l'ancien monde, dont elle mourra peut-être, en ne laissant après elle ni vieille, ni nouvelle société ? N'avais-je pas à peindre dans mes Mémoires des tableaux d'une importance incomparablement au-dessus des scènes racontées par le duc de la Rochefoucauld ? À Dieppe même, qu'est-ce que la nonchalante et voluptueuse idole de

---

1. Cette chanson de Pierre-Jean Béranger (1780-1857) date de 1829 et fut un de ses plus gros succès. Le chansonnier bonapartiste y évoque un ancien caporal de la Grande Armée condamné à être fusillé pour rébellion contre un nouveau gradé et qui se souvient, avant de mourir, de « ces guerres / Où nous bousculions tous les rois ».

Paris séduit et rebelle, auprès de madame la duchesse de Berry ? Les coups de canon qui annonçaient à la mer la présence de la veuve royale [1], n'éclatent plus ; la flatterie de poudre et de fumée n'a laissé sur le rivage que le gémissement des flots.

Les deux filles de Bourbon, Anne-Geneviève et Marie-Caroline [2], se sont retirées ; les deux matelots de la chanson du poëte plébéien s'abîmeront ; Dieppe est vide de moi-même ; c'était un autre *moi*, un *moi* de mes premiers jours finis, qui jadis habita ces lieux, et ce *moi* a succombé, car nos jours meurent avant nous. Ici vous m'avez vu sous-lieutenant au régiment de Navarre, exercer des recrues sur les galets ; vous m'y avez revu exilé sous Bonaparte ; vous m'y rencontrerez de nouveau lorsque les journées de Juillet m'y surprendront. M'y voici encore ; j'y reprends la plume pour continuer mes Confessions.

Afin de nous reconnaître, il est utile de jeter un coup-d'œil sur l'état de mes Mémoires.

(2)

OÙ EN SONT MES *MÉMOIRES*.

Il m'est arrivé ce qui arrive à tout entrepreneur qui travaille sur une grande échelle : j'ai, en premier lieu, élevé les pavillons des extrémités, puis, déplaçant et replaçant çà et là mes échafauds, j'ai monté la pierre et le ciment des constructions intermédiaires ; on employait plusieurs siècles à l'achèvement des cathédrales gothiques.

---

1. Devenue veuve en 1820 après le brutal assassinat de son mari par Louvel, la duchesse de Berry était la mère du duc de Bordeaux que Chateaubriand considérait depuis 1830 comme le légitime héritier du trône de France. À la fin de la Restauration, elle avait à plusieurs reprises séjourné à Dieppe qu'elle avait contribué à lancer comme station balnéaire. 2. La duchesse de la Fronde, issue des Condés ; et la belle-fille de Charles X, de la famille royale de Naples (Bourbons-Sicile).

[...] Il faut compter trente-six ans entre les choses qui commencent mes Mémoires et celles qui m'occupent. Comment renouer avec quelque ardeur la narration d'un sujet rempli jadis pour moi de passion et de feu, quand ce ne sont plus des vivants avec qui je vais m'entretenir, quand il s'agit de réveiller des effigies glacées au fond de l'Éternité, de descendre dans un caveau funèbre pour y jouer à la vie ? Ne suis-je pas moi-même quasi-mort ? Mes opinions ne sont-elles pas changées ? Vois-je les objets du même point de vue ? Ces événements personnels dont j'étais si troublé, les événements généraux et prodigieux qui les ont accompagnés ou suivis, n'en ont-ils pas diminué l'importance aux yeux du monde, ainsi qu'à mes propres yeux ? Quiconque prolonge sa carrière sent se refroidir ses heures ; il ne retrouve plus le lendemain l'intérêt qu'il portait à la veille. Lorsque je fouille dans mes pensées, il y a des noms, et jusqu'à des personnages, qui échappent à ma mémoire, et cependant ils avaient peut-être fait palpiter mon cœur : vanité de l'homme oubliant et oublié ! Il ne suffit pas de dire aux songes, aux amours : « Renaissez ! » pour qu'ils renaissent ; on ne se peut ouvrir la région des ombres qu'avec le rameau d'or[1], et il faut une jeune main pour le cueillir.

(3)

Dieppe, 1836.

ANNÉE 1800. — VUE DE LA FRANCE. — J'ARRIVE À PARIS.

[...] À mesure que le *packet-boat* de Douvres approchait de Calais, au printemps de 1800, mes regards me

---

1. Le rameau magique que, sur le conseil de la sibylle de Cumes, Énée doit cueillir pour pouvoir descendre consulter son père au séjour des morts (*Énéide*, VI).

devançaient au rivage. J'étais frappé de l'air pauvre du pays : à peine quelques mâts se montraient dans le port ; une population en carmagnole et en bonnet de coton s'avançait au-devant de nous le long de la jetée : les vainqueurs du continent me furent annoncés par un bruit de sabots. Quand nous accostâmes le môle, les gendarmes et les douaniers sautèrent sur le pont, visitèrent nos bagages et nos passeports : en France, un homme est toujours suspect, et la première chose que l'on aperçoit dans nos affaires, comme dans nos plaisirs, est un chapeau à trois cornes ou une baïonnette.

[...] Sur la route, on n'apercevait presque point d'hommes ; des femmes noircies et hâlées, les pieds nus, la tête découverte ou entourée d'un mouchoir, labouraient les champs : on les eût prises pour des esclaves. J'aurais dû plutôt être frappé de l'indépendance et de la virilité de cette terre où les femmes maniaient le hoyau [1], tandis que les hommes maniaient le mousquet. On eût dit que le feu avait passé dans les villages ; ils étaient misérables et à moitié démolis : partout de la boue ou de la poussière, du fumier et des décombres.

À droite et à gauche du chemin, se montraient des châteaux abattus ; de leurs futaies rasées, il ne restait que quelques troncs équarris, sur lesquels jouaient des enfants. On voyait des murs d'enclos ébréchés, des églises abandonnées, dont les morts avaient été chassés, des clochers sans cloches, des cimetières sans croix, des saints sans tête et lapidés dans leurs niches. Sur les murailles étaient barbouillées ces inscriptions républicaines déjà vieillies : Liberté, Égalité, Fraternité ou la Mort. Quelquefois on avait essayé d'effacer le mot Mort, mais les lettres noires ou rouges reparaissaient sous une couche de chaux. Cette nation, qui semblait au moment de se dissoudre, recommençait un monde, comme ces peuples sortant de la nuit de la barbarie et de la destruction du moyen âge.

---

1. Sorte de houe, à lame aplatie en biseau et recourbée, servant à défoncer la terre et à tracer de petits labours.

[...] C'était un dimanche[1] : vers trois heures de l'après-midi, nous entrâmes à pied dans Paris par la barrière de l'Étoile. Nous n'avons pas une idée aujourd'hui de l'impression que les excès de la Révolution avaient faite sur les esprits en Europe, et principalement parmi les hommes absents de la France pendant la Terreur ; il me semblait, à la lettre, que j'allais descendre aux enfers. J'avais été témoin, il est vrai, des commencements de la Révolution ; mais les grands crimes n'étaient pas alors accomplis, et j'étais resté sous le joug des faits subséquents[2], tels qu'on les racontait au milieu de la société paisible et régulière de l'Angleterre.

M'avançant sous mon faux nom, et persuadé que je compromettais mon ami Fontanes, j'ouïs, à mon grand étonnement, en entrant dans les Champs-Élysées, des sons de violon, de cor, de clarinette et de tambour. J'aperçus des *bastringues* où dansaient des hommes et des femmes ; plus loin, le palais des Tuileries m'apparut dans l'enfoncement de ses deux grands massifs de marronniers. Quant à la place Louis XV[3], elle était nue ; elle avait le délabrement, l'air mélancolique et abandonné d'un vieil amphithéâtre ; on y passait vite ; j'étais tout surpris de ne pas entendre des plaintes ; je craignais de mettre le pied dans un sang dont il ne restait aucune trace ; mes yeux ne se pouvaient détacher de l'endroit du ciel où s'était élevé l'instrument de mort ; je croyais voir en chemise, liés auprès de la machine sanglante, mon frère et ma belle-sœur : là était tombée la tête de Louis XVI. Malgré les joies de la rue, les tours des églises étaient muettes ; il me semblait être rentré le jour de l'immense douleur, le jour du Vendredi-Saint[4].

M. de Fontanes demeurait dans la rue Saint-Honoré, aux environs de Saint-Roch. Il me mena chez lui, me présenta à sa femme, et me conduisit ensuite chez son

---

1. Sans doute le 11 mai 1800. **2.** Survenus ensuite. **3.** Aujourd'hui place de la Concorde. **4.** Jour anniversaire de la mort du Christ.

ami, M. Joubert[1], où je trouvai un abri provisoire : je fus reçu comme un voyageur dont on avait entendu parler.

Le lendemain, j'allai à la police, sous le nom de Lassagne, déposer mon passeport étranger et recevoir en échange, pour rester à Paris, une permission qui fut renouvelée de mois en mois. Au bout de quelques jours, je louai un entresol rue de Lille, du côté de la rue des Saints-Pères.

J'avais apporté le *Génie du Christianisme* et les premières feuilles de cet ouvrage, imprimées à Londres. On m'adressa à M. Migneret, digne homme, qui consentit à se charger de recommencer l'impression interrompue et à me donner d'avance quelque chose pour vivre. Pas une âme ne connaissait mon *Essai sur les Révolutions*, malgré ce que m'en avait mandé M. Lemière. Je déterrai le vieux philosophe Delisle de Sales[2], qui venait de publier son *Mémoire en faveur de Dieu*, et je me rendis chez Ginguené[3]. Celui-ci était logé rue de Grenelle-Saint-Germain, près de l'hôtel du Bon La Fontaine. On lisait encore sur la loge de son concierge : « *Ici on s'honore du titre de citoyen, et on se tutoie. Ferme la porte, s'il vous plaît.* » Je montai : M. Ginguené, qui me reconnut à peine, me parla du haut de la grandeur de tout ce qu'il était et avait été.

---

1. Arnaud Joubert (1768-1854), frère cadet du philosophe Joseph Joubert (1754-1824) alors absent de Paris. Ce dernier, ami de longue date de Fontanes, deviendra lui aussi un intime de Chateaubriand.   **2.** Chateaubriand avait rencontré à Paris, avant la Révolution, ce Delisle de Sales (1741-1816) qu'il évoque au chapitre 11 du livre IV (édition Berchet, Classiques Garnier, t. I, p. 273). Ce polygraphe intarissable avait publié son *Mémoire en faveur de Dieu* en 1802.   **3.** On peut lire, au chapitre 12 du livre IV (édition Berchet, t. I, p. 276-277), un portrait sévère de Pierre-Louis Ginguené (1748-1816), poète et musicologue, ancien élève du collège de Rennes. Il avait poursuivi une carrière rapide après la réaction thermidorienne. Directeur de l'Instruction publique de 1795 à 1797, puis ambassadeur à Turin, il siégeait alors au Tribunal, avec nombre de ses amis « idéologues ». Il faisait aussi partie de la rédaction de *La Décade*, organe du parti philosophique. Il y publia en 1801 un article sévère sur *Atala*, et récidiva en 1802 avec un éreintement du *Génie du christianisme* que Chateaubriand ne semble pas lui avoir pardonné. Il consacra les dernières années de sa vie à une monumentale *Histoire littéraire de l'Italie* (1811-1819).

Je me retirai humblement, et n'essayai pas de renouer des liaisons si disproportionnées.

Je nourrissais toujours au fond du cœur les regrets et les souvenirs de l'Angleterre ; j'avais vécu si long-temps dans ce pays que j'en avais pris les habitudes : je ne pouvais me faire à la saleté de nos maisons, de nos escaliers, de nos tables, à notre malpropreté, à notre bruit, à notre familiarité, à l'indiscrétion de notre bavardage : j'étais Anglais de manières, de goût et, jusqu'à un certain point, de pensées ; car si, comme on le prétend, lord Byron s'est inspiré quelquefois de *René* dans son *Childe-Harold*, il est vrai de dire aussi que huit années de résidence dans la Grande-Bretagne, pré-cédées d'un voyage en Amérique, qu'une longue habi-tude de parler, d'écrire et même de penser en anglais, avaient nécessairement influé sur le tour et l'expression de mes idées. Mais peu à peu je goûtai la sociabilité qui nous distingue, ce commerce charmant, facile et rapide des intelligences, cette absence de toute morgue et de tout préjugé, cette inattention à la fortune et aux noms, ce nivellement naturel de tous les rangs, cette égalité des esprits qui rend la société française incom-parable et qui rachète nos défauts : après quelques mois d'établissement au milieu de nous, on sent qu'on ne peut plus vivre qu'à Paris.

(4)

Paris, 1837.

ANNÉE 1800. — MA VIE À PARIS.

Je m'enfermai au fond de mon entresol, et je me livrai tout entier au travail. Dans les intervalles de repos, j'allais faire de divers côtés des reconnaissances.

Au milieu du Palais-Royal, le Cirque[1] avait été comblé ; Camille Desmoulins ne pérorait plus en plein vent ; on ne voyait plus circuler des troupes de prostituées, compagnes virginales de la déesse Raison, et marchant sous la conduite de David, costumier et corybante. Au débouché de chaque allée, dans les galeries, on rencontrait des hommes qui criaient des curiosités, *ombres chinoises, vues d'optique, cabinets de physique, bêtes étranges*[2] ; malgré tant de têtes coupées, il restait encore des oisifs. Du fond des caves du Palais-Marchand sortaient des éclats de musique, accompagnés du bourdon des grosses caisses : c'était peut-être là qu'habitaient ces géants que je cherchais et que devaient avoir nécessairement produits des événements immenses. Je descendais ; un bal souterrain s'agitait au milieu de spectateurs assis et buvant de la bière. Un petit bossu, planté sur une table, jouait du violon et chantait un hymne à Bonaparte [...].

On lui donnait un sou après la ritournelle. Tel est le fond de cette société humaine qui porta Alexandre et qui portait Napoléon.

Je visitais les lieux où j'avais promené les rêveries de mes premières années. Dans mes couvents d'autrefois, les clubistes avaient été chassés après les moines. En errant derrière le Luxembourg, je fus conduit à la Chartreuse[3] ; on achevait de la démolir.

La place des Victoires et celle de Vendôme pleuraient les effigies absentes du grand Roi ; la communauté des Capucines était saccagée : le cloître intérieur

---

1. Immense bâtiment à usages multiples élevé à la veille de la Révolution dans le jardin du Palais-Royal : il abrita des boutiques, des salles de conférence, des spectacles, avant de disparaître à la fin de la décennie.   **2.** On trouvait alors dans les galeries du Palais-Royal le *Cabinet des figures de cire* de Curtius, le *Cabinet de physique et de mécanique* de Pelletier, le *Théâtre de Séraphin* (marionnettes et ombres chinoises), etc.   **3.** La Chartreuse de Paris, qui occupait un vaste terrain sur la bordure méridionale du Luxembourg, avait inspiré à Fontanes un long poème que Chateaubriand cite dans le *Génie du christianisme* (III, 5, 2).

servait de retraite à la fantasmagorie de Robertson[1].
Aux Cordeliers, je demandai en vain la nef gothique
où j'avais aperçu Marat et Danton dans leur primeur.
Sur le quai des Théatins[2], l'église de ces religieux était
devenue un café et une salle de danseurs de corde. À
la porte, une enluminure représentait des funambules,
et on lisait en grosses lettres : *Spectacle gratis.* Je
m'enfonçai avec la foule dans cet antre perfide : je ne
fus pas plus tôt assis à ma place, que des garçons entrèrent serviette à la main et criant comme des enragés :
« Consommez, messieurs ! consommez ! » Je ne me le
fis pas dire deux fois, et je m'évadai piteusement aux
cris moqueurs de l'assemblée, parce que je n'avais pas
de quoi *consommer.*

(5)

CHANGEMENT DE LA SOCIÉTÉ.

La Révolution s'est divisée en trois parties qui n'ont
rien de commun entre elles : la République, l'Empire
et la Restauration ; ces trois mondes divers, tous trois
aussi complètement finis les uns que les autres, semblent séparés par des siècles. Chacun de ces trois
mondes a eu un principe fixe : le principe de la République était l'égalité, celui de l'Empire la force, celui
de la Restauration la liberté. L'époque républicaine est
la plus originale et la plus profondément gravée, parce
qu'elle a été unique dans l'histoire : jamais on n'avait
vu, jamais on ne reverra l'ordre physique produit par
le désordre moral, l'unité sortie du gouvernement de la
multitude, l'échafaud substitué à la loi et obéi au nom
de l'humanité.

---

1. Le « physicien » belge Gaspard Robertson (1762-1837) avait mis au
point un système perfectionné de lanterne magique, installé dans le couvent
des Capucines (au nord de la place Vendôme).   2. Devenu en 1791 le
quai Voltaire. Chateaubriand lui restitue son ancien nom.

J'assistai, en 1801, à la seconde transformation sociale. Le pêle-mêle était bizarre : par un travestissement convenu, une foule de gens devenaient des personnages qu'ils n'étaient pas : chacun portait son nom de guerre ou d'emprunt suspendu à son cou, comme les Vénitiens, au carnaval, portent à la main un petit masque pour avertir qu'ils sont masqués. L'un était réputé italien ou espagnol, l'autre prussien ou hollandais : j'étais suisse. La mère passait pour être la tante de son fils, le père pour l'oncle de sa fille ; le propriétaire d'une terre n'en était que le régisseur. Ce mouvement me rappelait, dans un sens contraire, le mouvement de 1789, lorsque les moines et les religieux sortirent de leur cloître et que l'ancienne société fut envahie par la nouvelle : celle-ci, après avoir remplacé celle-là, était remplacée à son tour.

Cependant le monde ordonné commençait à renaître ; on quittait les cafés et la rue pour rentrer dans sa maison ; on recueillait les restes de sa famille ; on recomposait son héritage en en rassemblant les débris, comme, après une bataille, on bat le rappel et on fait le compte de ce que l'on a perdu. Ce qui demeurait d'églises entières se rouvrait : j'eus le bonheur de sonner la trompette à la porte du temple [1]. On distinguait les vieilles générations républicaines qui se retiraient, des générations impériales qui s'avançaient. Des généraux de la réquisition [2], pauvres, au langage rude, à la mine sévère, et qui, de toutes leurs campagnes, n'avaient remporté que des blessures et des habits en lambeaux, croisaient les officiers brillants de dorure de l'armée consulaire. L'émigré rentré causait tranquillement avec les assassins de quelques-uns de ses proches. Tous les portiers, grands partisans de feu M. de Robespierre, regrettaient les spectacles de la place Louis XV, où l'on coupait la tête à *des femmes qui*, me disait mon propre concierge de la rue de Lille, *avaient le cou blanc comme de la chair de poulet.*

---

1. Allusion à la publication du *Génie du christianisme* en 1802.
2. Celle des jeunes célibataires, de 18 à 25 ans, que la Convention avait décrétée le 23 août 1793.

Les septembriseurs[1], ayant changé de nom et de quartier, s'étaient faits marchands de pommes cuites au coin des bornes ; mais ils étaient souvent obligés de déguerpir, parce que le peuple, qui les reconnaissait, renversait leur échoppe et les voulait assommer. Les révolutionnaires enrichis commençaient à s'emménager dans les grands hôtels vendus du faubourg Saint-Germain. En train de devenir barons et comtes, les jacobins ne parlaient que des horreurs de 1793, de la nécessité de châtier les prolétaires et de réprimer les excès de la populace. Bonaparte, plaçant les Brutus et les Scævola à sa police, se préparait à les barioler de rubans, à les salir de titres, à les forcer de trahir leurs opinions et de déshonorer leurs crimes. Entre tout cela poussait une génération vigoureuse semée dans le sang, et s'élevant pour ne plus répandre que celui de l'étranger : de jour en jour s'accomplissait la métamorphose des républicains en impérialistes et de la tyrannie de tous dans le despotisme d'un seul.

(6)

Paris, 1837.

Revu en décembre 1846.

ANNÉE DE MA VIE, 1801. [...] — *ATALA*.

[...] C'est de la publication d'*Atala*[2] que date le bruit que j'ai fait dans ce monde : je cessai de vivre de moi-même et ma carrière publique commença. Après tant de succès militaires, un succès littéraire paraissait un prodige ; on en était affamé. L'étrangeté de l'ouvrage

---

1. C'est le nom qu'on a donné à ceux qui, du 2 au 6 septembre 1792, massacrèrent dans les prisons parisiennes une foule de victimes innocentes. Le terme avait pris en 1801 une connotation nettement injurieuse. **2.** Le 2 avril 1801.

ajoutait à la surprise de la foule. *Atala* tombant au milieu de la littérature de l'Empire, de cette école classique, vieille rajeunie dont la seule vue inspirait l'ennui, était une sorte de production d'un genre inconnu. On ne savait si l'on devait la classer parmi les *monstruosités* ou parmi les *beautés* ; était-elle Gorgone ou Vénus ? Les Académiciens assemblés dissertèrent doctement sur son sexe et sur sa nature, de même qu'ils firent des rapports sur le *Génie du Christianisme*. Le vieux siècle la repoussa, le nouveau l'accueillit.

Atala devint si populaire qu'elle alla grossir, avec la Brinvilliers, la collection de *Curtius*[1]. Les auberges de rouliers[2] étaient ornées de gravures rouges, vertes et bleues, représentant Chactas, le père Aubry et la fille de Simaghan. Dans des boîtes de bois, sur les quais, on montrait mes personnages en cire, comme on montre des images de Vierge et de Saints à la foire. Je vis sur un théâtre du boulevard ma sauvagesse coiffée de plumes de coq, qui parlait de l'*âme de la solitude* à un sauvage de son espèce, de manière à me faire suer de confusion. On représentait aux Variétés une pièce dans laquelle une jeune fille et un jeune garçon, sortant de leur pension, s'en allaient par le coche se marier dans leur petite ville ; comme en débarquant ils ne parlaient, d'un air égaré, que crocodiles, cigognes et forêts, leurs parents croyaient qu'ils étaient devenus fous. Parodies, caricatures, moqueries m'accablaient. [...]

Tout ce train[3] servait à augmenter le fracas de mon apparition. Je devins à la mode. La tête me tourna : j'ignorais les jouissances de l'amour-propre, et j'en fus enivré. J'aimai la gloire comme une femme, comme un premier amour. Cependant, poltron que j'étais, mon effroi égalait ma passion : conscrit, j'allais mal au feu. Ma sauvagerie naturelle, le doute que j'ai toujours eu de mon talent, me rendaient humble au milieu de mes triomphes. Je me dérobais à mon éclat ; je me prome-

---

1. Voir la n. 2, p. 200. 2. Conducteurs de voitures affectées au transport des marchandises. Ils ont été remplacés par les *routiers*. 3. Toute cette agitation, ce tapage.

nais à l'écart, cherchant à éteindre l'auréole dont ma tête était couronnée. Le soir, mon chapeau rabattu sur mes yeux, de peur qu'on ne reconnût le grand homme, j'allais à l'estaminet lire à la dérobée mon éloge dans quelque petit journal inconnu. Tête à tête avec ma renommée, j'étendais mes courses jusqu'à la pompe à feu de Chaillot, sur ce même chemin où j'avais tant souffert en allant à la Cour ; je n'étais pas plus à mon aise avec mes nouveaux honneurs. Quand ma supériorité dînait à 30 sous au pays latin [1], elle avalait de travers, gênée par les regards dont elle se croyait l'objet. Je me contemplais, je me disais : « C'est pourtant toi, créature extraordinaire, qui manges comme un autre homme ! » Il y avait aux Champs-Élysées un café que j'affectionnais à cause de quelques rossignols suspendus en cage au pourtour intérieur de la salle ; madame Rousseau, la maîtresse du lieu, me connaissait de vue sans savoir qui j'étais. On m'apportait vers dix heures du soir une tasse de café, et je cherchais *Atala* dans les *Petites-Affiches*, à la voix de mes cinq ou six Philomèles [2]. Hélas ! je vis bientôt mourir la pauvre madame Rousseau ; notre société des rossignols et de l'Indienne qui chantait [3] : « *Douce habitude d'aimer, si nécessaire à la vie !* » ne dura qu'un moment. [...]

(8)

Paris, 1837.

ANNÉE DE MA VIE, 1801. — ÉTÉ À SAVIGNY.

Le succès d'*Atala* m'ayant déterminé à recommencer le *Génie du Christianisme*, dont il y avait déjà deux

---

1. Au Quartier latin, où il était possible de se restaurer à bon marché. **2.** Nom poétique (par antonomase) du rossignol. **3.** Nous ne connaissons ni cette Indienne, ni le texte de cette romance qui évoque le célèbre « Plaisir d'aimer... »

volumes imprimés, madame de Beaumont[1] me proposa de me donner une chambre à la campagne, dans une maison qu'elle venait de louer à Savigny[2]. Je passai six mois dans sa retraite, avec M. Joubert et nos autres amis.

La maison était située à l'entrée du village, du côté de Paris, près d'un vieux grand chemin qu'on appelle dans le pays le *Chemin de Henri IV* ; elle était adossée à un coteau de vignes, et avait en face le parc de Savigny, terminé par un rideau de bois et traversé par la petite rivière de l'Orge. Sur la gauche s'étendait la plaine de Viry jusqu'aux fontaines de Juvisy. Tout autour de ce pays, on trouve des vallées, où nous allions le soir à la découverte de quelques promenades nouvelles.

Le matin, nous déjeunions ensemble ; après déjeuner, je me retirais à mon travail ; madame de Beaumont avait la bonté de copier les citations que je lui indiquais. Cette noble femme m'a offert un asile lorsque je n'en avais pas : sans la paix qu'elle m'a donnée, je n'aurais peut-être jamais fini un ouvrage que je n'avais pu achever pendant mes malheurs.

Je me rappellerai éternellement quelques soirées passées dans cet abri de l'amitié : nous nous réunissions, au retour de la promenade, auprès d'un bassin d'eau vive, placé au milieu d'un gazon dans le potager : madame Joubert, madame de Beaumont et moi, nous nous asseyions sur un banc ; le fils de madame Joubert[3] se roulait à nos pieds sur la pelouse : cet enfant a déjà disparu. M. Joubert se promenait à l'écart dans une allée sablée ; deux chiens de garde et une chatte se jouaient autour de nous, tandis que des

---

1. Pauline de Beaumont (1768-1803) était la fille du comte de Montmorin, dernier ministre des Affaires étrangères de Louis XVI. Très vite séparée de son mari, la jeune femme se réfugia, sous la Terreur, en Bourgogne, où elle fit la connaissance de Joubert (voir n. 1, p. 198), qui lui demeura très attaché et qui lui présenta Chateaubriand au mois de mars 1801. Ce fut la première liaison affichée de celui-ci.			2. Savigny-sur-Orge, à une vingtaine de kilomètres de Paris. Chateaubriand et Mme de Beaumont y séjournèrent de mai à novembre 1801, et les Joubert leur rendirent visite en août.			3. Victor Joubert, né en 1794.

pigeons roucoulaient sur le bord du toit. Quel bonheur pour un homme nouvellement débarqué de l'exil, après avoir passé huit ans dans un abandon profond, excepté quelques jours promptement écoulés ! C'était ordinairement dans ces soirées que mes amis me faisaient parler de mes voyages ; je n'ai jamais si bien peint qu'alors les déserts du Nouveau-Monde. La nuit, quand les fenêtres de notre salon champêtre étaient ouvertes, madame de Beaumont remarquait diverses constellations, en me disant que je me rappellerais un jour qu'elle m'avait appris à les connaître : depuis que je l'ai perdue, non loin de son tombeau, à Rome, j'ai plusieurs fois, du milieu de la campagne, cherché au firmament les étoiles qu'elle m'avait nommées ; je les ai aperçues brillant au-dessus des montagnes de la Sabine ; le rayon prolongé de ces astres venait frapper la surface du Tibre. Le lieu où je les ai vus sur les bois de Savigny, et les lieux où je les revoyais, la mobilité de mes destinées, ce signe qu'une femme m'avait laissé dans le ciel pour me souvenir d'elle, tout cela brisait mon cœur. Par quel miracle l'homme consent-il à faire ce qu'il fait sur cette terre, lui qui doit mourir ? [...]

(9)

ANNÉE DE MA VIE, 1802. — TALMA.

L'été passa : selon la coutume, je m'étais promis de le recommencer l'année suivante ; mais l'aiguille ne revient point à l'heure qu'on voudrait ramener. Pendant l'hiver à Paris, je fis quelques nouvelles connaissances. M. Jullien [1], homme riche, obligeant, et convive joyeux, quoique d'une famille où l'on se tuait, avait

---

1. Ce fils de banquier genevois menait à Paris une vie insouciante de riche célibataire.

une loge aux Français ; il la prêtait à madame de Beaumont ; j'allai quatre ou cinq fois au spectacle avec M. de Fontanes et M. Joubert. À mon entrée dans le monde, l'ancienne comédie était dans toute sa gloire ; je la retrouvai dans sa complète décomposition ; la tragédie se soutenait encore, grâce à mademoiselle Duchesnois[1] et surtout à Talma[2], arrivé à la plus grande hauteur du talent dramatique. Je l'avais vu à son début ; il était moins beau et, pour ainsi dire, moins jeune qu'à l'âge où je le revoyais : il avait pris la distinction, la noblesse et la gravité des années.

Le portrait que madame de Staël a fait de Talma dans son ouvrage sur l'Allemagne[3], n'est qu'à moitié vrai : le brillant écrivain apercevait le grand acteur avec une imagination de femme, et lui donna ce qui lui manquait.

Il ne fallait pas à Talma le monde intermédiaire : il ne savait pas le *gentilhomme* ; il ne connaissait pas notre ancienne société ; il ne s'était pas assis à la table des châtelaines, dans la tour gothique au fond des bois ; il ignorait la flexibilité, la variété de ton, la galanterie, l'allure légère des mœurs, la naïveté, la tendresse, l'héroïsme d'honneur, les dévouements chrétiens de la chevalerie : il n'était pas Tancrède, Coucy[4], ou, du moins, il les transformait en héros d'un moyen âge de sa création : Othello était au fond de Vendôme.

Qu'était-il donc, Talma ? Lui, son siècle et le temps antique. Il avait les passions profondes et concentrées de l'amour et de la patrie ; elles sortaient de son sein par explosion. Il avait l'inspiration funeste, le dérange-

---

1. Mlle Duchesnois (1777-1835) débuta à la Comédie-Française en 1802, dans le rôle de Phèdre, et se révéla vite une grande tragédienne. Ses démêlés avec Mlle George, sa jeune rivale dans les années qui suivirent, défrayèrent la chronique. 2. François-Joseph Talma (1763-1826) avait connu son premier succès en 1789 dans le *Charles IX* de Marie-Joseph Chénier. Revenu, après une scission, au Théâtre-Français, sa réputation ne cessait de grandir. 3. Au chapitre XXVII de la deuxième partie. Selon Mme de Staël, Talma est aussi capable de jouer un chevalier chrétien qu'un héros antique : opinion que Chateaubriand conteste dans le paragraphe suivant. 4. Personnages de *Tancrède* de Voltaire (1760) et de *Gabrielle de Vergy* de Belloy (1777).

ment du génie de la Révolution à travers laquelle il avait passé. Les terribles spectacles dont il fut environné se répétaient dans son talent avec les accents lamentables et lointains des chœurs de Sophocle et d'Euripide. Sa grâce qui n'était point la grâce convenue, vous saisissait comme le malheur. La noire ambition, le remords, la jalousie, la mélancolie de l'âme, la douleur physique, la folie par les dieux et l'adversité, le deuil humain ; voilà ce qu'il savait. Sa seule entrée en scène, le seul son de sa voix étaient puissamment tragiques. La souffrance et la pensée se mêlaient sur son front, respiraient dans son immobilité, ses poses, ses gestes, ses pas. *Grec*, il arrivait, pantelant et funèbre, des ruines d'Argos, immortel Oreste, tourmenté qu'il était depuis trois mille ans par les Euménides ; *Français*, il venait des solitudes de Saint-Denis, où les Parques de 1793 avaient coupé le fil de la vie tombale des rois. Tout entier triste, attendant quelque chose d'inconnu, mais d'arrêté dans l'injuste ciel, il marchait, forçat de la destinée, inexorablement enchaîné entre la fatalité et la terreur.

LIVRES QUATORZIÈME ET QUINZIÈME

Simplement intitulé « Années de ma vie, 1802 et 1803 », le livre XIV manque un peu de cohérence. Pour le désormais célèbre écrivain, ce sont de nouvelles amitiés, un voyage dans le midi de la France, enfin une nomination comme secrétaire de légation à Rome, auprès du nouvel ambassadeur le cardinal Fesch. Mais Chateaubriand réserve pour le livre XV le récit de son séjour dans la Ville Éternelle, endeuillé par la mort de Pauline de Beaumont, et qu'il a, par ailleurs, évoqué dans un autre livre : Voyage en Italie *(1827).*

LIVRE SEIZIÈME

(2)

MORT DU DUC D'ENGHIEN.

Comme aux oiseaux voyageurs, il me prend au mois d'octobre une inquiétude qui m'obligerait à changer de climat, si j'avais encore la puissance des ailes et la légèreté des heures : les nuages qui volent à travers le ciel me donnent envie de fuir. Afin de tromper cet instinct, je suis accouru à Chantilly. J'ai erré sur la pelouse, où de vieux gardes se traînent à l'orée des bois. Quelques corneilles, volant devant moi, par-dessus des genêts, des taillis, des clairières, m'ont conduit aux étangs de Commelle. La mort a soufflé sur les amis qui m'accompagnèrent jadis au château de la reine Blanche : les sites de ces solitudes n'ont été qu'un horizon triste, entr'ouvert un moment du côté de mon passé. Aux jours de René, j'aurais trouvé des mystères de la vie dans le ruisseau de la Thève : il dérobe sa course parmi des prêles et des mousses ; des roseaux

---

1. Au mois de novembre 1838, Chateaubriand ne quitta pas Paris, trop occupé à terminer ses *Mémoires* dans le nouvel appartement de la rue du Bac où il avait emménagé à la fin du mois de juillet précédent. C'est en réalité un an plus tôt, le 28 octobre 1837, qu'il avait décidé de fuir la capitale une douzaine de jours pour aller « respirer » un peu à Chantilly et revoir les épreuves du *Congrès de Vérone* en compagnie de son secrétaire Pilorge. Mais le souvenir de ce séjour lui offre un cadre approprié pour relater la mort tragique du dernier des Condés.

le voilent ; il meurt dans ces étangs qu'alimente sa jeunesse, sans cesse expirante, sans cesse renouvelée : ces ondes me charmaient quand je portais en moi le désert avec les fantômes qui me souriaient, malgré leur mélancolie, et que je parais de fleurs.

Revenant le long des haies à peine tracées, la pluie m'a surpris ; je me suis réfugié sous un hêtre : ses dernières feuilles tombaient comme mes années ; sa cime se dépouillait comme ma tête ; il était marqué au tronc d'un cercle rouge, pour être abattu comme moi. Rentré à mon auberge, avec une moisson de plantes d'automne et dans des dispositions peu propres à la joie, je vous raconterai la mort de M. le duc d'Enghien, à la vue des ruines de Chantilly.

Cette mort, dans le premier moment, glaça d'effroi tous les cœurs ; on appréhenda le revenir [1] du règne de Robespierre. Paris crut revoir un de ces jours qu'on ne voit qu'une fois [...].

(10)

UN ARTICLE DU *MERCURE*. — CHANGEMENT DANS LA VIE DE
BONAPARTE.

Heureuse, du moins, ma vie qui ne fut ni troublée par la peur, ni atteinte par la contagion, ni entraînée par les exemples ! La satisfaction que j'éprouve aujourd'hui de ce que je fis alors [2], me garantit que la conscience n'est point une chimère. Plus content que tous ces potentats, que toutes ces nations tombées aux

---

1. Le retour (infinitif substantivé). Chateaubriand affectionne ce type de construction qu'il emploie souvent avec bonheur.   2. Chateaubriand avait été nommé ministre de France dans le Valais à la fin de 1803. De retour à Paris vers le 20 février 1804, il se préparait à rejoindre son nouveau poste lorsque fut annoncée, le 21 mars 1804, la mort du prince. Il envoya le jour même sa lettre de démission qui fut alors le seul acte public de réprobation envers le gouvernement.

pieds du glorieux soldat, je relis avec un orgueil pardonnable cette page qui m'est restée comme mon seul bien et que je ne dois qu'à moi. En 1807, le cœur encore ému du meurtre que je viens de raconter, j'écrivais ces lignes[1] ; elles firent supprimer *le Mercure* et exposèrent de nouveau ma liberté.

« Lorsque, dans le silence de l'abjection, l'on n'entend plus retentir que la chaîne de l'esclave et la voix du délateur ; lorsque tout tremble devant le tyran, et qu'il est aussi dangereux d'encourir sa faveur que de mériter sa disgrâce, l'historien paraît, chargé de la vengeance des peuples. C'est en vain que Néron prospère, Tacite est déjà né dans l'empire ; il croît inconnu auprès des cendres de Germanicus, et déjà l'intègre Providence a livré à un enfant obscur la gloire du maître du monde. Si le rôle de l'historien est beau, il est souvent dangereux ; mais il est des autels comme celui de l'honneur, qui, bien qu'abandonnés, réclament encore des sacrifices ; le Dieu n'est point anéanti parce que le temple est désert. Partout où il reste une chance à la fortune, il n'y a point d'héroïsme à la tenter ; les actions magnanimes sont celles dont le résultat prévu est le malheur et la mort. Après tout, qu'importent les revers, si notre nom, prononcé dans la postérité, va faire battre un cœur généreux deux mille ans après notre vie ? »

La mort du duc d'Enghien, en introduisant un autre principe dans la conduite de Bonaparte, décomposa sa correcte intelligence : il fut obligé d'adopter, pour lui servir de bouclier, des maximes dont il n'eut pas à sa disposition la force entière, car il les faussait incessamment par sa gloire et par son génie. Il devint suspect ; il fit peur ; on perdit confiance en lui et dans sa destinée ; il fut contraint de voir, sinon de rechercher, des hommes qu'il n'aurait jamais vus et qui, par son action, se croyaient devenus ses égaux : la contagion de leur

---

1. Dans le paragraphe suivant, Chateaubriand condense trois passages de son article publié dans le *Mercure de France* du 4 juillet 1807 ; il leur apporte quelques corrections de style.

souillure le gagnait. Il n'osait rien leur reprocher, car il n'avait plus la liberté vertueuse du blâme. Ses grandes qualités restèrent les mêmes ; mais ses bonnes inclinations s'altérèrent et ne soutinrent plus ses grandes qualités ; par la corruption de cette tache originelle sa nature se détériora. [...]

(11)

ABANDON DE CHANTILLY.

Les cendres de Bonaparte seront-elles exhumées comme l'ont été celles du duc d'Enghien ? Si j'avais été le maître, cette dernière victime dormirait encore sans honneurs dans le fossé du château de Vincennes. Cet *excommunié* eût été laissé, à l'instar de Raymond de Toulouse, dans un cercueil ouvert[1] ; nulle main d'homme n'aurait osé dérober sous une planche la vue du témoin des jugements incompréhensibles et des colères de Dieu. Le squelette abandonné du duc d'Enghien et le tombeau désert de Napoléon à Sainte-Hélène feraient pendant : il n'y aurait rien de plus remémoratif que ces restes en présence aux deux bouts de la terre.

Du moins, le duc d'Enghien n'est pas demeuré sur le sol étranger, ainsi que l'exilé des rois : celui-ci a pris soin de rendre à celui-là sa patrie, un peu durement il est vrai ; mais sera-ce pour toujours ? La France (tant de poussières vannées par le souffle de la Révolution l'attestent) n'est pas fidèle aux ossements. Le vieux Condé[2], dans son testament, déclare *qu'il n'est pas sûr du pays qu'il*

---

1. Le comte de Toulouse Raymond VI (1156-1222), excommunié par le pape Innocent III, ne fut pas inhumé. Ses ossements, écrit Chateaubriand, « se montraient dans un coffre, tout profanés et à moitié mangés par les rats » *(Analyse raisonnée de l'histoire de France).*   2. Le grand-père de la victime, le prince Louis-Joseph de Condé (1736-1818), qui participa en 1762 à la victoire de Johannisberg et remporta en 1789, avec les émigrés, un éphémère succès à Berstheim (voir ci-après).

habitera le jour de sa mort. Ô Bossuet ! que n'auriez-vous point ajouté au chef-d'œuvre de votre éloquence [1], si, lorsque vous parliez sur le cercueil du grand Condé, vous eussiez pu prévoir l'avenir !

C'est ici même, c'est à Chantilly qu'est né le duc d'Enghien : *Louis-Antoine-Henri de Bourbon, né le 2 août 1772 à Chantilly*, dit l'arrêt de mort. C'est sur cette pelouse qu'il joua dans son enfance : la trace de ses pas s'est effacée. Et le triomphateur de Fribourg, de Nordlingen, de Lens, de Senef, où est-il allé avec ses *mains victorieuses et maintenant défaillantes* ? Et ses descendants, le Condé de Johannisberg et de Berstheim ; et son fils, et son petit-fils, où sont-ils ? Ce château, ces jardins, ces jets d'eau *qui ne se taisaient ni jour, ni nuit*, que sont-ils devenus ? Des statues mutilées, des lions dont on restaure la griffe ou la mâchoire ; des trophées d'armes sculptés dans un mur croulant ; des écussons à fleurs de lys effacées ; des fondements de tourelles rasées ; quelques coursiers de marbre au-dessus des écuries vides que n'anime plus de ses hennissements le cheval de Rocroi ; près d'un manège une haute porte non achevée : voilà ce qui reste des souvenirs d'une race héroïque ; un testament noué par un cordon a changé les possesseurs de l'héritage [2].

À diverses reprises, la forêt entière est tombée sous la cognée. Des personnages des temps écoulés ont parcouru ces chasses aujourd'hui muettes, jadis retentissantes. Quel âge et quelles passions avaient-ils, lorsqu'ils s'arrêtaient au pied de ces chênes ? quelle chimère les occupait ? Ô mes inutiles *Mémoires*, je ne pourrais maintenant vous dire :

---

1. Son *Oraison funèbre de Louis de Bourbon*, la dernière qu'il prononça, le 10 mars 1687, à Notre-Dame de Paris. Chateaubriand lui emprunte un peu plus loin les expressions en italique.   **2.** Allusion à la mort suspecte du duc de Bourbon, devenu en 1818 le dernier prince de Condé : le 27 août 1830, il fut trouvé pendu à la fenêtre de sa chambre après avoir rédigé un testament par lequel il léguait la plus grande partie de sa considérable fortune au plus jeune des fils de Louis-Philippe, non sans avoir réservé un legs appréciable pour sa « compagne » la baronne de Feuchères. Cette affaire défraya la chronique mais se termina par un non-lieu.

> *Qu'à Chantilly, Condé vous lise quelquefois* [1] :
> *Qu'Enghien en soit touché !*

Hommes obscurs, que sommes-nous auprès de ces hommes fameux ? Nous disparaîtrons sans retour : vous renaîtrez, *œillet de poëte*, qui reposez sur ma table auprès de ce papier, et dont j'ai cueilli la petite fleur attardée parmi les bruyères ; mais nous, nous ne revivrons pas avec la solitaire parfumée qui m'a distrait.

---

1. Dans son *Épître VII*, « À Monsieur Racine », Boileau avait souhaité, à propos de ses vers, *« Qu'à Chantilly Condé les souffre quelquefois »*.

LIVRE DIX-SEPTIÈME

Du printemps 1804 jusqu'à son départ pour Jérusalem, au mois de juin 1806, Chateaubriand semble mener, en compagnie de sa femme, une vie sans histoires, faite de villégiatures à la campagne ou de banales excursions touristiques (Auvergne, Mont-Blanc, Grande-Chartreuse). C'est la matière du livre XVII qui ne manque pas de vivacité lorsqu'il narre une aventure pittoresque ou esquisse un portrait. Il arrive même que, sous la surface sans ride de ce récit détendu (le mémorialiste ne souffle mot de sa vie sentimentale), perce une sourde inquiétude comme ici au chapitre trois :

Sortis de nuit de Genève pour retourner à Lyon, nous fûmes arrêtés au pied du fort de l'Écluse, en attendant l'ouverture des portes. Pendant cette station des sorcières de Macbeth sur la bruyère, il se passait en moi des choses étranges. Mes années expirées ressuscitaient et m'environnaient comme une bande de fantômes ; mes saisons brûlantes me revenaient dans leur flamme et leur tristesse. Ma vie, creusée par la mort de madame de Beaumont, était demeurée vide : des formes aériennes, houris ou songes, sortant de cet abîme, me prenaient par la main et me ramenaient au temps de la sylphide. Je n'étais plus aux lieux que j'habitais, je rêvais d'autres bords. Quelque influence secrète me poussait aux régions de l'Aurore, où m'entraînaient d'ailleurs le plan de mon nouveau travail et la voix religieuse qui me releva du vœu de la villageoise, ma nourrice. Comme toutes mes facultés s'étaient accrues, comme je n'avais jamais abusé de la vie, elle surabondait de la sève de mon intelligence, et l'art, triomphant dans ma nature, ajoutait aux inspirations du poète. J'avais ce que les Pères de la Thébaïde appelaient des *ascensions* de cœur. Raphaël (qu'on pardonne au blasphème de la similitude), Raphaël, devant la Transfiguration seulement ébauchée sur le chevalet, n'aurait pas été plus électrisé par son chef-d'œuvre que je ne l'étais par cet Eudore et cette Cymodocée, dont je ne savais pas encore le nom et dont j'entrevoyais l'image au travers d'une atmosphère d'amour et de gloire.

Ainsi le génie natif qui m'a tourmenté au berceau, retourne quelquefois sur ses pas après m'avoir abandonné ; ainsi se renouvellent mes anciennes souffrances ; rien ne guérit en moi ; si mes blessures se ferment instantanément, elles se rouvrent tout à coup comme celles des crucifix du moyen âge, qui saignent à l'anniversaire de la Passion. Je n'ai d'autre ressource pour me soulager dans ces crises, que de donner un libre cours à la fièvre de ma pensée, de même qu'on se fait percer les veines quand le sang afflue au cœur ou monte à la tête.

LIVRE DIX-HUITIÈME

(5)

Paris, 1839.

Revu en juin 1847.

ANNÉES 1807, 1808, 1809 ET 1810.

ARTICLE DU *MERCURE* DU MOIS DE JUIN 1807. — J'ACHÈTE LA
VALLÉE-AUX-LOUPS ET JE M'Y RETIRE.

Madame de Chateaubriand avait été très malade pendant mon voyage ; plusieurs fois mes amis m'avaient cru perdu. Dans quelques notes que M. de Clausel[1] a écrites pour ses enfants et qu'il a bien voulu me permettre de parcourir, je trouve ce passage :

« M. de Chateaubriand partit pour le voyage de Jérusalem au mois de juillet 1806. [...] Pendant l'hiver de 1806 à 1807, nous savions que M. de Chateaubriand était en mer pour revenir en Europe ; un jour, j'étais à me promener dans le jardin des Tuileries avec M. de Fontanes par un vent d'ouest affreux ; nous étions à l'abri de la terrasse du bord de l'eau. M. de Fontanes me dit : — Peut-être dans ce moment-ci, un coup de

---

1. Jean-Claude Clausel de Coussergues (1759-1846), ancien magistrat, fut aussi sous le Consulat éditeur et journaliste. Ami de Fontanes, membre du Corps législatif de 1807 à 1814, il se lia avec les Chateaubriand à partir de 1804 et demeura un fidèle ami du couple. Les notes en question sont de 1832.

cette horrible tempête va le faire naufrager. Nous avons su depuis que ce pressentiment faillit se réaliser. [...] »

Si je devais vivre et si je pouvais faire vivre dans mes ouvrages les personnes qui me sont chères, avec quel plaisir j'emmènerais avec moi tous mes amis !

Plein d'espérance, je rapportai sous mon toit ma poignée de glanes[1] ; mon repos ne fut pas de longue durée.

Par une suite d'arrangements, j'étais devenu seul propriétaire du *Mercure*. M. Alexandre de Laborde[2] publia, vers la fin du mois de juin 1807, son voyage en Espagne ; au mois de juillet, je fis dans le *Mercure*, l'article dont j'ai cité des passages en parlant de la mort du duc d'Enghien[3] : « *Lorsque dans le silence de l'abjection, etc.* » Les prospérités de Bonaparte, loin de me soumettre, m'avaient révolté ; j'avais pris une énergie nouvelle dans mes sentiments et dans les tempêtes. Je ne portais pas en vain un visage brûlé par le soleil, et je ne m'étais pas livré au courroux du ciel pour trembler avec un front noirci devant la colère d'un homme. Si Napoléon en avait fini avec les rois il n'en avait pas fini avec moi. Mon article tombant au milieu de ses prospérités[4] et de ses merveilles, remua la France : on en répandit d'innombrables copies à la main ; plusieurs abonnés du *Mercure* détachèrent l'article et le firent relier à part ; on le lisait dans les salons, on le colportait de maison en maison. Il faut avoir vécu à cette époque pour se faire une idée de l'effet produit par une voix retentissant seule dans le silence du monde. Les nobles sentiments refoulés au fond des cœurs se réveillèrent. Napoléon s'emporta : on s'irrite moins en raison de l'offense reçue qu'en

---

1. Épis glanés dans un champ après la moisson.   2. Frère aîné de Natalie de Noailles, alors la grande passion de Chateaubriand, Alexandre de Laborde (1773-1842) publia de 1807 à 1811 un *Voyage pittoresque en Espagne*, orné de superbes gravures.   3. Voir la n. 1, p. 213.   4. Dans le même numéro (*Mercure de France* du 4 juillet 1807), se trouvait le 79e bulletin de la Grande Armée, annonçant la victoire de Friedland. Quelques jours plus tard, le traité de Tilsit entérinait la déconfiture de la Prusse, avec la bénédiction de la Russie. Lorsque, le 27 juillet, Napoléon fut de retour à Paris, il paraissait au faîte de sa puissance.

raison de l'idée que l'on s'est formée de soi. Comment ! mépriser jusqu'à sa gloire ; braver une seconde fois celui aux pieds duquel l'univers était prosterné ! « Chateaubriand croit-il que je suis un imbécile, que je ne le comprends pas ! je le ferai sabrer sur les marches des Tuileries. » Il donna l'ordre de supprimer le *Mercure* et de m'arrêter. Ma propriété périt [1] ; ma personne échappa par miracle : Bonaparte eut à s'occuper du monde ; il m'oublia, mais je demeurai sous le poids de la menace.

C'était une déplorable position que la mienne : quand je croyais devoir agir par les inspirations de mon honneur, je me trouvais chargé de ma responsabilité personnelle et des chagrins que je causais à ma femme. Son courage était grand, mais elle n'en souffrait pas moins, et ces orages, appelés successivement sur ma tête, troublaient sa vie. Elle avait tant souffert pour moi pendant la Révolution ; il était naturel qu'elle désirât un peu de repos. D'autant plus que madame de Chateaubriand admirait Bonaparte sans restriction ; elle ne se faisait aucune illusion sur la Légitimité ; elle me prédisait sans cesse ce qui m'arriverait au retour des Bourbons.

Le premier livre de ces Mémoires est daté de la *Vallée-aux-Loups*, le 4 octobre 1811 : là se trouve la description de la petite retraite que j'achetai pour me cacher à cette époque [2]. Quittant notre appartement chez madame de Coislin, nous allâmes d'abord demeurer rue des Saints-Pères, hôtel de Lavalette [3], qui tirait son nom de la maîtresse et du maître de l'hôtel.

M. de Lavalette, trapu, vêtu d'un habit prune-de-Monsieur, et marchant avec une canne à pomme d'or, devint mon homme d'affaires, si j'ai jamais eu des

---

1. Chateaubriand avait versé vingt mille francs à Fontanes pour acquérir la propriété du *Mercure*. Le revue fut alors obligée de fusionner avec la *Revue philosophique* (ancienne *Décade*), mais conserva son titre. Chateaubriand cessa toute collaboration, sans être indemnisé. 2. Chateaubriand se procura les vingt mille francs nécessaires à cette acquisition grâce à un emprunt hypothécaire gagé sur la propriété. 3. C'est là que, jusqu'en 1814, Chateaubriand descendra lorsqu'il aura affaire à Paris.

affaires. Il avait été officier du gobelet chez le Roi, et ce que je ne mangeais pas, il le buvait.

Vers la fin de novembre, voyant que les réparations de ma chaumière n'avançaient pas, je pris le parti de les aller surveiller. Nous arrivâmes le soir à la Vallée. Nous ne suivîmes pas la route ordinaire ; nous entrâmes par la grille au bas du jardin. La terre des allées, détrempée par la pluie, empêchait les chevaux d'avancer ; la voiture versa. Le buste en plâtre d'Homère, placé auprès de madame de Chateaubriand, sauta par la portière et se cassa le cou : mauvais augure pour *les Martyrs*, dont je m'occupais alors.

La maison pleine d'ouvriers qui riaient, chantaient, cognaient, était chauffée avec des copeaux et éclairée par des bouts de chandelle ; elle ressemblait à un ermitage illuminé la nuit par des pèlerins, dans les bois. Charmés de trouver deux chambres passablement arrangées, et dans l'une desquelles on avait préparé le couvert, nous nous mîmes à table. Le lendemain, réveillé au bruit des marteaux et des chants des colons, je vis le soleil se lever avec moins de souci que le maître des Tuileries.

J'étais dans des enchantements sans fin ; sans être Mme de Sévigné, j'allais, muni d'une paire de sabots, planter mes arbres dans la boue, passer et repasser dans les mêmes allées, voir et revoir tous les petits coins, me cacher partout où il y avait une broussaille, me représentant ce que serait mon parc dans l'avenir, car alors l'avenir ne manquait point. En cherchant à rouvrir aujourd'hui par ma mémoire l'horizon qui s'est fermé, je ne retrouve plus le même, mais j'en rencontre d'autres. Je m'égare dans mes pensées évanouies ; les illusions sur lesquelles je tombe sont peut-être aussi belles que les premières ; seulement elles ne sont plus si jeunes ; ce que je voyais dans la splendeur du midi, je l'aperçois à la lueur du couchant. — Si je pouvais néanmoins cesser d'être harcelé par des songes !

Bayard, sommé de rendre une place[1], répondit : « Attendez que j'aie fait un pont de corps morts, pour pouvoir passer avec ma garnison. » Je crains qu'il ne me faille, pour sortir, passer sur le ventre de mes chimères.

Mes arbres, étant encore petits, ne recueillaient pas les bruits des vents de l'automne ; mais, au printemps, les brises qui haleinaient[2] les fleurs des prés voisins en gardaient le souffle, qu'elles reversaient sur ma vallée.

Je fis quelques additions à la chaumière ; j'embellis sa muraille de briques d'un portique soutenu par deux colonnes de marbre noir et deux cariatides de femmes de marbre blanc : je me souvenais d'avoir passé à Athènes. Mon projet était d'ajouter une tour au bout de mon pavillon ; en attendant, je simulai des créneaux sur le mur qui me séparait du chemin : je précédais ainsi la manie du moyen âge, qui nous hébète à présent. La Vallée-aux-Loups, de toutes les choses qui me sont échappées, est la seule que je regrette ; il est écrit que rien ne me restera. Après ma Vallée perdue, j'avais planté l'*Infirmerie de Marie-Thérèse*, et je viens pareillement de la quitter[3]. Je défie le sort de m'attacher à présent au moindre morceau de terre ; je n'aurai, dorénavant, pour jardin que ces avenues honorées de si beaux noms autour des Invalides, et où je me promène avec mes confrères manchots et boiteux. Non loin de ces allées, s'élève le cyprès de madame de Beaumont[4] ; dans ces espaces déserts, la grande et légère duchesse de Châtillon[5] s'est jadis appuyée sur mon bras. Je ne donne plus le bras qu'au temps : il est bien lourd !

Je travaillais avec délices à mes *Mémoires*[6], et *les Martyrs* avançaient ; j'en avais déjà lu quelques livres à M. de Fontanes. Je m'étais établi au milieu de mes

---

1. Mézières. Le mot est cité dans les *Mémoires* de Martin du Bellay (collection Petitot, seconde série, t. XVII, p. 311).   **2.** Respiraient le parfum. Cf. la n. 5, p. 157.   **3.** Au mois de juillet 1838.   **4.** Il avait été planté par Pauline de Montmorin enfant dans le jardin de leur hôtel. Celui-ci existe toujours au 27 de la rue Oudinot actuelle (au coin du boulevard des Invalides).   **5.** Pauline de Lannois (1774-1826), alors veuve du duc de Châtillon-Montmorency.   **6.** Il ne subsiste aucune trace de cette rédaction.

souvenirs comme dans une grande bibliothèque : je consultais celui-ci et puis celui-là, ensuite je fermais le registre en soupirant, car je m'apercevais que la lumière, en y pénétrant, en détruisait le mystère. Éclairez les jours de la vie, ils ne seront plus ce qu'ils sont.

Au mois de juillet 1808, je tombai malade, et je fus obligé de revenir à Paris. Les médecins rendirent la maladie dangereuse. Du vivant d'Hippocrate, il y avait disette de morts aux enfers, dit l'épigramme [1] : grâce à nos Hippocrates modernes, il y a aujourd'hui abondance.

C'est peut-être le seul moment où, près de mourir, j'aie eu envie de vivre. Quand je me sentais tomber en faiblesse, ce qui m'arrivait souvent, je disais à madame de Chateaubriand : « Soyez tranquille ; je vais revenir. » Je perdais connaissance, mais avec une grande impatience intérieure, car je tenais, Dieu sait à quoi. J'avais aussi la passion d'achever ce que je croyais, et ce que je crois encore être mon ouvrage le plus correct. Je payais le fruit des fatigues que j'avais éprouvées dans ma course au Levant.

Girodet avait mis la dernière main à mon portrait [2]. Il le fit noir comme j'étais alors ; mais il le remplit de son génie. M. Denon [3] reçut le chef-d'œuvre pour le salon ; en noble courtisan, il le mit prudemment à l'écart. Quand Bonaparte passa sa revue de la galerie, après avoir regardé les tableaux, il dit : « Où est le portrait de Chateaubriand ? » Il savait qu'il devait y être : on fut obligé de tirer le proscrit de sa cachette. Bonaparte, dont la bouffée généreuse était exhalée, dit, en regardant le portrait : « Il a l'air d'un conspirateur qui descend par la cheminée. » [...]

---

1. Voir *Anthologie palatine*, IX, 53. Sur cette maladie, nous sommes renseignés par Mme de Chateaubriand : voir ses *Cahiers*, présentés par Jean-Paul Clément, Paris, Perrin, 1991, p. 65. **2.** Le tableau fut exposé au Salon de 1810 sous le titre suivant : « Un homme méditant sur les ruines de Rome » ; la date de son exécution (entre 1807 et 1809) demeure incertaine. **3.** Dominique Vivant Denon (1745-1825) alors directeur du musée du Louvre.

(6)

LES MARTYRS.

Au printemps de 1809 parurent *les Martyrs*[1]. Le travail était de conscience : j'avais consulté des critiques de goût et de savoir, MM. de Fontanes, Bertin, Boissonade[2], Malte-Brun[3], et je m'étais soumis à leurs raisons. Cent et cent fois j'avais fait, défait et refait la même page. De tous mes écrits, c'est celui où la langue est la plus correcte.

Je ne m'étais pas trompé sur le plan ; aujourd'hui que mes idées sont devenues vulgaires, personne ne nie que les combats de deux religions, l'une finissant, l'autre commençant, n'offrent aux Muses un des sujets les plus riches, les plus féconds et les plus dramatiques. Je croyais donc pouvoir un peu nourrir des espérances pas trop folles ; mais j'oubliais la réussite de mon premier ouvrage : dans ce pays, ne comptez jamais sur deux succès rapprochés ; l'un détruit l'autre. Si vous avez quelque talent en prose, donnez-vous de garde d'en montrer en vers ; si vous êtes distingué dans les lettres, ne prétendez pas à la politique : tel est l'esprit français et sa misère. Les amours-propres alarmés, les envies surprises par le début heureux d'un auteur, se coalisent et guettent la seconde publication du poëte, pour prendre une éclatante revanche :

Tous la main dans l'encre, jurent de se venger[4].
[...]

---

1. Ils furent mis en vente le 27 mars 1809, après de difficiles tractations avec la censure et des retouches de dernière minute.   **2.** Jean-François Boissonade (1774-1857), alors critique au *Journal des Débats*, est déjà considéré comme un helléniste remarquable. Il sera nommé par Fontanes professeur de Littérature grecque à la Sorbonne (1808), puis entrera au Collège de France en 1828.   **3.** Malte Conrad Brunn (1775-1826), dit Malte-Brun, géographe danois installé à Paris depuis 1802, et lui aussi collaborateur des *Débats*.   **4.** Alexandrin bancal qui pastiche un vers alors célèbre de Boileau traduisant Eschyle *(Les Sept contre Thèbes)* dans son adaptation du *Traité du sublime* de Longin (chapitre XIII) : « Tous, la main *dans le sang*, jurent de se venger ». La Harpe avait souligné la beauté de ce « pittoresque hémistiche » dans son *Lycée* (t. I, p. 122).

LIVRES DIX-NEUVIÈME ET VINGTIÈME

Le mémorialiste inaugure, avec le livre XIX, une « vie de Napoléon » qui se poursuivra jusqu'à la mort de son héros à la fin du livre XXIV. Après des préliminaires sur la jeunesse de Bonaparte, les épisodes qui ont le plus inspiré Chateaubriand dans la fulgurante carrière de Napoléon sont, au livre XIX, son expédition romanesque en Égypte, puis, au livre XXI, la campagne de Russie, retracée cette fois sur le mode de la tragédie. Le livre XX se termine au moment où la Grande Armée se prépare à franchir le Niémen.

LIVRE VINGT-UNIÈME

(1)

INVASION DE LA RUSSIE. [...] SMOLENSK. — MURAT.
— LE FILS DE PLATOFF.

Lorsque Bonaparte franchit le Niémen[1], quatre-vingt-cinq millions cinq cent mille âmes reconnaissaient sa domination ou celle de sa famille ; la moitié de la population de la chrétienté lui obéissait ; ses ordres étaient exécutés dans un espace qui comprenait dix-neuf degrés de latitude et trente degrés de longitude. Jamais expédition plus gigantesque ne s'était vue, ne se reverra.

Le 22 juin, à son quartier général de Wilkowiski, Napoléon proclame la guerre : « Soldats, la seconde guerre de la Pologne est commencée ; la première s'est terminée à Tilsit ; la Russie est entraînée par la fatalité : ses *destins* doivent s'accomplir. »

Moscou répond à cette voix jeune encore par la bouche de son métropolitain, âgé de cent dix ans : « La ville de Moscou reçoit Alexandre, son Christ, comme une mère dans les bras de ses fils zélés, et chante Hosanna ! Béni soit celui qui arrive ! » Bonaparte s'adressait au Destin, Alexandre à la Providence.

Le 23 juin 1812, Bonaparte reconnut de nuit le Nié-

---

1. La source principale de Chateaubriand dans ce livre est la publication du général comte de Ségur : *Histoire de Napoléon et de la Grande Armée pendant l'année 1812*, Paris, Baudouin, 1824. Pour le détail de ses emprunts, voir édition Berchet, Classiques Garnier, t. II, 1992, p. 808-814.

men ; il ordonna d'y jeter trois ponts. À la chute du jour suivant, quelques sapeurs passent le fleuve dans un bateau ; ils ne trouvent personne sur l'autre rive. Un officier de Cosaques, commandant une patrouille, vient à eux et leur demande qui ils sont. « — Français. — Pourquoi venez-vous en Russie ? — Pour vous faire la guerre. » Le Cosaque disparaît dans les bois ; trois sapeurs tirent sur la forêt ; on ne leur répond point : silence universel.

Bonaparte était demeuré toute une journée étendu sans force et pourtant sans repos : il sentait quelque chose se retirer de lui. Les colonnes de nos armées s'avancèrent à travers la forêt de Pilwisky, à la faveur de l'obscurité, comme les Huns conduits par une biche dans les Palus-Méotides [1]. On ne voyait pas le Niémen ; pour le reconnaître, il en fallut toucher les bords.

Au milieu du jour, au lieu des bataillons moscovites, ou des populations lithuaniennes, s'avançant au-devant de leurs libérateurs, on ne vit que des sables nus et des forêts désertes : « À trois cents pas du fleuve, sur la hauteur la plus élevée, on apercevait la tente de l'empereur. Autour d'elle toutes les collines, leurs pentes, les vallées, étaient couvertes d'hommes et de chevaux. » (Ségur.)

L'ensemble des forces obéissant à Napoléon se montait à six cent quatre-vingt mille trois cents fantassins, à cent soixante-seize mille huit cent cinquante chevaux. Dans la guerre de la succession, Louis XIV avait sous les armes six cent mille hommes, tous Français. L'infanterie active, sous les ordres immédiats de Bonaparte, était répartie en dix corps. Ces corps se composaient de vingt mille Italiens, de quatre-vingt mille hommes de la Confédération du Rhin, de trente mille Polonais, de trente mille Autrichiens, de vingt mille Prussiens et de deux cent soixante-dix mille Français.

L'armée franchit le Niémen ; Bonaparte passe lui-même le pont fatal et pose le pied sur la terre russe. Il s'arrête et voit défiler ses soldats, puis il échappe à la

---

1. Chateaubriand a déjà cité dans les *Études historiques* (1831) ce détail fantastique rapporté par Jornandès, historien des Goths au VIᵉ siècle (*De Rebus Getorum*, XXIV).

vue, et galope au hasard dans une forêt, comme appelé au conseil des esprits sur la bruyère. Il revient ; il écoute ; l'armée écoutait : on se figure entendre gronder le canon lointain ; on était plein de joie : ce n'était qu'un orage ; les combats reculaient.

[...] Sur les hauteurs de Smolensk Napoléon retrouve l'armée russe, composée de cent vingt mille hommes : « Je les tiens ! » s'écrie-t-il. Le 17, au point du jour, Belliard[1] poursuit une bande de Cosaques et la jette dans le Dniéper ; le rideau replié, on aperçoit l'armée ennemie sur la route de Moscou ; elle se retirait. Le rêve de Bonaparte lui échappe encore. Murat, qui avait trop contribué à la vaine poursuite, dans son désespoir voulait mourir. Il refusait de quitter une de nos batteries écrasée par le feu de la citadelle de Smolensk non encore évacuée : « Retirez-vous tous ; laissez-moi seul ici ! » s'écriait-il. Une attaque effroyable avait lieu contre cette citadelle : rangée sur des hauteurs qui s'élèvent en amphithéâtre, notre armée contemplait le combat au-dessous : quand elle vit les assaillants s'élancer à travers le feu et la mitraille, elle battit des mains comme elle avait fait à l'aspect des ruines de Thèbes[2].

Pendant la nuit un incendie attire les regards. Un sous-officier de Davoust escalade les murs, parvient dans la citadelle au milieu de la fumée ; le son de quelques voix lointaines arrive à son oreille : le pistolet à la main, il se dirige de ce côté et, à son grand étonnement, il tombe dans une patrouille d'amis. Les Russes avaient abandonné la ville, et les Polonais de Poniatowski l'avaient occupée.

Murat, par son costume extraordinaire, par le caractère de sa vaillance qui ressemblait à la leur, excitait l'enthousiasme des Cosaques. Un jour qu'il faisait sur

---

1. Augustin-Daniel Belliard (1769-1838), officier de cavalerie sorti du rang, général de brigade à Arcole (1796), alors général de division. Il sera pair de France sous la Restauration, puis ambassadeur de Louis-Philippe à Bruxelles.   2. Comme le raconte Vivant Denon dans son *Voyage dans la basse et la haute Égypte pendant les campagnes du général Bonaparte* (1802). Chateaubriand a cité le passage au chapitre 17 du livre XIX (édition Berchet, Classiques Garnier, t. II, p. 351).

leurs bandes une charge furieuse, il s'emporte contre elles, les gourmande et leur commande : les Cosaques ne comprennent pas, mais ils devinent, tournent bride et obéissent à l'ordre du général ennemi.

Lorsque nous vîmes à Paris l'hetman Platoff[1], nous ignorions ses afflictions paternelles : en 1812 il avait un fils beau comme l'Orient ; ce fils montait un superbe cheval blanc de l'Ukraine ; le guerrier de dix-sept ans combattait avec l'intrépidité de l'âge qui fleurit et espère : un hulan polonais le tua. Étendu sur une peau d'ours, les Cosaques vinrent respectueusement baiser sa main. Ils prononcent des prières funèbres, l'enterrent sur une butte couverte de pins ; ensuite, tenant en main leurs chevaux, ils défilent autour de la tombe, la pointe de leur lance renversée contre terre : on croyait voir les funérailles décrites par l'historien des Goths[2], ou les cohortes prétoriennes renversant leurs faisceaux devant les cendres de Germanicus, *versi fasces*[3]. « Le vent fait tomber les flocons de neige que le printemps du nord porte dans ses cheveux. » (Edda[4] de Sœmund.)

(2)

RETRAITE DES RUSSES. — LE BORYSTHÈNE. — OBSESSION DE
BONAPARTE. [...]

Bonaparte écrivit de Smolensk en France qu'il était maître des salines russes et que son ministre du Trésor pouvait compter sur quatre-vingts millions de plus.

La Russie fuyait vers le pôle : les seigneurs, déser-

---

1. Ce chef des cosaques du Don, lieutenant général dans les armées russes, mena ses hommes jusqu'à Paris où il fut, en 1814, la coqueluche de la bonne société.　　2. Voir la n. 1, p. 228. La référence est ici : *De Rebus Getorum*, XLIX. C'est la description des funérailles faites par les Huns à Attila.　　3. Souvenir de Tacite, *Annales*, III, 2.　　4. C'est le nom sous lequel Soemund Sigfusson, historien islandais du XIe siècle, a réuni les chants primitifs de la mythologie scandinave...

tant leurs châteaux de bois, s'en allaient avec leurs familles, leurs serfs et leurs troupeaux. Le *Dniéper*, ou l'ancien *Borysthène*[1], dont les eaux avaient jadis été déclarées saintes par Wladimir[2], était franchi : ce fleuve avait envoyé aux peuples civilisés des invasions de Barbares ; il subissait maintenant les invasions des peuples civilisés. Sauvage déguisé sous un nom grec, il ne se rappelait même plus les premières migrations des Slaves ; il continuait de couler inconnu, parmi ses forêts, portant dans ses barques, au lieu des enfants d'Odin, des châles et des parfums aux femmes de Saint-Pétersbourg et de Varsovie. Son histoire pour le monde ne commence qu'à l'orient des montagnes où sont les *autels d'Alexandre*[3].

De Smolensk on pouvait également conduire une armée à Saint-Pétersbourg et à Moscou. Smolensk aurait dû avertir le vainqueur de s'arrêter ; il en eut un moment l'envie : « L'empereur, dit M. Fain[4], découragé, parla du projet de s'arrêter à Smolensk. » Aux ambulances on commençait déjà à manquer de tout. Le général Gourgaud[5] raconte que le général Lariboisière fut obligé de délivrer l'étoupe de ses canons pour panser les blessés. Mais Bonaparte était entraîné ; il se délectait à contempler aux deux bouts de l'Europe les deux aurores qui éclairaient ses armées dans des plaines brûlantes et sur des plateaux glacés.

Roland, dans son cercle étroit de chevalerie, courait après Angélique[6] ; les conquérants de première race poursuivent une plus haute souveraine : point de repos pour eux qu'ils n'aient pressé dans leurs bras cette divi-

---

1. Le fleuve, navigable à partir de Smolensk, va se jeter dans la mer Noire.　2. Ce prince de Kiev fut le premier à englober dans un empire unique (qui allait de la Baltique à la mer Noire) la totalité du cours du Dniepr.　3. Parvenu dans le bassin du haut Indus, Alexandre érigea, selon la tradition, un autel à chacun des douze Olympiens pour baliser la limite extrême de son expédition orientale. Mais on a du mal à comprendre la relation établie par Chateaubriand entre le Dniepr et ces régions lointaines.　4. Dans son *Manuscrit de 1812, contenant le précis des événements de cette année*, Paris, Delaunay, 1827.　5. Dans son *Napoléon et la Grande Armée en Russie*, Paris, Bossanges frères, 1825.　6. Personnages du *Roland furieux*.

nité couronnée de tours, épouse du Temps, fille du Ciel et mère des Dieux [1]. Possédé de sa propre existence, Bonaparte avait tout réduit à sa personne ; Napoléon s'était emparé de Napoléon ; il n'y avait plus que lui en lui. Jusqu'alors il n'avait exploré que des lieux célèbres ; maintenant il parcourait une voie sans nom, le long de laquelle Pierre [2] avait à peine ébauché les villes futures d'un empire qui ne comptait pas un siècle. Si les exemples instruisaient, Bonaparte aurait pu s'inquiéter au souvenir de Charles XII [3] qui traversa Smolensk en cherchant Moscou. À Kolodrina il y eut une affaire meurtrière : on avait enterré à la hâte les cadavres des Français, de sorte que Napoléon ne put juger de la grandeur de sa perte. À Dorogobouj, rencontre d'un Russe avec une barbe éblouissante de blancheur descendant sur sa poitrine : trop vieux pour suivre sa famille, resté seul à son foyer, il avait vu les prodiges de la fin du règne de Pierre le Grand, et il assistait, dans une silencieuse indignation, à la dévastation de son pays.

Une suite de batailles présentées et refusées amenèrent les Français sur le champ de la Moskowa. À chaque bivouac, l'empereur allait discutant avec ses généraux, écoutant leurs contentions, tandis qu'il était assis sur des branches de sapin ou se jouait avec quelque boulet russe qu'il poussait du pied. [...]

(4)

[ARRIVÉE À MOSCOU]

Napoléon, monté à cheval, avait rejoint son avant-garde. Une hauteur restait à franchir ; elle touchait à

---

1. Cybèle, ou la Terre.   2. Pierre le Grand, tsar de Russie, fondateur de Saint-Pétersbourg en 1712.   3. Roi de Suède de 1697 à 1718. Après avoir donné très jeune des preuves éclatantes de son génie militaire, il voulut envahir la Russie (1707) ; mais son armée fut écrasée à Pultava (juillet 1709).

Moscou de même que Montmartre à Paris ; elle s'appelait le *Mont du salut*, parce que les Russes y priaient à la vue de la ville sainte, comme les pèlerins en apercevant Jérusalem. Moscou *aux coupoles dorées*, disent les poètes slaves, resplendissait à la lumière du jour, avec ses deux cent quatre-vingt-quinze églises, ses quinze cents châteaux, ses maisons ciselées, colorées en jaune, en vert, en rose : il n'y manquait que les cyprès et le Bosphore. Le Kremlin faisait partie de cette masse couverte de fer poli ou peinturé. Au milieu d'élégantes villas de briques et de marbre, la Moskowa coulait parmi des parcs ornés de bois de sapins, palmiers de ce ciel : Venise, aux jours de sa gloire, ne fut pas plus brillante dans les flots de l'Adriatique. Ce fut le 14 septembre, à deux heures de l'après-midi, que Bonaparte, par un soleil orné des diamants du pôle, aperçut sa nouvelle conquête. Moscou, comme une princesse européenne aux confins de son empire, parée de toutes les richesses de l'Asie, semblait amenée là pour épouser Napoléon.

Une acclamation s'élève : « Moscou ! Moscou ! » s'écrient nos soldats ; ils battent encore des mains : au temps de la vieille gloire, ils criaient, revers ou prospérités, vive le Roi !

« Ce fut un beau moment, dit le lieutenant-colonel de Baudus [1], que celui où le magnifique panorama présenté par l'ensemble de cette immense cité s'offrit tout à coup à mes regards. Je me rappellerai toujours l'émotion qui se manifesta dans les rangs de la division polonaise ; elle me frappa d'autant plus qu'elle se fit jour par un mouvement empreint d'une pensée religieuse. En apercevant Moscou, les régiments entiers se jetèrent à genoux et remercièrent le Dieu des armées de les avoir conduits par la victoire dans la capitale de leur ennemi le plus acharné. »

Les acclamations cessent ; on descend muets vers la ville ; aucune députation ne sort des portes pour pré-

---

1. Guillaume de Baudus (1786-1858), ancien aide de camp de Soult, a laissé des *Études sur Napoléon* (Paris, Debécourt, 1841).

senter les clefs dans un bassin d'argent. Le mouvement de la vie était suspendu dans la grande cité. Moscou chancelait silencieuse devant l'étranger : trois jours après elle avait disparu ; la Circassienne du Nord, la belle fiancée, s'était couchée sur son bûcher funèbre.

Lorsque la ville était encore debout, Napoléon en marchant vers elle s'écriait : « La voilà donc cette ville fameuse ! » et il regardait : Moscou, délaissée, ressemblait à la cité pleurée dans les *Lamentations*[1]. Déjà Eugène[2] et Poniatowski ont débordé les murailles ; quelques-uns de nos officiers pénètrent dans la ville ; ils reviennent et disent à Napoléon : « Moscou est déserte ! — Moscou est déserte ? C'est invraisemblable ! qu'on m'amène les boyards[3]. » Point de boyards, il n'est resté que des pauvres qui se cachent. Rues abandonnées, fenêtres fermées : aucune fumée ne s'élève des foyers d'où s'en échapperont bientôt des torrents. Pas le plus léger bruit. Bonaparte hausse les épaules. [...]

La garde impériale et les troupes étaient en grande tenue pour paraître devant un peuple absent. Bonaparte apprit bientôt avec certitude que la ville était menacée de quelque événement. À deux heures du matin on lui vient dire que le feu commence. Le vainqueur quitte le faubourg de Dorogomilow et vient s'abriter au Kremlin : c'était dans la matinée du 15. Il éprouva un moment de joie en pénétrant dans le palais de Pierre le Grand ; son orgueil satisfait écrivit quelques mots à Alexandre[4], à la réverbération du bazar qui commençait à brûler, comme autrefois Alexandre vaincu lui écrivait un billet du champ d'Austerlitz.

Dans le bazar on voyait de longues rangées de boutiques toutes fermées. On contient d'abord l'incendie ; mais dans la seconde nuit il éclate de toutes parts ; des globes lancés par des artifices crèvent, retombent en gerbes lumineuses sur les palais et les églises. Une bise

1. Jérusalem.   2. Le prince Eugène de Beauharnais.   3. Ancien nom des nobles en Russie et chez les Slaves du Sud.   4. Au tsar Alexandre Ier.

violente pousse les étincelles et lance les flammèches
sur le Kremlin : il renfermait un magasin à poudre ; un
parc d'artillerie avait été laissé sous les fenêtres même
de Bonaparte. De quartier en quartier nos soldats sont
chassés par les effluves du volcan. Des Gorgones et
des Méduses, la torche à la main, parcourent les carrefours livides de cet enfer ; d'autres attisent le feu avec
des lances de bois goudronné. Bonaparte, dans les
salles du nouveau Pergame[1], se précipite aux croisées,
s'écrie : « Quelle résolution extraordinaire ! quels
hommes ! ce sont des Scythes[2] ! »

Le bruit se répand que le Kremlin est miné : des
serviteurs se trouvent mal, des militaires se résignent.
Les bouches des divers brasiers en dehors s'élargissent,
se rapprochent, se touchent : la tour de l'Arsenal,
comme un haut cierge, brûle au milieu d'un sanctuaire
embrasé. Le Kremlin n'est plus qu'une île noire contre
laquelle se brise une mer ondoyante de feu. Le ciel,
reflétant l'illumination, est comme traversé des clartés
mobiles d'une aurore boréale.

La troisième nuit descendait ; on respirait à peine
dans une vapeur suffocante : deux fois des mèches ont
été attachées au bâtiment qu'occupait Napoléon.
Comment fuir ? les flammes attroupées bloquent les
portes de la citadelle. En cherchant de tous les côtés,
on découvre une poterne qui donnait sur la Moskowa.
Le vainqueur avec sa garde se dérobe par ce guichet
de salut. Autour de lui dans la ville, des voûtes se fen-
dent en mugissant, des clochers d'où découlaient des
torrents de métal liquéfié se penchent, se détachent et
tombent. Des charpentes, des poutres, des toits cra-
quant, pétillant, croulant, s'abîment dans un Phlégé-
ton[3] dont ils font rejaillir la lame ardente et des
millions de paillettes d'or. Bonaparte ne s'échappe que

---

1. Nom poétique de la citadelle de Troie, qui désigne ici le Kremlin.
Chateaubriand compare le spectaculaire incendie de Moscou à celui de
Troie (chez Virgile), ou à celui de Rome sous Néron.   2. Nom générique
donné à divers peuples barbares du nord de la Perse et de la mer Noire,
réputés pour leur intrépidité et leur férocité.   3. Fleuve des Enfers.

sur les charbons refroidis d'un quartier déjà réduit en
cendres : il gagna Petrowsky, villa du czar. [...]

(5)

[RETRAITE DE RUSSIE]

[...] Cependant Kutuzoff nous poursuivait mollement. Wilson[1] pressait-il le général russe d'agir, le
général répondait : « Laissez venir la neige. » Le
29 septembre[2], on touche aux fatales collines de la
Moskowa : un cri de douleur et de surprise échappe à
notre armée. De vastes boucheries se présentaient, éta-
lant quarante mille cadavres diversement consommés.
Des files de carcasses alignées semblaient garder
encore la discipline militaire ; des squelettes détachés
en avant, sur quelques mamelons écrêtés, indiquaient
les commandants et dominaient la mêlée des morts.
Partout armes rompues, tambours défoncés, lambeaux
de cuirasses et d'uniformes, étendards déchirés, dispersés entre des troncs d'arbres coupés à quelques
pieds du sol par les boulets : c'était la grande redoute
de la Moskowa[3].
   Au sein de la destruction immobile on aperçoit une
chose en mouvement : un soldat français privé des
deux jambes se frayait un passage dans des cimetières
qui semblaient avoir rejeté leurs entrailles au dehors.
Le corps d'un cheval effondré par un obus avait servi
de guérite à ce soldat : il y vécut en rongeant sa loge
de chair, les viandes putréfiées des morts à la portée
de sa main lui tenaient lieu de charpie pour panser ses
plaies, et d'amadou pour emmaillotter ses os. L'ef-

<hr/>

1. Sir Robert Wilson (1777-1849). Cet officier anglais avait combattu
Bonaparte en Orient ; mais il fit la campagne de 1812 du côté russe.
2. Inadvertance pour le 29 octobre (1812).   3. Près du village de Boro-
dino, où les Russes avaient livré bataille le 7 septembre.

frayant remords de la gloire se traînait vers Napoléon :
Napoléon ne l'attendit pas.

Le silence des soldats, hâtés du froid, de la faim et
de l'ennemi, était profond ; ils songeaient qu'ils
seraient bientôt semblables aux compagnons dont ils
apercevaient les restes. On n'entendait dans ce reli-
quaire que la respiration agitée et le bruit du frisson
involontaire des bataillons en retraite.

Plus loin on retrouva l'abbaye de Kotloskoï transformée en hôpital ; tous les secours y manquaient : là
restait encore assez de vie pour sentir la mort. Bonaparte, arrivé sur le lieu, se chauffa du bois de ses chariots disloqués. Quand l'armée reprit sa marche, les
agonisants se levèrent, parvinrent au seuil de leur dernier asile, se laissèrent dévaler jusqu'au chemin, tendirent aux camarades qui les quittaient leurs mains
défaillantes : ils semblaient à la fois les conjurer et les
ajourner.

À chaque instant retentissait la détonation des cais-
sons qu'on était forcé d'abandonner. Les vivandiers
jetaient les malades dans les fossés. Des prisonniers
russes, qu'escortaient des étrangers au service de la
France, furent dépêchés [1] par leurs gardes : tués d'une
manière uniforme, leur cervelle était répandue à côté
de leur tête. Bonaparte avait emmené l'Europe avec
lui ; toutes les langues se parlaient dans son armée ;
toutes les cocardes, tous les drapeaux s'y voyaient.
L'Italien, forcé au combat, s'était battu comme un
Français ; l'Espagnol avait soutenu sa renommée de
courage : Naples et l'Andalousie n'avaient été pour
eux que les regrets d'un doux songe. On a dit que
Bonaparte n'avait été vaincu que par l'Europe entière,
et c'est juste ; mais on oublie que Bonaparte n'avait
vaincu qu'à l'aide de l'Europe, de force ou de gré son
alliée.

La Russie résista seule à l'Europe guidée par Napoléon ; la France, restée seule et défendue par Napoléon,

---

1. Tués. Dépêcher signifie ici : expédier, en finir avec quelqu'un. Le
détail macabre qui suit se trouve dans Ségur.

tomba sous l'Europe retournée ; mais il faut dire que
la Russie était défendue par son climat, et que l'Europe
ne marchait qu'à regret sous son maître. La France, au
contraire, n'était préservée ni par son climat ni par sa
population décimée ; elle n'avait que son courage et le
souvenir de sa gloire.

Indifférent aux misères de ses soldats, Bonaparte
n'avait souci que de ses intérêts : lorsqu'il campait, sa
conversation roulait sur des ministres vendus, disait-il,
aux Anglais, lesquels ministres étaient les fomentateurs
de cette guerre ; ne se voulant pas avouer que cette
guerre venait uniquement de lui. Le duc de Vicence [1],
qui s'obstinait à racheter un malheur par sa noble
conduite, éclatait au milieu de la flatterie au bivouac.
Il s'écriait : « Que d'atroces cruautés ! Voilà donc la
civilisation que nous apportons en Russie ! » Aux
incroyables dires de Bonaparte, il faisait un geste de
colère et d'incrédulité, et se retirait. [...]

Napoléon, ayant traversé Gjatsk, poussa jusqu'à
Wiasma ; il le dépassa, n'ayant point trouvé l'ennemi
qu'il craignait d'y rencontrer. Il arriva le 3 novembre
à Slawskowo : là il apprit qu'un combat s'était donné
derrière lui à Wiasma ; ce combat contre les troupes de
Miloradowitch nous fut fatal : nos soldats, nos officiers
blessés, le bras en écharpe, la tête enveloppée de linge,
miracle de vaillance, se jetaient sur les canons
ennemis.

Cette suite d'affaires dans les mêmes lieux, ces
couches de morts ajoutées à des couches de morts, ces
batailles doublées de batailles, auraient deux fois
immortalisé des champs funestes, si l'oubli ne passait
rapidement sur notre poussière. Qui pense à ces paysans laissés en Russie ? Ces rustiques sont-ils contents
d'avoir été *à la grande bataille sous les murs de Mos-*

---

1. Le marquis de Caulaincourt (1772-1827), officier et diplomate, fut un
des proches de Napoléon qui le créa duc de Vicence en 1808, et auquel il
demeura fidèle malgré ses sympathies pro-russes. Le « malheur » auquel
Chateaubriand fait allusion est la part qu'aurait prise Caulaincourt au brutal
enlèvement du duc d'Enghien sur le territoire de Bade en 1804.

cou[1] ? Il n'y a peut-être que moi qui, dans les soirées d'automne, en regardant voler au haut du ciel les oiseaux du Nord, me souvienne qu'ils ont vu la tombe de nos compatriotes. Des compagnies industrielles se sont transportées au désert avec leurs fourneaux et leurs chaudières ; les os ont été convertis en noir animal[2] : qu'il vienne du chien ou de l'homme, le vernis est du même prix, et il n'est pas plus brillant, qu'il ait été tiré de l'obscurité ou de la gloire. Voilà le cas que nous faisons des morts aujourd'hui ! Voilà les rites sacrés de la nouvelle religion ! *Diis Manibus*[3]. Heureux compagnons de Charles XII, vous n'avez point été visités par ces hyènes sacrilèges ! Pendant l'hiver l'hermine fréquente les neiges virginales, et pendant l'été les mousses fleuries de Pultava[4].

Le 6 novembre (1812) le thermomètre descendit à dix-huit degrés au-dessous de zéro ; tout disparaît sous la blancheur universelle. Les soldats sans chaussure sentent leurs pieds mourir ; leurs doigts violâtres et raidis laissent échapper le mousquet dont le toucher brûle ; leurs cheveux se hérissent de givre, leurs barbes de leur haleine congelée ; leurs méchants habits deviennent une casaque de verglas. Ils tombent, la neige les couvre ; ils forment sur le sol de petits sillons de tombeaux. On ne sait plus de quel côté les fleuves coulent ; on est obligé de casser la glace pour apprendre à quel orient il faut se diriger. Égarés dans l'étendue, les divers corps font des feux de bataillons pour se rappeler et se reconnaître, de même que des vaisseaux en péril tirent le canon de détresse. Les sapins changés en cristaux immobiles s'élèvent çà et là, candélabres de ces pompes funèbres. Des corbeaux

---

1. Rappel de la proclamation faite par Napoléon le 6 septembre 1812, à la veille de la bataille de la Moskowa.   2. Cette expression désigne un charbon ou vernis obtenu par calcination des os en vase clos, et qui a des propriétés décolorantes. Élaboré à cette époque, le procédé a été utilisé en particulier dans les industries de raffinage du sucre.   3. « Aux Dieux Mânes. » Inscription votive qui figure sur les stèles funéraires romaines.
4. Voir la n. 3, p. 232.

et des meutes de chiens blancs sans maîtres suivaient à distance cette retraite de cadavres.

Il était dur, après les marches, d'être obligé, à l'étape déserte, de s'entourer des précautions d'un ost[1] sain, largement pourvu, de poser des sentinelles, d'occuper des postes, de placer des grand'gardes[2]. Dans des nuits de seize heures, battu des rafales du nord, on ne savait ni où s'asseoir, ni où se coucher ; les arbres jetés bas avec tous leurs albâtres refusaient de s'enflammer ; à peine parvenait-on à faire fondre un peu de neige, pour y démêler une cuillerée de farine de seigle. On ne s'était pas reposé sur le sol nu que des hurlements de cosaques faisaient retentir les bois ; l'artillerie volante de l'ennemi grondait ; le jeûne de nos soldats était salué comme le festin des rois, lorsqu'ils se mettent à table ; les boulets roulaient leurs pains de fer au milieu des convives affamés. À l'aube, que ne suivait point l'aurore, on entendait le battement d'un tambour drapé de frimas ou le son enroué d'une trompette : rien n'était triste comme cette diane[3] lugubre, appelant sous les armes des guerriers qu'elle ne réveillait plus. Le jour grandissant éclairait des cercles de fantassins raidis et morts autour des bûchers expirés.

Quelques survivants partaient ; ils s'avançaient vers des horizons inconnus qui, reculant toujours, s'évanouissaient à chaque pas dans le brouillard. Sous un ciel pantelant, et comme lassé des tempêtes de la veille, nos files éclaircies traversaient des landes après des landes, des forêts suivies de forêts et dans lesquelles l'océan semblait avoir laissé son écume attachée aux branches échevelées des bouleaux. On ne rencontrait même pas dans ces bois ce triste et petit oiseau de l'hiver qui chante, ainsi que moi, parmi les buissons dépouillés. Si je me retrouve tout à coup par ce rapprochement en présence de mes vieux jours, ô mes cama-

---

1. Une armée. Archaïsme qu'on rencontre encore chez La Fontaine (« Le loup et le renard »).   2. Des avant-postes formés de fusiliers voltigeurs, accompagnés de cavaliers.   3. Sonnerie de trompette ou batterie de tambour qui donne le signal du réveil.

rades ! (les soldats sont frères), vos souffrances me rappellent aussi mes jeunes années, lorsque, me retirant devant vous, je traversais, si misérable et si délaissé, la bruyère des Ardennes[1].

(7)

[FIN DE LA CAMPAGNE DE RUSSIE]

[...] À Smorgoni l'empereur écrivit son vingt-neuvième bulletin. Le 5 décembre il monta sur un traîneau avec M. de Caulaincourt : il était dix heures du soir. Il traversa l'Allemagne caché sous le nom de son compagnon de fuite. À sa disparition, tout s'abîma : dans une tempête, lorsqu'un colosse de granit s'ensevelit sous les sables de la Thébaïde, nulle ombre ne reste au désert. Quelques soldats dont il ne restait de vivant que les têtes finirent par se manger les uns les autres sous des hangars de branches de pins. Des maux qui paraissaient ne pouvoir augmenter se complètent : l'hiver, qui n'avait encore été que l'automne de ces climats, descend. Les Russes n'avaient plus le courage de tirer, dans des régions de glace, sur les ombres gelées que Bonaparte laissait vagabondes après lui.

À Wilna on ne rencontra que des juifs qui jetaient sous les pieds de l'ennemi les malades qu'ils avaient d'abord recueillis par avarice[2]. Une dernière déroute abîma le demeurant des Français, à la hauteur de Ponary. Enfin on touche au Niémen : des trois ponts sur lesquels nos troupes avaient défilé, aucun n'existait ; un pont, ouvrage de l'ennemi, dominait les eaux congelées. Des cinq cent mille hommes, de l'innombrable artillerie qui, au mois d'août, avaient traversé le fleuve, on ne vit repasser à Kowno qu'un millier de

---

1. Voir pp. 165-172.   2. Chateaubriand résume ici sobrement une page vengeresse de Ségur contre la communauté israélite de Vilnius.

fantassins réguliers, quelques canons et trente mille misérables couverts de plaies. Plus de musique, plus de chants de triomphe ; la bande à la face violette, et dont les cils figés forçaient les yeux à se tenir ouverts, marchait en silence sur le pont ou rampait de glaçons en glaçons jusqu'à la rive polonaise. Arrivés dans des habitations échauffées par des poëles, les malheureux expirèrent : leur vie se fondit avec la neige dont ils étaient enveloppés. Le général Gourgaud affirme que cent vingt-sept mille hommes repassèrent le Niémen : ce serait toujours même à ce compte une perte de trois cent treize mille hommes dans une campagne de quatre mois. [...]

LIVRE VINGT-DEUXIÈME

(11)

Le cercle se resserrait autour de la capitale : à chaque instant on apprenait un progrès de l'ennemi. Pêle-mêle entraient, par les barrières, des prisonniers russes et des blessés français traînés dans des charrettes : quelques-uns à demi-morts tombaient sous les roues qu'ils ensanglantaient. Des conscrits appelés de l'intérieur traversaient la capitale en longue file, se dirigeant sur les armées. La nuit on entendait passer sur les boulevards extérieurs des trains d'artillerie, et l'on ne savait si les détonations lointaines annonçaient la victoire décisive ou la dernière défaite.

La guerre vint s'établir enfin aux barrières de Paris. Du haut des tours de Notre-Dame on vit paraître la tête des colonnes russes, ainsi que les premières ondulations du flux de la mer sur une plage. Je sentis ce qu'avait dû éprouver un Romain lorsque, du faîte du Capitole, il découvrit les soldats d'Alaric et la vieille cité des Latins à ses pieds, comme je découvrais les soldats russes, et à mes pieds la vieille cité des Gaulois. Adieu donc, Lares paternels, foyers conservateurs des traditions du pays, toits sous lesquels avaient respiré et cette Virginie[1] sacrifiée par son père à la pudeur et à

---

1. Poursuite du parallèle (un peu forcé) entre Rome et Paris à travers une double figure de jeune fille. Virginie, que Bossuet appelle une « seconde

la liberté, et cette Héloïse vouée par l'amour aux lettres
et à la religion.

Paris depuis des siècles n'avait point vu la fumée
des camps de l'ennemi, et c'est Bonaparte qui, de
triomphe en triomphe, a amené les Thébains à la vue
des femmes de Sparte [2]. Paris était la borne dont il était
parti pour courir la terre : il y revenait laissant derrière
lui l'énorme incendie de ses inutiles conquêtes.

On se précipitait au Jardin-des-Plantes que jadis
aurait pu protéger l'abbaye fortifiée de Saint-Victor :
le petit monde des cygnes et des bananiers, à qui notre
puissance avait promis une paix éternelle, était troublé.
Du sommet du labyrinthe, par-dessus le grand cèdre,
par-dessus les greniers d'abondance que Bonaparte
n'avait pas eu le temps d'achever, au-delà de l'empla-
cement de la Bastille et du donjon de Vincennes (lieux
qui racontaient notre successive histoire), la foule
regardait les feux de l'infanterie au combat de Belle-
ville. Montmartre est emporté ; les boulets tombent
jusque sur les boulevards du Temple. Quelques compagnies de la garde nationale sortirent et perdirent trois
cents hommes dans les champs autour du tombeau des
martyrs [3]. Jamais la France militaire ne brilla d'un plus
vif éclat au milieu de ses revers : les derniers héros
furent les cent cinquante jeunes gens de l'école Polytechnique, transformés en canonniers dans les redoutes
du chemin de Vincennes [4]. Environnés d'ennemis, ils
refusaient de se rendre ; il fallut les arracher de leurs
pièces : le grenadier russe les saisissait noircis de
poudre et couverts de blessures ; tandis qu'ils se débat-

Lucrèce », fut mise à mort par son père, un plébéien, pour la soustraire à
la convoitise du décemvir Appius Claudius, au 1er siècle de la République
romaine. En 1829, Ballanche avait repris le récit de Tite-Live pour faire
de Virginie un symbole « palingénésique » du peuple.   **2.** Lorsque les
Thébains commandés par Épaminondas envahirent le territoire de Sparte,
le roi Agésilas se rappela, non sans amertume, qu'il avait autrefois prétendu
que jamais les femmes de la cité ne verraient la fumée des bivouacs ennemis
(Plutarque, *Agésilas*, 50).   **3.** C'est-à-dire à Montmartre, dont une éty-
mologie traditionnelle faisait dériver le nom de *Mons Martyrum*.   **4.** Les
élèves de Polytechnique étaient venus renforcer les six compagnies de grenadiers de la Garde nationale qui défendaient la barrière du Trône.

taient dans ses bras, il élevait en l'air avec des cris de
victoire et d'admiration ces jeunes palmes françaises,
et les rendait toutes sanglantes à leurs mères. [...]

(13)

Dieu avait prononcé une de ces paroles par qui le
silence de l'éternité est de loin en loin interrompu.
Alors se souleva, au milieu de la présente génération,
le marteau qui frappa l'heure que Paris n'avait entendu
sonner qu'une fois : le 25 décembre 496, Reims
annonça le baptême de Clovis, et les portes de Lutèce
s'ouvrirent aux Francs ; le 30 mars 1814, après le baptême de sang de Louis XVI, le vieux marteau resté
immobile se leva de nouveau au beffroi de l'antique
monarchie ; un second coup retentit, les Tartares péné-
trèrent dans Paris. Dans l'intervalle de mille trois cent
dix-huit ans, l'étranger avait insulté les murailles de la
capitale de notre empire sans y pouvoir entrer jamais,
hormis quand il s'y glissa appelé par nos propres divisions[1]. Les Normands assiégèrent la cité des *Parisii* ;
les *Parisii* donnèrent la volée aux éperviers qu'ils portaient sur le poing ; Eudes, enfant de Paris et roi futur,
rex futurus, dit Abbon[2], repoussa les pirates du nord :
les *Parisiens* lâchèrent leurs aigles en 1814 ; les alliés
entrèrent au Louvre.

Bonaparte avait fait injustement la guerre à
Alexandre son admirateur qui implorait la paix à
genoux ; Bonaparte avait commandé le carnage de la
Moskowa ; il avait forcé les Russes à brûler eux-
mêmes Moscou ; Bonaparte avait dépouillé Berlin,

---

1. Allusion à la guerre de Cent-Ans et au temps de la Ligue. **2.** Dans
son poème latin sur *le Siège de Paris par les Normands* (xe siècle).

humilié son roi, insulté sa reine [1] : à quelles représailles devions-nous donc nous attendre ? vous l'allez voir.

J'avais erré dans les Florides autour de monuments inconnus, jadis dévastés par des conquérants dont il ne reste aucune trace, et j'étais réservé au spectacle des hordes caucasiennes campées dans la cour du Louvre. Dans ces événements de l'histoire qui, selon Montaigne, « sont maigres témoins de notre prix et capacité » [2], ma langue s'attache à mon palais.

> *Adhæret lingua mea faucibus meis* [3].

L'armée des alliés entra dans Paris le 31 mars 1814, à midi, à dix jours seulement de l'anniversaire de la mort du duc d'Enghien, 21 mars 1804. Était-ce la peine à Bonaparte d'avoir commis une action de si longue mémoire, pour un règne qui devait durer si peu ? L'empereur de Russie et le roi de Prusse étaient à la tête de leurs troupes. Je les vis défiler sur les boulevards. Stupéfait et anéanti au dedans de moi comme si l'on m'arrachait mon nom de Français pour y substituer le numéro par lequel je devais désormais être connu dans les mines de la Sibérie, je sentais en même temps mon exaspération s'accroître contre l'homme dont la gloire nous avait réduits à cette honte.

Toutefois cette première invasion des alliés est demeurée sans exemple dans les annales du monde : l'ordre, la paix et la modération régnèrent partout ; les boutiques se rouvrirent ; des soldats russes de la garde, hauts de six pieds, étaient pilotés à travers les rues par de petits polissons français qui se moquaient d'eux, comme des pantins et des masques du carnaval. Les vaincus pouvaient être pris pour les vainqueurs ; ceux-ci, tremblant de leurs succès, avaient l'air d'en demander excuse. La garde nationale occupait seule l'intérieur de Paris, à l'exception des hôtels où logeaient les rois et les princes étrangers. Le 31 mars 1814, des

---

1. Le roi de Prusse Frédéric-Guillaume III, et sa femme la reine Louise.
2. *Essais*, III, 8.   3. Psaumes, CXXXVI, 6.

armées innombrables occupaient la France ; quelques mois après, toutes ces troupes repassèrent nos frontières, sans tirer un coup de fusil, sans verser une goutte de sang, depuis la rentrée des Bourbons.

[...] Alexandre avait quelque chose de calme et de triste : il se promenait dans Paris, à cheval ou à pied, sans suite et sans affectation. Il avait l'air étonné de son triomphe ; ses regards presque attendris erraient sur une population qu'il semblait considérer comme supérieure à lui : on eût dit qu'il se trouvait un barbare au milieu de nous, comme un Romain se sentait honteux dans Athènes. Peut-être aussi pensait-il que ces mêmes Français avaient paru dans sa capitale incendiée ; qu'à leur tour ses soldats étaient maîtres de ce Paris où il aurait pu retrouver quelques-unes des torches éteintes par qui fut Moscou affranchie et consumée. Cette destinée, cette fortune changeante, cette misère commune des peuples et des rois, devaient profondément frapper un esprit aussi religieux que le sien.

(25)

EXHUMATION DES RESTES DE LOUIS XVI. — PREMIER 21 JANVIER À SAINT-DENIS.

[...] J'ai désiré assez longtemps que l'image de Louis XVI fût placée dans le lieu même où le martyr répandit son sang : je ne serais plus de cet avis. Il faut louer les Bourbons d'avoir, dès le premier moment de leur retour, songé à Louis XVI ; ils devaient toucher leur front avec ses cendres, avant de mettre sa couronne sur leur tête. Maintenant je crois qu'ils n'auraient pas dû aller plus loin. Ce ne fut pas à Paris comme à Londres une commission qui jugea le monarque, ce fut la Convention entière ; de là le reproche annuel qu'une cérémonie funèbre répétée semblait faire à la nation, en apparence représentée par une assemblée complète. Tous les peuples ont fixé des anniversaires à la célébration de leurs triomphes, de leurs désordres ou de leurs malheurs, car tous ont également voulu garder la mémoire des uns et des autres : nous avons eu des solennités pour les barricades, des chants pour la Saint-Barthélemy, des fêtes pour la mort de Capet ; mais n'est-il pas remarquable que la loi est impuissante à créer des jours de souvenir, tandis que la religion a fait vivre d'âge en âge le saint le plus obscur ? Si les jeûnes et les prières institués pour le sacrifice de Charles Ier durent encore, c'est qu'en Angleterre l'État unit la suprématie religieuse à la suprématie politique, et qu'en vertu de cette suprématie le 30 janvier 1649 est devenu jour *férié*. En France, il n'en est pas de la sorte : Rome seule a le droit de commander en religion ; dès lors, qu'est-ce qu'une ordonnance qu'un prince publie, un décret qu'une assemblée politique promulgue, si un autre prince, une autre assemblée, ont le droit de les effacer ? je pense donc aujourd'hui que le symbole d'une fête qui peut être abolie, que le témoignage d'une catastrophe tragique non consacrée par le culte, n'est pas convenablement placé sur le chemin de la foule allant insouciante et distraite à ses plaisirs. Par le temps actuel, il serait à craindre qu'un monument élevé dans le but d'imprimer l'effroi des excès populaires donnât le désir de les imiter : le mal tente plus que le bien, en voulant perpétuer la douleur, on ne fait souvent que perpétuer l'exemple. Les siècles n'adoptent point les legs de deuil, ils ont assez de sujet présent de pleurer sans se charger de verser encore des larmes héréditaires. [...]

LIVRE VINGT-TROISIÈME

(16)

BATAILLE DE WATERLOO.

Le 18 juin 1815, vers midi, je sortis de Gand par la porte de Bruxelles ; j'allai seul achever ma promenade sur la grande route. J'avais emporté les *Commentaires de César* et je cheminais lentement, plongé dans ma lecture. J'étais déjà à plus d'une lieue de la ville, lorsque je crus ouïr un roulement sourd : je m'arrêtai, regardai le ciel assez chargé de nuées, délibérant en moi-même si je continuerais d'aller en avant, ou si je me rapprocherais de Gand dans la crainte d'un orage. Je prêtai l'oreille ; je n'entendis plus que le cri d'une poule d'eau dans des joncs et le son d'une horloge de village. Je poursuivis ma route : je n'avais pas fait trente pas que le roulement recommença, tantôt bref, tantôt long et à intervalles inégaux ; quelquefois il n'était sensible que par une trépidation de l'air, laquelle se communiquait à la terre sur ces plaines immenses, tant il était éloigné. Ces détonations moins vastes, moins onduleuses, moins liées ensemble que celles de la foudre, firent naître dans mon esprit l'idée d'un combat. Je me trouvais devant un peuplier planté à l'angle d'un champ de houblon. Je traversai le chemin et je m'appuyai debout contre le tronc de l'arbre, le visage tourné du côté de Bruxelles. Un vent du sud s'étant levé m'apporta plus distinctement le bruit de l'artillerie[1]. Cette grande bataille, encore sans nom, dont j'écoutais les échos au pied d'un peuplier, et dont une horloge de village venait de sonner les funérailles inconnues, était la bataille de Waterloo !

Auditeur silencieux et solitaire du formidable arrêt des destinées, j'aurais été moins ému si je m'étais trouvé dans la mêlée : le péril, le feu, la cohue de la mort ne m'eussent pas laissé le temps de méditer ; mais seul sous un arbre, dans la campagne de Gand, comme le berger des troupeaux qui passaient autour de moi, le poids des réflexions m'accablait : Quel était ce combat ? Était-il définitif ? Napoléon était-il là en personne ? Le monde, comme la robe du Christ, était-il jeté au sort[2] ? Succès ou revers de l'une ou l'autre armée, quelle serait la conséquence de l'événement pour les peuples, liberté ou esclavage ? Mais quel sang coulait ! chaque bruit parvenu à mon oreille n'était-il pas le dernier soupir d'un Français ? Était-ce un nouveau Crécy, un nouveau Poitiers, un nouvel Azincourt[3] dont allaient jouir les plus implacables ennemis de la France ? S'ils triomphaient, notre gloire n'était-elle pas perdue ? Si Napoléon l'emportait, que devenait notre liberté ? Bien qu'un succès de Napoléon m'ouvrit un exil éternel, la patrie l'emportait dans ce moment dans mon cœur ; mes vœux étaient pour l'oppresseur de la France, s'il devait, en sauvant notre honneur, nous arracher à la domination étrangère.

Wellington triomphait-il ? La légitimité rentrerait donc dans Paris derrière ces uniformes rouges qui venaient de reteindre leur pourpre au sang des Français ! La royauté aurait donc pour carrosse de son sacre les chariots d'ambulance remplis de nos grenadiers muti-

---

1. Waterloo se trouve à une cinquantaine de kilomètres de Gand. Mais le témoignage de Bertin confirme que depuis la campagne environnante, « on entendait parfaitement la canonnade de Waterloo ».   2. Les quatre évangélistes ont indiqué qu'après la crucifixion, les soldats romains tirèrent au sort les vêtements du Christ pour se les partager ; mais Jean est le seul à évoquer cette « tunique sans couture » (*Jean*, XIX, 23-24).   3. Crécy (26 août 1346), Poitiers (19 septembre 1356), Azincourt (25 octobre 1415) furent les trois défaites majeures subies par la chevalerie française au cours de la guerre de Cent-Ans.

lés ! Que sera-ce qu'une restauration accomplie sous de tels auspices ?... Ce n'est là qu'une bien petite partie des idées qui me tourmentaient. Chaque coup de canon me donnait une secousse et doublait le battement de mon cœur. À quelques lieues d'une catastrophe immense, je ne la voyais pas ; je ne pouvais toucher le vaste monument funèbre croissant de minute en minute à Waterloo, comme du rivage de Boulaq, au bord du Nil, j'étendais vainement mes mains vers les Pyramides [1].

Aucun voyageur ne paraissait ; quelques femmes dans les champs, sarclant paisiblement des sillons de légumes, n'avaient pas l'air d'entendre le bruit que j'écoutais. Mais voici venir un courrier : je quitte le pied de mon arbre et je me place au milieu de la chaussée ; j'arrête le courrier et l'interroge. Il appartenait au duc de Berry et venait d'Alost. Il me dit : « Bonaparte est entré hier (17 juin) dans Bruxelles, après un combat sanglant. La bataille a dû recommencer aujourd'hui (18 juin). On croit à la défaite définitive des alliés, et l'ordre de la retraite est donné. » Le courrier continua sa route.

Je le suivis en me hâtant : je fus dépassé par la voiture d'un négociant qui fuyait en poste avec sa famille ; il me confirma le récit du courrier.

(17)

CONFUSION À GAND. — QUELLE FUT LA BATAILLE DE WATERLOO.

Tout était dans la confusion quand je rentrai à Gand : on fermait les portes de la ville ; les guichets seuls demeuraient entre-bâillés ; des bourgeois mal

---

1. Lors de son passage au Caire, en novembre 1806, la crue du Nil empêcha Chateaubriand de voir de près les Pyramides.

armés et quelques soldats de dépôt faisaient sentinelle. Je me rendis chez le Roi.

Monsieur [1] venait d'arriver par une route détournée : il avait quitté Bruxelles sur la fausse nouvelle que Bonaparte y allait entrer, et qu'une première bataille perdue ne laissait aucune espérance du gain d'une seconde. On racontait que les Prussiens ne s'étant pas trouvés en ligne, les Anglais avaient été écrasés.

Sur ces bulletins, le *sauve qui peut* devint général : les possesseurs de quelques ressources partirent ; moi, qui ai la coutume de n'avoir jamais rien, j'étais toujours prêt et dispos. Je voulais faire déménager avant moi madame de Chateaubriand, grande bonapartiste, mais qui n'aime pas les coups de canon : elle ne me voulut pas quitter.

Le soir, conseil auprès de S. M. : nous entendîmes de nouveau les rapports de Monsieur et les *on-dit* recueillis chez le commandant de la place ou chez le baron d'Eckstein [2]. Le fourgon des diamants de la couronne était attelé : je n'avais pas besoin de fourgon pour emporter mon trésor. J'enfermai le mouchoir de soie noire dont j'entortille ma tête la nuit dans mon flasque portefeuille de ministre de l'intérieur [3], et je me mis à la disposition du prince, avec ce document important des affaires de la légitimité. J'étais plus riche dans ma première émigration, quand mon havresac me tenait lieu d'oreiller et servait de maillot à *Atala* : mais en 1815 *Atala* était une grande petite fille dégingandée de 13 à 14 ans, qui courait le monde toute seule, et qui, pour l'honneur de son père, avait fait trop parler d'elle.

Le 19 juin, à une heure du matin, une lettre de M. Pozzo [4], transmise au roi par estafette, rétablit la vérité des faits. Bonaparte n'était point entré dans Bruxelles ; il avait décidément perdu la bataille de Waterloo. Parti de Paris le 12 juin, il rejoignit son armée le 14. Le 15 il force

---

1. Le frère de Louis XVIII, futur Charles X.   2. Alors gouverneur de Gand.   3. À Gand, pendant les Cent-Jours, Chateaubriand avait été nommé ministre de l'Intérieur *par intérim*.   4. Charles-André Pozzo di Borgo (1764-1842), homme politique et diplomate corse entré au service de la Russie qu'il représenta à Paris de 1815 à 1834.

les lignes de l'ennemi sur la Sambre. Le 16, il bat les Prussiens dans ces champs de Fleurus où la victoire semble à jamais fidèle aux Français. Les villages de Ligny et de Saint-Amand sont emportés. Aux Quatre-Bras, nouveau succès : le duc de Brunswick reste parmi les morts. Blücher en pleine retraite se rabat sur une réserve de 30 000 hommes, aux ordres du général de Bulow ; le duc de Wellington, avec les Anglais et les Hollandais, s'adosse à Bruxelles.

Le 18 au matin, avant les premiers coups de canon, le duc de Wellington déclara qu'il pourrait tenir jusqu'à trois heures ; mais qu'à cette heure, si les Prussiens ne paraissaient pas, il serait nécessairement écrasé : acculé sur Planchenois et Bruxelles, toute retraite lui était interdite. Surpris par Napoléon, sa position militaire était détestable ; il l'avait acceptée et ne l'avait pas choisie.

Les Français emportèrent d'abord, à l'aile gauche de l'ennemi, les hauteurs qui dominent le château d'Hougoumont jusqu'aux fermes de la Haie-Sainte et de Papelotte ; à l'aile droite ils attaquèrent le village de Mont-Saint-Jean ; la ferme de la Haie-Sainte est enlevée au centre par le prince Jérôme. Mais la réserve prussienne paraît vers Saint-Lambert à six heures du soir : une nouvelle et furieuse attaque est donnée au village de la Haie-Sainte ; Blücher survient avec des troupes fraîches et isole du reste de nos troupes déjà rompues les carrés de la garde impériale. Autour de cette phalange immortelle, le débordement des fuyards entraîne tout parmi des flots de poussière, de fumée ardente et de mitraille, dans des ténèbres sillonnées de fusées à la congrève[1], au milieu des rugissements de trois cents pièces d'artillerie et du galop précipité de vingt-cinq mille chevaux : c'était comme le sommaire de toutes les batailles de l'Empire. Deux fois les Français ont crié : Victoire ! deux fois leurs cris sont étouffés sous la pression des colonnes ennemies. Le feu de nos lignes s'éteint ; les cartouches sont

---

1. C'est en 1804 que William Congreve (1772-1828) avait inventé les engins balistiques qui portent son nom.

épuisées ; quelques grenadiers blessés, au milieu de trente mille morts, de cent mille boulets sanglants, refroidis et conglobés[1] à leurs pieds, restent debout appuyés sur leur mousquet, baïonnette brisée, canon sans charge. Non loin d'eux l'homme des batailles écoutait, l'œil fixe, le dernier coup de canon qu'il devait entendre de sa vie. Dans ces champs de carnage, son frère Jérôme combattait encore avec ses bataillons expirants accablés par le nombre, mais son courage ne put ramener la victoire.

Le nombre des morts du côté des alliés était estimé à dix-huit mille hommes, du côté des Français à vingt-cinq mille : douze cents officiers anglais avaient péri ; presque tous les aides de camp du duc de Wellington étaient tués ou blessés : il n'y eut pas en Angleterre une famille qui ne prît le deuil. Le prince d'Orange[2] avait été atteint d'une balle à l'épaule, le baron de Vincent, ambassadeur d'Autriche, avait eu la main percée. Les Anglais furent redevables du succès aux Irlandais et à la brigade des montagnards écossais que les charges de notre cavalerie ne purent rompre. Le corps du général Grouchy, ne s'étant pas avancé, ne se trouva point à l'affaire. Les deux armées croisèrent le fer et le feu avec une bravoure et un acharnement qu'animait une inimitié nationale de dix siècles. Lord Castlereagh[3], rendant compte de la bataille à la Chambre des lords, disait : « Les soldats anglais et les soldats français, après l'affaire, lavaient leurs mains sanglantes dans un même ruisseau, et d'un bord à l'autre se congratulaient mutuellement sur leur courage. » Wellington avait toujours été funeste à Bonaparte, ou plutôt le génie rival de la France, le génie anglais, barrait le chemin à la victoire. Aujourd'hui les Prussiens réclament contre les Anglais l'honneur de cette affaire décisive ; mais, à la guerre, ce n'est pas l'action accomplie,

1. Entassés.   2. Le futur roi des Pays-Bas, Guillaume Ier (1772-1843).   3. Robert Stewart (1769-1822), vicomte Castlereagh, contribua comme ministre de la Guerre au succès de Wellington en Espagne, puis, à partir de 1812 comme ministre des Affaires étrangères, il anima la coalition des alliés contre la France.

c'est le nom qui fait le triomphateur : ce n'est pas Bonaparte qui a gagné la véritable bataille d'Iéna[1].

Les fautes des Français furent considérables : ils se trompèrent sur des corps ennemis ou amis ; ils occupèrent trop tard la position des Quatre-Bras ; le maréchal Grouchy, qui était chargé de contenir les Prussiens avec ses trente-six mille hommes, les laissa passer sans les voir : de là des reproches que nos généraux se sont adressés. Bonaparte attaqua de front selon sa coutume, au lieu de tourner les Anglais, et s'occupa, avec la présomption du maître, de couper la retraite à un ennemi qui n'était pas vaincu.

Beaucoup de menteries et quelques vérités assez curieuses ont été débitées sur cette catastrophe. Le mot : *La garde meurt et ne se rend pas*, est une invention qu'on n'ose plus défendre. Il paraît certain qu'au commencement de l'action, Soult fit quelques observations stratégiques à l'empereur : « Parce que Wellington vous a battu, lui répondit sèchement Napoléon, vous croyez toujours que c'est un grand général. » À la fin du combat, M. de Turenne[2] pressa Bonaparte de se retirer pour éviter de tomber entre les mains de l'ennemi : Bonaparte, sorti de ses pensées comme d'un rêve, s'emporta d'abord ; puis tout à coup, au milieu de sa colère, il s'élance sur son cheval et fuit. [...]

(20)

[...] SAINT-DENIS. — DERNIÈRE CONVERSATION AVEC LE ROI.

[...] Nous nous rendîmes à Saint-Denis[3] : sur les deux bords de la chaussée s'étendaient les bivouacs des Prussiens et des Anglais ; les yeux rencontraient au

---

1. Mais Davout, vainqueur le même jour (14 octobre 1806) à Auerstaedt.
2. Henri de Turenne (1773-1852), alors aide de camp de Napoléon.
3. Le 7 juillet 1815.

loin les flèches de l'abbaye : dans ses fondements Dagobert jeta ses joyaux, dans ses souterrains les races successives ensevelirent leurs rois et leurs grands hommes ; quatre mois passés, nous avions déposé là les os de Louis XVI pour tenir lieu des autres poussières. Lorsque je revins de mon premier exil en 1800, j'avais traversé cette même plaine de Saint-Denis ; il n'y campait encore que les soldats de Napoléon ; des Français remplaçaient encore les vieilles bandes du connétable de Montmorency [1].

Un boulanger nous hébergea. Le soir, vers les neuf heures, j'allai faire ma cour au Roi. Sa Majesté était logée dans les bâtiments de l'abbaye : on avait toutes les peines du monde à empêcher les petites filles de la Légion-d'Honneur de crier : Vive Napoléon ! J'entrai d'abord dans l'église ; un pan de mur attenant au cloître était tombé ; l'antique abbatial n'était éclairé que d'une lampe. Je fis ma prière à l'entrée du caveau où j'avais vu descendre Louis XVI : plein de crainte sur l'avenir, je ne sais si j'ai jamais eu le cœur noyé d'une tristesse plus profonde et plus religieuse. Ensuite je me rendis chez Sa Majesté : introduit dans une des chambres qui précédaient celle du Roi, je ne trouvai personne ; je m'assis dans un coin et j'attendis. Tout à coup une porte s'ouvre : entre silencieusement le vice appuyé sur le bras du crime, M. de Talleyrand marchant soutenu par M. Fouché ; la vision infernale passe lentement devant moi, pénètre dans le cabinet du Roi et disparaît. Fouché venait jurer foi et hommage à son seigneur ; le féal régicide, à genoux, mit les mains qui firent tomber la tête de Louis XVI entre les mains du frère du roi martyr ; l'évêque apostat fut caution du serment.

Le lendemain, le faubourg Saint-Germain arriva : tout se mêlait de la nomination de Fouché déjà obtenue, la religion comme l'impiété, la vertu comme le vice, le royaliste comme le révolutionnaire, l'étranger comme le Français ; on criait de toute part : « Sans Fouché point

---

1. Anne de Montmorency, né en 1493, fut mortellement blessé en 1567 à Saint-Denis, au commencement de la seconde guerre de religion.

de sûreté pour le Roi, sans Fouché point de salut pour la France ; lui seul a déjà sauvé la patrie, lui seul peut achever son ouvrage. » La vieille duchesse de Duras[1] était une des nobles dames les plus animées à l'hymne ; le bailli de Crussol[2], survivant de Malte, faisait chorus ; il déclarait que si sa tête était encore sur ses épaules, c'est que M. Fouché l'avait permis. Les peureux avaient eu tant de frayeur de Bonaparte, qu'ils avaient pris le massacreur de Lyon[3] pour un Titus[4]. Pendant plus de trois mois les salons du faubourg Saint-Germain me regardèrent comme un mécréant parce que je désapprouvais la nomination de leurs ministres. Ces pauvres gens, ils s'étaient prosternés aux pieds des *parvenus* ; ils n'en faisaient pas moins grand bruit de leur noblesse, de leur haine contre les révolutionnaires, de leur fidélité à toute épreuve, de l'inflexibilité de leurs principes, et ils adoraient Fouché.

Fouché avait senti l'incompatibilité de son existence ministérielle avec le jeu de la monarchie représentative : comme il ne pouvait s'amalgamer avec les éléments d'un gouvernement légal, il essaya de rendre les éléments politiques homogènes à sa propre nature. Il avait créé une terreur factice ; supposant des dangers imaginaires, il prétendait forcer la couronne à reconnaître les deux Chambres de Bonaparte et à recevoir la déclaration des droits qu'on s'était hâté de parachever ; on murmurait même quelques mots sur la nécessité d'exiler Monsieur et ses fils : le chef-d'œuvre eût été d'isoler le Roi.

On continuait à être dupe : en vain la garde nationale passait par-dessus les murs de Paris et venait protester de son dévouement ; on assurait que cette garde était

1. La duchesse douairière de Duras, belle-mère de celle que Chateaubriand appelait sa « chère sœur », avait connu la prison sous la Terreur et échappé de peu à la guillotine.   **2.** Le bailli de Crussol (1743-1815), ancien député de la noblesse aux États Généraux.   **3.** Chargé de mission à Lyon par la Convention, lors du siège de 1793, Fouché avait décidé de terribles mesures de représailles.   **4.** Le fils et successeur de Vespasien avait été surnommé « les délices du genre humain ». Son nom est resté dans la langue pour désigner un prince réconciliateur et bienfaisant.

mal disposée. La faction avait fait fermer les barrières afin d'empêcher le peuple, resté royaliste pendant les Cent-Jours, d'accourir, et l'on disait que ce peuple menaçait d'égorger Louis XVIII à son passage. L'aveuglement était miraculeux, car l'armée française se retirait sur la Loire, cent cinquante mille alliés occupaient les postes extérieurs de la capitale, et l'on prétendait toujours que le Roi n'était pas assez fort pour pénétrer dans une ville où il ne restait pas un soldat, où il n'y avait plus que des bourgeois, très capables de contenir une poignée de fédérés, s'ils s'étaient avisés de remuer. Malheureusement le Roi, par une suite de coïncidences fatales, semblait le chef des Anglais et des Prussiens ; il croyait être environné de libérateurs, et il était accompagné d'ennemis ; il paraissait entouré d'une escorte d'honneur, et cette escorte n'était en réalité que les gendarmes qui le menaient hors de son royaume : il traversait seulement Paris en compagnie des étrangers dont le souvenir servirait un jour de prétexte au bannissement de sa race.

Le gouvernement provisoire formé depuis l'abdication de Bonaparte fut dissous par une espèce d'acte d'accusation contre la couronne : pierre d'attente sur laquelle on espérait bâtir un jour une nouvelle révolution.

À la première Restauration j'étais d'avis que l'on gardât la cocarde tricolore : elle brillait de toute sa gloire ; la cocarde blanche était oubliée ; en conservant des couleurs qu'avaient légitimées tant de triomphes, on ne préparait point à une révolution prévoyable un signe de ralliement. Ne pas prendre la cocarde blanche eût été sage ; l'abandonner après qu'elle avait été portée par les grenadiers mêmes de Bonaparte était une lâcheté : on ne passe point impunément sous les fourches caudines ; ce qui déshonore est funeste : un soufflet ne vous fait physiquement aucun mal, et cependant il vous tue.

Avant de quitter Saint-Denis je fus reçu par le Roi et j'eus avec lui cette conversation :

— « Eh bien ? » me dit Louis XVIII, ouvrant le dialogue par cette exclamation.

— Eh bien, sire : vous prenez le duc d'Otrante.

— Il l'a bien fallu : depuis mon frère jusqu'au bailli de Crussol (et celui-là n'est pas suspect), tous disaient que nous ne pouvions pas faire autrement : qu'en pensez-vous ?

— Sire, la chose est faite : je demande à Votre Majesté la permission de me taire.

— Non, non, dites : vous savez comme j'ai résisté depuis Gand.

— Sire, je ne fais qu'obéir à vos ordres ; pardonnez à ma fidélité : je crois la monarchie finie. »

Le Roi garda le silence ; je commençais à trembler de ma hardiesse, quand S. M. reprit :

— « Eh bien, monsieur de Chateaubriand, je suis de votre avis. »

Cette conversation termine mon récit des *Cent-Jours*.

LIVRE VINGT-QUATRIÈME

(5)

JUGEMENT SUR BONAPARTE.

Au moment où Bonaparte quitte l'Europe, où il abandonne sa vie pour aller chercher les destinées de sa mort, il convient d'examiner cet homme à deux existences, de peindre le faux et le vrai Napoléon : ils se confondent et forment un tout, du mélange de leur réalité et de leur mensonge.

De la réunion de ces remarques il résulte que Bonaparte était un poëte en action, un génie immense dans la guerre, un esprit infatigable, habile et sensé dans l'administration, un législateur laborieux et raisonnable. C'est pourquoi il a tant de prise sur l'imagination des peuples, et tant d'autorité sur le jugement des hommes positifs. Mais comme politique ce sera toujours un homme défectueux aux yeux des hommes d'État. Cette observation, échappée à la plupart de ses panégyristes, deviendra, j'en suis convaincu, l'opinion définitive qui restera de lui ; elle expliquera le contraste de ses actions prodigieuses et de leurs misérables résultats. À Sainte-Hélène, il a condamné lui-même avec sévérité sa conduite politique sur deux points : la guerre d'Espagne et la guerre de Russie ; il aurait pu étendre sa confession à d'autres coulpes. Ses enthousiastes ne soutiendront peut-être pas qu'en se blâmant il s'est trompé sur lui-même.

[...] Napoléon reçut en don la vieille monarchie française telle que l'avaient faite les siècles et une succession ininterrompue de grands hommes, telle que l'avaient laissée la majesté de Louis XIV et les alliances de Louis XV, telle que l'avait agrandie la République. Il s'assit sur ce magnifique piédestal, étendit les bras, se saisit des peuples et les ramassa autour de lui ; mais il perdit l'Europe avec autant de promptitude qu'il l'avait prise ; il amena deux fois les alliés à Paris, malgré les miracles de son intelligence militaire. Il avait le monde sous ses pieds et il n'en a tiré qu'une prison pour lui, un exil pour sa famille, la perte de toutes ses conquêtes et d'une portion du vieux sol français.

C'est là l'histoire prouvée par les faits et que personne ne saurait nier. D'où naissaient les fautes que je viens d'indiquer, suivies d'un dénoûment si prompt et si funeste ? Elles naissaient de l'imperfection de Bonaparte en politique.

Dans ses alliances il n'enchaînait les gouvernements que par des concessions de territoire, dont il changeait bientôt les limites ; montrant sans cesse l'arrière-pensée de reprendre ce qu'il avait donné, faisant toujours sentir l'oppresseur ; dans ses envahissements, il ne réorganisait rien, l'Italie exceptée. Au lieu de s'arrêter après chaque pas pour relever sous une autre forme derrière lui ce qu'il avait abattu, il ne discontinuait pas son mouvement de progression parmi des ruines : il allait si vite, qu'à peine avait-il le temps de respirer où il passait. S'il eût, par une espèce de traité de Westphalie, réglé et assuré l'existence des États en Allemagne, en Prusse, en Pologne, à sa première marche rétrograde il se fût adossé à des populations satisfaites et il eût trouvé des abris. Mais son poétique édifice de victoires, manquant de base et n'étant suspendu en l'air que par son génie, tomba quand ce génie vint à se retirer. Le Macédonien fondait des empires en courant, Bonaparte en courant ne les savait que détruire ; son unique but était d'être personnellement le maître du globe, sans s'embarrasser des moyens de le conserver.

On a voulu faire de Bonaparte un être parfait, un

type de sentiment, de délicatesse, de morale et de justice, un écrivain comme César et Thucydide, un orateur et un historien comme Démosthène et Tacite. Les discours publics de Napoléon, ses phrases de tente ou de conseil, sont d'autant moins inspirées du souffle prophétique que ce qu'elles annonçaient de catastrophes ne s'est pas accompli, tandis que l'Isaïe du glaive a lui-même disparu : des paroles niniviennes[1] qui courent après des États sans les joindre et les détruire restent puériles au lieu d'être sublimes. Bonaparte a été véritablement le Destin pendant seize années : le Destin est muet, et Bonaparte aurait dû l'être. Bonaparte n'était point César ; son éducation n'était ni savante ni choisie ; demi-étranger, il ignorait les premières règles de notre langue : qu'importe, après tout, que sa parole fût fautive ? il donnait le mot d'ordre à l'univers. Ses bulletins ont l'éloquence de la victoire. Quelquefois, dans l'ivresse du succès, on affectait de les brocher sur un tambour ; du milieu des plus lugubres accents partaient de fatals éclats de rire. J'ai lu avec attention ce qu'à écrit Bonaparte, les premiers manuscrits de son enfance, ses romans, ensuite ses brochures à Buttafuoco[2], *le Souper de Beaucaire*, ses lettres privées à Joséphine, les cinq volumes de ses discours, de ses ordres et de ses bulletins, ses dépêches restées inédites et gâtées par la rédaction des bureaux de M. de Talleyrand. Je m'y connais : je n'ai guère trouvé que dans un méchant autographe laissé à l'île d'Elbe des pensées qui ressemblent à la nature du grand insulaire. [...]

L'histoire de l'empereur, changée par de fausses traditions, sera faussée encore par l'état de la société à l'époque impériale. Toute révolution écrite en présence de la liberté de la presse peut laisser arriver l'œil au

---

1. Des oracles prétendus prophétiques. Allusion au passage de Jonas (III, 4) où le prophète annonce la destruction prochaine de Ninive pour amener ses habitants à se convertir. **2.** Matteo Buttafuoco (1731-1806) favorisa la réunion de la Corse à la France. Député de la noblesse aux États-Généraux et membre de la Constituante, il ne tarda pas à émigrer et à se retirer de la vie politique. La lettre-pamphlet que Bonaparte, alors en Corse, lui adressa porte la date du 23 janvier 1791.

fond des faits, parce que chacun les rapporte comme il les a vus : le règne de Cromwell est connu, car on disait au Protecteur ce qu'on pensait de ses actes et de sa personne. En France, même sous la République, malgré l'inexorable censure du bourreau, la vérité perçait ; la faction triomphante n'était pas toujours la même ; elle succombait vite, et la faction qui lui succédait vous apprenait ce que vous avait caché sa devancière : il y avait liberté d'un échafaud à l'autre, entre deux têtes abattues. Mais lorsque Bonaparte saisit le pouvoir, que la pensée fut bâillonnée, qu'on n'entendit plus que la voix d'un despotisme qui ne parlait que pour se louer et ne permettait pas de parler d'autre chose que de lui, la vérité disparut.

Les pièces soi-disant authentiques de ce temps sont corrompues ; rien ne se publiait, livres et journaux, que par l'ordre du maître : Bonaparte veillait aux articles du *Moniteur* ; ses préfets renvoyaient des divers départements les récitations, les congratulations, les félicitations, telles que les autorités de Paris les avaient dictées et transmises, telles qu'elles exprimaient une opinion publique convenue, entièrement différente de l'opinion réelle. Écrivez l'histoire d'après de pareils documents ! En preuve de vos impartiales études, cotez les authentiques où vous avez puisé : vous ne citerez qu'un mensonge à l'appui d'un mensonge.

Si l'on pouvait révoquer en doute cette imposture universelle, si des hommes qui n'ont point vu les jours de l'Empire s'obstinaient à tenir pour sincère ce qu'ils rencontrent dans les documents imprimés, ou même ce qu'ils pourraient déterrer dans certains cartons des ministères, il suffirait d'en appeler à un témoignage irrécusable, au sénat *conservateur* : là, dans le décret que j'ai cité plus haut, vous avez vu ces propres paroles : « Considérant que la liberté de la presse a été constamment soumise à la censure arbitraire de sa police, et qu'en même temps *il s'est toujours servi de la presse pour remplir la France et l'Europe de faits controuvés, de maximes fausses* ; que des *actes* et *rapports* entendus par le sénat ont subi des altérations dans la publication qui en a été faite, etc. » Y a-t-il quelque chose à répondre à cette déclaration ?

La vie de Bonaparte était une vérité incontestable, que l'imposture s'était chargée d'écrire.

(6)

CARACTÈRE DE BONAPARTE.

Un orgueil monstrueux et une affectation incessante gâtent le caractère de Napoléon. Au temps de sa domination, qu'avait-il besoin d'exagérer sa stature, lorsque le Dieu des armées lui avait fourni ce char dont *les roues sont vivantes*[1] ?

Il tenait du sang italien ; sa nature était complexe : les grands hommes, très petite famille sur la terre, ne trouvent malheureusement qu'eux-mêmes pour s'imiter. À la fois modèle et copie, personnage réel et acteur représentant ce personnage, Napoléon était son propre mime ; il ne se serait pas cru un héros s'il ne se fût affublé du costume d'un héros. Cette étrange faiblesse donne à ses étonnantes réalités quelque chose de faux et d'équivoque ; on craint de prendre le Roi des rois pour Roscius[2], ou Roscius pour le Roi des rois.

Les qualités de Napoléon sont si adultérées dans les gazettes, les brochures, les vers, et jusque dans les chansons envahies de l'impérialisme, que ces qualités sont complètement méconnaissables. Tout ce qu'on prête de touchant à Bonaparte dans les *Ana*[3] sur les *prisonniers*, les *morts*, les *soldats*, sont des billevesées que démentent les actions de sa vie.

La Grand'mère de mon illustre ami Béranger n'est

---

1. Le mémorialiste se réfère à la vision du char de Yahvé dans Ézéchiel, I, 5-28.　　**2.** Célèbre acteur romain qui fut professeur de déclamation et en faveur duquel plaida Cicéron.　　**3.** Recueil de bons mots ou anecdotes attribués à un personnage connu.

qu'un admirable Pont-Neuf[1] : Bonaparte n'avait rien du bonhomme. Domination personnifiée, il était sec ; cette frigidité faisait antidote à son imagination ardente ; il ne trouvait point en lui de parole, il n'y trouvait qu'un fait, et un fait prêt à s'irriter de la plus petite indépendance : un moucheron qui volait sans son ordre était à ses yeux un insecte révolté.

Ce n'était pas tout que de mentir aux oreilles, il fallait mentir aux yeux : ici, dans une gravure, c'est Bonaparte qui se découvre devant les blessés autrichiens, là c'est un petit *tourlourou*[2] qui empêche l'empereur de passer, plus loin Napoléon touche les pestiférés de Jaffa[3], et il ne les a jamais touchés ; il traverse le Saint-Bernard sur un cheval fougueux dans des tourbillons de neige, et il faisait le plus beau temps du monde.

Ne veut-on pas transformer l'empereur aujourd'hui en un Romain des premiers jours du mont Aventin, en un missionnaire de liberté, en un citoyen qui n'instituait l'esclavage que par amour de la vertu contraire ? Jugez à deux traits du grand fondateur de l'égalité : il ordonna de casser le mariage de son frère Jérôme avec mademoiselle Paterson[4], parce que le frère de Napoléon ne se pouvait allier qu'au sang des princes ; plus tard, revenu de l'île d'Elbe, il revêt la nouvelle constitution *démocratique* d'une pairie et la couronne de l'*acte additionnel*.

Que Bonaparte, continuateur des succès de la République, semât partout des principes d'indépendance, que ses victoires aidassent au relâchement des liens entre les peuples et les rois, arrachassent ces peuples à

---

1. Chanson populaire qu'on débite dans les rues, dont la musique est sur toutes les lèvres. Celle de Béranger a en réalité pour titre : *Les Souvenirs du peuple*. Le mémorialiste emprunte le sien au refrain : « On parlera de sa gloire / Sous le chaume bien longtemps / (...) / Parlez-nous de lui, grand-mère... »   2. Un conscrit, un jeune soldat (argot parisien du XIXe siècle). 3. Dans le tableau de Gros intitulé : *Bonaparte visitant les pestiférés de Jaffa* (Salon de 1804). Le *Bonaparte franchissant les Alpes au Grand-Saint-Bernard*, de David, a été exposé au salon de 1801.   4. À dix-neuf ans, de passage à Baltimore, Jérôme Bonaparte avait épousé une américaine sans consulter ni sa mère, ni son frère. Celui-ci exerça des pressions sur Rome pour faire annuler ce mariage.

la puissance des vieilles mœurs et des anciennes idées ; que, dans ce sens, il ait contribué à l'affranchissement social, je ne le prétends point contester : mais que de sa propre volonté il ait travaillé sciemment à la délivrance politique et civile des nations ; qu'il ait établi le despotisme le plus étroit dans l'idée de donner à l'Europe et particulièrement à la France la constitution la plus large ; qu'il n'ait été qu'un tribun déguisé en tyran, c'est une supposition qu'il m'est impossible d'adopter.

Bonaparte, comme la race des princes, n'a voulu et n'a cherché que la puissance, en y arrivant toutefois à travers la liberté, parce qu'il débuta sur la scène du monde en 1793. La Révolution, qui était la nourrice de Napoléon, ne tarda pas à lui apparaître comme une ennemie ; il ne cessa de la battre. L'empereur, du reste, connaissait très bien le mal, quand le mal ne venait pas directement de l'empereur ; car il n'était pas dépourvu du sens moral. Le sophisme mis en avant touchant l'amour de Bonaparte pour la liberté ne prouve qu'une chose, l'abus que l'on peut faire de la raison ; aujourd'hui elle se prête à tout. N'est-il pas établi que la Terreur était un temps d'humanité ? En effet, ne demandait-on pas l'abolition de la peine de mort lorsqu'on tuait tant de monde ? Les grands civilisateurs, comme on les *appelle*, n'ont-ils pas toujours immolé les hommes, et n'est-ce pas par-là comme on le *prouve*, que Robespierre était le continuateur de Jésus-Christ ?

L'empereur se mêlait de toutes choses ; son intellect ne se reposait jamais ; il avait une espèce d'agitation perpétuelle d'idées. Dans l'impétuosité de sa nature, au lieu d'un train franc et continu, il s'avançait par bonds et haut-le-corps, il se jetait sur l'univers et lui donnait des saccades ; il n'en voulait point, de cet univers, s'il était obligé de l'attendre : être incompréhensible, qui trouvait le secret d'abaisser, en les dédaignant, ses plus dominantes actions, et qui élevait jusqu'à sa hauteur ses actions les moins élevées. Impatient de volonté, patient de caractère, incomplet et comme inachevé, Napoléon avait des lacunes dans le génie : son entendement ressemblait au ciel de cet autre hémisphère sous lequel il devait aller mourir, à ce ciel dont les étoiles sont séparées par des espaces vides.

On se demande par quel prestige Bonaparte, si aristocrate, si ennemi du peuple, a pu arriver à la popularité dont il jouit : car ce forgeur de jougs est très-certainement resté populaire chez une nation dont la prétention a été d'élever des autels à l'indépendance et à l'égalité ; voici le mot de l'énigme :

Une expérience journalière fait reconnaître que les Français vont instinctivement au pouvoir ; ils n'aiment point la liberté ; l'égalité seule est leur idole. Or, l'égalité et le despotisme ont des liaisons secrètes. Sous ces deux rapports, Napoléon avait sa source au cœur des Français, militairement inclinés vers la puissance, démocratiquement amoureux du niveau. Monté au trône, il y fit asseoir le peuple avec lui ; Roi prolétaire, il humilia les Rois et les nobles dans ses antichambres ; il nivela les rangs, non en les abaissant, mais en les élevant : le niveau descendant aurait charmé davantage l'envie plébéienne, le niveau ascendant a plus flatté son orgueil. La vanité française se bouffit aussi de la supériorité que Bonaparte nous donna sur le reste de l'Europe ; une autre cause de la popularité de Napoléon tient à l'affliction de ses derniers jours. Après sa mort, à mesure que l'on connut mieux ce qu'il avait souffert à Sainte-Hélène, on commença à s'attendrir ; on oublia sa tyrannie pour se souvenir qu'après avoir d'abord vaincu nos ennemis, qu'après les avoir ensuite attirés en France, il nous avait défendu contre eux ; nous nous figurons qu'il nous sauverait aujourd'hui de la honte où nous sommes : sa renommée nous fut ramenée par son infortune ; sa gloire a profité de son malheur.

Enfin les miracles de ses armes ont ensorcelé la jeunesse, en nous apprenant à adorer la force brutale. Sa fortune inouïe a laissé à l'outrecuidance de chaque ambition l'espoir d'arriver où il était parvenu.

Et pourtant cet homme, si populaire par le cylindre qu'il avait roulé sur la France, était l'ennemi mortel de l'égalité et le plus grand organisateur de l'aristocratie dans la démocratie.

Je ne puis acquiescer aux faux éloges dont on insulte Bonaparte, en voulant tout justifier dans sa conduite ; je ne puis renoncer à ma raison, m'extasier devant ce qui me fait horreur ou pitié.

Si j'ai réussi à rendre ce que j'ai senti, il restera de mon portrait une des premières figures de l'histoire ; mais je n'ai rien adopté de cette créature fantastique composée de mensonges ; mensonges que j'ai vus naître, qui, pris d'abord pour ce qu'ils étaient, ont passé avec le temps à l'état de vérité par l'infatuation et l'imbécile crédulité humaine. Je ne veux pas être une sotte grue [1] et tomber du haut mal [2] d'admiration. Je m'attache à peindre les personnages en conscience, sans leur ôter ce qu'ils ont, sans leur donner ce qu'ils n'ont pas. Si le succès était réputé l'innocence ; si, débauchant jusqu'à la postérité, il la chargeait de ses chaînes ; si, esclave future, engendrée d'un passé esclave, cette postérité subornée devenait la complice de quiconque aurait triomphé, où serait le droit, où serait le prix des sacrifices ? Le bien et le mal n'étant plus que relatifs, toute moralité s'effacerait des actions humaines.

Tel est l'embarras que cause à l'écrivain impartial une éclatante renommée ; il l'écarte autant qu'il peut, afin de mettre le vrai à nu ; mais la gloire revient comme une vapeur radieuse et couvre à l'instant le tableau.

(7)

SI BONAPARTE NOUS A LAISSÉ EN RENOMMÉE CE QU'IL NOUS A ÔTÉ EN FORCE.

Pour ne pas avouer l'amoindrissement de territoire et de puissance que nous devons à Bonaparte, la géné-

---

1: Un imbécile. Expression déjà vieillie de la langue familière, à classer dans la même série que : « dinde », « oie », « bécasse », etc.   2. On appelait ainsi les crises épileptiques.

ration actuelle se console en se figurant que ce qu'il nous a retranché en force, il nous l'a rendu en illustration : « Désormais ne sommes-nous pas, dit-elle, renommés aux quatre coins de la terre ? un Français n'est-il pas craint, remarqué, recherché, connu à tous les rivages ? »

Mais étions-nous placés entre ces deux conditions, ou l'immortalité sans puissance, ou la puissance sans immortalité ? Alexandre fit connaître à l'univers le nom des Grecs ; il ne leur en laissa pas moins quatre empires en Asie ; la langue et la civilisation des Hellènes s'étendirent du Nil à Babylone et de Babylone à l'Indus. À sa mort, son royaume patrimonial de Macédoine, loin d'être diminué, avait centuplé de force. Bonaparte nous a fait connaître à tous les rivages ; commandés par lui, les Français jetèrent l'Europe si bas à leurs pieds que la France prévaut encore par son nom, et que l'arc de l'Étoile peut s'élever sans paraître un puéril trophée [1] ; mais avant nos revers ce monument eût été un témoin au lieu de n'être qu'une chronique. Cependant Dumouriez avec des réquisitionnaires n'avait-il pas donné à l'étranger les premières leçons, Jourdan gagné la bataille de Fleurus, Pichegru conquis la Belgique et la Hollande, Hoche passé le Rhin, Masséna triomphé à Zurich, Moreau à Hohenlinden ; tous exploits les plus difficiles à obtenir et qui préparaient les autres ? Bonaparte a donné un corps à ces succès épars ; il les a continués, il a fait rayonner ces victoires : mais sans ces premières merveilles eût-il obtenu les dernières ? Il n'était au-dessus de tout que quand la raison chez lui exécutait les inspirations du poète.

L'illustration de notre suzerain ne nous a coûté que deux ou trois cent mille hommes par an ; nous ne l'avons payée que de trois millions de nos soldats ; nos concitoyens ne l'ont achetée qu'au prix de leurs souffrances et de leurs libertés pendant quinze années : ces bagatelles peuvent-elles compter ? Les générations venues après ne sont-elles pas resplendissantes ? Tant

---

1. Il fut inauguré seulement le 29 juillet 1836.

pis pour ceux qui ont disparu ! Les calamités sous la
République servirent au salut de tous ; nos malheurs
sous l'Empire ont bien plus fait : ils ont déifié Bonaparte ! cela nous suffit.

Cela ne me suffit pas à moi, je ne m'abaisserai point
à cacher ma nation derrière Bonaparte ; il n'a pas fait la
France, la France l'a fait. Jamais aucun talent, aucune
supériorité ne m'amènera à consentir au pouvoir qui
peut d'un mot me priver de mon indépendance, de mes
foyers, de mes amis ; si je ne dis pas de ma fortune et
de mon honneur, c'est que la fortune ne me paraît pas
valoir la peine qu'on la défende ; quant à l'honneur, il
échappe à la tyrannie : c'est l'âme des martyrs ; les
liens l'entourent et ne l'enchaînent pas ; il perce la
voûte des prisons et emporte avec soi tout l'homme.

Le tort que la vraie philosophie ne pardonnera pas à
Bonaparte, c'est d'avoir façonné la société à l'obéissance passive, repoussé l'humanité vers les temps de
dégradation morale, et peut-être abâtardi les caractères
de manière qu'il serait impossible de dire quand les
cœurs commenceront à palpiter de sentiments généreux. La faiblesse où nous sommes plongés vis-à-vis
de nous-mêmes et vis-à-vis de l'Europe, notre abaissement actuel, sont la conséquence de l'esclavage napoléonien : il ne nous est resté que les facultés du joug.
Bonaparte a dérangé jusqu'à l'avenir ; point ne m'éton-
nerais si l'on nous voyait dans le malaise de notre
impuissance nous amoindrir, nous barricader contre
l'Europe au lieu de l'aller chercher, livrer nos fran-
chises au dedans pour nous délivrer au dehors d'une
frayeur chimérique, nous égarer dans d'ignobles pré-
voyances, contraires à notre génie et aux quatorze
siècles dont se composent nos mœurs nationales. Le
despotisme que Bonaparte a laissé dans l'air descendra
sur nous en forteresses[1].

La mode est aujourd'hui d'accueillir la liberté d'un
rire sardonique, de la regarder comme vieillerie tombée
en désuétude avec l'honneur. Je ne suis point à la mode,

---

1. Voir la n. 3, p. 112.

je pense que sans la liberté il n'y a rien dans le monde ; elle donne du prix à la vie ; dussé-je rester le dernier à la défendre, je ne cesserai de proclamer ses droits. Attaquer Napoléon au nom de choses passées, l'assaillir avec des idées mortes, c'est lui préparer de nouveaux triomphes. On ne le peut combattre qu'avec quelque chose de plus grand que lui, la liberté : il s'est rendu coupable envers elle et par conséquent envers le genre humain.

(8)

INUTILITÉ DES VÉRITÉS CI-DESSUS EXPOSÉES.

Vaines paroles ! mieux que personne j'en sens l'inutilité. Désormais toute observation, si modérée qu'elle soit, est réputée profanatrice ; il faut du courage pour oser braver les cris du vulgaire, pour ne pas craindre de se faire traiter d'intelligence bornée, incapable de comprendre et de sentir le génie de Napoléon, par la seule raison qu'au milieu de l'admiration vive et vraie que l'on professe pour lui, on ne peut néanmoins encenser toutes ses imperfections. Le monde appartient à Bonaparte ; ce que le ravageur n'avait pu achever de conquérir, sa renommée l'usurpe ; vivant, il a manqué le monde, mort il le possède. Vous avez beau réclamer, les générations passent sans vous écouter. L'antiquité fait dire à l'ombre du fils de Priam : « Ne juge pas Hector d'après sa petite tombe : l'*Iliade*, Homère, les Grecs en fuite, voilà mon sépulcre : je suis enterré sous toutes ces grandes actions [1]. »

Bonaparte n'est plus le vrai Bonaparte, c'est une figure légendaire composée des lubies du poète, des devis du soldat et des contes du peuple ; c'est le Charlemagne et l'Alexandre des épopées du moyen âge que nous voyons aujourd'hui. Ce héros fantastique restera

---

1. *Anthologie palatine*, VII, 137.

le personnage réel ; les autres portraits disparaîtront. Bonaparte appartenait si fort à la domination absolue, qu'après avoir subi le despotisme de sa personne, il nous faut subir le despotisme de sa mémoire. Ce dernier despotisme est plus dominateur que le premier, car si l'on combattit quelquefois Napoléon alors qu'il était sur le trône, il y a consentement universel à accepter les fers que mort il nous jette. Il est un obstacle aux événements futurs : comment une puissance sortie des camps pourrait-elle s'établir après lui ? n'a-t-il pas tué en la surpassant toute gloire militaire ? Comment un gouvernement libre pourrait-il naître, lorsqu'il a corrompu dans les cœurs le principe de toute liberté ? Aucune puissance légitime ne peut plus chasser de l'esprit de l'homme le spectre usurpateur : le soldat et le citoyen, le républicain et le monarchiste, le riche et le pauvre, placent également les bustes et les portraits de Napoléon à leurs foyers, dans leurs palais ou dans leurs chaumières ; les anciens vaincus sont d'accord avec les anciens vainqueurs ; on ne peut faire un pas en Italie qu'on ne le retrouve ; on ne pénètre pas en Allemagne qu'on ne le rencontre, car dans ce pays la jeune génération qui le repoussa est passée. Les siècles s'asseyent d'ordinaire devant le portrait d'un grand homme, ils l'achèvent par un travail long et successif. Le genre humain cette fois n'a pas voulu attendre ; peut-être s'est-il trop hâté d'estamper [1] un pastel.

Mais pourtant un peuple entier peut-il être plongé dans l'erreur ? N'est-il point de vérité d'où sont venus les mensonges ? Il est temps de placer en regard de la partie défectueuse de l'idole la partie achevée.

Bonaparte n'est point grand par ses paroles, ses discours, ses écrits, par l'amour des libertés qu'il n'a jamais eu et n'a jamais prétendu établir ; il est grand pour avoir créé un gouvernement régulier et puissant, un code de lois adopté en divers pays, des cours de justice, des

---

1. Estamper un pastel, c'est le graver (pour la postérité), lui donner une physionomie définitive. Les éditeurs de 1848 ont corrigé en *estomper*, ce qui est absurde.

écoles, une administration forte, active, intelligente, et sur laquelle nous vivons encore ; il est grand pour avoir ressuscité, éclairé et géré supérieurement l'Italie ; il est grand pour avoir fait renaître en France l'ordre du sein du chaos, pour avoir relevé les autels, pour avoir réduit de furieux démagogues, d'orgueilleux savants, des littérateurs anarchiques, des athées voltairiens, des orateurs de carrefours, des égorgeurs de prison et de rues, des claque-dents[1] de tribune, de clubs et d'échafauds, pour les avoir réduits à servir sous lui ; il est grand pour avoir enchaîné une tourbe anarchique ; il est grand pour avoir fait cesser les familiarités d'une commune fortune, pour avoir forcé des soldats ses égaux, des capitaines ses chefs ou ses rivaux, à fléchir sous sa volonté ; il est grand surtout pour être né de lui seul, pour avoir su, sans autre autorité que celle de son génie, pour avoir su, lui, se faire obéir par trente-six millions de sujets à l'époque où aucune illusion n'environne les trônes ; il est grand pour avoir abattu tous les rois ses opposants, pour avoir défait toutes les armées quelle qu'ait été la différence de leur discipline et de leur valeur, pour avoir appris son nom aux peuples civilisés, pour avoir surpassé tous les vainqueurs qui le précédèrent, pour avoir rempli dix années de tels prodiges qu'on a peine aujourd'hui à les comprendre.

Le fameux délinquant en matière triomphale n'est plus ; le peu d'hommes qui comprennent encore les sentiments nobles peuvent rendre hommage à la gloire sans la craindre, mais sans se repentir d'avoir proclamé ce que cette gloire eut de funeste, sans reconnaître le destructeur des indépendances pour le père des émancipations : Napoléon n'a nul besoin qu'on lui prête des mérites ; il fut assez doué en naissant.

Ores[2] donc que, détaché de son temps, son histoire est finie et que son épopée commence, allons le voir mourir : quittons l'Europe ; suivons-le sous le ciel de son apothéose ! Le frémissement des mers, là où ses

---

1. Terme de la langue populaire (depuis Rabelais) pour désigner un misérable, un crève-la-faim.   2. À présent que... (archaïsme).

vaisseaux caleront[1] la voile, nous indiquera le lieu de sa disparition : « À l'extrémité de notre hémisphère, on entend, dit Tacite, le bruit que fait le soleil en s'immergeant, *sonum insuper immergentis audiri*[2]. »

(12)

FUNÉRAILLES.

[...] Dans une étroite vallée appelée la vallée de *Slane* ou du *Géranium*, maintenant du *Tombeau*, coule une source ; les domestiques chinois de Napoléon, fidèles comme le Javanais de Camoens, avaient accoutumé d'y remplir des amphores : deux saules pleureurs pendent sur la fontaine ; une herbe fraîche, parsemée de *tchampas*, croît autour. « Le tchampas, malgré son éclat et son parfum, n'est pas une plante qu'on recherche parce qu'elle fleurit sur les tombeaux », disent les poésies sanscrites. Dans les déclivités des roches déboisées, végètent mal des citronniers amers, des cocotiers portenoix, des mélèzes et des conises dont on recueille la gomme attachée à la barbe des chèvres.

Napoléon se plaisait aux saules de la fontaine ; il demandait la paix à la vallée de Slane, comme Dante banni demandait la paix au cloître de Corvo. En reconnaissance du repos passager qu'il y goûta les derniers jours de sa vie, il indiqua cette vallée pour l'abri de son repos éternel. Il disait en parlant de la source : « Si Dieu voulait que je me rétablisse, j'élèverais un monument dans le lieu où elle jaillit. » Ce monument fut son tombeau. Du temps de Plutarque, dans un endroit consacré aux nymphes aux bords du Strymon[3], on voyait encore un siège de pierre sur lequel s'était assis Alexandre.

---

1. Baisseront.   **2.** Citation de Tacite (*Germanie*, XLV).   **3.** Rivière qui servait de frontière entre la Thrace et la Macédoine (aujourd'hui la *Strouma*).

Napoléon, botté, éperonné, habillé en uniforme de colonel de la garde, décoré de la Légion-d'Honneur, fut exposé mort dans sa couchette de fer ; sur ce visage qui ne s'étonna jamais, l'âme, en se retirant, avait laissé une stupeur sublime. Les planeurs [1] et les menuisiers soudèrent et clouèrent Bonaparte en une quadruple bière d'acajou, de plomb, d'acajou encore et de fer blanc ; on semblait craindre qu'il ne fût jamais assez emprisonné. Le manteau que le vainqueur d'autrefois portait aux vastes funérailles de Marengo servit de drap mortuaire au cercueil.

Les obsèques se firent le 28 mai [2]. Le temps était beau ; quatre chevaux, conduits par des palefreniers à pied, tiraient le corbillard ; vingt-quatre grenadiers anglais, sans armes, l'environnaient ; suivait le cheval de Napoléon. La garnison de l'île bordait les précipices du chemin. Trois escadrons de dragons précédaient le cortège ; le 20ᵉ régiment d'infanterie, les soldats de marine, les volontaires de Sainte-Hélène, l'artillerie royale avec quinze pièces de canon, fermaient la marche. Des groupes de musiciens, placés de distance en distance sur les rochers, se renvoyaient des airs lugubres. À un défilé, le corbillard s'arrêta ; les vingt-quatre grenadiers sans armes enlevèrent le corps et eurent l'honneur de le porter sur leurs épaules jusqu'à la sépulture. Trois salves d'artillerie saluèrent les restes de Napoléon au moment où il descendit dans la terre : tout le bruit qu'il avait fait sur cette terre ne pénétrait pas à deux lignes [3] au-dessous.

Une pierre, qui devait être employée à la construction d'une nouvelle maison pour l'exilé, est abaissée sur son cercueil comme la trappe de son dernier cachot.

On récita les versets du psaume 87 : « J'ai été pauvre et plein de travail dans ma jeunesse ; j'ai été élevé, puis humilié... j'ai été percé de vos colères. » De minute en

---

1. Ouvrier qui plane (égalise ou lisse) le cuir, le bois ou le métal.
2. Napoléon a rendu son dernier soupir le 5 mai 1821, à « six heures moins onze minutes du soir » (17 h 49).   3. La ligne est la douzième partie du pouce, soit 0,225 cm.

minute le vaisseau amiral tirait. Cette harmonie de la guerre, perdue dans l'immensité de l'Océan, répondait au *requiescat in pace*. L'empereur, enterré par ses vainqueurs de Watterloo, avait ouï le dernier coup de canon de cette bataille ; il n'entendit point la dernière détonation dont l'Angleterre troublait et honorait son sommeil à Sainte-Hélène. Chacun se retira, tenant en main une branche de saule comme en revenant de la fête des Palmes. [...]

Lord Byron crut que le dictateur des rois avait abdiqué sa renommée avec son glaive, qu'il allait s'éteindre oublié. Le poète aurait dû savoir que la destinée de Napoléon était une muse, comme toutes les hautes destinées. Cette muse sut changer un dénoûment avorté en une péripétie qui renouvelait son héros. La solitude de l'exil et de la tombe de Napoléon a répandu sur une mémoire éclatante une autre sorte de prestige. Alexandre ne mourut point sous les yeux de la Grèce ; il disparut dans les lointains superbes de Babylone. Bonaparte n'est point mort sous les yeux de la France ; il s'est perdu dans les fastueux horizons des zones torrides. Il dort comme un ermite ou comme un paria dans un vallon, au bout d'un sentier désert. La grandeur du silence qui le presse égale l'immensité du bruit qui l'environna. Les nations sont absentes, leur foule s'est retirée ; l'oiseau des tropiques *attelé*, dit Buffon, *au char du soleil*, se précipite de l'astre de la lumière ; où se repose-t-il aujourd'hui ? Il se repose sur des cendres dont le poids a fait pencher le globe.

---

(13)

DESTRUCTION DU MONDE NAPOLÉONIEN.

[...] Vingt années se sont à peine écoulées depuis la mort de Bonaparte, et déjà la monarchie française et la monarchie espagnole ne sont plus[1]. La carte du monde a changé ; il a fallu apprendre une géographie nouvelle : séparés de leurs légitimes souverains, des peuples ont été jetés à des souverains de rencontre ; des acteurs renommés sont descendus de la scène où sont montés des acteurs sans nom ; les aigles se sont envolés de la cime du haut pin tombé dans la mer, tandis que de frêles coquillages se sont attachés aux flancs du tronc encore protecteur.

Comme en dernier résultat tout marche à ses fins, *le terrible esprit de nouveauté qui parcourait le monde* disait l'empereur, et auquel il avait opposé la barre de son génie, reprend son cours ; les institutions du conquérant défaillent ; il sera la dernière des grandes existences individuelles ; rien ne dominera désormais dans les sociétés infimes et nivelées ; l'ombre de Napoléon s'élèvera seule à l'extrémité du vieux monde détruit, comme le fantôme du déluge au bord de son abîme : la postérité lointaine découvrira cette ombre par-dessus le gouffre où tomberont des siècles inconnus, jusqu'au jour marqué de la renaissance sociale.

(17)

MA VISITE À CANNES.

En Europe je suis allé visiter les lieux où Bonaparte aborda après avoir rompu son ban à l'île d'Elbe. Je descendis à l'auberge de Cannes au moment même que le canon tirait en commémoration du 29 juillet[2] ; un de

---

1. Peu après la révolution de Juillet en France, a éclaté en Espagne une féroce guerre civile qui a pris fin en 1839 avec la défaite des carlistes (partisans de Don Carlos, et de la stricte application de la loi salique). Mais en octobre 1840, la régente Marie-Christine, veuve de Ferdinand VII, a dû abdiquer en faveur de sa fille Isabelle, encore trop jeune pour régner. **2.** C'est au mois de juillet 1838 que Chateaubriand fit un voyage dans le midi de la France, au cours duquel il passa la nuit du 28 au 29 juillet à Cannes.

ces résultats de l'incursion de l'empereur, non sans doute prévu par lui. La nuit était close quand j'arrivai au golfe Juan ; je mis pied à terre à une maison isolée au bord de la grande route. Jacquemin, potier et aubergiste, propriétaire de cette maison, me mena à la mer. Nous prîmes des chemins creux entre des oliviers sous lesquels Bonaparte avait bivouaqué : Jacquemin lui-même l'avait reçu et me conduisait. À gauche du sentier de traverse s'élevait une espèce de hangar : Napoléon, qui envahissait seul la France, avait déposé dans ce hangar les effets de son débarquement.

Parvenu à la grève, je vis une mer calme que ne ridait pas le plus petit souffle ; la lame mince comme une gaze se déroulait sur le sablon sans bruit et sans écume. Un ciel émerveillable[1], tout resplendissant de constellations, couronnait ma tête. Le croissant de la lune s'abaissa bientôt et se cacha derrière une montagne. Il n'y avait dans le golfe qu'une seule barque à l'ancre, et deux bateaux : à gauche on apercevait le phare d'Antibes, à droite les îles de Lérins ; devant moi, la haute mer s'ouvrait au midi vers cette Rome où Bonaparte m'avait d'abord envoyé.

Les îles de Lérins, aujourd'hui îles Sainte-Marguerite, reçurent autrefois quelques chrétiens fuyant devant les Barbares. Saint Honorat venant de Hongrie aborda l'un de ces écueils : il monta sur un palmier, fit le signe de la croix, tous les serpents expirèrent, c'est-à-dire le paganisme disparut, et la nouvelle civilisation naquit dans l'Occident.

Quatorze cents ans après, Bonaparte vint terminer cette civilisation dans les lieux où le saint l'avait commencée. Le dernier solitaire de ces laures[2] fut le Masque de fer, si le Masque de fer est une réalité. Du silence du golfe Juan, de la paix des îles aux anciens

---

1. Admirable. Archaïsme emprunté par le mémorialiste à la langue du XVIe siècle, mais que les dictionnaires contemporains déclarent « inusité ».
2. Ce terme désigne, au sens propre, des monastères où les moines peuvent vivre dans des ermitages isolés, sans rompre entièrement avec la vie communautaire.

anachorètes, sortit le bruit de Waterloo, qui traversa l'Atlantique, et vint expirer à Sainte-Hélène.

Entre les souvenirs de deux sociétés, entre un monde éteint et un monde prêt à s'éteindre, la nuit, au bord abandonné de ces marines[1], on peut supposer ce que je sentis. Je quittai la plage dans une espèce de consternation religieuse, laissant le flot passer et repasser, sans l'effacer, sur la trace de l'avant-dernier pas de Napoléon.

À la fin de chaque grande époque, on entend quelque voix dolente des regrets du passé, et qui sonne le *couvre-feu* : ainsi gémirent ceux qui virent disparaître Charlemagne, saint Louis, François 1er, Henri IV et Louis XIV. Que ne pourrais-je pas dire à mon tour, témoin oculaire que je suis de deux ou trois mondes écroulés ? Quand on a rencontré comme moi Washington et Bonaparte, que reste-t-il à regarder derrière la charrue du Cincinnatus américain et la tombe de Sainte-Hélène ? Pourquoi ai-je survécu au siècle et aux hommes à qui j'appartenais par la date de ma vie ? Pourquoi ne suis-je pas tombé avec mes contemporains, les derniers d'une race épuisée ? Pourquoi suis-je demeuré seul à chercher leurs os dans les ténèbres et la poussière d'une catacombe remplie ? Je me décourage de durer. Ah ! si du moins j'avais l'insouciance d'un de ces vieux Arabes de rivage, que j'ai rencontrés en Afrique ! Assis les jambes croisées sur une petite natte de corde, la tête enveloppée dans leur burnous, ils perdent leurs dernières heures à suivre des yeux, parmi l'azur du ciel, le beau phénicoptère[2] qui vole le long des ruines de Carthage ; bercés du murmure de la vague, ils entr'oublient leur existence et chantent à voix basse une chanson de la mer : ils vont mourir.

---

1. Ces rivages.   2. Nom ancien du flamand rose, remis en honneur par Buffon.

LIVRE VINGT-CINQUIÈME

(2)

[...] J'étais placé dans une assemblée [1] où ma parole les trois quarts du temps tournait contre moi. On peut remuer une chambre populaire ; une chambre aristocratique est sourde. Sans tribune, à huis clos devant des vieillards, restes desséchés de la vieille monarchie, de la révolution et de l'Empire, ce qui sortait du ton le plus commun paraissait folie. Un jour le premier rang des fauteuils, tout près de la tribune, était rempli de respectables pairs, plus sourds les uns que les autres, la tête penchée en avant et tenant à l'oreille un cornet dont l'embouchure était dirigée vers la tribune. Je les endormis, ce qui est bien naturel. Un d'eux laissa tomber son cornet ; son voisin, réveillé par la chute, voulut ramasser poliment le cornet de son confrère ; il tomba. Le mal fut que je me pris à rire, quoique je parlasse alors pathétiquement sur je ne sais plus quel sujet d'humanité.

Les orateurs qui réussissaient dans cette Chambre étaient ceux qui parlaient sans idées, d'un ton égal et monotone, ou qui ne trouvaient de sensibilité que pour s'attendrir sur les pauvres ministres. M. de Lally-Tol-

---

1. Chateaubriand avait été nommé à la Chambre des pairs le 17 août 1815.

lendal[1] tonnait en faveur des libertés publiques : il faisait retentir les voûtes de notre solitude de l'éloge de trois ou quatre lords de la chancellerie anglaise, ses aïeux disait-il. Quand son panégyrique de la liberté de la presse était terminé, arrivait un *mais* fondé sur des *circonstances*, lequel *mais* nous laissait l'honneur sauf, sous l'utile surveillance de la censure.

La Restauration donna un mouvement aux intelligences ; elle délivra la pensée comprimée par Bonaparte : l'esprit, comme une cariatide déchargée de l'architecture qui lui courbait le front, releva la tête. L'Empire avait frappé la France de mutisme ; la liberté restaurée la toucha et lui rendit la parole : il se trouva des talents de tribune qui reprirent les choses où les Mirabeau et les Cazalès[2] les avaient laissées, et la révolution continua son cours. [...]

(6)

JE SUIS RAYÉ DE LA LISTE DES MINISTRES D'ÉTAT.
— JE VENDS MES LIVRES ET MA VALLÉE.

J'avais résisté à la saisie de *la Monarchie selon la Charte*[3] pour éclairer la Royauté abusée et pour soutenir la liberté de la pensée et de la presse ; j'avais embrassé franchement nos institutions et j'y suis resté fidèle.

---

1. Voir la n. 3, p. 113. Lally-Tollendal avait été nommé à la Chambre haute en même temps que Chateaubriand dont il avait été le compagnon à Gand. Il soutiendra le ministère Richelieu.   2. Jacques de Cazalès (1758-1805) fut le porte-parole le plus en vue de la droite royaliste à la Constituante.   3. Alors que *La Monarchie selon la Charte* se trouvait sur le point de paraître, une ordonnance royale prononça, le 5 septembre 1816, la dissolution de la Chambre « introuvable » élue en 1815. Chateaubriand ajouta aussitôt à sa brochure un *post-scriptum* vengeur pour dénoncer cette mesure, et la fit diffuser auprès des libraires avant de la soumettre à la censure comme le voulait la loi. Le 18 septembre, le ministre de la Police, Decazes, fit saisir tous les exemplaires encore disponibles.

Ces tracasseries passées, je demeurai saignant des blessures qu'on m'avait faites à l'apparition de ma brochure. Je ne pris pas possession de ma carrière politique sans porter les cicatrices des coups que je reçus en entrant dans cette carrière : je m'y sentais mal, je n'y pouvais respirer.

Peu de temps après [1], une ordonnance contresignée Richelieu me raya de la liste des ministres d'État, et je fus privé d'une place réputée jusqu'alors inamovible ; elle m'avait été donnée à Gand, et la pension attachée à cette place [2] me fut retirée : la main qui avait pris Fouché me frappa.

[...] Ma nature me rendit parfaitement insensible à la perte de mes appointements ; j'en fus quitte pour me remettre à pied et pour aller, les jours de pluie, en fiacre à la Chambre des pairs. Dans mon équipage populaire, sous la protection de la canaille qui roulait autour de moi, je rentrai dans les droits des prolétaires dont je fais partie : du haut de mon char je domine le train des rois.

Je fus obligé de vendre mes livres [3] : M. Merlin les exposa à la criée, à la salle Sylvestre, rue des Bons-Enfants. Je ne gardai qu'un petit Homère grec, à la marge duquel se trouvaient des essais de traductions et des remarques écrites de ma main. Bientôt il me fallut tailler dans le vif ; je demandai à M. le ministre de l'intérieur la permission de mettre en loterie ma maison de campagne : la loterie fut ouverte chez M. Denis, notaire. Il y avait quatre-vingt-dix billets à 1,000 francs chaque : les numéros ne furent point pris par les royalistes ; madame la duchesse d'Orléans, douairière, prit trois numéros ; mon ami M. Lainé, ministre de l'intérieur, qui avait contresigné l'ordonnance du 5 septembre, et consenti dans le conseil à ma radiation, prit, sous un faux nom, un quatrième billet. L'argent

---

1. Le 20 septembre 1816.   **2.** Comme ministre d'État, membre du Conseil privé, Chateaubriand recevait un traitement annuel de 24 000 francs, en sus de sa pension de pair (15 000 francs). Ses revenus se voyaient donc soudain amputés de plus de 60 %.   **3.** Nous possédons le catalogue de cette vente mais nous ignorons quel en fut le résultat.

fut rendu aux souscripteurs[1] ; toutefois, M. Lainé refusa de retirer ses mille francs ; il les laissa au notaire pour les pauvres.

Peu de temps après, ma *Vallée aux Loups* fut vendue, comme on vend les meubles des pauvres, sur la place du Châtelet[2]. Je souffris beaucoup de cette vente ; je m'étais attaché à mes arbres, plantés et grandis, pour ainsi dire, dans mes souvenirs. [...]

(8)

RÉUNION PIET.

Par la ressemblance des opinions, alors très vives, il s'était établi une camaraderie entre les minorités des deux Chambres. La France apprenait le gouvernement représentatif : comme j'avais la sottise de le prendre à la lettre et d'en faire, à mon dam, une véritable passion, je soutenais ceux qui l'adoptaient, sans m'embarrasser s'il n'entrait pas dans leur opposition plus de motifs humains que d'amour pur comme celui que j'éprouvais pour la Charte ; non que je fusse un niais, mais j'étais idolâtre de ma dame, et j'aurais traversé les flammes pour l'emporter dans mes bras. Ce fut dans cet accès de constitution que je connus M. de Villèle[3] en 1816. Il était plus calme ; il surmontait son ardeur ; il prétendait aussi conquérir la liberté ; mais il en faisait le siège en règle ; il ouvrait méthodiquement la tranchée : moi,

---

1. Ouverte au printemps de 1817, cette souscription fut un échec, malgré un prospectus largement distribué. Une fois passée la date limite du 25 août 1817, les trop rares souscripteurs furent remboursés.   **2.** C'est-à-dire par adjudication publique, au vicomte de Montmorency, ami de Mme Récamier, qui fut le seul à surenchérir de cent francs sur la mise à prix initiale de 50 000 francs. Mais les hypothèques qui grevaient la propriété étaient si lourdes que Chateaubriand ne tira guère plus de 15 000 francs de cette vente.   **3.** Joseph de Villèle (1773-1854), maire de Toulouse et membre de la Chambre des députés de 1815 à 1828, sera ministre des Finances et président du Conseil de 1822 au 4 janvier 1828.

qui voulais enlever d'assaut la place, je grimpais à l'escalade et j'étais souvent renversé dans le fossé.

Je rencontrai pour la première fois M. de Villèle chez madame la duchesse de Lévis. Il devint le chef de l'opposition royaliste dans la Chambre élective, comme je l'étais dans la Chambre héréditaire. Il avait pour ami son collègue M. de Corbière [1]. Celui-ci ne le quittait plus, et l'on disait *Villèle* et *Corbière*, comme on dit *Oreste* et *Pylade, Euryale* et *Nisus*.

Entrer dans de fastidieux détails pour des personnages dont on ne saura pas le nom demain serait d'une vanité idiote. D'obscurs et ennuyeux remuements, qu'on croit d'un intérêt immense et qui n'intéressent personne ; des tripotages passés qui n'ont déterminé aucun événement majeur, doivent être laissés à ces béats heureux, lesquels se figurent être ou avoir été l'objet de l'attention de la terre.

Il y avait pourtant des moments d'orgueil où mes démêlés avec M. de Villèle me paraissaient être à moi-même les dissensions de Sylla et de Marius, de César et de Pompée. Avec les autres membres de l'opposition, nous allions assez souvent, rue Thérèse, passer la soirée en délibération chez M. Piet [2]. Nous arrivions extrêmement laids, et nous nous asseyions en rond autour d'un salon éclairé d'une lampe qui filait. Dans ce brouillard législatif, nous parlions de la loi présentée, de la motion à faire, du camarade à porter au secrétariat, à la questure, aux diverses commissions. Nous ne ressemblions pas mal aux assemblées des premiers fidèles, peintes par les ennemis de la foi : nous débitions les plus mauvaises nouvelles ; nous disions que les affaires allaient changer de face, que Rome serait troublée par des divisions, que nos armées seraient défaites.

---

1. Le Breton Pierre Corbière (1766-1853), député de Rennes depuis 1815, fut ministre de l'Intérieur de 1822 à 1827.   2. Jean-Pierre Piet-Thardiveau (1761-1848) avait été le collègue de Corbière au Conseil des Cinq-Cents, puis se compromit dans des conspirations royalistes. Député de la Sarthe de 1815 à 1819, puis de 1820 à 1828, il réunissait régulièrement chez lui, près du Palais-Royal, les têtes pensantes du parti ultra.

M. de Villèle écoutait, résumait et ne concluait point : c'était un grand aideur d'affaires ; marin circonspect, il ne mettait jamais en mer pendant la tempête, et, s'il entrait avec dextérité dans un port connu, il n'aurait jamais découvert le Nouveau-Monde. [...]

Après la séance, M. de Villèle se retirait accompagné de M. de Corbière. J'étudiais beaucoup d'individus, j'apprenais beaucoup de choses, je m'occupais de beaucoup d'intérêts dans ces réunions : les finances, que j'ai toujours sues, l'armée, la justice, l'administration, m'initiaient à leurs éléments. Je sortais de ces conférences un peu plus homme d'État et un peu plus persuadé de la pauvreté de toute cette science. Le long de la nuit, dans mon demi-sommeil, j'apercevais les diverses attitudes des têtes chauves, les diverses expressions des figures de ces Solons peu soignés et mal accompagnés de leurs corps : c'était bien vénérable assurément ; mais je préférais l'hirondelle qui me réveillait dans ma jeunesse et les Muses qui remplissaient mes songes. [...]

(11)

MORT DU DUC DE BERRI.

Je venais de me coucher le 13 février au soir, lorsque le marquis de Vibraye[1] entra chez moi pour m'apprendre l'assassinat du duc de Berri. Dans sa précipitation, il ne me dit pas le lieu où s'était passé l'événement. Je me levai à la hâte et je montai dans la voiture de M. de Vibraye. Je fus surpris de voir le cocher prendre la rue de Richelieu, et plus étonné encore quand il nous arrêta à l'Opéra[2] : la foule aux

---

1. Le marquis de Vibraye (1766-1843), collègue de Chateaubriand à la Chambre des pairs et colonel de cavalerie, était aide de camp de Monsieur, le frère du roi et le père du duc de Berry. 2. Alors situé rue de Richelieu, dans le rectangle occupé aujourd'hui par le square Louvois.

abords était immense. Nous montâmes, au milieu de
deux haies de soldats, par la porte latérale à gauche,
et, comme nous étions en habits de pairs, on nous laissa
passer. Nous arrivâmes à une sorte de petite antichambre : cet espace était encombré de toutes les personnes du château. Je me faufilai jusqu'à la porte d'une
loge et je me trouvai face à face de M. le duc d'Orléans [1]. Je fus frappé d'une expression mal déguisée,
jubilante, dans ses yeux, à travers la contenance
contrite qu'il s'imposait ; il voyait de plus près le trône.
Mes regards l'embarrassèrent ; il quitta la place et me
tourna le dos. On racontait autour de moi les détails du
forfait, le nom de l'homme, les conjectures des divers
participants à l'arrestation ; on était agité, affairé : les
hommes aiment ce qui est spectacle, surtout la mort,
quand cette mort est celle d'un grand. À chaque personne qui sortait du laboratoire ensanglanté, on demandait des nouvelles. On entendait le général A. de
Girardin [2] raconter qu'ayant été laissé pour mort sur le
champ de bataille, il n'en était pas moins revenu de ses
blessures : tel espérait et se consolait, tel s'affligeait.
Bientôt le recueillement gagna la foule ; le silence se
fit ; de l'intérieur de la loge sortit un bruit sourd : je
tenais l'oreille appliquée contre la porte ; je distinguai
un râlement ; ce bruit cessa : la famille royale venait de
recevoir le dernier soupir d'un petit-fils de Louis XIV !
J'entrai immédiatement.

Qu'on se figure une salle de spectacle vide, après la
catastrophe d'une tragédie : le rideau levé, l'orchestre
désert, les lumières éteintes, les machines immobiles,
les décorations fixes et enfumées, les comédiens, les
chanteurs, les danseuses, disparus par les trappes et les
passages secrets !

[...] Le meurtrier Louvel était un petit homme à

---

1. Le futur Louis-Philippe.   2. Le comte Alexandre de Girardin
(1766-1855), fils du protecteur de Rousseau et père du fondateur de *La
Presse*, Émile de Girardin. Général de division en 1814, il avait conservé
les bonnes grâces de la famille royale à cause des qualités qu'il déployait
dans sa charge de Premier Veneur. Il était alors Inspecteur général de la
cavalerie.

figure sale et chafouine, comme on en voit des milliers sur le pavé de Paris. Il tenait du roquet ; il avait l'air hargneux et solitaire. Il est probable que Louvel ne faisait partie d'aucune société ; il était d'une secte, non d'un complot ; il appartenait à l'une de ces conjurations d'idées, dont les membres se peuvent quelquefois réunir, mais agissent le plus souvent un à un, d'après leur impulsion individuelle. Son cerveau nourrissait une seule pensée, comme un cœur s'abreuve d'une seule passion. Son action était conséquente à ses principes : il avait voulu tuer la race entière d'un seul coup. Louvel a des admirateurs de même que Robespierre. Notre société matérielle, complice de toute entreprise matérielle, a détruit vite la chapelle élevée en expiation d'un crime[1]. Nous avons l'horreur du sentiment moral parce qu'on y voit l'ennemi et l'accusateur : les larmes auraient paru une récrimination ; on avait hâte d'ôter à quelques chrétiens une croix pour pleurer.

---

1. Démolie dès la fin de 1820, la salle de la rue de Richelieu fut remplacée par une chapelle expiatoire, elle-même rasée sur ordre de Thiers en 1832, en représailles contre la tentative de soulèvement de la Vendée par la duchesse de Berry.

LIVRE VINGT-SIXIÈME

(1)

Revu en décembre 1846.

[...] Je partis de Paris le 1er janvier 1821[1] : la Seine était gelée, et pour la première fois je courais sur les chemins avec les conforts de l'argent. Je revenais peu à peu de mon mépris des richesses ; je commençais à sentir qu'il était assez doux de rouler dans une bonne voiture, d'être bien servi, de n'avoir à se mêler de rien, d'être devancé par un énorme chasseur de Varsovie[2], toujours affamé, et qui, au défaut des czars, aurait à lui seul dévoré la Pologne. Mais je m'habituai vite à mon bonheur ; j'avais le pressentiment qu'il durerait peu, et que je serais bientôt remis à pied comme il était convenable. Avant d'être arrivé à ma destination, il ne me resta du voyage que mon goût primitif pour le voyage même ; goût d'indépendance, — satisfaction d'avoir rompu les attaches de la société.

[...] La route fut triste : le grand chemin était neigeux

---

1. À la suite de la démission de Decazes le 17 février 1820, un nouveau ministère avait été constitué sous la présidence du duc de Richelieu, et un rapprochement avec les ultras amorcé sous les auspices de Chateaubriand. Celui-ci fut nommé ambassadeur à Berlin le 30 novembre 1820. 2. Ce Polonais nommé Valentin demeura au service de Chateaubriand jusqu'à son départ du ministère en 1824 : gros mangeur, mais aussi gros buveur selon le témoignage de Marcellus.

et le givre appendu[1] aux branches des pins. Iéna m'apparut de loin avec les larves de sa double bataille. Je traversai Erfurt et Weimar : dans Erfurt, l'empereur manquait[2] ; dans Weimar, habitait Goethe que j'avais tant admiré, et que j'admire beaucoup moins. Le chantre de la matière vivait, et sa vieille poussière se modelait encore autour de son génie. J'aurais pu voir Goethe, et je ne l'ai point vu : il laisse un vide dans la procession des personnages célèbres qui ont défilé sous mes yeux.

Le tombeau de Luther à Wittemberg ne me tenta point : le protestantisme n'est en religion qu'une hérésie illogique ; en politique, qu'une révolution avortée. Après avoir mangé, en passant l'Elbe, un petit pain noir pétri à la vapeur du tabac, j'aurais eu besoin de boire dans le grand verre de Luther, conservé comme une relique. De là traversant Potsdam et franchissant la Sprée, rivière d'encre sur laquelle se traînent des barques gardées par un chien blanc, j'arrivai à Berlin[3]. [...]

(6)

LE PARC. — LA DUCHESSE DE CUMBERLAND.

Berlin m'a laissé un souvenir durable[4], parce que la nature des récréations que j'y trouvai me reporta au temps de mon enfance et de ma jeunesse ; seulement, des princesses très réelles remplissaient le rôle de ma Sylphide. De vieux corbeaux, mes éternels amis, venaient se percher sur les tilleuls devant ma fenêtre ; je leur jetais à manger : quand ils avaient saisi un mor-

---

1. Accroché.   2. Allusion à la rencontre de Napoléon et du tsar Alexandre 1er à Erfurt, du 27 septembre au 14 octobre 1808 : elle avait donné lieu à de très brillantes fêtes.   3. Le jeudi 11 janvier 1821.   4. Malgré un séjour de moins de trois mois. Le 16 avril 1821, Chateaubriand était de retour à Paris.

ceau de pain trop gros, ils le rejetaient avec une adresse inimaginable pour en saisir un plus petit ; de manière qu'ils pouvaient en prendre un autre un peu plus gros, et ainsi de suite jusqu'au morceau capital qui, à la pointe de leur bec, le tenait ouvert, sans qu'aucune des couches croissantes de la nourriture pût tomber. Le repas fait, l'oiseau chantait à sa manière : *cantus cornicum ut saecla vetusta*[1]. J'errais dans les espaces déserts de Berlin glacé ; mais je n'entendais pas sortir de ses murs, comme des vieilles murailles de Rome, de belles voix de jeunes filles. Au lieu de capucins à barbe blanche traînant leurs sandales parmi des fleurs, je rencontrais des soldats qui roulaient des boules de neige.

Un jour, au détour de la muraille d'enceinte, Hyacinthe[2] et moi nous nous trouvâmes nez à nez avec un vent d'est si perçant, que nous fûmes obligés de courir dans la campagne pour regagner la ville à moitié morts. Nous franchîmes des terrains enclos, et tous les chiens de garde nous sautaient aux jambes en nous poursuivant. Le thermomètre descendit ce jour-là à 22 degrés au-dessous de glace. Un ou deux factionnaires, à Potsdam, furent gelés.

De l'autre côté du parc était une ancienne faisanderie abandonnée — les princes de Prusse ne chassent point. Je passais un petit pont de bois sur un canal de la Sprée, et je me trouvais parmi les colonnes de sapins qui faisaient le portique de la faisanderie. Un renard, en me rappelant ceux du Mail de Combourg, sortait par un trou pratiqué dans le mur de la réserve, venait

---

1. Chateaubriand se réfère ici à un passage du *De Natura rerum* de Lucrèce sur les origines du langage (vers 1083-1085) : *Et partim mutant cum temporibus una / Raucisonos cantus, cornicum ut saecla vetusta / Corvorumque greges...* (« Certains [oiseaux] modifient même, selon les variations du temps, les accents de leur voix rauque : ainsi les corneilles qui vivent longtemps et les bandes de corbeaux... ») Mais le mémorialiste, qui cite de mémoire, rattache *cantus* à *cornicum*, et interprète à contresens *saecla* pour suggérer quelque chose comme : le chant des corneilles (est) comme (la voix) des siècles passés.   **2.** Le Breton Hyacinthe Pilorge (1795-1861) fut le secrétaire de Chateaubriand et son homme de confiance de 1816 à 1843.

me demander de mes nouvelles et se retirait dans son taillis.

Ce qu'on nomme le parc, à Berlin, est un bois de chênes, de bouleaux, de hêtres, de tilleuls et de blancs de Hollande[1]. Il est situé à la porte de Charlottenbourg et traversé par la grande route qui mène à cette résidence royale. À droite du parc est un champ-de-mars ; à gauche, des guinguettes.

Dans l'intérieur du parc, qui n'était pas alors percé d'allées régulières, on rencontrait des prairies, des endroits sauvages et des bancs de hêtre sur lesquels la Jeune Allemagne avait naguère gravé, avec un couteau, des cœurs percés de poignards : sous ces cœurs poignardés on lisait le nom de *Sand*[2]. Des bandes de corbeaux, habitant les arbres aux approches du printemps, commencèrent à ramager. La nature vivante se ranimait avant la nature végétale, et des grenouilles toutes noires étaient dévorées par des canards, dans les eaux çà et là dégelées : ces rossignols-là *ouvraient le printemps dans les bois*[3] de Berlin. Cependant le parc n'était pas sans quelques jolis animaux : des écureuils circulaient sur les branches ou se jouaient à terre, en se faisant un pavillon de leur queue. Quand j'approchais de la fête, les acteurs remontaient le tronc des chênes, s'arrêtaient dans une fourche et grognaient en me voyant passer au-dessous d'eux. Peu de promeneurs fréquentaient la futaie dont le sol inégal était bordé et coupé de canaux. Quelquefois je rencontrais un vieil officier goutteux qui me disait, tout réchauffé et tout réjoui, en me parlant du pâle rayon de soleil sous lequel je grelottais : « Ça pique ! » De temps en temps je trouvais le duc de Cumberland[4], à cheval et presque aveugle, arrêté devant un blanc de Hollande contre lequel il était venu se cogner le nez. Quelques

---

1. Variété de peupliers.   2. Charles-Louis Sand (1795-1819), étudiant allemand condamné à mort pour avoir poignardé le 23 mars 1819 le poète conservateur Kotzebue. Son nom est alors vénéré par la jeunesse libérale.   3. Allusion approximative à une lettre de Mme de Sévigné (29 avril 1671).   4. Le duc de Cumberland (1777-1851), quatrième fils de George III, et futur roi de Hanovre.

voitures attelées de six chevaux passaient : elles portaient ou l'ambassadrice d'Autriche, ou la princesse de Radzivill[1] et sa fille, âgée de quinze ans, charmante comme une de ces nues à figure de vierge qui entourent la lune d'Ossian. La duchesse de Cumberland[2] faisait presque tous les jours la même promenade que moi : tantôt elle revenait de secourir dans une chaumière une pauvre femme de Spandau, tantôt elle s'arrêtait et me disait gracieusement qu'elle avait voulu me rencontrer ; aimable fille des trônes descendue de son char comme la déesse de la nuit pour errer dans les forêts !
[...]

---

1. La princesse Louise-Dorothée de Prusse (1770-1836), nièce de Frédéric II, avait épousé en 1796 le prince Antoine Radzivill.   2. Née Frédérique de Mecklembourg-Strelitz (1778-1841), elle était la sœur de la reine Louise de Prusse. Elle avait épousé le duc de Cumberland, en seconde noces, le 29 mai 1815.

LIVRE VINGT-SEPTIÈME

(3)

SOCIÉTÉ ANGLAISE.

L'arrivée du roi, la rentrée du parlement, l'ouverture de la saison des fêtes, mêlaient les devoirs, les affaires et les plaisirs [1] : on ne pouvait rencontrer les ministres qu'à la cour, au bal ou au parlement. Pour célébrer l'anniversaire de la naissance de Sa Majesté [2] je dînais chez lord Londonderry, je dînais sur la galère du lord-maire, qui remontait jusqu'à Richmond : j'aime mieux le Bucentaure en miniature à l'arsenal de Venise, ne portant plus que le souvenir des doges et un nom virgilien. Jadis émigré, maigre et demi-nu, je m'étais amusé, sans être Scipion [3], à jeter des pierres dans l'eau, le long de cette rive que rasait la barque dodue et bien fourrée du *Lord mayor*.

Je dînais aussi dans l'Est de la ville chez M. Rothschild de Londres [4], de la branche cadette de Salomon [5] : où ne dînais-je pas ? Le roastbeef égalait

---

1. Une ordonnance royale du 9 janvier 1822 avait nommé Chateaubriand ambassadeur à Londres ; il rejoignit son poste début avril.   2. En réalité sa fête, le jour de la Saint-Georges. Le roi George IV est né le 12 août 1762.   3. Allusion à un passage du *De Oratore* (II, 22) où Cicéron évoque le plaisir que prenaient Scipion et Laelius à « redevenir enfants » en ramassant des cailloux et des coquillages au bord de la mer.   4. Le banquier Nathan Rothschild (1777-1836), établi à Londres après 1815. 5. Pour comprendre cette étrange formule, il faut bien admettre que Chateaubriand ne vise pas ici le banquier viennois Salomon Rothschild, né en 1774, et frère du précédent, mais le roi Salomon lui-même. Les Rothschild seraient ainsi assimilés à une branche collatérale de la descendance de

la prestance de la tour de Londres ; les poissons étaient si longs qu'on n'en voyait pas la queue ; des dames, que je n'ai aperçues que là, chantaient comme Abigaïl[1]. J'avalais le tokai non loin des lieux qui me virent sabler l'eau à pleine cruche et quasi mourir de faim ; couché au fond de ma moelleuse voiture, sur de petits matelas de soie, j'apercevais ce Westminster dans lequel j'avais passé une nuit enfermé[2], et autour duquel je m'étais promené tout crotté avec Hingant et Fontanes. Mon hôtel, qui me coûtait 30 000 francs de loyer, était en regard du grenier qu'habita mon cousin de La Bouëtardais, lorsque, en robe rouge, il jouait de la guitare sur un grabat emprunté, auquel j'avais donné asile auprès du mien.

Il ne s'agissait plus de ces sauteries d'émigrés où nous dansions au son du violon d'un conseiller du parlement de Bretagne ; c'était Almack's dirigé par Colinet[3] qui faisait mes délices ; bal public sous le patronage des plus grandes dames du West-end. Là se rencontraient les vieux et les jeunes dandys. Parmi les vieux brillait le vainqueur de Waterloo, qui promenait sa gloire comme un piège à femmes tendu à travers les quadrilles ; à la tête des jeunes se distinguait lord Clamwilliam[4], fils, disait-on, du duc de Richelieu. Il faisait des choses admirables : il courait à cheval à Richmond et revenait à Almack's après être tombé deux fois. Il avait une certaine façon de prononcer à la manière d'Alcibiade[5], qui ravissait. Les modes des mots, les affectations de langage et de prononciation, changeant dans la haute société de Londres presque à chaque session parlementaire, un honnête homme est

---

David, parvenue à régner sur le peuple élu un peu comme les Orléans ont réussi, après 1830, à évincer la branche aînée des Bourbons.

1. Femme juive qui subjugua le roi David par la beauté de son chant et qu'il épousa (1ᵉʳ livre de Samuel, XXV).   **2.** Allusion à un épisode du livre X (édition Berchet, Classiques Garnier, t. I, p. 554-556).   **3.** Directeur de ces salons situés dans le parc de Saint-James, où se donnaient la plupart des soirées aristocratiques.   **4.** Richard Francis Meade, lord *Clanwilliam* de Tipperary (1795-1879), pair irlandais et ancien secrétaire de Castlereagh, était resté son collaborateur comme sous-secrétaire d'État au Foreign Office.   **5.** Selon Plutarque (*Alcibiade*, II), celui-ci avait un défaut de prononciation qu'il avait su mettre en valeur.

tout ébahi de ne plus savoir l'anglais, qu'il croyait savoir six mois auparavant. En 1822 le fashionable devait offrir au premier coup d'œil un homme malheureux et malade ; il devait avoir quelque chose de négligé dans sa personne, les ongles longs, la barbe non pas entière, non pas rasée, mais grandie un moment par surprise, par oubli, pendant les préoccupations du désespoir ; mèche de cheveux au vent, regard profond, sublime, égaré et fatal ; lèvres contractées en dédain de l'espèce humaine ; cœur ennuyé, byronien, noyé dans le dégoût et le mystère de l'être.

Aujourd'hui ce n'est plus cela : le *dandy* doit avoir un air conquérant, léger, insolent ; il doit soigner sa toilette, porter des moustaches ou une barbe taillée en rond comme la fraise de la reine Élisabeth, ou comme le disque radieux du soleil ; il décèle la fière indépendance de son caractère en gardant son chapeau sur sa tête, en se roulant sur les sofas, en allongeant ses bottes au nez des ladies assises en admiration sur des chaises devant lui ; il monte à cheval avec une canne qu'il porte comme un cierge, indifférent au cheval qui est entre ses jambes par hasard. Il faut que sa santé soit parfaite, et son âme toujours au comble de cinq ou six félicités. Quelques dandys radicaux, les plus avancés vers l'avenir, ont une pipe.

Mais sans doute toutes ces choses sont changées dans le temps même que je mets à les décrire. On dit que le dandy de cette heure ne doit plus savoir s'il existe, si le monde est là, s'il y a des femmes, et s'il doit saluer son prochain. N'est-il pas curieux de retrouver l'original du dandy sous Henri III : « Ces beaux mignons, dit l'auteur de l'*Isle des Hermaphrodites*[1], portoient les cheveux longuets, frisés et refrisés, remontans par-dessus leurs petits bonnets de velours, comme font les femmes, et leurs fraises de chemises

---

1. Pamphlet de Thomas Artus contre la cour de Henri III. Mais si la seconde citation lui est bien empruntée, la première est extraite du *Journal* de Pierre de l'Estoile. Chateaubriand a déjà cité ces passages, avec les références exactes, dans son *Histoire de France* (1831).

de toile d'atour empesées et longues de demi-pied, de
façon que voir leurs têtes dessus leurs fraises, il sem-
bloit que ce fust le chef de saint Jean en un plat. »

Ils partent pour se rendre dans la chambre de
Henri III, « branlant tellement le corps, la tête et les
jambes, que je croyois à tout propos qu'ils dussent
tomber de leur long... Ils trouvoient cette façon-là de
marcher plus belle que pas une autre. »

Tous les Anglais sont fous par nature ou par ton.

Lord Clamwilliam a passé vite : je l'ai retrouvé à
Vérone ; il est devenu après moi ministre d'Angleterre
à Berlin. Nous avons suivi un moment la même route,
quoique nous ne marchions pas du même pas.

Rien ne réussissait, à Londres, comme l'insolence,
témoin Dorset[1], frère de la duchesse de Guiche : il
s'était mis à galoper dans Hyde-Park, à sauter des barrières, à jouer, à tutoyer sans façon les dandys : il avait
un succès sans égal, et, pour y mettre le comble, il finit
par enlever une famille entière, père, mère et enfants.

Les ladies les plus à la mode me plaisaient peu ; il
y en avait une charmante cependant, lady Gwidir : elle
ressemblait par le ton et les manières à une Française.
Lady Jersey se maintenait encore en beauté. Je rencontrais chez elle l'opposition. Lady Conyngham appartenait à l'opposition, et le roi lui-même gardait un secret
penchant pour ses anciens amis. Parmi les patronesses
d'Almack's, on remarquait l'ambassadrice de Russie.

La comtesse de Lieven[2] avait eu des histoires assez
ridicules avec madame d'Osmond et George IV.
Comme elle était hardie et passait pour être bien en
cour, elle était devenue extrêmement fashionable. On
lui croyait de l'esprit, parce qu'on supposait que son
mari n'en avait pas ; ce qui n'était pas vrai : M. de
Lieven[3] était fort supérieur à madame. Madame de
Lieven, au visage aigu et mésavenant, est une femme

1. Alfred de Grimaud, comte d'Orsay (1801-1852), dont Chateaubriand
anglicise le nom avec désinvolture.   2. Née Dorothée de Benkendorf
(1784-1857), et fille du gouverneur de Riga.   3. Le comte Christophe de
Lieven, officier et diplomate russe, fut ambassadeur à Londres de 1812 à
1834. Devenu prince en 1826, il est mort en 1839.

commune, fatigante, aride, qui n'a qu'un seul genre de conversation, la politique vulgaire ; du reste, elle ne sait rien, et elle cache la disette de ses idées sous l'abondance de ses paroles. Quand elle se trouve avec des gens de mérite, sa stérilité se tait ; elle revêt sa nullité d'un air supérieur d'ennui, comme si elle avait le droit d'être ennuyée ; tombée par l'effet du temps, et ne pouvant s'empêcher de se mêler de quelque chose, la douairière des congrès est venue de Vérone donner à Paris, avec la permission de MM. les magistrats de Pétersbourg, une représentation des puérilités diplomatiques d'autrefois. Elle entretient des correspondances privées, et elle a paru très forte en mariages manqués. Nos novices se sont précipités dans ses salons pour apprendre le beau monde et l'art des secrets ; ils lui confient les leurs, qui, répandus par madame de Lieven, se changent en sourds cancans. Les ministres, et ceux qui aspiraient à le devenir, sont tout fiers d'être protégés par une dame qui a eu l'honneur de voir M. de Metternich aux heures où le grand homme, pour se délasser du poids des affaires, s'amuse à effiloquer[1] de la soie. Le ridicule attendait à Paris madame de Lieven. Un doctrinaire grave[2] est tombé aux pieds d'Omphale : « Amour, tu perdis Troie[3]. »

La journée de Londres était ainsi distribuée : à dix heures du matin, on courait à une partie fine, consistant dans un premier déjeuner à la campagne ; on revenait déjeuner à Londres ; on changeait de toilette pour la promenade de Bond-Street ou de Hyde-Park ; on se rhabillait pour dîner à sept heures et demie ; on se rhabillait pour l'Opéra ; à minuit, on se rhabillait pour une soirée ou pour un raout. Quelle vie enchantée ! J'aurais préféré cent fois les galères. Le suprême bon ton était

---

1. Pour *effilocher*, défaire un tissu fil à fil. C'est une allusion à Hercule et à Omphale. La liaison de la comtesse de Lieven avec Metternich avait commencé en 1818, à Aix-la-Chapelle. Par la suite chaque congrès européen devenait pour les amants une occasion de se retrouver. 2. Guizot, dont la princesse de Lieven, installée à Paris après la mort de son mari, fut la fidèle égérie. 3. Citation malicieuse des « Deux coqs » de La Fontaine (*Fables*, VII, 14, vers 3).

de ne pouvoir pénétrer dans les petits salons d'un bal privé, de rester dans l'escalier obstrué par la foule, et de se trouver nez à nez avec le duc de Somerset[1] ; béatitude où je suis arrivé une fois. Les Anglais de la nouvelle race sont infiniment plus frivoles que nous ; la tête leur tourne pour un *show* : si le bourreau de Paris se rendait à Londres, il ferait courir l'Angleterre. Le maréchal Soult n'a-t-il pas enthousiasmé les ladies[2], comme Blücher, de qui elles baisaient la moustache ? Notre maréchal, qui n'est ni Antipater, ni Antigonus, ni Seleucus, ni Antiochus, ni Ptolémée, ni aucun des capitaines-rois d'Alexandre, est un soldat distingué, lequel a pillé l'Espagne en se faisant battre, et auprès de qui des capucins ont rédimé[3] leur vie pour des tableaux. Mais il est vrai qu'il a publié, au mois de mars 1814, une furieuse proclamation contre Bonaparte[4], lequel il recevait en triomphe quelques jours après : il a fait depuis ses pâques à Saint-Thomas-d'Aquin. On montre pour un schilling, à Londres, sa vieille paire de bottes. [...]

---

1. Un des titres les plus anciens de la noblesse anglaise, alors porté par Édouard Saint-Maur, onzième duc de Somerset (1775-1855). **2.** Il représenta Louis-Philippe au couronnement de la reine Victoria le 20 juin 1838, et séjourna à Londres à cette occasion. **3.** Racheté (latinisme). Grâce à ses exactions en Espagne, le maréchal Soult avait constitué la première grande collection française de peinture espagnole. **4.** Sur cette proclamation du 8 mars 1815 et les revirements ultérieurs du personnage, voir livre XXIII, chapitres 2 et 4 (Classiques Garnier, t. II, p. 559 et 570).

LIVRE VINGT-HUITIÈME

(17)

EXAMEN D'UN REPROCHE.

Avant de changer de sujet, je demande la permission de revenir sur mes pas et de me soulager d'un fardeau. Je ne suis pas entré sans souffrir dans le détail de mon long différend avec M. de Villèle[1]. On m'a accusé d'avoir contribué à la chute de la monarchie légitime ; il me convient d'examiner ce reproche.

Les événements arrivés sous le ministère dont j'ai fait partie ont une importance qui le lie à la fortune commune de la France : il n'y a pas un Français dont le sort n'ait été atteint du bien que je puis avoir fait, du mal que j'ai subi. Par des affinités bizarres et inexplicables, par des rapports secrets qui entrelacent quelquefois de hautes destinées à des destinées vulgaires, les Bourbons ont prospéré tant qu'ils ont daigné m'écouter [...]. Sitôt qu'on a cru devoir briser le roseau qui croissait au pied du trône, la couronne a penché, et bientôt elle est tombée : souvent, en arrachant un brin d'herbe, on fait crouler une grande ruine.

Ces faits incontestables, on les expliquera comme on voudra ; s'ils donnent à ma carrière politique une valeur relative qu'elle n'a pas d'elle-même, je n'en

---

1. Brutalement dessaisi du portefeuille des Affaires étrangères le 6 juin 1824, Chateaubriand fit aussitôt défection. Grâce au soutien du *Journal des Débats*, il se livra à une opposition de plus en plus violente contre le ministère Villèle qui tomba enfin le 2 décembre 1827.

tirerai point vanité, je ne ressens point une mauvaise joie du hasard qui mêle mon nom d'un jour aux événements des siècles. Quelle qu'ait été la variété des accidents de ma course aventureuse, où que les noms et les faits m'aient promené, le dernier horizon du tableau est toujours menaçant et triste.

> ... *Juga cœpta moveri*
> *Silvarum, visaeque canes ululare per umbram*[1].

Mais si la scène a changé d'une manière déplorable, je ne dois, dit-on, accuser que moi-même : pour venger ce qui m'a semblé une injure, j'ai tout divisé, et cette division a produit en dernier résultat le renversement du trône. Voyons.

M. de Villèle a déclaré qu'on ne pouvait gouverner ni avec moi ni sans moi. Avec moi, c'était une erreur ; sans moi, à l'heure où M. de Villèle disait cela, il disait vrai, car les opinions les plus diverses me composaient une majorité.

M. le président du conseil ne m'a jamais connu. Je lui étais sincèrement attaché ; je l'avais fait entrer dans son premier ministère, ainsi que le prouvent le billet de remerciements de M. le duc de Richelieu et les autres billets que j'ai cités. J'avais donné ma démission de plénipotentiaire à Berlin, lorsque M. de Villèle s'était retiré. On lui persuada qu'à sa seconde rentrée dans les affaires, je désirais sa place. Je n'avais point ce désir. Je ne suis point de la race intrépide, sourde à la voix du dévouement et de la raison. La vérité est que je n'ai aucune ambition ; c'est précisément la passion qui me manque, parce que j'en ai une autre qui me domine. Lorsque je priais M. de Villèle de porter au Roi quelque dépêche importante, pour m'éviter la peine d'aller au château, afin de me laisser le loisir de visiter une chapelle gothique dans la rue Saint-Julien-

---

1. Allusion au moment où Énée se prépare à descendre dans les Enfers : « Les bois se mirent à agiter leur cime ; on croyait entendre hurler des chiennes dans les ténèbres » (*Énéide*, VI, vers 256-257).

le-Pauvre, il aurait été bien rassuré contre mon ambition, s'il eût mieux jugé de ma candeur puérile ou de la hauteur de mes dédains.

Rien ne m'agréait dans la vie positive, hormis peut-être le ministère des affaires étrangères. Je n'étais pas insensible à l'idée que la patrie me devrait, dans l'intérieur la liberté, à l'extérieur l'indépendance. Loin de chercher à renverser M. de Villèle, j'avais dit au Roi : « Sire, M. de Villèle est un président plein de lumières ; Votre Majesté doit éternellement le garder à la tête de ses conseils. »

M. de Villèle ne le remarqua pas : mon esprit pouvait tendre à la domination, mais il était soumis à mon caractère ; je trouvais plaisir dans mon obéissance, parce qu'elle me débarrassait de ma volonté. Mon défaut capital est l'ennui, le dégoût de tout, le doute perpétuel. S'il se fût rencontré un prince qui, me comprenant, m'eût retenu de force au travail, il avait peut-être quelque parti à tirer de moi : mais le ciel fait rarement naître ensemble l'homme qui veut et l'homme qui peut. En fin de compte, est-il aujourd'hui une chose pour laquelle on voulût se donner la peine de sortir de son lit ? On s'endort au bruit des royaumes tombés pendant la nuit, et que l'on balaye chaque matin devant notre porte. D'ailleurs, depuis que M. de Villèle s'était séparé de moi, la politique s'était dérangée : l'ultracisme contre lequel la sagesse du président du conseil luttait encore l'avait débordé. La contrariété qu'il éprouvait de la part des opinions intérieures et du mouvement des opinions extérieures le rendait irritable : de là la presse entravée, la garde nationale de Paris cassée, etc. Devais-je laisser périr la monarchie, afin d'acquérir le renom d'une modération hypocrite aux aguets ? Je crus très sincèrement remplir un devoir en combattant à la tête de l'opposition, trop attentif au péril que je voyais d'un côté, pas assez frappé du danger contraire. Lorsque M. de Villèle fut renversé, on

me consulta sur la nomination d'un autre ministère[1].
Si l'on eût pris, comme je le proposais, M. Casimir
Perier, le général Sébastiani et M. Royer-Collard, les
choses auraient pu se soutenir. Je ne voulus point
accepter le département de la marine, et je le fis donner
à mon ami M. Hyde de Neuville ; je refusai également
deux fois l'instruction publique ; jamais je ne serais
rentré au conseil sans être le maître. J'allai à Rome
chercher parmi les ruines mon autre moi-même, car il
y a dans ma personne deux êtres distincts, et qui n'ont
aucune communication l'un avec l'autre.

J'en ferai pourtant loyalement l'aveu, l'excès du res-
sentiment ne me justifie pas selon la règle et le mot
vénérable de vertu, mais ma vie entière me sert
d'excuse.

Officier au régiment de Navarre, j'étais revenu des
forêts de l'Amérique pour me rendre auprès de la légitimité fugitive, pour combattre dans ses rangs contre
mes propres lumières, le tout sans conviction, par le
seul devoir du soldat. Je restai huit ans sur le sol étranger, accablé de toutes les misères.

Ce large tribut payé, je rentrai en France en 1800.
Bonaparte me rechercha et me plaça ; à la mort du duc
d'Enghien, je me dévouai de nouveau à la mémoire des
Bourbons. Mes paroles sur le tombeau de Mesdames à
Trieste[2] ranimèrent la colère du dispensateur des empires ; il menaça de me faire sabrer sur les marches des
Tuileries. La brochure *De Bonaparte et des Bourbons*[3]
valut à Louis XVIII, de son aveu même, autant que
cent mille hommes.

À l'aide de la popularité dont je jouissais alors, la
France anticonstitutionnelle comprit les institutions de
la royauté légitime. Durant les Cent-Jours, la monarchie me vit auprès d'elle dans son second exil. Enfin,
par la guerre d'Espagne, j'avais contribué à étouffer

---

1. Ce sera le ministère Martignac, dans lequel Chateaubriand constata,
non sans dépit, qu'il ne figurait pas.   **2.** Dans son article du 4 juillet
1807 (cité p. 213), Chateaubriand avait rendu hommage à Mesdames Adélaïde (1752-1800) et Victoire (1733-1799), filles de Louis XV, mortes en
exil à Trieste.   **3.** Mise en vente le 5 avril 1814.

les conspirations, à réunir les opinions sous la même cocarde, et à rendre à notre canon sa portée. On sait le reste de mes projets : reculer nos frontières, donner dans le nouveau monde des couronnes nouvelles à la famille de saint Louis.

Cette longue persévérance dans les mêmes sentiments méritait peut-être quelques égards. Sensible à l'affront, il m'était impossible de mettre aussi de côté ce que je pouvais valoir, d'oublier tout-à-fait que j'étais le restaurateur de la religion, l'auteur du *Génie du christianisme*.

Mon agitation croissait nécessairement encore à la pensée qu'une mesquine querelle faisait manquer à notre patrie une occasion de grandeur qu'elle ne retrouverait plus. Si l'on m'avait dit : « Vos plans seront suivis ; on exécutera sans vous ce que vous aviez entrepris », j'aurais tout oublié pour la France. Malheureusement j'avais la croyance qu'on n'adopterait pas mes idées ; l'événement l'a prouvé.

J'étais dans l'erreur peut-être, mais j'étais persuadé que M. le comte de Villèle ne comprenait pas la société qu'il conduisait ; je suis convaincu que les solides qualités de cet habile ministre étaient inadéquates à l'heure de son ministère : il était venu trop tôt sous la restauration. Les opérations de finances, les associations commerciales, le mouvement industriel, les canaux, les bateaux à vapeur, les chemins de fer, les grandes routes, une société matérielle qui n'a de passion que pour la paix, qui ne rêve que le confort de la vie, qui ne veut faire de l'avenir qu'un perpétuel aujourd'hui, dans cet ordre de choses, M. de Villèle eût été roi. M. de Villèle a voulu un temps qui ne pouvait être à lui, et, par honneur, il ne veut pas d'un temps qui lui appartient[1]. Sous la restauration, toutes les facultés de l'âme étaient vivantes ; tous les partis rêvaient de réalités ou de chimères ; tous, avançant ou reculant, se

---

1. Le caractère et les qualités propres de Villèle le prédisposaient à devenir un instrument de la monarchie bourgeoise que, par fidélité politique envers la branche aînée, il a refusé de servir après 1830.

heurtaient en tumulte ; personne ne prétendait rester où il était ; la légitimité constitutionnelle ne paraissait à aucun esprit ému le dernier mot de la république ou de la monarchie. On sentait sous ses pieds remuer dans la terre des armées ou des révolutions qui venaient s'offrir pour des destinées extraordinaires. M. de Villèle était éclairé sur ce mouvement ; il voyait croître les ailes qui, poussant à la nation, l'allaient rendre à son élément, à l'air, à l'espace, immense et légère qu'elle est. M. de Villèle voulait retenir cette nation sur le sol, l'attacher en bas, mais il n'en eut jamais la force. Je voulais, moi, occuper les Français à la gloire, les attacher en haut, essayer de les mener à la réalité par des songes : c'est ce qu'ils aiment.

Il serait mieux d'être plus humble, plus prosterné, plus chrétien. Malheureusement je suis sujet à faillir ; je n'ai point la perfection évangélique : si un homme me donnait un soufflet, je ne tendrais pas l'autre joue [1].

Eussé-je deviné le résultat, certes je me serais abstenu ; la majorité qui vota la phrase sur le refus de concours [2] ne l'eût pas votée si elle eût prévu la conséquence de son vote. Personne ne désirait sérieusement une catastrophe, excepté quelques hommes à part. Il n'y a eu d'abord qu'une émeute, et la légitimité seule l'a transformée en révolution ; le moment venu, elle a manqué de l'intelligence, de la prudence, de la résolution qui la pouvaient encore sauver. Après tout, c'est une monarchie tombée ; il en tombera bien d'autres : je ne lui devais que ma fidélité ; elle l'aura à jamais.

Dévoué aux premières adversités de la monarchie, je me suis consacré à ses dernières infortunes : le malheur me trouvera toujours pour second. J'ai tout renvoyé, places, pensions, honneurs ; et, afin de n'avoir rien à demander à personne, j'ai mis en gage mon cer-

---

1. Comme le recommande le Christ : Matthieu, V, 39 ; Luc, VI, 29.
2. Cette phrase figure dans la réponse que fit la majorité de la Chambre des députés nouvellement élue au discours du trône prononcé par Charles X le 2 mars 1830. Cette « adresse » fut votée par 221 députés.

cueil [1]. Juges austères et rigides, vertueux et infaillibles royalistes, qui avez mêlé un serment à vos richesses, comme vous mêlez le sel aux viandes de votre festin pour les conserver, ayez un peu d'indulgence à l'égard de mes amertumes passées, je les expie aujourd'hui à ma manière, qui n'est pas la vôtre. Croyez-vous qu'à l'heure du soir, à cette heure où l'homme de peine se repose, il ne sente pas le poids de la vie, quand ce poids lui est rejeté sur les bras ? Et cependant, j'ai pu ne pas porter le fardeau, j'ai vu Philippe dans son palais, du 1er au 6 août 1830, et je le raconterai en son lieu ; il n'a tenu qu'à moi d'écouter des paroles généreuses [2].

Plus tard, si j'avais pu me repentir d'avoir bien fait, il m'était encore possible de revenir sur le premier mouvement de ma conscience. M. Benjamin Constant, homme si puissant alors, m'écrivait le 20 septembre [3] : « J'aimerais bien mieux vous écrire sur vous que sur moi, la chose aurait plus d'importance. Je voudrais pouvoir vous parler de la perte que vous faites essuyer à la France entière en vous retirant de ses destinées, vous qui avez exercé sur elle une influence si noble et si salutaire ! Mais il y aurait indiscrétion à traiter ainsi des questions personnelles, et je dois, en gémissant comme tous les Français, respecter vos scrupules. »

Mes devoirs ne me semblant point encore consommés, j'ai défendu la veuve et l'orphelin [4], j'ai subi les procès et la prison [5] que Bonaparte, même dans ses plus grandes colères, m'avait épargnés. Je me présente entre ma démission à la mort du duc d'Enghien et mon cri pour l'enfant dépouillé ; je m'appuie sur un

---

1. Allusion au contrat de vente des *Mémoires* signé par Chateaubriand en 1836 (voir Introduction, p. 19).   2. Au lendemain des journées de Juillet, Chateaubriand fut reçu au Palais-Royal où Louis-Philippe lui fit des offres de collaboration (voir livre XXXIII, chapitre 5 ; édition Berchet, Classiques Garnier, t. III, p. 442-447).   3. Le 20 septembre 1830, moins de trois mois avant sa mort.   4. La duchesse de Berry et son fils le duc de Bordeaux, dont Chateaubriand, après 1830, ne cessera de réaffirmer les droits.   5. Sur les procès intentés à Chateaubriand par le régime de Juillet et sa détention à la préfecture de Police au mois de juin 1832, voir livre XXXV, chapitres 4-7 et 26.

prince fusillé et sur un prince banni ; ils soutiennent mes vieux bras entrelacés à leurs bras débiles : royalistes, êtes-vous aussi bien accompagnés ?

Mais plus j'ai garrotté ma vie par les liens du dévouement et de l'honneur, plus j'ai échangé la liberté de mes actions contre l'indépendance de ma pensée ; cette pensée est rentrée dans sa nature. Maintenant, en dehors de tout, j'apprécie les gouvernements ce qu'ils valent. Peut-on croire aux Rois de l'avenir ? faut-il croire aux peuples du présent ? L'homme sage et inconsolé de ce siècle sans conviction ne rencontre un misérable repos que dans l'athéisme politique. Que les jeunes générations se bercent d'espérances : avant de toucher au but, elles attendront de longues années ; les âges vont au nivellement général, mais ils ne hâtent point leur marche à l'appel de nos désirs : le temps est une sorte d'éternité appropriée aux choses mortelles ; il compte pour rien les races et leurs couleurs dans les œuvres qu'il accomplit.

Il résulte de ce qu'on vient de lire que si l'on avait fait ce que j'avais conseillé, que si d'étroites envies n'avaient préféré leur satisfaction à l'intérêt de la France, que si le pouvoir avait mieux apprécié les capacités relatives, que si les cabinets étrangers avaient jugé, comme Alexandre, que le salut de la monarchie française était dans des institutions libérales ; que si ces cabinets n'avaient point entretenu l'autorité rétablie dans la défiance du principe de la Charte, la légitimité occuperait encore le trône. Ah ! ce qui est passé est passé ! on a beau retourner en arrière, se remettre à la place que l'on a quittée, on ne retrouve rien de ce qu'on y avait laissé : hommes, idées, circonstances, tout s'est évanoui [1].

---

1. Réminiscence de Bossuet : « On voudrait retourner en arrière ; tout est tombé, tout est évanoui ; tout est effacé » (conclusion de la *Méditation sur la brièveté de la vie*, 1648).

LIVRE VINGT-NEUVIÈME

Dans le manuscrit de 1845 (voir Introduction, p. 20), un livre entier consacré à Madame Récamier faisait suite au livre XXVIII ; mais il fut écarté de la version définitive (voir édition Berchet, Classiques Garnier, t. III, 1998, p. 646-734). Avec le livre XXIX, Chateaubriand inaugure le récit de son second séjour à Rome, comme ambassadeur cette fois. Il commence par raconter son voyage, puis son installation dans la capitale du monde chrétien. Il nous livre ses premières impressions sur la cour pontificale et sur la société romaine ; il évoque les artistes qui ont travaillé en Italie. Ce livre XXIX se termine avec le décès du pape Léon XII, événement qui va contribuer à « relancer » la mission du diplomate.

LIVRE TRENTIÈME

(1)

À MADAME RÉCAMIER [1].

« Rome, ce 17 février 1829.

« J'ai vu Léon XII exposé [2], le visage découvert, sur un chétif lit de parade au milieu des chefs-d'œuvre de Michel-Ange ; j'ai assisté à la première cérémonie funèbre dans l'église de Saint-Pierre. Quelques vieux cardinaux commissaires, ne pouvant plus voir, s'assurèrent de leurs doigts tremblants que le cercueil du pape était bien cloué. À la lumière des flambeaux, mêlée à la clarté de la lune, le cercueil fut enfin enlevé par une poulie et suspendu dans les ombres pour être déposé dans le sarcophage de Pie VII.

« On vient de m'apporter le petit chat du pauvre Pape ; il est tout gris et fort doux comme son ancien maître. » [...]

---

1. Madame Récamier, née Juliette Bernard (1777-1849), a occupé dans le cœur comme dans la vie de Chateaubriand une place importante mais tardive. Devenue sa maîtresse en 1818 (elle avait 41 ans et lui 50), elle incarna une passion éphémère qui, après quelques turbulences, évolua vers une durable amitié amoureuse. Cette étroite liaison avait pour corollaire, dès qu'ils étaient séparés, une abondante correspondance (au moins de sa part à lui) à laquelle le mémorialiste a souvent recours à partir de cette date.
2. Annibale della Genga (1760-1829) avait été élu pape le 28 septembre 1823 et succédé à Pie VII sous le nom de Léon XII. Il avait accordé à Chateaubriand une longue audience, le 2 janvier 1829, avant de mourir le 10 février.

(3)

À MADAME RÉCAMIER.

« Rome, lundi 23 février 1829.

« Hier ont fini les obsèques du Pape. La pyramide de *papier* et les quatre candélabres étaient assez beaux, parce qu'ils étaient d'une proportion immense et atteignaient à la corniche de l'église. Le dernier *Dies irae* était admirable. Il est composé par un homme inconnu [1] qui appartient à la chapelle du Pape, et qui me semble avoir un génie d'une tout autre espèce que Rossini. Aujourd'hui nous passons de la tristesse à la joie ; nous chantons le *Veni creator* pour l'ouverture du conclave [2] ; puis nous irons voir chaque soir si les scrutins sont brûlés, si la fumée sort d'un certain poêle : le jour où il n'y aura pas de fumée, le Pape sera nommé [3], et j'irai vous retrouver ; voilà tout le fond de mon affaire. [...]

« 25 février.

« La mort est ici : Torlonia [4] est parti hier au soir après deux jours de maladie : je l'ai vu tout peinturé sur son lit funèbre, l'épée au côté. Il prêtait sur gages ; mais quels gages ! sur des antiques, sur des tableaux renfermés pêle-mêle dans un vieux palais poudreux. Ce n'est pas là le magasin où l'Avare serrait *un luth de Bologne garni de toutes ses cordes ou peu s'en faut,*

---

1. Sans doute Valentino Fioravanti (1770-1837), maître de la Chapelle pontificale depuis 1816.   2. Réunion à huis clos du Sacré Collège des cardinaux pour élire le nouveau pape. Le *Veni creator* (« Viens, Esprit créateur... ») est un hymne par lequel on implore la protection du Saint-Esprit pour qu'il inspire leur vote.   3. Après chaque tour de scrutin, et tant que celui-ci demeurait indécis, on brûlait les bulletins avec de la paille humide, ce qui produisait au-dehors une fumée noire. Lorsque la fumée devenait blanche, c'était le signe que le nouveau pape était élu.   4. Giovanni Torlonia (1755-1829) était un immigré auvergnat devenu brocanteur, puis richissime banquier. Il avait reçu de Pie VII le titre de duc de Bracciano. *Peinturé* est à prendre ici dans son sens technique (et vieilli) : badigeonné.

la peau d'un lézard de trois pieds, et le lit de quatre pieds à bandes de points de Hongrie[1].

« On ne voit que des défunts que l'on promène habillés dans les rues ; il en passe un régulièrement sous mes fenêtres quand nous nous mettons à table pour dîner. Au surplus, tout annonce la séparation du printemps ; on commence à se disperser ; on part pour Naples ; on reviendra un moment pour la semaine sainte, et puis on se quittera pour toujours. L'année prochaine ce seront d'autres voyageurs, d'autres visages, une autre société. Il y a quelque chose de triste dans cette course sur des ruines : les Romains sont comme les débris de leur ville : le monde passe à leurs pieds. Je me figure ces personnages rentrant dans leurs familles, dans les diverses contrées de l'Europe, ces jeunes *Misses* retournant au milieu de leurs brouillards. Si par hasard, dans trente ans d'ici, quelqu'une d'entre elle est ramenée en Italie, qui se souviendra de l'avoir vue dans les palais dont les maîtres ne seront plus ? Saint-Pierre et le Colysée, voilà tout ce qu'elle-même reconnaîtrait. »

(6)

À MADAME RÉCAMIER.

« Rome, mercredi 8 avril 1829.

« J'ai donné aujourd'hui même à dîner à tout le conclave. Demain je reçois la grande-duchesse Hélène[2]. Le mardi de Pâques, j'ai un bal pour la clôture de la session ; et puis je me prépare à aller vous voir ; jugez de mon anxiété : au moment où je vous écris, je n'ai point

---

1. Chateaubriand cite Molière (*L'Avare*, acte II, scène 1), mais dans le désordre.   2. La princesse Frédérique-Marie-Charlotte de Wurtemberg, née le 9 janvier 1807, avait épousé en 1824 le grand-duc Michel de Russie, le plus jeune des frères du tsar Nicolas 1er. Elle avait pris depuis son mariage le nom de grande-duchesse Hélène.

encore de nouvelles de mon courrier à cheval annonçant la mort du Pape, et pourtant le Pape est déjà couronné [1], Léon XII est oublié ; j'ai repris les affaires avec le nouveau secrétaire d'État Albani [2] ; tout marche comme s'il n'était rien arrivé, et j'ignore si vous savez même à Paris qu'il y a un nouveau pontife ! Que cette cérémonie de la bénédiction papale est belle ! La Sabine à l'horizon, puis la campagne déserte de Rome, puis Rome elle-même, puis la place Saint-Pierre et tout le peuple tombant à genoux sous la main d'un vieillard : le Pape est le seul prince qui bénisse ses sujets. [...]

« 11 avril 1829.

« Nous voilà au 11 avril : dans huit jours nous aurons Pâques, dans quinze jours mon congé et puis vous voir ! Tout disparaît dans cette espérance ; je ne suis plus triste ; je ne songe plus aux ministres ni à la politique. Demain nous commençons la semaine sainte. Je penserai à tout ce que vous m'avez dit. Que n'êtes-vous ici pour entendre avec moi les beaux chants de douleur ! Nous irions nous promener dans les déserts de la campagne de Rome, maintenant couverts de verdure et de fleurs. Toutes les ruines semblent rajeunir avec l'année : je suis du nombre. »

« Mercredi saint, 15 avril.

« Je sors de la chapelle Sixtine, après avoir assisté à ténèbres [3] et entendu chanter le *Miserere* [4]. Je me sou-

---

1. Élu pape le 31 mars 1829, le cardinal Castiglioni prit le nom de Pie VIII. Mais son règne fut bref : il mourut le 30 novembre 1830. 2. Le cardinal Giuseppe Albani (1750-1834) appartenait à une grande famille romaine, et passait pour austrophile. 3. Premier office du jeudi saint, jadis chanté au milieu de la nuit et reporté la veille au soir dans la liturgie catholique. 4. Un des sept psaumes de Pénitence chanté lorsque la fin de la cérémonie approche, en général sur la musique de Gregorio Allegri (1557-1640) que bien des voyageurs, de Montesquieu à Taine, ont évoquée.

venais que vous m'aviez parlé de cette cérémonie[1] et j'en étais à cause de cela cent fois plus touché.

« Le jour s'affaiblissait ; les ombres envahissaient lentement les fresques de la chapelle et l'on n'apercevait plus que quelques grands traits du pinceau de Michel-Ange. Les cierges, tour à tour éteints[2], laissaient échapper de leur lumière étouffée une légère fumée blanche, image assez naturelle de la vie que l'Écriture compare à *une petite vapeur*[3]. Les cardinaux étaient à genoux, le nouveau pape prosterné au même autel où quelques jours avant j'avais vu son prédécesseur ; l'admirable prière de pénitence et de miséricorde, qui avait succédé aux Lamentations du prophète[4], s'élevait par intervalles dans le silence et la nuit. On se sentait accablé sous le grand mystère d'un Dieu mourant pour effacer les crimes des hommes. La catholique héritière sur ses sept collines était là avec tous ses souvenirs ; mais, au lieu de ces pontifes puissants, de ces cardinaux qui disputaient la préséance aux monarques, un pauvre vieux pape paralytique, sans famille et sans appui, des princes de l'Église sans éclat, annonçaient la fin d'une puissance qui civilisa le monde moderne. Les chefs-d'œuvre des arts disparaissaient avec elle, s'effaçaient sur les murs et sur les voûtes du Vatican, palais à demi abandonné[5]. De curieux étrangers, séparés de l'unité de l'Église, assistaient en passant à la cérémonie et remplaçaient la communauté des fidèles. Une double tristesse s'emparait du cœur. Rome chrétienne en commémorant l'agonie de J.-C. avait l'air de célébrer la sienne, de redire

---

1. Mme Récamier a passé la Semaine sainte à Rome en 1813, 1814 et 1824. Son amie Mme de Staël avait elle aussi assisté à Ténèbres en avril 1805, et lui a consacré un chapitre de *Corinne* (X, 4).   **2.** On plaçait autrefois au milieu du chœur un chandelier orné de quinze bougies (correspondant au nombre de psaumes récités) qu'on éteignait tour à tour, pour rappeler les ténèbres qui envahirent la terre au moment de la mort du Christ. **3.** Psaume 102 (Vulgate 101), verset 4 : « Mes jours se sont évanouis comme de la fumée ».   **4.** Jérémie.   **5.** Depuis la fin du XVIe siècle, tous les papes ont résidé au palais du Quirinal, à la seule exception de Léon XII qui avait voulu revenir au Vatican.

pour la nouvelle Jérusalem [1] les paroles que Jérémie adressait à l'ancienne. C'est une belle chose que Rome pour tout oublier, mépriser tout et mourir. »

(7)

FÊTE DE LA VILLA MÉDICIS,
POUR LA GRANDE-DUCHESSE HÉLÈNE [2].

J'avais donné des bals et des soirées à Londres et à Paris, et, bien qu'enfant d'un autre désert, je n'avais pas trop mal traversé ces nouvelles solitudes ; mais je ne m'étais pas douté de ce que pouvaient être des fêtes à Rome : elles ont quelque chose de la poésie antique qui place la mort à côté des plaisirs. À la villa Médicis, dont les jardins sont déjà une parure et où j'ai reçu la grande-duchesse Hélène, l'encadrement du tableau est magnifique : d'un côté la villa Borghèse avec la maison de Raphaël, de l'autre la villa de Monte-Mario et les coteaux qui bordent le Tibre ; au-dessous du spectateur, Rome entière comme un vieux nid d'aigle abandonné. Au milieu des bosquets se pressaient, avec les descendants des Paula et des Cornélie, les beautés venues de Naples, de Florence et de Milan : la princesse Hélène semblait leur reine. Borée, tout à coup descendu de la montagne, a déchiré la tente du festin, et s'est enfui avec des lambeaux de toile et de guirlandes, comme pour nous donner une image de tout ce que le temps a balayé sur cette rive. L'ambassade était consternée ; je sentais je ne sais quelle gaieté ironique à voir un souffle du ciel emporter mon or d'un jour et mes joies d'une heure. Le mal a été promptement réparé. Au lieu de déjeuner sur la terrasse, on a déjeuné dans l'élégant palais : l'harmonie des cors et des hautbois, dispersée par le vent, avait quelque chose du mur-

1. Rome.   2. Le mardi 18 avril 1829.

mure de mes forêts américaines. Les groupes qui se jouaient dans les rafales, les femmes dont les voiles tourmentés battaient leurs visages et leurs cheveux, le *sartarello* qui continuait dans la bourrasque, l'improvisatrice [1] qui déclamait aux nuages, le ballon qui s'envolait de travers avec le chiffre de la fille du Nord, tout cela donnait un caractère nouveau à ces jeux où semblaient se mêler les tempêtes accoutumées de ma vie.

Quel prestige pour tout homme qui n'eût pas compté son monceau d'années, et qui eût demandé des illusions au monde et à l'orage ! J'ai bien de la peine à me souvenir de mon automne, quand, dans mes soirées, je vois passer devant moi ces femmes du printemps qui s'enfoncent parmi les fleurs, les concerts et les lustres de mes galeries successives : on dirait des cygnes qui nagent vers des climats radieux. À quel désennui vont-elles ? Les unes cherchent ce qu'elles ont déjà aimé, les autres ce qu'elles n'aiment pas encore. Au bout de la route, elles tomberont dans ces sépulcres toujours ouverts ici, dans ces anciens sarcophages qui servent de bassins à des fontaines suspendues à des portiques ; elles iront augmenter tant de poussières légères et charmantes. Ces flots de beautés, de diamants, de fleurs et de plumes roulent au son de la musique de Rossini qui se répète et s'affaiblit d'orchestre en orchestre. Cette mélodie est-elle le soupir de la brise que j'entendais dans les savanes des Florides, le gémissement que j'ai ouï dans le temple d'Érechthée à Athènes ? Est-ce la plainte lointaine des aquilons qui me berçaient sur l'Océan ? Ma sylphide serait-elle cachée sous la forme de quelques-unes de ces brillantes Italiennes ? Non : ma Dryade est restée unie au saule des prairies où je causais avec elle de l'autre côté de la futaie de Combourg. Je suis bien étranger à ces ébats de la société attachée à mes pas vers la fin de ma course ; et pourtant il y a dans cette féerie une sorte d'enivrement

---

1. Réfugiés dans une salle de la Villa, les invités écoutèrent la célèbre Rosa Taddei improviser sur un double thème : celui de Regulus proposé par la grande-duchesse ; celui de la vie de voyage, proposé par Chateaubriand.

qui me monte à la tête : je ne m'en débarrasse qu'en allant rafraîchir mon front à la place solitaire de Saint-Pierre ou au Colysée désert. Alors les petits spectacles de la terre s'abîment, et je ne trouve d'égal au brusque changement de la scène que les anciennes tristesses de mes premiers jours. [...]

(13)

PROMENADES [...]

Je vais bientôt quitter Rome, et j'espère y revenir. Je l'aime de nouveau passionnément, cette Rome si triste et si belle : j'aurai un panorama au Capitole où le ministre de Prusse me cédera le petit palais Caffarelli[1] : à Saint-Onuphre je me suis ménagé une autre retraite[2]. En attendant mon départ et mon retour, je ne cesse d'errer dans la campagne : il n'y a pas de petit chemin entre deux haies que je ne connaisse mieux que les sentiers de Combourg. Du haut du Mont Marius et des collines environnantes, je découvre l'horizon de la mer vers Ostie ; je me repose sous les légers et croulants portiques de la Villa Madama. Dans ces architectures changées en fermes je ne trouve souvent qu'une jeune fille sauvage, effarouchée et grimpante comme ses chèvres. Quand je sors par la *Porta Pia*, je vais au pont *Lamentano*[3] sur le Teverone. J'admire en passant à Sainte-Agnès une tête de Christ par Michel-Ange[4], qui garde le couvent presque abandonné. Les chefs-d'œuvre des grands maîtres ainsi semés dans le désert

---

1. C'était le siège de la légation de Prusse à Rome. Le baron de Bunsen y avait installé un Institut archéologique, et y résidera jusqu'en 1838. On ignore dans quelles conditions Chateaubriand aurait pu lui louer une partie de son palais. Ce qui est sûr, c'est qu'il recherche alors, quelque part dans Rome, une « chambre avec vue » où pouvoir séjourner à titre privé, pour fuir le *decorum* du palais Simonetti, sur le Corso, siège de notre ambassade. 2. Voir la fin du chapitre, p. 319.   3. Lapsus ou confusion avec le pont *Nomentano* ?   4. Attribution fausse des guides contemporains.

remplissent l'âme d'une mélancolie profonde. Je me désole qu'on ait réuni les tableaux de Rome dans un musée ; j'aurais bien plus de plaisir par les pentes du Janicule, sous la chute de l'*Aqua Paola* [1], au travers de la rue solitaire *delle Fornaci*, à chercher *la Transfiguration* [2] dans le monastère des Récollets de Saint-Pierre *in Montorio*. Lorsqu'on regarde la place qu'elle occupait, sur le maître-autel de l'église, l'ornement des funérailles de Raphaël, on a le cœur saisi et attristé.

Au delà du pont *Lamentano*, des pâturages jaunis s'étendent à gauche jusqu'au Tibre ; la rivière qui baignait les jardins d'Horace y coule inconnue. En suivant la grande route vous trouvez le pavé de l'ancienne voie Tiburtine. J'y ai vu cette année arriver la première hirondelle.

J'herborise au tombeau de Cecilia Metella [3] : le réséda ondé et l'anémone apennine font un doux effet sur la blancheur de la ruine et du sol. Par la route d'Ostie je me rends à Saint-Paul, dernièrement la proie d'un incendie [4] ; je me repose sur quelque porphyre calciné, et je regarde les ouvriers qui rebâtissent en silence une nouvelle église ; on m'en avait montré quelque colonne déjà ébauchée à la descente du Simplon : toute l'histoire du christianisme dans l'Occident commence à *Saint-Paul-hors-des-Murs*.

En France, lorsque nous élevons quelque bicoque, nous faisons un tapage effroyable ; force machines, multitudes d'hommes et de cris ; en Italie, on entreprend des choses immenses presque sans se remuer. Le Pape fait dans ce moment même refaire la partie tombée du Colysée ; une demi-douzaine de gougeats sans

---

1. Ou fontaine Pauline, du nom du pape Paul V qui la fit construire au XVIe siècle.   2. Le dernier tableau de Raphaël, demeuré inachevé à la mort du peintre le 6 avril 1520, fut placé en 1523 sur le maître-autel de San Pietro in Montorio. Emporté à Paris, puis exposé au Louvre de 1798 à 1814, il fut ensuite restitué au Saint-Siège mais alors déposé dans la Pinacothèque vaticane.   3. Sur la voie Appienne, voir p. 411.   4. La somptueuse basilique édifiée par Théodose sur le lieu supposé du martyre de saint Paul, au sud de Rome, avait brûlé dans la nuit du 15 au 16 juillet 1823. La reconstruction commença aussitôt, mais ne sera terminée que sous le pontificat de Pie IX.

échafaudage redressent le colosse sur les épaules
duquel mourut une nation changée en ouvriers esclaves[1]. Près de Vérone, je me suis souvent arrêté pour
regarder un curé qui construisait seul un énorme clocher ; sous lui le fermier de la cure était le maçon.

J'achève souvent le tour des murs de Rome à pied ;
en parcourant ce chemin de ronde, je lis l'histoire de
la reine de l'univers païen et chrétien écrite dans les
constructions, les architectures et les âges divers de ces
murs.

Je vais encore à la découverte de quelque villa délabrée en dedans des murs de Rome. Je visite Sainte-
Marie-Majeure, Saint-Jean-de-Latran avec son obélisque, Sainte-Croix-de-Jérusalem avec ses fleurs ; j'y
entends chanter ; je prie : j'aime à prier à genoux ; mon
cœur est ainsi plus près de la poussière et du repos
sans fin : je me rapproche de ma tombe.

Mes fouilles ne sont qu'une variété des mêmes plaisirs. Du plateau de quelque colline on aperçoit le dôme
de Saint-Pierre. Que paie-t-on au propriétaire du lieu
où sont enfouis des trésors ? La valeur de l'herbe
détruite par la fouille. Peut-être rendrai-je mon argile
à la terre en échange de la statue qu'elle me donnera :
nous ne ferons que troquer une image de l'homme
contre une image de l'homme.

On n'a point vu Rome quand on n'a point parcouru
les rues de ses faubourgs mêlées d'espaces vides, de
jardins pleins de ruines, d'enclos plantés d'arbres et de
vignes, de cloîtres où s'élèvent des palmiers et des
cyprès, les uns ressemblant à des femmes de l'Orient,
les autres à des religieuses en deuil. On voit sortir de
ces débris de grandes Romaines pauvres et belles qui
vont acheter des fruits ou puiser de l'eau aux cascades
versées par les aqueducs des empereurs et des papes.
Pour apercevoir les mœurs dans leur naïveté, je fais
semblant de chercher un appartement à louer ; je frappe
à la porte d'une maison retirée ; on me répond : *Favo-*

---

1. Les juifs déportés à Rome par Titus après la prise de Jérusalem.

risca[1]. J'entre : je trouve dans des chambres nues, ou un ouvrier exerçant son métier, ou une *zitella* fière, tricotant ses laines, un chat sur ses genoux, et me regardant errer à l'aventure sans se lever.

Quand le temps est mauvais, je me retire dans Saint-Pierre ou bien je m'égare dans les musées de ce Vatican aux onze mille chambres et aux dix-huit mille fenêtres (Juste-Lipse). Quelles solitudes de chefs-d'œuvre ! On y arrive par une galerie dans les murs de laquelle sont incrustées des épitaphes et d'anciennes inscriptions : la mort semble née à Rome.

Il y a dans cette ville plus de tombeaux que de morts. Je m'imagine que les décédés, quand ils se sentent trop échauffés dans leur couche de marbre, se glissent dans une autre restée vide, comme on transporte un malade d'un lit dans un autre lit. On croirait entendre les squelettes passer durant la nuit de cercueil en cercueil.

La première fois que j'ai vu Rome c'était à la fin de juin : la saison des chaleurs augmente le délaisser de la cité : l'étranger fuit, les habitants du pays se renferment chez eux ; on ne rencontre pendant le jour personne dans les rues. Le soleil darde ses rayons sur le Colysée où pendent des herbes immobiles, où rien ne remue que les lézards. La terre est nue ; le ciel sans nuages paraît encore plus désert que la terre. Mais bientôt la nuit fait sortir les habitants de leurs palais et les étoiles du firmament : la terre et le ciel se repeuplent ; Rome ressuscite ; cette vie recommencée en silence dans les ténèbres, autour des tombeaux, a l'air de la vie et de la promenade des ombres qui redescendent à l'Érèbe[2] aux approches du jour.

Hier j'ai vagué au clair de la lune dans la campagne entre la Porte Angélique et le Mont Marius. On entendait un rossignol dans un étroit vallon balustré[3] de cannes. Je n'ai retrouvé que là cette tristesse mélodieuse dont parlent les poètes anciens, à propos de l'oiseau du printemps. Le long sifflement que chacun

---

1. « Entrez ! »   2. Au figuré, le séjour des morts.   3. Entouré comme par une balustrade.

connaît, et qui précède les brillantes batteries du musicien ailé, n'était pas perçant comme celui de nos rossignols ; il avait quelque chose de voilé comme le sifflement du bouvreuil de nos bois. Toutes ses notes étaient baissées d'un demi-ton ; sa romance à refrain était transposée du majeur au mineur ; il chantait à demi-voix ; il avait l'air de vouloir charmer le sommeil des morts et non de les réveiller. Dans ces parcours incultes, la Lydie d'Horace, la Délie de Tibulle, la Corinne d'Ovide, avaient passé ; il n'y restait que la Philomèle de Virgile. Cet hymne d'amour était puissant dans ce lieu et à cette heure [1] ; il donnait je ne sais quelle passion d'une seconde vie : selon Socrate, l'amour est le désir de renaître par l'entremise de la beauté [2] ; c'était ce désir que faisait sentir à un jeune homme une jeune fille grecque en lui disant : « S'il ne me restait que le fil de mon collier de perles, je le partagerais avec toi. »

Si j'ai le bonheur de finir mes jours ici, je me suis arrangé pour avoir à Saint-Onuphre [3] un réduit joignant la chambre où le Tasse expira. Aux moments perdus de mon ambassade, à la fenêtre de ma cellule, je continuerai mes *Mémoires*. Dans un des plus beaux sites de la terre, parmi les orangers et les chênes verts, Rome entière sous mes yeux, chaque matin, en me mettant à l'ouvrage, entre le lit de mort et la tombe du poète, j'invoquerai le génie de la gloire et du malheur. [...]

---

1. On le retrouvera dans « Cynthie » (voir p. 412).   2. C'est la thèse soutenue par Diotime dans le *Banquet* (201d-212c).   3. Sur le Janicule.

LIVRE TRENTE ET UNIÈME

Revenu à Paris le 28 mai 1829 pour un simple congé, Chateaubriand va passer ses vacances à Cauterets ; mais la formation du ministère Polignac entraîne sa démission le 30 août. La suite du livre XXXI retrace les prémices de la révolution de 1830, la publication des ordonnances, alors que le mémorialiste venait de partir pour Dieppe, et son brusque retour à Paris au soir du 28 juillet 1830.

LIVRE TRENTE-DEUXIÈME

RÉVOLUTION DE JUILLET.

(9)

COURSE DANS PARIS. — LE GÉNÉRAL DUBOURG. — CÉRÉMONIE
FUNÈBRE SOUS LES COLONNADES DU LOUVRE. — LES JEUNES
GENS ME RAPPORTENT À LA CHAMBRE DES PAIRS.

Le 30 au matin, ayant reçu le billet du grand référen-
daire [1] qui m'invitait à la réunion des Pairs, au Luxembourg, je voulus apprendre auparavant quelques
nouvelles. Je descendis par la rue d'Enfer, la place
Saint-Michel et la rue Dauphine. Il y avait encore un
peu d'émotion autour des barricades ébréchées. Je
comparais ce que je voyais au grand mouvement révolutionnaire de 1789, et cela me semblait de l'ordre et
du silence : le changement des mœurs était visible.

Au Pont-Neuf, la statue d'Henri IV tenait à la main,
comme un guidon [2] de la Ligue, un drapeau tricolore.
Des hommes du peuple disaient en regardant le roi de
bronze : « Tu n'aurais pas fait cette bêtise-là, mon
vieux. » Des groupes étaient rassemblés sur le quai de
l'École [3] ; j'aperçois de loin un général accompagné de

---

1. Le marquis de Sémonville (1759-1839). Ses fonctions consistaient à
apposer le sceau approprié sur tous les actes émanés de la Chambre des
pairs.   2. Enseigne autour de laquelle se réunissaient les milices bour-
geoises.   3. Portion du quai comprise entre le Pont-Neuf et le Louvre,
sur la rive droite de la Seine.

deux aides de camp également à cheval. Je m'avançai de
ce côté. Comme je fendais la foule, mes yeux se portaient sur le général : ceinture tricolore par-dessus son
habit, chapeau de travers renversé en arrière, corne en
avant. Il m'avise à son tour et s'écrie : « Tiens, le vicomte ! » Et moi, surpris, je reconnais le colonel ou capitaine
Dubourg, mon compagnon de Gand, lequel allait pendant notre retour à Paris prendre les villes ouvertes au
nom de Louis XVIII, et nous apportait, ainsi que je vous
l'ai raconté [1], la moitié d'un mouton pour dîner dans un
bouge, à Arnouville. C'est cet officier que les journaux
avaient représenté comme un austère soldat républicain
à moustaches grises, lequel n'avait pas voulu servir sous
la tyrannie impériale, et qui était si pauvre qu'on avait
été obligé de lui acheter à la friperie un uniforme râpé du
temps de La Réveillère-Lepaux [2]. Et moi de m'écrier :
« Eh ! c'est vous ! comment... » Il me tend les bras, me
serre la main sur le cou de Flanquine [3] ; on fit cercle :
« Mon cher, me dit à haute voix le chef militaire du gouvernement provisoire, en me montrant le Louvre, ils
étaient là-dedans douze cents : nous leur en avons
flanqué des pruneaux dans le derrière ! et de courir, et de
courir !... » Les aides de camp de M. Dubourg éclatent
en gros rires ; et la tourbe de rire à l'unisson, et le général
de piquer sa mazette [4] qui caracolait comme une bête
éreintée, suivie de deux autres Rossinantes glissant sur
le pavé et prêtes à tomber sur le nez entre les jambes de
leurs cavaliers.

Ainsi, superbement emporté, m'abandonna le Dio-
mède [5] de l'Hôtel-de-Ville, brave d'ailleurs et spirituel.
J'ai vu des hommes qui, prenant au sérieux toutes les
scènes de 1830, rougissaient à ce récit, parce qu'il

1. Au chapitre 20 du livre XXIII (Classiques Garnier, t. II, p. 646). Frédéric Dubourg (1778-1850), ancien combattant de la Vendée et de la campagne
de Russie, ultra-royaliste devenu révolutionnaire, est présenté par le mémorialiste comme un personnage picaresque.   2. C'est-à-dire du temps du
Directoire : La Réveillère-Lepaux fut un des cinq directeurs de
1795.   3. Chateaubriand invente ce nom pittoresque (= efflanquée) sur le
modèle de Rossinante, le cheval de Don Quichotte.   4. Une *mazette* est un
mauvais cheval de louage.   5. Roi de Thrace, fils de Mars, célèbre par ses
coursiers féroces qui éructaient du feu et qu'il nourrissait de chair humaine.

déjouait un peu leur héroïque crédulité. J'étais moi-même honteux en voyant le côté comique des révolutions les plus graves et de quelle manière on peut se moquer de la bonne foi du peuple. [...]

Un autre spectacle m'attendait à quelques pas de là : une fosse était creusée devant la colonnade du Louvre ; un prêtre, en surplis et en étole[1], disait des prières au bord de cette fosse : on y déposait les morts. Je me découvris et fis le signe de la croix. La foule silencieuse regardait avec respect cette cérémonie, qui n'eût rien été si la religion n'y avait comparu. Tant de souvenirs et de réflexions s'offraient à moi, que je restais dans une complète immobilité. Tout à coup je me sens pressé : un cri part : « Vive le défenseur de la liberté de la presse ! » Mes cheveux m'avaient fait reconnaître. Aussitôt des jeunes gens me saisissent et me disent : « Où allez-vous ? nous allons vous porter. » Je ne savais que répondre ; je remerciais ; je me débattais ; je suppliais de me laisser aller. L'heure de la réunion à la Chambre des pairs n'était pas encore arrivée. Les jeunes gens ne cessaient de crier : « Où allez-vous ! où allez-vous ? » Je répondis au hasard : « Eh bien, au Palais-Royal ! » Aussitôt j'y suis conduit aux cris de : Vive la Charte ! vive la liberté de la presse ! vive Chateaubriand ! Dans la cour des Fontaines, M. Barba, le libraire, sortit de sa maison et vint m'embrasser.

Nous arrivons au Palais-Royal ; on me bouscule dans un café sous la galerie de bois. Je mourais de chaud. Je réitère à mains jointes ma demande en rémission de ma gloire : point ; toute cette jeunesse refuse de me lâcher. Il y avait dans la foule un homme en veste à manches retroussées, à mains noires, à figure sinistre, aux yeux ardents, tel que j'en avais tant vu au commencement de la révolution : il essayait continuellement de s'approcher de moi, et les jeunes gens le repoussaient toujours. Je n'ai su ni son nom ni ce qu'il me voulait.

Il fallut me résoudre à dire enfin que j'allais à la

---

1. Bande de laine ou de soie, élargie à chacune de ses extrémités, que le prêtre porte autour du cou lorsqu'il administre les sacrements.

Chambre des pairs. Nous quittâmes le café ; les acclamations recommencèrent. Dans la cour du Louvre
diverses espèces de cris se firent entendre : on disait :
« Aux Tuileries ! aux Tuileries ! » les autres : « Vive
le premier consul ! » et semblaient vouloir me faire
l'héritier de Bonaparte républicain. Hyacinthe, qui
m'accompagnait, recevait sa part des poignées de main
et des embrassades. Nous traversâmes le pont des Arts
et nous prîmes la rue de Seine. On accourait sur notre
passage ; on se mettait aux fenêtres. Je souffrais de tant
d'honneurs, car on m'arrachait les bras. Un des jeunes
gens qui me poussaient par derrière passa tout à coup
sa tête entre mes jambes et m'enleva sur ses épaules.
Nouvelles acclamations ; on criait aux spectateurs dans
la rue et aux fenêtres : « À bas les chapeaux ! vive la
Charte ! » et moi je répliquais : « Oui, messieurs, vive
la Charte ! mais vive le Roi ! » On ne répétait pas ce
cri, mais il ne provoquait aucune colère. Et voilà
comment la partie était perdue ! Tout pouvait encore
s'arranger, mais il ne fallait présenter au peuple que
des hommes populaires : dans les révolutions, un nom
fait plus qu'une armée.

Je suppliai tant mes jeunes amis qu'ils me mirent
enfin à terre. Dans la rue de Seine, en face de mon
libraire, M. Le Normant [1], un tapissier offrit un fauteuil
pour me porter ; je le refusai et j'arrivai au milieu de mon
triomphe dans la cour d'honneur du Luxembourg. Ma
généreuse escorte me quitta alors après avoir poussé de
nouveaux cris de *Vive la Charte ! vive Chateaubriand !*
J'étais touché des sentiments de cette noble jeunesse :
j'avais crié *vive le Roi* au milieu d'elle, tout aussi en
sûreté que si j'eusse été seul enfermé dans ma maison ;
elle connaissait mes opinions ; elle m'amenait elle-
même à la Chambre des pairs où elle savait que j'allais
parler et rester fidèle à mon Roi ; et pourtant c'était le
30 juillet, et nous venions de passer près de la fosse dans
laquelle on ensevelissait les citoyens tués par les balles
des soldats de Charles X !

---

1. Éditeur de tous les ouvrages de Chateaubriand depuis *Les Martyrs*

(10)

RÉUNION DES PAIRS.

Le bruit que je laissais en dehors contrastait avec le silence qui régnait dans le vestibule du palais du Luxembourg. Ce silence augmenta dans la galerie sombre qui précède les salons de M. de Sémonville. Ma présence gêna les vingt-cinq ou trente pairs qui s'y trouvaient rassemblés : j'empêchais les douces effusions de la peur, la tendre consternation à laquelle on se livrait. [...]

(15)

M. LE DUC D'ORLÉANS VA À L'HÔTEL-DE-VILLE.

Le duc d'Orléans, ayant pris le parti d'aller faire confirmer son titre par les tribuns de l'Hôtel-de-Ville, descendit dans la cour du Palais-Royal, entouré de quatre-vingt-neuf députés en casquettes, en chapeaux ronds, en habits, en redingotes. Le candidat royal est monté sur un cheval blanc ; il est suivi de Benjamin Constant dans une chaise à porteurs ballottée par deux Savoyards. MM. Méchin et Viennet[1], couverts de sueur et de poussière, marchent entre le cheval blanc du monarque futur et la brouette du député goutteux[2], se querellant avec les deux crocheteurs pour garder les distances voulues. Un tambour à moitié ivre battait la caisse à la tête du cortège. Quatre huissiers servaient de licteurs. Les députés les plus zélés meuglaient : Vive le duc d'Orléans ! Autour du Palais-Royal ces cris eurent

---

1. Alexandre Méchin (1772-1849), ancien préfet de Napoléon et député libéral depuis 1819 ; Guillaume Viennet (1777-1868), ancien officier devenu lui aussi député, et versificateur très hostile au romantisme.
2. Benjamin Constant souffrait de la jambe depuis quelques mois.

quelque succès ; mais, à mesure qu'on avançait vers
l'Hôtel-de-Ville, les spectateurs devenaient moqueurs
ou silencieux. Philippe se démenait sur son cheval de
triomphe, et ne cessait de se mettre sous le bouclier de
M. Laffitte [1], en recevant de lui, chemin faisant, quelques
paroles protectrices. Il souriait au général Gérard [2], faisait des signes d'intelligence à M. Viennet et à
M. Méchin, mendiait la couronne en quêtant le peuple
avec son chapeau orné d'une aune de ruban tricolore,
tendant la main à quiconque voulait en passant aumôner
cette main [3]. La monarchie ambulante arrive sur la place
de Grève, où elle est saluée des cris : Vive la République !

Quand la matière électorale royale pénétra dans l'intérieur de l'Hôtel-de-Ville, des murmures plus mena-
çants accueillirent le postulant : quelques serviteurs
zélés qui criaient son nom reçurent des gourmades [4]. Il
entre dans la salle du Trône ; là se pressaient les
blessés et les combattants des trois journées : une
exclamation générale : *Plus de Bourbons ! vive La
Fayette !* ébranla les voûtes de la salle. Le prince en
parut troublé. M. Viennet lut à haute voix pour M. Laffitte la déclaration des députés ; elle fut écoutée dans
un profond silence. Le duc d'Orléans prononça
quelques mots d'adhésion. Alors M. Dubourg dit rudement à Philippe : « Vous venez de prendre de grands
engagements. S'il vous arrivait jamais d'y manquer,
nous sommes gens à vous les rappeler. » Et le Roi futur
de répondre tout ému : « Monsieur, je suis honnête
homme. » M. de La Fayette, voyant l'incertitude croissante de l'assemblée, se mit tout à coup en tête d'abdiquer la présidence : il donne au duc d'Orléans un
drapeau tricolore, s'avance sur le balcon de l'Hôtel-de-

---

1. Le banquier Jacques Laffitte (1767-1844), député libéral depuis 1816
et membre de la commission municipale installée le 29 juillet, avait réuni
chez lui les députés « orléanistes ».   **2.** Le général baron Maurice Gérard
(1773-1852), figure de proue du bonapartisme sous la Restauration et
député, sera bientôt ministre de la Guerre et maréchal de France.
3. Faire la charité à cette main qui se tendait.   **4.** Des horions, des coups
de poing.

Ville, et embrasse le prince aux yeux de la foule éba-
hie, tandis que celui-ci agitait le drapeau national. Le
baiser républicain de La Fayette fit un roi. Singulier
résultat de toute la vie *du héros des Deux-Mondes !*

Et puis, *plan ! plan !* la litière de Benjamin Constant
et le cheval blanc de Louis-Philippe rentrèrent moitié
hués, moitié bénis, de la fabrique politique de la Grève
au Palais-Marchand. « Ce jour-là même, dit encore
M. Louis Blanc (31 juillet), et non loin de l'Hôtel-de-
Ville, un bateau placé au bas de la Morgue, et surmonté
d'un pavillon noir, recevait des cadavres qu'on descendait sur des civières. On rangeait ces cadavres par piles
en les couvrant de paille ; et, rassemblée le long des
parapets de la Seine, la foule regardait en silence. [1] » [...]

(16)

LES RÉPUBLICAINS AU PALAIS-ROYAL.

Philippe n'était pas au bout de ses épreuves ; il avait
encore bien des mains à serrer, bien des accolades à
recevoir ; il lui fallait encore envoyer bien des baisers,
saluer bien bas les passants, venir bien des fois, au
caprice de la foule, chanter la Marseillaise sur le balcon des Tuileries.

Un certain nombre de républicains s'étaient réunis
le matin du 31 au bureau du *National* : lorsqu'ils surent
qu'on avait nommé le duc d'Orléans lieutenant général
du royaume, ils voulurent connaître les opinions de
l'homme destiné à devenir leur Roi malgré eux. Ils
furent conduits au Palais-Royal par M. Thiers [2] :
c'étaient MM. Bastide, Thomas, Joubert, Cavaignac,

---

1. La scène, rapportée par Louis Blanc dans son *Histoire de dix ans* (t. 1,
1841, p. 350), est le sujet du beau tableau de Louis Alexandre Peron exposé
au Salon de 1834 (aujourd'hui au musée Carnavalet).   **2.** Il dirigeait
alors, avec Mignet et Carrel, *Le National*, journal républicain.

Marchais, Degousée, Guinard[1]. Le prince dit d'abord de fort belles choses sur la liberté : « Vous n'êtes pas encore Roi, répliqua Bastide[2], écoutez la vérité ; bientôt vous ne manquerez pas de flatteurs. » « Votre père, ajouta Cavaignac[3], est régicide comme le mien ; cela vous sépare un peu des autres. » Congratulations mutuelles sur le régicide, néanmoins avec cette remarque judicieuse de Philippe, qu'il y a des choses dont il faut garder le souvenir pour ne pas les imiter.

Des républicains qui n'étaient pas de la réunion du *National* entrèrent. M. Trélat dit à Philippe : « Le peuple est le maître ; vos fonctions sont provisoires ; il faut que le peuple exprime sa volonté : le consultez-vous, oui ou non ? »

M. Thiers, frappant sur l'épaule de M. Thomas[4] et interrompant ces discours dangereux : « Monseigneur, n'est-ce pas que voilà un beau colonel ? — C'est vrai, répond Louis-Philippe. — Qu'est-ce qu'il dit donc ? s'écrie-t-on. Nous prend-il pour un troupeau qui vient se vendre ? » et l'on entend de toutes parts ces mots contradictoires : « C'est la tour de Babel ! Et l'on appelle cela un Roi citoyen ! la République ? Gouvernez donc avec des républicains ! » Et M. Thiers de s'écrier : « J'ai fait là une belle ambassade[5]. »

Puis M. de La Fayette descendit au Palais-Royal : le citoyen faillit d'être étouffé sous les embrassements de son Roi. Toute la maison était pâmée.

Les vestes étaient aux postes d'honneur, les cas-

---

1. Joubert, Marchais, Degousée, passés tous les trois par la Charbonnerie et les conspirations militaires des années 1820, continueront après 1830 de militer pour la cause républicaine, ainsi que Joseph Guinard (1799-1874). 2. Jules Bastide (1800-1870) prendra en 1834 la succession de Carrel à la tête du *National*, avant de devenir ministre des Affaires étrangères de la Seconde République en 1848. 3. Godefroy Cavaignac (1801-1845), fils de conventionnel et frère aîné du général, deviendra un farouche adversaire du régime de Juillet à la tête de la Société des amis du peuple, puis de celle des droits de l'homme. 4. Le futur général Thomas (1809-1871), commandant de la Garde nationale en 1848, proscrit sous le Second Empire, finira sous les balles des insurgés de la Commune. 5. Exclamation piteuse de Sosie, rossé par Mercure, dans *Amphitryon* (acte I, scène 2, vers 525) : « Ô juste Ciel ! j'ai fait une belle ambassade ! »

quettes dans les salons, les blouses à table avec les princes et les princesses ; dans le conseil, des chaises, point de fauteuils ; la parole à qui la voulait ; Louis-Philippe, assis entre M. de La Fayette et M. Laffitte, les bras passés sur l'épaule de l'un et de l'autre, s'épanouissait d'égalité et de bonheur.

J'aurais voulu mettre plus de gravité dans la description de ces scènes qui ont produit une grande révolution, ou, pour parler plus correctement, de ces scènes par lesquelles sera hâtée la transformation du monde ; mais je les ai vues ; des députés qui en étaient les acteurs ne pouvaient s'empêcher d'une certaine confusion, en me racontant de quelle manière, le 31 juillet, ils étaient allés forger — un roi. [...]

Aujourd'hui que la révolution est consommée, on se regarde comme offensé lorsqu'on ose rappeler ce qui se passa au point de départ ; on craint de diminuer la solidité de la position qu'on a prise, et quiconque ne trouve pas dans l'origine du fait commençant la gravité du fait accompli, est un détracteur.

Lorsqu'une colombe descendait pour apporter à Clovis l'huile sainte, lorsque les rois chevelus[1] étaient élevés sur un bouclier, lorsque saint Louis tremblait, par sa vertu prématurée, en prononçant à son sacre le serment de n'employer son autorité que pour la gloire de Dieu et le bien de son peuple, lorsque Henri IV, après son entrée à Paris, alla se prosterner à Notre-Dame, que l'on vit ou que l'on crut voir, à sa droite, un bel enfant qui le défendait et que l'on prit pour son ange gardien, je conçois que le diadème était sacré ; l'oriflamme reposait dans les tabernacles du ciel. Mais depuis que sur une place publique un souverain, les cheveux coupés, les mains liées derrière le dos, a abaissé sa tête sous le glaive, au son du tambour ; depuis qu'un autre souverain, environné de la plèbe, est allé mendier des votes pour son *élection*, au bruit du même tambour, sur une autre place publique, qui conserve la moindre illusion sur la couronne ? Qui

---

1. Les rois de la première dynastie, ou Mérovingiens.

croit que cette royauté meurtrie et souillée puisse
encore imposer au monde ? Quel homme, sentant un
peu son cœur battre, voudrait avaler le pouvoir dans ce
calice de honte et de dégoût que Philippe a vidé d'un
seul trait sans vomir ? La monarchie européenne aurait
pu continuer sa vie si l'on eût conservé en France la
monarchie mère, fille d'un saint et d'un grand
homme[1] ; mais on en a dispersé les semences : rien
n'en renaîtra.

---

1. Saint Louis et Henri IV.

LIVRE TRENTE-TROISIÈME

(7)

[...] Je montai à la tribune [1]. Un silence profond se fit ; les visages parurent embarrassés, chaque pair se tourna de côté sur son fauteuil, et regarda la terre. Hormis quelques pairs résolus à se retirer comme moi, personne n'osa lever les yeux à la hauteur de la tribune. Je conserve mon discours parce qu'il résume ma vie, et que c'est mon premier titre à l'estime de l'avenir.

« Messieurs,

« La déclaration apportée à cette Chambre [2] est beaucoup moins compliquée pour moi que pour ceux de MM. les pairs qui professent une opinion différente de la mienne. Un fait, dans cette déclaration, domine à mes yeux tous les autres, ou plutôt les détruit. Si nous étions dans un ordre de choses régulier, j'examinerais sans doute avec soin les changements qu'on prétend opérer dans la Charte. Plusieurs de ces changements ont été par moi-même proposés. Je m'étonne seulement qu'on ait pu entretenir cette Chambre de la mesure réactionnaire touchant les pairs de la création

---

1. La Chambre des pairs avait été réunie dans la soirée du 7 août 1830 sous la présidence du baron Pasquier. Le discours de Chateaubriand fut le seul événement notable de cette séance de pure forme qui se termina néanmoins par un vote : une écrasante majorité se dégagea en faveur du nouveau régime. 2. La déclaration de vacance du trône que venait de voter la Chambre des députés.

de Charles X [1]. Je ne suis pas suspect de faiblesse pour les fournées, et vous savez que j'en ai combattu même la menace ; mais nous rendre les juges de nos collègues, mais rayer du tableau des pairs qui l'on voudra, toutes les fois que l'on sera le plus fort, cela ressemble trop à la proscription. Veut-on détruire la pairie ? Soit : mieux vaut perdre la vie que de la demander.

« Je me reproche déjà ce peu de mots sur un détail qui, tout important qu'il est, disparaît dans la grandeur de l'événement. La France est sans direction, et j'irais m'occuper de ce qu'il faut ajouter ou retrancher aux mâts d'un navire dont le gouvernail est arraché ! J'écarte donc de la déclaration de la Chambre élective tout ce qui est d'un intérêt secondaire, et, m'en tenant au seul fait énoncé de la vacance vraie ou prétendue du trône, je marche droit au but.

« Une question préalable doit être traitée : si le trône est vacant, nous sommes libres de choisir la forme de notre gouvernement.

« Avant d'offrir la couronne à un individu quelconque, il est bon de savoir dans quelle espèce d'ordre politique nous constituerons l'ordre social. Établirons-nous une république ou une monarchie nouvelle ?

« Une république ou une monarchie nouvelle offret-elle à la France des garanties suffisantes de durée, de force et de repos ?

« Une république aurait d'abord contre elle les souvenirs de la république même. Ces souvenirs ne sont nullement effacés. On n'a pas oublié le temps où la mort, entre la liberté et l'égalité, marchait appuyée sur leurs bras. Quand vous seriez tombés dans une nouvelle anarchie, pourriez-vous réveiller sur son rocher l'Hercule qui fut seul capable d'étouffer le monstre ?

---

1. Le projet de révision de la Constitution déclarait « nulles et non avenues » les nominations faites par Charles X.

De ces hommes fastiques[1], il y en a cinq ou six dans l'histoire : dans quelque mille ans, votre postérité pourra voir un autre Napoléon. Quant à vous, ne l'attendez pas.

« Ensuite, dans l'état de nos mœurs et dans nos rapports avec les gouvernements qui nous environnent, la république, sauf erreur, ne me paraît pas exécutable maintenant. La première difficulté serait d'amener les Français à un vote unanime. Quel droit la population de Paris aurait-elle de contraindre la population de Marseille ou de telle autre ville de se constituer en république ? Y aurait-il une seule république ou vingt ou trente républiques ? Seraient-elles fédératives ou indépendantes ? Passons par-dessus ces obstacles. Supposons une république unique : avec notre familiarité naturelle, croyez-vous qu'un président, quelque grave, quelque respectable, quelque habile qu'il puisse être, soit un an à la tête des affaires sans être tenté de se retirer ? Peu défendu par les lois et par les souvenirs, contrarié, avili, insulté soir et matin par des rivaux secrets et par des agents de trouble, il n'inspirera pas assez de confiance au commerce et à la propriété ; il n'aura ni la dignité convenable pour traiter avec les cabinets étrangers, ni la puissance nécessaire au maintien de l'ordre intérieur. S'il use de mesures révolutionnaires, la République deviendra odieuse ; l'Europe inquiète profitera de ces divisions, les fomentera, interviendra, et l'on se trouvera de nouveau engagé dans des luttes effroyables. La république représentative est sans doute l'état futur du monde, mais son temps n'est pas encore arrivé.

« Je passe à la monarchie.

« Un roi nommé par les Chambres ou élu par le peuple sera toujours, quoi qu'on fasse, une nouveauté. Or, je suppose qu'on veut la liberté, surtout la liberté de la presse, par laquelle et pour laquelle le peuple vient de

---

1. Dignes de survivre dans la mémoire des hommes : les *fastes* étaient les registres publics où les anciens Romains gravaient les événements mémorables de leur histoire. Chateaubriand a forgé ce néologisme exprès pour désigner Napoléon. Il ne fut pas compris des éditeurs de 1848 qui supprimeront la phrase.

remporter une si étonnante victoire. Eh bien ! toute monarchie nouvelle sera forcée, ou plus tôt ou plus tard, de bâillonner cette liberté. Napoléon, lui-même, a-t-il pu l'admettre ? Fille de nos malheurs et esclave de notre gloire, la liberté de la presse ne vit en sûreté qu'avec un gouvernement dont les racines sont déjà profondes. Une monarchie, bâtarde d'une nuit sanglante, n'aurait-elle rien à redouter de l'indépendance des opinions ? Si ceux-ci peuvent prêcher la république, ceux-là un autre système, ne craignez-vous pas d'être bientôt obligés de recourir à des lois d'exception, malgré l'anathème contre la censure ajouté à l'article 8 de la Charte[1] ?

« Alors, amis de la liberté réglée, qu'aurez-vous gagné au changement qu'on vous propose ? Vous tomberez de force dans la république, ou dans la servitude légale. La monarchie sera débordée et emportée par le torrent des lois démocratiques, ou le monarque par le mouvement des factions.

« Dans le premier enivrement d'un succès, on se figure que tout est aisé : on espère satisfaire toutes les exigences, toutes les humeurs, tous les intérêts ; on se flatte que chacun mettra de côté ses vues personnelles et ses vanités ; on croit que la supériorité des lumières et la sagesse du gouvernement surmonteront des difficultés sans nombre ; mais, au bout de quelques mois, la pratique vient démentir la théorie.

« Je ne vous présente, messieurs, que quelques-uns des inconvénients attachés à la formation d'une république ou d'une monarchie nouvelle. Si l'une et l'autre ont des périls, il restait un troisième parti, et ce parti valait bien la peine qu'on en eût dit quelques mots.

« D'affreux ministres ont souillé la couronne, et ils ont soutenu la violation de la loi par le meurtre ; ils se sont joués des serments faits au ciel, des lois jurées à la terre.

« Étrangers, qui deux fois êtes entrés à Paris sans résistance, sachez la vraie cause de vos succès ; vous vous présentiez au nom du pouvoir légal. Si vous accouriez aujourd'hui au secours de la tyrannie, pen-

---

1. Cette addition stipule que « la censure ne peut être rétablie ».

sez-vous que les portes de la capitale du monde civilisé s'ouvriraient aussi facilement devant vous ? La nation française a grandi, depuis votre départ, sous le régime des lois constitutionnelles ; nos enfants de quatorze ans sont des géants ; nos conscrits à Alger, nos écoliers [1] à Paris, viennent de vous révéler les fils des vainqueurs d'Austerlitz, de Marengo et d'Iena ; mais les fils fortifiés de tout ce que la liberté ajoute à la gloire.

« Jamais défense ne fut plus légitime et plus héroïque que celle du peuple de Paris. Il ne s'est point soulevé contre la loi ; tant qu'on a respecté le pacte social, le peuple est demeuré paisible ; il a supporté sans se plaindre les insultes, les provocations, les menaces ; il devait son argent et son sang en échange de la Charte, il a prodigué l'un et l'autre.

« Mais lorsqu'après avoir menti jusqu'à la dernière heure, on a tout à coup sonné la servitude ; quand la conspiration de la bêtise et de l'hypocrisie a soudainement éclaté ; quand une terreur de château organisée par des eunuques a cru pouvoir remplacer la terreur de la République et le joug de fer de l'Empire, alors ce peuple s'est armé de son intelligence et de son courage ; il s'est trouvé que ces *boutiquiers* respiraient assez facilement la fumée de la poudre, et qu'il fallait plus de *quatre soldats et un caporal* pour les réduire. Un siècle n'aurait pas autant mûri les destinées d'un peuple que les trois derniers soleils qui viennent de briller sur la France. Un grand crime a eu lieu ; il a produit l'énergique explosion d'un principe : devait-on, à cause de ce crime et du triomphe moral et politique qui en a été la suite, renverser l'ordre de choses établi ? Examinons :

« Charles X et son fils [2] sont déchus ou ont abdiqué, comme il vous plaira de l'entendre ; mais le trône n'est pas vacant : après eux venait un enfant [3] ; devait-on condamner son innocence ?

---

1. Les élèves des Écoles (Polytechnique, Droit, Médecine), c'est-à-dire les étudiants. **2.** Le duc d'Angoulême. **3.** Le fils posthume du duc de Berry assassiné en 1820 : Henri de France, duc de Bordeaux, alors dans sa dixième année.

« Quel sang crie aujourd'hui contre lui ? oseriez-vous dire que c'est celui de son père ? Cet orphelin, élevé aux écoles de la patrie dans l'amour du gouvernement constitutionnel et dans les idées de son siècle, aurait pu devenir un roi en rapport avec les besoins de l'avenir. C'est au gardien de sa tutelle que l'on aurait fait jurer la déclaration sur laquelle vous allez voter ; arrivé à sa majorité, le jeune monarque aurait renouvelé le serment. Le roi présent, le roi actuel aurait été M. le duc d'Orléans, régent du royaume, prince qui a vécu près du peuple, et qui sait que la monarchie ne peut être aujourd'hui qu'une monarchie de consentement et de raison. Cette combinaison naturelle m'eût semblé un grand moyen de conciliation, et aurait peut-être sauvé à la France ces agitations qui sont la conséquence des violents changements d'un État.

« Dire que cet enfant, séparé de ses maîtres, n'aurait pas le temps d'oublier jusqu'à leurs noms avant de devenir homme ; dire qu'il demeurerait infatué de certains dogmes de naissance après une longue éducation populaire, après la terrible leçon qui a précipité deux rois en deux nuits, est-ce bien raisonnable ?

« Ce n'est ni par un dévouement sentimental ni par un attendrissement de nourrice transmis de maillot en maillot depuis le berceau de Henri IV jusqu'à celui du jeune Henri, que je plaide une cause où tout se tournerait de nouveau contre moi, si elle triomphait. Je ne vise ni au roman, ni à la chevalerie, ni au martyre ; je ne crois pas au droit divin de la royauté, et je crois à la puissance des révolutions et des faits. Je n'invoque pas même la Charte, je prends mes idées plus haut ; je les tire de la sphère philosophique de l'époque où ma vie expire : je propose le duc de Bordeaux tout simplement, comme une nécessité de meilleur aloi que celle dont on argumente.

« Je sais qu'en éloignant cet enfant, on veut établir le principe de la souveraineté du peuple : niaiserie de l'ancienne école, qui prouve que, sous le rapport politique, nos vieux démocrates n'ont pas fait plus de progrès que les vétérans de la royauté. Il n'y a de souveraineté absolue nulle part ; la liberté ne découle pas du droit politique, comme on le supposait au dix-huitième siècle ; elle vient du droit naturel, ce qui fait qu'elle existe dans toutes les formes de gouvernement, et qu'une monarchie peut être libre et beaucoup plus libre qu'une république ; mais ce n'est ni le temps ni le lieu de faire un cours de politique.

« Je me contenterai de remarquer que, lorsque le peuple a disposé des trônes, il a souvent aussi disposé de sa liberté ; je ferai observer que le principe de l'hérédité monarchique, absurde au premier abord, a été reconnu, par l'usage, préférable au principe de la monarchie élective. Les raisons en sont si évidentes, que je n'ai pas besoin de les développer. Vous choisissez un roi aujourd'hui : qui vous empêchera d'en choisir un autre demain ? La loi, direz-vous. La loi ? et c'est vous qui la faites !

« Il est encore une manière plus simple de trancher la question, c'est de dire : Nous ne voulons plus de la branche aînée des Bourbons. Et pourquoi n'en voulez-vous plus ? Parce que nous sommes victorieux ; nous avons triomphé dans une cause juste et sainte ; nous usons d'un double droit de conquête.

« Très bien : vous proclamez la souveraineté de la force. Alors gardez soigneusement cette force ; car si dans quelques mois elle vous échappe, vous serez mal venus à vous plaindre. Telle est la nature humaine ! Les esprits les plus éclairés et les plus justes ne s'élèvent pas toujours au-dessus d'un succès. Ils étaient les premiers, ces esprits, à invoquer le droit contre la violence ; ils appuyaient ce droit de toute la supériorité de leur talent, et, au moment même où la vérité de ce qu'ils disaient est démontrée par l'abus le plus abominable de la force et par le renversement de cette force, les vainqueurs s'emparent de l'arme qu'ils ont brisée ! Dangereux tronçons, qui blesseront leur main sans les servir.

« J'ai transporté le combat sur le terrain de mes adversaires ; je ne suis point allé bivouaquer dans le passé sous le vieux drapeau des morts, drapeau qui n'est pas sans gloire, mais qui pend le long du bâton qui le porte,

parce qu'aucun souffle de la vie ne le soulève. Quand
je remuerais la poussière des trente-cinq Capets, je n'en
tirerais pas un argument qu'on voulût seulement écouter. L'idolâtrie d'un nom est abolie ; la monarchie n'est
plus une religion : c'est une forme politique préférable
dans ce moment à toute autre, parce qu'elle fait mieux
entrer l'ordre dans la liberté.

« Inutile Cassandre [1], j'ai assez fatigué le trône et la
pairie de mes avertissements dédaignés ; il ne me reste
qu'à m'asseoir sur les débris d'un naufrage que j'ai
tant de fois prédit. Je reconnais au malheur toutes les
sortes de puissances, excepté celle de me délier de mes
serments de fidélité. Je dois aussi rendre ma vie uniforme : après tout ce que j'ai fait, dit et écrit pour les
Bourbons, je serais le dernier des misérables si je les
reniais au moment où, pour la troisième et dernière
fois, ils s'acheminent vers l'exil.

« Je laisse la peur à ces généreux royalistes qui n'ont
jamais sacrifié une obole ou une place à leur loyauté ;
à ces champions de l'autel et du trône, qui naguère me
traitaient de renégat, d'apostat et de révolutionnaire.
Pieux libellistes, le renégat vous appelle ! Venez donc
balbutier un mot, un seul mot avec lui pour l'infortuné
maître qui vous combla de ses dons et que vous avez
perdu ! Provocateurs de coups d'État, prédicateurs du
pouvoir constituant, où êtes-vous ? Vous vous cachez
dans la boue du fond de laquelle vous leviez vaillamment la tête pour calomnier les vrais serviteurs du Roi ;
votre silence d'aujourd'hui est digne de votre langage
d'hier. Que tous ces preux, dont les exploits projetés
on fait chasser les descendants d'Henri IV à coups de
fourches, tremblent maintenant accroupis sous la
cocarde tricolore : c'est tout naturel. Les nobles couleurs dont ils se parent protégeront leur personne, et ne
couvriront par leur lâcheté.

---

1. La fille de Priam, courtisée par Apollon, avait reçu de lui le don de
prophétie. Mais elle refusa de tenir ses promesses si bien que le dieu
dédaigné se vengea en la condamnant à ne jamais être crue : c'est ainsi
qu'elle annonça en vain à ses compatriotes la chute imminente de Troie.

« Au surplus, en m'exprimant avec franchise à cette tribune, je ne crois pas du tout faire un acte d'héroïsme. Nous ne sommes plus dans ces temps où une opinion coûtait la vie ; y fussions-nous, je parlerais cent fois plus haut. Le meilleur bouclier est une poitrine qui ne craint pas de se montrer découverte à l'ennemi. Non, messieurs, nous n'avons à craindre ni un peuple dont la raison égale le courage, ni cette généreuse jeunesse que j'admire, avec laquelle je sympathise de toutes les facultés de mon âme, à laquelle je souhaite, comme à mon pays, honneur, gloire et liberté.

« Loin de moi surtout la pensée de jeter des semences de division dans la France, et c'est pourquoi j'ai refusé à mon discours l'accent des passions. Si j'avais la conviction intime qu'un enfant doit être laissé dans les rangs obscurs et heureux de la vie, pour assurer le repos de trente-trois millions d'hommes, j'aurais regardé comme un crime toute parole en contradiction avec le besoin des temps : je n'ai pas cette conviction. Si j'avais le droit de disposer d'une couronne, je la mettrais volontiers aux pieds de M. le duc d'Orléans. Mais je ne vois de vacant qu'un tombeau à Saint-Denis, et non un trône.

« Quelles que soient les destinées qui attendent M. le lieutenant général du royaume, je ne serai jamais son ennemi s'il fait le bonheur de ma patrie. Je ne demande à conserver que la liberté de ma conscience et le droit d'aller mourir partout où je trouverai indépendance et repos.

« Je vote contre le projet de déclaration. »

J'avais été assez calme en commençant ce discours ; mais peu à peu l'émotion me gagna : quand j'arrivai à ce passage : *Inutile Cassandre, j'ai assez fatigué le trône et la pairie de mes avertissements dédaignés*, ma voix s'embarrassa, et je fus obligé de porter mon mouchoir à mes yeux pour supprimer des pleurs de tendresse et d'amertume. L'indignation me rendit la parole dans le paragraphe qui suit : *Pieux libellistes, le renégat vous appelle ! Venez donc balbutier un mot, un seul mot avec*

*lui pour l'infortuné maître qui vous combla de ses dons
et que vous avez perdu !* Mes regards se portaient alors
sur les rangs à qui j'adressais ces paroles.

Plusieurs pairs semblaient anéantis ; ils s'enfon
çaient dans leur fauteuil au point que je ne les voyais
plus derrière leurs collègues assis immobiles devant
eux. Ce discours eut quelque retentissement : tous les
partis y étaient blessés, mais tous se taisaient, parce
que j'avais placé auprès de grandes vérités un grand
sacrifice. Je descendis de la tribune ; je sortis de la
salle, je me rendis au vestiaire, je mis bas mon habit
de pair, mon épée, mon chapeau à plumet ; j'en déta
chai la cocarde blanche ; je la mis dans la petite poche
du côté gauche de la redingote noire que je revêtis et
que je croisai sur mon cœur. Mon domestique emporta
la défroque de la pairie, et j'abandonnai, en secouant
la poussière de mes pieds, ce palais des trahisons, où
je ne rentrerai de ma vie. [...]

(9)

CE QUE SERA LA RÉVOLUTION DE JUILLET.

J'ai peint les trois journées à mesure qu'elles se sont
déroulées devant moi ; une certaine couleur de contem
poranéité, vraie dans le moment qui s'écoule, fausse
après le moment écoulé, s'étend donc sur le tableau. Il
n'est révolution si prodigieuse qui, décrite de minute
en minute, ne se trouvât réduite aux plus petites pro
portions. Les événements sortent du sein des choses,
comme les hommes du sein de leurs mères, accom
pagnés des infirmités de la nature. Les misères et les
grandeurs sont sœurs jumelles, elles naissent ensem
ble ; mais quand les couches sont vigoureuses, les
misères à une certaine époque meurent, les grandeurs
seules vivent. Pour juger impartialement de la vérité

qui doit rester, il faut donc se placer au point de vue
d'où la postérité contemplera le fait accompli.

[...] En effet, le peuple proprement dit a été brave
et généreux dans la journée du 28. La garde avait
perdu plus de trois cents hommes, tués ou blessés ;
elle rendit pleine justice aux classes pauvres, qui
seules se battirent dans cette journée, et parmi
lesquelles se mêlèrent des hommes impurs, mais
qui n'ont pu les déshonorer. Les élèves de l'École
polytechnique, sortis trop tard de leur école le 28
pour prendre part aux affaires, furent mis par le
peuple à sa tête le 29, avec une simplicité et une
naïveté admirables.

Des champions absents des luttes soutenues par ce
peuple vinrent se réunir à ses rangs le 29, quand le plus
grand péril fut passé ; d'autres, également vainqueurs,
ne rejoignirent la victoire que le 30 et le 31.

Du côté des troupes, ce fut à peu près la même
chose, il n'y eut guère que les soldats et les officiers
d'engagés ; l'état-major, qui avait déjà déserté Bonaparte à Fontainebleau, se tint sur les hauteurs de Saint-
Cloud, regardant de quel côté le vent poussait la fumée
de la poudre. On faisait queue au lever de Charles X ;
à son coucher il ne trouva personne.

La modération des classes plébéiennes égala leur
courage ; l'ordre résulta subitement de la confusion. Il
faut avoir vu des ouvriers demi-nus, placés en faction
à la porte des jardins publics, empêcher selon leur
consigne d'autres ouvriers déguenillés de passer, pour
se faire une idée de cette puissance du devoir qui s'était
emparée des hommes demeurés les maîtres. Ils auraient
pu se payer le prix de leur sang, et se laisser tenter par
leur misère. On ne vit point, comme au 10 août 1792,
les Suisses massacrés dans la fuite. Toutes les opinions
furent respectées ; jamais, à quelques exceptions près,
on n'abusa moins de la victoire. Les vainqueurs, portant les blessés de la garde à travers la foule,
s'écriaient : « Respect aux braves ! » Le soldat venait-
il à expirer, ils disaient : « Paix aux morts ! » Les
quinze années de la Restauration, sous un régime

constitutionnel, avaient fait naître parmi nous cet esprit d'humanité, de légalité et de justice, que vingt-cinq années de l'esprit révolutionnaire et guerrier n'avaient pu produire. Le droit de la force introduit dans nos mœurs semblait être devenu le droit commun.

Les conséquences de la révolution de Juillet seront mémorables. Cette révolution a prononcé un arrêt contre tous les trônes ; les rois ne pourront régner aujourd'hui que par la violence des armes ; moyen assuré pour un moment, mais qui ne saurait durer : l'époque des janissaires successifs est finie.

Thucydide et Tacite ne nous raconteraient pas bien les événements des trois jours ; il nous faudrait Bossuet pour nous expliquer les événements dans l'ordre de la Providence ; génie qui voyait tout, mais sans franchir les limites posées à sa raison et à sa splendeur, comme le soleil qui roule entre deux bornes éclatantes, et que les Orientaux appellent l'*esclave* de Dieu.

Ne cherchons pas si près de nous le moteur d'un mouvement placé plus loin : la médiocrité des hommes, les frayeurs folles, les brouilleries inexplicables, les haines, les ambitions, la présomption des uns, le préjugé des autres, les conspirations secrètes, les ventes [1], les mesures bien ou mal prises, le courage ou le défaut de courage ; toutes ces choses sont les accidents, non les causes de l'événement. Lorsqu'on dit que l'on ne voulait plus les Bourbons, qu'ils étaient devenus odieux parce qu'on les supposait imposés par l'étranger à la France, ce dégoût superbe n'explique rien d'une manière suffisante.

Le mouvement de juillet ne tient point à la politique proprement dite ; il tient à la révolution sociale qui agit sans cesse. Par l'enchaînement de cette révolution générale, le 28 juillet 1830 n'est que la suite forcée du 21 janvier 1793 [2]. Le travail de nos premières assemblées délibérantes avait été suspendu, il n'avait pas été terminé. Dans le cours de vingt années, les Français

---

1. Les « cellules » de la Charbonnerie.   2. Date de la mort de Louis XVI.

s'étaient accoutumés, de même que les Anglais sous Cromwell, à être gouvernés par d'autres maîtres que par leurs anciens souverains. La chute de Charles X est la conséquence de la décapitation de Louis XVI, comme le détrônement de Jacques II est la conséquence de l'assassinat de Charles Ier. La révolution parut s'éteindre dans la gloire de Bonaparte et dans les libertés de Louis XVIII, mais son germe n'était pas détruit : déposé au fond de nos mœurs, il s'est développé quand les fautes de la Restauration l'ont réchauffé, et bientôt il a éclaté.

Les conseils de la Providence se découvrent dans le changement antimonarchique qui s'opère. Que des esprits superficiels ne voient dans la révolution des trois jours qu'une échauffourée, c'est tout simple ; mais les hommes réfléchis savent qu'un pas énorme a été fait : le principe de la souveraineté du peuple est substitué au principe de la souveraineté royale, la monarchie héréditaire changée en monarchie élective. Le 21 janvier avait appris qu'on pouvait disposer de la tête d'un roi ; le 29 juillet a montré qu'on peut disposer d'une couronne. Or, toute vérité bonne ou mauvaise qui se manifeste demeure acquise à la foule. Un changement cesse d'être inouï, extraordinaire, il ne se présente plus comme impie à l'esprit et à la conscience, quand il résulte d'une idée devenue populaire. Les Francs exercèrent collectivement la souveraineté, ensuite ils la déléguèrent à quelques chefs ; puis ces chefs la confièrent à un seul ; puis ce chef unique l'usurpa au profit de sa famille. Maintenant on rétrograde de la royauté héréditaire à la royauté élective, de la monarchie élective on glissera dans la république. Telle est l'histoire de la société ; voilà par quels degrés le gouvernement sort du peuple et y rentre.

Ne pensons donc pas que l'œuvre de Juillet soit une superfétation[1] d'un jour ; ne nous figurons pas que la légitimité va venir rétablir incontinent la succession par droit de primogéniture ; n'allons pas non plus nous

---

1. Une addition superfétatoire, sans importance, ni valeur.

persuader que Juillet mourra tout à coup de sa belle mort. Sans doute la branche d'Orléans ne prendra pas racine ; ce ne sera pas pour ce résultat que tant de sang, de calamité et de génie aura été dépensé depuis un demi-siècle ! Mais Juillet, s'il n'amène pas la destruction finale de la France avec l'anéantissement de toutes les libertés, Juillet portera son fruit naturel : ce fruit est la démocratie. Ce fruit sera peut-être amer et sanglant ; mais la monarchie est une greffe étrangère qui ne prendra pas sur une tige républicaine.

[...] Juillet, libre dans son origine, n'a produit qu'une monarchie enchaînée ; mais viendra le temps où débarrassé de sa couronne, il subira ces transformations qui sont la loi des êtres ; alors il vivra dans une atmosphère appropriée à sa nature.

L'erreur du parti républicain, l'illusion du parti légitimiste sont l'une et l'autre déplorables, et dépassent la démocratie et la royauté : le premier croit que la violence est le seul moyen de succès ; le second croit que le passé est le seul port de salut. Or, il y a une loi morale qui règle la société, une légitimité générale qui domine la légitimité particulière. Cette grande loi et cette grande légitimité sont la jouissance des droits naturels de l'homme, réglés par les devoirs ; car c'est le devoir qui crée le droit, et non le droit qui crée le devoir ; les passions et les vices vous relèguent dans la classe des esclaves. La légitimité générale n'aurait eu aucun obstacle à vaincre, si elle avait gardé, comme étant de même principe, la légitimité particulière. [...]

(10)

FIN DE MA CARRIÈRE POLITIQUE.

Ici se termine ma *carrière politique*. Cette carrière devait aussi clore mes *Mémoires*, n'ayant plus qu'à résumer les expériences de ma course. Trois catastrophes ont marqué les trois parties précédentes de ma vie : j'ai vu mourir Louis XVI pendant ma carrière de voyageur et de soldat ; au bout de ma carrière littéraire, Bonaparte a disparu ; Charles X, en tombant, a fermé ma carrière politique.

J'ai fixé l'époque d'une révolution dans les lettres, et de même dans la politique j'ai formulé les principes du gouvernement représentatif ; mes correspondances diplomatiques valent, je crois, mes compositions littéraires. Il est possible que les unes et les autres ne soient rien, mais il est sûr qu'elles sont équipollentes.

En France, à la tribune de la Chambre des pairs et dans mes écrits, j'exerçai une telle influence, que je fis entrer d'abord M. de Villèle au ministère, et qu'ensuite il fut contraint de se retirer devant mon opposition, après s'être fait mon ennemi. Tout cela est prouvé par ce que vous avez lu.

Le grand événement de ma carrière politique est la guerre d'Espagne [1]. Elle fut pour moi, dans cette carrière, ce qu'avait été le *Génie du christianisme* dans ma carrière littéraire. Ma destinée me choisit pour me charger de la puissante aventure qui, sous la Restauration, aurait pu régulariser la marche du monde vers l'avenir. Elle m'enleva à mes songes, et me transforma en conducteur des faits. À la table où elle me fit jouer, elle plaça comme adversaires les deux premiers ministres du jour, le prince de Metternich et M. Canning ; je gagnai contre eux la partie. Tous les esprits sérieux que comptaient alors les cabinets convinrent qu'ils avaient rencontré en moi un homme d'État [...]. Bonaparte l'avait prévu avant eux, malgré mes livres. Je pourrais donc, sans me vanter, croire que la politique a valu en moi l'écrivain ; mais je n'attache aucun prix à la renommée des affaires ; c'est pour cela que je me suis permis d'en parler.

---

1. Cette intervention militaire de la France en Espagne, en 1823, devait rétablir Ferdinand VII sur le trône et empêcher toute autre immixtion étrangère. Elle fut voulue et conduite par Chateaubriand, alors ministre des Affaires étrangères.

Si, lors de l'entreprise péninsulaire, je n'avais pas été jeté à l'écart par des hommes aveugles, le cours de nos destinées changeait ; la France reprenait ses frontières [1], l'équilibre de l'Europe était rétabli ; la Restauration, devenue glorieuse, aurait pu vivre encore longtemps, et mon travail diplomatique aurait aussi compté pour un degré dans notre histoire. Entre mes deux vies il n'y a que la différence du résultat. Ma carrière littéraire, complètement accomplie, a produit tout ce qu'elle pouvait produire, parce qu'elle n'a dépendu que de moi. Ma carrière politique a été subitement arrêtée au milieu de ses succès, parce qu'elle a dépendu des autres.

Néanmoins, je le reconnais, ma politique n'était applicable qu'à la Restauration. Si une transformation s'opère dans les principes, dans les sociétés et les hommes, ce qui était bon hier est périmé et caduc aujourd'hui. À l'égard de l'Espagne, les rapports des familles royales ayant cessé par l'abdication de la loi salique [2], il ne s'agit plus de créer au-delà des Pyrénées des frontières impénétrables ; il faut accepter le champ de bataille que l'Autriche et l'Angleterre y pourront un jour nous ouvrir ; il faut prendre les choses au point où elles sont arrivées ; abandonner, non sans regret, une conduite ferme mais raisonnable, dont les bénéfices certains étaient, il est vrai, à longue échéance. J'ai la conscience d'avoir servi la légitimité comme elle devait l'être. Je voyais l'avenir aussi clairement que je le vois à cette heure ; seulement j'y voulais atteindre par une route moins périlleuse, afin que la légitimité, utile à notre enseignement constitutionnel, ne trébuchât pas dans une course précipitée. Maintenant mes projets ne sont plus réalisables : la Russie va se tourner ailleurs. Si j'allais actuellement dans la péninsule dont l'esprit a eu le temps de changer, ce serait avec d'autres pensées : je ne m'occuperais que de l'alliance des peuples, toute suspecte, jalouse, passionnée, incertaine et versatile qu'elle est, et je ne songerais plus aux

---

1. La reconquête de la frontière « naturelle » du Rhin fut un des axes de la politique étrangère de Chateaubriand. **2.** Voir la n. 1, p. 277.

relations avec les Rois. Je dirais à la France : « Vous avez quitté la voie battue pour le sentier des précipices ; eh bien ! explorez-en les merveilles et les périls. À nous, innovations, entreprises, découvertes ! venez, et que les armes, s'il le faut, vous favorisent. Où y a-t-il du nouveau ? Est-ce en Orient ? marchons-y. Où faut-il porter notre courage et notre intelligence ? courons de ce côté. Mettons-nous à la tête de la grande levée du genre humain ; ne nous laissons pas dépasser ; que le nom français devance les autres dans cette croisade, comme il arriva jadis au tombeau du Christ. » Oui, si j'étais admis au conseil de ma patrie, je tâcherais de lui être utile dans les dangereux principes qu'elle a adoptés : la retenir à présent ce serait la condamner à une mort ignoble. Je ne me contenterais pas de discours : joignant les œuvres à la foi, je préparerais des soldats et des millions, je bâtirais des vaisseaux, comme Noé, en prévision du déluge, et si l'on me demandait pourquoi, je répondrais : « Parce que tel est le bon plaisir de la France. » Mes dépêches avertiraient les cabinets de l'Europe que rien ne remuera sur le globe sans notre intervention ; que si l'on se distribue les lambeaux du monde, la part du lion nous revient. Nous cesserions de demander humblement à nos voisins la permission d'exister ; le cœur de la France battrait libre, sans qu'aucune main osât s'appliquer sur ce cœur pour en compter les palpitations ; et puisque nous cherchons de nouveaux soleils, je me précipiterais au-devant de leur splendeur et n'attendrais plus le lever naturel de l'aurore [1].

Fasse le ciel que ces intérêts industriels, dans lesquels nous devons trouver une prospérité d'un genre nouveau, ne trompent personne, qu'ils soient aussi féconds, aussi civilisateurs que ces intérêts moraux d'où sortit l'ancienne société ! Le temps nous apprendra s'ils ne seraient point le songe infécond de ces

1. Ce programme « musclé » sera parfois repris par Thiers, sous la monarchie de Juillet, mais toujours désavoué par Louis-Philippe à cause de ses implications bellicistes.

intelligences stériles qui n'ont pas la faculté de sortir du monde matériel.

Bien que mon rôle ait fini avec la légitimité, tous mes vœux sont pour la France, quels que soient les pouvoirs à qui son imprévoyant caprice la fasse obéir. Quant à moi, je ne demande plus rien ; je voudrais seulement ne pas trop dépasser les ruines écroulées à mes pieds. Mais les années sont comme les Alpes : à peine a-t-on franchi les premières, qu'on en voit d'autres s'élever. Hélas ! ces plus hautes et dernières montagnes sont déshabitées, arides et blanchies.

LIVRE TRENTE-QUATRIÈME

(1)

Infirmerie de Marie-Thérèse[1]. Paris, octobre 1830.

INTRODUCTION.

Au sortir du fracas des trois journées, je suis tout étonné d'ouvrir dans un calme profond la quatrième partie de cet ouvrage ; il me semble que j'ai doublé le cap des tempêtes[2], et pénétré dans une région de paix et de silence. Si j'étais mort le 7 août de cette année, les dernières paroles de mon discours à la Chambre des pairs eussent été les dernières lignes de mon histoire ; ma catastrophe[3] étant celle même d'un passé de douze siècles aurait agrandi ma mémoire. Mon drame eût magnifiquement fini.

Mais je ne suis pas demeuré sous le coup, je n'ai pas été jeté à terre. Pierre de l'Estoile[4] écrivait cette page de son journal le lendemain de l'assassinat de Henri IV :

« Et icy je finis avec la vie de mon roy (Henri IV) le deuxième registre de mes passe-temps mélancholiques et de mes vaines et curieuses recherches, tant

---

1. Voir le début du livre XXXVI, p. 379.   **2.** Le nom de cap des Tempêtes fut donné à la pointe du Cap par Barthélemy Diaz (1486). Il fut changé en celui de Bonne-Espérance par Vasco de Gama qui le doubla en 1497. La métaphore est devenue courante pour dire : en avoir fini avec une période agitée, avoir triomphé des obstacles, etc.   **3.** Au sens technique de la dramaturgie : le dénouement de la pièce.   **4.** Voir la n. 1, p. 155. La citation est extraite du tome XLVIII des *Mémoires pour servir à l'histoire de France*, pp. 438-439.

publiques que particulières, interrompues souvent depuis un mois par les veilles des tristes et fascheuses nuicts que j'ai souffert, mesmement cette dernière, pour la mort de mon roy.

« Je m'estois proposé de clore mes éphémérides par ce registre ; mais tant d'occurrences nouvelles et curieuses se sont présentées par cette insigne mutation, que je passe à un autre qui ira aussi avant qu'il plaira à Dieu : et me doute que ce ne sera pas bien long. »

L'Estoile vit mourir le premier Bourbon ; je viens de voir tomber le dernier : ne devrais-je pas *clore ici le registre de mes passe-temps mélancholiques et de mes vaines et curieuses recherches ?* Peut-être, *mais tant d'occurrences nouvelles et curieuses se sont présentées par cette insigne mutation, que je passe à un autre registre.*

Comme l'Estoile, je lamente [1] les adversités de la race de saint Louis ; pourtant, je suis obligé de l'avouer, il se mêle à ma douleur un certain contentement intérieur ; je me le reproche, mais je ne puis m'en défendre : ce contentement est celui de l'esclave dégagé de ses chaînes. Quand je quittai la carrière de soldat et de voyageur, je sentis de la tristesse ; j'éprouve maintenant de la joie, forçat libéré que je suis des galères du monde et de la cour. Fidèle à mes principes et à mes serments, je n'ai trahi ni la liberté ni le Roi ; je n'emporte ni richesses ni honneurs ; je m'en vais pauvre comme je suis venu. Heureux de terminer une carrière politique qui m'était odieuse, je rentre avec amour dans le repos.

Bénie soyez-vous, ô ma native et chère indépendance, âme de ma vie ! Venez, rapportez-moi mes *Mémoires*, cet *alter ego* dont vous êtes la confidente, l'idole et la muse. Les heures de loisir sont propres aux récits : naufragé, je continuerai de raconter mon naufrage aux pêcheurs de la rive. Retourné à mes instincts primitifs, je redeviens libre et voyageur ; j'achève ma course comme

---

1. Emploi transitif, accepté jusqu'au XVIIe siècle, du verbe *lamenter* au sens de : déplorer par un chant plaintif.

je la commençai. Le cercle de mes jours, qui se ferme, me ramène au point du départ. Sur la route, que j'ai jadis parcourue conscrit insouciant, je vais cheminer vétéran expérimenté, cartouche de congé[1] dans mon shako[2], chevrons du temps sur le bras, havresac rempli d'années sur le dos. Qui sait ? peut-être retrouverai-je d'étape en étape les rêveries de ma jeunesse ? J'appellerai beaucoup de songes à mon secours, pour me défendre contre cette horde de vérités qui s'engendrent dans les vieux jours, comme des dragons se cachent dans des ruines. Il ne tiendra qu'à moi de renouer les deux bouts de mon existence, de confondre des époques éloignées, de mêler des illusions d'âges divers, puisque le prince[3] que je rencontrai exilé en sortant de mes foyers paternels, je le rencontre banni en me rendant à ma dernière demeure.

(3)

Paris, fin de mars 1831.

MA BROCHURE SUR *LA RESTAURATION ET LA MONARCHIE ÉLECTIVE.*

J'étais loin de compte lorsqu'en sortant des journées de juillet je croyais entrer dans une région de paix. La chute de trois souverains m'avait obligé de m'expliquer à la Chambre des pairs. La proscription de ces rois ne me permettait pas de rester muet. D'une autre part, les journaux de Philippe me demandaient pourquoi je refusais de servir une révolution qui consacrait des principes que j'avais défendus et propagés. Force

---

1. Attestation de démobilisation, timbrée au sceau du régiment, avec les états de service du titulaire.   **2.** Cette coiffure militaire, introduite au XVIIIe siècle sur le modèle hongrois dans les régiments de hussards, se généralisa ensuite dans les troupes à pied : il a une forme tronconique et reçoit une visière comme le couvre-chef encore en usage à Saint-Cyr et dans la Garde républicaine.   **3.** Charles X.

m'a été de prendre la parole pour les vérités générales et pour expliquer ma conduite personnelle. Un extrait d'une petite brochure qui se perdra *(De la Restauration et de la Monarchie élective)*[1] continuera la chaîne de mon récit et celle de l'histoire de mon temps :

« Dépouillé du présent, n'ayant qu'un avenir incertain au delà de ma tombe, il m'importe que ma mémoire ne soit pas grevée de mon silence. Je ne dois pas me taire sur une Restauration à laquelle j'ai pris tant de part, qu'on outrage tous les jours, et que l'on proscrit enfin sous mes yeux. Au moyen âge, dans les temps de calamités, on prenait un religieux, on l'enfermait dans une tour où il jeûnait au pain et à l'eau pour le salut du peuple. Je ne ressemble pas mal à ce moine du douzième siècle : à travers la lucarne de ma geôle expiatoire, j'ai prêché mon dernier sermon aux passants. Voici l'épitome[2] de ce sermon ; je l'ai prédit dans mon dernier discours à la tribune de la pairie : La monarchie de juillet est dans une condition absolue de gloire ou de lois d'exception ; elle vit par la presse, et la presse la tue ; sans gloire elle sera dévorée par la liberté ; si elle attaque cette liberté, elle périra. Il ferait beau nous voir, après avoir chassé trois rois avec des barricades pour la liberté de la presse, élever de nouvelles barricades contre cette liberté ! Et pourtant, que faire ? L'action redoublée des tribunaux et des lois suffira-t-elle pour contenir les écrivains ? Un gouvernement nouveau est un enfant qui ne peut marcher qu'avec des lisières. Remettrons-nous la nation au maillot ? Ce terrible nourrisson, qui a sucé le sang dans les bras de la victoire à tant de bivouacs, ne brisera-t-il pas ses langes ? Il n'y avait qu'une vieille souche profondément enracinée dans le passé qui pût être battue impunément des vents de la liberté de la presse.

[...] « Nous marchons à une révolution générale. Si la transformation qui s'opère suit sa pente et ne ren-

---

1. Dans ce texte, publié le 24 mars 1831, et où se manifeste un vrai talent de polémiste, Chateaubriand reprenait la parole après un silence de plusieurs mois qui avait déconcerté ses partisans. 2. Précis, abrégé.

contre aucun obstacle, si la raison populaire continue son développement progressif, si l'éducation des classes intermédiaires ne souffre point d'interruption, les nations se nivelleront dans une égale liberté ; si cette transformation est arrêtée, les nations se nivelleront dans un égal despotisme. Ce despotisme durera peu, à cause de l'âge avancé des lumières, mais il sera rude, et une longue dissolution sociale le suivra.

« Préoccupé que je suis de ces idées, on voit pourquoi j'ai dû demeurer fidèle, comme individu, à ce qui me semblait la meilleure sauvegarde des libertés publiques, la voie la moins périlleuse par laquelle on pouvait arriver au complément de ces libertés.

« Ce n'est pas que j'aie la prétention d'être un larmoyant prédicant de politique sentimentale, un rabâcheur de panache blanc et de lieux communs à la Henri IV. En parcourant des yeux l'espace qui sépare la tour du Temple du château d'Édimbourg [1], je trouverais, sans doute, autant de calamités entassées qu'il y a de siècles accumulés sur une noble race. Une femme de douleur [2] a surtout été chargée du fardeau le plus lourd, comme la plus forte ; il n'y a cœur qui ne se brise à son souvenir : ses souffrances sont montées si haut, qu'elles sont devenues une des grandeurs de la Révolution. Mais enfin on n'est pas obligé d'être roi. La Providence envoie les afflictions particulières à qui elle veut, toujours brèves, parce que la vie est courte ; et ces afflictions ne sont point comptées dans les destinées générales des peuples...

« Mais que la proposition qui bannit à jamais la famille déchue du territoire français [3] soit un corollaire de la déchéance de cette famille, ce corollaire n'amène

---

1. La tour du Temple où furent enfermés Louis XVI et sa famille ; le château de Holyrood, à Édimbourg, où Charles X et la sienne avaient trouvé refuge à la fin de 1830.   2. Marie-Thérèse de France, fille de Louis XVI et sœur de Louis XVII, avait seule survécu à la prison du Temple. Elle avait épousé son cousin le duc d'Angoulême.   3. Le texte de cette proposition, dû à Jean-Jacques Baude, fut voté par la Chambre des députés, modifié par la Chambre des pairs, puis repris en seconde lecture, sous une forme aggravée par le comte de Briqueville, député de la Manche.

pas la conviction pour moi. Je chercherais en vain ma place dans les diverses catégories de personnes qui se sont rattachées à l'ordre de choses actuel ....

« Il y a des hommes qui, après avoir prêté serment à la République une et indivisible, au Directoire en cinq personnes, au Consulat en trois, à l'Empire en une seule, à la première Restauration, à l'Acte additionnel aux constitutions de l'Empire, à la seconde Restauration, ont encore quelque chose à prêter à Louis-Philippe : je ne suis pas si riche.

« Il y a des hommes qui ont jeté leur parole sur la place de Grève, en juillet, comme ces chevriers romains qui jouent à *pair ou non*, parmi des ruines : ils traitent de niais et de sot quiconque ne réduit pas la politique à des intérêts privés : je suis un niais et un sot.

« Il y a des peureux qui auraient bien voulu ne pas jurer, mais qui se voyaient égorgés, eux, leurs grands parents, leurs petits enfants et tous les propriétaires, s'ils n'avaient trembloté leur serment : ceci est un effet physique que je n'ai pas encore éprouvé ; j'attendrai l'infirmité et, si elle m'arrive, j'aviserai.

« Il y a des grands seigneurs de l'Empire unis à leurs pensions par des liens sacrés et indissolubles, quelle que soit la main dont elles tombent : une pension est à leurs yeux un sacrement ; elle imprime caractère comme la prêtrise et le mariage ; toute tête pensionnée ne peut cesser de l'être : les pensions étant demeurées à la charge du Trésor, ils sont restés à la charge du même Trésor : moi j'ai l'habitude du divorce avec la fortune ; trop vieux pour elle, je l'abandonne, de peur qu'elle ne me quitte.

« Il y a de hauts barons du Trône et de l'Autel, qui n'ont point trahi les ordonnances ; non ! mais l'insuffisance des moyens employés pour mettre à exécution ces ordonnances a échauffé leur bile ; indignés qu'on ait failli au despotisme [1], ils ont été chercher une autre

---

1. Qu'on ne se soit pas montré assez énergique pour imposer les ordonnances et réprimer les troubles.

antichambre : il m'est impossible de partager leur indignation et leur demeure.

« Il y a des gens de conscience qui ne sont parjures que pour être parjures, qui cédant à la force n'en sont pas moins pour le droit ; ils pleurent sur ce pauvre Charles X, qu'ils ont d'abord entraîné à sa perte par leurs conseils, et ensuite mis à mort par leur serment ; mais si jamais lui ou sa race ressuscite, ils seront des foudres de légitimité : moi j'ai toujours été dévot à la mort, et je suis le convoi de la vieille monarchie comme le chien du pauvre.

« Enfin il y a de loyaux chevaliers qui ont dans leur poche des dispenses d'honneur et des permissions d'infidélité : je n'en ai point.

« J'étais l'homme de la Restauration *possible*, de la Restauration avec toutes les sortes de libertés. Cette Restauration m'a pris pour un ennemi ; elle s'est perdue : je dois subir son sort. Irai-je attacher quelques années qui me restent à une fortune nouvelle, comme ces bas de robes que les femmes traînent de cours en cours, et sur lesquels tout le monde peut marcher ? À la tête des jeunes générations, je serais suspect ; derrière elles, ce n'est pas ma place. Je sens très-bien qu'aucune de mes facultés n'a vieilli ; mieux que jamais je comprends mon siècle ; je pénètre plus hardiment dans l'avenir que personne ; mais la fatalité a prononcé ; finir sa vie à propos est une condition nécessaire de l'homme public. »

(7)

[SÉJOUR À GENÈVE EN 1831]

[...] Ce fut en 1805 que je vis Genève pour la première fois [1]. Si deux mille ans s'étaient écoulés entre

---

1. Voir livre XVII.

les deux époques de mes deux voyages, seraient-elles plus séparées l'une de l'autre qu'elles ne le sont ? Genève appartenait à la France ; Bonaparte brillait dans toute sa gloire, madame de Staël dans toute la sienne ; il n'était pas plus question des Bourbons que s'ils n'eussent jamais existé. Et Bonaparte et madame de Staël et les Bourbons, que sont-ils devenus ? et moi, je suis encore là !

M. de Constant, cousin de Benjamin Constant, et mademoiselle de Constant[1], vieille fille pleine d'esprit, de vertu et de talent, habitent leur cabane de *Souterre* au bord du Rhône : ils sont dominés par une autre maison de campagne jadis à M. de Constant : il l'a vendue à la princesse Belgiojoso[2], exilée milanaise que j'ai vue passer comme une pâle fleur à travers la fête que je donnai à Rome à la grande-duchesse Hélène.

Pendant mes promenades en bateau, un vieux rameur me raconte ce que faisait lord Byron, dont on aperçoit la demeure[3] sur la rive savoyarde du lac. Le noble pair attendait qu'une tempête s'élevât pour naviguer ; du bord de sa balancelle, il se jetait à la nage et allait au milieu du vent aborder aux prisons féodales de Bonivard[4] : c'était toujours l'acteur et le poète. Je ne suis pas si original ; j'aime aussi les orages ; mais mes amours avec eux sont secrets, et je n'en fais pas confidence aux bateliers.

J'ai découvert derrière Ferney une étroite vallée où

---

1. Rosalie de Constant (1758-1834) avait longtemps vécu à Lausanne où elle avait noué une amitié durable avec la duchesse de Duras, et accueilli les Chateaubriand en 1826. Son frère Charles (1762-1835) ayant perdu sa femme en 1830, ils décidèrent de se retirer ensemble à Genève, leur ville natale. Ils étaient cousins de Benjamin Constant. C'est par leur entremise que Chateaubriand et sa femme trouvèrent à se loger sur les bords du Léman au cours du double séjour qu'ils y firent en 1831 et 1832. **2.** Maria Cristina Trivulzio (1808-1871), devenue par son mariage princesse Belgiojoso, avait fui la Lombardie autrichienne au mois de décembre 1828, séjourné à Rome au printemps suivant (elle y avait rencontré Chateaubriand) avant de se fixer, en 1831, à Paris, où elle ne tarda pas à devenir une sorte de reine en exil, à la pâleur célèbre, du mouvement libéral italien. **3.** La villa Diodati, à Cologny. **4.** François Bonivard (1493-1570), le patriote genevois que Byron a immortalisé dans *Le Prisonnier de Chillon*.

coule un filet d'eau de sept à huit pouces de profondeur ; ce ruisselet lave la racine de quelques saules, se cache çà et là sous des plaques de cresson et fait trembler des joncs sur la cime desquels se posent des demoiselles aux ailes bleues. L'homme des trompettes [1] a-t-il jamais vu cet asile de silence tout contre sa retentissante maison ? Non, sans doute : eh bien ! l'eau est là ; elle fuit encore ; je ne sais pas son nom ; elle n'en a peut-être pas : les jours de Voltaire se sont écoulés ; seulement sa renommée fait encore un peu de bruit dans un petit coin de notre petite terre, comme ce ruisselet se fait entendre à une douzaine de pas de ses bords.

On diffère les uns des autres : je suis charmé de cette rigole déserte ; à la vue des Alpes, une palmette de fougère que je cueille me ravit ; le susurrement d'une vague parmi des cailloux me rend tout heureux ; un insecte imperceptible qui ne sera vu que de moi et qui s'enfonce sous une mousse ainsi que dans une vaste solitude, occupe mes regards et me fait rêver. Ce sont là d'intimes misères, inconnues du beau génie qui, près d'ici, déguisé en Orosmane [2], jouait ses tragédies, écrivait aux princes de la terre et forçait l'Europe à venir l'admirer dans le hameau de Ferney. Mais n'était-ce pas là aussi des misères ? La transition du monde ne vaut pas le passage de ces flots, et, quant aux rois, j'aime mieux ma fourmi.

Une chose m'étonne toujours quand je pense à Voltaire : avec un esprit supérieur, raisonnable, éclairé, il est resté complètement étranger au christianisme ; jamais il n'a vu ce que chacun voit : que l'établissement de l'Évangile, à ne considérer que le rapport humain, est la plus grande révolution qui se soit opérée sur la terre. Il est vrai de dire qu'au siècle de Voltaire cette idée n'était venue dans la tête de personne. Les théologiens défendaient le christianisme comme un fait

accompli, comme une vérité fondée sur des lois éma-
nées de l'autorité spirituelle et temporelle ; les philosophes l'attaquaient comme un abus venu des prêtres
et des rois : on n'allait pas plus loin que cela. Je ne
doute pas que si l'on eût pu présenter tout à coup à
Voltaire l'autre côté de la question, son intelligence
lucide et prompte n'en eût été frappée : on rougit de la
manière mesquine et bornée dont il traitait un sujet
qui n'embrasse rien moins que la transformation des
peuples, l'introduction de la morale, un principe nouveau de société, un autre droit des gens, un autre ordre
d'idées, le changement total de l'humanité. Malheureusement le grand écrivain qui se perd en répandant des
idées funestes entraîne beaucoup d'esprits d'une
moindre étendue dans sa chute : il ressemble à ces
anciens despotes de l'Orient sur le tombeau desquels
on immolait des esclaves.

Là, à Ferney, où il n'entre plus personne, à ce Ferney autour duquel je viens rôder seul, que de personnages célèbres sont accourus ! Ils dorment, rassemblés
pour jamais, au fond des lettres de Voltaire, leur temple
hypogée : le souffle d'un siècle s'affaiblit par degrés
et s'éteint dans le silence éternel à mesure que l'on
commence à entendre la respiration d'un autre siècle.

(8)

COURSE INUTILE À PARIS.

Aux Pâquis, près Genève, 15 septembre 1831.

Oh ! argent que j'ai tant méprisé et que je ne puis
aimer quoi que je fasse, je suis forcé d'avouer que tu
as pourtant ton mérite : source de la liberté, tu arranges
mille choses dans notre existence, où tout est difficile
sans toi. Excepté la gloire, que ne peux-tu pas procurer ? Avec toi on est beau, jeune, adoré ; on a considé-

ration, honneurs, qualités, vertus. Vous me direz qu'avec de l'argent on n'a que l'apparence de tout cela : qu'importe, si je crois vrai ce qui est faux ? trompez-moi bien et je vous tiens quitte du reste : la vie est-elle autre chose qu'un mensonge ? Quand on n'a point d'argent, on est dans la dépendance de toutes choses et de tout le monde. Deux créatures qui ne se conviennent pas pourraient aller chacune de son côté ; eh bien ! faute de quelques pistoles, il faut qu'elles restent là en face l'une de l'autre à se bouder, à se maugréer, à s'aigrir l'humeur, à s'avaler la langue d'ennui, à se manger l'âme et le blanc des yeux, à se faire, en enrageant, le sacrifice mutuel de leurs goûts, de leurs penchants, de leurs façons naturelles de vivre : la misère les serre l'une contre l'autre, et, dans ces liens de gueux, au lieu de s'embrasser elles se mordent, mais non pas comme Flora mordait Pompée [1]. Sans argent nul moyen de fuite ; on ne peut aller chercher un autre soleil, et, avec une âme fière, on porte incessamment des chaînes. Heureux juifs, marchands de crucifix, qui gouvernez aujourd'hui la chrétienté, qui décidez de la paix ou de la guerre, qui mangez du cochon après avoir vendu de vieux chapeaux, qui êtes les favoris des rois et des belles, tout laids et tout sales que vous êtes ! ah ! si vous vouliez changer de peau avec moi ! si je pouvais au moins me glisser dans vos coffres-forts, vous voler ce que vous avez dérobé à des fils de famille, je serais le plus heureux homme du monde !

J'aurais bien un moyen d'exister : je pourrais m'adresser aux monarques ; comme j'ai tout perdu pour leur couronne, il serait assez juste qu'ils me nourrissent. Mais cette idée qui devrait leur venir ne leur vient pas, et à moi elle vient encore moins. Plutôt que

---

1. C'est Plutarque qui écrit : « La courtisane Flora étant devenue vieille prenait encore grand plaisir à évoquer le commerce qu'elle avait eu dans sa jeunesse avec Pompée, disant qu'elle ne pouvait, lorsqu'elle avait couché avec lui, le quitter sans le mordre » (*Pompée*, III). Cette malicieuse allusion ne suffit pas à tempérer la terrible image que Chateaubriand donne ici de la vie de couple.

de m'asseoir aux banquets des rois, j'aimerais mieux recommencer la diète que je fis autrefois à Londres avec mon pauvre ami Hingant[1]. Toutefois l'heureux temps des greniers est passé, non que je m'y trouvasse fort bien, mais j'y manquerais d'aise, j'y tiendrais trop de place avec les falbalas de ma renommée ; je n'y serais plus avec ma seule chemise et la taille fine d'un inconnu qui n'a pas dîné. Mon cousin de La Bouëtardais n'est plus là pour jouer du violon sur mon grabat dans sa robe rouge de conseiller au parlement de Bretagne, et pour se tenir chaud la nuit couvert d'une chaise en guise de courte-pointe ; Pelletier n'est plus là pour nous donner à dîner avec l'argent du roi Christophe, et surtout la magicienne n'est plus là, la Jeunesse, qui par un sourire change l'indigence en trésor, qui vous amène pour maîtresse sa sœur cadette l'Espérance ; celle-ci aussi trompeuse que son aînée, mais revenant encore quand l'autre a fui pour toujours.

J'avais oublié les détresses de ma première émigration et je m'étais figuré qu'il suffisait de quitter la France pour conserver en paix l'honneur dans l'exil : les alouettes ne tombent toutes rôties qu'à ceux qui moissonnent le champ, non à ceux qui l'ont semé : s'il ne s'agissait que de moi, dans un hôpital je me trouverais à merveille ; mais madame de Chateaubriand ? Je n'ai donc pas été plutôt fixé qu'en jetant les yeux sur l'avenir, l'inquiétude m'a pris[2]. [...]

---

1. Pour toutes les allusions qui suivent, voir le livre X.   **2.** Après la faillite de Ladvocat, éditeur de ses *Œuvres complètes* (1826-1831), et sa démission de la Chambre des pairs, Chateaubriand se retrouve sans ressources.

LIVRE TRENTE-CINQUIÈME

[VOYAGE EN SUISSE : ÉTÉ 1832]

(11)

Sur le lac de Lucerne, 16 août 1832, midi.

Alpes[1], abaissez vos cimes, je ne suis plus digne de vous : jeune, je serais solitaire ; vieux, je ne suis qu'isolé. Je la peindrais bien encore, la nature ; mais pour qui ? qui se soucierait de mes tableaux ? quels bras, autres que ceux du temps, presseraient en récompense mon *génie* au front dépouillé ? qui répèterait mes chants ? à quelle muse en inspirerais-je ? Sous la voûte de mes années comme sous celle des monts neigeux qui m'environnent, aucun rayon de soleil ne viendra me réchauffer. Quelle pitié de traîner, à travers ces monts, des pas fatigués que personne ne voudrait suivre ! Quel malheur de ne me trouver libre d'errer de nouveau qu'à la fin de ma vie !

---

1. Après un printemps 1832 agité, marqué à Paris par une épidémie de choléra, par une tentative infructueuse de la duchesse de Berry pour soulever la Vendée, enfin pour lui par une brève incarcération à la préfecture de Police au mois de juin, Chateaubriand se mit en route avec soulagement, le 8 août, pour un voyage solitaire dans le centre de la Suisse, avant de rejoindre sa femme à Lucerne et de se réinstaller avec elle à Genève.

Deux heures.

Ma barque s'est arrêtée à la cale[1] d'une maison sur la rive droite du lac, avant d'entrer dans le golfe d'Uri. J'ai gravi le verger de cette auberge et suis venu m'asseoir sous deux noyers qui protègent une étable. Devant moi, un peu à droite, sur le bord opposé du lac, se déploie le village de Schwitz[2], parmi des vergers et les plans inclinés de ces pâturages dits *Alpes* dans le pays : il est surmonté d'un roc ébréché en demi-cercle, et dont les deux pointes, le *Mythen* et le *Haken* (la mître et la crosse), tirent leur appellation de leur forme. Ce chapiteau cornu repose sur des gazons, comme la couronne de la rude indépendance helvétique sur la tête d'un peuple de bergers. Le silence n'est interrompu autour de moi que par le tintement de la clochette de deux génisses restées dans l'étable voisine : elle semble me sonner la gloire de la pastorale liberté que Schwitz a donnée, avec son nom, à tout un peuple : un petit canton dans le voisinage de Naples, appelé *Italia*, a de même, mais avec des droits moins sacrés, communiqué son nom à la terre des Romains. [...]

Dix heures du soir.

L'orage recommence ; les éclairs s'entortillent aux rochers ; les échos grossissent et prolongent le bruit de la foudre ; les mugissements du Schœchen et de la Reuss accueillent le barde de l'Armorique. Depuis longtemps je ne m'étais trouvé seul et libre ; rien dans la chambre où je suis enfermé : deux couches pour un voyageur qui veille et qui n'a ni amours à bercer, ni songes à faire. Ces montagnes, cet orage, cette nuit sont des trésors perdus pour moi. Que de vie, cependant, je sens au fond de mon âme ! Jamais, quand le sang le plus ardent coulait de mon cœur dans mes veines, je n'ai parlé le langage des

---

1. Au mouillage. Le mot désigne un embarcadère ou un abri pour un bateau.   2. Ce village a donné son nom au canton du même nom, puis à la Suisse tout entière.

passions avec autant d'énergie que je le pourrais faire en ce moment. Il me semble que je vois sortir des flancs du Saint-Gothard ma sylphide des bois de Combourg. Me viens-tu retrouver, charmant fantôme de ma jeunesse ? as-tu pitié de moi ? Tu le vois, je ne suis changé que de visage ; toujours chimérique, dévoré d'un feu sans cause et sans aliment. Je sors du monde, et j'y entrais quand je te créai dans un moment d'extase et de délire. Voici l'heure où je t'invoquais dans ma tour. Je puis encore ouvrir ma fenêtre pour te laisser entrer. Si tu n'es pas contente des grâces que je t'avais prodiguées, je te ferai cent fois plus séduisante ; ma palette n'est pas épuisée ; j'ai vu plus de beautés et je sais mieux peindre. Viens t'asseoir sur mes genoux ; n'aie pas peur de mes cheveux ; caresse-les de tes doigts de fée ou d'ombre ; qu'ils rebrunissent sous tes baisers. Cette tête, que ces cheveux qui tombent n'assagissent point, est tout aussi folle qu'elle l'était lorsque je te donnai l'être, fille aînée de mes illusions, doux fruit de mes mystérieuses amours avec ma première solitude ! Viens, nous monterons encore ensemble sur nos nuages ; nous irons avec la foudre sillonner, illuminer, embraser les précipices où je passerai demain. Viens ! emporte-moi comme autrefois ; mais ne me rapporte plus.

On frappe à ma porte : ce n'est pas toi ! c'est le guide ! Les chevaux sont arrivés, il faut partir. De ce songe il ne reste que la pluie, le vent et moi, songe sans fin, éternel orage. [...]

(15)

DESCRIPTION DE LUGANO.

Lugano est une petite ville d'un aspect italien : portiques comme à Bologne, peuple faisant son ménage dans la rue comme à Naples, architecture de la Renaissance, toits dépassant les murs sans corniches, fenêtres étroites et longues, nues ou ornées d'un chapiteau et percées jusque dans l'architrave. La ville s'adosse à un coteau de vignes que dominent deux plans superposés de montagnes, l'un de pâturages, l'autre de forêts : le lac est à ses pieds.

Il existe sur le plus haut sommet d'une montagne, à l'est de Lugano, un hameau dont les femmes grandes et blanches ont la réputation des Circassiennes. La veille de mon arrivée était la fête de ce hameau ; on était allé en pèlerinage à la Beauté : cette tribu sera quelque débris d'une race des barbares du Nord conservée sans mélange au-dessus des populations de la plaine.

Je me suis fait conduire aux diverses maisons qu'on m'avait indiquées, comme me pouvant convenir : j'en ai trouvé une charmante, mais d'un loyer beaucoup trop cher.

Pour mieux voir le lac, je me suis embarqué. Un de mes deux bateliers parlait un jargon franco-italien entrelardé d'anglais. Il me nommait les montagnes et les villages sur les montagnes : San-Salvador, au sommet duquel on découvre le dôme de la cathédrale de Milan ; Castagnola, avec ses oliviers dont les étrangers mettent de petits rameaux à leur boutonnière ; Gandria, limite du canton du Tessin sur le lac ; Saint-Georges, enfaîté[1] de son ermitage : chacun de ces lieux avait son histoire.

L'Autriche, qui prend tout et ne donne rien, conserve au pied du mont Caprino un village enclavé dans le territoire du Tessin. En face, de l'autre côté, au pied du San-Salvador, elle possède encore une espèce de promontoire sur lequel il y a une chapelle, mais elle a prêté gracieusement aux Luganois ce promontoire pour exécuter les criminels et pour y élever des fourches patibulaires. Elle argumentera quelque jour de cette *haute justice*, exercée par sa permission sur son

---

1. Surmonté. C'est en réalité un terme technique emprunté au vocabulaire du couvreur : « enfaîter » signifie placer sur un toit à double pente une ligne de tuiles creuses et demi-cylindriques qu'on appelle des *enfaîteaux*.

territoire, comme d'une preuve de sa suzeraineté sur Lugano. On ne fait plus subir aujourd'hui aux condamnés le supplice de la corde, on leur coupe la tête : Paris a fourni l'instrument, Vienne le théâtre du supplice : présents dignes de deux grandes monarchies.

Ces images me poursuivaient, lorsque sur la vague d'azur, au souffle de la brise, parfumé de l'ambre des pins, vinrent à passer les barques d'une confrérie qui jetait des bouquets dans le lac au son des hautbois et des cors. Des hirondelles se jouaient autour de ma voile. Parmi ces voyageuses ne reconnaîtrai-je pas celles que je rencontrai un soir en errant sur l'ancienne voie de Tibur et de la maison d'Horace ? La Lydie du poète n'était point alors avec ces hirondelles de la campagne de Tibur ; mais je savais qu'en ce moment même une autre jeune femme enlevait furtivement une rose déposée dans le jardin abandonné d'une villa du siècle de Raphaël, et ne cherchait que cette fleur sur les ruines de Rome.

Les montagnes qui entourent le lac de Lugano, ne réunissant guère leurs bases qu'au niveau du lac, ressemblent à des îles séparées par d'étroits canaux ; elles m'ont rappelé la grâce, la forme et la verdure de l'archipel des Açores. Je consommerais donc l'exil de mes derniers jours sous ces riants portiques où la princesse de Belgiojoso a laissé tomber quelques jours de l'exil de sa jeunesse ? J'achèverais donc mes *Mémoires* à l'entrée de cette terre classique et historique où Virgile et le Tasse ont chanté, où tant de révolutions se sont accomplies ? Je remémorerais ma destinée bretonne à la vue de ces montagnes ausoniennes ? Si leur rideau venait à se lever, il me découvrirait les plaines de la Lombardie ; par delà, Rome ; par delà, Naples, la Sicile, la Grèce, la Syrie, l'Égypte, Carthage : bords lointains que j'ai mesurés, moi qui ne possède pas l'espace de terre que je presse sous la plante de mes pieds ! mais pourtant mourir ici ? finir ici ? — n'est-ce pas ce que je veux, ce que je cherche ? Je n'en sais rien.

(16)

Lucerne, 20, 21 et 22 août 1832.

LES MONTAGNES. [...]

J'ai quitté Lugano sans y coucher ; j'ai repassé le Saint-Gothard, j'ai revu ce que j'avais vu : je n'ai rien trouvé à rectifier à mon esquisse. À Altorf tout était changé depuis vingt-quatre heures : plus d'orage, plus d'apparition dans ma chambre solitaire. Je suis venu passer la nuit à l'auberge de Fluelen, ayant parcouru deux fois la route dont les extrémités aboutissent à deux lacs et sont tenues par deux peuples liés d'un même nœud politique, séparés sous tous les autres rapports. J'ai traversé le lac de Lucerne, il avait perdu à mes yeux une partie de son mérite : il est au lac de Lugano ce que sont les ruines de Rome aux ruines d'Athènes, les champs de la Sicile aux jardins d'Armide.

Au surplus j'ai beau me battre les flancs pour arriver à l'exaltation alpine des écrivains de montagne, j'y perds ma peine [1].

Au physique, cet air vierge et balsamique qui doit ranimer mes forces, raréfier mon sang, désenfumer ma tête fatiguée, me donner une faim insatiable, un repos sans rêves, ne produit point sur moi ces effets. Je ne respire pas mieux, mon sang ne circule pas plus vite, ma tête n'est pas moins lourde au ciel des Alpes qu'à Paris. J'ai autant d'appétit aux *Champs-Élysées* qu'au Montanvert, je dors aussi bien rue Saint-Dominique qu'au mont Saint-Gothard, et si j'ai des songes dans la

---

1. Ce morceau de bravoure sur les montagnes a une histoire. Chateaubriand avait publié autrefois un article intitulé : « Voyage au Mont-Blanc et réflexions sur les paysages de montagne » (*Mercure de France*, 1ᵉʳ février 1806). Il saisit cette occasion pour le reprendre, le développer et répondre ainsi, sur le mode ironique, à tous les écrivains qui, depuis Rousseau, ont mis la montagne à la mode.

délicieuse plaine de Montrouge, c'est qu'il en faut au sommeil.

Au moral, en vain j'escalade les rocs, mon esprit n'en devient pas plus élevé, mon âme plus pure ; j'emporte les soucis de la terre et le faix des turpitudes humaines. Le calme de la région sublunaire d'une marmotte ne se communique point à mes sens éveillés. Misérable que je suis, à travers les brouillards qui roulent à mes pieds, j'aperçois toujours la figure épanouie du monde. Mille toises gravies dans l'espace ne changent rien à ma vue du ciel ; Dieu ne me paraît pas plus grand du sommet de la montagne que du fond de la vallée. Si pour devenir un homme robuste, un saint, un génie supérieur, il ne s'agissait que de planer sur les nuages, pourquoi tant de malades, de mécréants et d'imbéciles ne se donnent-ils pas la peine de grimper au Simplon ? Il faut certes qu'ils soient bien obstinés à leurs infirmités.

Le paysage n'est créé que par le soleil ; c'est la lumière qui fait le paysage. Une grève de Carthage, une bruyère de la rive de Sorrente, une lisière de cannes desséchées dans la Campagne romaine, sont plus magnifiques, éclairées des feux du couchant ou de l'aurore, que toutes les Alpes de ce côté-ci des Gaules. De ces trous surnommés vallées, où l'on ne voit goutte en plein midi ; de ces hauts paravents à l'ancre appelés montagnes ; de ces torrents salis qui beuglent avec les vaches de leurs bords ; de ces faces violâtres, de ces cous goîtreux, de ces ventres hydropiques [1] : foin !

Si les montagnes de nos climats peuvent justifier les éloges de leurs admirateurs, ce n'est que quand elles sont enveloppées dans la nuit dont elles épaississent le chaos : leurs angles, leurs ressauts, leurs saillies, leurs grandes lignes, leurs immenses ombres portées, augmentent d'effet à la clarté de la lune. Les astres les découpent et les gravent dans le ciel en pyramides, en

---

1. Allusion à la physiologie du « crétin des Alpes », qui fut pour le XVIIIe siècle un problème médical, et que Balzac évoque encore dans *Le Médecin de campagne* (1833).

cônes, en obélisques, en architecture d'albâtre, tantôt
jetant sur elles un voile de gaze, et les harmoniant par
des nuances indéterminées, légèrement lavées de bleu ;
tantôt les sculptant une à une et les séparant par des
traits d'une grande correction. Chaque vallée, chaque
réduit avec ses lacs, ses rochers, ses forêts, devient un
temple de silence et de solitude. En hiver, les montagnes nous présentent l'image des zones polaires ; en
automne, sous un ciel pluvieux, dans leurs différentes
nuances de ténèbres, elles ressemblent à des lithographies grises, noires, bistrées : la tempête aussi leur va
bien, de même que les vapeurs, demi-brouillards demi-
nuages, qui roulent à leurs pieds ou se suspendent à
leurs flancs.

Mais les montagnes ne sont-elles pas favorables aux
méditations, à l'indépendance, à la poésie ? De belles
et profondes solitudes mêlées de mer ne reçoivent-elles
rien de l'âme, n'ajoutent-elles rien à ses voluptés ? Une
sublime nature ne rend-elle pas plus susceptible de passion, et la passion ne fait-elle pas mieux comprendre
une nature sublime ? Un amour intime ne s'augmente-
t-il pas de l'amour vague de toutes les beautés des sens
et de l'intelligence qui l'environnent, comme des principes semblables s'attirent et se confondent ? Le sentiment de l'infini, entrant par un immense spectacle dans
un sentiment borné, ne l'accroît-il pas, ne l'étend-il pas
jusqu'aux limites où commence une éternité de vie ?

Je reconnais tout cela ; mais entendons-nous bien :
ce ne sont pas les montagnes qui existent telles qu'on
les croit voir alors ; ce sont les montagnes comme les
passions, le talent et la muse en ont tracé les lignes,
colorié les ciels, les neiges, les pitons, les déclivités,
les cascades irisées, l'atmosphère *flou*, les ombres
tendres et légères : le paysage est sur la palette de
Claude le Lorrain, non sur le Campo-Vaccino [1]. Faites-
moi aimer, et vous verrez qu'un pommier isolé, battu

---

1. C'est le nom que le peuple de Rome avait donné au site du Forum
avant que celui-ci ne soit dégagé par les fouilles du XIXᵉ siècle. Son aspect
pittoresque a inspiré plusieurs peintres, en particulier Claude Lorrain.

du vent, jeté de travers au milieu des froments de la Beauce ; une fleur de sagette dans un marais ; un petit cours d'eau dans un chemin ; une mousse, une fougère, une capillaire sur le flanc d'une roche ; un ciel humide, effumé [1] ; une mésange dans le jardin d'un presbytère ; une hirondelle volant bas, par un jour de pluie, sous le chaume d'une grange ou le long d'un cloître ; une chauve-souris même remplaçant l'hirondelle autour d'un clocher champêtre, tremblotant sur ses ailes de gaze dans les dernières lueurs du crépuscule ; toutes ces petites choses, rattachées à quelques souvenirs, s'enchanteront des mystères de mon bonheur ou de la tristesse de mes regrets. En définitive, c'est la jeunesse de la vie, ce sont les personnes qui font les beaux sites. Les glaces de la baie de Baffin peuvent être riantes avec une société selon le cœur, les bords de l'Ohio et du Gange lamentables en l'absence de toute affection. Un poète [2] a dit :

La patrie est aux lieux où l'âme est enchaînée.

Il en est de même de la beauté.

En voilà trop à propos de montagnes ; je les aime comme grandes solitudes ; je les aime comme cadre, bordure et lointain d'un beau tableau ; je les aime comme rempart et asile de la liberté ; je les aime comme ajoutant quelque chose de l'infini aux passions de l'âme : équitablement et raisonnablement voilà tout le bien qu'on en peut dire. Si je ne dois pas me fixer au revers des Alpes, ma course au Saint-Gothard restera un fait sans liaison, une vue d'optique isolée au milieu des tableaux de mes *Mémoires* : j'éteindrai la lampe, et Lugano rentrera dans la nuit. [...]

---

1. Adouci, estompé. **2.** Voltaire dans *Mahomet* (acte I, scène 2, vers 110).

(18)

[...] CONSTANCE. — MADAME RÉCAMIER.

Genève, septembre 1832.

[...] Dans la ville délabrée de Constance, notre auberge était fort gaie ; on y faisait les apprêts d'une noce. Le lendemain de mon arrivée, madame Récamier voulut se mettre à l'abri de la joie de nos hôtes : nous nous embarquâmes sur le lac, et, traversant la nappe d'eau d'où sort le Rhin pour devenir fleuve, nous abordâmes à la grève d'un parc.

Ayant mis pied à terre, nous franchîmes une haie de saules, de l'autre côté de laquelle nous trouvâmes une allée sablée circulant parmi des bosquets d'arbustes, des groupes d'arbres et des tapis de gazon. Un pavillon s'élevait au milieu des jardins, et une élégante *villa* s'appuyait contre une futaie. Je remarquai dans l'herbe des veilleuses[1], toujours mélancoliques pour moi à cause des réminiscences de mes divers et nombreux automnes. Nous nous promenâmes au hasard, et puis nous nous assîmes sur un banc au bord de l'eau. Du pavillon des bocages, s'élevèrent des harmonies de harpe et de cor qui se turent lorsque, charmés et surpris, nous commencions à les écouter : c'était une scène d'un conte de fées. Les harmonies ne renaissant pas, je lus à madame Récamier ma description du Saint-Gothard ; elle me pria d'écrire quelque chose sur ses tablettes, déjà à demi remplies des détails de la mort de J.-J. Rousseau[2]. Au-dessous de ces dernières paroles de l'auteur d'*Héloïse* : « Ma femme, ouvrez la fenêtre que je voie encore le soleil », je traçai ces mots au crayon : *Ce que je voulais sur le lac de Lucerne, je l'ai trouvé sur le lac de Constance, le charme et l'intelligence de la beauté. Je ne veux point mourir*

---

1. Nom populaire des colchiques.   2. Les historiens de la littérature avaient alors à peu près tous entériné la thèse du suicide de Rousseau.

comme Rousseau : je veux encore voir longtemps le
soleil, si c'est près de vous que je dois achever ma vie.
Que mes jours expirent à vos pieds, comme ces vagues
dont vous aimez le murmure. — 28 août 1832.

L'azur du lac vacillait[1] derrière les feuillages : à
l'horizon du midi s'amoncelaient les sommets de
l'Alpe des Grisons ; une brise passant et se retirant à
travers les saules s'accordait avec l'aller et le venir de
la vague : nous ne voyions personne ; nous ne savions
où nous étions. [...]

(20)

ARENENBERG. [...]

Le 29 d'août j'allai dîner à Arenenberg[2].

Arenenberg est situé sur une espèce de promontoire,
dans une chaîne de collines escarpées. La reine de Hollande[3], que l'épée avait faite et que l'épée a défaite, a
bâti le château, ou, si l'on veut, le pavillon d'Arenenberg. On y jouit d'une vue étendue, mais triste. Cette
vue domine le lac inférieur de Constance, qui n'est
qu'une expansion du Rhin sur des prairies noyées. De
l'autre côté du lac on aperçoit des bois sombres, restes
de la forêt Noire, quelques oiseaux blancs voltigeant
sous un ciel gris et poussés par un vent glacé. Là, après
avoir été assise sur un trône, après avoir été outrageu-
sement calomniée, la reine Hortense est venue se percher sur un rocher ; en bas est l'île du lac où l'on a,
dit-on, retrouvé la tombe de Charles le Gros[4], et où
meurent à présent des serins qui demandent en vain le
soleil des Canaries. Madame la duchesse de Saint-Leu

---

1. C'est la leçon du texte original, altéré en « veillait » par les éditeurs
de 1848.   2. Sur la rive méridionale du lac de Constance.   3. Hortense de Beauharnais, épouse de Louis Bonaparte et ancienne reine de Hollande, avait pris en 1814 le titre de duchesse de Saint-Leu.   4. Empereur
carolingien du IXe siècle.

était mieux à Rome[1] : elle n'est pas cependant descendue par rapport à sa naissance et à sa première vie ; au contraire, elle a monté ; son abaissement n'est que relatif à un accident de sa fortune ; ce ne sont pas là de ces chutes comme celle de madame la Dauphine, tombée de toute la hauteur des siècles.

Les compagnons et les compagnes de madame la duchesse de Saint-Leu étaient son fils[2], madame Salvage[3], madame***. En étrangers il y avait madame Récamier, M. Vieillard[4] et moi. Madame la duchesse de Saint-Leu se tirait fort bien de sa difficile position de reine et de demoiselle de Beauharnais.

Après le dîner, madame de Saint-Leu s'est mise à son piano avec M. Cottreau[5], grand jeune peintre à moustaches, à chapeau de paille, à blouse, au col de chemise rabattu, au costume bizarre. Il chassait, il peignait, il chantait, il riait, spirituel et bruyant.

Le prince Louis habite un pavillon à part, où j'ai vu des armes, des cartes topographiques et stratégiques ; industries qui faisaient, comme par hasard, penser au sang du conquérant sans le nommer : le prince Louis est un jeune homme studieux, instruit, plein d'honneur et naturellement grave.

Madame la duchesse de Saint-Leu m'a lu quelques fragments de ses mémoires : elle m'a montré un cabinet rempli de dépouilles de Napoléon. Je me suis demandé pourquoi ce vestiaire me laissait froid ; pourquoi ce petit chapeau, cette ceinture, cet uniforme porté à telle bataille me trouvaient si indifférent : j'étais bien plus troublé en racontant la mort de Napoléon à Sainte-Hélène ! La raison en est que Napoléon est notre contemporain ; nous l'avons tous vu et connu : il vit

---

1. Où elle avait résidé au début de la Restauration. C'est à Rome, en 1823-1824, qu'elle avait noué des relations cordiales avec Mme Récamier. **2.** Après la mort de son frère aîné en 1831, et celle, toute récente, du duc de Reichstadt, le prince Louis-Napoléon, né en 1808, était devenu le chef de la Maison impériale. C'est le futur Napoléon III. **3.** Une amie de Mme Récamier. **4.** Narcisse Vieillard (1791-1857). Ancien officier de la Grande Armée, il avait été choisi par la reine Hortense pour être le précepteur de ses fils. Il sera plus tard député de la Manche, puis Sénateur. **5.** Félix Cottereau ou Cottreau (1799-1852), ami du prince Louis.

dans notre souvenir ; mais le héros est encore trop près de sa gloire. Dans mille ans ce sera autre chose : il n'y a que les siècles qui aient donné le parfum de l'ambre à la sueur d'Alexandre ; attendons : d'un conquérant il ne faut montrer que l'épée [1].

---

1. Nous avons maintenu ici le texte imprimé en 1850 (édition originale). Force est néanmoins de constater qu'il est très abrégé lorsqu'on le compare à celui de la copie de 1847 que voici : « Madame la duchesse de Saint-Leu m'a lu quelques fragments de ses mémoires ; elle m'a montré un cabinet rempli des dépouilles de Bonaparte. Je me suis demandé pourquoi ce vestiaire me laissait froid ; pourquoi ce petit chapeau qui fait le bonheur des bourgeois de Paris, pourquoi cette ceinture, cet uniforme porté à telle bataille me trouvaient si indifférent ; je n'étais pas plus ému qu'à l'aspect de ces habits de généraux pendillant aux boutiques des revendeurs dans la rue du Bac ; j'étais bien plus troublé en racontant la mort de Napoléon à Saint-Hélène. La raison en est que Napoléon est notre contemporain ; nous l'avons tous vu et connu : l'homme dans notre souvenir travaille contre le héros encore trop près de sa gloire. Dans deux mille ans ce sera autre chose. La forme même et la matière de ces reliques nuisent à leur effet : nous verrions avec un respect curieux la cuirasse du Macédonien sur le dessin de laquelle fut tracé le plan d'Alexandrie, mais que faire d'un frac râpé ? J'aimerais mieux la jaquette de montagnard corse que Napoléon a dû porter dans son enfance : sans qu'on s'en doute, le sentiment des arts exerce un grand empire sur nos idées.

Que Madame de Saint-Leu s'enthousiasme de cette friperie, c'est tout simple ; mais les autres spectateurs ont besoin de se rappeler les manteaux royaux déchirés par les ongles napoléoniens. Il n'y a que les siècles qui aient donné le parfum de l'ambre à la sueur d'Alexandre. Attendons : d'un conquérant, il ne faut montrer que l'épée.

La famille de Bonaparte ne se peut persuader qu'elle n'est rien. Aux Bonapartes il manque une race ; aux Bourbons, un homme : il y aurait beaucoup plus de chance de restauration pour les derniers, car un homme peut tout à coup survenir et l'on ne crée pas une race. Tout est mort pour la famille de Napoléon avec Napoléon : il n'a pour héritier que sa renommée. La dynastie de saint Louis est si puissante par son vaste passé, qu'en tombant elle a arraché avec ses racines une partie du sol de la société.

Je ne saurais dire à quel point ce monde impérial me paraît caduc de manières, de physionomie, de ton, de mœurs ; mais d'une vieillesse différente du monde légitimiste : celui-ci jouit d'une décrépitude arrivée avec le temps ; il est aveugle et sourd, il est débile, laid et grognon, mais il a son air naturel et les béquilles vont bien à son âge. Les impérialistes, au contraire, ont une fausse apparence de jeunesse ; ils veulent être ingambes, et ils sont aux Invalides ; ils ne sont pas antiques comme les légitimistes, ils ne sont que vieillis comme une mode passée : ils ont l'air de divinités de l'Opéra descendues de leur char de carton doré ; de fournisseurs en banqueroute par suite d'une mauvaise spéculation ou d'une bataille perdue ; de joueurs ruinés qui conservent encore un reste de magnificence d'emprunt, des breloques, des chaînes, des cachets, des bagues, des velours flétris, des satins fanés » [...]

Retourné à Wolfberg avec madame Récamier, je partis la nuit : le temps était obscur et pluvieux ; le vent soufflait dans les arbres, et la hulotte lamentait : vraie scène de Germanie. [...]

(21)

COPPET. — TOMBEAU DE MADAME DE STAËL.

Genève, fin de septembre 1832.

J'ai commencé à me remettre sérieusement au travail : j'écris le matin et je me promène le soir. Je suis allé hier visiter Coppet. Le château était fermé[1] ; on m'en a ouvert les portes ; j'ai erré dans les appartements déserts. Ma compagne de pèlerinage a reconnu tous les lieux où elle croyait voir encore son amie, ou assise à son piano, ou entrant, ou sortant, ou causant sur la terrasse qui borde la galerie ; madame Récamier a revu la chambre qu'elle avait habitée ; des jours écoulés ont remonté devant elle : c'était comme une répétition de la scène que j'ai peinte dans *René* : « Je parcourus les appartements sonores où l'on n'entendait que le bruit de mes pas... Partout les salles étaient détendues[2], et l'araignée filait sa toile dans les couches abandonnées... Qu'ils sont doux, mais qu'ils sont rapides les moments que les frères et les sœurs passent dans leurs jeunes années, réunis sous l'aile de leurs vieux parents ! La famille de l'homme n'est que d'un jour ; le souffle de Dieu la disperse comme une fumée.

Il est probable que ce sont les éditeurs qui ont décidé de censurer ce passage. Il ne faut pas oublier que le prince Louis avait été élu président de la Seconde République, au mois de décembre 1848, à une écrasante majorité.

1. Le domaine de Coppet, passé à Auguste de Staël à la mort de sa mère en 1817, appartenait encore à sa veuve ; mais celle-ci ne résidait plus au château. 2. C'est-à-dire que les *tentures* (rideaux, tapisseries) avaient été déposées, puis enlevées.

À peine le fils connaît-il le père, le père le fils, le frère la sœur, la sœur le frère ! Le chêne voit germer ses glands autour de lui, il n'en est pas ainsi des enfants des hommes ! »

Je me rappelais aussi ce que j'ai dit dans ces *Mémoires* de ma dernière visite à Combourg, en partant pour l'Amérique. Deux mondes divers, mais liés par une secrète sympathie, nous occupaient, madame Récamier et moi. Hélas ! ces mondes isolés, chacun de nous les porte en soi ; car où sont les personnes qui ont vécu assez longtemps les unes près des autres pour n'avoir pas des souvenirs séparés ? Du château, nous sommes entrés dans le parc ; le premier automne commençait à rougir et à détacher quelques feuilles[1] ; le vent s'abattait par degrés et laissait ouïr un ruisseau qui fait tourner un moulin. Après avoir suivi les allées qu'elle avait coutume de parcourir avec madame de Staël, madame Récamier a voulu saluer ses cendres. À quelque distance du parc est un taillis mêlé d'arbres plus grands, et environné d'un mur humide et dégradé. Ce taillis ressemble à ces bouquets de bois au milieu des plaines, que les chasseurs appellent des *remises* : c'est là que la mort a poussé sa proie et renfermé ses victimes.

Un sépulcre avait été bâti d'avance dans ce bois pour y recevoir M. Necker, madame Necker et madame de Staël : quand celle-ci est arrivée au rendez-vous, on a muré la porte de la crypte. L'enfant d'Auguste de Staël est resté en dehors, et Auguste lui-même, mort avant son enfant[2], a été placé sous une pierre aux pieds de ses parents. Sur la pierre sont gravées ces paroles tirées de l'Écriture : *Pourquoi cherchez-vous parmi les morts celui qui est vivant dans le ciel*[3] *?* Je ne suis point entré dans le bois ; madame Récamier a seule obtenu la permission d'y pénétrer. Resté assis sur un banc

---

1. Cette visite se situe entre le 15 et le 20 octobre 1832.   **2.** Auguste de Staël, frère de la duchesse de Broglie, est mort en 1827, quelques semaines avant la naissance de son fils, lequel disparaîtra à son tour en 1829.   **3.** Luc, XXIV, 5.

devant le mur d'enceinte, je tournais le dos à la France
et j'avais les yeux attachés, tantôt sur la cime du Mont-
Blanc, tantôt sur le lac de Genève : des nuages d'or
couvraient l'horizon derrière la ligne sombre du Jura ;
on eût dit d'une gloire qui s'élevait au-dessus d'un
long cercueil. J'apercevais de l'autre côté du lac la
maison de lord Byron[1], dont le faîte était touché d'un
rayon du couchant ; Rousseau n'était plus là pour
admirer ce spectacle, et Voltaire, aussi disparu, ne s'en
était jamais soucié. C'était au pied du tombeau de
madame de Staël que tant d'illustres absents sur le
même rivage se présentaient à ma mémoire : ils semblaient venir chercher l'ombre leur égale pour s'envoler au ciel avec elle et lui faire cortège pendant la nuit.
Dans ce moment, madame Récamier, pâle et en larmes,
est sortie du bocage funèbre elle-même comme une
ombre. Si j'ai jamais senti à la fois la vanité et la vérité
de la gloire et de la vie, c'est à l'entrée du bois silencieux, obscur, inconnu, où dort celle qui eut tant
d'éclat et de renom, et en voyant ce que c'est que
d'être véritablement aimé.

(22)

PROMENADE.

Cette vesprée même, lendemain du jour de mes
dévotions aux morts de Coppet, fatigué des bords du
lac, je suis allé chercher, toujours avec madame Récamier, des promenades moins fréquentées. Nous avons
découvert, en aval du Rhône, une gorge resserrée où
le fleuve coule bouillonnant au-dessous de plusieurs
moulins, entre des falaises rocheuses coupées de prairies. Une de ces prairies s'étend au pied d'une colline

---

1. Voir la n. 3, p. 356.

sur laquelle, parmi un bouquet d'arbres, est plantée une maison.

Nous avons remonté et descendu plusieurs fois en causant cette bande étroite de gazon qui sépare le fleuve bruyant du silencieux coteau : combien est-il de personnes qu'on puisse ennuyer de ce que l'on a été et mener avec soi en arrière sur la trace de ses jours ? Nous avons parlé de ces temps toujours pénibles et toujours regrettés où les passions font le bonheur et le martyre de la jeunesse. Maintenant j'écris cette page à minuit, tandis que tout repose autour de moi et qu'à travers ma fenêtre je vois briller quelques étoiles sur les Alpes.

Madame Récamier va nous quitter, elle reviendra au printemps, et moi je vais passer l'hiver à évoquer mes heures évanouies, à les faire comparaître une à une au tribunal de ma raison. Je ne sais si je serai bien impartial, et si le juge n'aura pas trop d'indulgence pour le coupable. Je passerai l'été prochain dans la patrie de Jean-Jacques. Dieu veuille que je ne gagne pas la maladie du rêveur ! Et puis quand l'automne sera revenu nous irons en Italie : *Italiam !* c'est mon éternel refrain[1]. [...]

---

1. Allusion à un passage de Virgile où les Troyens saluent, de ce nom trois fois répété, leur arrivée en Italie (*Énéide*, III, 523-524).

LIVRE TRENTE-SIXIÈME

(1)

Paris, rue d'Enfer, 9 mai 1833.

INFIRMERIE DE MARIE-THÉRÈSE

J'ai amené la série des derniers faits jusqu'à ce jour[1] : pourrai-je enfin reprendre mon travail ? Ce travail consiste dans les diverses parties de ces *Mémoires* non encore achevées[2]. J'aurai quelque difficulté à m'y remettre *ex abrupto*, car j'ai la tête préoccupée des choses du moment ; je ne suis pas dans les dispositions convenables pour recueillir mon passé dans le calme où il dort, tout agité qu'il fut quand il était à l'état de vie. J'ai pris la plume pour écrire : sur qui et à propos de quoi ? je l'ignore.

En parcourant des regards le journal dans lequel depuis six mois je me rends compte de ce que je fais et de ce qui m'arrive, je vois que la plupart des pages sont datées de la rue d'Enfer[3].

---

1. Le dernier chapitre du livre XXXV est daté « avril 1833 ». Après la rocambolesque arrestation de la duchesse de Berry à Nantes le 8 novembre 1832, Chateaubriand, aussitôt rentré à Paris, avait publié une brochure qui se terminait par cette vibrante proclamation : « Madame, votre fils est mon Roi ! » Cette formule devint très vite le cri de ralliement de la jeunesse légitimiste. Un procès pour délit de presse lui fut alors intenté par le gouvernement, à la suite duquel il fut triomphalement acquitté, le 27 février 1833. **2.** Voir Introduction, p. 17. **3.** Aujourd'hui avenue Denfert-Rochereau. C'est en 1879 que la municipalité de Paris donna à la rue d'Enfer le nom du colonel qui avait dirigé la défense de Belfort lors de la guerre de 1870. Celle-ci aboutissait à la « barrière d'Enfer » que signalent encore les pavillons de Ledoux, au sud de la place Denfert-Rochereau.

Le pavillon que j'habite près de la barrière pouvait monter à une soixantaine de mille francs ; mais, à l'époque de la hausse des terrains, je l'achetai beaucoup plus cher, et je ne l'ai pu jamais payer : il s'agissait de sauver l'Infirmerie de Marie-Thérèse fondée par les soins de madame de Chateaubriand et contiguë au pavillon [1] ; une compagnie d'entrepreneurs se proposait d'établir un café et des *montagnes russes* dans le susdit pavillon, bruit qui ne va guère avec l'agonie.

Ne suis-je pas heureux de mes sacrifices ? sans doute ; on est toujours heureux de secourir les malheureux ; je partagerais volontiers aux nécessiteux le peu que je possède ; mais je ne sais si cette disposition bienfaisante s'élève chez moi jusqu'à la vertu. Je suis bon comme un condamné qui prodigue ce qui ne lui servira plus dans une heure.

Les pendus à Londres vendent leur peau pour boire : je ne vends pas la mienne, je la donne aux fossoyeurs.

Une fois ma maison achetée, ce que j'avais de mieux à faire était de l'habiter ; je l'ai arrangée telle qu'elle est. Des fenêtres du salon on aperçoit d'abord ce que les Anglais appellent *pleasure-ground*, avant-scène formée d'un gazon et de massifs d'arbustes. Au delà de ce pourpris [2], par-dessus un mur d'appui que surmonte une barrière blanche losangée, est un champ variant de cultures et consacré à la nourriture des bestiaux de l'*Infirmerie*. Au delà de ce champ vient un autre terrain séparé du champ par un autre mur d'appui à claire-voie verte, entrelacée de viornes et de rosiers du Bengale ; cette marche de mon État consiste en un bouquet de bois, un préau et une allée de peupliers. Ce

---

1. Au début de la Restauration, Mme de Chateaubriand avait fondé une maison de retraite qui devait accueillir des ecclésiastiques ou des veuves malades ou infirmes. Elle installa en 1819 cette œuvre de charité au 92 de la rue Denfert actuelle. En 1825, son mari acheta au prix fort le terrain contigu où se trouvait une sorte de villa qui leur servira de résidence de 1826 à 1838. Le quartier était alors assez excentrique, mais pas trop éloigné néanmoins du palais du Luxembourg, où siégeait la Chambre des pairs. 2. Dans la langue du XVIᵉ siècle, ce participe substantivé du verbe *pourprendre* signifie : terrain *occupé*, enclos, enceinte ; et même, chez les poètes de la Pléiade : jardin.

recoin est extrêmement solitaire, il ne me rit point comme le recoin d'Horace, *angulus ridet*[1]. Tout au contraire, j'y ai quelquefois pleuré. Le proverbe dit : *Il faut que jeunesse se passe.* L'arrière-saison a aussi quelque frasque à passer :

> Les pleurs et la pitié,
> Sorte d'amour ayant ses charmes[2].
> (LA FONTAINE.)

Mes arbres sont de mille sortes. J'ai planté vingt-trois cèdres de Salomon et deux chênes de druides : ils font les cornes à leur maître de peu de durée, *brevem dominum*[3]. Un mail, double allée de marronniers, conduit du jardin supérieur au jardin inférieur ; le long du champ intermédiaire la déclivité du sol est rapide.

Ces arbres, je ne les ai pas choisis comme à la *Vallée aux Loups* en mémoire des lieux que j'ai parcourus[4] : qui se plaît au souvenir conserve des espérances. Mais lorsqu'on n'a ni enfant, ni jeunesse, ni patrie, quel attachement peut-on porter à des arbres dont les feuilles, les fleurs, les fruits ne sont plus les chiffres mystérieux employés au calcul des époques d'illusion ? En vain on me dit « Vous rajeunissez », croit-on me faire prendre pour ma dent de lait ma dent de sagesse ? encore celle-ci ne m'est venue que pour manger un pain amer sous la royauté du 7 août. Au reste mes arbres ne s'informent guère s'ils servent de calendrier à mes plaisirs ou d'extraits mortuaires à mes ans ; ils croissent chaque jour, du jour que je décrois : ils se marient à ceux de l'enclos des Enfants trouvés[5] et du boulevard d'Enfer qui m'enveloppe. Je n'aperçois pas

1. *Ille terrarum mihi praeter omnis / Angulus ridet*, dit Horace de sa villa de Tibur : « Plus que tous il me sourit, ce coin de la terre. » **2.** Citation de *La Matrone d'Éphèse*, conte de La Fontaine. **3.** Allusion à Horace, *Odes*, II, 14, vers 23-25 : *... neque harum quas colis arborum / Te praeter invisas cupressos / Ulla brevem dominum sequetur.* (« De ces arbres que tu entretiens, à part les détestables cyprès, aucun ne te suivra [dans la tombe], toi, leur maître éphémère. ») **4.** Cf. le « prologue » du livre I, p. 37, auquel ce chapitre fait écho. **5.** Aujourd'hui hôpital Saint-Vincent-de-Paul. Le boulevard d'Enfer est devenu le boulevard Raspail.

une maison ; à deux cents lieues de Paris je serais moins séparé du monde. J'entends bêler les chèvres qui nourrissent les orphelins délaissés. Ah ! si j'avais été comme eux dans les bras de saint Vincent de Paul ! né d'une faiblesse, obscur et inconnu comme eux, je serais aujourd'hui quelque ouvrier sans nom, n'ayant rien à démêler avec les hommes, ne sachant ni pourquoi ni comment j'étais venu à la vie, ni comment ni pourquoi j'en dois sortir.

La démolition d'un mur m'a mis en communication avec l'infirmerie de Marie-Thérèse ; je me trouve à la fois dans un monastère, dans une ferme, un verger et un parc. Le matin je m'éveille au son de l'*Angelus* ; j'entends de mon lit le chant des prêtres dans la chapelle ; je vois de ma fenêtre un calvaire qui s'élève entre un noyer et un sureau ; des vaches, des poules, des pigeons et des abeilles ; des sœurs de charité en robe d'étamine noire et en cornette de basin blanc, des femmes convalescentes, de vieux ecclésiastiques vont errant parmi les lilas, les azalées, les pompadouras et les rhododendrons du jardin, parmi les rosiers, les groseilliers, les framboisiers et les légumes du potager. Quelques-uns de mes curés octogénaires étaient exilés avec moi : après avoir mêlé ma misère à la leur sur les pelouses de Kensington, j'ai offert à leurs derniers pas les gazons de mon hospice ; ils y traînent leur vieillesse religieuse comme les plis du voile du sanctuaire.

J'ai pour compagnon un gros chat gris-roux à bandes noires transversales, né au Vatican dans la loge de Raphaël : Léon XII l'avait élevé dans un pan de sa robe où je l'avais vu avec envie lorsque le pontife me donnait mes audiences d'ambassadeur. Le successeur de saint Pierre étant mort, j'héritai du chat sans maître, comme je l'ai dit en racontant mon ambassade de Rome[1]. On l'appelait *Micetto*, surnommé *le chat du pape*. Il jouit en cette qualité d'une extrême considération auprès des âmes pieuses. Je cherche à lui faire oublier l'exil, la Chapelle Sixtine et le soleil de cette

---

1. Voir p. 308.

coupole de Michel-Ange sur laquelle il se promenait loin de la terre.

Ma maison, les divers bâtiments de l'*Infirmerie* avec leur chapelle et la sacristie gothique, ont l'air d'une colonie ou d'un hameau. Dans les jours de cérémonie, la religion cachée chez moi, la vieille monarchie à mon hôpital, se mettent en marche. Des processions composées de tous nos infirmes, précédés des jeunes filles du voisinage, passent en chantant sous les arbres avec le Saint-Sacrement, la croix et la bannière. Madame de Chateaubriand les suit le chapelet à la main, fière du troupeau objet de sa sollicitude. Les merles sifflent, les fauvettes gazouillent, les rossignols luttent avec les hymnes. Je me reporte aux Rogations dont j'ai décrit la pompe champêtre[1] : de la théorie du christianisme, j'ai passé à la pratique.

Mon gîte fait face à l'occident. Le soir, la cime des arbres éclairés par derrière grave sa silhouette noire et dentelée sur l'horizon d'or. Ma jeunesse revient à cette heure ; elle ressuscite ces jours écoulés que le temps a réduits à l'insubstance[2] des fantômes. Quand les constellations percent leur voûte bleue, je me souviens de ce firmament splendide que j'admirais du giron des forêts américaines, ou du sein de l'Océan. La nuit est plus favorable que le jour aux réminiscences du voyageur ; elle lui cache les paysages qui lui rappelleraient les lieux qu'il habite ; elle ne lui laisse voir que les astres, d'un aspect semblable, sous les différentes latitudes du même hémisphère. Alors il reconnaît ces étoiles qu'il regardait de tel pays, à telle époque ; les pensées qu'il eut, les sentiments qu'il éprouva dans les diverses parties de la terre, remontent et s'attachent au même point du ciel.

[...] Grand nombre de veuves de chevaliers de Saint-Louis sont nos habituées ; elles apportent avec elles la seule chose qui leur reste, les portraits de leurs maris en uniforme de capitaine d'infanterie : habit blanc, revers

---

1. Dans le *Génie du christianisme* (IV, 1, 8).   2. Néologisme : caractère de ce qui est sans substance.

roses ou bleu de ciel, frisure à l'oiseau royal. On les met au grenier. Je ne puis voir leur régiment sans rire : si l'ancienne monarchie eût subsisté, j'augmenterais aujourd'hui le nombre de ces portraits, je ferais dans quelque corridor abandonné la consolation de mes petits neveux. « C'est votre grand oncle François, le capitaine au régiment de Navarre : il avait bien de l'esprit ! Il a fait dans le *Mercure* le logogriphe qui commence par ces mots, *Retranchez ma tête*, et dans l'*Almanach des muses*[1] la pièce fugitive : *Le Cri du cœur*. »

Quand je suis las de mes jardins, la plaine de Montrouge les remplace. J'ai vu changer cette plaine : que n'ai-je pas vu changer ! Il y a vingt-cinq ans qu'en allant à Méréville, au Marais, à la Vallée aux Loups, je passais par la barrière du Maine ; on n'apercevait à droite et à gauche de la chaussée que des moulins, les roues des grues aux trouées des carrières et la pépinière de Cels[2], ancien ami de Rousseau. Desnoyers bâtit ses salons de *cent couverts* pour les soldats de la garde impériale qui venaient trinquer entre chaque bataille gagnée, entre chaque royaume abattu. Quelques guinguettes s'élevèrent autour des moulins, depuis la barrière du Maine jusqu'à la barrière du Mont-Parnasse[3]. Plus haut était le *Moulin janséniste* et la petite maison de Lauzun pour contraste. Auprès des guinguettes furent plantés des acacias, ombrage des pauvres comme l'eau de Seltz est le vin de Champagne des gueux. Un théâtre forain fixa la population nomade des bastringues[4] ; un village se forma avec une rue pavée, des chansonniers et des gendarmes [...].

Pendant que les vivants s'établissaient, les morts réclamaient leur place. On enferma, non sans opposition des ivrognes, un cimetière dans une enceinte où

---

1. C'est bien dans ce recueil poétique annuel que Chateaubriand publia, au mois de décembre 1789, ses premiers vers. **2.** Jacques Cels (1740-1806) avait créé à Montrouge un jardin botanique où il aimait à cultiver des plantes rares, et qu'il transforma par la suite en pépinière. **3.** Sur le tracé du boulevard Edgar-Quinet actuel. **4.** Ce terme familier a commencé par désigner un air de contredanse ; puis, par extension, un bal populaire.

fut enclos un moulin ruiné, comme la tour des *Abois* : c'est là que la mort porte chaque jour le grain qu'elle a recueilli ; un simple mur sépare les danses, la musique, les tapages nocturnes, les bruits d'un moment, les mariages d'une heure du silence sans terme, de la nuit sans fin et des noces éternelles.

Je parcours souvent ce cimetière [1] moins vieux que moi, où les vers qui rongent les morts ne sont pas encore morts ; je lis les épitaphes : que de femmes de seize à trente ans sont devenues la proie de la tombe ! heureuses de n'avoir vécu que leur jeunesse ! La duchesse de Gèvres, dernière goutte du sang de Du Guesclin, squelette d'un autre âge, fait son somme au milieu des dormeurs plébéiens.

[...] Les boulevards qui environnent l'*Infirmerie* partagent mes promenades avec le cimetière ; je n'y rêve plus : n'ayant plus d'avenir, je n'ai plus de songes. Étranger aux générations nouvelles, je leur semble un besacier [2] poudreux, bien nu ; à peine suis-je recouvert maintenant d'un lambeau de jours écourtés que le temps rogne, comme le héraut d'armes coupait la jaquette d'un chevalier sans gloire : je suis aise d'être à l'écart. Il me plaît d'habiter à une portée de fusil de la barrière, au bord d'un grand chemin et toujours prêt à partir. Du pied de la colonne milliaire, je regarde passer le courrier, mon image et celle de la vie.

Lorsque j'étais à Rome, en 1828, j'avais formé le projet de bâtir à Paris, au bout de mon ermitage, une serre et une maison de jardinier ; le tout sur mes économies de mon ambassade et les fragments d'antiquités trouvés dans mes fouilles à *Torre Vergata* [3]. M. de Polignac arriva au ministère ; je fis aux libertés de mon pays le sacrifice d'une

---

1. Devenu le cimetière Montparnasse.　　2. Porteur de besace, mendiant, pauvre hère. C'est le sens que lui donne déjà La Fontaine dans « La Besace » (*Fables*, I, 7) : « Le fabricateur souverain / Nous créa besaciers tous de même manière ».　　3. Sur ces fouilles entreprises par Chateaubriand dans les environs de Rome au cours de son ambassade, voir le chapitre 16 du livre XXIX (édition Berchet, Classiques Garnier, t. III, 1998, p. 268-270).

place qui me charmait ; retombé dans mon indigence, adieu ma serre : *fortuna vitrea est*[1].

La méchante habitude du papier et de l'encre fait qu'on ne peut s'empêcher de griffonner. J'ai pris la plume ignorant ce que j'allais écrire, et j'ai barbouillé cette description trop longue au moins d'un tiers : si j'ai le temps, je l'abrégerai.

Je dois demander pardon à mes amis de l'amertume de quelques-unes de mes pensées. Je ne sais rire que des lèvres ; j'ai le *spleen*, tristesse physique, véritable maladie ; quiconque a lu ces *Mémoires* a vu quel a été mon sort. Je n'étais pas à une nagée[2] du sein de ma mère que déjà les tourments m'avaient assailli. J'ai erré de naufrage en naufrage ; je sens une malédiction sur ma vie, poids trop pesant pour cette cahute de roseaux. Que ceux que j'aime ne se croient donc pas reniés ; qu'ils m'excusent, qu'ils laissent passer ma fièvre : entre ces accès mon cœur est tout à eux.

J'en étais là de ces pages décousues, jetées pêle-mêle sur ma table et emportées par le vent que laissent entrer mes fenêtres ouvertes, lorsqu'on m'a remis la lettre et la note suivantes de madame la duchesse de Berry : allons, rentrons encore une fois dans la seconde partie de ma double vie, la partie positive. [...]

(4)

JOURNAL DE PARIS À PRAGUE DU 14 AU 24 MAI 1833. — DÉPART DE PARIS. — CALÈCHE DE M. DE TALLEYRAND. — BÂLE.

Une lettre pour madame la Dauphine et un billet pour

---

1. Aphorisme du grammairien latin Publius Syrus : *Fortuna vitrea est : tum cum splendet frangitur.* (« La fortune est de verre : c'est quand elle brille qu'elle vole en éclats. »)   2. Espace parcouru en *nageant*, c'est-à-dire en ramant, sur une seule impulsion des rames.

les deux enfants étaient joints à la lettre qui m'était adressée[1].

Il m'était resté de mes grandeurs passées un *coupé* dans lequel je brillais jadis à la cour de George IV, et une calèche de voyage autrefois construite à l'usage du prince de Talleyrand. Je fis radouber celle-ci, afin de la rendre capable de marcher contre nature : car, par son origine et ses habitudes, elle est peu disposée à courir après les rois tombés. Le 14 mai à huit heures et demie du soir, anniversaire de l'assassinat de Henri IV, je partis pour aller trouver Henri V enfant, orphelin et proscrit.

Je n'étais pas sans inquiétude relativement à mon passe-port : pris aux affaires étrangères, il était sans signalement, et il avait onze mois de date ; délivré pour la Suisse et l'Italie, il m'avait déjà servi à sortir de France et à y rentrer ; différents *visa* attestaient ces diverses circonstances. Je n'avais voulu ni le faire renouveler ni en requérir un nouveau. Toutes les polices eussent été averties, tous les télégraphes eussent joué ; j'aurais été fouillé à toutes les douanes dans ma vache[2], dans ma voiture, sur ma personne. Si mes papiers avaient été saisis, que de prétextes de persécution, que de visites domiciliaires, que d'arrestations ! Quelle prolongation de la captivité royale ! car il demeurait prouvé que la princesse avait des moyens secrets de correspondance au dehors. Il m'était donc impossible de signaler mon départ par la demande d'un passe-port ; je me confiai à mon étoile.

Évitant la route trop battue de Francfort et celle de Strasbourg qui passe sous la ligne télégraphique, je pris le chemin de Bâle avec Hyacinthe Pilorge, mon secrétaire, façonné à toutes mes fortunes, et Baptiste, *valet de chambre* lorsque j'étais Monseigneur, et redevenu *valet* tout court à la chute de ma seigneurie : nous mon-

---

1. De la part de la duchesse de Berry pour être portée à Charles X retiré à Prague. Les enfants sont le duc de Bordeaux, que ses partisans reconnaissent comme le roi légitime sous le nom de Henri V ; et sa sœur la princesse Louise.   2. Malle en osier revêtue de cuir qu'on arrimait derrière la voiture.

tons et nous descendons ensemble. Mon cuisinier, le fameux Montmirel, se retira à ma sortie du ministère, me déclarant qu'il ne reviendrait *aux affaires* qu'avec moi. Il avait été sagement décidé, par l'introducteur des ambassadeurs sous la Restauration, que tout ambassadeur mort rentrait dans *la vie privée* ; Baptiste était rentré dans la domesticité.

Arrivé à Altkirch, relais de la frontière, un gendarme se présenta et me demanda mon passe-port. À la vue de mon nom, il me dit qu'il avait fait, sous les ordres de mon neveu Christian, capitaine dans les dragons de la Garde, la campagne d'Espagne en 1823. Entre Altkirch et Saint-Louis, je rencontrai un curé et ses paroissiens ; ils faisaient une procession contre les hannetons, vilaines bêtes fort multipliées depuis les journées de Juillet. À Saint-Louis les préposés des douanes, qui me connaissaient, me laissèrent passer. J'arrivai joyeux à la porte de Bâle [...].

(5)

[...] MOSKIRCH. — ORAGE.

[...] Arrêté pour dîner entre six et sept heures du soir à Moskirch[1], je musais à la fenêtre de mon auberge : des troupeaux buvaient à une fontaine, une génisse sautait et folâtrait comme un chevreuil. Partout où l'on agit doucement envers les animaux, ils sont gais et se plaisent avec l'homme. En Allemagne et en Angleterre on ne frappe point les chevaux, on ne les maltraite pas de paroles ; ils se rangent d'eux-mêmes au timon ; ils partent et s'arrêtent à la moindre émission de la voix, au plus petit mouvement de la bride. De tous les peuples les Français sont les plus inhumains ; voyez nos postillons atteler leurs chevaux ? ils les poussent aux brancards à coups de

---

1. Bourg du pays de Bade, entre le Rhin et le Danube.

bottes dans le flanc, à coups de manche de fouet sur la tête, leur cassant la bouche avec le mors pour les faire reculer, accompagnant le tout de juremens, de cris et d'insultes au pauvre animal. On contraint les bêtes de somme à tirer ou à porter des fardeaux qui surpassent leurs forces, et, pour les obliger d'avancer, on leur coupe le cuir à virevoltes de lanières[1] : la férocité du Gaulois nous est restée ; elle est seulement cachée sous la soie de nos bas et de nos cravates.

Je n'étais pas seul à béer ; les femmes en faisaient autant à toutes les fenêtres de leurs maisons. Je me suis souvent demandé en traversant des hameaux inconnus : « Voudrais-tu demeurer là ? Je me suis toujours répondu : Pourquoi pas ? » [...] Matière de songes est partout ; peines et plaisirs sont de tous lieux : ces femmes de Moskirch qui regardaient le ciel ou mon chariot de poste, qui me regardaient ou ne regardaient rien, n'avaient-elles pas des joies et des chagrins, des intérêts de cœur, de fortune, de famille, comme on en a à Paris ? J'aurais été loin dans l'histoire de mes voisins, si le dîner ne s'était annoncé poétiquement au fracas d'un coup de tonnerre : c'était beaucoup de bruit pour peu de chose. [...]

(9)

ARRIVÉE À WALDMÜNCHEN. — DOUANE AUTRICHIENNE. — L'ENTRÉE EN BOHÊME REFUSÉE. — SÉJOUR À WALDMÜNCHEN. — LETTRE AU COMTE DE CHOTECK. — INQUIÉTUDES. — LE VIATIQUE.

21 mai.

Waldmünchen, où j'arrivai le mardi matin 21 mai, est le dernier village de Bavière de ce côté de la Bohême. Je me félicitais d'être à même de remplir promptement ma

---

1. À coups de fouet.

mission ; je n'étais plus qu'à cinquante lieues de Prague. Je me plonge dans l'eau glacée, je fais ma toilette à une fontaine, comme un ambassadeur qui se prépare à une entrée triomphale ; je pars et, à une demi-lieue de Wald-münchen, j'aborde plein d'assurance la douane autrichienne. Une barrière abaissée fermait le chemin ; je descends avec Hyacinthe [1] dont le ruban rouge flamboyait. Un jeune douanier, armé d'un fusil, nous conduit au rez-de-chaussée d'une maison, dans une salle voûtée. Là, était assis à son bureau, comme à un tribunal, un gros et vieux chef de douaniers allemands ; cheveux roux, moustaches rousses, sourcils épais descendant en biais sur deux yeux verdâtres à moitié ouverts, l'air méchant ; mélange de l'espion de police de Vienne et du contrebandier de Bohême.

Il prend nos passe-ports sans dire mot ; le jeune douanier m'approche timidement une chaise, tandis que le chef, devant lequel il a l'air de trembler, examine les passe-ports. Je ne m'assieds pas et je vais regarder des pistolets accrochés au mur et une carabine placée dans l'angle de la salle ; elle me rappela le fusil avec lequel l'aga de l'isthme de Corinthe tira sur le paysan grec [2]. Après cinq minutes de silence, l'Autrichien aboie deux ou trois mots que mon Bâlois traduisit ainsi : « Vous ne passerez pas. » Comment, je ne passerai pas, et pourquoi ?

L'explication commence :

« Votre signalement n'est pas sur le passe-port. — Mon passe-port est un passe-port des affaires étrangères. — Votre passe-port est vieux. — Il n'a pas un an de date ; il est légalement valide. — Il n'est pas visé à l'ambassade d'Autriche à Paris. — Vous vous trompez, il l'est. — Il n'a pas le timbre sec. — Oubli de l'ambassade ; vous voyez d'ailleurs les *visa* des autres légations étrangères. Je viens de traverser le canton de Bâle, le grand-duché de Bade, le royaume de Wurtemberg, la

---

1. Hyacinthe Pilorge, le secrétaire de Chateaubriand, était chevalier de la Légion d'honneur. **2.** Voir *Itinéraire de Paris à Jérusalem*, Garnier-Flammarion, p. 119.

Bavière entière, on ne m'a pas fait la moindre difficulté. Sur la simple déclaration de mon nom, on n'a pas même déployé mon passe-port. — Avez-vous un caractère public ? — J'ai été ministre en France, ambassadeur de Sa Majesté très-chrétienne à Berlin, à Londres et à Rome. Je suis connu personnellement de votre souverain et du prince de Metternich. — Vous ne passerez pas. — Voulez-vous que je dépose un cautionnement ? Voulez-vous me donner une garde qui répondra de moi ? — Vous ne passerez pas. — Si j'envoie une estafette au gouvernement de Bohême ? — Comme vous voudrez. »

La patience me manqua ; je commençai à envoyer le douanier à tous les diables. Ambassadeur d'un roi sur le trône, peu m'eût importé quelques heures perdues ; mais, ambassadeur d'une princesse dans les fers, je me croyais infidèle au malheur, traître envers ma souveraine captive.

L'homme écrivait : le Bâlois ne traduisait pas mon monologue, mais il y a des mots français que nos soldats ont enseignés à l'Autriche et qu'elle n'a pas oubliés. Je dis à l'interprète : « Explique-lui que je me rends à Prague pour offrir mon dévouement au roi de France. » Le douanier, sans interrompre ses écritures, répondit : « Charles X n'est pas pour l'Autriche le roi de France. » Je répliquai : « Il l'est pour moi. » Ces mots rendus au cerbère parurent lui faire quelque effet ; il me regarda de côté et en dessous. Je crus que sa longue annotation serait en dernier résultat un visa favorable. Il barbouille encore quelque chose sur le passe-port d'Hyacinthe, et rend le tout à l'interprète. Il se trouva que le *visa* était une explication des motifs qui ne lui permettaient pas de me laisser continuer ma route, de sorte que non-seulement il m'était impossible d'aller à Prague, mais que mon passe-port était frappé de faux pour les autres lieux où je me pourrais présenter. Je remontai en calèche, et je dis au postillon : « À Waldmünchen. »

Mon retour ne surprit point le maître de l'auberge. Il parlait un peu français, il me raconta que pareille chose était déjà arrivée ; des étrangers avaient été obligés de s'arrêter à Waldmünchen et d'envoyer leurs passe-ports à Munich au *visa* de la légation autrichienne. Mon hôte, très-brave homme, directeur de la poste aux lettres, se chargea de transmettre au grand bourgrave [1] de Bohême la lettre dont suit la copie :

« Waldmünchen, 21 mai 1833.

« Monsieur le gouverneur,

« Ayant l'honneur d'être connu personnellement de S. M. l'empereur d'Autriche et de M. le prince de Metternich, j'avais cru pouvoir voyager dans les États autrichiens avec un passe-port qui, n'ayant pas une année de date, était encore légalement valide et lequel avait été visé par l'ambassadeur d'Autriche à Paris pour la Suisse et l'Italie. En effet, monsieur le comte, j'ai traversé l'Allemagne et mon nom a suffi pour qu'on me laissât passer. Ce matin seulement, M. le chef de la douane autrichienne de Haselbach ne s'est pas cru autorisé à la même obligeance et cela par les motifs énoncés dans son *visa* sur mon passe-port ci-joint, et sur celui de M. Pilorge, mon secrétaire. Il m'a forcé, à mon grand regret, de rétrograder jusqu'à Waldmünchen où j'attends vos ordres. J'ose espérer, monsieur le comte, que vous voudrez bien lever la petite difficulté qui m'arrête, en m'envoyant, par l'estafette que j'ai l'honneur de vous expédier, le permis nécessaire pour me rendre à Prague et de là à Vienne.

« Je suis avec une haute considération, monsieur le gouverneur, votre très humble et très obéissant serviteur,

CHATEAUBRIAND.

« Pardonnez, monsieur le comte, la liberté que je prends de joindre un billet ouvert pour M. le duc de Blacas [2]. »

Un peu d'orgueil perce dans cette lettre : j'étais blessé ; j'étais aussi humilié que Cicéron, lorsque, revenant en triomphe de son gouvernement d'Asie,

---

1. Le gouverneur, le comte de Chotek.   2. Voir la n. 1, p. 401.

ses amis lui demandèrent s'il arrivait de Baïes ou de sa maison de Tusculum[1]. Comment ! mon nom, qui volait d'un pôle à l'autre, n'était pas venu aux oreilles d'un douanier dans les montagnes d'Haselbach ! chose d'autant plus cruelle qu'on a vu mes succès à Bâle. En Bavière, j'avais été salué de *Monseigneur* ou d'Excellence ; un officier bavarois, à Waldmünchen, disait hautement dans l'auberge que mon nom n'avait pas besoin du *visa* d'un ambassadeur d'Autriche. Ces consolations étaient grandes, j'en conviens ; mais enfin une triste vérité demeurait : c'est qu'il existait sur la terre un homme qui n'avait jamais entendu parler de moi.

Qui sait pourtant si le douanier d'Haselbach ne me connaissait pas un peu ! Les polices de tous les pays sont si tendrement ensemble ! Un politique qui n'approuve ni n'admire les traités de Vienne, un Français qui aime l'honneur et la liberté de la France, qui reste fidèle à la puissance tombée, pourrait bien être à l'index à Vienne. Quelle noble vengeance d'en agir avec M. de Chateaubriand comme avec un de ces commis-voyageurs si suspects aux espions ! Quelle douce satisfaction de traiter comme un vagabond dont les papiers ne sont pas en règle un envoyé chargé de porter traîtreusement à un enfant banni les adieux de sa mère captive !

L'estafette partit de Waldmünchen le 21, à onze heures du matin ; je calculais qu'elle pourrait être de retour le surlendemain 23, de midi à quatre heures ; mais mon imagination travaillait : Qu'allait devenir mon message ? Si le gouverneur est un homme ferme et qui sache vivre, il m'enverra le permis ; si c'est un homme timide et sans esprit, il me répondra que ma demande n'étant pas dans ses attributions, il s'est empressé d'en référer à Vienne. Ce petit incident peut plaire et déplaire tout à la fois au prince de Metternich.

---

1. Allusion à une anecdote que rapporte Cicéron dans le *Pro Plancio* (XXVI), et que le mémorialiste cite de mémoire. C'est en réalité au retour de sa questure en Sicile que Cicéron, faisant halte à Pouzzoles, fut obligé de constater qu'il était inconnu de ses compatriotes.

Je sais combien il craint les journaux ; je l'ai vu à Vérone quitter les affaires les plus importantes, s'enfermer tout éperdu avec M. de Gentz[1], pour brocher un article en réponse au *Constitutionnel* et aux *Débats*. Combien s'écoulera-t-il de jours avant la transmission des ordres du ministre impérial ?

D'un autre côté, M. de Blacas sera-t-il bien aise de me voir à Prague ? M. de Damas ne croira-t-il pas que je viens le détrôner ? M. le cardinal de Latil n'aura-t-il aucun souci ? Le triumvirat[2] ne profitera-t-il pas de la malencontre pour me faire fermer les portes au lieu de me les faire ouvrir ? Rien de plus aisé : un mot dit à l'oreille du gouverneur, mot que j'ignorerai toute ma vie. Dans quelle inquiétude seront mes amis à Paris ? quand l'aventure s'ébruitera, que n'en feront point les gazettes ? que d'extravagances ne débiteront-elles pas ?

Et si le grand bourgrave ne juge pas à propos de me répondre ? s'il est absent ? si personne n'ose le remplacer ? que deviendrai-je sans passe-port ? où pourrai-je me faire reconnaître ? à Munich ? à Vienne ? quel maître de poste me donnera des chevaux ? Je serai de fait prisonnier dans Waldmünchen.

Voilà les dragons[3] qui me traversaient la cervelle ; je songeais de plus à mon éloignement de ce qui m'était cher : j'ai trop peu de temps à vivre pour perdre ce peu. Horace a dit : « *Carpe diem*, cueillez le jour. » Conseil du plaisir à vingt ans, de la raison à mon âge.

Fatigué de *ruminer tous les cas dans ma tête*[4], j'entendis le bruit d'une foule au dehors ; mon auberge était sur la place du village. Je regardais par la fenêtre un prêtre portant les derniers sacrements à un mourant. Qu'importait à ce mourant les affaires des Rois, de leurs serviteurs et du monde ? Chacun quittait son ouvrage et se mettait à suivre le prêtre ; jeunes femmes, vieilles femmes,

---

1. Le conseiller aulique Frédéric de Gentz (1764-1832), publiciste et diplomate prussien, était devenu après le congrès de Vienne le collaborateur attitré de Metternich. **2.** Nom donné par dérision à ces trois hommes qui exerçaient ensemble une influence prépondérante sur Charles X et son entourage. **3.** Au figuré : soucis, angoisses. **4.** Comme le bœuf de « L'homme et la couleuvre » (*Fables*, X, 1, vers 52).

enfants, mères avec leurs nourrissons dans leurs bras, répétaient la prière des agonisants. Arrivé à la porte du malade, le curé donna la bénédiction avec le saint viatique. Les assistants se mirent à genoux en faisant le signe de la croix et baissant la tête. Le passe-port pour l'éternité ne sera point méconnu de celui qui distribue le pain et ouvre l'hôtellerie au voyageur.

(11)

[...] MA CHAMBRE D'AUBERGE.
— DESCRIPTION DE WALDMÜNCHEN.

[...] Rentré à l'auberge, je me suis jeté sur deux chaises dans l'espoir de dormir, mais en vain ; le mouvement de mon imagination était plus fort que ma lassitude. Je rabâchais sans cesse mon estafette : le dîner n'a rien fait à l'affaire. Je me suis couché au milieu de la rumeur des troupeaux qui rentraient des champs. À dix heures, un autre bruit ; le watchman a chanté l'heure ; cinquante chiens ont aboyé, après quoi ils sont allés au chenil comme si le watchman leur eût donné l'ordre de se taire : j'ai reconnu la discipline allemande.

La civilisation a marché en Germanie depuis mon voyage à Berlin : les lits sont maintenant presque assez longs pour un homme de taille ordinaire ; mais le drap de dessus est toujours cousu à la couverture, et le drap de dessous, trop étroit, finit par se tordre et se recoquiller [1] de manière à vous être très-incommode ; et puisque je suis dans le pays d'Auguste Lafontaine [2], j'imiterai son génie ; je veux instruire la dernière postérité de ce qui existait de mon temps dans la chambre de mon

---

1. Se rouler en coquille (archaïsme).   2. Le romancier Auguste Lafontaine (1759-1831), descendant de réfugiés français et pasteur à Halle, fut un écrivain très prolifique. La minutie de ses descriptions va de pair, dans son œuvre, avec une constante niaiserie sentimentale ; mais son style agréable lui valut un assez grand succès en France sous la Restauration.

auberge à Waldmünchen. Sachez donc, arrière-neveux, que cette chambre était une chambre à l'italienne, murs nus, badigeonnés en blanc, sans boiseries ni tapisserie aucune, large plinthe ou bandeau coloré au bas, plafond avec un cercle à trois filets, corniche peinte en rosaces bleues avec une guirlande de feuilles de laurier chocolat, et au-dessous de la corniche, sur le mur, des rinceaux à dessins rouges sur un fond vert américain. Çà et là, de petites gravures françaises et anglaises encadrées. Deux fenêtres avec rideaux de coton blanc. Entre les fenêtres un miroir. Au milieu de la chambre une table de douze couverts au moins, garnie de sa toile cirée à fond olive, imprimé de roses et de fleurs diverses. Six chaises avec leurs coussins recouverts d'une toile rouge à carreaux écossais. Une commode, trois couchettes autour de la chambre ; dans un angle, auprès de la porte, un poële de faïence vernissée noir, et dont les faces présentent en relief les armes de Bavière ; il est surmonté d'un récipient en forme de couronne gothique. La porte est munie d'une machine de fer compliquée, capable de clore les huis d'une geôle et de déjouer les rossignols des amants et des voleurs. Je signale aux voyageurs l'excellente chambre où j'écris cet inventaire qui joute avec celui de *l'Avare*[1] ; je la recommande aux légitimistes futurs qui pourraient être arrêtés par les héritiers du bouquetin roux de Haselbach. Cette page de mes *Mémoires* fera plaisir à l'école littéraire moderne.

Après avoir compté, à la lueur de ma veilleuse, les astragales[2] du plafond, regardé les gravures de la *jeune Milanaise*, de la *belle Helvétienne*, de la *jeune Française*, de la *jeune Russe*, du feu Roi de Bavière, de la feue Reine de Bavière, qui ressemble à une dame que je connais et dont il m'est impossible de me rappeler le nom, j'attrapai quelques minutes de sommeil.

Délité[3] le 22 à sept heures, un bain emporta le reste

---

1. Allusion à la burlesque énumération par La Flèche des « hardes, nippes, bijoux » dont Harpagon veut constituer le prêt de mille écus qu'il destine, sans le savoir, à son propre fils. Cf. pp. 309-310 et la note correspondante.   **2.** Moulures décoratives.   **3.** Néologisme créé à partir de alité : levé, sorti du lit.

de ma fatigue, et je ne fus plus occupé que de ma bourgade, comme le capitaine Cook d'un îlot découvert par lui dans l'océan Pacifique.

Waldmünchen est bâti sur la pente d'une colline ; il ressemble assez à un village délabré de l'État romain. Quelques devants de maison peints à fresque, une porte voûtée à l'entrée et à la sortie de la principale rue, point de boutiques ostensibles, une fontaine à sec sur la place. Pavé épouvantable mêlé de grandes dalles et de petits cailloux, tels qu'on n'en voit plus que dans *les environs de Quimper-Corentin* [1].

Le peuple, dont l'apparence est rustique, n'a point de costume particulier. Les femmes vont la tête nue ou enveloppée d'un mouchoir à la guise des laitières de Paris ; leurs jupons sont courts ; elles marchent jambes et pieds nus de même que les enfants. Les hommes sont habillés, partie comme les gens du peuple de nos villes, partie comme nos anciens paysans. Dieu soit loué ! ils n'ont que des chapeaux, et les infâmes bonnets de coton de nos bourgeois leur sont inconnus.

Tous les jours il y a, *ut mos* [2], spectacle à Waldmünchen, et j'y assistais à la première place. À six heures du matin, un vieux berger, grand et maigre, parcourt le village à différentes stations ; il sonne d'une trompe droite, longue de six pieds, qu'on prendrait de loin pour un porte-voix ou une houlette. Il en tire d'abord trois sons métalliques assez harmonieux, puis il fait entendre l'air précipité d'une espèce de galop ou de ranz des vaches [3], imitant des mugissements de bœufs et des rires de pourceaux. La fanfare finit par une note soutenue et montante en fausset.

Soudain débouchent de toutes les portes des vaches, des génisses, des veaux, des taureaux ; ils envahissent en beuglant la place du village ; ils montent ou descendent de toutes les rues circonvoisines, et, s'étant formés en colonne, ils prennent le chemin accoutumé

1. Réminiscence approximative du « Charretier embourbé » de La Fontaine (*Fables*, VI, 18, vers 6).   **2.** « Selon la coutume ».   **3.** Mélodie populaire suisse.

pour aller paître. Suit en caracolant l'escadron des porcs qui ressemblent à des sangliers et qui grognent. Les moutons et les agneaux placés à la queue font en bêlant la troisième partie du concert ; les oies composent la réserve : en un quart d'heure tout a disparu.

Le soir, à sept heures, on entend de nouveau la trompe ; c'est la rentrée des troupeaux. L'ordre de la troupe est changé : les porcs font l'avant-garde, toujours avec la même musique ; quelques-uns, détachés en éclaireurs, courent au hasard ou s'arrêtent à tous les coins. Les moutons défilent ; les vaches, avec leurs fils, leurs filles et leurs maris, ferment la marche ; les oies dandinent sur les flancs. Tous ces animaux regagnent leurs toits, aucun ne se trompe de porte ; mais il y a des cosaques qui vont à la maraude, des étourdis qui jouent et ne veulent pas rentrer, de jeunes taureaux qui s'obstinent à rester avec une compagne qui n'est pas de leur crèche. Alors viennent les femmes et les enfants avec leurs petites gaules ; ils obligent les traînards à rejoindre le corps, et les réfractaires à se soumettre à la règle. Je me réjouissais de ce spectacle, comme jadis Henri IV à Chauny s'amusait du vacher nommé *Tout-le-Monde* qui rassemblait ses troupeaux au son de la trompette.

Il y a bien des années qu'étant au château de Fervaques, en Normandie, chez madame de Custine, j'occupais la chambre de ce Henri IV ; mon lit était énorme : le Béarnais y avait dormi avec quelque Florette ; j'y gagnai le royalisme, car je ne l'avais pas naturellement. Des fossés remplis d'eau environnent le château. La vue de ma fenêtre s'étendait sur des prairies que borde la petite rivière de Fervaques. Dans ces prairies j'aperçus un matin une élégante truie d'une blancheur extraordinaire ; elle avait l'air d'être la mère du prince Marcassin. Elle était couchée au pied d'un saule sur l'herbe fraîche, dans la rosée : un jeune verrat cueillit un peu de mousse fine et dentelée avec ses défenses d'ivoire, et la vint déposer sur la dormeuse ; il renouvela cette opération tant de fois que la blanche laie finit par être entièrement cachée : on ne voyait plus que des pattes noires sortir du duvet de verdure dans lequel elle était ensevelie.

Ceci soit dit à la gloire d'une bête mal famée dont je rougirais d'avoir parlé trop longtemps, si Homère ne l'avait chantée. Je m'aperçois en effet que cette partie de mes *Mémoires* n'est rien moins qu'une odyssée : Waldmünchen est Ithaque ; le berger est le fidèle Eumée avec ses porcs ; je suis le fils de Laërte [1], revenu après avoir parcouru la terre et les mers. J'aurais peut-être mieux fait de m'enivrer du nectar d'Évanthée, de manger la fleur de la plante moly, de m'alanguir au pays des Lotophages, de rester chez Circé ou d'obéir au chant des Sirènes qui me disaient : « Approche, viens à nous. » [2]

Si j'avais vingt ans, je chercherais quelques aventures dans Waldmünchen comme moyen d'abréger les heures ; mais à mon âge on n'a plus d'échelle de soie qu'en souvenir, et l'on n'escalade les murs qu'avec les ombres. Jadis j'étais fort lié avec mon corps ; je lui conseillais de vivre sagement, afin de se montrer tout gaillard et tout ravigoté dans une quarantaine d'années. Il se moquait des serments de mon âme, s'obstinait à se divertir et n'aurait pas donné deux patards [3] pour être un jour ce qu'on appelle *un homme bien conservé* : « Au diable ! disait-il ; que gagnerais-je à lésiner sur mon printemps pour goûter les joies de la vie quand personne ne voudra plus les partager avec moi ? » Et il se donnait du bonheur par-dessus la tête. [...]

(12)

[...] ENTRÉE EN BOHÊME. [...]

[...] Au sortir de la Bavière, de ce côté, une noire et vaste forêt de sapins sert de portique à la Bohême. Des vapeurs erraient dans les vallées, le jour défaillait, et

---

1. C'est-à-dire Ulysse, qui retrouve à Ithaque Eumée, le fidèle porcher (*Odyssée*, chant XIV). 2. Suite de références homériques : *Odyssée*, chants IX et X. 3. Ancienne petite monnaie du pape en Avignon. Entré dans le langage familier pour désigner une somme infime (un sou).

le ciel, à l'ouest, était couleur de fleurs de pêcher ; les horizons baissaient presque à toucher la terre. La lumière manque à cette latitude, et avec la lumière la vie ; tout est éteint, hyémal[1], blémissant ; l'hiver semble charger l'été de lui garder le givre jusqu'à son prochain retour. Un petit morceau de la lune qui entre-luisait me fit plaisir ; tout n'était pas perdu, puisque je trouvais une figure de connaissance. Elle avait l'air de me dire : « Comment ! te voilà ? te souvient-il que je t'ai vu dans d'autres forêts ? te souviens-tu des tendresses que tu me disais quand tu étais jeune ? vraiment, tu ne parlais pas trop mal de moi. D'où vient maintenant ton silence ? Où vas-tu seul et si tard ? Tu ne cesses donc de recommencer ta carrière ? »

Ô lune ! vous avez raison ; mais si je parlais bien de vos charmes, vous savez les services que vous me rendiez ; vous éclairiez mes pas alors que je me promenais avec mon fantôme d'amour ; aujourd'hui ma tête est argentée à l'instar de votre visage, et vous vous étonnez de me trouver solitaire ! et vous me dédaignez ! J'ai pourtant passé des nuits entières enveloppé dans vos voiles ; osez-vous nier nos rendez-vous parmi les gazons et le long de la mer ? Que de fois vous avez regardé mes yeux passionnément attachés sur les vôtres ! Astre ingrat et moqueur, vous me demandez où je vais si tard : il est dur de me reprocher la continuation de mes voyages. Ah ! si je marche autant que vous, je ne rajeunis pas à votre exemple, vous qui rentrez chaque mois sous le cercle brillant de votre berceau ! Je ne compte pas des lunes nouvelles, mon décompte n'a d'autre terme que ma complète disparition, et, quand je m'éteindrai, je ne rallumerai pas mon flambeau comme vous rallumez le vôtre !

Je cheminai toute la nuit ; je traversai Teinitz, Stankau, Staab. Le 25 au matin je passai à Pilsen, *à la belle caserne*, style homérique. La ville est empreinte de cet air de tristesse qui règne dans ce pays. À Pilsen, Wal-

---

1. Voir la n. 3, p. 129.

lenstein [1] espéra saisir un sceptre : j'étais aussi en quête d'une couronne, mais non pour moi.

La campagne est coupée et hachée de hauteurs, dites montagnes de Bohême ; mamelons dont le bout est marqué par des pins, et le galbe dessiné par la verdure des moissons.

Les villages sont rares. Quelques forteresses affamées de prisonniers se juchent sur des rocs comme de vieux vautours. De Zditz à Beraun, les monts à droite deviennent chauves. On passe un village, les chemins sont spacieux, les postes bien montées ; tout annonce une monarchie qui imite l'ancienne France.

[...] Bientôt descendant vers un tertre opposé, à la cime duquel s'élève une croix, on découvre Prague aux deux bords de la Moldau. C'est dans cette ville que les fils aînés de saint Louis achèvent une vie d'exil, que l'héritier de leur race commence une vie de proscription, tandis que sa mère languit dans une forteresse sur le sol d'où il est chassé. Français ! la fille de Louis XVI et de Marie-Antoinette, celle à qui vos pères ouvrirent les portes du Temple, vous l'avez envoyée à Prague ; vous n'avez pas voulu garder parmi vous ce monument unique de grandeur et de vertu ! Ô mon vieux Roi, vous que je me plais, parce que vous êtes tombé, à appeler mon maître ! Ô jeune enfant, que j'ai le premier proclamé Roi, que vais-je vous dire ? comment oserai-je me présenter devant vous, moi qui ne suis point banni, moi libre de retourner en France, libre de rendre mon dernier soupir à l'air qui enflamma ma poitrine lorsque je respirai pour la première fois, moi dont les os peuvent reposer dans ma terre natale ! Captive de Blaye, je vais voir votre fils !

---

1. Wallenstein (1583-1634), le héros de la guerre de Trente Ans, dont le destin tragique a inspiré à Schiller une célèbre trilogie (1798), que Benjamin Constant avait adaptée pour la scène française en 1809.

LIVRE TRENTE-SEPTIÈME

(1)

CHÂTEAU DES ROIS DE BOHÊME.
— PREMIÈRE ENTREVUE AVEC CHARLES X.

Entré à Prague, le 24 mai, à sept heures du soir, je descendis à l'hôtel des Bains, dans la vieille ville bâtie sur la rive gauche de la Moldau. J'écrivis un billet à M. le duc de Blacas [1] pour l'avertir de mon arrivée ; je reçus la réponse suivante :

« Si vous n'êtes pas trop fatigué, monsieur le vicomte, le Roi sera charmé de vous recevoir dès ce soir, à neuf heures trois quarts : mais si vous désirez vous reposer, ce serait avec grand plaisir que Sa Majesté vous verrait demain matin à onze heures et demie.

« Agréez, je vous prie, mes compliments les plus empressés.

« Ce vendredi 24 mai, à 7 heures.

« BLACAS D'AULPS. »

Je ne crus pas pouvoir profiter de l'alternative qu'on me laissait : à neuf heures et demie du soir, je me mis

---

1. Casimir de Blacas (1770-1839), après avoir été le compagnon du futur Louis XVIII dans son exil, bénéficia dès 1814 de la faveur royale. Ministre de la Maison du roi, pair de France en 1815, il négocia un an plus tard le mariage du duc de Berry avec la princesse Marie-Caroline de Bourbon-Sicile. Ambassadeur à Rome de 1816 à 1822, puis à Naples de 1824 à 1829, le comte de Blacas avait reçu le titre de duc en 1821. Il avait suivi la famille royale à Prague où il faisait office, auprès de Charles X, de premier gentilhomme de la Chambre et de Premier ministre.

en marche ; un homme de l'auberge, sachant quelques mots de français, me conduisit. Je gravis des rues silencieuses, sombres, sans réverbères, jusqu'au pied de la haute colline que couronne l'immense château des rois de Bohême[1]. L'édifice dessinait sa masse noire sur le ciel : aucune lumière ne sortait de ses fenêtres : il y avait là quelque chose de la solitude, du site et de la grandeur du Vatican, ou du temple de Jérusalem vu de la vallée de Josaphat. On n'entendait que le retentissement de mes pas et de ceux de mon guide ; j'étais obligé de m'arrêter par intervalles sur les plates-formes des pavés échelonnés, tant la pente était rapide.

À mesure que je montais, je découvrais la ville au-dessous. Les enchaînements de l'histoire, le sort des hommes, la destruction des empires, les desseins de la Providence, se présentaient à ma mémoire en s'identifiant aux souvenirs de ma propre destinée : après avoir exploré des ruines mortes, j'étais appelé au spectacle des ruines vivantes.

Parvenu au plateau sur lequel est bâti Hradschin, nous traversâmes un poste d'infanterie dont le corps de garde avoisinait le guichet extérieur. Nous pénétrâmes par ce guichet dans une cour carrée, environnée de bâtiments uniformes et déserts. Nous enfilâmes à droite, au rez-de-chaussée, un long corridor qu'éclairaient de loin en loin des lanternes de verre accrochées aux parois du mur, comme dans une caserne ou dans un couvent. Au bout de ce corridor s'ouvrait un escalier, au pied duquel se promenaient deux sentinelles. Comme je montais le second étage, je rencontrai M. de Blacas qui descendait. J'entrai avec lui dans les appartements de Charles X ; là étaient encore deux grenadiers en faction. Cette garde étrangère, ces habits blancs à la porte du roi de France, me faisaient une

---

1. Lorsque Charles X et sa famille étaient arrivés à Prague le 25 octobre 1832, François Ier avait mis à leur disposition le deuxième étage du Hradschin. Les exilés y vécurent jusqu'au mois de mai 1836, selon un cérémonial inspiré de celui des Tuileries.

impression pénible : l'idée d'une prison plutôt que d'un palais me vint.

Nous passâmes trois salles anuitées [1] et presque sans meubles : je croyais errer encore dans le terrible monastère de l'Escurial. M. de Blacas me laissa dans la troisième salle pour aller avertir le Roi, avec la même étiquette qu'aux Tuileries. Il revint me chercher, m'introduisit dans le cabinet de Sa Majesté, et se retira.

Charles X s'approcha de moi, me tendit la main avec cordialité en me disant : « Bonjour, bonjour, monsieur de Chateaubriand, je suis charmé de vous voir. Je vous attendais. Vous n'auriez pas dû venir ce soir, car vous devez être bien fatigué. Ne restez pas debout ; asseyons-nous. Comment se porte votre femme ? »

Rien ne brise le cœur comme la simplicité des paroles dans les hautes positions de la société et les grandes catastrophes de la vie. Je me mis à pleurer comme un enfant ; j'avais peine à étouffer avec mon mouchoir le bruit de mes larmes. Toutes les choses hardies que je m'étais promis de dire, toute la vaine et impitoyable philosophie dont je comptais armer mes discours, me manqua. Moi, devenir le pédagogue du malheur ! Moi, oser en remontrer à mon Roi, à mon Roi en cheveux blancs, à mon Roi proscrit, exilé, prêt à déposer sa dépouille mortelle dans la terre étrangère ! Mon vieux Prince me prit de nouveau par la main en voyant le trouble de cet *impitoyable ennemi*, de ce *dur opposant* des ordonnances de Juillet. Ses yeux étaient humides ; il me fit asseoir à côté d'une petite table de bois, sur laquelle il y avait deux bougies ; il s'assit auprès de la même table, penchant vers moi sa bonne oreille pour mieux m'entendre, m'avertissant ainsi de ses années qui venaient mêler leurs infirmités communes aux calamités extraordinaires de sa vie.

Il m'était impossible de retrouver la voix, en regardant dans la demeure des empereurs d'Autriche le soixante-huitième roi de France courbé sous le poids de ces règnes et de soixante-seize années : de ces

---

1. Obscures, envahies par la nuit.

années, vingt-quatre s'étaient écoulées dans l'exil, cinq sur un trône chancelant ; le monarque achevait ses derniers jours dans un dernier exil, avec le petit-fils dont le père avait été assassiné et de qui la mère était captive. Charles X, pour rompre ce silence, m'adressa quelques questions. Alors j'expliquai brièvement l'objet de mon voyage : je me dis porteur d'une lettre de madame la duchesse de Berry, adressée à madame la Dauphine, dans laquelle la prisonnière de Blaye confiait le soin de ses enfants à la prisonnière du Temple, comme ayant la pratique du malheur. J'ajoutai que j'avais aussi une lettre pour les enfants. Le Roi me répondit : « Ne la leur remettez pas ; ils ignorent en partie ce qui est arrivé à leur mère ; vous me donnerez cette lettre. Au surplus nous parlerons de tout cela demain à deux heures : allez vous coucher. Vous verrez mon fils et les enfants à onze heures et vous dînerez avec nous. » Le Roi se leva, me souhaita une bonne nuit et se retira.

Je sortis ; je rejoignis M. de Blacas dans le salon d'entrée ; le guide m'attendait sur l'escalier. Je retournais à mon auberge, descendant les rues sur les pavés glissants, avec autant de rapidité que j'avais mis de lenteur à les monter.

(13)

Prague et route, 29 et 30 mai 1833.

CE QUE JE LAISSE À PRAGUE.

J'étais entré à Prague avec de grandes appréhensions. Je m'étais dit : Pour nous perdre il suffit souvent à Dieu de nous remettre entre les mains nos destinées ; Dieu fait des miracles en faveur des hommes, mais il leur en abandonne la conduite, sans quoi ce serait lui qui gouvernerait en personne : or les hommes font avorter les fruits de ces miracles. Le crime n'est pas toujours puni dans ce monde ; les fautes le sont toujours. Le crime est de la nature infinie et générale de l'homme ; le ciel seul en connaît le fond et s'en réserve quelquefois le châtiment. Les fautes d'une nature bornée et accidentelle sont de la compétence de la justice étroite de la terre : c'est pourquoi il serait possible que les dernières fautes de la monarchie fussent rigoureusement punies par les hommes.

Je m'étais dit encore : On a vu des familles royales tomber dans d'irréparables erreurs, en s'infatuant d'une fausse idée de leur nature : tantôt elles se regardent comme des familles divines et exceptionnelles ; tantôt comme des familles mortelles et privées ; selon l'occurrence, elles se mettent au-dessus de la loi commune ou dans les limites de cette loi. Violent-elles les constitutions politiques ? elles s'écrient qu'elles en ont le droit, qu'elles sont la source de la loi, qu'elles ne peuvent être jugées par les règles ordinaires. Veulent-elles faire une faute domestique, donner par exemple une éducation dangereuse à l'héritier du trône ? elles répondent aux réclamations : « Un particulier peut agir envers ses enfants comme il lui plaît, et nous ne le pourrions pas ! »

Eh non, vous ne le pouvez pas : vous n'êtes ni une famille *divine*, ni une famille *privée* ; vous êtes une famille *publique* ; vous appartenez à la société. Les erreurs de la royauté n'attaquent pas la royauté seule ; elles sont dommageables à la nation entière : un Roi bronche et s'en va ; mais la nation s'en va-t-elle ? Ne ressent-elle aucun mal ? ceux qui sont demeurés attachés à la royauté absente, victimes de leur honneur, ne sont-ils ni interrompus dans leur carrière, ni poursuivis dans leurs proches, ni entravés dans leur liberté, ni menacés dans leur vie ? Encore une fois la royauté n'est point une propriété privée, c'est un bien commun, indivis, et des tiers sont engagés dans la fortune du trône. Je craignais que, dans les troubles inséparables du malheur, la royauté n'eût point aperçu ces vérités et n'eût rien fait pour y revenir en temps utile.

D'un autre côté, tout en reconnaissant les avantages immenses de la loi salique, je ne me dissimulais pas que la durée de race a quelques graves inconvénients pour les peuples et pour les rois : pour les peuples, parce qu'elle mêle trop leur destinée avec celle des rois ; pour les rois, parce que le pouvoir permanent les enivre ; ils perdent les notions de la terre ; tout ce qui n'est pas à leurs autels, prières prosternées, humbles vœux, abaissements profonds, est impiété. Le malheur ne leur apprend rien ; l'adversité n'est qu'une plébéienne grossière qui leur manque de respect, et les catastrophes ne sont pour eux que des insolences.

Je m'étais heureusement trompé : je n'ai point trouvé Charles X dans ces hautes erreurs qui naissent au faîte de la société ; je l'ai trouvé seulement dans les illusions communes d'un accident inattendu, et qui sont plus explicables. Tout sert à consoler l'amour-propre du frère de Louis XVIII : il voit le monde politique se détruire, et il attribue avec quelque raison cette destruction à son époque, non à sa personne : Louis XVI n'a-t-il pas péri ? la république n'est-elle pas tombée ? Bonaparte n'a-t-il pas été contraint d'abandonner deux fois le théâtre de sa gloire et n'est-il pas allé mourir captif sur un écueil ? Les trônes de l'Europe ne sont-ils pas menacés ? Que pouvait-il donc, lui, Charles X, plus que ces pouvoirs renversés ? Il a voulu se défendre contre des ennemis ; il était averti du danger par sa police et par des symptômes publics : il a pris l'initiative ; il a attaqué pour n'être pas attaqué. Les héros des trois émeutes n'ont-ils pas avoué qu'ils conspiraient, qu'ils avaient joué la comédie pendant quinze ans ? Eh bien ! Charles a pensé qu'il était de son devoir de faire un effort ; il a essayé de sauver la légitimité française et avec elle la légitimité européenne : il a livré la bataille et il l'a perdue ; il s'est immolé au salut des monarchies ; voilà tout : Napoléon a eu son Waterloo, Charles X ses journées de Juillet.

Ainsi les choses se présentent au monarque infor-

tuné ; il reste immuable, accoté[1] des événements qui
calent et assujetissent son esprit. À force d'immobilité,
il atteint une certaine grandeur : homme d'imagination,
il vous écoute, il ne se fâche point contre vos idées, il
a l'air d'y entrer et n'y entre point du tout. Il est des
axiomes généraux qu'on met devant soi comme des
gabions[2] ; placé derrière ces abris, on tiraille de là sur
les intelligences qui marchent.

La méprise de beaucoup est de se persuader, d'après
des événements répétés dans l'histoire, que le genre
humain est toujours dans sa place primitive ; ils
confondent les *passions* et les *idées* : les premières sont
les mêmes dans tous les siècles, les secondes changent
avec la succession des âges. Si les effets matériels de
quelques actions sont pareils à diverses époques, les
causes qui les ont produits sont différentes.

Charles X se regarde comme un principe, et, en
effet, il y a des hommes qui, à force d'avoir vécu dans
des idées fixes, de générations en générations semblables, ne sont plus que des monuments. Certains
individus, par le laps de temps et par leur prépondé-
rance, deviennent des *choses transformées en personnes* ; ces individus périssent quand ces choses viennent
à périr : Brutus et Caton étaient la république romaine
incarnée ; ils ne lui pouvaient survivre, pas plus que le
cœur ne peut battre quand le sang se retire.

[...] J'ai chanté des hymnes à la race de Henri IV ;
je les recommencerais de grand cœur, tout en combattant de nouveau les méprises de la légitimité et en
m'attirant de nouveau ses disgrâces, si elle était destinée à renaître. La raison en est que la royauté légitime
constitutionnelle m'a toujours paru le chemin le plus
doux et le plus sûr vers l'entière liberté. J'ai cru et je
croirais encore faire l'acte d'un bon citoyen en exagé-
rant même les avantages de cette royauté, afin de lui

---

1. Appuyé sur.   **2.** Terme technique appartenant au vocabulaire de la
guerre de siège : les gabions sont des sortes de paniers cylindriques, formés
de branchages entrelacés à des piquets fichés en terre, et placés côte à côte
afin de se protéger lorsqu'on creuse une tranchée pour établir un parapet.

donner, si cela dépendait de moi, la durée nécessaire à l'accomplissement de la transformation graduelle de la société et des mœurs.

Je rends service à la mémoire de Charles X en opposant la pure et simple vérité à ce qu'on dira de lui dans l'avenir. L'inimitié des partis le représentera comme un homme infidèle à ses serments et violateur des libertés publiques : il n'est rien de tout cela. Il a été de bonne foi en attaquant la Charte ; il ne s'est pas cru, et ne devait pas se croire parjure ; il avait la ferme intention de rétablir cette Charte après l'avoir *sauvée*, à sa manière et comme il la comprenait. Charles X est tel que je l'ai peint : doux, quoique sujet à la colère, bon et tendre avec ses familiers, aimable, léger, sans fiel, ayant tout du chevalier, la dévotion, la noblesse, l'élégante courtoisie, mais entremêlé de faiblesse, ce qui n'exclut pas le courage passif et la gloire de bien mourir ; incapable de suivre jusqu'au bout une bonne ou une mauvaise résolution ; pétri avec les préjugés de son siècle et de son rang ; à une époque ordinaire, Roi convenable ; à une époque extraordinaire, homme de perdition, non de malheur.

(14)

[...] Poursuivi par ces tristes souvenirs [1], il me semblait que j'avais vu dans les longues salles de Hradschin les derniers Bourbons passer *tristes et mélancoliques*, comme le premier Bourbon dans la galerie du Louvre : j'étais venu baiser les pieds de la Royauté après sa mort. Qu'elle meure à jamais ou qu'elle ressuscite, elle aura mes derniers serments : le lendemain de sa disparition finale, la République commencera pour moi. Au cas que les Parques, qui

---

1. Les présages qui annoncèrent la mort de Henri IV, que le mémorialiste a récapitulés.

doivent éditer mes *Mémoires*, ne les publient pas incessamment, on saura, quand ils paraîtront, quand on aura
tout lu, tout pesé, jusqu'à quel point je me suis trompé
dans mes regrets et dans mes conjectures. — Respectant le malheur, respectant ce que j'ai servi et ce que
je continuerai de servir au prix du repos de mes derniers jours, je trace mes paroles, vraies ou trompées,
sur mes heures tombantes, feuilles séchées et légères
que le souffle de l'éternité aura bientôt dispersées.

Si les hautes races approchaient de leur terme (abs-
traction faite des possibilités de l'avenir et des espérances vivaces qui repoussent sans cesse au fond du
cœur de l'homme), ne serait-il pas mieux que, par une
fin digne de leur grandeur, elles se retirassent dans la
nuit du passé avec les siècles ? Prolonger ses jours au
delà d'une éclatante illustration ne vaut rien ; le monde
se lasse de vous et de votre bruit ; il vous en veut d'être
toujours là : Alexandre, César, Napoléon ont disparu
selon les règles de la renommée. Pour mourir beau, il
faut mourir jeune ; ne faites pas dire aux enfants du
printemps : « Comment ! c'est là ce génie, cette personne, cette race à qui le monde battait des mains, dont
on aurait payé un cheveu, un sourire, un regard du
sacrifice de la vie ! » Qu'il est triste de voir le vieux
Louis XIV ne trouver auprès de lui, pour parler de son
siècle, que le vieux duc de Villeroi ! Ce fut une dernière victoire du grand Condé d'avoir, au bord de sa
fosse, rencontré Bossuet[1] : l'orateur ranima les eaux
muettes de Chantilly ; avec l'enfance du vieillard, il
repétrit l'adolescence du jeune homme ; il rebrunit les
cheveux sur le front du vainqueur de Rocroi, en disant,
lui, Bossuet, un immortel adieu à ses cheveux blancs.
Vous qui aimez la gloire, soignez votre tombeau ; cou-
chez-vous y bien ; tâchez d'y faire bonne figure, car
vous y resterez.

---

1. Voir la n. 1, p. 215.

LIVRE TRENTE-HUITIÈME

(5)

1er juin au soir, 1833.

CYNTHIE. — ÉGRA. — WALLENSTEIN.

Le chemin de Carlsbad jusqu'à Ellbogen, le long de l'Égra, est agréable. Le château de cette petite ville est du douzième siècle et placé en sentinelle sur un rocher à l'entrée d'une gorge de vallée. Le pied du rocher, couvert d'arbres, s'enveloppe d'un pli de l'Égra : de là le nom de la ville et du château, *Ellbogen* (le coude). Le donjon rougissait du dernier rayon du soleil, lorsque je l'aperçus du grand chemin. Au-dessus des montagnes et des bois penchait la colonne torse de la fumée d'une fonderie.

Je partis à neuf heures et demie du relais de Zwoda. Je suivais la route où passa Vauvenargues dans la retraite de Prague [1] ; ce jeune homme à qui Voltaire, dans l'éloge funèbre des officiers morts en 1741, adresse ces paroles : « Tu n'es plus, ô douce espérance

---

1. En 1741, le maréchal de Belle-Île, enfermé dans Prague, fut obligé de soutenir un siège contre les Autrichiens. Il réussit à se dégager et à se replier en bon ordre vers la Bavière, traversant un pays enneigé où le froid fit de nombreuses victimes. Parmi elles, Vauvenargues, alors capitaine au Royal-Infanterie, et qui, après avoir eu les jambes gelées, abandonna le service. Le texte de Voltaire que cite Chateaubriand fut publié en 1749, après la mort du jeune philosophe.

du reste de mes jours ; je t'ai toujours vu le plus infortuné des hommes et le plus tranquille. »

Du fond de ma calèche, je regardais se lever les étoiles[1].

N'ayez pas peur, Cynthie[2] ; ce n'est que la susurration des roseaux inclinés par notre passage dans leur forêt mobile. J'ai un poignard pour les jaloux et du sang pour toi. Que ce tombeau ne vous cause aucune épouvante ; c'est celui d'une femme jadis aimée comme vous : Cecilia Metella[3] reposait ici.

Qu'elle est admirable, cette nuit, dans la campagne romaine ! La lune se lève derrière la Sabine pour regarder la mer ; elle fait sortir des ténèbres diaphanes les sommets cendrés de bleu d'Albano, les lignes plus lointaines et moins gravées du Soracte. Le long canal des vieux aqueducs laisse échapper quelques globules de son onde à travers les mousses, les ancolies, les giroflées, et joint les montagnes aux murailles de la ville. Plantés les uns sur les autres, les portiques aériens, en découpant le ciel, promènent dans les airs le torrent des âges et le cours des ruisseaux. Législatrice du monde, Rome, assise sur la pierre de son sépulcre, avec sa robe de siècles, projette le dessin irrégulier de sa grande figure dans la solitude lactée.

Asseyons-nous : ce pin, comme le chevrier des Abruzzes, déploie son ombrelle parmi des ruines. La lune neige[4] sa lumière sur la couronne gothique de la tour du tombeau de Metella et sur les festons de marbre enchaînés aux cornes des bucranes[5] ; pompe élégante qui nous invite à jouir de la vie, sitôt écoulée.

---

　1. Cette phrase de transition introduit à une rêverie nocturne où le souvenir des élégiaques latins se mêle à celui de la campagne romaine. **2.** C'est le nom de la muse de Properce, mais aussi une épithète de Diane. Il désigne ici une créature imaginaire, réincarnation italienne de la Sylphide. **3.** Cette mention du célèbre tombeau de la voie Appienne localise la scène : à proximité des catacombes de Saint-Sébastien, non loin du vallon de la nymphe Égérie.　　**4.** Laisse tomber, déverse comme de la neige. Emploi transitif très rare de ce verbe, et image admirable.　　**5.** Littéralement « crânes de bœufs ». Terme du vocabulaire archéologique qui désigne un motif ornemental assez répandu, celui même qui orne la frise circulaire de ce tombeau.

Écoutez ! la nymphe Égérie chante au bord de sa fontaine[1] ; le rossignol se fait entendre dans la vigne de l'hypogée[2] des Scipions ; la brise alanguie de la Syrie nous apporte indolemment la senteur des tubéreuses sauvages. Le palmier de la *villa* abandonnée se balance à demi noyé dans l'améthyste et l'azur des clartés phébéennes[3]. Mais toi, pâlie par les reflets de la candeur[4] de Diane, ô Cynthie, tu es mille fois plus gracieuse que ce palmier[5]. Les mânes de Délie, de Lalagé, de Lydie, de Lesbie, posés sur des corniches ébréchées, balbutient autour de toi des paroles mystérieuses[6]. Tes regards se croisent avec ceux des étoiles et se mêlent à leurs rayons.

Mais, Cynthie, il n'y a de vrai que le bonheur dont tu peux jouir. Ces constellations si brillantes sur ta tête ne s'harmonisent à tes félicités que par l'illusion d'une perspective trompeuse. Jeune Italienne, le temps fuit ! sur ces tapis de fleurs tes compagnes ont déjà passé.

Une vapeur se déroule, monte et enveloppe l'œil de la nuit d'une rétine argentée ; le pélican crie et retourne aux grèves ; la bécasse s'abat dans les prêles des sources diamantées ; la cloche résonne sous la coupole de Saint-Pierre ; le plain-chant nocturne, voix du moyen âge, attriste le monastère isolé de Sainte-Croix ; le moine psalmodie à genoux les laudes[7], sur les colonnes calcinées de Saint-Paul[8] ; des vestales se prosternent sur la dalle glacée qui ferme leurs cryptes ; le *pifferaro* souffle sa complainte de minuit devant la Madone solitaire, à la porte condamnée d'une catacombe. Heure de la mélancolie, la religion s'éveille et l'amour s'endort !

Cynthie, ta voix s'affaiblit : il expire sur tes lèvres, le

---

1. On célébrait son culte dans un vallon voisin, où coulait une source. C'est là que le roi Numa Pompilius venait la consulter, s'il faut en croire Tite-Live (*Histoire romaine*, I, 21, 4). **2.** Cette partie souterraine de leur sépulture familiale a été découverte à la fin du XVIIIᵉ siècle. **3.** Lunaires. Phébé est un des noms mythologique de la lune. **4.** Blancheur (latinisme). **5.** Réminiscence homérique (*Odyssée*, VI, 163). **6.** Comme les âmes des morts qu'Homère compare à des chauves-souris qui voltigent en poussant des cris. Délie a été chantée par Tibulle, Lydie et Lalagé par Horace, Lesbie par Catulle. **7.** Deuxième office de la nuit, qui succède à matines. **8.** Voir la n. 4, p. 316.

refrain que t'apprit le pêcheur napolitain dans sa barque vélivole [1], ou le rameur vénitien dans sa gondole légère. Va aux défaillances de ton repos ; je protégerai ton sommeil. La nuit dont tes paupières couvrent tes yeux dispute de suavité avec celle que l'Italie assoupie et parfumée verse sur ton front. Quand le hennissement de nos chevaux se fera entendre dans la campagne, quand l'étoile du matin annoncera l'aube, le berger de Frascati descendra avec ses chèvres, et moi je cesserai de te bercer de ma chanson à demi-voix soupirée :

« Un faisceau de jasmins et de narcisses, une Hébé d'albâtre, récemment sortie de la cavée [2] d'une fouille, ou tombée du fronton d'un temple, gît sur ce lit d'anémones : non, Muse, vous vous trompez. Le jasmin, l'Hébé d'albâtre, est une magicienne de Rome, née il y a seize mois de mai et la moitié d'un printemps, au son de la lyre, au lever de l'aurore, dans un champ de roses de Paestum.

« Vent des orangers de Palerme qui soufflez sur l'île de Circé ; brise qui passez au tombeau du Tasse, qui caressez les nymphes et les amours de la Farnésine [3] ; vous qui vous jouez au Vatican parmi les vierges de Raphaël, les statues des Muses, vous qui mouillez vos ailes aux cascatelles de Tivoli ; génies des arts, qui vivez de chefs-d'œuvre et voltigez avec les souvenirs, venez : à vous seuls je permets d'inspirer le sommeil de Cynthie.

« Et vous, filles majestueuses de Pythagore, Parques à la robe de lin, sœurs inévitables assises à l'essieu des sphères, tournez le fil de la destinée de Cynthie sur des fuseaux d'or ; faites-les descendre de vos doigts et remonter à votre main avec une ineffable harmonie ; immortelles filandières, ouvrez la porte d'ivoire [4] à ces

---

1. Latinisme : qui vole (sur les flots) grâce à sa voile. 2. Tranchée, excavation (de *caver* : creuser). Fille de Zeus et de Héra, Hébé personnifie la jeunesse et la grâce de la jeune fille. 3. Villa construite au début du XVIᵉ siècle sur le bord du Tibre en face du palais Farnèse. Elle a été décorée de fresques par Raphaël *(Galatée)* et par ses élèves *(Histoire de Psyché)*. 4. Allusion à une allégorie des « portes » du sommeil qu'on trouve aussi bien chez Homère *(Odyssée*, XIX, vers 562-567) que chez Virgile *(Énéide*, VI, vers 893-896). Celle de corne laisse passer les songes véridiques ; la seconde, par la blancheur de son ivoire, ouvre la voie des songes agréables, mais illusoires.

songes qui reposent sur un sein de femme sans l'op-
presser. Je te chanterai, ô canéphore [1] des solennités
romaines, jeune Charite [2] nourrie d'ambroisie au giron
de Vénus, sourire envoyé de l'Orient pour glisser sur
ma vie ; violette oubliée au jardin d'Horace..............
....
....

« *Mein Herr ? dix kreutzer bour la parrière.* »
Peste soit de toi avec tes cruches [3] ! j'avais changé
de ciel ! j'étais si en train ! la muse ne reviendra pas !
ce maudit Égra, où nous arrivons, est la cause de mon
malheur.

Les nuits sont funestes à Égra. Schiller nous montre [4]
Wallenstein trahi par ses complices, s'avançant vers la
fenêtre d'une salle de la forteresse d'Égra : « Le ciel
est orageux et troublé », dit-il, « le vent agite l'éten-
dard placé sur la tour ; les nuages passent rapidement
sur le croissant de la lune qui jette à travers la nuit une
lumière vacillante et incertaine. »

Wallenstein, au moment d'être assassiné, s'attendrit
sur la mort de Max Piccolomini, aimé de Thécla : « La
fleur de ma vie a disparu ; il était près de moi comme
l'image de ma jeunesse. Il changeait pour moi la réalité
en un beau songe. » [...]

(6)

[TRAVERSÉE DE LA BAVIÈRE]

[...] Au sortir de Baireuth, on monte. De minces pins
élagués me représentaient les colonnes de la mosquée

---

1. Les canéphores, ou « porteuses de corbeilles », étaient chargées, dans
les processions, des offrandes qu'elles portaient sur leur tête. Leur gracieuse
attitude a maintes fois inspiré la sculpture antique : les plus belles sont
celles de Phidias, sur la frise du Parthénon.   2. C'est le nom des Grâces
dans la poésie grecque.   3. Jeu de mot sur la prononciation allemande
de *kreutzer*.   4. Voir n. 1, p. 400.

du Caire, ou de la cathédrale de Cordoue, mais rapetis-
sées et noircies, comme un paysage reproduit dans la
chambre obscure[1]. Le chemin continue de coteaux en
coteaux et de vallées en vallées ; les coteaux larges
avec un toupet de bois au front, les vallées étroites et
vertes, mais peu arrosées. Dans le point le plus bas
de ces vallées, on aperçoit un hameau indiqué par le
campanile d'une petite église. Toute la civilisation
chrétienne s'est formée de la sorte : le missionnaire
devenu curé s'est arrêté ; les Barbares se sont can-
tonnés autour de lui, comme les troupeaux se rassemblent autour du berger. Jadis ces réduits écartés
m'auraient fait rêver de plus d'une espèce de songe ;
aujourd'hui je ne rêve rien et ne suis bien nulle part.

Baptiste[2] souffrant d'un excès de fatigue m'a
contraint de m'arrêter à Hohlfeld. Tandis qu'on apprê-
tait le souper, je suis monté au rocher qui domine une
partie du village. Sur ce rocher s'allonge un beffroi
carré ; des martinets criaient en rasant le toit et les
faces du donjon. Depuis mon enfance à Combourg,
cette scène composée de quelques oiseaux et d'une
vieille tour ne s'était pas reproduite ; j'en eus le cœur
tout serré. Je descendis à l'église sur un terrain pendant
à l'ouest ; elle était ceinte de son cimetière délaissé des
nouveaux défunts. Les anciens morts y ont seulement
tracé leurs sillons ; preuve qu'ils ont labouré leur
champ. Le soleil couchant, pâle et noyé à l'horizon
d'une sapinière, éclairait le solitaire asile où nul autre
homme que moi n'était debout. Quand serai-je couché
à mon tour ? Êtres de néant et de ténèbres, notre
impuissance et notre puissance sont fortement caracté-
risées : nous ne pouvons nous procurer à volonté ni la
lumière ni la vie ; mais la nature, en nous donnant des
paupières et une main, a mis à notre disposition la nuit
et la mort.

---

1. Procédé optique conçu pour renvoyer une image renversée des objets,
celle que Niepce et Daguerre parviendront, en 1839, à fixer sur une plaque,
découvrant ainsi les bases de la photographie.   2. Domestique qui avait
accompagné Chateaubriand et son secrétaire.

Entré dans l'église dont la porte entre-bâillait, je me suis agenouillé avec l'intention de dire un *Pater* et un *Ave* pour le repos de l'âme de ma mère ; servitudes d'immortalité imposées aux âmes chrétiennes dans leur mutuelle tendresse. Voilà que j'ai cru entendre le guichet d'un confessionnal s'ouvrir ; je me suis figuré que la mort, au lieu d'un prêtre, allait apparaître à la grille de la pénitence. Au moment même le sonneur de cloches est venu fermer la porte de l'église, je n'ai eu que le temps de sortir.

En retournant à l'auberge, j'ai rencontré une petite hotteuse[1] : elle avait les jambes et les pieds nus ; sa jupe était courte, son corset déchiré ; elle marchait courbée et les bras croisés. Nous montions ensemble un chemin escarpé ; elle tournait un peu de mon côté son visage hâlé : sa jolie tête échevelée se collait contre sa hotte. Ses yeux étaient noirs ; sa bouche s'entr'ouvrait pour respirer : on voyait que, sous ses épaules chargées, son jeune sein n'avait encore senti que le poids de la dépouille des vergers. Elle donnait envie de lui dire des roses : « Ῥόδα μ'εἴρηκας[2] » (Aristophane).

Je me mis à tirer l'horoscope de l'adolescente vendangeuse : vieillira-t-elle au pressoir, mère de famille obscure et heureuse ? Sera-t-elle emmenée dans les camps par un caporal ? Deviendra-t-elle la proie de quelque Don Juan ? La villageoise enlevée aime son ravisseur autant d'étonnement que d'amour ; il la transporte dans un palais de marbre sur le détroit de Messine, sous un palmier au bord d'une source, en face de la mer qui déploie ses flots d'azur, et de l'Etna qui jette des flammes[3].

J'en étais là de mon histoire, lorsque ma compagne, tournant à gauche sur une grande place, s'est dirigée vers

1. Qui transporte des fruits dans une hotte en osier. Se dit en général à propos du raisin des vendanges ; mais nous ne sommes encore qu'au temps des cerises.   2. Citation des *Nuées*, vers 910 : « Ce sont des roses que tu me dis là ! » ou : tes paroles sont de miel. Chez Aristophane, le contexte est ironique : c'est à un interlocuteur qui lance des invectives que cette réplique est adressée.   3. On a déjà rencontré ce genre de scénario imaginaire à propos de la Sylphide, au livre III (voir p. 95).

quelques habitations isolées. Au moment de disparaître, elle s'est arrêtée ; elle a jeté un dernier regard sur l'étranger ; puis, inclinant la tête pour passer avec sa hotte sous une porte abaissée, elle est entrée dans une chaumière, comme un petit chat sauvage se glisse dans une grange parmi des gerbes. Allons retrouver dans sa prison Son Altesse Royale madame la duchesse de Berry.

> *Je la suivis, mais je pleurai*
> *De ne pouvoir plus suivre qu'elle* [1].

Mon hôte de Hohlfeld est un singulier homme : lui et sa servante sont aubergistes à leur corps défendant ; ils ont horreur des voyageurs. Quand ils découvrent de loin une voiture, ils se vont cacher en maudissant ces vagabonds qui n'ont rien à faire et courent les grands chemins, ces fainéants qui dérangent un honnête cabaretier et l'empêchent de boire le vin qu'il est obligé de leur vendre. La vieille voit bien que son maître se ruine ; mais elle attend pour lui un coup de la Providence ; comme Sancho elle dira : « Monsieur, acceptez ce beau royaume de Micomicon, qui vous tombe du ciel dans la main [2]. »

Une fois le premier mouvement d'humeur passé, le couple, flottant entre deux vins, fait bonne mine. La chambrière écorche un peu le français, vous bigle [3] ferme, et a l'air de vous dire : « J'ai vu d'autres godelureaux que vous dans les armées de Napoléon ! » Elle sentait la pipe et l'eau-de-vie comme la gloire au bivouac ; elle me jetait une œillade agaçante et maligne : qu'il est doux d'être aimé au moment même où l'on n'avait plus d'espérance de l'être ! Mais, Javotte, vous venez trop tard à mes *tentations cassées et mortifiées*, comme parlait un ancien Français [4] ; mon arrêt est prononcé : « Vieillard harmonieux, repose-toi », m'a dit

---

1. Conclusion des *Stances à Mme du Châtelet* de Voltaire.   **2.** *Don Quichotte*, 1ʳᵉ partie, chapitre XXX.   **3.** Loucher, regarder de côté ou « de travers » (familier).   **4.** Montaigne (*Essais*, III, 2).

M. Lherminier[1]. Vous le voyez, bienveillante étrangère, il m'est défendu d'entendre votre chanson :

> *Vivandière du régiment,*
> *Javotte l'on me nomme.*
> *Je vends, je donne et bois gaîment*
> *Mon vin et mon rogomme.*
> *J'ai le pied leste et l'œil mutin,*
> *Tin tin, tin tin, tin tin, tin tin,*
> *R'lin tin tin*[2].

C'est encore pour cela que je me refuse à vos séductions ; vous êtes légère ; vous me trahiriez. Volez donc, dame Javotte de Bavière, comme votre devancière, madame Isabeau[3] !

(7)

[DIALOGUE AVEC UNE HIRONDELLE]

[...] À mesure que j'avançais vers la France, les enfants devenaient plus bruyants dans les hameaux, les postillons allaient plus vite : la vie renaissait.

À Bischofsheim, où j'ai dîné, une jolie curieuse s'est présentée à mon grand couvert : une hirondelle, vraie Procné[4], à la poitrine rougeâtre, s'est venue percher à ma fenêtre ouverte, sur la barre de fer qui soutenait l'enseigne du *Soleil d'Or* ; puis elle a ramagé le plus doucement du monde, en me regardant d'un air de connaissance et sans montrer la moindre frayeur. Je ne

---

1. Dans un article de la *Revue des Deux Mondes* (15 octobre 1832), ce jeune doctrinaire, ancien collaborateur du *Globe*, avait conseillé à Chateaubriand de quitter la scène politique.   **2.** C'est le premier couplet de *La Vivandière* de Béranger (1817). Chateaubriand modifie le nom de son héroïne. Béranger avait écrit : « C'est *catin* qu'on me nomme ».   **3.** Allusion à la reine Isabeau de Bavière, veuve de Charles VI, qui au traité de Troyes (1420) avait dépossédé son fils le Dauphin du trône de France.   **4.** Cette fille de Pandion, sœur de Philomèle, avait été métamorphosée en hirondelle.

me suis jamais plaint d'être réveillé par la fille de Pandion ; je ne l'ai jamais appelée *babillarde*, comme Anacréon [1] : j'ai toujours au contraire salué son retour de la chanson des enfants de l'île de Rhodes : « Elle vient, elle vient l'hirondelle, ramenant le beau temps et les belles années ! ouvrez, ne dédaignez pas l'hirondelle. [2] »

« François, m'a dit ma convive de Bischofsheim, ma trisaïeule logeait à Combourg, sous les chevrons de la couverture de ta tourelle ; tu lui tenais compagnie chaque année en automne, dans les roseaux de l'étang, quand tu rêvais le soir avec ta sylphide. Elle aborda ton rocher natal le jour même que tu t'embarquais pour l'Amérique, et elle suivit quelque temps ta voile. Ma grand'mère nichait à la croisée de Charlotte ; huit ans après, elle arriva à Jaffa avec toi ; tu l'as remarqué dans ton *Itinéraire* [3]. Ma mère, en gazouillant à l'aurore, tomba un jour par la cheminée dans ton cabinet aux *Affaires étrangères* [4] ; tu lui ouvris la fenêtre. Ma mère a eu plusieurs enfants ; moi qui te parle, je suis de son dernier nid ; je t'ai déjà rencontré sur l'ancienne voie de Tivoli dans la campagne de Rome : t'en souviens-tu ? Mes plumes étaient si noires et si lustrées ! Tu me regardas tristement. Veux-tu que nous nous envolions ensemble ? »

— « Hélas ! ma chère hirondelle, qui sais si bien mon histoire, tu es extrêmement gentille ; mais je suis un pauvre oiseau mué [5], et mes plumes ne reviendront plus ; je ne puis donc m'envoler avec toi. Trop lourd de chagrins et d'années, me porter te serait impossible. Et puis où irions-nous ? le printemps et les beaux climats ne sont plus de ma saison. À toi l'air et les amours, à moi la terre et l'isolement. Tu pars ; que la rosée rafraîchisse tes ailes ! qu'une vergue hospitalière se présente à ton vol fatigué, lorsque tu traverseras la mer d'Ionie ! qu'un octobre serein te sauve du naufrage ! Salue pour moi les oliviers d'Athènes et les palmiers de Rosette. Si je ne

---

1. Dans son ode XII, vers 2.   2. Chanson populaire de la Grèce antique, que nous a transmise Athénée.   3. Voir *Itinéraire de Paris à Jérusalem*, Garnier-Flammarion, p. 219.   4. Voir *Congrès de Vérone*, 2e partie, chapitre XXI.   5. Oiseau qui a dépouillé son plumage.

suis plus quand les fleurs te ramèneront, je t'invite à mon banquet funèbre : viens au soleil couchant happer des moucherons sur l'herbe de ma tombe ; comme toi, j'ai aimé la liberté, et j'ai vécu de peu. » [...]

(9)

[RHÉNANIE]

[...] De Dunkeim à Frankenstein, la route se faufile dans un vallon si resserré qu'il garde à peine la voie d'une voiture ; les arbres descendant de deux talus opposés se joignent et s'embrassent dans la ravine. Entre la Messénie et l'Arcadie, j'ai suivi des vallons semblables, au beau chemin près : Pan n'entendait rien aux ponts et chaussées. Des genêts en fleurs et un geai m'ont reporté au souvenir de la Bretagne ; je me souviens du plaisir que me fit le cri de cet oiseau dans les montagnes de Judée. Ma mémoire est un panorama [1] ; là, viennent se peindre sur la même toile les sites et les cieux les plus divers avec leur soleil brûlant ou leur horizon brumeux.

L'auberge à Frankenstein est placée dans une prairie de montagnes, arrosée d'un courant d'eau. Le maître de la poste parle français ; sa jeune sœur, ou sa femme, ou sa fille, est charmante. Il se plaint d'être Bavarois ; il s'occupe de l'exploitation des forêts : il me représentait un planteur américain.

À Kaiserslautern, où j'arrivai de nuit comme à Bamberg, je traversai la région des songes : que voyaient dans leur sommeil tous ces habitants endormis ? Si j'avais le temps, je ferais l'histoire de leurs rêves ; rien ne m'aurait rappelé la terre, si deux cailles ne s'étaient répondu d'une cage à l'autre. Dans les champs en Alle-

---

1. Spectacle optique très en vogue dans la première moitié du XIXe siècle. Il est constitué par une vaste toile peinte circulaire, vivement éclairée, et faite pour être vue du centre, demeuré obscur, de la rotonde. Ces panoramas représentaient en général des villes célèbres ou des scènes de bataille.

magne, depuis Prague jusqu'à Manheim, on ne rencontre que des corneilles, des moineaux et des alouettes ; mais les villes sont remplies de rossignols, de fauvettes, de grives, de cailles ; plaintifs prisonniers et prisonnières qui vous saluent aux barreaux de leur geôle quand vous passez. Les fenêtres sont parées d'œillets, de réséda, de rosiers, de jasmins. Les peuples du nord ont les goûts d'un autre ciel ; ils aiment les arts et la musique : les Germains vinrent chercher la vigne en Italie ; leurs fils renouvelleraient volontiers l'invasion pour conquérir aux mêmes lieux des oiseaux et des fleurs.

Le changement de la veste du postillon m'avertit, le mardi 4 juin, à Saarbruck, que j'entrais en Prusse [1]. Sous la croisée de mon auberge je vis défiler un escadron de hussards ; ils avaient l'air fort animés : je l'étais autant qu'eux ; j'aurais joyeusement concouru à frotter [2] ces messieurs, bien qu'un vif sentiment de respect m'attache à la famille royale de Prusse, bien que les emportements des Prussiens à Paris n'aient été que les représailles des brutalités de Napoléon à Berlin ; mais si l'histoire a le temps d'entrer dans ces froides justices qui font dériver les conséquences des principes, l'homme témoin des faits vivants est entraîné par ces faits, sans aller chercher dans le passé les causes dont ils sont sortis et qui les excusent. Elle m'a fait bien du mal, ma patrie ; mais avec quel plaisir je lui donnerais mon sang ! Oh ! les fortes têtes, les politiques consommés, les bons Français surtout, que ces négociateurs des traités de 1815 !

Encore quelques heures, et ma terre natale va de nouveau tressaillir sous mes pas. Que vais-je apprendre ? Depuis trois semaines j'ignore ce qu'ont dit et fait mes amis. Trois semaines ! long espace pour l'homme qu'un moment emporte, pour les empires que trois journées renversent ! Et ma prisonnière de Blaye,

---

1. Le traité de Vienne avait attribué une partie de la Rhénanie à la Prusse, qui avait désormais une frontière commune avec la France, ce qui sera la source de bien des mécomptes par la suite, et que Chateaubriand se refusera toujours à accepter.   2. Étriller, flanquer une raclée.

qu'est-elle devenue ? Pourrai-je lui transmettre la réponse qu'elle attend ? Si la personne d'un ambassadeur doit être sacrée, c'est la mienne ; ma carrière diplomatique devint sainte auprès du chef de l'Église ; elle achève de se sanctifier auprès d'un monarque infortuné : j'ai négocié un nouveau pacte de famille[1] entre les enfants du Béarnais ; j'en ai porté et rapporté les actes de la prison à l'exil, et de l'exil à la prison.

(10)

TERRE DE FRANCE

4 et 5 juin.

En passant la limite qui sépare le territoire de Saarbruck de celui de Forbach, la France ne s'est pas montrée à moi d'une manière brillante : d'abord un cul-de-jatte, puis un autre homme qui rampait sur les mains et sur les genoux, traînant après lui ses jambes comme deux queues torses ou deux serpents morts ; ensuite ont paru dans une charrette deux vieilles, noires, ridées, avant-garde des femmes françaises. Il y avait de quoi faire rebrousser chemin à l'armée prussienne.

Mais après j'ai trouvé un beau jeune soldat à pied avec une jeune fille ; le soldat poussait devant lui la brouette de la jeune fille, et celle-ci portait la pipe et le sabre du troupier. Plus loin une autre jeune fille tenant le manche d'une charrue, et un laboureur âgé piquant les bœufs ; plus loin un vieillard mendiant pour un enfant aveugle ; plus loin une croix. Dans un hameau, une douzaine de têtes d'enfants, à la fenêtre d'une maison non achevée, ressemblaient à un groupe d'anges dans une gloire. Voici une garçonnette de cinq

---

1. Allusion à celui qu'avait conclu Choiseul en 1761 entre les monarchies « bourboniennes » (France, Espagne, Naples).

à six ans, assise sur le seuil de la porte d'une chaumière ; tête nue, cheveux blonds, visage barbouillé, faisant une petite mine à cause d'un vent froid ; ses deux épaules blanches sortant d'une robe de toile déchirée, les bras croisés sur ses genoux haussés et rapprochés de sa poitrine, regardant ce qui se passait autour d'elle avec la curiosité d'un oiseau ; Raphaël l'aurait *croquée*, moi j'avais envie de la voler à sa mère.

À l'entrée de Forbach, une troupe de chiens savants se présente : les deux plus gros attelés au fourgon des costumes ; cinq ou six autres de différentes queues, museaux, tailles et pelage, suivent le bagage, chacun son morceau de pain à la gueule. Deux graves instructeurs, l'un portant un gros tambour, l'autre ne portant rien, guident la bande. Allez, mes amis, faites le tour de la terre comme moi, afin d'apprendre à connaître les peuples. Vous tenez tout aussi bien votre place dans le monde que moi ; vous valez bien les chiens de mon espèce. Présentez la patte à Diane, à Mirza, à Pax, chapeau sur l'oreille, épée au côté, la queue en trompette entre les deux basques de votre habit ; dansez pour un os ou pour un coup de pied, comme nous faisons nous autres hommes ; mais n'allez pas vous tromper en sautant pour le Roi !

Lecteurs, supportez ces arabesques ; la main qui les dessina ne vous fera jamais d'autre mal ; elle est séchée. Souvenez-vous, quand vous les verrez, qu'ils ne sont que les capricieux enroulements tracés par un peintre à la voûte de son tombeau.

À la douane, un vieux cadet de commis a fait semblant de visiter ma calèche. J'avais préparé une pièce de cent sous ; il la voyait dans ma main, mais il n'osait la prendre à cause des chefs qui le surveillaient. Il a ôté sa casquette sous prétexte de mieux fouiller, l'a posée sur le coussin devant moi, me disant tout bas : « Dans ma casquette, s'il vous plaît. » Oh ! le grand mot ! il renferme l'histoire du genre humain ; que de fois la liberté, la fidélité, le dévouement, l'amitié, l'amour ont dit : « Dans ma casquette, s'il vous plaît ! » Je donnerai ce mot à Béranger pour le refrain d'une chanson. [...]

LIVRE TRENTE-NEUVIÈME

(4)

VENISE [1]

[...] Mon auberge, l'hôtel de l'Europe, est placée à l'entrée du grand canal, en face de la *Douane de mer*, de la *Giudecca* et de *Saint-Georges-Majeur*. Lorsqu'on remonte le grand canal entre les deux files de ses palais, si marqués de leurs siècles, si variés d'architecture, lorsqu'on se transporte sur la *grande* et la *petite* place, que l'on contemple la basilique et ses dômes, le palais des doges, les *procurazie nuove*, la *Zecca*, la tour de l'Horloge, le beffroi de Saint-Marc, la colonne du Lion, tout cela mêlé aux voiles et aux mâts des vaisseaux, au mouvement de la foule et des gondoles, à l'azur du ciel et de la mer, les caprices d'un rêve ou les jeux d'une imagination orientale n'ont rien de plus fantastique. Quelquefois Cicéri [2] peint et rassemble sur une toile, pour les prestiges du théâtre, des monuments de toutes les formes, de tous les temps, de tous les pays, de tous les climats : c'est encore Venise.

---

1. Le 3 septembre 1833, Chateaubriand a repris la route, par Pontarlier, Lausanne et le Simplon pour arriver à Venise le 10. Il va y séjourner une semaine, en attendant le rendez-vous que lui a fixé la duchesse de Berry.
2. Célèbre décorateur de théâtre que son éclectisme pittoresque et son génie de la lumière faisait considérer comme un véritable magicien par le public des années 1820-1840. Il assura la mise en scène des plus célèbres opéras du temps. En 1829, il avait, en particulier, réalisé le décor vénitien du *Marino Faliero* de Casimir Delavigne au théâtre de la Porte Saint-Martin, et celui du *More de Venise*, de Vigny, au Théâtre-Français.

Ces édifices surdorés, embellis avec profusion par Giorgione, Titien, Paul Véronèse, Tintoret, Jean Bellini, Paris Bordone, les deux Palma, sont remplis de bronzes, de marbres, de granits, de porphyres, d'antiques précieuses[1], de manuscrits rares ; leur magie intérieure égale leur magie extérieure ; et quand, à la clarté suave qui les éclaire, on découvre les noms illustres et les nobles souvenirs attachés à leurs voûtes, on s'écrie avec Philippe de Comines[2] : « C'est la plus triomphante cité que j'aie jamais vue ! »

Et pourtant ce n'est plus la Venise du ministre de Louis XI, la Venise épouse de l'Adriatique et dominatrice des mers ; la Venise qui donnait des empereurs à Constantinople, des rois à Chypre, des princes à la Dalmatie, au Péloponèse, à la Crète ; la Venise qui humiliait les Césars de la Germanie, et recevait à ses foyers inviolables les papes suppliants ; la Venise de qui les monarques tenaient à honneur d'être citoyens, à qui Pétrarque, Plethon, Bessarion[3] léguaient les débris des lettres grecques et latines sauvées du naufrage de la barbarie ; la Venise qui, république au milieu de l'Europe féodale, servait de bouclier à la chrétienté ; la Venise, *planteuse de lions*[4], qui mettait sous ses pieds les remparts de Ptolémaïde, d'Ascalon, de Tyr, et abattait le croissant à Lépante ; la Venise dont les doges étaient des savants et les marchands des chevaliers ; la Venise qui terrassait l'Orient ou lui achetait ses parfums, qui rapportait de la Grèce des turbans conquis ou des chefs-d'œuvre retrouvés ; la Venise qui sortait victorieuse de la ligue ingrate de Cambrai[5] ; la Venise qui triomphait par ses fêtes, ses courtisanes et ses arts, comme par ses armes et ses grands hommes ; la Venise à la fois

---

1. Au féminin, ce nom désigne des œuvres de genres divers que nous ont laissées les artistes antiques : médailles, pierres dures, vases, sculptures, etc. 2. Dans ses *Mémoires* (VII, 15). 3. Grecs de Constantinople, Pléthon et Bessarion contribuèrent au mouvement humaniste en Italie au xve siècle. 4. Expression de Byron dans *Childe Harold* (IV, 2). 5. Cette ligue des principales puissances continentales contre Venise de 1508 à 1510 ne tarda pas à se dissoudre, à cause des rivalités entre coalisés que le Sénat exploita avec dextérité.

Corinthe, Athènes et Carthage, ornant sa tête de couronnes rostrales et de diadèmes de fleurs.

Ce n'est plus même la cité que je traversai lorsque j'allais visiter les rivages témoins de sa gloire ; mais, grâce à ses brises voluptueuses et ses flots amènes[1], elle garde un charme ; c'est surtout aux pays en décadence qu'un beau climat est nécessaire. Il y a assez de civilisation à Venise pour que l'existence y trouve ses délicatesses. La séduction du ciel empêche d'avoir besoin de plus de dignité humaine ; une vertu attractive s'exhale de ces vestiges de grandeur, de ces traces des arts dont on est environné. Les débris d'une ancienne société qui produisit de telles choses, en vous donnant du dégoût pour une société nouvelle, ne vous laissent aucun désir d'avenir. Vous aimez à vous sentir mourir avec tout ce qui meurt autour de vous ; vous n'avez d'autre soin que de parer les restes de votre vie à mesure qu'elle se dépouille. La nature, prompte à ramener de jeunes générations sur des ruines comme à les tapisser de fleurs, conserve aux races les plus affaiblies l'usage des passions et l'enchantement des plaisirs.

Venise ne connut point l'idolâtrie ; elle grandit chrétienne dans l'île où elle fut nourrie, loin de la brutalité d'Attila. Les descendantes des Scipions, les Paule et les Eustochie, échappèrent dans la grotte de Bethléem à la violence d'Alaric[2]. À part de toutes les autres cités, fille aînée de la civilisation antique sans avoir été déshonorée par la conquête, Venise ne renferme ni décombres romains, ni monuments des Barbares. On n'y voit point non plus ce que l'on voit dans le nord et l'occident de l'Europe, au milieu des progrès de l'industrie ; je veux parler de ces constructions neuves, de ces rues entières élevées à la hâte, et dont les maisons demeurent ou non achevées, ou vides. Que pourrait-on bâtir ici ? de misérables bouges qui montreraient la

---

1. Agréable, plein de charme. Ce latinisme *(amoenus)* usuel au XVIe siècle est ressenti, au XIXe, comme un archaïsme.   2. Paule et sa fille Eustochie quittèrent Rome en 385 pour aller se retirer en Palestine auprès de saint Jérôme. En revanche, c'est en 410 qu'Alaric entra dans Rome et la saccagea.

pauvreté de conception des fils auprès de la magnificence du génie des pères ; des cahutes blanchies qui
n'iraient pas au talon des gigantesques demeures des
Foscari et des Pesaro. Quand on avise la truelle de
mortier et la poignée de plâtre qu'une réparation
urgente a forcé d'appliquer contre un chapiteau de
marbre, on est choqué. Mieux valent les planches ver-
moulues barrant les fenêtres grecques ou moresques[1],
les guenilles mises sécher sur d'élégants balcons, que
l'empreinte de la chétive main de notre siècle.

Que ne puis-je m'enfermer dans cette ville en harmonie avec ma destinée, dans cette ville des poètes,
où Dante, Pétrarque, Byron, passèrent ! Que ne puis-je
achever d'écrire mes *Mémoires* à la lueur du soleil qui
tombe sur ces pages ! L'astre brûle encore dans ce
moment mes savanes floridiennes et se couche ici à
l'extrémité du grand canal. Je ne le vois plus ; mais, à
travers une clairière de cette solitude de palais, ses
rayons frappent le globe de la *Douane*, les antennes
des barques, les vergues des navires et le portail du
couvent de *Saint-Georges-Majeur*. La tour du monastère, changée en colonne de rose, se réfléchit dans les
vagues ; la façade blanche de l'église est si fortement
éclairée, que je distingue les plus petits détails du
ciseau. Les enclôtures des magasins de la *Giudecca*
sont peintes d'une lumière titienne ; les gondoles du
canal et du port nagent dans la même lumière. Venise
est là, assise sur le rivage de la mer, comme une belle
femme qui va s'éteindre avec le jour : le vent du soir
soulève ses cheveux embaumés ; elle meurt saluée par
toutes les grâces et tous les sourires de la nature.

---

1. C'est-à-dire gothiques.

(10)

Venise, septembre 1833.

[...] GONDOLIERS.

[...] La gaieté de ces fils de Nérée [1] ne les abandonne jamais : vêtus du soleil, la mer les nourrit. Ils ne sont pas couchés et désœuvrés comme les lazzaroni à Naples : toujours en mouvement, ce sont des matelots qui manquent de vaisseaux et d'ouvrage, mais qui feraient encore le commerce du monde et gagneraient la bataille de Lépante, si le temps de la liberté et de la gloire vénitiennes n'était passé.

À six heures du matin ils arrivent à leurs gondoles attachées, la proue à terre, à des poteaux. Alors ils commencent à gratter et laver leurs *barchette* aux *Traghetti* [2], comme des dragons étrillent, brossent et épongent leurs chevaux au piquet. La chatouilleuse cavale marine s'agite, se tourmente aux mouvements de son cavalier qui puise de l'eau dans un vase de bois, la répand sur les flancs et dans l'intérieur de la nacelle. Il renouvelle plusieurs fois l'aspersion, ayant soin d'écarter l'eau de la surface de la mer pour prendre dessous une eau plus pure. Puis il frotte les avirons, éclaircit les cuivres et les glaces du petit château noir ; il époussette les coussins, les tapis, et fourbit le fer taillant de la proue. Le tout ne se fait pas sans quelques mots d'humeur ou de tendresse, adressés, dans le joli dialecte vénitien, à la gondole quinteuse ou docile.

La toilette de la gondole achevée, le gondolier passe à la sienne : il se peigne, secoue sa veste et son bonnet bleu, rouge ou gris ; se lave le visage, les pieds et les mains. Sa femme, sa fille ou sa maîtresse lui apporte

---

1. Ce vieillard aimable de la mythologie est la divinité de la mer paisible. Il est surtout connu pour ses cinquante filles, les Néréides, qui figurent le mouvement scintillant des vagues et accompagnent Amphitrite. Avec humour, Chateaubriand leur invente ici des frères, des « enfants de la mer ».   **2.** Les embarcadères qui assurent le « passage ».

dans une gamelle une miscellanée de légumes, de pain et de viande. Le déjeuner fait, chaque gondolier attend en chantant la fortune : il l'a devant lui, un pied en l'air, présentant son écharpe au vent et servant de girouette, au haut du monument de la Douane de mer. A-t-elle donné le signal ? le gondolier favorisé, l'aviron levé, part debout à l'arrière de sa nacelle, de même qu'Achille voltigeait autrefois, ou qu'un écuyer de Franconi[1] galope aujourd'hui sur la croupe d'un destrier. La gondole, en forme de patin, glisse sur l'eau comme sur la glace. *Sia stati ! sta longo*[2] *!* en voilà pour toute la journée. Puis vienne la nuit, et la *calle* verra mon gondolier chanter et boire avec la *zitella* le demi-sequin que je lui laisse en allant, très certainement, remettre Henri V sur le trône.

LES CHAPITRES RETRANCHÉS DU LIVRE SUR VENISE[3]

(10ᵇ)

Venise, du 10 au 17 septembre 1833.

BEAUX GÉNIES INSPIRÉS PAR VENISE. — ANCIENNES ET NOUVELLES COURTISANES. — ROUSSEAU ET BYRON NÉS MALHEUREUX.

Lord Byron comptait vraisemblablement *la Fornarina*[4] parmi les femmes dont la beauté ressemblait à

---

1. Ce Vénitien avait créé à Paris un cirque Olympique, spécialisé dans les exercices de haute voltige, et qui a eu un succès durable. **2.** « Halte ! Au large ! » **3.** En 1846, après une ultime relecture du manuscrit des *Mémoires*, Chateaubriand élimina certaines séquences qui, pour des raisons diverses lui paraissaient de trop. Ce fut en particulier le cas de toute la seconde moitié du livre sur Venise, dont certains passages avaient été déjà publiés en 1836, dans son *Essai sur la littérature anglaise*. Ces pages ont néanmoins leur place dans une anthologie des *Mémoires d'outre-tombe*, ne serait-ce que pour leur qualité littéraire. **4.** La femme du boulanger. C'est ainsi qu'on appelait Margherita Cogni, la « sultane favorite » de Byron à Venise, à cause du métier de son mari, mais peut-être aussi parce que ce surnom avait été porté par la maîtresse de Raphaël.

celle du Tigre soupant[1] : qu'est-ce donc si lui et Rousseau avaient vu les anciennes courtisanes de Venise, et
non leur race dégénérée ? Montaigne qui ne cache
jamais rien, raconte que cela lui sembla autant « admirable que nulle autre chose, d'en voir un tel nombre,
comme de cent cinquante ou environ, faisant une
dépense en meubles et vêtements de princesse, n'ayant
d'autre fonds à se maintenir que de cette traficque[2] ».

Quand les Français s'emparèrent de Venise ils défen-
dirent aux courtisanes de placer à leurs fenêtres le petit
phare des Héro, qui servait à guider les Léandre[3]. Les
Autrichiens ont supprimé, comme corporation, les *Bene-
merite meretrici*[4] du sénat vénitien. Aujourd'hui elles ne
ressemblent plus qu'aux créatures vagabondes des rues
de nos villes.

À quelques pas de mon auberge, est une maison à
la porte de laquelle se balancent, pour enseigne, trois
ou quatre malheureuses assez belles et demi-nues. Un
caporal *schlagen*[5] collé le long de la muraille, les bras
allongés, la paume des deux mains appliquée au fémur,
la poitrine effacée, le cou roide, la tête fixe, ne la tournant ni à droite, ni à gauche, est en faction devant ces
Demoiselles qui se moquent de lui, et cherchent à lui
faire violer sa consigne. Il voit entrer et sortir les *Pour-
chois*, avertissant par sa présence que tout se doit passer sans scandale et sans bruit : on ne s'est pas encore

---

1. Allusion à un passage des *Mémoires* de Byron (dont la traduction
venait de paraître) où ce dernier affiche son dédain pour la peinture. Parmi
ce qui, à son avis, la surpasse de très loin, il cite « deux ou trois belles
femmes (...), sans compter quelques chevaux, un lion (celui de Veli Pacha)
en Morée, et un tigre que je vis soupant dans Exeter-Change ».   2. Citation du *Journal de voyage* de Montaigne, qui séjourna à Venise du 4 au
12 novembre 1580.   3. Allusion malicieuse à la légende de Héro et
Léandre : Héro tenait chaque soir sa lampe allumée pour guider son jeune
amant qui devait traverser le Bosphore à la nage pour venir la rejoindre sur
la rive européenne.   4. Les « émérites courtisanes ».   5. Expression
populaire, qui date des invasions de 1814-1815, pour désigner les militaires
autrichiens « raides comme des *bâtons* ». Le *Journal des Débats* du 13 août
1835 informe du reste ses lecteurs, dans une correspondance de Vienne,
qu'il est alors « question de changer des uniformes si étroits qu'ils gênaient
le soldat et lui donnaient une attitude raide et gauche ».

avisé en France de mettre l'obéissance de nos conscrits, à cette épreuve.

Plaignons Rousseau et Byron d'avoir encensé des autels peu dignes de leurs sacrifices. Peut-être avares d'un temps dont chaque minute appartenait au monde, n'ont-ils voulu que le plaisir, chargeant leur talent de le transformer en passion et en gloire. À leurs lyres la mélancolie, la jalousie, les douleurs de l'amour ; à eux sa volupté et son sommeil sous des mains légères. Ils cherchaient de la rêverie, du malheur, des larmes, du désespoir dans la solitude, les vents, les ténèbres, les tempêtes, les forêts, les mers, et venaient en composer pour leurs lecteurs, les tourments de Childe-Harold et de Saint-Preux sur le sein de Zulietta et Marguerite.

Quoi qu'il en soit, dans le moment de leur ivresse, l'illusion de l'amour était complète pour eux. Du reste ils savaient bien qu'ils tenaient l'infidélité même dans leurs bras, qu'elle allait s'envoler avec l'aurore : elle ne les trompait pas par un faux-semblant de constance ; elle ne se condamnait pas à les suivre, lassée de leur tendresse ou de la sienne. Somme toute, Jean-Jacques et lord Byron ont été des hommes infortunés ; c'était la condition de leur génie : le premier s'est empoi-sonné [1], le second fatigué de ses excès et sentant le besoin d'estime, est retourné aux rives de cette Grèce où sa Muse et la Mort l'ont tour à tour bien servi. [...]

(15)

COURSE EN GONDOLE.

[...] On n'entendait que le bruit de nos rames au pied des palais sonores, d'autant plus retentissants qu'ils sont vides. Tel d'entre eux, fermé depuis quarante ans, n'a vu entrer personne : là sont suspendus des portraits

---

1. Voir la n. 2, p. 370.

oubliés qui se regardent en silence à travers la nuit : si j'avais frappé ils seraient venus m'ouvrir la porte, me demander ce que je voulais et pourquoi je troublais leur repos.

Rempli du souvenir des poètes, la tête montée sur les amours de jadis, Saint-Marc de Venise et Saint-Antoine de Padoue savent les superbes histoires que je rêvais, en passant au milieu des rats qui sortaient des marbres. Au pont de Bianca Capello, je fis un roman romantique sans pareil. Oh ! que j'étais jeune ! beau ! favorisé ! mais aussi que de périls ! Une famille hautaine et jalouse, des inquisiteurs d'État, le pont des Soupirs où l'on entend des cris lamentables ! « Que la chiourme soit prête : avirons légers, fendez les flots ; emportez-nous au rivage de Chypre. Prisonnière des palais, la gondole attend ta beauté à la porte secrète sur la mer. Descends, fille adorée ! toi dont les yeux bleus dominent le lys de ton sein et la rose de tes lèvres, comme l'azur du ciel sourit à l'émail du printemps. »

Tout cela m'a mené à Saint-Pierre[1], l'ancienne cathédrale de Venise. De petits garçons répétaient le catéchisme, en s'interrogeant les uns les autres sous la direction d'un prêtre. Leurs mères et sœurs, la tête enveloppée d'un mouchoir, les écoutaient debout. Je les regardais ; je regardais le tableau d'Alexandre Lazarini, qui représente saint Laurent Giustiniani distribuant son bien aux pauvres. Puisqu'il était en train, il aurait bien dû étendre ses bienfaits jusqu'à nous, troupe de gueux encombrés dans son église. Quand j'aurai dépensé l'argent de mon voyage, que me restera-t-il ? Et ces adolescentes déguenillées continueront-elles à vendre aux Levantins deux baisers pour un *baîoque* ?

De l'extrémité orientale de Venise, je me fis

---

1. *San Pietro in Castello*. C'est seulement en 1807 que le siège du Patriarcat fut transféré à Saint-Marc, jusqu'alors simple chapelle du palais ducal.

conduire à l'extrémité opposée, *girando*[1] à travers les lagunes du nord. Nous côtoyâmes la nouvelle île formée par les Autrichiens, avec des gravois et des masses de vase ; c'est sur ce sol émergeant qu'on exerce les soldats étrangers oppresseurs de la liberté de Venise : Cybèle cachée dans le sein de son fils, Neptune, n'en sort que pour le trahir. Je ne suis pas impunément de l'Académie, et je sais mon style classique.

Il a existé un projet de joindre Venise à la terre ferme par une chaussée[2]. Je m'étonne que la République au temps de sa puissance n'ait pas songé à conduire des sources à la ville, au moyen d'un aqueduc. Le canal aérien courant au-dessus de la mer dans les divers accidents de la nuit et du jour, du calme et de la tempête, voyant passer les vaisseaux sous ses portiques, aurait augmenté la merveille de la cité des merveilles.

La pointe occidentale de Venise est habitée par les pêcheurs de lagunes ; le bout du quai des Esclavons, est le refuge des pêcheurs de haute mer ; les premiers sont les plus pauvres : leurs cahutes, comme celle d'Olpis et d'Asphalion, dans Théocrite[3], n'ont d'autre voisine que la mer dont elles sont baignées.

Là j'aurais pu nouer quelque intrigue avec *Checca*, ou *Orsetta*, de la comédie des *Baruffe Chiozzotte*[4] : nous hélâmes à terre *una ragazza* qui côtoyait la rive. Antonio intervenait dans les endroits difficiles du dialogue.

— Carina, voulez-vous passer à la *Giudecca* ? Nous vous prendrons dans notre gondole.

— Sior, no : vo a granzi. Non, monsieur ; je vais aux crabes.

---

1. En faisant le tour.   2. Le projet ne tardera pas à se réaliser, puisqu'un pont pour le chemin de fer sera inauguré en 1841.   3. Olpis est un pêcheur de thons cité par Théocrite dans sa troisième idylle (vers 26). Asphalion est un des protagonistes de celle qui a pour titre : « Les Pêcheurs », alors attribuée à Théocrite, et dont les vers 17-18 évoquent un décor semblable : « Pas un voisin entre eux et la mer qui venait serrer leur cahute de près, en poussant mollement ses vagues ».   4. Cette comédie de Goldoni, écrite en dialecte vénitien, date de 1762.

— Nous vous donnerons un meilleur souper.

— Col dona Mare ? avec Madame ma mère ?

— Si vous voulez.

— Ma mère est dans la tartane avec missier Pare.

— Avez-vous des sœurs ?

— No.

— Des frères ?

— Uno : Tonino.

Tonino, âgé de dix à douze ans, parut, coiffé d'une calotte grecque rouge, vêtu d'une seule chemise serrée aux flancs ; ses cuisses, ses jambes et ses pieds nus, étaient bronzés par le soleil : il portait à deux mains une navette remplie d'huile ; il avait l'air d'un petit Triton. Il posa son vase à terre, et vint écouter notre conversation auprès de sa sœur.

Bientôt arriva une porteuse d'eau, que j'avais déjà rencontrée à la citerne du palais Ducal : elle était brune, vive, gaie ; elle avait sur sa tête un chapeau d'homme, mis en arrière et sous ce chapeau un bouquet de fleurs qui tombait sur son front avec ses cheveux. Sa main droite s'appuyait à l'épaule d'un grand jeune homme avec lequel elle riait ; elle semblait lui dire, à la face de Dieu et à la barbe du genre humain : « Je t'aime à la folie. »

Nous continuâmes à échanger des propos avec le joli groupe. Nous parlâmes de mariages, d'amours, de fêtes, de danses, de la messe de Noël, célébrée autrefois par le Patriarche et servie par le Doge ; nous devisâmes du Carnaval ; nous raisonnâmes de mouchoirs, de rubans, de pêcheries, de filets, de tartanes, de fortune de mer, de joies de Venise, bien qu'excepté Antonio, aucun de nous n'eût vu, ni connu la République ; tant le passé était déjà loin. Cela ne nous empêcha pas de dire avec Goldoni : *Semo donne da ben, e semo donne onorate ; ma semo aliegre, e volemo stare aliegre, e volemo ballare, e volemo saltare. E viva li Chiozzotti, e viva le Chiozzotte !* « Nous sommes des femmes de bien, et nous sommes des femmes d'honneur ; mais nous sommes gaies, et nous voulons rester

gaies, et nous voulons danser, et nous voulons sauter...
et vive les Chiozzotti ! et vive les Chiozzotte ! »

En 1802 je dînai à la Râpée avec Mme de Staël et
Benjamin Constant[1] ; les bateliers de Bercy ne nous
firent pas tableau : il faut à Léopold Robert[2] les
pêcheurs des Lagunes et le soleil de la Brenta. « Con-
nais-tu cette terre où les citronniers fleurissent ? chante
Mignon, l'Italienne expatriée[3]. » (Gœthe.)

La Giudecca, où nous touchâmes en revenant,
conserve à peine quelques pauvres familles juives : on
les reconnaît à leurs traits. Dans cette race les femmes
sont beaucoup plus belles que les hommes ; elles semblent avoir échappé à la malédiction dont leurs pères,
leurs maris et leurs fils ont été frappés. On ne trouve
aucune Juive mêlée dans la foule des Prêtres et du peuple
qui insulta le Fils de l'homme, le flagella, le couronna
d'épines, lui fit subir les ignominies et les douleurs de
la croix. Les femmes de la Judée[4] crurent au Sauveur,
l'aimèrent, le suivirent, l'assistèrent de leur bien, le sou-
lagèrent dans ses afflictions. Une femme à Béthanie,
versa sur sa tête le nard précieux qu'elle portait dans un
vase d'albâtre ; la pécheresse répandit une huile de parfum sur ses pieds et les essuya avec ses cheveux. Le
Christ à son tour étendit sa miséricorde et sa grâce sur
les Juives : il ressuscita le fils de la veuve de Naïm et le
frère de Marthe ; il guérit la belle-mère de Simon et la
femme qui toucha le bas de son vêtement ; pour la Sama-
ritaine il fut une source d'eau vive, un juge compatissant
pour la femme adultère. Les filles de Jérusalem pleurè-

---

1. En réalité le 8 mai 1801, s'il faut en croire un billet de Benjamin
Constant à Mme Lindsay.   2. Léopold Robert (1794-1835) se fit une
spécialité des scènes de genre, napolitaines ou romaines. Il a réalisé aussi,
sur le thème des saisons, des œuvres plus ambitieuses : *Retour de la fête
de la Madone* (1827), *Halte des moissonneurs dans les marais Pontins*
(1830). Depuis 1832, le peintre était installé à Venise, où il devait se donner
la mort le 20 mars 1835, en laissant un dernier tableau, *Le Départ des
pêcheurs de Chioggia* qui sera exposé au Salon de 1835.   3. Dans la
romance, extraite de *Wilhelm Meister*, que Mme de Staël avait transposée
dans *Corinne* (II, 3).   4. La vibrante apologie des Juives que Chateaubriand développe dans ce paragraphe est construite dans le détail à partir
de citations ou références prises dans les quatre Évangiles.

rent sur lui ; les saintes femmes l'accompagnèrent au Calvaire, achetèrent du baume et des aromates et le cherchèrent au sépulcre en pleurant : *mulier quid ploras ?* Sa première apparition après sa résurrection glorieuse, fut à Magdeleine ; elle ne le reconnaissait pas, mais il lui dit : « Marie. » Au son de cette voix les yeux de Magdeleine s'ouvrirent et elle répondit : « Mon maître. » Le reflet de quelque beau rayon sera resté sur le front des Juives.

(17)

LE LIDO. [...] CIMETIÈRE DES JUIFS.

[...] Dans ma course au Lido, vous l'avez vu, je n'ai pu atteindre la mer ; or je ne suis pas homme à capituler sur ce point. De crainte qu'un accident ne m'empêche de revenir à Venise une fois que je l'aurai quittée, je me lèverai demain avant le jour, et j'irai saluer l'Adriatique.

Mardi 17.

J'ai accompli mon dessein.

Débarqué à l'aube en dehors de San Nicolo, j'ai pris mon chemin en laissant le fort à gauche. Je trébuchais parmi des pierres sépulcrales : j'étais dans un cimetière sans clôture où jadis on avait jeté les enfants de Judas. Les pierres portaient des inscriptions en hébreu.

[...] Au même lieu un retranchement fait avec des voliges[1] de vieilles barques, protège un nouveau cimetière ; naufrage remparé des débris de naufrages. À travers les trous des chevilles qui cousirent ces planches à la carcasse des bateaux, j'épiais la mort autour de deux urnes cinéraires ; le petit jour les éclairait : le lever du soleil sur le champ où les hommes ne se lèvent plus est plus triste que son coucher. Depuis que les rois sont

---

1. Planches minces qui garnissent la coque.

devenus les chambellans de Salomon baron de Rothschild[1], les Juifs ont à Venise des tombes de marbre. Ils ne sont pas si richement enterrés à Jérusalem ; j'ai visité leurs sépultures au pied du Temple : lorsque je songe la nuit, que je suis revenu de la vallée de Josaphat, je me fais peur. À Tunis au lieu de cendriers[2] d'albâtre dans le cimetière des Hébreux, on aperçoit au clair de la lune des filles de Sion voilées, assises comme des ombres sur les fosses : la croix et le turban viennent quelquefois les consoler. Chose étrange pourtant que ce mépris et cette haine de tous les peuples pour les immolateurs du Christ ! Le genre humain a mis la race juive au Lazareth[3] et sa quarantaine, proclamée du haut du Calvaire, ne finira qu'avec le monde.

Je continuais de marcher en m'avançant vers l'Adriatique ; je ne la voyais pas, quoique j'en fusse tout près. Le Lido est une zone de dunes irrégulières assez approchantes des buttes aréneuses[4] du désert de Sabbah, qui confinent à la mer Morte. Les dunes sont recouvertes d'herbes coriaces ; ces herbes sont quelquefois successives ; quelquefois séparées en touffes elles sortent du sable chauve, comme une mèche de cheveux restée au crâne d'un mort. Le rampant[5] du terrain vers la mer, est parsemé de fenouils, de sauges, de chardons à feuilles gladiées et bleuâtres ; les flots semblent les avoir peintes de leur couleur : ces chardons épineux, glauques et épais rappellent les nopals, et font la transition des végétaux du Nord à ceux du Midi. Un vent faible rasant le sol, sifflait dans ces plantes rigides : on aurait cru que la terre se plaignait. Des eaux pluviales stagnantes formaient des flaques dans des tourbières. Çà et là quelques chardonnerets voletaient avec de petits cris, sur des buissons de joncs marins. Un troupeau de vaches parfumées de leur

---

1. Sur le banquier viennois, voir la n. 5, p. 293.   **2.** Le mot semble employé dans son sens étymologique *(cinerarium)* et désigner la même chose que les « urnes cinéraires » mentionnées plus haut.   **3.** Ce nom des anciennes léproseries médiévales désigne au XIXe siècle un établissement de quarantaine où sont isolés pour quelque temps les équipages ou les passagers des navires en provenance de pays infectés par des maladies contagieuses.   **4.** Sablonneuses (voir la n. 1, p. 158).   **5.** La partie en pente.

lait, et dont le taureau mêlait son sourd mugissement à celui de Neptune, me suivait comme si j'eusse été son berger.

Ma joie et ma tristesse furent grandes quand je découvris la mer et ses froncis[1] grisâtres, à la lueur du crépuscule. Je laisse ici sous le nom de *Rêverie* un crayon imparfait de ce que je vis, sentis, et pensai dans ces moments confus de méditations et d'images.

(18)

Venise, 17 septembre 1833.

RÊVERIE AU LIDO.

Il n'est sorti de la mer qu'une aurore ébauchée et sans sourire. La transformation des ténèbres en lumière, avec ses changeantes merveilles, son aphonie[2] et sa mélodie, ses étoiles éteintes tour à tour dans l'or et les roses du matin, ne s'est point opérée. Quatre ou cinq barques serraient le vent à la côte ; un grand vaisseau disparaissait à l'horizon. Des mouettes posées marquetaient en troupe la plage mouillée ; quelques-unes volaient pesamment au-dessus de la houle du large. Le reflux avait laissé le dessin de ses arceaux concentriques sur la grève. Le sable, guirlandé de fucus, était ridé par chaque flot, comme un front sur lequel le temps a passé. La lame déroulante enchaînait ses festons blancs à la rive abandonnée.

J'adressai des paroles d'amour aux vagues, mes compagnes : ainsi que de jeunes filles se tenant par la main dans une ronde, elles m'avaient entouré à ma naissance. Je caressai ces berceuses de ma couche ; je plongeai mes mains dans la mer ; je portai à ma bouche son eau sacrée, sans en sentir l'amertume : puis je me prome-

---

1. Suite de fronces, de plis sur une étoffe.   2. Son silence.

nai au limbe [1] des flots, écoutant leur bruit dolent, familier et doux à mon oreille. Je remplissais mes poches de coquillages dont les Vénitiennes se font des colliers. Souvent je m'arrêtais pour contempler l'immensité pélagienne [2] avec des yeux attendris. Un mât, un nuage, c'était assez pour réveiller mes souvenirs.

Sur cette mer j'avais passé il y a longues années ; en face du Lido une tempête m'assaillit. Je me disais au milieu de cette tempête « que j'en avais affronté d'autres, mais qu'à l'époque de ma traversée de l'Océan j'étais jeune, et qu'alors les dangers m'étaient des plaisirs [3] ». Je me regardais donc comme bien vieux lorsque je voguais vers la Grèce et la Syrie ? Sous quel amas de jours suis-je donc enseveli ?

Que fais-je maintenant au steppe [4] de l'Adriatique ? des folies de l'âge voisin du berceau : j'ai écrit un nom tout près du réseau d'écume, où la dernière onde vient mourir ; les lames successives ont attaqué lentement le nom consolateur [5] ; ce n'est qu'au seizième déroulement qu'elles l'ont emporté lettre à lettre et comme à regret : je sentais qu'elles effaçaient ma vie.

Lord Byron chevauchait le long de cette mer solitaire : quels étaient ses pensers et ses chants, ses abattements et ses espérances ? Élevait-il la voix pour confier à la tourmente les inspirations de son génie ? Est-ce au murmure de cette vague qu'il emprunta ces accents ? [...]

Un verre fragile, quelques lignes ballottées sur un abîme, est tout ce qui convenait à ma mémoire [6]. Les courants auraient poussé mon épitaphe vagabonde au Lido, comme aujourd'hui le flot des ans a rejeté à ce

---

1. Au bord (latinisme).   **2.** Voir la n. 1, p. 72.   **3.** *Itinéraire*, Garnier-Flammarion, p. 56.   **4.** Ce mot, emprunté au russe, est demeuré masculin jusqu'au XIXᵉ siècle. Il désigne un espace inculte, garni de buissons ou parsemés de marécages. On pouvait déjà lire dans le *Voyage en Amérique* (1827) : « Les bisons sont si nombreux dans les steppes verdoyants du Missouri... »   **5.** Sans doute celui de Juliette Récamier qui comporte seize lettres.   **6.** Le mémorialiste vient de rappeler que le 26 décembre 1806, sur le point de faire naufrage près de Lampedusa, il avait enfermé dans une bouteille la mention de son nom, avant de la jeter à la mer.

bord ma vie errante. Dinelli, capitaine en second de ma polaque d'Alexandrie, était vénitien : il passait de nuit avec moi trois ou quatre heures du sablier, appuyé contre le mât et chantant aux coups des rafales.

> *Si tanto mi piace*
> *Si rara Bella,*
> *Io perdero la pace*
> *Quando se destera.*

Dinelli s'est-il reposé *sul'margine d'un rio* [1] auprès de sa maîtresse endormie ? S'est-elle réveillée ? Mon vaisseau existe-t-il encore ? A-t-il sombré ? A-t-il été radoubé ? Son passager n'a pu faire rajuster sa vie ! Peut-être ce bâtiment dont j'aperçois la vergue lointaine, est le même qui fut chargé de mon ancienne destinée ? Peut-être la carène démembrée de mon esquif a-t-elle fourni les palissades du cimetière israélite ?

Mais ai-je tout dit dans l'*Itinéraire* sur ce voyage commencé au port de Desdémone et fini au pays de Chimène ? Allais-je au tombeau du Christ dans les dispositions du repentir ? Une seule pensée remplissait mon âme ; je dévorais les moments : sous ma voile impatiente, les regards attachés à l'étoile du soir, je lui demandais l'aquilon pour cingler plus vite. Comme le cœur me battait en abordant les côtes d'Espagne ! Que de malheurs ont suivi ce mystère ! Le soleil les éclaire encore ; la raison que je conserve me les rappelle [2].

Venise, quand je vous vis, un quart de siècle écoulé, vous étiez sous l'empire du grand homme, votre oppresseur et le mien ; une île attendait sa tombe ; une île est la vôtre : vous dormez l'un et l'autre immortels

---

1. Premier vers qui a aussi donné son titre à la chanson de Dinelli. C'est un air populaire très répandu au XIXe siècle dont Chateaubriand cite le refrain de mémoire : « J'aime à ce point cette beauté si rare (que) je perdrai le repos lorsqu'elle se réveillera. » **2.** Allusion « cryptée » à la brûlante passion que Chateaubriand éprouvait alors pour Natalie de Noailles, qui lui avait fixé rendez-vous en Espagne sur le chemin du retour. Ils se retrouvèrent en effet le 12 avril 1807 à Grenade, où le pèlerin de Jérusalem reçut sa récompense. Devenue folle en 1817, Mme de Noailles ne mourra qu'en 1835.

dans vos Sainte-Hélène. Venise ! nos destins ont été pareils ! mes songes s'évanouissent, à mesure que vos palais s'écroulent ; les heures de mon printemps se sont noircies, comme les arabesques dont le faîte de vos monuments est orné. Mais vous périssez à votre insu ; moi, je sais mes ruines ; votre ciel voluptueux, la vénusté[1] des flots qui vous lavent, me trouvent aussi sensible que je le fus jamais. Inutilement je vieillis ; je rêve encore mille chimères. L'énergie de ma nature s'est resserrée au fond de mon cœur ; les ans au lieu de m'assagir, n'ont réussi qu'à chasser ma jeunesse extérieure, à la faire rentrer dans mon sein. Quelles caresses l'attireront maintenant au dehors, pour l'empêcher de m'étouffer ? Quelle rosée descendra sur moi ? quelle brise émanée des fleurs, me pénétrera de sa tiède haleine ? le vent qui souffle sur une tête à demi dépouillée, ne vient d'aucun rivage heureux !

---

1. Voir la n. 1, p. 91.

LIVRE QUARANTIÈME

(1)

De Venise à Ferrare, du 17 au 18 septembre 1833.

ARRIVÉE DE MADAME DE BAUFFREMONT À VENISE. — LE
CATAJO. — LE DUC DE MODÈNE. — TOMBEAU DE PÉTRARQUE
À ARQUA. — TERRE DES POËTES.

L'intervalle était immense entre ces rêveries et les
vérités dans lesquelles je rentrais en me présentant à
l'hôtel de la princesse de Bauffremont ; il me fallait
sauter de 1806, dont le souvenir venait m'occuper, à
1833, là où je me trouvais en réalité : Marco Polo
tomba de la Chine à Venise, précisément après une
absence de vingt-sept ans.

Madame de Bauffremont [1] porte à merveille sur son
visage et dans ses manières le nom de Montmorency :
elle aurait pu très bien, comme cette Charlotte, mère
du grand Condé et de la duchesse de Longueville, être
aimée de Henri IV. La princesse m'apprit que madame
la duchesse de Berry m'avait écrit de Pise une lettre
que je n'avais pas reçue : Son Altesse Royale arrivait
à Ferrare où elle m'espérait.

[...] Je partis laissant mes bagages à l'hôtel de l'Europe, comptant revenir avec Madame.

---

1. Élisabeth-Laurence de Montmorency (1802-1860), fille du duc et pair
de ce nom, avait épousé le prince de Bauffremont-Courtenay. Né en 1793,
celui-ci avait été aide de camp du duc de Berry, puis du duc de Bordeaux.
Le couple accompagnait la duchesse de Berry.

Je retrouvai ma calèche à Fusina : on la tira d'une vieille remise, comme un joyau du garde-meuble de la couronne. Je quittai la rive qui prend peut-être son nom de la fourche à trois dents du roi de la mer : *Fuscina*.

Rendu à Padoue, je dis au postillon : « Route de Ferrare. » Elle est charmante cette route, jusqu'à Monselice : collines d'une élégance extrême, vergers de figuiers, de mûriers et de saules festonnés de vignes, prairies gaies, châteaux ruineux.

[...] Les monts Euganéens, que je traversais, se doraient de l'or du couchant avec une agréable variété de formes et une grande pureté de lignes : un de ces monts ressemblait à la principale pyramide de Saccarah, lorsqu'elle s'imprime au soleil tombant sur l'horizon de la Libye.

Je continuai mon voyage la nuit par Rovigo ; une nappe de brouillard couvrait la terre. Je ne vis le Pô qu'au passage de Lagoscuro. La voiture s'arrêta ; le postillon appela le bac avec sa trompe. Le silence était complet ; seulement, de l'autre côté du fleuve, le hurlement d'un chien et les cascades lointaines d'un triple écho répondaient à son cor ; avant-scène de l'empire élyséen[1] du Tasse dans lequel nous allions entrer.

Un froissement sur l'eau, à travers le brouillard et l'ombre, annonça le bac[2] ; il glissait le long de la cordelle soutenue sur des bateaux à l'ancre. Entre les quatre et cinq heures du matin, j'arrivai le 18 à Ferrare ; je descendis à l'hôtel *des Trois Couronnes* ; Madame y était attendue. [...]

---

1. Pyramide à degrés qui se dresse sur le site de Memphis, près du Caire. Les monts Euganéens sont une suite de collines au sud-ouest de Padoue. **2.** De discrètes réminiscences virgiliennes (*Énéide*, VI) assimilent ici le Pô à un fleuve infernal qu'on traverse sur le chemin des Champs Élysées.

(3)

Ferrare, 19 septembre 1833.

ARRIVÉE DE MADAME LA DUCHESSE DE BERRY.

Sorti le 18 au matin, en revenant aux *Trois-Couronnes*, j'ai trouvé la rue encombrée de peuple ; les voisins béaient aux fenêtres. Une garde de cent hommes des troupes autrichiennes et papalines[1] occupait l'auberge. Le corps des officiers de la garnison, les magistrats de la ville, les généraux, le prolégat, attendaient MADAME, dont un courrier aux armes de France avait annoncé l'arrivée. L'escalier et les salons étaient ornés de fleurs. Onques ne fut plus belle réception pour une exilée.

À l'apparition des voitures, le tambour battit aux champs, la musique des régiments éclata, les soldats présentèrent les armes. MADAME, parmi la presse, eut peine à descendre de sa calèche arrêtée à la porte de l'hôtellerie ; j'étais accouru ; elle me reconnut au milieu de la cohue. À travers les autorités constituées et les mendiants qui se jetaient sur elle, elle me tendit la main en me disant : « *Mon fils est votre roi*[2] : aidez-moi donc à passer. » Je ne la trouvai pas trop changée, bien qu'amaigrie ; elle avait quelque chose d'une petite fille éveillée.

Je marchais devant elle ; elle donnait le bras à M. de Lucchesi[3] ; madame de Podenas[4] la suivait. Nous montâmes les escaliers et entrâmes dans les appartements entre deux rangs de grenadiers, au fracas des armes, au bruit des fanfares, au *vivat* des spectateurs.

---

1. Pontificales. Ferrare faisait partie des États du pape depuis 1558. Occupée par les Français en 1796, la ville avait été restituée au Saint-Siège en 1815, mais, depuis cette date, des troupes autrichiennes tenaient garnison dans la citadelle, ce qui explique cette double présence militaire. 2. Voir n. 1, p. 378. 3. Le comte de Lucchesi-Palli (1808-1864) avait épousé la veuve du duc de Berry quelques mois plus tôt. 4. La marquise de Podenas, née Adélaïde de Nadaillac (1785-1858).

On me prenait pour le majordome, on s'adressait à moi pour être présenté à la mère de Henri V. Mon nom se liait à ces noms dans l'esprit de la foule.

Il faut savoir que Madame, depuis Palerme jusqu'à Ferrare, a été reçue avec les mêmes respects, malgré les notes des envoyés de Louis-Philippe. M. de Broglie ayant eu la bravoure de demander au Pape le renvoi de la proscrite, le cardinal Bernetti [1] répondit : « Rome a toujours été l'asile des grandeurs tombées. Si dans ces derniers temps la famille de Bonaparte trouva un refuge auprès du Père des fidèles, à plus forte raison la même hospitalité doit-elle être exercée envers la famille des Rois très-chrétiens. »

Je crois peu à cette dépêche, mais j'étais vivement frappé d'un contraste : en France, le gouvernement prodigue des insultes à une femme dont il a peur ; en Italie, on ne se souvient que du nom, du courage et des malheurs de madame la duchesse de Berry [2].

Je fus obligé d'accepter mon rôle improvisé de premier gentilhomme de la chambre. La princesse était extrêmement drôle : elle portait une robe de toile grisâtre, serrée à la taille ; sur sa tête, une espèce de petit bonnet de veuve, ou de béguin d'enfant ou de pensionnaire en pénitence. Elle allait çà et là, comme un hanneton ; elle courait à l'étourdie, d'un air assuré, au milieu des curieux, de même qu'elle se dépêchait dans les bois de la Vendée. Elle ne regardait et ne reconnaissait personne ; j'étais obligé de l'arrêter irrespectueusement par sa robe, ou de lui barrer le chemin en lui disant : « Madame, voilà le commandant autrichien, l'officier en blanc ; Madame, voilà le commandant des troupes pontificales, l'officier en bleu ; Madame, voilà le prolégat, le grand jeune abbé en noir. » Elle s'arrêtait, disait quelques mots en italien ou en français, pas trop justes, mais rondement, franchement, gentiment, et qui, dans leur déplaisance, ne déplaisaient pas :

1. Secrétaire d'État du pape Grégoire XVI.   **2.** Au cours des semaines précédentes, la duchesse de Berry avait été très bien reçue à Rome par le pape, puis à Florence par son beau-frère le grand-duc de Toscane.

c'était une espèce d'allure ne ressemblant à rien de connu. J'en sentais presque de l'embarras, et pourtant je n'éprouvais aucune inquiétude sur l'effet produit par la petite échappée des flammes [1] et de la geôle.

Une confusion comique survenait. Je dois dire une chose avec toute la réserve de la modestie : le vain bruit de ma vie augmente à mesure que le silence réel de cette vie s'accroît. Je ne puis descendre aujourd'hui dans une auberge, en France ou à l'étranger, que je n'y sois immédiatement assiégé. Pour la vieille Italie, je suis le défenseur de la religion ; pour la jeune, le défenseur de la liberté ; pour les autorités, j'ai l'honneur d'être *la Sua Eccellenza* GIA *ambasciadore di Francia* [2] à Vérone et à Rome. Des dames, toutes sans doute d'une rare beauté, ont prêté la langue d'Angélique et d'Aquilan le Noir [3] à la Floridienne Atala et au Maure Aben-Hamet. Je vois donc arriver des écoliers, de vieux abbés à larges calottes, des femmes, dont je remercie les traductions et les grâces ; puis des *mendicanti*, trop bien élevés pour croire qu'un ci-devant ambassadeur est aussi gueux que leurs seigneuries.

Or mes admirateurs étaient accourus à l'hôtel des Trois-Couronnes, avec la foule attirée par madame la duchesse de Berry : ils me rencognaient [4] dans l'angle d'une fenêtre et me commençaient une harangue qu'ils allaient achever à Marie-Caroline. Dans le trouble des esprits, les deux troupes se trompaient quelquefois de patron et de patronne : j'étais salué de *Votre Altesse Royale* et MADAME me raconta qu'on l'avait complimentée sur le *Génie du Christianisme* : nous échangions nos renommées. La princesse était charmée d'avoir fait un ouvrage en quatre volumes, et moi j'étais fier d'avoir été pris pour la fille des rois.

Tout à coup la princesse disparut : elle s'en alla à

---

1. En novembre 1832, la princesse avait été découverte puis arrêtée grâce à un feu allumé dans une cheminée de la maison de Nantes où elle avait trouvé refuge, avant de devenir la « captive de Blaye ».   2. Son excellence, *ancien* ambassadeur de France.   3. C'est-à-dire la langue italienne : Angélique et Aquilan le Noir sont des personnages du *Roland furieux*.   4. Rencogner : repousser, acculer dans un coin.

pied, avec le comte Lucchesi, voir la loge du Tasse[1] ; elle se connaissait en prisons. La mère de l'orphelin banni, de l'enfant héritier de saint Louis, Marie-Caroline sortie de la forteresse de Blaye, ne cherchant dans la ville de Renée de France[2] que le cachot d'un poète, est une chose unique dans l'histoire de la fortune et de la gloire humaine. Les vénérables de Prague[3] auraient cent fois passé à Ferrare sans qu'une idée pareille leur fût venue dans la tête ; mais madame de Berry est Napolitaine, elle est compatriote du Tasse qui disait : *Ho desiderio di Napoli, come l'anime ben disposte, del paradiso* : « J'ai désir de Naples comme les âmes bien disposées ont désir du paradis. »

J'étais dans l'opposition et en disgrâce : les ordonnances se mitonnaient clandestinement au château et reposaient encore en joie et en secret au fond des cœurs : un jour la duchesse de Berry aperçut une gravure représentant le chantre de *la Jérusalem* aux barreaux de sa loge : « J'espère, dit-elle, que nous verrons bientôt comme cela Chateaubriand. » Paroles de prospérité, dont il ne faut pas plus tenir compte que d'un propos échappé dans l'ivresse. Je devais rejoindre Madame au cachot même du Tasse, après avoir subi pour elle les prisons de la police. Quelle élévation de sentiment dans la noble princesse, quelle marque d'estime elle m'a donnée en s'adressant à moi à l'heure de son infortune après le souhait qu'elle avait formé ! Si son premier vœu élevait trop haut mes talents, sa confiance s'est moins trompée sur mon caractère.

(4)

[...] Nous ne ressemblions pas mal à une troupe ambulante de comédiens français jouant à Ferrare, par

---

la permission de messieurs les magistrats de la ville, la
Princesse fugitive, ou la *Mère persécutée*. Le théâtre
présentait à droite la prison du Tasse, à gauche la maison de l'Arioste ; au fond le château où se donnèrent
les fêtes de Léonore et d'Alphonse. Cette royauté sans
royaume, ces émois d'une cour renfermée dans deux
calèches errantes, laquelle avait le soir pour palais l'hôtel des Trois-Couronnes ; ces conseils d'État tenus
dans une chambre d'auberge, tout cela complétait la
diversité des scènes de ma fortune. Je quittais dans les
coulisses mon heaume de chevalier et je reprenais mon
chapeau de paille ; je voyageais avec la monarchie de
droit roulée dans mon portemanteau, tandis que la
monarchie de fait étalait ses fanfreluches aux Tuileries.
Voltaire appelle toutes les royautés à passer leur carnaval à Venise avec Achmet III : Ivan, empereur de
toutes les Russies, Charles-Édouard, roi d'Angleterre,
les deux rois des Polacres, Théodore, roi de Corse, et
quatre Altesses Sérénissimes. « Sire, la chaise de Votre
Majesté est à Padoue et la barque est prête. — Sire,
Votre Majesté partira quand elle voudra. — Ma foi,
sire, on ne veut plus faire crédit à Votre Majesté, ni à
moi non plus, et nous pourrions bien être coffrés cette
nuit. »

Pour moi, je dirai comme Candide : « Messieurs,
pourquoi êtes-vous tous rois ? Je vous avoue que ni
moi ni Martin ne le sommes [1]. »

Il était onze heures du soir ; j'espérais avoir gagné
mon procès et obtenu de Madame mon *laisser-passer*.
J'étais loin de compte ! Madame ne quitte pas si vite
une volonté ; elle ne m'avait point interrogé sur la
France, parce que, préoccupée de ma résistance à son
dessein, c'était là son affaire du moment. M. de Saint-
Priest, entrant dans ma chambre, m'apporta la minute
d'une lettre que Son Altesse Royale se proposait
d'écrire à Charles X. « Comment, m'écriai-je, Madame
persiste dans sa résolution ? Elle veut que je porte cette
lettre ? mais il me serait impossible, même matérielle-

---

1. Ces répliques proviennent du chapitre 26 de *Candide*.

ment, de traverser l'Allemagne ; mon passe-port n'est que pour la Suisse et l'Italie. »

« — Vous nous accompagnerez jusqu'à la frontière d'Autriche, repartit M. de Saint-Priest ; Madame vous prendra dans sa voiture ; la frontière franchie, vous rentrerez dans votre calèche et vous arriverez à Prague trente-six heures avant nous. »

Je courus chez la princesse ; je renouvelai mes instances : la mère de Henri V me dit : « Ne m'abandonnez pas. » Ce mot mit fin à la lutte ; je cédai ; Madame parut pleine de joie. Pauvre femme ! elle avait tant pleuré ! comment aurais-je pu résister au courage, à l'adversité, à la grandeur déchue, réduits à se cacher sous ma *protection* ! Une autre princesse, madame la Dauphine, m'avait aussi remercié de mes inutiles services : Carlsbad et Ferrare étaient deux exils de divers soleils, et j'y avais recueilli les plus nobles honneurs de ma vie.

Madame partit d'assez grand matin, le 19, pour Padoue, où elle me donna rendez-vous ; elle devait s'arrêter au Catajo, chez le duc de Modène. J'avais cent choses à voir à Ferrare, des palais, des tableaux, des manuscrits, il fallut me contenter de la prison du Tasse. Je me mis en route quelques heures après Son Altesse Royale. J'arrivai de nuit à Padoue. J'envoyai Hyacinthe chercher à Venise mon mince bagage d'écolier allemand, et je me couchai tristement à l'*Étoile d'or*, qui n'a jamais été la mienne. [...]

LIVRE QUARANTE ET UNIÈME

Voici de nouveau Chateaubriand sur les routes qui mènent de Padoue à Prague où il arrive le 26 septembre 1833. Ce deuxième séjour en Bohême se solde par un échec politique. C'est avec soulagement mais non sans mélancolie que le mémorialiste retrouve Paris le 6 octobre, surlendemain de la Saint-François, jour de sa fête :

J'ai reçu de mon patron la pauvreté, l'amour des petits et des humbles, la compassion pour les animaux ; mais mon bâton stérile ne se changera point en chêne vert pour les protéger.

Je devais tenir à bonheur d'avoir foulé le sol de France le jour de ma fête ; mais ai-je une patrie ? Dans cette patrie ai-je jamais goûté un moment de repos ? Le 6 octobre au matin je rentrai dans mon *Infirmerie*. Le coup de vent de la Saint-François régnait encore. Mes arbres, refuges naissants des misères recueillies par ma femme, ployaient sous la colère de mon patron. Le soir, à travers les ormes branchus de mon boulevard, j'aperçus les réverbères agités, dont la lumière demi-éteinte vacillait comme la petite lampe de ma vie.

LIVRE QUARANTE-DEUXIÈME

Revu en juin 1847.

POLITIQUE GÉNÉRALE DU MOMENT [1]

(1)

LOUIS-PHILIPPE.

Paris, rue d'Enfer, 1837.

[...] Louis-Philippe est un homme d'esprit dont la langue est mise en mouvement par un torrent de lieux communs. Il plaît à l'Europe, qui nous reproche de n'en pas connaître la valeur ; l'Angleterre aime à voir que nous ayons, comme elle, détrôné un Roi [2] ; les autres souverains délaissent la légitimité qu'ils n'ont pas trouvée obéissante. Philippe a dominé les hommes qui se sont approchés de lui ; il s'est joué de ses ministres ; les a pris, renvoyés, repris, renvoyés de nouveau après les avoir compromis, si rien aujourd'hui compromet.

La supériorité de Philippe est réelle, mais elle n'est

---

1. Avec le livre XLI, et le retour à Paris en octobre 1833, se termine la partie proprement autobiographique des *Mémoires*. Le livre XLII et dernier est constitué par une série de « portraits contemporains », suivis de considérations générales sur le monde actuel et sur son avenir. **2.** Allusion à la révolution anglaise de 1688 qui remplaça Jacques II, le dernier roi Stuart, par son gendre et neveu Guillaume de Nassau, qui régnera sous le nom de Guillaume III.

que relative ; placez-le à une époque où la société aurait encore quelque vie, et ce qu'il y a de médiocre en lui apparaîtra. Deux passions gâtent ses qualités : son amour exclusif de ses enfants, son avidité insatiable d'accroître sa fortune : sur ces deux points il aura sans cesse des éblouissements.

Philippe ne sent pas l'honneur de la France comme le sentaient les aînés des Bourbons ; il n'a pas besoin d'honneur : il ne craint pas les soulèvements populaires comme les craignaient les plus proches de Louis XVI. Il est à l'abri sous le crime de son père ; la haine du bien ne pèse pas sur lui : c'est un complice, non une victime.

Ayant compris la lassitude des temps et la vileté des âmes, Philippe s'est mis à l'aise. Des lois d'intimidation sont venues supprimer les libertés, ainsi que je l'avais annoncé dès l'époque de mon discours d'adieu à la Chambre des pairs, et rien n'a remué ; on a usé de l'arbitraire ; on a égorgé dans la rue Transnonain, mitraillé à Lyon, intenté de nombreux procès de presse [1] ; on a arrêté des citoyens, on les a retenus des mois et des années en prison par mesure préventive, et l'on a applaudi. Le pays usé, qui n'entend plus rien, a tout souffert. Il est à peine un homme qu'on ne puisse opposer à lui-même. D'années en années, de mois en mois, nous avons écrit, dit et fait tout le contraire de ce que nous avons écrit, dit et fait. À force d'avoir à rougir nous ne rougissons plus ; nos contradictions échappent à notre mémoire, tant elles sont multipliées. Pour en finir, nous prenons le parti d'affirmer que nous n'avons jamais varié, ou que nous n'avons varié que par la transformation progressive de nos idées et par notre compréhension éclairée des temps. Les événements si rapides nous ont si promptement vieillis, que quand on nous rappelle nos gestes d'une époque pas-

---

1. En 1834 et 1835. Des barricades furent élevées à Paris les 13 et 14 avril 1834, pour affirmer la solidarité des républicains avec les canuts de la Croix-Rousse de nouveau insurgés. À Paris comme à Lyon, la répression fut sanglante. Mais c'est après le terrible attentat de Fieschi, le 28 juillet 1835, que le duc de Broglie fut obligé de prendre des mesures radicales contre la presse.

sée, il nous semble que l'on nous parle d'un autre homme que de nous : et puis avoir varié, c'est avoir fait comme tout le monde.

Philippe n'a pas cru, comme la branche restaurée, qu'il était obligé pour régner de dominer dans tous les villages ; il a jugé qu'il lui suffisait d'être maître de Paris ; or, s'il pouvait jamais rendre la capitale ville de guerre avec un roulement annuel de soixante mille prétoriens, il se croirait en sûreté. L'Europe le laisserait faire parce qu'il persuaderait aux souverains qu'il agit dans la vue d'étouffer la révolution dans son vieux berceau, déposant pour gage entre les mains des étrangers les libertés, l'indépendance et l'honneur de la France. Philippe est un sergent de ville : l'Europe peut lui cracher au visage ; il s'essuie, remercie et montre sa patente de Roi. D'ailleurs, c'est le seul prince que les Français soient à présent capables de supporter. La dégradation du chef élu fait sa force ; nous trouvons momentanément dans sa personne ce qui suffit à nos habitudes de couronne et à notre penchant démocratique ; nous obéissons à un pouvoir que nous croyons avoir le droit d'insulter ; c'est tout ce qu'il nous faut de liberté : nation à genoux, nous soaffletons notre maître, rétablissant le privilège à ses pieds, l'égalité sur sa joue. Narquois et rusé, Louis XI de l'âge philosophique, le monarque de notre choix conduit dextrement sa barque sur une boue liquide. La branche aînée des Bourbons est séchée sauf un bouton ; la branche cadette est pourrie. Le chef inauguré à la maison de ville n'a jamais songé qu'à lui ; il sacrifie les Français à ce qu'il croit être sa sûreté. Quand on raisonne sur ce qui conviendrait à la grandeur de la patrie, on oublie la nature du souverain ; il est persuadé qu'il périrait par les moyens qui sauveraient la France ; selon lui, ce qui ferait vivre la royauté tuerait le Roi. Du reste, nul n'a le droit de le mépriser, car tout le monde est au niveau du même mépris. Mais quelles que soient les prospérités qu'il rêve en dernier résultat, ou lui, ou ses enfants ne prospéreront pas, parce qu'il délaisse les peuples dont il tient tout. D'un autre côté les rois légitimes, délaissant les rois légitimes, tomberont : on ne renie pas impunément son principe. Si des révolutions ont été un instant détournées de leur cours, elles n'en viendront pas moins grossir le torrent qui cave [1] l'ancien édifice : personne n'a joué son rôle, personne ne sera sauvé.

Puisque aucun pouvoir parmi nous n'est inviolable, puisque le sceptre héréditaire est tombé quatre fois depuis trente-huit années [2] ; puisque le bandeau royal attaché par la victoire s'est dénoué deux fois de la tête de Napoléon, puisque la souveraineté de Juillet a été incessamment assaillie [3], il faut en conclure que ce n'est pas la république qui est impossible, mais la monarchie.

La France est sous la domination d'une idée hostile au trône : un diadème dont on reconnaît d'abord l'autorité, puis que l'on foule aux pieds, que l'on reprend ensuite pour le fouler aux pieds de nouveau, n'est qu'une inutile tentation et un symbole de désordre. On impose un maître à des hommes qui semblent l'appeler par leurs souvenirs, et qui ne le supportent plus par leurs mœurs ; on l'impose à des générations qui, ayant perdu la mesure et la décence sociale, ne savent qu'insulter la personne royale ou remplacer le respect par la servilité.

Philippe a dans sa personne de quoi ralentir la destinée ; il n'a pas de quoi l'arrêter. Le parti démocratique est seul en progrès, parce qu'il marche vers le monde futur. Ceux qui ne veulent pas admettre les causes générales de destruction pour les principes monarchiques, attendent en vain l'affranchissement du joug actuel d'un mouvement des Chambres ; elles ne consentiront point à la réforme [4], parce que la réforme serait leur mort. De son côté, l'opposition devenue industrielle ne portera jamais au roi de sa fabrique la ~~botte à fond, comme elle l'a portée à Charles X~~ ; elle

---

1. Qui creuse, qui mine peu à peu (voir n. 2, p. 413).   **2.** Lors de la déchéance de Louis XVI en 1792, lors du sacre de Napoléon en 1804, lors de son retour en 1815, enfin en 1830.   **3.** Non seulement par les insurrections populaires, mais aussi par les entreprises des légitimistes et celles de Louis-Napoléon Bonaparte. Le fils de la reine Hortense avait tenté en vain, le 30 octobre 1836, de soulever la garnison de Strasbourg. **4.** La réforme électorale du régime censitaire.

remue afin d'avoir des places, elle se plaint, elle est hargneuse ; mais lorsqu'elle se trouve face à face de Philippe, elle recule, car si elle veut obtenir le maniement des affaires, elle ne veut pas renverser ce qu'elle a créé et ce par quoi elle vit. Deux frayeurs l'arrêtent : la frayeur du retour de la légitimité, la frayeur du règne populaire ; elle se colle à Philippe qu'elle n'aime pas, mais qu'elle considère comme un préservatif. Bourrée d'emplois et d'argent, abdiquant sa volonté, l'opposition obéit à ce qu'elle sait funeste et s'endort dans la boue ; c'est le duvet inventé par l'industrie du siècle ; il n'est pas aussi agréable que l'autre, mais il coûte moins cher.

Nonobstant toutes ces choses, une souveraineté de quelques mois, si l'on veut même de quelques années, ne changera pas l'irrévocable avenir. Il n'est presque personne qui n'avoue maintenant la légitimité préférable à l'usurpation, pour la sûreté, la liberté, la propriété, comme pour les relations avec l'étranger, car le principe de notre souveraineté actuelle est hostile au principe des souverainetés européennes. Puisqu'il lui plaisait de recevoir l'investiture du trône du bon plaisir et de la science certaine de la démocratie, Philippe a manqué son point de départ : il aurait dû monter à cheval et galoper jusqu'au Rhin, ou plutôt il aurait dû résister au mouvement qui l'emportait sans condition vers une couronne : des institutions plus durables et plus convenables fussent sorties de cette résistance.

On a dit : « M. le duc d'Orléans n'aurait pu rejeter la couronne sans nous plonger dans des troubles épouvantables » : raisonnement des poltrons, des dupes et des fripons. Sans doute des conflits seraient survenus ; mais ils eussent été suivis du retour prompt à l'ordre. Qu'a donc fait Philippe pour le pays ? Y aurait-il eu plus de sang versé par son refus du sceptre qu'il n'en a coulé pour l'acceptation de ce même sceptre à Paris, à Lyon, à Anvers, dans la Vendée, sans compter ces flots de sang répandus à propos de notre monarchie élective en Pologne, en Italie, en Portugal, en Espagne ? En compensation de ces malheurs, Philippe nous a-t-il donné la liberté ? Nous a-t-il apporté la gloire ? Il a passé son temps à mendier sa légitimation parmi les potentats, à dégrader la France en la faisant la suivante de l'Angleterre, en la livrant en otage ; il a cherché à faire venir le siècle à lui, à le rendre vieux avec sa race, ne voulant pas se rajeunir avec le siècle.

Que ne mariait-il son fils aîné[1] à quelque belle plébéienne de sa patrie ? Ç'eût été épouser la France : cet hymen du peuple et de la royauté aurait fait repentir les rois ; car ces rois qui ont déjà abusé de la soumission de Philippe ne se contenteront pas de ce qu'ils ont obtenu : la puissance populaire qui transparaît à travers notre monarchie municipale les épouvante. Le potentat des barricades, pour être complètement agréable aux potentats absolus, devrait surtout détruire la liberté de la presse et abolir nos institutions constitutionnelles. Au fond de l'âme il les déteste autant qu'eux, mais il a des mesures à garder. Toutes ces lenteurs déplaisent aux autres souverains ; on ne peut leur faire prendre patience qu'en leur sacrifiant tout à l'extérieur : pour nous accoutumer à nous faire au dedans les hommes liges de Philippe, nous commençons par devenir les vassaux de l'Europe.

J'ai dit cent fois et je le répéterai encore, la vieille société se meurt. Pour prendre le moindre intérêt à ce qui existe, je ne suis ni assez bonhomme, ni assez charlatan, ni assez déçu par mes espérances. La France, la plus mûre des nations actuelles, s'en ira vraisemblablement la première. Il est probable que les aînés des Bourbons, auxquels je mourrai attaché, ne trouveraient même pas aujourd'hui un abri durable dans la vieille monarchie. Jamais les successeurs d'un monarque immolé n'ont porté longtemps après lui sa robe déchirée, il y a défiance de part et d'autre : le prince n'ose plus se reposer sur la nation, la nation ne croit plus que la famille rétablie lui puisse pardonner. Un échafaud élevé entre un

---

1. Allusion à toutes les avanies que fut obligé de subir Louis-Philippe avant de pouvoir conclure le mariage du prince royal. Après le refus autrichien de 1836, il fallut se rabattre, en 1837, sur une princesse de Mecklembourg-Schwerin, nièce du roi de Prusse.

peuple et un roi les empêche de se voir : il y a des tombes qui ne se referment jamais. La tête de Capet était si haute que les petits bourreaux furent obligés de l'abattre pour prendre sa couronne, comme les Caraïbes coupaient le palmier afin d'en cueillir le fruit. La tige des Bourbons s'était propagée dans les divers troncs, qui, se courbant, prenaient racine et se relevaient provins [1] superbes : cette famille, après avoir été l'orgueil des autres races royales, semble en être devenue la fatalité.

Mais serait-il plus raisonnable de croire que les descendants de Philippe auraient plus de chances de régner que le jeune héritier de Henri IV ? On a beau combiner diversement les idées politiques, les vérités morales restent immuables. Il est des réactions inévitables, enseignantes, magistrales, vengeresses. Le monarque qui nous initia à la liberté, Louis XVI, a été forcé d'expier dans sa personne le despotisme de Louis XIV et la corruption de Louis XV ; et l'on pourrait admettre que Louis-Philippe, lui ou sa lignée, ne payerait pas la dette de la dépravation de la régence ? Cette dette n'a-t-elle pas été contractée de nouveau par *Égalité* à l'échafaud de Louis XVI, et Philippe son fils n'a-t-il pas augmenté le contrat paternel, lorsque, tuteur infidèle, il a détrôné son pupille ? *Égalité* en perdant la vie n'a rien racheté ; les pleurs du dernier soupir ne rachètent personne : ils ne mouillent que la poitrine et ne tombent pas sur la conscience. Si la branche d'Orléans pouvait régner au droit des vices et des crimes de ses aïeux, où serait donc la Providence ? Jamais plus effroyable tentation n'aurait ébranlé l'homme de bien. Ce qui fait notre illusion, c'est que nous mesurons les desseins éternels sur l'échelle de notre courte vie. Nous passons trop promptement pour que la punition de Dieu puisse toujours se placer dans le court moment de notre existence : la punition descend à l'heure

---

1. « Branches de vigne qu'on couche et qu'on couvre de terre afin qu'elles prennent racines, et qu'elles fassent de nouvelles souches » (*Dictionnaire de Trévoux*, 1771). On appelle cette opération le « provignement » ou « marcottage ».

venue ; elle ne trouve plus le premier coupable, mais elle trouve sa race qui laisse l'espace pour agir.

En s'élevant dans l'ordre universel, le règne de Louis-Philippe, quelle que soit sa durée, ne sera qu'une anomalie, qu'une infraction momentanée aux lois permanentes de la justice : elles sont violées, ces lois, dans un sens borné et relatif ; elles sont suivies dans un sens illimité et général. D'une énormité en apparence consentie du ciel, il faut tirer une conséquence plus haute : il faut en déduire la preuve chrétienne de l'abolition même de la royauté. C'est cette abolition, non un châtiment individuel, qui deviendrait l'expiation de la mort de Louis XVI : nul ne serait admis après ce juste à ceindre le diadème, témoin Napoléon le Grand et Charles X le Pieux. Pour achever de rendre la couronne odieuse, il aurait été permis au fils du régicide de se coucher un moment en faux roi dans le lit sanglant du martyr [1].

Au reste, tous ces raisonnements, si justes qu'ils soient, n'ébranleront jamais ma fidélité à mon jeune Roi ; ne dût-il lui rester que moi en France, je serai toujours fier d'avoir été le dernier sujet de celui qui devrait être le dernier Roi. [...]

(4)

ARMAND CARREL [2]

[...] M. Carrel fut enfermé à Sainte-Pélagie [3] ; j'allais le voir deux ou trois fois par semaine : je le trouvais

---

1. Il est intéressant de comparer ce portrait sans indulgence de Louis-Philippe à celui qu'en a tracé Victor Hugo dans *Les Misérables* (4e partie, livre I, chapitre 3).   **2.** Armand Carrel (1800-1836), ancien officier devenu journaliste, avait pris la direction du *National*, organe du parti républicain. La sympathie que lui voue Chateaubriand est un exemple de cette alliance « objective » de certains légitimistes et de certains républicains contre le régime de Juillet.   **3.** Ancien couvent transformé en prison sous la Révolution, et situé entre le Jardin des Plantes et la rue de la Clef. On y incarcérait les condamnés pour dette ou pour délit de presse.

debout derrière la grille de sa fenêtre. Il me rappelait
son voisin, un jeune lion d'Afrique au Jardin des
Plantes : immobile aux barreaux de sa cage, le fils du
désert laissait errer son regard vague et triste sur les
objets au dehors ; on voyait qu'il ne vivrait pas.
Ensuite nous descendions, M. Carrel et moi ; le serviteur de Henri V se promenait avec l'ennemi des rois
dans une cour humide, sombre, étroite, encerclée de
hauts murs comme un puits. D'autres républicains se
promenaient aussi dans cette cour : ces jeunes et
ardents révolutionnaires, à moustaches, à barbes, aux
cheveux longs, au bonnet teuton ou grec, au visage
pâle, aux regards âpres, à l'aspect menaçant, avaient
l'air de ces âmes préexistantes au Tartare avant d'être
parvenues à la lumière[1] : ils se disposaient à faire
irruption dans la vie. Leur costume agissait sur eux
comme l'uniforme sur le soldat, comme la chemise
sanglante de Nessus sur Hercule : c'était un monde
vengeur caché derrière la société actuelle et qui faisait
frémir.

Le soir, ils se rassemblaient dans la chambre de leur
chef Armand Carrel ; ils parlaient de ce qu'il y aurait
à exécuter à leur arrivée au pouvoir, et de la nécessité
de répandre du sang. Il s'élevait des discussions sur les
grands citoyens de la Terreur : les uns, partisans de
Marat, étaient athées et matérialistes ; les autres, admirateurs de Robespierre, adoraient ce nouveau Christ.
Saint Robespierre n'avait-il pas dit, dans son discours
sur l'Être suprême, que la croyance en Dieu *donnait
la force de braver le malheur*, et que *l'innocence sur
l'échafaud faisait pâlir le tyran sur son char de triomphe* ? Jonglerie d'un bourreau qui parle avec attendrissement de Dieu, de malheur, de tyrannie, d'échafaud,
afin de persuader aux hommes qu'il ne tue que des
coupables, et encore par un effet de vertu ; prévision
des malfaiteurs, qui, sentant venir le châtiment, se

---

1. Réminiscence virgilienne : Énée rencontre au bord du Léthé (et non
pas du tartare) des âmes avides de voir la lumière, et interroge son père sur
leur avenir (*Énéide*, VI, 706-721).

posent d'avance en Socrate devant le juge, et cherchent à effrayer le glaive en le menaçant de leur innocence !

Le séjour à Sainte-Pélagie fit du mal à M. Carrel : enfermé avec des têtes ardentes, il combattait leurs idées, les gourmandait, les bravait, refusant noblement d'illuminer le 21 janvier ; mais en même temps il s'irritait des souffrances, et sa raison était ébranlée par les sophismes du meurtre qui retentissaient à ses oreilles.

Les mères, les sœurs, les femmes de ces jeunes hommes, les venaient soigner le matin et faire leur ménage. Un jour, passant dans le corridor noir qui conduisait à la chambre de M. Carrel, j'entendis une voix ravissante sortir d'une cabine voisine : une belle femme sans chapeau, les cheveux déroulés, assise au bord d'un grabat, raccommodait le vêtement en lambeaux d'un prisonnier agenouillé, qui semblait moins le captif de Philippe que de la femme aux pieds de laquelle il était enchaîné.

Délivré de sa captivité, M. Carrel venait me voir à son tour. Quelques jours avant son heure fatale, il était venu m'apporter le numéro du *National*[1] dans lequel il s'était donné la peine d'insérer un article relatif à mes *Essais sur la littérature anglaise*, et où il avait cité avec trop d'éloges les pages qui terminent ces *Essais*. Depuis sa mort on m'a remis cet article écrit tout entier de sa main, et que je conserve comme un gage de son amitié. *Depuis sa mort !* quels mots je viens de tracer sans m'en rendre compte ! [...]

J'ai vu, en 1836, descendre cet ami au tombeau[2] sans ces consolations religieuses dont je rapportais le souvenir dans ma patrie la première année du siècle.

Je suivis le cercueil depuis la maison mortuaire jusqu'au lieu de la sépulture ; je marchais auprès du père

---

1. Celui du 23 juin 1836.   **2.** Carrel succomba le 24 juillet 1836 des suites de la blessure au bas-ventre qu'il avait reçue le 22, dans un duel au pistolet avec Émile de Girardin, le patron de *La Presse*. Les obsèques eurent lieu le 26 juillet.

de M. Carrel et donnais le bras à M. Arago [1] : M. Arago a mesuré le ciel que j'ai chanté.

Arrivé à la porte du petit cimetière champêtre, le convoi s'arrêta ; des discours furent prononcés. L'absence de la croix m'apprenait que le signe de mon affliction devait rester renfermé au fond de mon âme.

Il y avait six ans qu'aux journées de Juillet, passant devant la colonnade du Louvre, près d'une fosse ouverte, j'y rencontrai des jeunes gens qui me rapportèrent au Luxembourg [2] où j'allais protester en faveur d'une royauté qu'ils venaient d'abattre ; après six ans, je revenais, à l'anniversaire des fêtes de Juillet, m'associer aux regrets de ces jeunes républicains, comme ils s'étaient associés à ma fidélité. Étrange destinée ! Armand Carrel a rendu le dernier soupir chez un officier de la garde royale qui n'a point prêté serment à Philippe [3] ; royaliste et chrétien, j'ai eu l'honneur de porter un coin du voile qui recouvre de nobles cendres, mais qui ne les cachera point.

Beaucoup de rois, de princes, de ministres, d'hommes qui se croyaient puissants, ont défilé devant moi : je n'ai pas daigné ôter mon chapeau à leur cercueil ou consacrer un mot à leur mémoire. J'ai trouvé plus à étudier et à peindre dans les rangs intermédiaires de la société que dans ceux qui font porter leur livrée ; une casaque brochée d'or ne vaut pas le morceau de flanelle que la balle avait enfoncé dans le ventre de Carrel.

Carrel, qui se souvient de vous ? les médiocres et les poltrons que votre mort a délivrés de votre supériorité et de leur frayeur, et moi qui n'étais pas de vos doctrines. Qui pense à vous ? Qui se souvient de vous ? Je vous félicite d'avoir d'un seul pas achevé un voyage dont le trajet prolongé devient si dégoûtant et si désert,

---

1. François Arago (1786-1853), astronome réputé, avait commencé, après la révolution de Juillet, une carrière politique : député des Pyrénées-Orientales, puis de Paris, il sera membre du Gouvernement provisoire en 1848. **2.** Voir pp. 323-324. **3.** Un de ses anciens condisciples de Saint-Cyr nommé Adolphe Payra, chez qui on avait déposé le blessé, devenu intransportable.

d'avoir rapproché le terme de votre marche à la portée
d'un pistolet, distance qui vous a paru trop grande
encore et que vous avez réduite en courant à la longueur d'une épée.

J'envie ceux qui sont partis avant moi : comme les soldats de César à Brindes, du haut des rochers du rivage je
jette ma vue sur la haute mer et je regarde vers l'Épire si
je ne vois point revenir les vaisseaux qui ont passé les
premières légions pour m'enlever à mon tour [1]. [...]

(7)

MADAME SAND

[...] Madame Sand possède un talent de premier
ordre ; ses descriptions ont la vérité de celles de Rousseau dans ses rêveries, et de Bernardin de Saint-Pierre
dans ses *Études*. Son style franc n'est entaché d'aucun
des défauts du jour. *Lélia*, pénible à lire, et qui n'offre
pas quelques-unes des scènes délicieuses d'*Indiana* et
de *Valentine*, est néanmoins un chef-d'œuvre dans son
genre [2] : de la nature de l'orgie, il est sans passion, et
il trouble comme une passion ; l'âme en est absente,
et cependant il pèse sur le cœur ; la dépravation des
maximes, l'insulte à la rectitude de la vie, ne sauraient
aller plus loin ; mais sur cet abîme l'auteur fait descendre son talent. Dans la vallée de Gomorrhe, la rosée
tombe la nuit sur la mer Morte.

Les ouvrages de madame Sand, ces romans, poésie
de la matière, sont nés de l'époque. Malgré sa supériorité, il est à craindre que l'auteur n'ait, par le genre
même de ses écrits, rétréci le cercle de ses lecteurs.
George Sand n'appartiendra jamais à tous les âges. De

---

1. Allusion à un passage de Plutarque (*César*, XLVIII).   **2.** *Lélia* a
été publié en août 1833. *Indiana* avait paru en mai 1832, *Valentine* en
novembre. Ce sont les premiers romans de George Sand, née en 1804.

deux hommes égaux en génie, dont l'un prêche l'ordre et l'autre le désordre, le premier attirera le plus grand nombre d'auditeurs : le genre humain refuse des applaudissements unanimes à ce qui blesse la morale, oreiller sur lequel dort le faible et le juste ; on n'associe guère à tous les souvenirs de sa vie des livres qui ont causé notre première rougeur, et dont on n'a point appris les pages par cœur en descendant du berceau ; des livres qu'on n'a lus qu'à la dérobée, qui n'ont point été nos compagnons avoués et chéris, qui ne se sont mêlés ni à la candeur de nos sentiments, ni à l'intégrité de notre innocence. La Providence a renfermé dans d'étroites limites les succès qui n'ont pas leur source dans le bien, et elle a donné la gloire universelle pour encouragement à la vertu.

Je raisonne ici, je le sais, en homme dont la vue bornée n'embrasse pas le vaste horizon *humanitaire*, en homme rétrograde, attaché à une morale qui fait rire : morale caduque du temps jadis, bonne tout au plus pour des esprits sans lumière, dans l'enfance de la société. Il va naître incessamment un Évangile nouveau[1] fort au-dessus des lieux communs de cette sagesse de convention, laquelle arrête les progrès de l'espèce humaine et la réhabilitation de ce pauvre corps, si calomnié par l'âme. Quand les femmes courront les rues ; quand il suffira, pour se marier, d'ouvrir une fenêtre et d'appeler Dieu aux noces comme témoin, prêtre et convive : alors toute pruderie sera détruite ; il y aura des épousailles partout, et l'on s'élèvera, de même que les colombes, à la hauteur de la nature. Ma critique du genre des ouvrages de madame Sand n'aurait donc quelque valeur que dans l'ordre vulgaire des choses passées ; ainsi j'espère qu'elle ne s'en offensera pas : l'admiration que je professe pour elle doit lui faire excuser des remarques qui ont leur

---

1. Cette formule ironique est peut-être une allusion au *Nouveau christianisme* de Saint-Simon (1825) ; elle vise sans doute aussi les doctrines émancipatrices de la femme, communes au saint-simonisme et au fouriérisme, que le mémorialiste ne prisait guère.

origine dans l'infélicité de mon âge. Autrefois j'eusse
été plus entraîné par les muses ; ces filles du ciel jadis
étaient mes belles maîtresses ; elles ne sont plus
aujourd'hui que mes vieilles amies : elles me tiennent
le soir compagnie au coin du feu, mais elles me quittent vite ; car je me couche de bonne heure, et elles
vont veiller au foyer de madame Sand.

Sans doute madame Sand prouvera de la sorte
son omnipotence intellectuelle, et pourtant elle plaira
moins parce qu'elle sera moins originale ; elle croira
augmenter sa puissance en entrant dans la profondeur
de ces rêveries sous lesquelles on nous ensevelit nous
autres, déplorable vulgaire, et elle aura tort : car elle
est fort au-dessus de ce creux, de ce vague, de cet
orgueilleux galimatias. En même temps qu'il faut
mettre une faculté rare, mais trop flexible, en garde
contre des bêtises supérieures, il faut aussi la préve-
nir que les écrits de fantaisie, les peintures intimes
(comme cela se jargonne), sont bornés, que leur
source est dans la jeunesse, que chaque instant en
tarit quelques gouttes, et qu'au bout d'un certain
nombre de productions, on finit par des répétitions
affaiblies.

Est-il bien sûr que madame Sand trouvera toujours
le même charme à ce qu'elle compose aujourd'hui ?
Le mérite et l'entraînement des passions de vingt ans
ne se déprécieront-ils point dans son esprit, comme les
ouvrages de mes premiers jours sont baissés dans le
mien ? Il n'y a que les travaux de la muse antique qui
ne changent point, soutenus qu'ils sont par la noblesse
des mœurs, la beauté du langage, et la majesté de ces
sentiments départis à l'espèce humaine entière[1]. Le
quatrième livre de l'*Énéide* reste à jamais exposé à
l'admiration des hommes, parce qu'il est suspendu
dans le ciel. La flotte qui apporte le fondateur de l'em-

---

1. Réaffirmation, face au romantisme des années 1830, de la doctrine
classique, telle qu'elle avait été exprimée, dès 1801, dans *Atala* (voir édition
Berchet, Garnier-flammarion, p. 67-68).

pire romain, Didon fondatrice de Carthage se poignardant après avoir annoncé Annibal :

Exoriare aliquis nostris ex ossibus ultor [1] ;

l'Amour faisant jaillir de son flambeau la rivalité de Rome et de Carthage, mettant le feu avec sa torche au bûcher funèbre dont Énée fugitif aperçoit la flamme sur les vagues, c'est tout autre chose que la promenade d'un rêvasseur dans un bois, ou la disparition d'un libertin qui se noie dans une mare [2]. Madame Sand associera, je l'espère, un jour son talent à des sujets aussi durables que son génie.

Madame Sand ne peut se convertir que par la prédication de ce missionnaire à front chauve et à barbe blanche, appelé le Temps. Une voix moins austère enchaîne maintenant l'oreille captive du poëte. Or, je suis persuadé que le talent de madame Sand a quelque racine dans la corruption ; elle deviendrait commune en devenant timorée. Autre chose fût arrivé si elle était toujours demeurée au sanctuaire infréquenté des hommes ; sa puissance d'amour, contenue et cachée sous le bandeau virginal, eût tiré de son sein ces décentes mélodies qui tiennent de la femme et de l'ange. Quoi qu'il en soit, l'audace des doctrines et la volupté des mœurs sont un terrain qui n'avait point encore été défriché par une fille d'Adam, et qui, livré à une culture féminine, a produit une moisson de fleurs inconnues. Laissons madame Sand enfanter de périlleuses merveilles jusqu'à l'approche de l'hiver ; elle ne chantera plus *quand la bise sera venue* [3] ; en attendant souffrons que, moins imprévoyante que la cigale, elle fasse provision de gloire pour le temps où il y aura disette de plaisir. La mère de Musarion lui répétait :

« Tu n'auras pas toujours seize ans. Chaeréas se sou-

---

1. « Que de mes os renaisse quelqu'un qui puisse me venger » (*Énéide*, IV, vers 625). **2.** Allusion à la mort de Stenio, dans la dernière partie de *Lélia*. **3.** Allusion malicieuse à « La cigale et la fourmi » de La Fontaine (*Fables*, I, 1).

viendra-t-il toujours de ses serments, de ses larmes et de ses baisers * ? »

Au reste, maintes femmes ont été séduites et comme enlevées par leurs jeunes années ; vers les jours d'automne, ramenées au foyer maternel, elles ont ajouté à leur cithare la corde grave ou plaintive sur laquelle s'exprime la religion ou le malheur. La vieillesse est une voyageuse de nuit ; la terre lui est cachée, elle ne découvre plus que le ciel brillant au-dessus de sa tête. [...]

(9)

MORT DE CHARLES X

15 novembre.

Charles X n'est plus [1].

Soixante ans de malheurs ont paré la victime [2] *!*

Trente années d'exil ; la mort à soixante-dix-neuf ans en terre étrangère ! Afin qu'on ne pût douter de la mission de malheur dont le Ciel avait chargé ce prince ici-bas, c'est un fléau qui l'est venu chercher. [...] Charles X s'est en allé persuadé qu'il ne s'était pas trompé : s'il a espéré dans la miséricorde divine, c'est en raison du sacrifice qu'il a cru faire de sa couronne à ce qu'il pensait être le devoir de sa conscience et le bien de son peuple : les convictions sont trop rares

---

* Lucien, *Dialogues des courtisanes*, VII.

---

1. Né en 1757, Charles X a succombé à une brusque attaque de choléra le 6 novembre 1836. Il avait quitté Prague au mois de mai et se trouvait depuis quelques jours seulement au château de Grafenberg, près de Goritz, en Illyrie. 2. Vers de Ducis, que celui-ci a utilisé dans *Œdipe chez Admète* (1778), puis dans *Œdipe à Colone* (1797).

pour n'en pas tenir compte. Charles X a pu se rendre ce témoignage que le règne de ses deux frères et le sien n'avaient été ni sans liberté ni sans gloire : sous le Roi martyr, l'affranchissement de l'Amérique et l'émancipation de la France ; sous Louis XVIII, le gouvernement représentatif donné à notre patrie, le rétablissement de la royauté opéré en Espagne sous Charles X, l'indépendance de la Grèce recouvrée à Navarin ; l'Afrique à nous laissée en compensation du territoire perdu avec les conquêtes de la République et de l'Empire : ce sont là des résultats qui demeurent acquis à nos fastes en dépit des stupides jalousies et des vaines inimitiés ; ces résultats ressortiront davantage à mesure que l'on s'enfoncera dans les abaissements de la royauté de Juillet. Mais il est à craindre que ces ornements de prix ne soient qu'au profit des jours expirés, comme la couronne de fleurs sur la tête d'Homère chassé avec grand respect de la république de Platon. La légitimité semble aujourd'hui n'avoir pas l'intention d'aller plus loin ; elle paraît adopter sa chute.

La mort de Charles X ne pourrait être un événement effectif qu'en mettant un terme à une déplorable contestation de sceptre et en donnant une direction nouvelle à l'éducation de Henri V : or, il est à craindre que la couronne absente soit toujours disputée ; que l'éducation finisse sans avoir été virtuellement changée. Peut-être, en s'épargnant la peine de prendre un parti, on s'endormira dans des habitudes chères à la faiblesse, douces à la vie de famille, commodes à la lassitude suite de longues souffrances. Le malheur qui se perpétue produit sur l'âme l'effet de la vieillesse sur le corps ; on ne peut plus remuer ; on se couche. Le malheur ressemble encore à l'exécuteur des hautes justices du ciel : il dépouille les condamnés, arrache au Roi son sceptre, au militaire son épée ; il ôte le décorum au noble, le cœur au soldat, et les renvoie dégradés dans la foule.

D'un autre côté, on tire de l'extrême jeunesse des raisons d'atermoiements : quand on a beaucoup de temps à dépenser, on se persuade qu'on peut attendre ; on a des années à jouer devant les événements : « Ils viendront à nous, s'écrie-t-on, sans que nous nous en mettions en peine ; tout mûrira, le jour du trône arrivera de lui-même ; dans vingt ans les préjugés seront effacés. » Ce calcul pourrait avoir quelque justesse si les générations ne s'écoulaient pas ou ne devenaient pas indifférentes ; mais telle chose peut paraître une nécessité à une époque et n'être pas même sentie à une autre.

Hélas ! avec quelle rapidité les choses s'évanouissent ! où sont les trois frères que j'ai vus successivement régner ? Louis XVIII habite Saint-Denis avec la dépouille mutilée de Louis XVI ; Charles X vient d'être déposé à Goritz, dans une bière fermée à trois clefs[1].

Les restes de ce Roi, en tombant de haut, ont fait tressaillir ses aïeux ; ils se sont retournés dans leur sépulcre ; ils ont dit en se serrant : « Faisons place, voici le dernier d'entre nous. » Bonaparte n'a pas fait autant de bruit en entrant dans la nuit éternelle : les vieux morts ne se sont point réveillés pour l'empereur des morts nouveaux. Ils ne le connaissaient pas. La monarchie française lie le monde ancien au monde moderne. Augustule quitte le diadème en 476. Cinq ans après, en 481, la première race de nos rois, Clovis, règne sur les Gaules. [...]

Roi banni, les hommes ont pu vous proscrire, mais vous ne serez point chassé du temps, vous dormez votre dur somme dans un monastère, sur la dernière planche jadis destinée à quelque franciscain. Point de hérauts d'armes à vos obsèques, rien qu'une troupe de vieux temps blanchis et chenus ; point de grands pour jeter dans le caveau les marques de leur dignité[2], ils en ont fait hommage ailleurs. Des âges muets sont assis au coin de votre bière ; une longue procession de jours passés, les yeux fermés, mène en silence le deuil autour de votre cercueil.

À votre côté reposent votre cœur et vos entrailles arrachés de votre sein et de vos flancs, comme on place

---

1. Dans la crypte des capucins de Castagnavizza, où sa dépouille repose toujours.   2. Selon le cérémonial en usage pour les funérailles royales à Saint-Denis.

auprès d'une mère expirée le fruit abortif qui lui coûta la vie. À chaque anniversaire, monarque très-chrétien, cénobite après trépas[1], quelque frère vous récitera les prières du bout de l'an ; vous n'attirerez à votre *ci-gît* éternel que vos fils bannis avec vous : car même à Trieste le monument de Mesdames est vide[2] : leurs reliques sacrées ont revu leur patrie et vous avez payé à l'exil par votre exil la dette de ces nobles dames.

Eh ! pourquoi ne réunit-on pas aujourd'hui tant de débris dispersés, comme on réunit des antiques exhumées de différentes fouilles ? L'Arc de Triomphe porterait pour couronnement le sarcophage de Napoléon, ou la colonne de bronze[3] élèverait sur des restes immortels des victoires immobiles. Et cependant la pierre taillée par ordre de Sésostris ensevelit dès aujourd'hui l'échafaud de Louis XVI sous le poids des siècles. L'heure viendra que l'obélisque[4] du désert retrouvera, sur la place des meurtres, le silence et la solitude de Luxor.

CONCLUSION

25 septembre 1841.

J'ai commencé à écrire ces *Mémoires* à la Vallée-aux-Loups le 4 octobre 1811 ; j'achève de les relire en

---

1. Devenu moine après votre mort.   2. Voir n. 2, p. 302. Leurs restes avaient été rapatriés, et ensevelis à Saint-Denis le 13 janvier 1817.   3. La colonne de la place Vendôme. Érigée de 1806 à 1810, sur le modèle de la colonne trajanne, pour remplacer une monumentale statue équestre de Louis XIV que la Révolution avait envoyée à la fonte, elle avait été surmontée par une statue de Napoléon en empereur romain que la Restauration déboulonna. Il fallut attendre 1833 pour qu'on lui substitue une autre statue (Napoléon cette fois en redingote et petit chapeau) qui dura jusqu'en 1853 (elle se trouve aujourd'hui dans la cour des Invalides). Napoléon III fit alors restaurer la statue primitive que nous voyons toujours.   4. Offert à la France par Mehemet-Ali en 1831, arrivé à Paris le 21 décembre 1833, il ne fut érigé sur la place de la Concorde que le 25 octobre 1836, quelques jours avant la mort de Charles X.

les corrigeant à Paris ce 25 septembre 1841 : voilà donc vingt-neuf ans, onze mois, vingt-un jours, que je tiens secrètement la plume en composant mes livres publics, au milieu de toutes les révolutions et de toutes les vicissitudes de mon existence. Ma main est lassée : puisse-t-elle ne pas avoir pesé sur mes idées, qui n'ont point fléchi et que je sens vives comme au départ de la course ! À mon travail de trente années j'avais le dessein d'ajouter une conclusion générale : je comptais dire, ainsi que je l'ai souvent mentionné, quel était le monde quand j'y entrai, quel il est quand je le quitte. Mais le sablier est devant moi, j'aperçois la main que les marins croyaient voir jadis sortir des flots à l'heure du naufrage : cette main me fait signe d'abréger ; je vais donc resserrer l'échelle du tableau sans omettre rien d'essentiel. [...]

(11)

LE VIEIL ORDRE EUROPÉEN EXPIRE

[...] Si l'on arrête les yeux sur le monde actuel, on le voit, à la suite du mouvement imprimé par une grande révolution, s'ébranler depuis l'Orient jusqu'à la Chine qui semblait à jamais fermée ; de sorte que nos renversements passés ne seraient rien ; que le bruit de la renommée de Napoléon serait à peine entendu dans le sens dessus dessous général des peuples, de même que lui, Napoléon, a éteint tous les bruits de notre ancien globe.

L'Empereur nous a laissés dans une agitation prophétique. Nous, l'État le plus mûr et le plus avancé, nous montrons de nombreux symptômes de décadence. Comme un malade en péril se préoccupe de ce qu'il trouvera dans sa tombe, une nation qui se sent défaillir s'inquiète de son sort futur. De là ces hérésies politiques qui se succèdent. Le vieil ordre européen expire ; nos débats actuels paraîtront des luttes puériles aux yeux de la postérité. Il n'existe plus rien : autorité de l'expérience et de l'âge, naissance ou génie, talent ou vertu, tout est nié ; quelques individus gravissent au sommet des ruines, se proclament géants et roulent en bas pygmées. Excepté une vingtaine d'hommes qui survivront et qui étaient destinés à tenir le flambeau à travers les steppes ténébreuses où l'on entre, excepté ce peu d'hommes, une génération qui portait en elle un esprit abondant, des connaissances acquises, des germes de succès de toutes sortes, les a étouffés dans une inquiétude aussi improductive que sa superbe est stérile. Des multitudes sans nom s'agitent sans savoir pourquoi, comme les associations populaires du moyen âge : troupeaux affamés qui ne reconnaissent point de berger, qui courent de la plaine à la montagne et de la montagne à la plaine, dédaignant l'expérience des pâtres durcis au vent et au soleil. Dans la vie de la cité tout est transitoire : la religion et la morale cessent d'être admises, ou chacun les interprète à sa façon. Parmi les choses d'une nature inférieure, même en puissance [1] de conviction et d'existence, une renommée palpite à peine une heure, un livre vieillit dans un jour, des écrivains se tuent pour attirer l'attention ; autre vanité : on n'entend pas même leur dernier soupir.

De cette prédisposition des esprits il résulte qu'on n'imagine d'autres moyens de toucher que des scènes d'échafaud et des mœurs souillées : on oublie que les vraies larmes sont celles que fait couler une belle poésie et dans lesquelles se mêle autant d'admiration que de douleur [2] ; mais à présent que les talents se nourrissent de la Régence et de la Terreur, qu'était-il besoin de sujets pour nos langues destinées si tôt à mourir ? Il ne tombera plus du génie de l'homme quelques-unes de ces pensées qui deviennent le patrimoine de l'univers.

Voilà ce que tout le monde se dit et ce que tout le

---

1. Le manuscrit de 1845 porte : « même impuissance » ; mais il semble que la correction soit de Chateaubriand lui-même. 2. Cf. p. 464.

monde déplore, et cependant les illusions surabondent, et plus on est près de sa fin et plus on croit vivre. On aperçoit des monarques qui se figurent être des monarques, des ministres qui pensent être des ministres, des députés qui prennent au sérieux leurs discours, des propriétaires qui possédant ce matin sont persuadés qu'ils posséderont ce soir. Les intérêts particuliers, les ambitions personnelles cachent au vulgaire la gravité du moment : nonobstant les oscillations des affaires du jour, elles ne sont qu'une ride à la surface de l'abîme ; elles ne diminuent pas la profondeur des flots. Auprès des mesquines loteries contingentes, le genre humain joue la grande partie ; les rois tiennent encore les cartes et ils les tiennent pour les nations : celles-ci vaudront-elles mieux que les monarques ? Question à part, qui n'altère point le fait principal. Quelle importance ont des amusettes d'enfants, des ombres glissant sur la blancheur d'un linceul ? L'invasion des idées a succédé à l'invasion des barbares ; la civilisation actuelle décomposée se perd en elle-même ; le vase qui la contient n'a pas versé la liqueur dans un autre vase ; c'est le vase qui s'est brisé.

(12)

INÉGALITÉ DES FORTUNES. — DANGER DE L'EXPANSION DE LA NATURE INTELLIGENTE ET DE LA NATURE MATÉRIELLE.

À quelle époque la société disparaîtra-t-elle ? quels accidents en pourront suspendre les mouvements ? À Rome le règne de l'homme fut substitué au règne de la loi : on passa de la république à l'empire ; notre révolution s'accomplit en sens contraire : on incline à passer de la royauté à la république, ou, pour ne spécifier aucune forme, à la démocratie ; cela ne s'effectuera pas sans difficulté.

Pour ne toucher qu'un point entre mille, la propriété[1], par exemple, restera-t-elle distribuée comme elle l'est ? La royauté née à Reims avait pu faire aller cette propriété en en tempérant la rigueur par la diffusion des lois morales, comme elle avait changé l'humanité en charité. Un État politique où des individus ont des millions de revenu tandis que d'autres individus meurent de faim, peut-il subsister quand la religion n'est plus là avec ses espérances hors de ce monde pour expliquer le sacrifice ? Il y a des enfants que leurs mères allaitent à leurs mamelles flétries, faute d'une bouchée de pain pour sustenter leurs expirants nourrissons ; il y a des familles dont les membres sont réduits à s'entortiller ensemble pendant la nuit faute de couverture pour se réchauffer. Celui-là voit mûrir ses nombreux sillons ; celui-ci ne possédera que les six pieds de terre prêtés à sa tombe par son pays natal. Or, combien six pieds de terre peuvent-ils fournir d'épis de blé à un mort ?

À mesure que l'instruction descend dans ces classes inférieures, celles-ci découvrent la plaie secrète qui ronge l'ordre social irréligieux. La trop grande disproportion des conditions et des fortunes a pu se supporter tant qu'elle a été cachée ; mais aussitôt que cette disproportion a été généralement aperçue, le coup mortel a été porté. Recomposez, si vous le pouvez, les fictions aristocratiques ; essayez de persuader au pauvre, lorsqu'il saura bien lire et ne croira plus, lorsqu'il possédera la même instruction que vous, essayez de lui persuader qu'il doit se soumettre à toutes les privations, tandis que son voisin possède mille fois le superflu : pour dernière ressource il vous le faudra tuer.

Quand la vapeur sera perfectionnée, quand, unie au

---

1. Les considérations de ce chapitre sur la question sociale traduisent des préoccupations communes à beaucoup de contemporains : le *Tableau* de Villermé sur la condition ouvrière date précisément de 1840, et la première loi réglementant le travail des enfants dans les manufactures, de 1841. Mais elles ne sont pas nouvelles chez Chateaubriand. Il ne faut pas oublier que la moitié de ce chapitre date de 1836 *(Essai sur la littérature anglaise)* et que dès 1834 (« Avenir du monde »), voire même 1831 (Lettre à la *Revue européenne*) le mémorialiste avait posé la question.

télégraphe et aux chemins de fer, elle aura fait disparaître les distances, ce ne seront plus seulement les
marchandises qui voyageront, mais encore les idées
rendues à l'usage de leurs ailes. Quand les barrières
fiscales et commerciales auront été abolies entre les
divers États, comme elles le sont déjà entre les pro-
vinces d'un même État ; quand les différents pays en
relations journalières tendront à l'unité des peuples,
comment ressusciterez-vous l'ancien mode de séparation ?

La société, d'un autre côté, n'est pas moins menacée
par l'expansion de l'intelligence qu'elle ne l'est par le
développement de la nature brute ; supposez les bras
condamnés au repos en raison de la multiplicité et de
la variété des machines ; admettez qu'un mercenaire
unique et général, la matière, remplace les mercenaires
de la glèbe et de la domesticité : que ferez-vous du
genre humain désoccupé ? Que ferez-vous des passions
oisives en même temps que l'intelligence ? La vigueur
du corps s'entretient par l'occupation physique ; le
labeur cessant, la force disparaît ; nous deviendrions
semblables à ces nations de l'Asie, proie du premier
envahisseur, et qui ne se peuvent défendre contre une
main qui porte le fer. Ainsi, la liberté ne se conserve
que par le travail, parce que le travail produit la force :
retirez la malédiction prononcée contre les fils
d'Adam, et ils périront dans la servitude : *In sudore
vultus tui, vesceris pane* [1]. La malédiction divine entre
donc dans le mystère de notre sort ; l'homme est moins
l'esclave de ses sueurs que de ses pensées : voilà
comme, après avoir fait le tour de la société, après
avoir passé par les diverses civilisations, après avoir
supposé des perfectionnements inconnus, on se
retrouve au point de départ en présence des vérités de
l'Écriture.

---

1. « Tu gagneras ton pain à la sueur de ton front » (Genèse, III, 19).

(14)

L'AVENIR. — DIFFICULTÉ DE LE COMPRENDRE.

[...] On affirme que dans cette civilisation à naître l'espèce s'agrandira, je l'ai moi-même avancé : cependant n'est-il pas à craindre que l'individu ne diminue ? Nous pourrons être de laborieuses abeilles occupées en commun de notre miel. Dans le monde *matériel* les hommes s'associent pour le travail, une multitude arrive plus vite et par différentes routes à la chose qu'elle cherche ; des masses d'individus élèveront les pyramides ; en étudiant chacun de son côté, ces individus rencontreront des découvertes dans les sciences, exploreront tous les coins de la création physique. Mais dans le monde *moral* en est-il de la sorte ? Mille cerveaux auront beau se coaliser, ils ne composeront jamais le chef-d'œuvre qui sort de la tête d'un Homère.

On a dit[1] qu'une cité dont les membres auront une égale répartition de bien et d'éducation présentera aux regards de la Divinité un spectacle au-dessus du spectacle de la cité de nos pères. La folie du moment est d'arriver à l'unité des peuples et de ne faire qu'un seul homme de l'espèce entière, soit ; mais en acquérant des facultés générales, toute une série de sentiments privés ne périra-t-elle pas ? Adieu les douceurs du foyer ; adieu les charmes de la famille ; parmi tous ces êtres blancs, jaunes, noirs, réputés vos compatriotes, vous ne pourriez vous jeter au cou d'un frère. N'y avait-il rien dans la vie d'autrefois, rien dans cet espace borné que vous aperceviez de votre fenêtre encadrée de lierre ? Au delà de votre horizon vous soupçonniez des pays inconnus dont vous parlait à peine l'oiseau de passage, seul voyageur que vous aviez vu à l'automne. C'était bonheur de songer que les collines qui vous environnaient ne disparaîtraient pas à vos yeux ;

---

1. Alexis de Tocqueville, comme le précise le manuscrit de 1845 (édition Berchet, Classiques Garnier, t. IV, p. 579).

qu'elles renfermeraient vos amitiés et vos amours ; que
le gémissement de la nuit autour de votre asile serait
le seul bruit auquel vous vous endormiriez ; que jamais
la solitude de votre âme ne serait troublée, que vous y
rencontreriez toujours les pensées qui vous y attendent
pour reprendre avec vous leur entretien familier. Vous
saviez où vous étiez né, vous saviez où était votre
tombe ; en pénétrant dans la forêt vous pouviez dire :

> *Beaux arbres qui m'avez vu naître,*
> *Bientôt vous me verrez mourir* [1].

L'homme n'a pas besoin de voyager pour s'agran-
dir ; il porte avec lui l'immensité. Tel accent échappé
de votre sein ne se mesure pas et trouve un écho dans
des milliers d'âmes : qui n'a point en soi cette mélodie,
la demandera en vain à l'univers. Asseyez-vous sur le
tronc de l'arbre abattu au fond des bois : si dans l'oubli
profond de vous-même, dans votre immobilité, dans
votre silence vous ne trouvez pas l'infini, il est inutile
de vous égarer aux rivages du Gange.

Quelle serait une société universelle qui n'aurait
point de pays particulier, qui ne serait ni française, ni
anglaise, ni allemande, ni espagnole, ni portugaise, ni
italienne, ni russe, ni tartare, ni turque, ni persane, ni
indienne, ni chinoise, ni américaine, ou plutôt qui serait
à la fois toutes ces sociétés ? Qu'en résulterait-il pour
ses mœurs, ses sciences, ses arts, sa poésie ? Comment
s'exprimeraient des passions ressenties à la fois à la
manière des différents peuples dans les différents climats ? Comment entrerait dans le langage cette confusion de besoins et d'images produits des divers soleils
qui auraient éclairé une jeunesse, une virilité et une
vieillesse communes ? Et quel serait ce langage ? De
la fusion des sociétés résultera-t-il un idiome universel,
ou y aura-t-il un dialecte de transaction servant à
l'usage journalier, tandis que chaque nation parlerait sa
propre langue, ou bien les langues diverses seraient-

---

1. Citation de Chaulieu (1639-1720), extraite de son *Ode à Fontenay*.

elles entendues de tous ? Sous quelle règle semblable, sous quelle loi unique existerait cette société ? Comment trouver place sur une terre agrandie par la puissance d'ubiquité, et rétrécie par les petites proportions d'un globe souillé partout ? Il ne resterait qu'à demander à la science le moyen de changer de planète[1].

(15)

SAINT-SIMONIENS. — PHALANSTÉRIENS. — FOURIÉRISTES. — OWÉNISTES. — SOCIALISTES. — COMMUNISTES. — UNIONISTES. — ÉGALITAIRES[2].

Las de la propriété particulière, voulez-vous faire du gouvernement un propriétaire unique, distribuant à la communauté devenue mendiante une part mesurée sur le mérite de chaque individu ? Qui jugera des mérites ? Qui aura la force et l'autorité de faire exécuter vos arrêts ? Qui tiendra et fera valoir cette banque d'immeubles vivants ?

Chercherez-vous l'association du travail ? Qu'apportera le faible, le malade, l'inintelligent, dans la communauté restée grevée de leur inaptitude ?

Autre combinaison : on pourrait former, en remplaçant le salaire, des espèces de sociétés anonymes ou en commandite entre les fabricants et les ouvriers, entre l'intelligence et la matière, où les uns apporteraient leur capital et leur idée, les autres leur industrie et leur travail ; on partagerait en commun les bénéfices survenus. C'est très bien, la perfection complète admise chez les hommes ; très bien, si vous ne rencontrez ni querelle, ni avarice, ni envie : mais qu'un seul associé

---

1. Il est à peine besoin de souligner combien, au tournant du XXe siècle, ces réflexions ont conservé leur actualité.   2. Nomenclature des diverses « sectes » socialistes du temps. Chateaubriand ne les mentionne dans le titre du chapitre que pour les oublier ensuite, au profit de sa propre analyse.

réclame, tout croule ; les divisions et les procès commencent. Ce moyen, un peu plus possible en théorie, est tout aussi impossible en pratique.

Chercherez-vous, par une opinion mitigée, l'édification d'une cité où chaque homme possède un toit, du feu, des vêtements, une nourriture suffisante ? Quand vous serez parvenu à doter chaque citoyen, les qualités et les défauts dérangeront votre partage ou le rendront injuste : celui-ci a besoin d'une nourriture plus considérable que celui-là ; celui-là ne peut pas travailler autant que celui-ci ; les hommes économes et laborieux deviendront des riches, les dépensiers, les paresseux, les malades, retomberont dans la misère ; car vous ne pouvez donner à tous le même tempérament : l'inégalité naturelle reparaîtra en dépit de vos efforts.

Et ne croyez pas que nous nous laissions enlacer par les précautions légales et compliquées qu'ont exigées l'organisation de la famille, droits matrimoniaux, tutelles, reprises des hoirs[1] et ayants-cause, etc., etc. Le mariage est notoirement une absurde oppression : nous abolissons tout cela. Si le fils tue le père, ce n'est pas le fils, comme on le prouve très bien, qui commet un parricide, c'est le père qui en vivant immole le fils. N'allons donc pas nous troubler la cervelle des labyrinthes d'un édifice que nous mettons rez pied, rez terre[2] ; il est inutile de s'arrêter à ces bagatelles caduques de nos grands-pères.

Ce nonobstant, parmi les modernes sectaires, il en est qui, entrevoyant les impossibilités de leurs doctrines, y mêlent, pour les faire tolérer, les mots de morale et de religion ; ils pensent qu'en attendant mieux, on pourrait nous mener d'abord à l'idéale médiocrité des Américains ; ils ferment les yeux et veulent bien oublier que les Américains sont propriétaires, et propriétaires ardents, ce qui change un peu la question.

D'autres, plus obligeants encore, et qui admettent une sorte d'élégance de civilisation, se contenteraient

---

1. Héritiers.   2. Au ras du sol (locution en usage au XVIIe siècle).

de nous transformer en Chinois *constitutionnels*, à peu près athées, vieillards éclairés et libres, assis en robes jaunes pour des siècles dans nos semis de fleurs, passant nos jours dans un confortable[1] acquis à la multitude, ayant tout inventé, tout trouvé, végétant en paix au milieu de nos progrès accomplis, et nous mettant seulement sur un chemin de fer, comme un ballot, afin d'aller de Canton à la grande muraille deviser d'un marais à dessécher, d'un canal à creuser, avec un autre industriel du Céleste-Empire[2]. Dans l'une ou l'autre supposition, Américain ou Chinois, je serai heureux d'être parti avant qu'une telle félicité me soit advenue.

Enfin il resterait une solution : il se pourrait qu'en raison d'une dégradation complète du caractère humain, les peuples s'arrangeassent de ce qu'ils ont : ils perdraient l'amour de l'indépendance, remplacé par l'amour des écus, en même temps que les Rois perdraient l'amour du pouvoir, troqué pour l'amour de la liste civile. De là résulterait un compromis entre les monarques et les sujets charmés de ramper pêle-mêle dans un ordre politique bâtard ; ils étaleraient à leur aise leurs infirmités les uns devant les autres, comme dans les anciennes léproseries, ou comme dans ces boues où trempent aujourd'hui des malades pour se soulager ; on barboterait dans une fange indivise à l'état de reptile pacifique.

C'est néanmoins mal prendre son temps que de vouloir, dans l'état actuel de notre société, remplacer les plaisirs de la nature intellectuelle par les joies de la nature physique. Celles-ci, on le conçoit, pouvaient occuper la vie des anciens peuples aristocratiques ; maîtres du monde, ils possédaient des palais, des troupeaux d'esclaves ; ils englobaient dans leurs propriétés particulières des régions entières de l'Afrique. Mais sous quel portique promènerez-vous maintenant vos pauvres loisirs ? Dans quels bains vastes et ornés ren-

---

1. Adjectif substantivé qui a disparu au profit de *confort*.   **2.** Cette image de la Chine est devenue quelque peu anachronique en 1840 : elle « date » du XVIIIe siècle.

fermerez-vous les parfums, les fleurs, les joueuses de flûte, les courtisanes de l'Ionie ? N'est pas Héliogabale[1] qui veut. Où prendrez-vous les richesses indispensables à ces délices matérielles ? L'âme est économe ; mais le corps est dépensier.

Maintenant, quelques mots plus sérieux sur l'égalité absolue : cette égalité ramènerait non seulement la servitude des corps, mais l'esclavage des âmes ; il ne s'agirait de rien moins que de détruire l'inégalité morale et physique de l'individu. Notre volonté, mise en régie sous la surveillance de tous, verrait nos facultés tomber en désuétude. L'infini, par exemple, est de notre nature ; défendez à notre intelligence, ou même à nos passions, de songer à des biens sans terme, vous réduisez l'homme à la vie du limaçon, vous le métamorphosez en machine. Car, ne vous y trompez pas : sans la possibilité d'arriver à tout, sans l'idée de vivre éternellement, néant partout ; sans la propriété individuelle, nul n'est affranchi ; quiconque n'a pas de propriété ne peut être indépendant[2], il devient prolétaire ou salarié, soit qu'il vive dans la condition actuelle des propriétés à part, ou au milieu d'une propriété commune. La propriété commune ferait ressembler la société à un de ces monastères à la porte duquel des économes distribuaient du pain. La propriété héréditaire et inviolable est notre défense personnelle ; la propriété n'est autre chose que la *liberté*. L'*égalité absolue*, qui présuppose la *soumission complète* à cette *égalité*, reproduirait la plus dure servitude ; elle ferait de l'individu humain une bête de somme soumise à l'action qui la contraindrait, et obligée de marcher sans fin dans le même sentier. [...]

---

1. Empereur romain du IIIe siècle, mort à dix-huit ans après quatre ans de règne au cours duquel il avait cherché à épuiser tous les genres de plaisirs.   2. C'est la leçon que Chateaubriand tire pour lui-même de sa propre expérience.

(16)

L'IDÉE CHRÉTIENNE EST L'AVENIR DU MONDE [1].

En définitive, mes investigations m'amènent à conclure que l'ancienne société s'enfonce sous elle, qu'il est impossible à quiconque n'est pas chrétien de comprendre la société future poursuivant son cours et satisfaisant à la fois ou l'idée purement républicaine ou l'idée monarchique modifiée. Dans toutes les hypothèses, les améliorations que vous désirez, vous ne les pouvez tirer que de l'Évangile.

Au fond des combinaisons des sectaires actuels, c'est toujours le plagiat, la parodie de l'Évangile, toujours le principe apostolique qu'on retrouve : ce principe est tellement entré en nous, que nous en usons comme nous appartenant ; nous nous le présumons naturel, quoiqu'il ne nous le soit pas ; il nous est venu de notre ancienne foi, à prendre celle-ci à deux ou trois degrés d'ascendance au-dessus de nous. Tel esprit indépendant qui s'occupe du perfectionnement de ses semblables n'y aurait jamais pensé si le droit des peuples n'avait été posé par le Fils de l'homme [2]. Tout acte de philanthropie auquel nous nous livrons, tout système que nous rêvons dans l'intérêt de l'humanité, n'est que l'idée chrétienne retournée, changée de nom et trop souvent défigurée : c'est toujours le verbe qui se fait chair ! [...]

Le christianisme, stable dans ses dogmes, est mobile dans ses lumières ; sa transformation enveloppe la transformation universelle. Quand il aura atteint son plus haut point, les ténèbres achèveront de s'éclaircir ;

---

1. Après avoir rendu hommage, à la fin du chapitre XV, à son compatriote Lamennais, prêtre égaré mais qu'il souhaite retrouver « sur le même rivage des choses éternelles », Chateaubriand réaffirme que, selon lui, il existe un lien congénital entre le christianisme, la liberté et le progrès. Sur ce dernier stade de sa pensée religieuse (et politique), voir Frank Bowman, « Chateaubriand et le Christ des barricades », *Bulletin de la Société Chateaubriand*, n° 33, 1990, p. 41-50.   2. Le Christ.

la liberté, crucifiée sur le Calvaire avec le Messie, en descendra avec lui ; elle remettra aux nations ce nouveau testament écrit en leur faveur et jusqu'ici entravé dans ses clauses. Les gouvernements passeront, le mal moral disparaîtra, la réhabilitation annoncera la consommation des siècles de mort et d'oppression nés de la chute.

Quand viendra ce jour désiré ? Quand la société se recomposera-t-elle d'après les moyens secrets du principe générateur ? Nul ne le peut dire ; on ne saurait calculer les résistances des passions.

Plus d'une fois la mort engourdira des races, versera le silence sur les événements comme la neige tombée pendant la nuit fait cesser le bruit des chars. Les nations ne croissent pas aussi rapidement que les individus dont elles sont composées et ne disparaissent pas aussi vite. Que de temps ne faut-il point pour arriver à une seule chose cherchée ! L'agonie du Bas-Empire pensa ne pas finir ; l'ère chrétienne, déjà si étendue, n'a pas suffi à l'abolition de la servitude[1]. Ces calculs, je le sais, ne vont pas au tempérament français ; dans nos révolutions nous n'avons jamais admis l'élément du temps : c'est pourquoi nous sommes toujours ébahis des résultats contraires à nos impatiences. Pleins d'un généreux courage, des jeunes gens se précipitent ; ils s'avancent tête baissée vers une haute région qu'ils entrevoient et qu'ils s'efforcent d'atteindre : rien de plus digne d'admiration ; mais ils useront leur vie dans ces efforts, et arrivés au terme, de mécompte en mécompte, ils consigneront le poids des années déçues à d'autres générations abusées qui le porteront jusqu'aux tombeaux voisins ; ainsi de suite. Le temps du désert est revenu ; le christianisme recommence dans la stérilité de la Thébaïde, au milieu d'une idolâtrie redoutable, l'idolâtrie de l'homme envers soi.

Il y a deux conséquences dans l'histoire, l'une

---

1. En 1840, le servage existe encore dans la « sainte Russie » tsariste, tandis que les esclaves africains sont encore une des bases de la prospérité américaine.

immédiate et qui est à l'instant connue, l'autre éloignée et qu'on n'aperçoit pas d'abord. Ces conséquences souvent se contredisent ; les unes viennent de notre courte sagesse, les autres de la sagesse perdurable. L'événement providentiel apparaît après l'événement humain. Dieu se lève derrière les hommes. Niez tant qu'il vous plaira le suprême conseil, ne consentez pas à son action, disputez sur les mots, appelez force des choses ou raison ce que le vulgaire appelle Providence, regardez à la fin d'un fait accompli, et vous verrez qu'il a toujours produit le contraire de ce qu'on en attendait, quand il n'a point été établi d'abord sur la morale et sur la justice.

Si le Ciel n'a pas prononcé son dernier arrêt : si un avenir doit être, un avenir puissant et libre, cet avenir est loin encore, loin au delà de l'horizon visible ; on n'y pourra parvenir qu'à l'aide de cette espérance chrétienne dont les ailes croissent à mesure que tout semble la trahir, espérance plus longue que le temps et plus forte que le malheur.

(17)

RÉCAPITULATION DE MA VIE.

L'ouvrage inspiré par mes cendres et destiné à mes cendres subsistera-t-il après moi ? Il est possible que mon travail soit mauvais ; il est possible qu'en voyant le jour ces *Mémoires* s'effacent : du moins les choses que je me serai racontées auront servi à tromper l'ennui de ces dernières heures dont personne ne veut et dont on ne sait que faire. Au bout de la vie est un âge amer : rien ne plaît, parce qu'on n'est digne de rien ; bon à personne, fardeau à tous, près de son dernier gîte, on n'a qu'un pas à faire pour y atteindre : à quoi servirait de rêver sur une plage déserte ? quelles aimables ombres apercevrait-on dans l'avenir ? Fi des nuages qui volent maintenant sur ma tête !

Une idée me revient et me trouble : ma conscience n'est pas rassurée sur l'innocence de mes veilles ; je crains mon aveuglement et la complaisance de l'homme pour ses fautes. Ce que j'écris est-il bien selon la justice ? La morale et la charité sont-elles rigoureusement observées ? Ai-je eu le droit de parler des autres ? Que me servirait le repentir, si ces *Mémoires* faisaient quelque mal ? Ignorés et cachés de la terre, vous de qui la vie agréable aux autels opère des miracles, salut à vos secrètes vertus !

[...] Vous m'avez vu naître : vous avez vu mon enfance, l'idolâtrie de ma singulière création dans le château de Combourg, ma présentation à Versailles, mon assistance à Paris au premier spectacle de la Révolution. Dans le nouveau monde je rencontre Washington ; je m'enfonce dans les bois ; le naufrage me ramène sur les côtes de ma Bretagne. Arrivent mes souffrances comme soldat, ma misère comme émigré. Rentré en France, je deviens auteur du *Génie du Christianisme*. Dans une société changée, je compte et je perds des amis. Bonaparte m'arrête et se jette, avec le corps sanglant du duc d'Enghien, devant mes pas ; je m'arrête à mon tour, et je conduis le grand homme de son berceau, en Corse, à sa tombe, à Sainte-Hélène. Je participe à la Restauration et je la vois finir.

Ainsi la vie publique et privée m'a été connue. Quatre fois j'ai traversé les mers ; j'ai suivi le soleil en Orient, touché les ruines de Memphis, de Carthage, de Sparte et d'Athènes ; j'ai prié au tombeau de saint Pierre et adoré sur le Golgotha. Pauvre et riche, puissant et faible, heureux et misérable, homme d'action, homme de pensée, j'ai mis ma main dans le siècle, mon intelligence au désert ; l'existence effective s'est montrée à moi au milieu des illusions, de même que la terre apparaît aux matelots parmi les nuages. Si ces faits répandus sur mes songes, comme le vernis qui préserve des peintures fragiles, ne disparaissent pas, ils indiqueront le lieu par où a passé ma vie.

Dans chacune de mes trois carrières je m'étais proposé un but important : voyageur, j'ai aspiré à la découverte du monde polaire ; littérateur, j'ai essayé de rétablir le culte sur ses ruines ; homme d'État, je me suis efforcé de donner aux peuples le système de la monarchie pondérée, de replacer la France à son rang en Europe, de lui rendre la force que les traités de Vienne lui avaient fait perdre ; j'ai du moins aidé à conquérir celle de nos libertés qui les vaut toutes, la liberté de la presse. Dans l'ordre divin, religion et liberté ; dans l'ordre humain, honneur et gloire (qui sont la génération humaine de la religion et de la liberté) : voilà ce que j'ai désiré pour ma patrie.

Des auteurs français de ma date, je suis quasi le seul qui ressemble à ses ouvrages : voyageur, soldat, publiciste, ministre, c'est dans les bois que j'ai chanté les bois, sur les vaisseaux que j'ai peint l'Océan, dans les camps que j'ai parlé des armes, dans l'exil que j'ai appris l'exil, dans les cours, dans les affaires, dans les assemblées que j'ai étudié les princes, la politique et les lois.

Les orateurs de la Grèce et de Rome furent mêlés à la chose publique et en partagèrent le sort : dans l'Italie et l'Espagne de la fin du moyen âge et de la Renaissance les premiers génies des lettres et des arts participèrent au mouvement social. Quelles orageuses et belles vies que celles de Dante, de Tasse, de Camoëns, d'Ercilla[1], de Cervantes ! En France, anciennement, nos cantiques et nos récits nous parvenaient de nos pèlerinages et de nos combats ; mais, à compter du règne de Louis XIV, nos écrivains ont trop souvent été des hommes isolés dont les talents pouvaient être l'expression de l'esprit, non des faits de leur époque.

Moi, bonheur ou fortune, après avoir campé sous la hutte de l'Iroquois et sous la tente de l'Arabe, après avoir revêtu la casaque du sauvage et le cafetan du mamelouck, je me suis assis à la table des rois pour retomber dans l'indigence. Je me suis mêlé de paix et

---

1. Alonzo Ercilla (1533-1595), poète épique espagnol.

de guerre ; j'ai signé des traités et des protocoles ; j'ai assisté à des sièges, des congrès et des conclaves ; à la réédification et à la démolition des trônes ; j'ai fait de l'histoire, et je la pouvais écrire : et ma vie solitaire et silencieuse marchait au travers du tumulte et du bruit avec les filles de mon imagination, Atala, Amélie, Blanca, Velléda, sans parler de ce que je pourrais appeler les réalités de mes jours, si elles n'avaient elles-mêmes la séduction des chimères. J'ai peur d'avoir eu une âme de l'espèce de celle qu'un philosophe ancien appelait une maladie sacrée.

Je me suis rencontré entre deux siècles, comme au confluent de deux fleuves ; j'ai plongé dans leurs eaux troublées, m'éloignant à regret du vieux rivage où je suis né, nageant avec espérance vers une rive inconnue [1].

(18)

RÉSUMÉ DES CHANGEMENTS ARRIVÉS SUR LE GLOBE
PENDANT MA VIE.

La géographie entière a changé depuis que, selon l'expression de nos vieilles coutumes, j'ai pu regarder le ciel de mon lit. Si je compare deux globes terrestres, l'un du commencement, l'autre de la fin de ma vie, je ne les reconnais plus. Une cinquième partie de la terre, l'Australie, a été découverte et s'est peuplée : un sixième continent vient d'être aperçu par des voiles françaises [2] dans les glaces du pôle antarctique, et les Parry, les Ross, les Franklin, ont tourné, à notre pôle, les côtes qui dessinent la limite de l'Amérique au sep-

---

1. Ce chapitre réutilise les principales articulations de la « Préface testamentaire » de 1833 (voir Introduction, p. 15). **2.** Le premier explorateur des banquises du pôle Sud, le français Dumont d'Urville, venait de rentrer, en 1840, de son premier voyage.

tentrion[1] ; l'Afrique a ouvert ses mystérieuses solitudes[2] ; enfin il n'y a pas un coin de notre demeure qui soit actuellement ignoré. On attaque toutes les langues de terre qui séparent le monde ; on verra sans doute bientôt des vaisseaux traverser l'isthme de Panama et peut-être l'isthme de Suez.

L'histoire a fait parallèlement au fond du temps des découvertes ; les langues sacrées ont laissé lire leur vocabulaire perdu ; jusque sur les granits de Mezraïm, Champollion a déchiffré ces hiéroglyphes qui semblaient être un sceau mis sur les lèvres du désert, et qui répondait de leur éternelle discrétion[*]. Que si les révolutions nouvelles ont rayé de la carte la Pologne, la Hollande, Gênes et Venise, d'autres républiques occupent une partie des rivages du grand Océan et de l'Atlantique. Dans ces pays, la civilisation perfectionnée pourrait prêter des secours à une nature énergique : les bateaux à vapeur remonteraient ces fleuves destinés à devenir des communications faciles, après avoir été d'invincibles obstacles ; les bords de ces fleuves se couvriraient de villes et de villages, comme nous avons vu de nouveaux États américains sortir des déserts du Kentucky. Dans ces forêts réputées impénétrables, fuiraient ces chariots sans chevaux, transportant des poids énormes et des milliers de voyageurs. Sur ces rivières,

---

[*] M. Ch. Lenormant, savant compagnon de voyage de Champollion, a préservé la grammaire des obélisques que M. Ampère[3] est allé étudier aujourd'hui sur les ruines de Thèbes et de Memphis.

---

1. Le mémorialiste voyait ainsi se réaliser le rêve de sa jeunesse. Le navigateur anglais William Parry (1790-1856) conduisit quatre expéditions vers le pôle Nord, de 1819 à 1826, que Chateaubriand suivit avec attention. John Franklin (1786-1847) venait de parcourir la région polaire, en 1825 et 1826 ; tandis que John Ross (1777-1856) avait publié en 1835 un *Voyage à la recherche du passage au pôle N.-O.* **2.** Son exploration ne fait alors que commencer. Le voyage de René Caillé jusqu'à Tombouctou date de 1827-1828. En 1830-1831, le voyageur anglais Richard Lander (1804-1834) avait exploré le cours du Niger, mais il avait été tué par les indigènes lors de sa seconde expédition sur le fleuve en 1834. **3.** Jean-Jacques Ampère (1800-1864), historien, voyageur et critique, comme Charles Lenormant (1802-1859), archéologue et historien, faisaient partie des intimes de Mme Récamier. Chateaubriand les a choisis pour être ses exécuteurs testamentaires.

sur ces chemins, descendraient, avec les arbres pour la construction des vaisseaux, les richesses des mines qui serviraient à les payer ; et l'isthme de Panama romprait sa barrière pour donner passage à ces vaisseaux dans l'une et l'autre mer.

La marine qui emprunte du feu le mouvement [1] ne se borne pas à la navigation des fleuves, elle franchit l'Océan ; les distances s'abrègent ; plus de courants, de moussons, de vents contraires, de blocus, de ports fermés. Il y a loin de ces romans industriels au hameau de Plancouët : en ce temps-là, les dames jouaient aux jeux d'autrefois à leur foyer ; les paysannes filaient le chanvre de leurs vêtements ; la maigre bougie de résine éclairait les veillées de village ; la chimie n'avait point opéré ses prodiges ; les machines n'avaient pas mis en mouvement toutes les eaux et tous les fers pour tisser les laines ou broder les soies ; le gaz resté aux météores ne fournissait point encore l'illumination de nos théâtres et de nos rues.

Ces transformations ne se sont pas bornées à nos séjours : par l'instinct de son immortalité, l'homme a envoyé son intelligence en haut ; à chaque pas qu'il a fait dans le firmament, il a reconnu des miracles de la puissance inénarrable. Cette étoile, qui paraissait simple à nos pères, est double et triple à nos yeux ; les soleils interposés devant les soleils se font ombre et manquent d'espace pour leur multitude. Au centre de l'infini, Dieu voit défiler autour de lui ces magnifiques théories, preuves ajoutées aux preuves de l'Être suprême.

Représentons-nous, selon la science agrandie, notre chétive planète nageant dans un océan à vagues de soleils, dans cette voie lactée, matière brute de lumière, métal en fusion de mondes que façonnera la main du Créateur. La distance de telles étoiles est si prodigieuse que leur éclat ne pourra parvenir à l'œil qui les regarde

---

1. La marine à vapeur se développe autour de 1840, avec les premières lignes transatlantiques, et les premières liaisons régulières dans le bassin méditerranéen.

que quand ces étoiles seront éteintes, le foyer avant le
rayon. Que l'homme est petit sur l'atome où il se
meut ! Mais qu'il est grand comme intelligence ! Il sait
quand le visage des astres se doit charger d'ombre, à
quelle heure reviennent les comètes après des milliers
d'années, lui qui ne vit qu'un instant ! Insecte micro-
scopique inaperçu dans un pli de la robe du ciel, les
globes ne lui peuvent cacher un seul de leurs pas dans
la profondeur des espaces [1]. Ces astres, nouveaux pour
nous, quelles destinées éclaireront-ils ? La révélation
de ces astres est-elle liée à quelque nouvelle phase de
l'humanité ? Vous le saurez, races à naître ; je l'ignore
et je me retire.

Grâce à l'exorbitance [2] de mes années, mon monument est achevé. Ce m'est un grand soulagement ; je
sentais quelqu'un qui me poussait : le patron de la
barque sur laquelle ma place est retenue m'avertissait
qu'il ne me restait qu'un moment pour monter à bord.
Si j'avais été le maître de Rome, je dirais, comme
Sylla, que je finis mes *Mémoires* la veille même de ma
mort ; mais je ne conclurais pas mon récit par ces mots
comme il conclut le sien : « J'ai vu en songe un de
mes enfants qui me montrait Metella, sa mère, et m'ex-
hortait à venir jouir du repos dans le sein de la félicité
éternelle [3]. » Si j'eusse été Sylla, la gloire ne m'aurait
jamais pu donner le repos et la félicité.

Des orages nouveaux se formeront ; on croit pressentir des calamités qui l'emporteront sur les afflictions
dont nous avons été accablés ; déjà, pour retourner au
champ de bataille, on songe à rebander ses vieilles
blessures. Cependant, je ne pense pas que des malheurs
prochains éclatent : peuples et rois sont également
recrus ; des catastrophes imprévues ne fondront pas sur

---

1. Pour apprécier la tonalité pascalienne de ce paragraphe, il faut rappeler que dans le *Génie du christianisme*, Chateaubriand avait appelé Pascal
un « effrayant génie ».   2. Ce terme, qui ne signifie rien qu'un « très
grand nombre », est emprunté à la langue du XVIᵉ siècle.   3. Plutarque,
Sylla, LXXV. Chateaubriand se compare à Sylla comme mémorialiste ;
mais il dénie à celui-ci le droit de jouir du bonheur des justes dans un autre
monde, après la vie criminelle qui a été la sienne dans le nôtre.

la France : ce qui me suivra ne sera que l'effet de la transformation générale. On touchera sans doute à des stations pénibles ; le monde ne saurait changer de face sans qu'il y ait douleur. Mais, encore un coup, ce ne seront point des révolutions à part ; ce sera la grande révolution allant à son terme. Les scènes de demain ne me regardent plus ; elles appellent d'autres peintres : à vous, messieurs.

En traçant ces derniers mots, ce 16 novembre 1841[1], ma fenêtre, qui donne à l'ouest sur les jardins des Missions étrangères, est ouverte[2] : il est six heures du matin ; j'aperçois la lune pâle et élargie ; elle s'abaisse sur la flèche des Invalides à peine révélée par le premier rayon doré de l'Orient : on dirait que l'ancien monde finit, et que le nouveau commence. Je vois les reflets d'une aurore dont je ne verrai pas se lever le soleil. Il ne me reste qu'à m'asseoir au bord de ma fosse : après quoi je descendrai hardiment, le crucifix à la main, dans l'éternité.

FIN DES MÉMOIRES.

---

1. Sur les problèmes posés par cette date, voir édition Berchet, Classiques Garnier, t. IV, p. 761-762.   **2.** De 1838 à sa mort le 4 juillet 1848, Chateaubriand a habité dans un hôtel particulier de la rue du Bac (aujourd'hui n° 120), situé entre cour et jardin, et qui avait vue sur le parc des Missions étrangères, et au-delà, sur la coupole des Invalides, sous laquelle reposait, depuis le mois de décembre 1840, la dépouille de Napoléon.

CHRONOLOGIE

1768 : *4 septembre* : naissance, à Saint-Malo, de François-René de Chateaubriand, dernier-né des dix enfants (quatre sont décédés au berceau ou en bas-âge) de René de Chateaubriand (1718-1786) et Apolline de Bedée (1726-1798). Outre son frère aîné Jean-Baptiste (né le 23 juin 1759), il lui reste quatre sœurs : Marie-Anne (4 juillet 1760) ; Bénigne (31 août 1761) ; Julie (2 septembre 1763) ; Lucile (7 août 1764). Il est aussitôt mis en nourrice, pour trois ans, à Plancoët, près de Dinan, où réside sa grand-mère maternelle.

1771-1777 : enfance « oisive » à Saint-Malo. Au mois de mai 1777, installation de toute la famille au château de Combourg, acheté en 1761. Chateaubriand entre au collège de Dol, où il poursuivra ses études jusqu'en juillet 1781, et où il fera sa Première Communion le 12 avril de cette même année.

Octobre 1781-décembre 1782 : collège de Rennes.

1783 : de janvier à juin, François-René prépare, à Brest, le concours de garde de la marine ; il rentre à Combourg sans avoir pu se présenter.

Inscription, en octobre, au collège de Dinan pour terminer ses Humanités ; il songe à se faire prêtre.

1784-1786 : « années de délire » à Combourg, en compagnie de Lucile. On lui cherche une place dans les colonies.

9 août 1786 : départ pour Cambrai ; son frère a obtenu pour lui une place de « cadet-volontaire » au régiment de Navarre.

6 septembre 1786 : mort du comte de Chateaubriand.

1787-1790 : OFFICIER AU RÉGIMENT DE NAVARRE.

Nommé sous-lieutenant de remplacement le 12 septembre 1787, mis en demi-solde le 17 mars 1788, puis réintégré comme cadet-gentilhomme le 10 septembre de la même année, Chateaubriand sera définitivement réformé à la suite de la loi du 13 mars 1791.

19 février 1787 : le « chevalier de Chateaubriand » est présenté à la Cour de versailles.

Novembre 1787 : son frère aîné Jean-Baptiste épouse à Paris Aline-Thérèse Le Pelletier de Rosanbo, petite-fille de Malesherbes.

Janvier 1789 : agitation pré-révolutionnaire à Rennes. François de Chateaubriand participe à des échauffourées au cours desquelles son ancien camarade de collège Saint-Riveul est tué.

Ayant passé la majeure partie de cette période en congé à Fougères ou à Paris, Chateaubriand assiste en spectateur au début de la Révolution ; il commence à fréquenter les gens de lettres parisiens.

11 septembre 1789 : il est reçu chevalier de Malte.

1791 : VOYAGE EN AMÉRIQUE.

8 avril : départ de Saint-Malo, escales dans les Açores (du 3 au 6 mai), puis à Saint-Pierre (du 23 mai au 8 juin).

10 juillet : arrivée à Baltimore. Visite des principales villes de la côte Est, puis remontée vers le Canada. En août, Chateaubriand séjourne près des chutes de Niagara.

Septembre-novembre : descente jusqu'au Tennessee, puis retour à Philadelphie où il se réembarque début décembre. Il arrive au Havre le 2 janvier 1792, après une effroyable tempête.

1792 : revenu à Saint-Malo désargenté, Chateaubriand épouse Céleste Buisson de la Vigne. Au mois de mai, le jeune couple, accompagné de Lucile et Julie, gagne Paris où la Révolution précipite son cours.

15 juillet : Chateaubriand émigre sans enthousiasme, avec son frère, pour rejoindre les corps de volontaires royalistes recrutés par le prince de Condé.

6 septembre : il est blessé au siège de Thionville,

puis démobilisé. Parvenu, non sans mal, jusqu'à Ostende, il arrive à gagner Jersey, dans un état critique.

1793-1800 : SÉJOUR EN ANGLETERRE.

1793 : de janvier à mai, longue convalescence à Saint-Hélier.

21 mai : arrivée à Londres. Existence précaire dans les mois qui suivent.

Octobre : Céleste de Chateaubriand et ses belles-sœurs Julie (Mme de Farcy) et Lucile sont arrêtées à Fougères comme « suspectes » ; elles demeureront incarcérées jusqu'au 5 novembre 1794.

1794 : Chateaubriand trouve un emploi de professeur de français dans le Suffolk où il exercera près de trente mois.

10 février : sa mère est arrêtée à son domicile malouin. Transférée à Paris au mois de mai, elle ne sortira de prison qu'en octobre.

22 avril : Jean-Baptiste de Chateaubriand est guillotiné, en même temps que sa jeune femme et une partie de sa belle-famille (Malesherbes).

1795 : Chateaubriand séjourne toujours à la campagne ; il travaille à ses œuvres futures : *Les Sauvages, Essai historique sur les révolutions.*

1796 : immobilisé par une fracture du péroné consécutive à une chute de cheval, il séjourne quelque temps chez un pasteur du voisinage. La jeune fille de la maison, Charlotte Ives, ne tarde pas à éprouver pour lui un tendre sentiment que le chevalier ne décourage pas, jusqu'au jour où il est mis en demeure de révéler son mariage et de les quitter brusquement.

Juin : retour précipité à Londres. De santé encore fragile Chateaubriand va recevoir désormais des secours du National Fund. Il termine son livre sur les révolutions.

1797 : *18 mars : Essai historique sur les révolutions anciennes et modernes considérées dans leurs rapports avec la révolution française.*

Début de notoriété pour Chateaubriand qui se rapproche du milieu « monarchien » de Londres. Sans doute est-ce alors que débute sa première liaison sérieuse : avec la vicomtesse de Belloy, une belle « créole » de Saint-Domingue.

1798 : *6 janvier* : Chateaubriand propose à un éditeur parisien un roman américain intitulé : *René et Céluta*, qui deviendra *Les Natchez*.

Février-juin : il renoue avec Fontanes qui a fui Paris après Fructidor. Longues discussions littéraires.

31 mai : mort de Mme de Chateaubriand, à Saint-Servan. Son fils apprend la nouvelle dans la seconde quinzaine de juin.

Août-septembre : Chateaubriand travaille à la révision des *Natchez*, sur le conseil de Fontanes.

1799 : au cours du printemps, il commence à rédiger un opuscule « sur la religion chrétienne », qui va prendre des proportions de plus en plus considérables.

26 juillet : mort de Julie de Farcy.

25 octobre : une lettre émouvante à Fontanes témoigne de la sincérité de la conversion de Chateaubriand. Il lit dans les salons des bonnes feuilles du futur *Génie du christianisme*.

1800 : retour en France (mai). Situation précaire à Paris.

22 décembre : Chateaubriand publie dans le *Mercure de France* un article retentissant sur le dernier livre de Mme de Staël : *De la Littérature*.

1801 : *2 avril : Atala ou les amours de deux sauvages dans le désert*.

21 juillet : Chateaubriand est radié de la liste des émigrés.

Juin-novembre : installé à Savigny-sur-Orge, avec Pauline de Beaumont, il termine le *Génie*.

1802 : *14 avril* : publication du *Génie du christianisme*, dans lequel on retrouve *Atala*, ainsi qu'un épisode inédit : *René*.

Octobre-novembre : Chateaubriand voyage dans le midi de la France. Retour par Fougères, où il renoue avec sa femme, pas revue depuis 1792.

1803 : *4 mai* : il est nommé secrétaire de légation à Rome. Seconde édition du *Génie*, dédicacée au Premier Consul et précédée par une « Défense ».

27 juin : arrivée de Chateaubriand à Rome, *via* Lyon. Au cours des semaines suivantes, il multiplie les initiatives intempestives qui lui valent bientôt la méfiance, puis la franche hostilité de son chef de poste, le cardinal Fesch.

Octobre : arrivée de Pauline de Beaumont à Florence, puis installation à Rome. Atteinte de tuberculose, elle meurt le 4 novembre dans les bras de son amant.

Décembre : séjour à Tivoli. Première « idée » des *Mémoires*.

1804 : *1er-12 janvier* : voyage à Naples ; ascension du Vésuve. Nommé dans le Valais, Chateaubriand quitte Rome le 21 janvier. Lorsqu'il arrive à Paris, règne un climat délétère de complot royaliste ; arrestations successives de Moreau (le 15 février), de Pichegru (le 28) et de Cadoudal (le 9 mars).

21 mars : le duc d'Enghien est fusillé ; Chateaubriand donne aussitôt sa démission. Il accepte enfin que sa femme vienne partager sa vie.

Printemps-été : Chateaubriand commence la rédaction des *Martyrs de Dioclétien*. Visites à Fervacques, chez Mme de Custine (une liaison orageuse qui prendra fin au début de 1806), à Méréville chez Alexandre de Laborde et sa sœur Natalie, comtesse de Noailles, enfin, avec sa femme, à Villeneuve-sur-Yvonne, chez les Joubert. C'est là qu'ils apprennent la mort de Lucile, survenue à Paris le 10 novembre.

1805 : *Mars* : installation des Chateaubriand place de la Concorde (hôtel de Coislin). *Les Martyrs* avancent.

Été-automne : nouvelles villégiatures autour de Paris, puis, du 5 août au 3 novembre, voyages dans le Sud-Est : Vichy, Lyon, Genève, le Mont-Blanc, Lausanne, la Grande-Chartreuse. Nouveau séjour à Villeneuve avant de regagner Paris.

1806 : VOYAGE EN ORIENT.

Venise (juillet), Sparte, Athènes (août), Smyrne, Constantinople (septembre), Jérusalem (octobre), Le Caire (début novembre).

23 novembre : Chateaubriand se rembarque à Alexandrie.

1807 : *18 janvier* : après une périlleuse traversée, il arrive à Tunis, où il demeure plusieurs semaines.

Avril : séjour en Espagne, où il retrouve Natalie de Noailles : Cadix, Cordoue, Grenade (12-13 avril), Aranjuez, Madrid, Burgos... Retour à Paris le 5 juin.

4 juillet : Chateaubriand publie dans le *Mercure de France* un article où il dénonce le despotisme impérial. On lui signifie une interdiction de séjour à Paris ; mais il obtiendra de nombreuses dérogations à cette mesure au cours des années suivantes.

Octobre-décembre : installation à Châtenay, dans le domaine de la Vallée-aux-Loups.

1808 : *mars* : Chateaubriand termine *Les Martyrs*.

Août : il passe un mois à Méréville en compagnie de Mme de Noailles.

1809 : *27 mars* : *Les Martyrs ou le triomphe de la religion chrétienne*.

31 mars : Armand de Chateaubriand est fusillé comme espion.

De mai à septembre, Chateaubriand travaille, à la Vallée-aux-Loups, à une « Défense » des *Martyrs*. Nouveau séjour à Méréville en octobre.

Le préambule des *Mémoires de ma vie* est intitulé : « Mémoires de ma vie commencés en 1809. »

1810 : *Janvier-mars* : Chateaubriand séjourne à Paris.

Rédaction des *Aventures du dernier Abencérage*.

Publication de la troisième édition des *Martyrs*, avec un « Examen » et des « Remarques ».

1811 : *26 février : Itinéraire de Paris à Jérusalem*.

Février-avril : Chateaubriand est élu académicien, mais il est contraint de censurer son discours de réception.

Mai : de retour à la Vallée-aux-Loups, Chateaubriand commence une tragédie en vers, *Moïse*.

1812 : *Janvier* : rupture définitive avec Natalie de Noailles.

Mai : achèvement de *Moïse*.

Octobre : rédaction du 1er livre des *Mémoires de ma vie.*

1813 : Chateaubriand continue la rédaction des *Mémoires de ma vie* (livre II). Par ailleurs il songe à entreprendre une *Histoire de France.*

1814-1830 : CARRIÈRE POLITIQUE.

1814 : entrée des Alliés à Paris le 31 mars.

5 avril : Chateaubriand publie une brochure très anti-bonapartiste en faveur de la restauration des Bourbons : *De Buonaparte, des Bourbons et de la nécessité de se rallier à nos princes légitimes.*

27 novembre : publication des *Réflexions politiques.*

1815 : Napoléon débarque à Golfe-Juan le 1er mars. Louis XVIII est obligé de quitter Paris le 18.

Avril-juin : Chateaubriand séjourne à Gand, auprès du roi.

8 juillet : retour de Louis XVIII à Paris. Le lendemain Chateaubriand est nommé ministre d'État, puis le 17 août, Pair de France, avec le titre de vicomte.

Septembre : élection de la Chambre « introuvable ». Mais Chateaubriand est évincé du premier ministère Richelieu, où Decazes entre comme ministre de la Police.

1816 : au nom de la majorité royaliste, Chateaubriand manifeste une méfiance croissante envers le ministère.

Septembre : la Chambre des députés est dissoute le 5 ; le 18, *De la monarchie selon la Charte* est saisi et son auteur destitué de son titre (et de sa pension) de ministre d'État.

1817 : année de grosses difficultés financières pour Chateaubriand, obligé de vendre sa bibliothèque (28 avril), puis sa maison.

Été : vacances « nomades » dans les environs de Paris, puis dans le Perche : rédaction du livre III des *Mémoires.*

Décembre : *Du système politique suivi par le ministère.*

1818 : au printemps, Chateaubriand travaille à son

Histoire de France. Il publie, en août, des « Remarques sur les affaires du moment. »

C'est alors qu'il noue avec Juliette Récamier une liaison qui connaîtra des vicissitudes, mais ne prendra fin qu'avec leur vie.

Octobre 1818-mars 1820 : Chateaubriand anime *Le Conservateur*, organe périodique des royalistes opposés à Decazes, devenu président du Conseil le 19 novembre 1819 ; il multiplie ses interventions à la Chambre des pairs.

1820 : assassinat, le *14 février*, du duc de Berry, neveu du roi et dernier espoir de la branche aînée ; il avait épousé en 1816 la princesse Marie-Caroline de Bourbon-Sicile.

29 septembre : naissance « posthume » de son fils, Henri, duc de Bordeaux.

29 septembre : *Mémoires, lettres et pièces authentiques touchant la vie et la mort de S.A.R. (le) duc de Berry*.

Chateaubriand est nommé ambassadeur auprès du roi de Prusse (30 novembre).

1821 : *Janvier-juillet* : Chateaubriand ambassadeur à Berlin, où il séjourne du 11 janvier au 19 avril ; le 1ᵉʳ mai, on lui restitue son titre de ministre d'État, mais le 29 juillet, par solidarité avec Villèle, il donne sa démission.

12 décembre : chute du second ministère Richelieu. Après avoir espéré un portefeuille dans le nouveau cabinet, Chateaubriand est nommé ambassadeur à Londres.

1822 : *Avril-septembre* : séjour en Angleterre.

Septembre-décembre : de retour à Paris le 12 septembre, Chateaubriand insiste pour être envoyé au congrès de Vérone, auquel il participe du 14 octobre au 13 décembre.

28 décembre : il est nommé ministre des Affaires étrangères.

1823 : Chateaubriand pousse à une intervention française en Espagne : succès militaires et diplomatiques. Son ministère est marqué par une liaison brûlante avec la jeune comtesse de Castellane, tandis qu'au mois de novembre, Mme Récamier quitte Paris pour un long voyage en Italie.

1824 : *6 juin* : Chateaubriand est brutalement renvoyé du ministère. Sa rancune envers Villèle va le conduire à une opposition de plus en plus déclarée, dont le principal organe sera le *Journal des Débats*.

16 septembre : mort de Louis XVIII.

1825 : *29 mai* : sacre de Charles X.

Retour à Paris de Mme Récamier, après une absence de 18 mois. Chateaubriand préside le comité de soutien aux Grecs insurgés : éditions successives de sa *Note sur la Grèce*.

1826 : Chateaubriand signe, le *30 mars*, un contrat mirifique avec le libraire Ladvocat pour la publication de ses *Œuvres complètes*, certaines encore inédites.

Dans la « Préface générale » (juin), il écrit : « J'ai entrepris les *Mémoires* de ma vie (...). Ils embrassent ma vie entière. »

Mai-juillet : séjour des Chateaubriand à Lausanne. Au retour, installation, pour douze ans, dans un pavillon jouxtant la maison de retraite que Mme de Chateaubriand a fondée en 1819 (aujourd'hui 92, avenue Denfert-Rochereau).

1827 : *Février* : premières difficultés financières de Ladvocat ; Chateaubriand accepte de revoir à la baisse les termes de son contrat. La publication des *Œuvres complètes* se poursuivra néanmoins à un rythme soutenu jusqu'en 1828. Chateaubriand accentue, dans les *Débats* son offensive contre le ministère et pour la défense de la liberté de la presse : Villèle démissionne le 2 décembre.

1828 : *3 juin* : évincé du nouveau ministère, Chateaubriand est nommé ambassadeur auprès du Saint-Siège.

16 septembre : les Chateaubriand quittent Paris pour Rome où ils arrivent le 9 octobre.

Novembre : 26 tomes (sur 31) des *Œuvres complètes* ont paru ; mais Ladvocat, ruiné, cède ses droits.

1829 : *10 février* : mort du pape Léon XII. Chateaubriand cherche, sans grand succès, à orienter le vote du conclave qui, le 31 mars, élira son successeur : Pie VIII.

16 mai : Chateaubriand, qui a demandé un congé, quitte Rome en compagnie de sa femme ; ils arrivent à Paris le 28.

Juillet-août : villégiature à Cauterets ; c'est là que Chateaubriand apprend la formation du ministère Polignac ; il donne sa démission le 30 août.

1830 : Chateaubriand travaille à ses *Études historiques*. Il a repris à Paris une liaison commencée à Rome avec une jeune femme de lettres, Hortense Allart.

Juillet : chute de Charles X.

7 août : Chateaubriand prononce son dernier discours à la Chambre des pairs : il refuse de reconnaître la légitimité du nouveau régime et renonce à toutes ses charges et pensions ; il ne dispose plus désormais de revenus réguliers.

1831 : *24 mars : De la Restauration et de la monarchie élective.*

Avril : publication des *Études historiques*, avec une importante « Préface ». Avec un volume de tables et index, ce sont les dernières livraisons des *Œuvres complètes*.

Mai-octobre : séjour des Chateaubriand à Genève.

31 octobre : *De la nouvelle proposition relative au bannissement de Charles X et de sa famille.*

1832 : *Mars-avril* : fermentation carliste à Paris et épidémie de choléra.

16-30 juin : brève incarcération de Chateaubriand à la préfecture de police pour « complot ».

8 août : Chateaubriand quitte Paris pour la Suisse, avec un « énorme bagage de papiers », destiné à poursuivre la rédaction de ses *Mémoires*. Il voyage en solitaire de Lucerne à Lugano, retrouve à Constance Mme Récamier avant de rejoindre sa femme, à la mi-septembre, pour une installation durable à Genève.

Septembre-novembre : reprise et révision de la partie existante des *Mémoires de ma vie*, pour les adapter à un cadre élargi. Ébauche de la « Préface testamentaire ».

12 novembre : informé de la récente arrestation, à Nantes, de la duchesse de Berry, Chateaubriand se hâte de regagner Paris.

29 décembre : *Mémoire sur la captivité de Madame la duchesse de Berry.*

1833 : le procès qu'on lui intente pour cette publication tourne à la confusion du ministère public : il est acquitté.

14 mai-5 juin : voyage-éclair à Prague pour porter à Charles X exilé un message de la duchesse de Berry.

3 septembre-6 octobre : nouveau voyage à Prague en passant par Venise (10-17 septembre).

Chateaubriand date du « 1er décembre 1833 » la « Préface testamentaire » des *Mémoires d'outre-tombe*, dont 18 livres sont achevés.

1834-1847 : ACHÈVEMENT DES *MÉMOIRES D'OUTRE-TOMBE.*

Février-mars 1834 : première lecture publique, chez Mme Récamier, de la 1re partie des *Mémoires d'outre-tombe* (livres I à XII), et des livres rédigés en 1833 (Prague et Venise). Échos favorables dans la presse.

Septembre 1834 : publication du volume de *Lectures des Mémoires de M. de Chateaubriand ou Recueil d'articles avec des fragments originaux* (Paris, Lefèvre, 1834).

1835 : séjour à Dieppe au mois de juillet.

1836 : au printemps, accord pour la publication des *Mémoires* et montage financier qui libère Chateaubriand de ses soucis alimentaires.

25 juin : Chateaubriand publie une traduction nouvelle du *Paradis perdu* de Milton, introduite par un *Essai sur la littérature anglaise*. Dans ce travail, sous-titré : « Considérations sur le génie des temps, des hommes et des révolutions », il insère quelques « bonnes feuilles » de ses *Mémoires*.

1837 : rédaction du *Congrès de Vérone* (juillet-octobre).

28 octobre-9 novembre : séjour à Chantilly.

1838 : publication du *Congrès de Vérone*, le 28 avril.

Juillet : voyage dans le midi de la France.

Août : installation au 112 de la rue du Bac, ce sera le dernier domicile parisien de Chateaubriand.

1839 : une nouvelle édition des *Œuvres complètes*, mise en chantier par Pourrat en 1836, touche à sa fin ; elle comporte 36 volumes.

1840 : « Les *Mémoires* sont finis », déclare Chateaubriand. La conclusion porte néanmoins la date de 1841.

1843 : au mois de novembre, Chateaubriand se rend à Londres, où il reçoit un accueil cordial de la part du comte de Chambord.

1844 : *Vie de Rancé* (18 mai).

27 août : le directeur de *La Presse*, Émile de Girardin, rachète pour 80 000 francs à la Société propriétaire des *Mémoires* le droit de les publier en feuilleton dans son journal avant leur édition en volumes. Informé en décembre seulement, Chateaubriand est consterné.

1845 : révision générale des *Mémoires*.

Juin : dernier voyage à Venise.

1846 : Chateaubriand remplace la « Préface testamentaire » par un nouvel « Avant-Propos » ; il supprime aussi la division de ses *Mémoires* en quatre parties pour lui substituer une division continue en 42 livres. Ultime révision.

1847 : mort de Mme de Chateaubriand (8 février).

1848 : mort de Chateaubriand (4 juillet).

1849 : mort de Mme Récamier (11 mai).

Janvier 1849-octobre 1850 : publication des *Mémoires d'outre-tombe* en librairie (12 volumes) après leur diffusion en feuilleton dans le journal *La Presse* (du 21 octobre 1848 au 5 juillet 1850).

BIBLIOGRAPHIE [1]

Voici une liste sélective de références et de lectures utiles. Pour une information plus complète, on aura recours à Pierre H. Dubé, *Bibliographie de la critique sur Chateaubriand,* Paris, Nizet, 1988, dont une seconde édition, mise à jour, est prévue pour 2001. Par ailleurs le *Bulletin* annuel de la Société Chateaubriand publie une bibliographie détaillée.

A — ŒUVRES DE CHATEAUBRIAND

Œuvres complètes

Édition Ladvocat, 1826-1831 (28 tomes en 31 volumes) ; édition Pourrat, 1836-1839 (36 volumes) ; édition Garnier, 1859-1861, avec une préface de Sainte-Beuve (12 volumes). Cette dernière a été reprise sur CD-ROM : *François de Chateaubriand. Les itinéraires du romantisme*, Academia, 1997.

Correspondance générale, textes établis et annotés par Pierre Riberette, Gallimard (en cours de publication) : t. I (1789-1807), 1977 ; t. II (1808-1814), 1979 ; t. III (1815-1820), 1982 ; t. IV (1820-30 mars 1822), 1983 ; t. V (1822), 1986.

Parmi les éditions de correspondances particulières, on retiendra : Chateaubriand, *Lettres à Mme Récamier*, Flammarion, 1951 (retirage en 1998).

Chateaubriand, *Grandes Œuvres politiques*, présentation et notes de Jean-Paul Clément, Imprimerie nationale, 1993.

---

1. Hormis les cas que nous signalons, le lieu de publication est Paris.

Pour les œuvres historiques, de critique ou de fiction, ainsi que pour les récits de voyage, on pourra utiliser la Bibliothèque de la Pléiade (*Œuvres romanesques et voyages*, 1969 ; *Essai sur les révolutions* et *Génie du christianisme*, 1976), ou les nombreuses éditions de poche existantes.

B — DOCUMENTATION

Chateaubriand (1768-1848), Exposition du centenaire, Bibliothèque nationale, 1948.

Chateaubriand, voyageur et homme politique, Bibliothèque nationale, 1969.

Chateaubriand, Album de la Pléiade, 1988 (le commentaire comporte de nombreuses inexactitudes, mais iconographie intéressante).

C — TRAVAUX BIOGRAPHIQUES

Maurice LEVAILLANT, *Splendeurs, misères et chimères de Monsieur de Chateaubriand*, Librairie Ollendorf, 1922 ; seconde édition revue et augmentée, Albin Michel, 1948.

Marie-Jeanne DURRY, *La Vieillesse de Chateaubriand (1830-1848)*, Le Divan, 1933.

Marcel DUCHEMIN, *Chateaubriand. Essais de critique et d'histoire littéraire,* Vrin, 1938.

André MAUROIS, *Chateaubriand*, Grasset, 1938 ; réédition en 1956 sous le titre : *René ou la vie de Chateaubriand.*

Georges COLLAS, *Un cadet de Bretagne au XVIIIᵉ siècle : René-Auguste de Chateaubriand (1718-1786)*, Nizet, 1949.

Georges COLLAS, *Une famille noble pendant la Révolution : la vieillesse douloureuse de Mme de Chateaubriand*, Minard, 1960 et 1962.

Maurice LEVAILLANT, *Chateaubriand prince des songes*, Hachette, 1960.

Pierre CHRISTOPHOROV, *Sur les pas de Chateaubriand en exil*, Éditions de Minuit, 1960.

George D. PAINTER, *Chateaubriand. A Biography. The Longed-for Tempests (1768-1793)*, London, Chatto and Windus, 1977 ; tr. fr. Gallimard, 1979.

Jean d'ORMESSON, *Mon dernier rêve sera pour vous. Une biographie sentimentale de Chateaubriand*, Jean-Claude Lattès, 1982.

José CABANIS, *Chateaubriand, qui êtes-vous ?*, Lyon, La Manufacture, 1988.

D — ÉTUDES GÉNÉRALES

SAINTE-BEUVE, *Chateaubriand et son groupe littéraire*, cours professé à Liège en 1848-1849, nouvelle édition annotée par Maurice Allem, Garnier, 1948.

Comte de MARCELLUS, *Chateaubriand et son temps*, Michel Lévy, 1859.

Louis MARTIN-CHAUFFIER, *Chateaubriand ou l'obsession de la pureté*, Grasset, 1943.

Chateaubriand. Le livre du centenaire, Flammarion, 1948.

Pierre MOREAU, *Chateaubriand*, Hatier, « Connaissance des lettres », 1956 ; seconde édition revue en 1967.

Manuel DE DIEGUEZ, *Chateaubriand ou le poète face à l'histoire*, Plon, 1963.

Victor-Louis TAPIÉ, *Chateaubriand par lui-même*, « Écrivains de toujours », Le Seuil, 1965.

Jean-Pierre RICHARD, *Paysage de Chateaubriand*, Le Seuil, 1967.

Chateaubriand, Actes du colloque de Madison (1968), Genève, Droz, 1970.

Pierre BARBÉRIS, *Chateaubriand. Une réaction au monde moderne* ; Larousse, « Thèmes et textes », 1976.

Philippe BERTHIER, *Stendhal et Chateaubriand*, Genève, Droz, 1987.

Jean-Paul CLÉMENT, *Chateaubriand politique*, Hachette, « Pluriel », 1987.

Marie PINEL, *La Mer et le sacré chez Chateaubriand*, Albertville, Claude Alzicu, 1993.

Jean-Marie ROULIN, *Chateaubriand. L'exil et la gloire*, Champion, 1994.

Chateaubriand. Le tremblement du temps, colloque de Cerisy (juillet 1993), Toulouse, Presses universitaires du Mirail, 1994.

Jean-Paul CLÉMENT, *Chateaubriand*, Flammarion, « Grandes Biographies », 1998.

Juliette HOFFENBERG, *L'Enchanteur malgré lui. Poétique de Chateaubriand*, L'Harmattan, 1998.

Bruno CHAOUAT, *Je meurs par morceaux. Chateaubriand*, Lille, Presses universitaires du Septentrion, 1999.

Béatrice DIDIER, *Chateaubriand*, Ellipses, « Thèmes et études », 1999.

E — LES MÉMOIRES D'OUTRE-TOMBE

ÉDITIONS DE RÉFÉRENCE

— *Mémoires d'outre-tombe*, édition nouvelle établie à partir des deux dernières copies du texte, avec une introduction, des variantes, des notes et un appendice par Maurice Levaillant et Georges Moulinier, Gallimard, Bibliothèque de la Pléiade, 1946 ; tirages revus en 1951 et 1957.

— *Mémoires d'outre-tombe*, édition du centenaire, intégrale et critique en partie inédite, établie par Maurice Levaillant, Flammarion, 1948 ; deuxième édition revue et corrigée, 1949 (4 volumes).

— *Mémoires d'outre-tombe*, nouvelle édition critique établie, présentée et annotée par Jean-Claude Berchet, Classiques Garnier : t. I, 1989 (avec les *Mémoires de ma vie*) ; t. II, 1992 ; t. III et IV, 1998.

— *Mémoires de ma vie*, édition préfacée et annotée par Jacques Landrin, Le Livre de Poche, 1993.

HISTOIRE DU TEXTE

Maurice LEVAILLANT, *Chateaubriand, Madame Récamier et les Mémoires d'outre-tombe*, Delagrave, 1936.

Maurice LEVAILLANT, *Deux livres des Mémoires d'outre-tombe, Ibidem*, 1936.

Pierre CLARAC, *À la recherche de Chateaubriand*, Nizet, 1975.

Jean-Claude BERCHET, « Du nouveau sur le manuscrit des *Mémoires de ma vie* », *Bulletin de la Société Chateaubriand*, n° 39, 1996, p. 31-41.

OUVRAGES OU RECUEILS

Jean MOUROT, *Le Génie d'un style. Chateaubriand. Rythme et sonorité dans les Mémoires d'outre-tombe*, A. Colin, 1960 ; seconde édition, 1969.

André VIAL, *Chateaubriand et le temps perdu. Devenir et conscience individuelle dans les Mémoires d'outre-tombe*, Julliard, 1963 ; nouvelle édition revue et corrigée, U.G.E. 10/18, 1971.

Merete GREVLUND, *Paysage intérieur et paysage extérieur dans les Mémoires d'outre-tombe*, Nizet, 1968.

Charles A. PORTER, *Chateaubriand. Composition, imagination and Poetry*, Stanford, Anma Libri, 1978.

André VIAL, *La Dialectique de Chateaubriand. Transformation et changement dans les Mémoires d'outre-tombe*, S.E.D.E.S., 1978.

« *Chateaubriand. Les Mémoires d'outre-tombe* », 4e partie, S.E.D.E.S., 1990.

« *Chateaubriand, Mémoires d'outre-tombe*, 4e partie », *Cahiers Textuel*, n° 6, février 1990.

Tom CONNER, *Chateaubriand's Mémoires d'outre-tombe. A Portrait of the Artist as Exile*, New-York, Peter Lang, 1995.

Fabienne BERCEGOL, *La Poétique de Chateau-*

briand : le portrait dans les Mémoires d'outre-tombe, Champion, 1997.

« *Chateaubriand e i Mémoires d'outre-tombe* », Edizioni ETS et Slatkine, Pisa, 1998 (colloque de Pise, janvier 1997).

« *Chateaubriand mémorialiste* », textes réunis par Jean-Claude Berchet et Philippe Berthier, Genève, Droz, 1999 (colloque de Paris, 1998).

ARTICLES OU ÉTUDES PARTICULIÈRES

Julien GRACQ, « Réflexions sur Chateaubriand », *Cahiers du Sud*, septembre-octobre 1960 ; repris dans *Préférences* (José Corti, 1961, p. 151-168) sous le titre : « Le Grand Paon ».

Francesco ORLANDO, « La Sala troppo vasta », dans *Infanzia, memoria e storia da Rousseau ai Romantici*, Padova, Liviana éditrice, 1966, p. 79-105.

Giovanni MACCHIA, « L'Uomo della morte : il mito aristocratico di Chateaubriand », dans *I Fantasmi dell'opera*, Milano, Mondadori, 1971, p. 155-178 ; tr. fr. dans *Europe*, n° 775-776, novembre-décembre 1993, p. 7-21.

Marcel RAYMOND, « Chateaubriand et la rêverie devant la mort », dans *Romantisme et rêverie*, José Corti, 1978, p. 31-60.

Bernard SÈVE, « Chateaubriand. La vanité du monde et la mélancolie », *Romantisme*, n° 23, 1979, p. 31-42.

Jean-Claude BERCHET, « Histoire et autobiographie dans la 1re partie des *Mémoires d'outre-tombe* », *Saggi e ricerche di letteratura francese*, XIX, 1980, p. 27-53.

Claudette DELHEZ-SARLET, « Chateaubriand : scissions et rassemblement du moi dans l'histoire », dans *Individualisme et autobiographie en Occident*, Bruxelles, Presses universitaires, 1983.

Jean-Claude BERCHET, « Le Rameau d'or : les emblèmes du narrateur dans les *Mémoires d'outre-tombe* », *Cahiers A.I.E.F.*, n° 40, 1988, p. 79-93.

Jean SALESSE, « Le Récit d'enfance dans les trois

premiers livres des *Mémoires d'outre-tombe* », *Revue des sciences humaines*, n° 222, avril-juin 1991.

Ivanna ROSI, « I *Mémoires d'outre-tombe* : lo spazio dell'io nella storia », dans *Controfigure d'autore. Scritture autobiografiche nella letteratura francese*, Bologna, Il Mulino, 1993, p. 153-192.

Pierre-Marie HÉRON, « L'Autoportrait en jeu dans les *Mémoires d'outre-tombe* », *Romantisme*, n° 81, 1993, p. 51-59.

Gérard GENGEMBRE, « Le Naufrage du monde moderne. Écriture, histoire et politique dans la IVe partie des *Mémoires d'outre-tombe* », *Europe*, n° 775-776, novembre-décembre 1993, p. 119-127.

Pierre-Marie HÉRON, « L'écriture de soi aux frontières des genres », *Dalhouse French Studies*, XXVIII, Fall 1994, pp. 65-85.

Jean-Claude BERCHET, « De Rousseau à Chateaubriand : la naissance littéraire des *juvenilia* », dans *Autobiography, Historiography, Rhetoric. A Festschrift in honour of Frank Paul Bowman*, Amsterdam, Rodopi, 1994, p. 35-57.

Maija LEHTONEN, « Le narrateur et la situation narrative dans les *Mémoires d'outre-tombe* » et « Le lecteur dans les *Mémoires d'outre-tombe* », dans *Études sur le romantisme français*, Helsinki, Suomalainen Tiedeakatemia, 1995.

Gilles DECLERQ, « Le Mémorialiste et l'*Oratio grandis*. Le style des *Mémoires* entre l'épopée et l'élégie », *Dix-neuf/vingt*, n° 1, mars 1996, p. 15-39.

Marie PINEL, « Vanités et espérance dans la IVe partie des *Mémoires d'outre-tombe* », *Ibidem*, p. 59-82.

Emmanuelle TABET, « Quelques aspects de la poésie de la mort dans les *Mémoires d'outre-tombe* », *Bulletin* (...) Guillaume Budé, 1996, n° 4, p. 373-382.

Jean-Claude BERCHET, « Le Juif errant des *Mémoires d'outre-tombe* », *Revue des sciences humaines*, n° 245, janvier-mars 1997, p. 129-150.

Gérard GENGEMBRE, « Affleurements contre-révolutionnaires dans les *Mémoires d'outre-tombe* », *Revue des sciences humaines*, n° 247, juillet-septembre 1997, p. 107-132.

D. JULLIEN, « Cynthie ou la réécriture de l'élégie dans les *Mémoires d'outre-tombe* », *Littérature*, n° 107, 1997, p. 3-19.

Jacques DUPONT, « Sur l'art de citer dans la quatrième partie des *Mémoires d'outre-tombe* », *Bulletin (..) Guillaume Budé*, 1998, n° 1, pp. 59-66.

Jean-Christophe CAVALLIN, « Chateaubriand mythographe : autobiographie et injonction du mythe dans les *Mémoires d'outre-tombe* », *Revue d'histoire littéraire de la France*, novembre-décembre 1998.

Table

Composition réalisée par NORD-COMPO

IMPRIMÉ EN FRANCE PAR BRODARD ET TAUPIN
La Flèche (Sarthe).
N° d'imprimeur : 1249 – Dépôt légal Édit. 1120-03/2000
LIBRAIRIE GÉNÉRALE FRANÇAISE - 43, quai de Grenelle - 75015 Paris.

ISBN : 2 - 253 - 16050 - 4   ⟐ 31/6050/4